本卷诗集为

《此时和别的日子里》（1955）

《两个希望之遥》（1958）

《在公共花园里》（1959）

《诗 1948 ~ 1962》（1962）

《此刻在风暴中》（1969）

百年诞辰纪念增订版

作者 〔以色列〕耶胡达·阿米亥
יהודה עמיהי

译者 傅 浩

耶胡达·阿米亥

יהודה עמיהי שירים 诗集

Yehuda Amichai
1924—2000

上卷

社会科学文献出版社
SOCIAL SCIENCES ACADEMIC PRESS (CHINA)

作者简介

耶胡达·阿米亥，1924年生于德国维尔茨堡，13岁随家人移民巴勒斯坦地区，现代希伯来语第三代诗人，"独立战争一代"代表人物，以色列最具国际影响力的诗人。他曾先后参加第二次世界大战、以色列独立战争等，于1948年开始创作诗歌，并于1955年出版第一本诗集《此时和别的日子里》。阿米亥曾多次获得诗歌大奖，如"史隆斯基奖"（1958）、"布伦纳奖"（1969）和"比亚利克奖"（1976），以及以色列最高荣誉"以色列奖"（1982）。其作品融合爱情与战争、个人与民族、日常与神性，富于幽默和智慧，具有极强的可读性，已被译入包括中文在内的40多种语言。据说以色列士兵服兵役，有两样必不可少的装备，一是随身行李，二是"阿米亥诗集"。1993年初，阿米亥曾访问中国。2000年9月22日，阿米亥在耶路撒冷去世，享年76岁。

译者简介

傅浩，中国社会科学院外国文学研究所荣休研究员、博士生导师，中国翻译协会"资深翻译家"，诗人，曾获梁实秋文学奖、袁可嘉诗歌奖等。译有《叶芝诗集》、《威廉·卡洛斯·威廉斯诗集》、《约翰·但恩诗集》、《英诗华章》以及《阿摩卢百咏》等。

耶胡达·阿米亥（1924～2000），青年时期

耶胡达·阿米亥（1924～2000），中年时期

耶胡达·阿米亥（1924～2000），老年时期

耶胡达·阿米亥在北京天坛（1993，傅浩摄）

耶胡达·阿米亥夫妇与傅浩在北京大学（1993）

耶胡达·阿米亥与傅浩及以色列文化联络处负责人
在北京建国饭店其第一本汉译诗集的新书发布会上（1993）

耶胡达·阿米亥与傅浩在耶路撒冷（1994）

（以色列）耶胡达·阿米亥
（Israel）Yehuda Amichai
（1924—2000）

雕塑家：（中国）魏明
Sculptor：（China）Wei Ming

中国四川西昌国际诗歌园中
展出的中国雕塑家魏明创作的耶胡达·阿米亥雕像

译者序

一

近年来，随着改革开放不断深入，我国的外国文学译介和研究工作取得了前所未有的斐然成绩。然而，任何引进都免不了泥沙俱下。由于种种原因，许多文学价值低廉甚至在其本国也名不见经传的畅销作品乘机涌入，许多真正享誉世界文坛的严肃经典之作却少得知遇，甚至有些大师巨匠的名字在我国读者中间都还相当陌生。耶胡达·阿米亥（יהודה עמיחי / Yehuda Amichai）就是其中之一。

译者也是偶然发现他的。1986年，我在北京大学图书馆借到一本薄薄的英文诗集，题为《阿门》（*Amen*），由牛津大学出版社于1978年重印出版，封面印着"由作者与特德·休斯合译自希伯来文，特德·休斯作序"。其时我对作者耶胡达·阿米亥一无所知，仅知休斯乃当代英国一流大诗人，自己以前又从未接触过当代希伯来语诗歌，所以出于好奇才借阅该书。但捧读之下立时被其中平易而瑰奇的诗篇所深深吸引，仿佛置身于一片从未到过却又似曾相识的幽美风景之中。继而便忍不住动手翻译了其中部分篇什。

此后我开始留心有关阿米亥的资料，但直至最近也所获不丰。我曾在美国的权威诗学刊物《美国诗歌评论》（*The American Poetry Review*）所列的顾问名单上再次发现阿米亥的名字，后来又惊喜地得知他享有"以色列最著名的在世诗人"之称。而所译阿米亥诗歌也一直没有机会发表，虽然私下里曾得到过几位诗人朋友的激赏，但直到 1991 年才有幸在《外国文学》（双月刊）第 1 期发表拙译阿米亥诗 15 首。这是大陆第一次译介这位当代以色列大诗人的作品。在此之前，当确知拙译已被杂志接受之后，我设法与阿米亥建立了通信联系，取得了在中国译介发表他作品的许可。

二

耶胡达·阿米亥 1924 年出生于德国维尔茨堡（Würzburg）。1935 年，也就是希特勒上台三年后，作为第三次欧洲犹太人回归故土大移民浪潮中的一分子，阿米亥随父母迁居巴勒斯坦托管地。在耶路撒冷中学毕业后，他于 1942 年志愿在英军中的巴勒斯坦团犹太支队服役，参加对德作战；1948 年以色列独立战争（War of Independence，又称"第一次中东战争"）期间，加入以军突击队。战后，阿米亥在耶路撒冷希伯来大学（Hebrew University of Jerusalem）继续求学。毕业后，他又在中学教授希伯来文学和"圣经"①达二十年之久；现仍居耶路撒冷，②在一所师范学院和耶路撒冷希伯来大学任教；结过两次婚，生有二男一女。

阿米亥从 1940 年代后期起开始在杂志上发表诗作，1955 年出版第一本诗集《此时和别的日子里》（עכשיו ובימים האחרים）。这标志着一派新的希伯来语诗人的出现，他们的共同之处在于力图

---

① "圣经"不是书名，而是信徒对本宗教经典的尊称。外人随之称呼应加引号而非书名号表示。（本书脚注均为译者注。除特殊情况外，后不再说明。）

② 耶胡达·阿米亥已于 2000 年 9 月 22 日逝世。

改造古老而高度文学化的希伯来语，以使之成为能够描写现代情感、现代关系和现代战争的有效媒介。

希伯来语可说是一种历史的畸形儿，它不是自然有机地发展着的，而是被有意识地人为保存、复兴和现代化的。自从大约2000年前耶路撒冷被古罗马人夷为平地，犹太人被逐出故土，流散到世界各地，十多个世纪以来，希伯来语仅用于宗教仪式、教义研究、诗歌和墓志铭制作，而不用作日常口语了。这意味着这种语言已实际死亡。直到19世纪中叶，随着犹太复国主义运动的兴起，复活希伯来口语的趋势自然而然成为犹太民族文化生活更新进程的重要组成部分。愈来愈多的希伯来语文学作品问世，愈来愈多的犹太人开始在日常生活中说希伯来语。在英国委任统治巴勒斯坦时期（1920~1948），希伯来语与英语和阿拉伯语一道被确认为该地区的官方语言。其词汇量从"圣经"时代的8000词增至120000词。如今的希伯来语已成为一种丰富的活生生的语言。以色列政府还成立了希伯来语言研究院（Academy of the Hebrew Language）专门指导和规范该语言的发展。

阿米亥虽说是犹太人，但对他来说，希伯来语并非第一语言。因此，他对这种语言的历史性和奇特性有着敏感而深刻的意识，这就使他的作品从内涵到风格都显得与同代人有所不同。他所使用的诗歌语言主要是他周围人们日常实际所说的口语，同时也吸收"圣经"等古代典籍中的文学语言。他写道："现在，说话，用这疲惫的语言，／这从在圣经中的沉睡里撕扯出来的语言：／盲目地，它从一张嘴到另一张嘴徘徊着。／那曾经描述过上帝和神迹的语言／现在说：汽车、炸弹、上帝。"（《国民思想》）

希伯来语诗歌创作从"圣经"时代至今一直未间断过，既有悠久的内在传统，也受各种外来影响。传统诗虽不乏抒写个人悲欢之作，但侧重于表现犹太人宗教和民族生活主题，现代诗则愈来愈多地展示个人经验。在欧洲的犹太人启蒙时期（1781~1881），随着犹太人应享有充分公民权和犹太生活世俗化的提倡，以及号召犹太人回归故土、重建家园的犹太复国主义运动的萌芽，一种与传统诗歌表现方法的决裂也开始悄然出现。这一时期的重要诗人有哈伊姆·纳赫曼·比亚利克（Chaim Nachman Bialik，1873~1934）和扫罗·车尔尼霍夫斯基（Shaul Tchernichovsky，1875~1943）等。他们在20世纪初与许多欧洲犹太人一起移居巴勒斯坦地区，"去建设它且被它所建设"。这些移民当中还包括被视为现代希伯来语文学之父的小说家约瑟·哈伊姆·布伦纳（Yosef Haim Brenner，1881~1921）和撒母耳·约瑟·阿格农（Shmuel Yosef Agnon，1887~1970，1966年诺贝尔奖文学奖得主）。比亚利克的作品反映了他对犹太民族复兴运动的热忱，既有再现犹太历史的长篇史诗，也有描写爱情和自然风光的纯抒情诗。在坚持传统体式和句式典雅的同时，他摆脱前人圣经式语言的巨大影响，创造了一种接近正在萌生的口语的新希伯来语诗歌用语。车尔尼霍夫斯基既写抒情诗也写戏剧史诗、歌谣和寓言。他试图通过注入一种自尊精神和对自然与美的高度意识来矫治犹太世界。他的语言风格接近犹太教法典文体。比亚利克和车尔尼霍夫斯基代表着希伯来语诗歌从古典到现代的过渡。

第二代诗人的主要代表有亚伯拉罕·史隆斯基（Avraham Shlonsky，1900~1973）、拿单·阿尔特曼（Natan Alterman，1910~1970）、利亚·戈尔德贝格（Leah Goldberg，1911~1970）和乌里·兹维·格林贝格（Uri Zvi Grinberg，1896~1981）等。他们活跃于以色列独立前和建国初期。

史隆斯基对诗歌语言进行实验创新并运用丰富的意象歌颂铺

路、涸泽、造屋、定居的开拓者们。阿尔特曼的作品贴近现实，具有明显的评论时政的特点，反映了犹太聚居区各个发展阶段的风貌。其语言丰富，体式、语调、韵律、意象和比喻复杂多样。戈尔德贝格创作风格较为保守，但她的作品以细腻的笔触描写城市、自然以及寻求爱、联系和注意的人们，拓宽了抒情的幅度。格林贝格的诗作充满愤怒和绝望，主要运用狂暴刚烈的意象和文体处理民族主义运动和纳粹大屠杀所造成的身心创伤等题材。这些诗人首次把口语节奏引进希伯来语诗歌；他们复活古词语并创造新词语，给古老的希伯来语注入了丰富而新鲜的生气。

　　这一时期的诗歌深受俄国未来主义和象征主义及德国表现主义的影响，在技巧上倾向于古典结构和整齐韵式的旋律性。许多作品都在被配乐后成为民间文化的组成部分。它们反映了诗人们出生国的风物景致和他们对新国家的新鲜观感，以及来自"那里"的记忆和在"这里"扎根的愿望，表达着——如利亚·戈尔德贝格所写的——"两个祖国的痛苦"。①

　　耶胡达·阿米亥属于第三代诗人。他们通常被称为"独立战争一代"，其中的重要诗人还有拿单·扎赫（Natan Zach，1930~2020）和大卫·阿维丹（David Avidan，1934~1995）等。这一代以本土出生且以希伯来语为母语的年轻人为主体的战后新诗人倾向于降低声调、退避集体经验、对现实作自由观察、采用自由诗体，以及从以亚历山大·谢尔盖耶维奇·普希金（Aleksandr Sergeyevich Pushkin）、约翰·克里斯托夫·弗里德里希·冯·席勒（Johann Christoph Friedrich von Schiller）等欧洲古典主义和浪

---

① 以上有关现代希伯来语诗歌发展史的简介参考了以色列国驻华大使馆文化处提供的以色列情报中心编印的小册子《关于以色列的事实·文化》。

漫主义作家为主要偶像转向接受现代英美诗歌的影响。阿米亥善用的反讽、悖论和玄学比喻等手法也都成了较他略年轻的同代诗人作品的共同标志和特点。他们宣告了观念性诗歌的终结以及与战前古典结构和整齐韵式传统的决裂，真正完成了希伯来语诗歌的现代化。

在使用当代希伯来口语写诗的实践过程中，阿米亥也得力于对现代德语和英语诗的熟悉。他的第二本诗集《两个希望之遥》（במרחק שתי תקוות，1958）显示了他用英国和欧洲大陆的各种传统诗体所做的实验，巩固了他在第一本诗集中所作的希伯来语诗歌语言和韵律的革新。批评家梅厄·明德林（Meir Mindlin）评论说："他把儿童眼光的天真与士兵的粗鲁、柔情和对生命代价与国家建设中价值观的敏感结合起来，完善了一种能够捕捉以色列生活万花筒所有细微处和矛盾的诗歌工具。"[1] 至此，阿米亥已被视为重要诗人了。

其后，他又出版了诗集《在公共花园里》（בגנה הצבורית，1959）、《诗 1948~1962》（1948–1962 שירים，1962）和《此刻在风暴中》（עכשיו ברעש，1969）等。他所有的诗作都显示出营造悖论和不寻常意象的天才与嗜好。一如他的用语兼容希伯来文言和当代白话，他的意象则并置当代事物和传统或"圣经"典故，从而造成惊人的对照和具有反讽意味的戏剧性场景。

在某些批评家看来，阿米亥对意象的迷恋似乎有点儿过分。他们认为诗集《并非为了回忆的缘故》（ולא על מנת לזכור，1971）就显露出"危险的矫揉造作风格的征兆"。但另一些评论者则认

---

① 　译自《当代文学批评》第 9 卷（*Contemporary Literary Criticism*, vol.9, Detroit: Gale Research Inc., 1978）。

为"他的诗作的意象中有一种强有力的真切可感的因素"，这主要表现在诗集《耶路撒冷和我自己之歌》（*Songs of Jerusalem and Myself*, 1973）中。在这本诗集中，人到中年的诗人"在构成他生活的快乐和悲哀的振幅之中获得了一种不确定的宁静，从这种宁静中升起了他的诗歌本质的抒情性"[①]。这两本诗集与随后出版的主要以爱情为题材的《这一切背后隐藏着巨大的幸福》（מאחורי כל זה מסתתר אושר גדול, 1973）一道确立了阿米亥作为当今以色列最杰出诗人的地位。迄今为止，他已出版希伯来语诗集十多种。

从1968年起，阿米亥的作品被英、美诗人和翻译家们大量翻译成英文。至今他的每一本诗集几乎都有英译本。其中有两种还是他亲自动手翻译的，即《阿门》[*Amen*, 1977，与特德·休斯（Ted Hughes）合译]和《时间》（הזמן, 1977；英译本：*Time*, 1979）。特德·休斯说："翻译是诗人自己做的。我所做的仅仅是改正较不通顺的怪异之处和语法及惯用法错误，以及更动措辞和行尾。我首先想保留的是阿米亥自己说英语的声音的语调和节奏……庞德所谓的第一诗歌美德——'心之音调'……它们是耶胡达·阿米亥自己的英语诗作。"[②]

《阿门》——内容主要译自《这一切背后隐藏着巨大的幸福》——标志着阿米亥诗风从意象繁复炫目到简洁真朴的转变。休斯在该书的"序"中写道："随着它们变得更开放、更单纯、外貌更朴拙，它们也变得更赤裸裸地现实、更活生生地精确。它们开始传达真实事件的震惊。无论心思的跳跃多么神秘或怪诞，最

[①]　译自《世界作家，1970~1975》（*World Authors, 1970-1975*, New York: H. W. Wilson Co., 1980）。

[②]　译自特德·休斯为《阿门》作的"序"。

终的效果总是极端单纯和直接的。人们不再那么留意一位令人目眩的天才诗人的技巧，而是留意他所经历和感受的真实事物的讲述……"① 谈到这本诗集的题材时，休斯说："几乎他所有的诗作都是披着这样或那样伪装的爱情诗……在以战争、政治和宗教的词语写他最隐私的爱情苦痛的同时，他不可避免地要以他最隐私的爱情苦痛的词语写战争、政治和宗教。"② 美国批评家马查·路易斯·罗森特尔（Macha Louis Rosenthal）也似有同感，他认为《阿门》中的许多最优秀作品是写"爱情的欢乐和灾难。失败的性能力、失落的关系和破裂的婚姻等主题使这本书笼罩着一种苦涩的阴影，其痛苦程度可与以色列战争中一切死亡和苦难相比拟，以至于这两类情感不可分割地融汇在一起"③。罗谢尔·拉特纳（Rochelle Ratmer）也说："阿米亥教给我们的最重要的东西是，普遍事物只能通过最个人的经验去接近。这些诗里没有愤怒，极少罪疚，只有一种平静的接受和沮丧力图充满爱和关怀。"④ 他们一致看到：阿米亥极少空泛地处理民族、宗教、政治等大题材，而往往聚焦于个人日常经验；诚实的镜头不可避免会折射出个人所处的历史和社会背景，从而又可推知这相同背景之中普遍的人类遭遇和情感。

《时间》包括 80 首相对独立的无题抒情短诗。实际上"时间"既是它们的总题也是它们的主题。它们似随意拾取的时间长

---

① 译自特德·休斯为《阿门》作的"序"。
② 译自特德·休斯为《阿门》作的"序"。
③ 译自《世界作家，1970-1975》（*World Authors, 1970-1975*, New York: H. W. Wilson Co., 1980）。
④ 译自《当代作家》第 85-88 卷（*Contemporary Authors*, vols.85-88, Detroit: Gale Research Company, 1976）。

河中漂流而过的一枝一叶，聚在一起拼贴出历史的季节、圣城的风景、肉体的存亡、灵魂的永恒。与《阿门》相比，《时间》更具整体性。虽然诗人仍保持一贯的自白风格，但他的目光更多地从自顾移向顾他，他的灵魂末梢更深地浸入犹太民族的集体无意识之中。美国评论家雅舍·凯斯勒（Jascha Kessler）在该诗集问世当年评论说："阿米亥混合起他自己的哀伤、个人历史、怀旧感、幽默感和一种特别犹太式的混合物，其中包括坚忍的引退和接受、历史、人民、个人不幸和非常深沉的对于他的时代几乎是无法定义的快乐，以及那更大的他称之为时间的连续物。……有许多甜蜜而哀伤的诗作是关于爱——多为旧日的爱和失去的爱：背景是以色列多姿的风景；关于悔恨和忧伤的诗作……中年恋人的忧伤；但《时间》的展示主要是对生命及其临终岁月的一次盘点。"①

　　的确，时间是阿米亥诗作中最重要的主题之一。作为犹太人，阿米亥对民族生存的延续——历史——极为敏感；作为一个人，他尤其对时间在人身上刻下的年轮——年岁——敏感。年岁的增长给他添加忧愁和恐慌，尤其是年过不惑之后："我的人生是四十二年的破纸。"（《我人生的四十二年》）然而此后则是渐来的生命退潮的恬静："一个人愈老，他的生活就愈不依赖／流逝变幻的时光。"（《这一切造出一种奇异的舞蹈节奏》）像爱尔兰大诗人威廉·巴特勒·叶芝（William Butler Yeats）一样，阿米亥老当益壮，充分证明了自己是在时间激流中游泳的强者。他的创作同样弥老弥丰，愈老愈精。对于他来说，时间不再意味着生命的消亡过程，而是通往完成和永恒的摆渡。

---

①　译自《当代文学批评》第 22 卷（*Contemporary Literary Criticism*, vol.22, Detroit: Gale Research Inc., 1982）。

自 1980 年代以来，阿米亥又出版了诗集《大宁静：有问有答》（שאלות ותשובות : שלוה גדולה，1980）、《情诗》（*Love Poems*，希、英双语版，1982）、《天赐良辰》（שעת החסד，1982）、《你本是人，仍要归于人》（מאדם אתה ואל אדם תשוב，1985）和《就连拳头也曾经是五指伸开的手掌》（גם האגרוף היה פעם יד פתוחה ואצבעות，1989）等。他曾多次获得诗歌大奖，如"史隆斯基奖"（1958）、"布伦纳奖"（1969）、"比亚利克奖"（1976）等，以及"以色列奖"（1982），还曾多次受聘为欧美及埃及各大学的访问诗人，并多次出席国际诗歌节。至今他的作品已被译入 20 多种语言，在国际上享有盛誉。以下摘引一些欧美诗人和评论家对阿米亥的评价："他是我们的伟大诗人之一。……他的语调令人永远难忘。"[《泰晤士报文学副刊》（*The Times Literary Supplement*）]"在纯粹的想象力方面，在不断更新的诗歌涉及现实之能力的意识方面，阿米亥在以色列舞台上无人可比，也许在世界范围内也少有匹敌。"[罗伯特·阿尔特（Robert Alter）语]"耶胡达·阿米亥是迄今世界上六七位头号诗人之一。他找到了一种声音，能够跨越文化界限说话；一种眼光，能够使现代以色列公民兼战士的冲突经验代表人类的冲突经验。"[马克·鲁德曼（Mark Rudman）语]"他的力量所显示的幅度和忠实的、人性的一贯性应确立他作为 20 世纪主要国际诗人之一的地位。"[唐纳德·瑞维尔（Donald Revell）语]"阿米亥已跻身于那少数、罕见、永恒的诗人之列——希克梅特、①

---

① 　纳齐姆·希克梅特（Nâzım Hikmet，1902~1963），土耳其诗人，被认为是仅次于土耳其共和国缔造者穆斯塔法·凯末尔·阿塔图尔克（Mustafa Kemal Atatürk）的最著名且最杰出的土耳其人。

米沃什、①巴列霍②——他们通过重新定义我们的高尚品质，通过以其多重自我的声音对我们说话而为我们每个人和全体代言。"［斯蒂芬·伯格（Stephen Berg）语］"耶胡达·阿米亥，在最佳状态时，他是最佳的。"［欧文·豪（Irving Howe）语］

虽然阿米亥主要是诗人，但他最先却是因一部长篇小说《不属于此时，不属于此地》（לא מעכשיו לא מכאן，1963；英译本：*Not of this Time*，*Not of this Place*，1968）而闻名欧美的。这"第一部由以色列人写的关于纳粹大屠杀的重要小说"现已成为现代希伯来语文学中的经典作品了。另外，他还写有一部长篇小说、一部短篇小说集、一部剧作集和三本儿童文学作品。

三

正所谓"国家不幸诗家幸"，作为犹太人，阿米亥也许不幸，因为他的民族命途多舛，用特德·休斯的话说，屡遭不仅是战败而且是灭种的威胁；③而作为犹太诗人，他却可说得天独厚：民族苦难与个人不幸的历史正像圣城耶路撒冷层层积叠的无数遗址和废墟在等待着发掘、考证、展出和重建。他无需也无暇像发达国家生活平静优裕的诗人们那样闭门造车、无病呻吟，而只需如实记录、整理他的所见、所闻、所思、所为。这是他的职责，因为新的时代需要新的先知，既然"先知们死去已很久"（《时间1》）。

---

① 切斯瓦夫·米沃什（Czesław Miłosz, 1911~2004），波兰诗人，于1980年获诺贝尔奖文学奖。

② 塞萨尔·巴列霍（César Vallejo, 1892~1938），秘鲁诗人，享有"南美最伟大诗人之一"的赞誉。

③ 译自特德·休斯为《阿门》作的"序"。

　　然而，哪怕是最蹩脚的摄影师也须懂得取舍、剪裁、调整视角以及后期加工。阿米亥的诗既是写实的、自传性的，也是超现实的、玄学性的。其创作既丰、题材亦广，各种主题交织复现，绝非数纸之言所能概括。兹仅试就所译之作略举一二。

　　如前所提及，时间主题在阿米亥诗中的存在不仅是显要的，而且是渗透性的。它几乎无处不在且有无数变体。对于诗人来说，它不仅意味着绝对抽象的时光推移，而且意味着其中发生过、正在发生和将要发生的一切。因此它又能幻化出无数主题。历史感对于阿米亥来说绝非简单的怀古恋旧，而是充满了现在与过去、记忆与忘却、绝望与希冀等矛盾的二元意识。在这一点上他似与叶芝相近。

　　所以说，阿米亥诗的一大特点是：其主题或视角往往并非单一，而是一对对矛盾或类比的组合。例如，痛苦主题在时间的背景中即转化为记忆和忘却主题："凭借战争的可怕智慧，他们教我／把急救绷带正揣在心口上：／那颗依然爱着她的愚蠢的心，／那颗情愿忘却的睿智的心。"（《历史之翼的呼啸声，如他们当时所说》）时间能以遗忘替代记忆，以欢乐覆盖痛苦，使坏事变成好事：

　　　　少年人在那狭窄的山谷中野炊，
　　　　在那里我曾经打过仗：
　　　　他们在恐惧的近邻露营，
　　　　在死亡的壕沟里煨起一堆篝火。

　　　　他们之中最漂亮的女孩头颈一甩
　　　　理顺她的头发，

他们之中最强壮的男孩为篝火拾柴。

炮击在继续，

爆炸已变成好事，空气中

飘荡着一股野忍冬花香和歌声。

傍晚，他们离去的时候，

那片风景整理一番：

狭谷将像一只皮球上的凹窝般升起，

那景色将平坦如遗忘。

——《狭谷》

　　痛苦和欢乐也是阿米亥诗中经常交织出现的一大主题，一如上面这首诗在体现记忆与遗忘的同时所体现的。作为侥幸躲过大屠杀的犹太移民和三次上战场的战士及多次失恋的情人，阿米亥对于痛苦有着不同寻常的深切体验和见解：

有时我在自身之中瘫倒，

没有人注意。我像一辆

两条腿的救护车，自身中

载着病人驶向一家无救站，

一路警报长鸣。

人们却以为那是正常的言谈。

——《你不可示弱》

　　痛苦是个人切身的体验和感觉，别人无法也无意分担或理解。这与英裔美国诗人威斯坦·休·奥登（Wystan Hugh Auden）在其名诗《美术馆》（*Musée des Beaux Arts*）中所体现的精辟见解不谋而合："他们都多么透彻地理解／痛苦在人间的位置。"不同的是，奥登乃观画而有所悟，阿米亥则悟自经验本身。不仅个人痛苦如此，一个民族的痛苦也同样不足与外人道：

> 凭吊访问是我们从他们那里得到的一切。
> 他们蹲在大屠杀纪念馆里；
> 他们在哭墙前戴上肃穆的面孔；
> 他们在厚重的窗帘背后大笑，
> 在他们的旅馆中。
> 他们在拉结墓、赫茨尔墓
> 以及弹药山顶
> 与我们著名的死者
> 合影。
> 他们哭悼我们可爱的小伙，
> 垂涎我们粗蛮的姑娘
> 在凉爽的蓝色浴室里
> 挂起内衣
> 以迅速晾干。

——《旅游者》

　　最了解痛苦者也最懂得欢乐的价值："那许多日子／为了仅仅一夜的爱／而牺牲了自己"（《时间 3》），因为痛苦是永恒的，而欢乐短暂："快乐没有父亲。……／它死去，没有继嗣。／而悲哀却有悠久的传统，／从眼传到眼。从心传到心。"（《你可以信赖他》）长期处于灭种危险和受迫害歧视的痛苦之中的民族往往养成豁达的天性，因为他们知道乐天是求生存的支柱之一："我从父亲那里学到的是：痛苦和大笑／还有一天三祈祷。"（《你可以信赖他》）他们最懂得把握欢乐，有时甚至不惜付出高昂的代价：

> 有时我非常快活，不顾死活。
> 那时我就深深扎进
> 世界这只绵羊的
> 毛里，
> 像一只虱子。
> 我就这么快活。

> ——《有时我非常快活，不顾死活》

欢乐一如痛苦，在阿米亥诗中又往往与性爱紧密联系在一起："当我进入你的时候／就仿佛巨大的欢乐／可以用剧烈痛苦的精密刻度／来度量。又快又苦涩。"（《又快又苦涩》）性爱在阿米亥诗中是最引人注目的题材之一。像沃尔特·惠特曼（Walt Whitman）等真正的大师一样，阿米亥从不讳言性，一如他们不讳言任何真实的存在。他们对待性的态度是坦诚、健康和赞美的。不同的是，惠特曼对性爱多作理想主义和浪漫主义的歌颂，把它视为人类繁殖、欢乐与和谐之源；阿米亥则倾向于对性爱作现实主义的描绘，暗示对于一个几乎连生存权利都被剥夺了的民族来说，性爱也许成了他们所剩的唯一苦中作乐和把握实在的途径：

这里的人们生活在应验成真的预言之中，

犹如在爆炸后经久不散的

浓厚的硝烟之中。

于是在孤寂的盲目中他们

彼此触摸双腿之间，在暮色里，

因为他们没有别的时间，他们

没有别的地方；

先知们死去已很久。

———《时间 1》

由此又可引至性爱与生存、性爱与死亡、性爱与战争、性爱与宗教、性爱与流亡、性爱与种族差异等一系列既具有现实意义又具有形而上意义的矛盾主题。

生存第一。对于犹太人来说，无论是当他们流散于世界各地之时，还是自他们在故土建国之后，生存永远是个不得不面对的现实而严峻的问题："我们用危险给自己造了一个子宫，/ 我们用隔音的战争为自己建了一座房屋，/ 就像北极的人们 / 用隔音的冰块 / 为自己建造安全而温暖的房屋。"（《我不知道历史是否重复自己》）阿米亥虽然屡次亲身参战，但对他来说，战争是为求生存所采取的不得已手段。因此反战是他诗中的另一重要主题。他不仅以写实的笔触反映战争的残酷及其给人们造成的创痛，还常常站在哲学的高度，指出战争是源于人类的无知和误解，表现出博爱悲悯的人道主义精神：

孩子们拿着弓和箭

玩耍，直到玩成真正的战争。

这就是打仗的方式。

——《时间 7》

在位于东西方交会枢纽的巴勒斯坦土地上，民族的误解与不和还有其深远的宗教原因。阿米亥 15 岁时丧失了犹太教信仰（他在《安息日谎言》等诗中对此屡有表白），这使他得以超越偏狭谬见而对宗教的真正含义形成自己的洞见卓识。他厌倦各种宗教派别在枝梢节末的形式问题上的不休争端：

我厌倦了。且诅咒那三大宗教，

它们不让我在夜间安眠，

那混合着钟声、宣祷者吼声、羊角号鸣声和嘈杂赎

　　罪声的一切。

呵，上帝，关闭你的屋门，让世人休息吧。

你为何还不遗弃我？

……

我早已像荆棘一样枯干。

——《以禄月末》

他暗示原始而纯真的宗教实质同一，而不在于名相之别：

……像一个孩子仍然使用

他早年的婴儿语汇，

他不会说
上帝的真名，而是说：埃洛希姆、哈舍姆、阿多奈，
达达、嘎嘎、呀呀……

——《永远永远，美妙的歪曲》

那么宗教的真谛是什么？是爱，是超乎种族和信仰界限的人类本能：

寻找一只羔羊或一个孩子永远是
这群山之中一种新宗教的肇始。

——《一位阿拉伯牧人在锡安山上寻找他的羔羊》

可以说，爱即阿米亥的宗教，亦即他诗作的最大主题。这一主题也有许多变体，如对父母、子女、情人、陌生人甚至敌人的爱，以及对故土、圣城、自然、传统文化、生命、智慧的爱。爱在阿米亥诗中几乎成了生的同义语，生命只有以爱做注脚时才显示意义：

将近傍晚我看见
一位皮肤晒黑的救生员
正俯在一个金色的获救女人身上
用呼吸使她复苏，
好像恋人一般。

——《时间16》

　　阿米亥诗中还有一个非常重要的主题，那就是他自己。像许多艺术大师一样，阿米亥毕生都在为自己画像。其独特之处在于他把自己置于各色各样的真实背景和情节之中，并达到了浑然一体的效果。除自传性长诗《图德拉最后一位便雅悯的游记》（1968）外，阿米亥还在许多抒情诗中对自我的各个层面作了诚实而深刻的暴露。

　　在希伯来传统中，诗人往往等于先知、智者，享有崇高的社会地位。但是随着历史进入 20 世纪，尤其是第二次世界大战以后，几乎整个世界都出现了这么一种趋势，即英雄时代一去不返，诗人的地位也一落千丈，如英国诗人菲利普·拉金（Philip Larkin）所说："在一个自命不凡本该是正常之事的时代，一系列大事件无情地把我们削减回本来尺寸。"[①]以他为首的"运动派（The Movement）"诗人也许是最自觉接受这一现实者。阿米亥自身经历坎坷，或许还由于犹太民族重群体轻个人传统的影响，他对此也有敏锐而深刻的意识。在他的诗中，他从不以开拓者和建国英雄自居，而是扮演着死里逃生的小兵和七情六欲俱全的现代普通人角色：

　　　　我像一片树叶
　　　　知道它的限度，
　　　　不想扩张超越
　　　　也不——
　　　　想变得与造化比肩，

---

① 译自菲利普·拉金的《吉尔》（*Till*, London: The Fortune Press, 1946）。

不想飘落入广大世界。

————《时间 36》

他不怕难为情，敢于自我剖析，自我批评：

我是个大结巴，但自从
我学会了撒谎，我的话语就倾泻如水。

————《我又大又胖》

他说话多用低调、冷嘲语气，有时也会破口大骂，毫无顾忌：

可我，一直待在这里，污染我的嘴、
我的唇、我的舌。
我的话语里有灵魂的废物
和情欲、尘土、汗水的糟粕。

————《时间 63》

他喜欢女人，注重实际，但对人生却有着东方宗教式的大彻大悟：

我的朋友，你现在做的事情，
多年前，我做过。

······

我可以看出你在拼命

抓攫你周围的一切，

书本、孩子、一个女人、

各种乐器——

但你不知道这

只不过是向你身边

折取枯枝败梗

以添旺那大火，

而你将在其中焚烧。

——《时间30》

　　在《历史之翼的呼啸声，如他们当时所说》一诗中，他还透露了自己改名的缘由和经过："我付五个先令把我受自犹太流散地祖先的姓氏／改成一个骄傲的希伯来语姓名以和她的相配。"他的德语原名"路德维希·普弗伊费尔（Ludwig Pfeuffer）"甚少人知；他的希伯来语姓氏"阿米亥（עמיחי）"义为"吾民生存"；名字则是常见的犹太人名，旧译为"犹大（יהודה）"。　要完全认识一个作家，首先须阅读他的全部作品。阿米亥的精神面貌深邃复杂，在此只能略窥一二。至于其丰富的创作题材，限于篇幅，也不可能一一细数了，因为——借用菲利普·拉金的话——"每一首诗都必须是它自己单独新造的宇宙。"①

---

① 　译自丹尼斯·约瑟夫·恩赖特编的《1950年代的诗人：英语新诗选》（Dennis Joseph Enright, ed., *Poets of the 1950's: An Anthology of New English Verse*, Tokyo: Kenyusha Ltd., 1955）。

四

　　读阿米亥的诗，最初的印象往往是单纯、透明、凝练。这一则主要是由于他使用简单准确的现代口语以及直截了当的谈话语气，二则是由于他少用隐喻而多用明喻。批评家沃伦·巴加德（Warren Bargad）也说："阿米亥的长处在于他运用比喻性语言的卓越技巧。由于他的明喻具有一种轻松自在、脚踏实地的韵味，阿米亥的比喻性语言的这一特点就导致了常用来概括描述其诗的表面标签——'优雅'或'单纯'。"[1] 明喻是最原始的诗歌技巧之一。其特点之一是本体与喻体特征近似、关系明确，故而能在形而上真理和感觉世界之间建立有效的联系；其另一特点是本体与喻体的结合短暂而随意、松散，故而明喻又具有很强的生命力。阿米亥也许是现代诗人中最善用明喻者。他的明喻有的貌似牵强，但想象出奇，自有理趣，有点儿近似 17 世纪英国"玄学派（The Metaphysical）"[2] 诗人的"奇喻"，例如：

> 就像一个烟鬼的手指，
> 你的灵魂被染污——
> 由于恋爱上瘾。

——《清晨我站在你的床边》

---

[1]　译自《当代文学批评》第 22 卷（*Contemporary Literary Criticism*, vol.22, Detroit: Gale Research Inc., 1982）。

[2]　英国 17 世纪玄学派是以其创始人约翰·但恩（John Donne）为代表的。其诗作特点是：寓哲理思辨于浓缩的激情，想象出奇但合乎逻辑，富于对立又统一的张力。其对 20 世纪英美现代派诗歌具有很大影响。

有的貌似信手拈来，但每每化平常为新奇，所选意象也往往颇具
当代感：

　　　我们曾如此靠近，
　　　好像奖券上的两个数字，
　　　只隔一个数码。
　　　我们之一将赢，也许。

　　　　　　　　　　　　　　　——《我们曾靠近》

　　一如玄学派诗人，阿米亥很少只用"名词甲像名词乙"这样
简单结构的明喻，而常用"词组甲像词组乙"或"句子甲像句子
乙"之类的结构，且往往加以逻辑性扩张或发挥，以表明一种状
态、事件或行为与另一类事物之间的内在联系，例如：

　　　忘记某人就像
　　　忘记关掉后院里的灯
　　　而任由它整天亮着：
　　　但正是那光
　　　使你记起。

　　　　　　　　　　　　　　　——《忘记某人》

　　明喻的长处即在于结构较松散，比喻词两端都有较大的伸展
余地。有时省去比喻词便近于联想了。如美国诗人埃兹拉·庞德
（Ezra Pound）的著名"俳句"《在地铁车站》（*In a Station of the*

Metro）："人群中这些面孔的闪现；／湿黑的枝上，花瓣点点。"联想类似于我国传统诗歌中的"兴"。有人说"兴"是象征，其实不然。应当说，"兴"即联想，例如："关关雎鸠，在河之洲；窈窕淑女，君子好逑。"联想比明喻更自由。阿米亥很善于给联想的空隙中糅进轻松幽默的成分：

> 房间里的花儿美丽
> 是由于它们对屋外种子的欲望。
> ……
> 你也坐在我的房间里，由于
> 你对别人的爱而美丽。

——《房间里的花》

> 空中小姐说，熄灭所有吸烟材料，
> 但她并未特指，香烟、雪茄或烟斗。
> 我在心里对她说：你拥有美丽的恋爱材料，
> 我也不特指。

——《空中小姐》

联想的断续和留白造成意象间的拼贴和诗行间的跳跃。阿米亥的诗意象繁丽，有时难免有堆砌之嫌，但得力于发挥式明喻和联想的作用，故虽则一首诗中众多意象彼此间性质、门类等相去甚远，逻辑关系又隐而不显，却也并不令人感觉晦涩费解，相反倒给人以紧凑的具象感，像拼贴画或连环画。

　　像任何诗人一样，阿米亥拥有一大堆习用意象，如石头、采石场、城墙、房屋、山谷、窗户、蜡烛、旗帜、沙漠、照片、灯光、语言、书信、儿童、士兵、女人、炸弹、眼睛、生殖器，等等。这些意象在不同诗作中频繁复现便像雪球似的沾上了一些联想或象征意义，从而交织成一个大的意象系统或网络或背景，尽管阿米亥从不刻意营造什么体系。然而他很善于编排意象。他常常把异质异类的意象对比并置，如过去与现在、国际与地方、自然与人工、宗教与世俗、青春与老年等，从而取得对现象世界和形而上领域超时空立体透视的效果。当然，他不可能在两者之间平均用力，而是有一定立场和着重点的。一般来说，他钩稽历史是为了说明当代，质疑上帝是为了把握现世，调侃老年是为了羡慕青春。例如，在《正像一位船长》一诗中，科技与人情相对照，正是意在衬托在科技发达的时代天伦亲情的更加可贵。有人说，阿米亥的意象艰涩难解，其诗进入了超现实领域。[①] 其实，阿米亥是个世俗和外向之人，几乎从不语怪力乱神。他的意象大多来自现实世界，但经他以独特的观察力和想象力稍加变形、组合便显出不同寻常的意蕴来。例如：

　　　　我心中突然生起一种强烈的渴望，

　　　　就像一张旧照片里的人们

　　　　想要回到那些

　　　　在一盏明亮的灯光下

[①]　引自《当代文学批评》第 22 卷（*Contemporary Literary Criticism*, vol.22, Detroit: Gale Research Inc., 1982）。

观看他们的人们中间。

——《时间 48》

一个极平凡的事件，变换一个角度，便生出新奇的效果来。特德·休斯也说："在阿米亥的诗中，意象不是以超现实主义的方式取自梦幻世界，而是取自犹太人的内部和外部历史。"[①]

阿米亥不用超现实主义方法而更超现实的另一原因在于，他喜欢且善于从日常经验中剥离出智慧哲理或隽永悖论的内核，例如：

一个叫嚷的孩子在游戏中暴露出他的藏身处，
而一个静默的孩子被遗忘。

……

墙上一幅火山图画
使坐在屋里的人们镇静。
一座公墓由于
其死者数量众多而宁静。

——《相对性》

---

① 译自特德·休斯为《阿门》作的"序"。

那老旧房屋的窗户

存留下来只是为了供人朝里窥望：

一切窗户的最后命运。

——《时间 56》

等等诸如此类。译者认为，诗之表达有三境界：其一是诗人主观思想与客观存在相契合，二者互为表里，既有深层含义，又有连贯的表层意象或情节；其二是先有主题观念，但找不到现成的客观经验以体现之，而只好凭想象构造相应的比喻或意象，其表层往往缺乏连贯性和整一性；其三是既无生活基础，又不讲究营造意象或设置比喻，而直以陈词熟语宣泄情思。第一种近乎现实主义，第二种近乎象征主义，第三种则近乎口号式。阿米亥的诗有许多属于第一种，这不仅因为他的大多数意象和比喻提炼自现实世界，而且因为他的诗中还充斥着直接剪取自日常经验的真实事件和场景。叙事性是阿米亥诗的一个重要特点，也是当代抒情诗的一个发展趋势。精细的叙事保证了诗的表层具有较连贯的故事情节或较完整的戏剧场景，从而也保证了诗的具体性、独特性和可读性。

当代诗中与叙事性相关的发展趋势还有语言节奏的散文化或口语化。其实这是历代优秀诗人为更新诗歌语言、保持诗歌生命力、使之逼近生活真实而必须作的一项革新，而我们的时代尤其不适合歌唱。阿米亥对此极有意识。他的诗行纯以意行，不假雕饰，平白如话。这也是他拒绝雕琢匠气，崇尚天然真朴，以平凡人面目对平凡人说话的一种姿态。也正由于此，自由诗体在他手里发挥得淋漓尽致，可以说达到了随心所欲不逾矩的境界，而他并没有像许多美国诗人那样热衷于对自由体做这样那样的实验。当然，他也从不拒绝向前人借鉴，例如《假如我忘记你，耶路撒冷》一诗就不仅模仿了"圣经"诗体的韵律，而且还化用了"圣经"的辞句："耶路撒冷啊，我若忘记你，情愿我的右手忘记技巧！……"（《诗篇》第 137 篇第 5~6 节）对"圣经"等古典文学的熟悉是阿米亥又一得天独厚之处，但他有极强的消化能力，往往能把传统的酵母揉进现实的面团里，浑然不着痕迹。

最能体现诗人个性的也许是诗的语调了。阿米亥从不忌惮袒露个性，他的语调具有鲜明的个人色彩。读他的诗，可以感觉到汪洋恣肆的情感，不怕羞耻的坦诚，但他很少滥情感伤，而多采取低调、淡化的口吻，忧郁而能大笑，愤怒而后达观。他很善于幽默、反讽、自嘲，常常以调侃戏谑的语气处理严肃的戏剧性场面，从而达到黑色幽默或荒诞的戏仿效果。这多少反映了怀疑务实的当代普通人生活态度，以及坚忍乐观的犹太性格。

有人说，阿米亥的诗没有诗学理论，它只依赖诗人的丰富经历，而以"诚实"的自白方式道出人世间的真理。[①] 虽说这话不无偏颇，却也一方面说明阿米亥的诗内容充实，无需汲汲于空洞的技巧实验；另一方面则说明他的技巧纯熟，与内容结合得不着痕迹。美国评论家利昂·维泽尔蒂尔（Leon Wieseltier）写道："以色列最著名的诗人把数世纪的犹太经验筛入他多难土地的第一手印象之中；而且他把个别的变成普遍的。……这些诗作比当代美国诗中几乎任何作品都高出许多。"[②] 对于阿米亥的诗，我们不可

---

① 引自《当代文学批评》第 9 卷（*Contemporary Literary Criticism*, vol.9, Detroit: Gale Research Inc., 1978）。

② 转引自以色列希伯来语文学翻译研究所（The Institute for the Translation of Hebrew Literature）提供的阿米亥简介资料。

能以某种"主义"的标签加以概括。诚如罗森特尔在评论《阿门》时所说:"它再次证明,当真实事物出现时,时髦的批评术语——'后现代主义'、'反诗学',等等——都毫无用处了。"① 也许可以借用一位批评家 E. R. 希金斯（E. R. Higgins）评论叶芝的话来概括评论阿米亥:"在现代作家中最具现代感,而无须是现代主义者。"②

五

本诗选共收抒情短诗 180 首和 1 首自传长诗的节选,分别选译自以下 7 种英译诗集:

①哈罗德·席梅尔（Harold Schimmel）、特德·休斯（Ted Hughes）、阿西雅·古特曼（Assia Gutmann）及耶胡达·阿米亥（Yehuda Amichai）英译的《耶胡达·阿米亥的早期诗集》（*The Early Books of Yehuda Amichai*, New York: The Sheep Meadow Press, 1988）。

②路得·内沃（Ruth Nevo）英译的希、英双语版《游记》（*Travels*, New York: The Sheep Meadow Press, 1986）。

③耶胡达·阿米亥等（Yehuda Amichai et al.）英译

---

① 译自《当代文学批评》第 9 卷（*Contemporary Literary Criticism*, vol.9, Detroit: Gale Research Inc., 1978）。

② 译自斯蒂芬·格温编的《繁枝:威廉·巴特勒·叶芝纪念文集》（Stephen Gwynn, ed., *Scattering Branches: Tributes to the Memory of W. B. Yeats*, New York: Macmillan, 1940）。

的希、英双语版《耶路撒冷诗篇》（*Poems of Jerusalem*，New York：Harper & Row，1988）。

④耶胡达·阿米亥（Yehuda Amichai）英译的《时间》（*Time*，New York：Harper & Row，1979）。

⑤耶胡达·阿米亥（Yehuda Amichai）与特德·休斯（Ted Hughes）英译的《阿门》（*Amen*，New York：Oxford University Press，1977）。

⑥格伦达·艾布拉姆森（Glenda Abramson）与图德·帕菲特（Tudor Parfitt）英译的《大宁静：有问有答》（*Great Tranquillity: Questions and Answers*，New York：Harper & Row，1983）。

⑦哈拿·布洛克（Chana Bloch）与斯蒂芬·米切尔（Stephen Mitchell）英译的《耶胡达·阿米亥诗选》（*Yehuda Amichai: Selected Poems*，London：Penguin，1988）。

顺序基本上按英译本出版时间先后编排。

译者在翻译这些诗的过程中以准确为第一原则。这不仅意味着意义的正确无误，而且意味着在此基础上句式、行式、语气、措辞、意象等形式和风格诸方面以及整体效果向原作的贴近。当然，这也许只能是个可以无限接近的理想，但也不失为一种从事文学翻译的主导观念和态度。有人认为，诗不可能做到完全对等的翻译，因此便主张"意译"，弃形而取神。殊不知诗的内容与形式结合得最为紧密，虽一个标点符号的变动也会影响到意义。古人作诗有"炼字"之说，西诗亦复如是。而现代诗中，意象尤为重要。甚至小到一个介词或冠词都可能有暗示或联想的作用。因此，改变诗的形式，就有可能破坏诗的种种微妙处。但这绝不是说就要完全模仿原文语言系统结构"死译"、"硬译"，而是说要在吃透原文细节的基础上尽量少丢弃原诗的形体特征，以达到整体的对等效果。

　　除尽量保存原诗意象等有机形式外，译者在译诗中还坚持使用当代白话和散文句法，因为这是原诗语言风格在译文中最可感的体现。至于语气等须以神会的微妙处也只能借此来再现。弗农·扬（Vernon Young）评论英译阿米亥诗说："阿米亥的诗听起来活生生的，绝不像是翻译之作。"① 但愿我的中译亦庶几近之。惜乎我的译文乃转译自英文（虽然部分由阿米亥自译），所以其忠实程度还需取决于英译文的忠实程度。

傅　浩

1992 年 4 月 4 日

于中国社会科学院外国文学研究所

---

　　①　　译自《当代文学批评》第 22 卷（*Contemporary Literary Criticism,*
vol.22, Detroit: Gale Research Inc., 1982）。

河北教育出版社版附记

这部诗集原以《耶路撒冷之歌：耶胡达·阿米亥诗选》为题于 1993 年由中国社会出版社出版。此次增订，除保留初版全部内容外（个别文字有所修改），又补充了新译诗作 64 首，分别选自英译诗集，即耶胡达·阿米亥（Yehuda Amichai）与特德·休斯（Ted Hughes）英译的《阿门》（*Amen*，New York：Oxford University Press，1977）、芭芭拉·哈沙夫（Barbara Harshav）与便雅悯·哈沙夫（Benjamin Harshav）英译的《就连拳头也曾经是五指伸开的手掌》（*Even a Fist Was Once an Open Palm with Fingers*，New York：HarperCollins Publishers，1991）以及哈拿·布洛克（Chana Bloch）与哈拿·克龙费尔德（Chana Kronfeld）英译的《开合开》（*Open Closed Open*，New York：Harcourt，2000）。此外，还附录了译者的两篇有关文章《以色列诗歌的历程》和《耶路撒冷之忆》，也许有助于读者更好地理解这位伟大的诗人及其诗作。

傅　浩

2001 年 10 月 5 日

作家出版社版说明

拙译《耶路撒冷之歌：耶胡达·阿米亥诗选》（中国社会出版社，1993）收录译诗181首，是为初版。增订本《耶胡达·阿米亥诗选》（河北教育出版社，2002）增加新译诗64首，共收录译诗245首，是为再版。此次又新增译诗326首，总共收录译诗571首，是为第三版。

一年前，作家出版社编辑李宏伟君找我，表示想重出拙译阿米亥诗，但要求尽量译全。阿米亥是我最欣赏的诗人之一，与我又是忘年交，有此机会把他的更多作品介绍给我国读者，在我自然是义不容辞。于是我联系阿米亥遗孀哈拿（Hana）①，得到了汉译的重新授权。

此次增订，补译全了《阿门》（*Amen*）、《时间》（*Time*）、《大宁静：有问有答》（*Great Tranquillity: Questions and Answers*）和《就连拳头也曾经是五指伸开的手掌》（*Even a Fist Was Once an Open Palm with Fingers*），其他各集也据哈拿·布洛克（Chana Bloch）与斯蒂芬·米切尔（Stephen Mitchell）英译的《耶胡达·阿米亥诗选》（*The Selected Poetry of Yehuda Amichai*，Berkeley and Los Angeles：University of California Press，1996）以及便雅悯·哈沙夫（Benjamin Harshav）与芭芭拉·哈沙夫（Barbara Harshav）英译的《耶胡达·阿米亥：诗的一生，1948~1994》（*Yehuda Amichai: A Life of Poetry 1948-1994*，New York：HarperCollins Publishers，

---

① "Chana"和"Hana"在拼写上相当于汉语的繁简体或异体字。

1994）补译近乎完全，唯《开合开》（*Open Closed Open*）除外。然而，由于各英译本也只是选取较适合翻译的作品，这些还不是阿米亥诗作的全部，但可以说其中大部分已囊括在此了。

　　由于系从英文转译，各诗集顺序除主要按照希伯来语原著出版时间排列外，亦兼顾某些英译本出版时间及书名，使其相应地厕身其间。各诗集中诗作的排列顺序主要依据英译本，有些篇什来源不一，有不止一种英译，各本排列顺序有所不同，只能参酌而定。所以，除在相应位置插入新译外，旧译顺序也有所调整，有的甚至移入了不同诗集。

　　在文字方面，增加的新译自不必说，译者对旧译又作了全面校订，改正了一些原有的误译，润饰了一些欠佳的译法，包括个别诗作的题目。我原本有志学习希伯来语，以期从原文阅读甚至翻译阿米亥，但因种种原因，自学了一段时间便搁下了，远未达到能直接从原文翻译的程度，但在新译和修订旧译的过程中，我所知有限的希伯来语居然也多少派上了用场，帮我解决了一些因英译费解而造成的困惑。有些诗作不止有一种英译，即以阿米亥自译者为首选，其他则彼此参照，甚至查对希伯来语原文，择善而从，综合而成汉译。对于旧译，还增补了一些注释。新旧注释中，除标明英译本"原注"者外，其余皆为译者所注。初版"译者序"和增订版"附记"的文字也作了一些相应的改动。附录部分增加了访谈录《耶胡达·阿米亥谈诗歌艺术》和译者诗二首。

　　由于时间所限，此次未能尽译的作品只好留待以后再版的机会了。翻译是一种遗憾的艺术，仓促间必然会犯下新的错误，也只好敬俟读者指正，将来再作补救了。在此，我要感谢哈拿·阿米亥，感谢她的信任和慷慨，她曾点名要我翻译阿米亥；这次她不仅授予我汉译许可，而且寄赠给我阿米亥的所有希伯来语原版诗集。感谢阿米亥的好友、美国诗人斯坦利·摩斯（Stanley Moss），他将所经营的绵羊草场出版社（The Sheep Meadow Press）出版的各英译本阿米亥诗选寄赠予我。感谢以色列希伯来语文学翻译研究所（The Institute for the Translation of Hebrew Literature）暨妮丽·寇恩（Nilli Cohen）女士的一贯支持，他们给我提供了许多实质性的帮助。最后还要感谢作家出版社暨李宏伟君，没有他们的法眼慧识、宽容体谅和积极合作，此书的问世是不可能实现的。

傅　浩
2014 年 9 月 29 日

社会科学文献出版社版前记

2021年3月，拙译《噪音使整个世界静默：耶胡达·阿米亥诗选》（作家出版社，2016）合同到期，我即动念暇时重订再版，主要是因为其中还有误译。我还发愿，在削正误译的同时，也趁机把先前未选之诗悉数译出，以呈现阿米亥诗创作的全貌。

2022年5月，我在微信朋友圈表达此愿，社会科学文献出版社的编辑即与我联系，表示愿意合作。双方意向明确之后，我即着手与阿米亥遗孀哈拿（Hana）联系，商谈原著版权再授事宜。待到三方签订完毕所有翻译出版合同，已是2023年4月下旬了。

此时我刚好退休不久，遂从5月1日开始劳动，至今初告竣工。除据哈罗德·席梅尔（Harold Schimmel）、特德·休斯（Ted Hughes）、阿西雅·古特曼（Assia Gutmann）及耶胡达·阿米亥（Yehuda Amichai）英译的《耶胡达·阿米亥的早期诗集》（*The Early Books of Yehuda Amichai*，New York：The Sheep Meadow Press，1988），哈拿·布洛克（Chana Bloch）与斯蒂芬·米切尔（Stephen Mitchell）英译的《耶胡达·阿米亥诗选》（*The Selected Poetry of Yehuda Amichai*，Berkeley and Los Angeles：University of California Press，1996）以及便雅悯·哈沙夫（Benjamin Harshav）与芭芭拉·哈沙夫（Barbara Harshav）英译的《耶胡达·阿米亥：诗的一生，1948~1994》（*Yehuda Amichai: A Life of Poetry 1948-1994*，New York：HarperCollins Publishers，1994）译出其中所有先前未译的诗作之外，还据罗伯特·阿尔特（Robert Alter）编的《耶胡达·阿米亥的诗》（*The Poetry of Yehuda Amichai*，New

York：Farrar，Straus and Giroux，2015）转译了其中所有新出的英
译诗作。此外，还补译全了自传长诗《图德拉最后一位便雅悯的
游记》和最后一部诗集《开合开》（פתוח סגור פתוח ）。

　　统计之下，总共得诗 1114 首，亦即较前一版新增了 543 首，
数量近乎翻倍。然而，这些仍非阿米亥诗作全部。阿米亥一生著
有 13 种希伯来语诗集，哈拿赠我了 10 种，声称已尽其所有作品，
这是因为最早的 3 种已并入第三种《诗 1948~1962》（1962−1948
שירים ）之中了。以之与诸英译本互勘之下，发现还有不少诗作尚
未译入英语。倘若假以时日，原打算也直接从希伯来语原文试译
一二，但交稿时限迫近，不容拖延，况且自身实力确有未逮，只
勉强译得 91 首，其中包括没有英译本的长诗《在公共花园里》
（选段）和《开合开》英译本未译的诗作。更多的只好留俟他日。
目前本书囊括阿米亥全部 13 种诗集大部分内容，虽还称不上全集
或合集，但无疑仍旧是迄今最全汉译本。问题是，增加了新译，
当然又会生出新的误译，但愿以后还有机会再改。需要说明的是，
所有译诗的排序和各集的题名根据希伯来语诗集作了相应调整，
原有旧译的文字也据希伯来语原文有所校订。阿米亥是第一位用
现代希伯来语口语写作的诗人，在他之前的希伯来语诗歌都是文
言的传统格律诗。拙译则使用尽量接近口语的精炼的当代汉语，
以期在风格上贴近原作。

　　2023 年 6 月下旬，哈拿来电邮说，2024 年 5 月 3 日是耶胡
达百岁冥诞，以色列专门成立了以前总统鲁文·里夫林（Reuven
Rivlin）先生为主席的筹备委员会，将在全国各地举办各种各样的
庆祝活动。她希望我能将本书的翻译出版与此事相提并论，我自
然乐于从命，尽管当初起心修订拙译时并未意识到机缘会如此凑
巧。出版方也颇受鼓舞，但表示在阿米亥生日之前出书已无可能。

然而，他的期颐冥寿在 2025 年 5 月 3 日之前依然有效，应该还来得及将本书作为贺礼献给已进入永生的诗人吧。依照他的民族信仰，这也算是他那不朽灵魂在汉语世界的又一次小复活。

欢迎你，老朋友，来旧地重游。请放心，这回还是我当向导。

最后，顺便提一下，现在可以透露了，1994 年我初次应瑞典学术院（Swedish Academy）之邀推荐诺贝尔奖文学奖候选人，提名的就是耶胡达·阿米亥，可惜他没有获奖。但是我相信，他的伟大并不因此而稍减，他的作品就是最好的证据。

傅　浩

2023 年 12 月 22 日冬至

目　录

中　卷

并非为了回忆的缘故（1971）/ 0405

时间（1977） / 0639

大宁静：有问有答（1980） / 0737

下　卷

就连拳头也曾经是五指伸开的手掌（1989） / 0977

此时和别的日子里

（1955）

当我是个孩子时

当我是个孩子时，
蒿草和墙桅耸立在岸边；
我躺在那里的时候，
我想它们都是一样的，
因为它们全都在我之上升入天空。

只有我母亲的话语和我在一起，
就像一块包在沙沙作响的蜡纸里的三明治；
我不知道我父亲将何时归来，
因为在空地那边还有一片森林。

一切都伸出一只手，
一头公牛用犄角抵破太阳，
夜里街上的灯光爱抚
墙壁的同时也爱抚我的脸颊，
月亮，像一只大水罐，倾俯着，
浇灌着我焦渴的睡眠。

我母亲为我烘烤整个世界

在甜糕饼中，
我母亲为我烘烤整个世界。
我的爱人用星星葡萄干
填满我的窗户。
我的渴望关闭在我内心
好像面包里的气泡。
表面上，我光滑、平静、褐色。
这世界爱我。
但我的头发忧伤得像渐干沼地里的芦苇——
所有有着美丽羽毛的珍禽
都离我而去。

两人一起但各自独立

两人一起但各自独立……
　　　　——摘自一份租约

妞儿，又一个夏天天黑，
我爸没到月亮公园来。
秋千摆荡，我们将开始，
两人一起但各自独立。

地平线失去远航船只——
现在难以抓住任何事。
山后武士们摆好战阵。
我们尽可用一切怜悯。
两人一起但各自独立。

月亮在天上锯着云团——
来吧，咱们开始爱之战。
就咱俩在万军面前欢爱。
我们可改变所有恶鬼。
两人一起但各自独立。

我的爱造就了我，很明白，
就像第一场雨中的盐海。
慢慢地我被引向你，倒地。
接住我。我们根本没天使。
两人一起。但各自独立。

上帝怜悯幼儿园的孩子

上帝怜悯幼儿园的孩子，
不大怜悯上学的孩子，
对成年人就不再怜悯。
祂根本不管他们。
有时他们不得不四肢着地
在灼烫的沙地上爬行
到急救站去，
一路淌血。

但也许祂会关注真心恋人，
怜惜他们，庇护他们，
像一棵树荫覆着睡在
公共长凳上的老人。

也许我们也会送给他们
母亲传给我们的
最后几枚稀有的同情硬币，
好让他们的幸福佑护我们，
在此时和此后的日子里。

自传，1952

我父亲在我头顶上建造了一片大如船坞的忧虑，
有一回我离开了它，在我被造好之前，
而他留在那里守着他巨大、空旷的忧虑。
我的母亲像一棵海岸上的树，
在她那伸向我的双臂之间。

在 31 年我的双手快乐而弱小，
在 41 年它们学会了使枪，
当我初次恋爱之时，
我的思绪像一簇彩色气球，
那女孩的白手把它们全都握着，
用一根细线——然后放它们飞走。

在 51 年我生命的动作
就像许多拴在船上的奴隶的动作，
我父亲的面孔仿佛火车头上的照明灯
在远方愈来愈小，
我母亲把许许多多的云关在她那棕色的壁橱里，
我走上街头时，
二十世纪就是我血管中的血液，
那在许多战争中想要通过
许多开口流出来的血液，
所以它从内部撞击我的头颅，
愤怒地汹涌到我的心脏。

可是现在，在 52 年春天，我看见
比去冬离去的更多的鸟儿飞回。
我从山丘上走下，回到家里。
在我的房间里：那女人，她的身体沉甸甸的
充满了时间。

在耶路撒冷的联合国总部

那些调停者、媾和者、折中者、安抚者们
住在白房子里面
通过蜿蜒的渠道，通过暗黑的脉管，
从遥远的地方接受他们的营养，像胎儿一样。

他们的秘书涂着口红，大笑着，
他们的有免疫力的司机在楼下待命，仿佛马厩里的牲口，
为他们遮阴的树木植根于有争议的领土，
种种谬见幻想是外出到田野间找寻仙客来
而不再回来的孩子们。

种种想法在头顶上盘旋，局促不安地，仿佛侦察机，
他们拍摄照片，然后回来，冲洗胶卷，
在昏暗、悲哀的房间里。

我知道他们有沉甸甸的枝形吊灯，
我曾经是的那个男孩坐在上面晃荡
一进一出，一进一出，一出，不再回来。

后来，夜晚将从
我们古老的生命中得出锈蚀扭曲的结论，
在所有房屋的上空，音乐
将掇拾一切散落的东西，
仿佛一只手在饭后拾掇桌上的
饭渣，而谈话继续着。

孩子们已经入睡。

希望来到我面前，好像勇敢的水手，
好像新大陆的发现者
来到一座海岛，
他们休息一两天，
然后扬帆远去。

我在等女友，她的脚步声杳然

我在等女友，她的脚步声杳然。
但我听见一声枪响——士兵
在为战争训练。
士兵总是在为某场战争训练着。

于是我解开衬衫衣领，
两个领尖各自
指向不同的方向，
我的脖子在它们之间升起——上面
顶着我平静的头颅，
结着果子，我的眼睛。

下面，在我温暖的衣袋里，钥匙的丁零声
给我以某种安全感——
对于你还可以锁起
和保存的所有东西。

我的女友还在街上走，
脖子上戴着
终结的宝石
和凶险的珠子。

两首有关最初战役的诗

1

最初的战役
以近乎致命的亲吻
拔起可怕的爱之花，
像炮弹那样。
我们城市漂亮的公共汽车
载着娃娃兵：
12 路、8 路和 5 路全都到前线去。

2

去前线途中，我们睡在一个幼儿园里；
我在头下面枕了一只毛绒泰迪熊。
陀螺、娃娃、喇叭降临
到我疲惫的脸上——
不是天使。
我的脚，在沉重的靴子里，
踢翻了一座色彩明快的积木搭造的塔——
积木摞在一起，
上一层比下一层的略小。
我的头脑中是大大小小的记忆汇成的一团混乱，
它们从中造出梦来。

窗外远处有火光……

我眼皮底下的眼睛里也有。

战地之雨

纪念迪奇

雨水洒落在我朋友的脸上，
洒落在我活着的朋友的脸上，
他们用毛毯遮盖着他们的头。
雨水也洒落在我死了的朋友的脸上，
他们身上什么也没有盖。

扑鼻而来的汽油味儿

扑鼻而来的汽油味儿。
我掌中捧着你的魂儿，
像柔软的棉花托着香橼 ①——
先父每年秋天都这么干。

橄榄树不再悲伤——它知道
季节变换，该走的时候到了。
抹干脸，妞儿，在我身边站会儿，
就像照全家福，乐一乐。

我收拾起皱巴巴的衬衫和烦忧。
我不会忘记你，我屋里的妞；
我最后的窗户朝向沙漠和血腥，
沙漠没有窗户，只有战争。

你从前爱笑，现在却眼神肃穆；
这亲爱的国家从来不号哭；
风将沙沙吹拂揉皱的床单，
我何时会再度睡在你身边？

大地里埋藏有许多原料矿物，

---

① 提市黎月系犹太教历七月和民历正月，相当于公历 9~10 月间。
该月十五日起为期七或九天为住棚节，是为纪念以色列人出埃
及后在沙漠中流浪，住棚屋四十年而设。其间有手捧香橼等四
种植物摇动并祝福的仪式。

不像我们从黑暗中被挖掘出；
一架军机在空中制造和平，
为我们，为在秋天相爱的所有人。

那一切之后——雨

那一切之后——雨。
当我们学会阅读关于流连的书
和关于离别的书时，
当我们的头发学会所有的风，
我们甜蜜的自由时光
被训练得总是绕着
时间的圈子跑时。

那一切之后——雨。
一片咸涩的大海
来到我们面前，结结巴巴吐出
美妙而沉重的水滴。

那一切之后——雨。
看，我们也
倾泻，一起
落入那接纳我们却不记得我们的，
春天的大地。

六首写给他玛 ^① 的诗

1

雨静悄悄地说着话，
你现在可以睡了。

我的床边，报纸的翅膀的沙沙声。
没有别的天使。

我会早早醒来，贿赂来日，
让它待我们好些。

2

你有葡萄般的笑声
许多圆圆绿绿的笑。

你的身体充满了蜥蜴。
它们全都喜爱太阳。

花儿生长在田野，草儿生长在我脸颊，
一切都有可能。

---

① 　"Tamar"，系阿米亥第一任妻子之名。

3

你总是躺在
我眼睛上。

我们一起生活的每一天，
传道者删去他书中的一行。

我们是那可怕的审讯中的救命证人。
我们将宣告他们全部无罪！

4

仿佛口中鲜血的滋味，
春天扑到我们身上——突然地。

这世界今夜醒着。
它仰卧着，睁着眼睛。

新月吻合你脸颊的轮廓线，
你的胸脯吻合我脸颊的轮廓线。

5

你的心在你的血管里
玩捉血游戏。

你的眼睛依然温热，好像

时间睡过的床。

你的大腿是两个甜美的昨天，
我正来到你面前。

一百五十首诗篇
齐吼哈利路亚 ①。

6

我的双眼想彼此流通，
像两个相邻的湖泊。

以告诉彼此
它们所看到的一切。

我的血液有许多亲戚。
他们从不来访。

但他们死后，
我的血液将成为继承人。

---

① "Hallelu Yah"，系希伯来语音译，是犹太教欢呼用语，义为"你
们要赞美上帝"。

犹大·哈－列维 ①

他脖颈上的软毛
是眼睛的根。

他的鬈发是
他的梦的续集。

他的前额：帆，他的胳膊：桨，
载着他体内的灵魂去耶路撒冷。

但是在他大脑的白色拳头中，
他紧攥着幸福童年的黑色种子。

到达那亲爱的、干如枯骨的土地时——
他将播种。

---

① 　犹大·本·撒母耳·哈－列维（Judah ben Shmuel Ha-Levi，
　　1075~1141），系西班牙犹太医生、诗人兼哲学家，被公认为中
　　世纪最伟大的希伯来语诗人，其作品表达了对锡安山的强烈渴
　　望。他晚年独自去耶路撒冷朝圣，据说在到达后不久即被一阿
　　拉伯骑士纵马踩踏而死。

伊本·伽比罗尔 ①

有时脓，
有时诗——

总有什么分泌物，
总有痛苦。

我父亲是父亲林里的一棵树，
覆盖着苍苔。

啊，肉的寡妇，血的孤儿。
我必须逃跑。

像罐头起子一样锋利的眼神
开启沉重的秘密。

可是透过我胸口的伤口，
上帝朝人间窥望。

我是祂的
屋门。

---

① 所罗门·本·犹大·伊本·伽比罗尔（Solomen ben Judah ibn
Gabirol，1021~1058），系西班牙安达卢西亚希伯来语诗人兼犹
太哲学家。其患有一种痛苦难忍的皮肤病，据传被一嫉妒其才
华的穆斯林诗人谋杀而死。

我父亲

对我父亲的记忆裹在白纸里，
就像上班带的面包片。

就像魔术师从帽子里掏出兔子和宝塔，
他从矮小的身躯里掏出——爱。

他的双手之河
流入他的善行之中。

我父亲之死

我父亲，突然，离开所有地点，
去了他陌生、遥远的空间。

我们去呼唤他的上帝，弓身：
愿上帝现在来救助我们。

上帝勉为其难，很快就要下降，
祂把大衣挂在月亮的钩子上。

可是我们的父亲，这番努力外出——
上帝将永远把他留在彼处。

你的生与死，父亲

你的生与死，父亲，
歇在我肩头。
我的小妻子会端水
给我们。

咱们干杯吧，父亲，
为花朵，为思想；
我曾是你的希望，
如今不再有指望。

你张开的嘴，父亲，
曾唱歌，我听不见。
院子里的树是位先知，
我不知道。

只有你的脚步，父亲，
依然走在我的血液里。
从前你是我的监护人，
如今我是你的卫兵。

看，思想和梦想

看，思想和梦想在我们头顶之上编织着
经纬线，一张宽大的伪装网。
侦察机和上帝
永远不会知道
我们真正想要什么，
我们要去哪里。

只有在一次提问末了升起的声音
依然升起在世界之上，悬在头顶之上，
炮弹把它撕碎，像破旗，
像残云。

看，我们也要倒着走
花的道路：
从在阳光中欢快活泼的花萼开始，
沿越来越严肃的茎秆下降，
到达合围的土地，在那儿等一会儿，
终归为根，在黑暗中，在子宫里。

那个女人离开了

那是夏天的时候，
那个女人似裸露的种子撒在了海里，
她被卷入其中消失了。
她的头发长而不加梳理，
好像长长的哭泣——
我的思绪的头发：
狂野，没有梳理整齐，
没有分支岔路。

我姐姐在吃饭前提到她。
在那时我才感觉到
在我内心的甜蜜记忆
与广大咸涩世界的记忆之间
只隔着一层薄薄的皮肉。

可是毕竟，在你背后，
总是扯着
我的额头的白帆，
对你，我的思绪白天是鬼，
夜里是我的梦。

从所有空间

从时间之间的所有空间，
从士兵队伍的所有空隙，
从墙壁的缝隙，
从我们没关紧的屋门，
从我们没交缠的手臂，
从我们没贴近的身体与身体之间的距离——
生长出广大辽阔的区域，
平原、沙漠，
在其中我们的灵魂将游荡，毫无希望，
在我们死后。

树上的松果

树上的松果。
树下的心里，爱的梦。

我们的鞋子，一侧张着嘴，
看天空。公路，宽阔，

几乎通到了这里——但考虑到
一个恋人和他的爱人在这里找到的

那丁点儿永恒，在接近他们的日常絮语时，
就拐了个弯儿，不去打扰他们。

*　　*　　*

假如大洪水再次降临，我们也
将会被载入方舟，两个两个——

同大象先生和太太，老鼠先生和太太，
每个洁净和不洁者及其配偶一块。

挪亚将保护我们，为了好世道
保持我们鬈曲如葡萄秧苗。

*　　*　　*

像一个头脑中的两个关联主意：
如果它们提及我，你也被说起。

像一个烛台上插的两根蜡烛：
只点你或只点我，在远或近处，

太暗无法读报纸，美好又深邃，
太亮则无法入睡。

但一同燃烧——就是个光明节，
一同被熄灭———一片黑夜。

*　　*　　*

我们是两块石头，在一个山坡的底下。
我们滚落到此。我希望，现在我们可以歇了。

我们终将在此躺上一两年，
眼看夏天和秋天过去。

我们的身体粗糙，脸部全露，感受
太阳、云彩，它们的不同之处。

下面，即使在夏日，
潮湿的春季土壤，转晕着，

也在生产黑色的生命，却不裂开——
那只是我们的，不为人知，只在我们心里。

*　*　*

我们是两个数字，想知道是否
我们将会靠近，加在一起

或者相减，因为最终符号
也不时变来变去。

费了好大劲我们才到达这点，
在此我们可以站在一起，如此结合，

我们了解了幸福的倍数，和分数，
如同数字一样，没有不当的分神。

现在，在我们脚下，世界是一道裂缝——
别害怕，抬起

眼睛，看那条线之外公分母
如何开放得更直。

可是瞧瞧现在有多夸张

可是瞧瞧现在有多夸张，离别与会见相比——
不再有孪生姐妹，不再有姐妹，
不再站在一起，
只有会见的花瓣、逗留的蝴蝶
背衬着离别的天空，给没有记忆的漫长旅途
只有亲爱的人口中些微温暖的气息，
只有在冬天高高的穹顶间，秋天的风暴中
一个男孩的手掌心，
只有这可怕的、可见的辽阔之中
那小小的棕色眼睛。

瞧瞧季节都对田野和山丘做了什么，
战争对城市做了什么，
我的话语没有对你做什么，
我的手怎么没有改变你的头发的颜色，
以及离别！

既然水在水坝的壁上

既然水在水坝的壁上
压迫得厉害
既然回归的白鹳
在天穹的中央
变成一群喷气飞机，
我们就会再度感受肋骨多么坚强，
双肺中的热空气多么勇敢，
冒险在开阔平原上欢爱的心情多么迫切，
什么时候巨大的危险笼罩在头顶，
需要多少爱
填满所有空容器
和停止报时的手表，
需要多少气息，
气息的风暴，
唱那小小的《春之歌》。

我告诉过你会这样的——你不信

在火车近旁，我们看见层层石头排成行，
圆拱摞圆拱，一堆古老石雕。
也许明天，我们也将像这样，
拥抱，在一起，我们头上——高高的草。
我告诉你会这样的——你不信。

月亮疯狂地彻夜耕作，
平静血和水，也模糊对方。
我的妞儿，现在没有区别，
世界遭遇的事情我俩也会遇上。
我告诉你会这样的——你不信。

炉子和锅子不在乎彼此
是否喃喃细语，哄骗和央求。
我们也将像这样在一起，
红火温暖，彼此窃窃私语。
我告诉你会这样的——你不信。

我们心中有一段旋律，但不至于爆破。
我们何时才终于学会坚定和自信？
狮子，我的妞儿，它们从不知道饿，
只有圣人和羔羊挨饿又受穷。
我告诉你会这样的——你不信。

瞧，现在我们的爱没有界限，

我们来到一个不再有爱的边界。
大门锁了，卫兵在巡检。
儿童回家去了，楼上的灯熄灭。
我告诉你会这样的——你不信。

我们曾在此相爱（选七）

1

我父亲在他们的战争中战斗了四年，
并不恨，也不爱他的敌人。
可是我知道，不知怎样，即便在那时，
他已经利用他的平静期，在塑造

我了，那么少且分散，他在爆炸的
炸弹和硝烟中间捡拾到，
放进他的背包中，夹在吃剩的
他母亲做的正在变硬的糕饼之间。

他把无名的死者收敛到眼睛里，
储存起来，以便有朝一日我可以从他的
眼神里认识并喜爱他们——以至我不会

在恐惧中死去，像他们所有人那样……
他在眼睛里装满了他们，可是徒劳：
我必须去参加我所有的战争，即使不情愿。

2

思绪来到他内心里——战役
打响之前运输补给的车队。
它们一辆接一辆抵达他这里，

他卸载它们，总是用合乎

语法的完整句子思索它们。
枪弹是句号、逗号。炮弹爆炸
会掀起泥土，他会把我
平静的形象，披在他的爱之上。

春天，犹如嫩枝之中，他的指尖
之中一种感觉攫住了他，就像开花之痒，
于是他准备结果……可是到了秋天，

他，双腿受伤，拥抱了可畏的
大地。摔倒之时，像巴兰一样，他看见
一个异象：我的一生，在敬畏中有福了。

3

死人的嘴唇在地下深埋处窃窃
私语，他们无辜的声音在土里被肃静了，
现在树木和花朵长得夸张得
可怕，在它们盛开的时候。

绷带再次被匆匆扯掉，
大地不想要痊愈，它想要痛苦。
春天不是宁静，不是休息，
从来不是，春天是敌占区。

同别的恋人一道，我们被派去学习

彩虹结束之处那陌生地方的情况，
看是否有可能前进。

我们已经知道：死者会回归；
我们已经知道：最厉害的风
现在出自一个小女孩的手中。

4

鸽子坐在肩膀上和窗台上面，
唯独我们的心深处内部，被神恩照顾。
可是就像灌满就爆裂的水管，
我们现在已灌到了我们脸部的高度。

有时候大地自身并不克制，
有时候它们发芽，就像秘密保守已久：
鸟鸣、花开、雨中渴望的爱、
欢快、朝着铁路轨道的挥手。

从一个更深的地方，植物
像记忆一样舒展，野地里的花朵
升起在地面之上而不屈服。

在我们心爱的女孩儿脸上，
犹如银莲花和痛苦的红晕色
羞涩地泛起，因为心中情欲已称王。

5

鸟儿归来，无需韵脚或缘由。
新车驶过公路，奔跑且喘息。
我们再次知道那应季而来的歌曲，
逝者遗赠给我们我们所遗赠的东西。

我们的感觉，在头脑中含苞，
将再度学会走到栅栏之外去看：
分水岭分开冬季的雨水，
严格按照海与海之间的方向。

什么已经到我们急切的心里蹦跳？
我们小小的内心，得到了角色？
世界从我们面前轻拂而过，你能感到。

起初它还是我们的，它的气味——我们的气味，
然后它逃走，没有感觉，没有悔意，
然后它无穷大，它忘记……

6

在长夜里，我们的房间被关闭并
封锁，就好像金字塔里的一个墓穴。
我们上方：异邦的寂静，像沙一样
在通往我们床铺的入口处堆了亿万年。

我们的身体在睡眠中伸展开来时，

墙壁上再次草草写下
我们耐心的灵魂必须遵守的最后约定。
你现在看见他们了吗？一条窄船漂过；

两个人物立在其中；其他人划桨。
星星向外张望，不同生命的星星，
被下方时光的尼罗河承载着。

好像两个木乃伊，我们被紧紧裹在
爱里。许多世纪之后，黎明到来；
一个兴高采烈的考古学者——带着灯。

18

首先是序曲：他们中的两个，冷峻
镇静，必要性，还有太阳，还有凉阴，
焦虑的父亲，备战加固的城市，
还有来自远处的、无法辨认的死者。

现在是故事的高潮——战争。首先逃离，
硝烟而不是街道，他和她
一起，还有一个母亲从坟墓里
安慰说：一切都会好起来的，别担心。

最后的笑点是这样的：她戴上
他的军帽，走向镜子的模样。
那么可爱，那帽子正合适。

然后，在房子后头，院子里边，
一场分手就像冷血的凶杀，
夜晚来临，好像尾声。

两个希望之遥

(1958)

我们没等到

我们没等到大洪水
在大地上淹没大陆，
可是农舍的炊烟
最先知道世界是平的。

它变成了逆风的自我，
它警告了我们然后溺亡。
我们已知道，世界是敞开
接受刀剑、饥馑和希望的。

可怕的夜晚来临之时，
就像发牌者，抛一个月亮，
划过浓厚的秋天天空。

只有螺旋桨吹来的空气；
静默降临在所有的鸟身上，
他像它们一样忍受，但爱着。

一次军事行动

一次军事行动改变了地图。
不是你的脸。不是由于风吹过这里。
因为桌椅之间的世界
依旧是安静的、我们的、平的，
即便在哥白尼之后；
无限的海洋正好始于门口；
忠实的桌子像从前那样摆满，
昨天的谈话和我们之间的一小块希望。

在航班飞行线路网下面，
城市规划者为恋人、公共汽车站，以及
待拆场所留出区域。
一条新路铺好了。新的距离产生了。
但是可能性的边界卫兵
准许我们进入他们的领地。

上帝的手在人间

1

上帝的手在人间
就像我母亲的手
在被宰杀的鸡的内脏里，
在安息日前夕。
当上帝的手探入人间之时，
祂透过窗户看见了什么？
我母亲看见了什么？

2

我的痛苦已经衰老；
它还生养了两代
与它相像的痛苦。
我的希望建立起座座白色的庄园
远离我心中的重压。

我的女友已把她的爱遗忘在人行道上
像一辆自行车。整夜在外，在露水中。

孩子们在路上用月亮粉笔
描画我私人的历史
和耶路撒冷的历史。
上帝的手在人间。

催眠曲 1957

咱们睡觉吧。远离人们
建筑塔楼的需要。经线
和纬线组成的网络
会兜住我们。我们不会坠落。

窗户是方的。床也差不多。
苦涩的月亮永远是圆的。
我们需要懂得这么多，
可谁又做得到？！

你把门锁好了吗？
想象，词典里的所有词！
而我可对你说的话那么少。
这夜晚，或这窗帘会说什么？

我可以把手按在你的脉搏上吗？
别的人远走他方，去征服。
别的人永远在开疆拓土，
而我们的疆土狭小，从手到头。

我们总是得讲价砍价：
为一个安静的夜晚，讨要一千个。
昨天我们受苦了，得到了教训，
今夜我们将忘记，直到清晨。

咱们睡觉吧。在黑暗的走廊里，
电表会连续不停地
计数，整夜，
一直醒着，我们不必担心。

野地里的尸体

他的血被匆忙而随便地脱下，
就好像疲惫不堪之人的
衣服。
夜变得多么深沉啊！
窗户是正确的，
就像我的父母，在我小的时候。

修道院的风
掠过山丘，一本正经，低着头。

市长们、联合国部队高官们
丈量生者到死者的
距离，
用三角尺、圆规、小尺子，
用雪茄盒，用愤慨之情，
用磨快的希望
和寻血猎犬。

充满怜悯的上帝

充满怜悯的上帝，为死者的祷辞。
如果上帝充满怜悯，
世界上就应该会有怜悯，
而不仅仅祂那里有。
我，曾经在山丘上采过花，
俯瞰过所有山谷，
我，曾经从山丘上把尸体背下来，
可以告诉你，世界空无怜悯。

我，曾经是海边的盐王，
曾经站在窗前犹豫不决，
曾经数天使的脚步，
在可怖的竞争中
内心曾举起痛苦的重量。

我，只使用词典中
一小部分词语。

我，必须破解
我不想破解的谜语，
知道，要不是因为充满怜悯的上帝，
世界上就会有怜悯，
而不仅仅祂那里有。

也算是启示

无花果树下的人打电话给葡萄藤下的人：①
"今夜他们必定会来。
给树叶披上甲胄。保护好树木。
把死者叫回家，作好准备！"

白羊羔对狼说：
"人类咩咩直叫，我的心作痛。
无疑那里将爆发短兵相接的战斗。
在下一次会上我们将讨论这事。"

所有（联合的）国家都将涌入耶路撒冷
看律法是否曾自锡安山发出，同时

看如今已是春天，
他们将采撷鲜花，

---

① 见"希伯来圣经"《塔纳赫·撒迦利亚书》第3章第10节：
"当那日，你们各人要请邻舍坐在葡萄树和无花果树下，这
是万军之雅赫维说的。"译者按："Yahweh"（雅赫维，希伯来
语音译）即"Jehova"（耶和华，拉丁语音译）。["希伯来圣
经"是一般指代《塔纳赫》（Tanakh）的通称。《塔纳赫》为
犹太教正典，也是基督教《旧约》的教义来源。其原文由希
伯来语写成，共有24卷，包括"妥拉"（5卷，亦称"律法
书"或"摩西五经"）、"先知书"（8卷）和"圣录"（11卷，
也译"圣书卷"）。另，本书"希伯来圣经"引文均采用"中
文和合本《旧约全书》"译文，个别地方有所修改。]

把刀剑打造成犁铧，把犁铧打造成刀剑，
然后反过来重造，重造，重造，没有止歇。

也许，由于这么多锻打和磨砺，
战争的钢铁将会销尽。

那是您的荣耀

（出自敬畏节祈祷书的语句）

我把我的硕大沉默和微小呐喊往一起套，
像一头牛和一头驴。我曾经过低，也曾经过高。
我曾去过耶路撒冷，去过罗马。也许很快去麦加。
可是现在上帝躲起来了，人哭喊：您去哪儿啦。
那是您的荣耀。

在世界的下面，上帝四仰八叉地躺卧，
总是在修理，总是有事情出错。
我曾想看到祂的全身，但现在我只看到
祂的脚底，我现在比以前更烦恼。
那是祂的荣耀。

甚至树木从前也出门去选举国王。
我曾经上千次给我的生活再来一场。
在街道的尽头有人站在那里选择：
这一个，这一个，这一个，这一个，这个。
那是你的荣耀。

也许就像一尊古代的雕像没有双臂，
我们的生活没有功业和英雄，却有更大的魅力。
扯掉我的T恤衫，爱；这是我最后一战。
我与所有的骑士搏斗，直到电力耗完。
那是我的荣耀。

让你的心歇歇，它跟着我跑了一路，
它现在精疲力竭了，需要到此停步。
我看见你站在大开的冰箱门边，在一片
来自另一个世界的光里从头到脚显现。
那是我的荣耀；
那是他的荣耀；
那是你的荣耀。

我回去时，他们告诉我没有

我回去时，他们告诉我没有
房子，没有物品。我不得不
回到我的战争去，
在其中我自己私有的血将会抛洒，
因为我过去是一，现在是多，不久又是一。

给世界的生日，
他们带来新主意，
包裹在报纸和鲜血里；
我空手而来。
我过去一文不名，现在穷困，不久一无所有。

我是名单上最后一个，在厅堂里矮小，
但在春天和恋爱的账簿里高大。
我是那种希望平庸的人之一，
我的窗户敞开着。我不想离开。
我过去是我父亲，现在是我自己，不久是我儿子。

我已经走了很远，战争加剧，
我的思绪逐渐厌倦
而沉重，像摩西的手臂。
没有人把它们托起来。
我过去是从哪儿来，现在是此处，不久是到哪儿去。

一间屋里三四个人当中

一间屋里三四个人当中
有一人总是伫立在窗前。
被迫观看荆棘丛中的不公、
山上燃烧的火。

完整地离去的人们
傍晚被带回家来，像找回的零钱。

一间屋里三四个人当中
有一人总是伫立在窗前。
暗黑的头发覆盖着他的思绪。
他身后，是喋喋的人声。
而在他面前，文字漫游着，没带行李。
没有资粮的心，没有水的预言，
被放在那里的大块石头
依旧封闭着，像信函
没有地址，无人收到它们。

不像柏树

不像柏树，
不是全都一起，不是全都是我，
而是像草，有成千上万绿色的小心出口，

像做游戏，许多孩子躲藏，
其中一个寻找。

不像那一个人，
基士之子扫罗，众人找到他，
拥立他为王。
而是像多处地方的雨
来自许多云，被许多人口
吸收、饮用，像空气一样
被常年吸入，
像花朵一样在春天被洒落。

不是尖锐的电话铃声，
唤醒医生出诊，
而是许多旁门，小窗户上，
伴随着许多慌张的心跳，
急促的拍打声。

然后，安静的出口，像烟一样
没有喇叭声，一位政府高官辞职；
孩子们玩儿累了；

一块石头滚下
陡坡，在大引退的平原
开始之处渐趋停止。平原上，
好像祈祷灵验了，
升起亿万尘沙。

两点之间只能经过一条直线

（几何定理）

一颗行星一旦嫁给了一颗恒星，
在内部，有声音谈论未来的战争。
我只知道从前在课堂上学到的概念：
两点之间只能经过一条直线。

一只迷路的狗追随我们走下空旷的大街。
我抛掷一块石头；那狗并不退却。
巴比伦王俯身伏地啃食草菅。[①]
两点之间只能经过一条直线。

对于许多痛苦你轻声啜泣已足够，
就像火车头能把长串的车厢拖走。
何时我们才能走入镜子里面？
两点之间只能经过一条直线。

有时"我"站得远远，有时它与"你"
押韵，[②] 有时"我们"是单数，[③] 有时

---

① 巴比伦国王尼布甲尼撒怪梦应验，吃草如牛。（事见《塔纳赫·但以理书》第 4 章）

② 希伯来语人称代词有多种变格，第一人称和第二人称宾格发音近似。

③ 在希伯来语中，"我们"作为上帝的自称时为单数，相当于汉语中的"朕"。

是复数，有时我不知道是什么。老天，
两点之间只能经过一条直线。

我们欢乐的生活变成了流泪的生活，
我们永恒的生活变成了计岁的生活。
我们黄金般的生活变成了黄铜一般。
两点之间只能经过一条直线。

这世上半数的人

这世上半数的人
爱另一半，
这世上半数的人
恨另一半。
是否因为那些人和那些人
我就必须像雨水循环，
去无休止地流浪和改变；
去睡在岩石间；
像橄榄树一样变粗糙；
听月亮朝我吠叫；
用忧虑掩饰我的爱；
像铁轨间惊惶的小草一样抽芽；
像鼹鼠一样生活在地下；
待在根须而不是枝干之间；
不用我的脸颊贴天使的脸颊；
在第一孔洞窟里恋爱；
在一顶梁柱支撑着大地的
喜棚下与我妻子成婚；
演出我的死亡，总是
直到最后一口气和最后
一句话而都不理解；
在我的房顶上树立一些旗杆，
下面修筑一个防弹掩体？还必须出发走上
只为返回而修筑的路，经过
所有可怕的车站——

猫、棍子，火、水、屠夫，
从羔羊到死亡天使？①

半数的人爱，
半数的人恨。
在如此对等的两半之间我的位置在哪里？
透过什么样的缝隙我将看见
我的梦想的白色建房计划
和沙滩上赤脚的奔跑者，
或者，至少，古老的小丘旁
一个少女的手帕的挥动？

---

①　犹太人在逾越节仪式上所唱的传统歌曲《唯一的孩子》会从羔羊（象征亚伯拉罕唯一的儿子以撒）到死亡天使历数猫咬羔羊、狗咬猫、棍子打狗等种种死法。

我想死在我自己的床上

约书亚 [①] 的军队不得不彻夜爬山，
为准时赶到杀人的战场前线。
地下深处，死者横七竖八或卧或躺。
我想死在我自己的床上。

好像坦克上的射击孔，他们的眼所见狭窄。
他们是多数，我总是少数派。
让他们问我。我会不得不讲我讲过的那样。
但我想死在我自己的床上。

太阳啊，停在基遍吧！[②] 你的光芒
觉得适合为彻夜杀戮的战争制造者照亮。
我甚至都可能看不见我妻子被打而亡，
但我想死在我自己的床上。

参孙 [③] 是个英雄，多亏了他那乌黑的长发。

[①] 古以色列人首领约书亚应基遍人之请，率众驰援，与亚摩利诸
王激战。他向上帝雅赫维祷告，要太阳停在基遍，好杀尽仇
敌。（事见《塔纳赫·约书亚记》第 10 章第 5~14 节）

[②] 系约书亚的祷告语，见《塔纳赫·约书亚记》第 10 章第 12 节：
"日头啊，你要停在基遍。"

[③] 系以色列第二十五代士师，曾路杀壮狮。参孙屡败非利士人。
后非利士人收买了他的情妇大利拉。她从参孙口中探出他力大
无穷的秘密，并趁参孙熟睡时剃去他的头发。参孙遂丧失力量
而被擒。（事见《塔纳赫·士师记》第 13~16 章）

我不得不被人教会弯弓，胆大；
他们把我造就成随叫随到的英雄，他们把我的头剃光。
我想死在我自己的床上。

我得知了人在任何地方都可以苟活，
甚至狮子的嘴里，如果你没有别处可躲。
我即便独自死去又如何？这不是我害怕的状况。
但我想死在我自己的床上。

生 日 述 怀

三十二次我出入我的生命，
每一次对我母亲来说痛苦减少一些，
对别人减轻，
对我增多。

三十二次我穿上世界，
它还是不适合我。
它太紧太重，
不像已经贴合我身形的大衣
那么舒服，
会渐渐穿破。

三十二次我细查账目，
不曾发现错误；
我开始讲故事，
但他们不让我结束。

三十二年来我一直载着我父亲的特性，
大部分掉在了路上，
以减轻负担。
我口中衔草。我在纳闷。
我眼中的梁木，无法去除，
开始在春天随树木一道开花。
我的善功越来
越少。可是

周围的诠释越来越多，犹如
《塔木德》^① 晦涩之处，
经文在页面上越缩越小，
拉希 ^② 和其他注家的疏解
从四面八方包围上来。

现在，三十二次之后，
我依然是个寓言，
没有机会成为寓意。
我没有伪装，站在敌人的眼皮底下，
手里拿着过时的地图，
在不断聚集力量的抵抗运动中和碉楼之间。
独自，没有推荐信，
在广阔的沙漠中。

---

① 　系犹太教经典，义为"教导"，是基于口传教义的法典，内容
　　庞杂，涉及犹太人生活的方方面面。
② 　拉希（Rashi，1040~1105），系中世纪法国犹太学者，以注疏
　　《塔木德》（Talmud）和《塔纳赫》（Tanakh）著称。"Rashi"是
　　希伯来语音译"Rabbi Shlomo Itzhaki"（所罗门·以撒齐拉比）
　　的缩略形式。

三张照片

1. 大卫舅舅的照片

大卫舅舅在第一次世界大战中阵亡，
高高的喀尔巴阡山把他埋葬在雪中。
也同样被埋葬了：他的难题。所以
我永远也找不到答案是什么。

但不知怎地他的大衣上的黄铜纽扣
为我敞开了。远离他的死亡的纯白，
我的生命开始；像一扇大门，

他的脸豁然打开；由于他的缘故，
在那深雪崩塌之后，作为全体幸存者
中的一部分，我活着经历我的答案。

而他，依然像从前那样摆着姿势，
身穿古老的军装，头戴
尖尖的头盔，就好像来自百年之遥
某个陌生国度的大使。

2. 一个女子的护照照片

好像一只蝴蝶钉在文件上。
你的身份怎么还在纸页间
呼吸？你的嘴被设好要哭，

直到你发现泪水毁掉一切。

保持，别动，像一具死亡面模
或一只很久没有人费力气
修理的手表。在那一刻之后，
你还活着吗？因为这里没人

认识你。呃，也许一位王子会来访，
会骑着白马前来，把你带走，
高高飞翔，在横亘在你的照片

和签名之间的白色运河
上空；或者那刻字的公章
会横跨那沟，成为你的出口坡道。

3. 学校教室里的照片

如这里的景象，孩子们的
脑袋被推到一堵墙前面，
让时间暂停。很快
就会跑开去玩儿，有的人会哭，

即使不是现在，数年之后那男孩
也许会感到骄傲，
那女孩也会，她把脸
贴向老师，英雄将拥有

全部，那些缄口沉默的，

后来老师不在的时候

又会使劲问。有的人会哭。
有的人会觉得仿佛暗无天日。

而消化那余波的天空
却看似无物。因为隐藏了一个信号。

给我母亲

1

像一架老风车，
两只手永远高举
朝着天空吼叫，
另外两只低垂
制作三明治。

她的眼睛清澈晶莹
像逾越节^① 前夕。

2

在夜晚她会把
所有信函
和照片
排排摆起。

这样她就能度量
上帝的手指的长度。

---

① 　尼散月系犹太教历正月和民历七月，相当于公历 3~4 月间。该
　　月十四至二十一日是为纪念犹太人在摩西领导下逃离埃及，感
　　谢上帝拯救而设立的节日。

3

我想漫步在她的啜泣之间
那深深的干涸河床里，
我想伫立在她的沉默
那可怕的炎热中。

我想倚靠在
她的痛苦
那粗糙的树干上。

4

她把我放在——
一如夏甲把以实玛利 ① 放在——
一丛灌木之下。

那样她就不必看我在战争中
死去，
在一场战争之中

---

① 夏甲是以色列人祖先亚伯拉罕的次妻。亚伯拉罕正妻撒拉不能
生育，便叫丈夫与使女夏甲同房，生以实玛利。后因撒拉嫉
妒，亚伯拉罕给夏甲一些饼和水，把她和孩子打发走。母子俩
在旷野迷了路，水用尽了。夏甲便把儿子放在灌木丛下，放声
大哭。上帝听到后，命使者告诉夏甲把孩子抱起，并说必使此
子后裔成为大国之民。上帝还使夏甲眼睛明亮。她于是看到一
眼水井。上帝保佑以实玛利长大，娶妻生 12 子。据说以实玛
利是阿拉伯人的祖先。

一丛灌木之下。

炸毁房屋的人

炸毁房屋的人
现在被遗弃了，就像被遗弃的村庄，
而地球
依旧转动，
乡间铺着地毯。
雨在空荡荡的世界面前练习着步伐。
词语被替换，就像卫兵换岗：
有的总是在岗位上睡着。
风一路从海上
哭泣着来去。
我的思绪敞开又变得幽暗，
像切开的苹果。
但我的身体自由而快活，
像一座被炸毁的房屋，透过它可以看见
天空。

我自己的歌

1

我的灵魂像钻石切割匠的双肺一样受损。
我一生的日子美丽而坚硬。

我的身体像一张没有保证金的钞票。
谁要是索取黄金，我就不得不死去。

我的双手、我的双眼、我的房子已经
各就各位，只有我依然漂泊。

我漂泊。
我一生的日子美丽而坚硬。

2

世界和我拥有共同的眼睛：
我用它们审视世界，世界审视我。

如果我哭泣，
世界并不在意。

但假如世界痛哭，泪水注入我身心，
我就泛滥决堤。

3

像一个婴儿用食物把自己弄得一团糟
我想用世界的问题把自己弄得一团糟。

满脸，满眉头，

满衬衫，满裤子，满桌布。

满我爱人、我母亲的衣裙，

满山和天空，所有的人，
满天使们的脚。

给一个女人的诗

1

你的身体白净如沙，
孩子们从未曾在里面玩耍

你的眼睛忧伤而美丽，
像课本里的花卉图画。

你的头发纷披低悬，
好像该隐①祭坛上的烟柱：

我不得不杀死我的兄弟
我的兄弟不得不杀死我。

2

我们在一起时，圣经中的所有神迹
和所有传奇都发生在我们之间。

在上帝的宁静山坡上
我们得以休憩片刻。

① 系亚当与夏娃的长子，亚伯之兄。该隐种地，亚伯牧羊。上帝
雅赫维看中亚伯的供品而没有看中他的，该隐遂因嫉妒而杀亚
伯，上帝于是判罚他终生流浪。(事见《塔纳赫·创世记》第4章)

子宫的风到处为我们吹拂。
我们永远有时间。

3

我的生活悲苦如流浪者的
流浪。

我的希望是孀妇，
我的机遇不会结婚，永远。

我们的爱在一所孤儿院
穿着孤儿的制服。

橡皮球从墙壁回到
他们手中。

太阳不会回来。
我们俩都是幻影。

4

整夜你的空鞋
都在你床边尖叫。

你的右手从你的梦中垂下。
你的头发正从一本撕破的

风的教科书上学习夜语。

摆动的窗帘：
异域超级大国的大使。

5

如果你敞开你的衣裳，
我只好倍加我的爱。

如果你戴起圆圆的白帽，
我只好夸大我的血液。

在你恋爱的地方，
所有的家具都得清除出房间，

所有的树木，所有的山脉，所有的海洋。
这世界太狭窄了。

6

月亮，用一根链拴着，
在外边保持安静。

月亮，陷在橄榄树枝丫中间，
无法脱身。

圆圆的希望之月亮

在云翳之间翻滚。

7

你微笑时，
严肃的思想变得衰弱不堪。

夜间群山在你身畔保持静默，
清晨沙子随你一道流向海滩。

当你对我做美妙之事时，
所有的重工业都关门停产。

8

山有谷，
我有思想。

它们延伸出去
直到雾里，直到无路。

港口城市背后，
樯桅林立。
我背后上帝始于
绳索和梯子，
板箱和吊车，
永远和曾经。

春天找到了我们，
四周的群山
都是衡量我们的
爱有几许的石砝码。

尖利的草叶的呜咽
透入我们幽暗的藏身处；
春天找到了我们。

诗　人

好像还没有断奶的婴儿的嘴巴——他的眼
还没有断奶，他还想要所有的一切。
他的感觉，对，夏季与秋季的交接，
尽管他内心中有什么总是落在后面。

在所有别的树木扎根茁长之处，
他所有的只是两条腿。
诗在他的心中蓦然升起时，
他想他要写一会儿，直到他了悟

他的诗句真正是为了什么而写。
他的眼，睁开得迟了，
向窗外搜索着，但是笔

继续写着，仿佛出自记忆的压力。
现在他把自身安置好了，像一座大坝，
在坝墙后面，一切都储蓄得下。

扫罗王 ① 与我

1

他们给他一根手指，他却拿去整只手。
他们给我整只手：我甚至没拿小拇指。
我的心
在尽力托举它最初的感情的时候，
他在排练手撕公牛。②

我的脉搏好像
水龙头滴水。
他的脉搏
像锤子敲打新建筑。

他是我哥哥。
我穿他的旧衣服。

2

他的头，像罗盘，总是会把他引向
他的未来的确切北方。

---

① 系以色列历史上第一位国王，公元前 11 世纪后期在位，是由
先知撒母耳应以色列人要求，请示上帝之后选中并膏立的。
（事见《塔纳赫·撒母耳记上》）

② 扫罗听说雅比人被亚扪人欺负，怒而将两头牛撕碎。（事见
《塔纳赫·撒母耳记上》第 11 章第 6~7 节）

他的心，像一只闹钟，
已定好他登极的时刻。
人人都睡着了的时候，他会哭叫起来，
直到所有的号角都变嘶哑。
没有人会让他停下。

最终
只有毛驴露出它们的黄牙。[①]

3

已逝的先知外出寻找毛驴时
转动时间之轮；
现在，我找到了。
但我不懂得怎样驾驭它们。
它们踢我。

我是用干草喂大的；
我因种子沉重而倒下。
但他呼吸着他的历史的风。
他用王者的精油受膏礼，
犹如用角斗士的油脂。
他用橄榄树打仗，
迫使他们下跪。

---

① 扫罗的父亲基士丢了几头驴，就吩咐扫罗去找。（事见《塔纳
赫·撒母耳记上》第9章第3节）

由于忧虑，
树根在大地的额头上暴起。
先知逃离斗兽场；
唯有上帝留下，数着数：
七……八……九……十……
自他的肩膀往下，人们欢呼着。
没有一个人站起来。
他赢了。

4

我累了，
我的床是我的王国。

我的睡眠是正义。
我的梦是我的裁断。

我把衣服挂在椅子上
准备明天穿。

他把他的王国
镶在金色的愤怒的边框里，
挂在天空的墙上。

我的手臂短，好像太短的皮筋，
绑不了包裹。

他的手臂好像港口的铁索，
可以把货物运过时光。

他是个已逝的国王。
我是个累了的男人。

儿童的游行

头顶上飘扬的旗帜上面
是他们黑色厚重的圣经中的经文
以及暂别他们经历的所有困难的一天假；
在空中，那些诗句已经消退，

就像他们上方的烟雾，飘向孩子们
撇在身后的起点：被践踏的草地、
糖纸、脚印、卡片、一辆公共汽车，
还有一个泪汪汪的小女孩，她找不到

她丢失的东西了。可是远离此处，
中途休息，一切都停了下来，然后
他们又得整队行进，很长很长时间，

同时，白昼之鸟光明的羽翼边缘
头下脚上地悬挂着一排天使，
就好像晾衣绳上的衬衫；他们就这样到达。

洗发谣

山上的石头永远是
清醒和白色的。

在黑暗的城里，执勤的天使
在换班。

一个洗过头发的少女
问坚硬的世界，仿佛它是参孙，
它何处软弱，它的秘密何在。

一个洗过头发的少女
给她头上安放新的云。

她渐干的头发的气味
在街上和星际发表着预言。

夜里树木之间紧张的空气
开始松弛。

世界历史的厚厚电话簿
合闭。

旅途所得十四行诗

致 V. S.，临门号船长

海鸥扈从着我们。时不时地，
一只会落下到波浪上，漂浮
在那儿，好像我小时候一幕
遥远梦中的澡盆里的橡皮鸭子。

然后，风都停息了，雾气下降，
一只浮标跳动着，缓缓画着圈子，
勾起了已被擦除的另一生的记忆。
于是我们知道：我们在这世上。

世界以同情心感知我们在这里；
上帝用曾经召唤圣经里的祖先
那样的呼声再度召唤我，召唤你，

到了这个时代已几乎毫无新意。
我们不应声。甚至柔和的雨点
噼里啪啦落在海上，也像浪费。

示巴女王的朝觐 ①

1. 出行预备

不休息,而是
挪动着她美好的屁股,
示巴女王
已决定离开,从
她的兽穴中起身,
在黑暗魔咒中间,甩着头发,
拍着手,
众奴仆晕倒,她
早已在沙上
用大脚趾画了:
所罗门王,仿佛
他是个橡皮球,一条
天启的、长胡子的鲱鱼,一根
王家气派的手杖,一份
杂烩,一半鸡肉,
一半所罗门。

礼部大臣
走得太远,备下

---

① "示巴"系阿拉伯南部(今也门)一古国。《塔纳赫·列王纪上》
第10章第1~13节记叙有示巴女王玛格达访问以色列国所罗门
王一事。

好些孔雀和象牙盒子。
后来，
她开始甜美地
打哈欠，像猫似的伸懒腰，
好让
他得以嗅闻
她有
味儿的心。他们不惜花费，
他们带来羽毛，搔弄
他的耳朵，使他的最后抵御
刺痛。
她曾得到
一份有关割礼的
含糊不清的报告；
她想知道一切，要绝对精确；
她的好奇心
像麻风似的开花；
她的血球，披头散发的姐妹
透过话筒尖叫到她所有的肌肉中；
天空解开
衣扣；她化好妆，滑
入广大的热闹中，
感觉她的头
在旋转，她的情感的所有妓寮
都点亮了红灯。
在她的血液
工厂里，他们狂热地工作
直到夜幕降临：一个黑夜，像一张旧桌子，

一个像丛林一样
永恒的夜。

2. 航船待命

港口里一艘航船。夜。
阴影中间，一艘白色

航船，满载着渴望，
有的平和，有的灼热，

一艘急欲出航的船，
一艘没有下意识的船。

在船帆中间早已
飘动着女王的彩色面纱，

用翠羽丝线织就，
而在能够飞往

北方的凉爽之地前，
翠鸟已死于细小的忧伤。

无论如何，都值得
这白色航船等待，

与码头脸颊贴脸颊，
让自身轻轻摇晃

在沙滩的思绪
与海洋的思绪之间，并

忍受失眠
直到清晨，等等。

3. 启航

她把她的大腿唤回到彼此，
双膝脸颊贴脸颊，她的灵魂
已经是一匹好坏心绪杂糅的斑马。
在她身体的烤炉中，她的心
在一根扦子上翻转。清晨尖叫，
一场热带雨降落。

气象预报员，锁在当场，预报；
她的睡眠工程师骑着困倦的骆驼外出；
她所有的笑声小鱼
在她将醒的愤怒鲨鱼面前逃跑。她的腋窝里
藏着心力虚弱的珊瑚，
夜蜥在她的肚皮上留下脚印。

她坐在床上，削着她的魅力和谜劲儿
像削彩色铅笔。用老牛皮大王的
胡子，她让人做了一件围裙；
她的秘密绣在头巾上。

但狮子依旧抓着律法
就像圣约柜之上
和全世界之上那两块法版。

4. 红海之旅

鱼儿吹拂过海洋
和长久的期冀。船长们
依据她的渴望的地图
策划航线。她的乳头像侦察兵似的先行，
她的头发彼此窃窃私语
像谋逆者。在海与船之间阴暗的角落里，
算计开始了，悄悄地。
一只孤独的鸟儿
以她血液的永恒颤音歌唱。规则
从生物教科书中跌落；云像契约一样被撕毁；
中午，她梦见
在雪地里裸体欢爱，蛋清顺她的腿
滴下，黄色蜂蜡的刺激。所有空气
都涌进她体内供呼吸。水手们
用鱼的外语大声呼喊。

但是在世界下面，在海洋下面，
有仿佛安息日那样的诵唱：
万物歌唱彼此。

5. 所罗门等候

从未有一点雨，
从未有一点雨，
总是无尽的云，
总是声音原始的爱。

风的牧羊人
从草场归来。
在世界的庭
院里，石头开花，
献给陌生的诸神。
颤抖的梯子梦见
梦见它们的人类。

可是他
看见世界，
世界微微
撕破的衬里。
清醒得像米吉多①
许多灯火通明的马厩。

从未有一点雨，
从未有一点雨，
总是声音原始的爱，
总是采石场。

———————

①　　系以色列北部一古城邦，现为国家公园和世界遗产。

6. 女王进入宫殿

她幽暗阴部的带露玫瑰
倒映在如镜的地面上。他的议程

现在显得多余，他为她提供的
一切，他在审讯最后

一批诉讼者时所作出的判决
也一样。于是他像卷起地图一样

卷起他的过去；他坐在那儿，天旋地转，
在镜子里看见一个又一个身体，

从上又从下，好像黑桃皇后。
在他心的寝宫里，他拉下窗帘，

用麻布覆盖他的热血，试图
意想冰山，意想净化的

骆驼肉。他的脸变换季节
就像快放的风景。他追随他的幻象

直到终结，变得更加睿智而热情；
他知道她的灵魂的形状就像她那

曼妙的身形，他很快就会拥抱——
一如小提琴的形状就是琴匣的形状。

7. 谁能难倒谁

在问答的乒乓中，
听不见一点声音，
除了：
乒……乓……
博学的大臣们的咳嗽
和尖锐的撕纸声。

他用他的胡须造出黑浪，
好把她的话语淹没其中。
她用她的头发
造出一片丛林，让他迷失其中。
话语像棋子似的
吧嗒一声丢下。
樯桅高耸的思想
航行经过彼此。
填字游戏的空格被填满，
犹如天空填满了星星；
秘藏被打开；
扣子和誓言被解开；
残酷的宗教
被逗弄，可怕地
大笑。
在最后的游戏中，
她的话语与他的话语，她的舌头
与他的舌头嬉戏。
精确的地图

摊开，面朝上，在桌上。
一切都暴露了。生硬。
无情。

8. 空空的宫殿

所有文字游戏
都散落在盒子外边。
游戏之后
盒子被丢下大张着嘴。

问题的锯末，
砸开的箴言的壳，
易碎的谜语筐里
毛茸茸的包装材料。

爱与手段的
沉重包装纸。
用过的答案
在思考的垃圾中沙沙作响。

长长的难题
被卷起在轴上；
神迹被锁进笼子里；
象棋马被牵回厩里。

上面印着
"小心轻放"的

空纸盒
唱着感恩的赞歌。

后来，拖着笨重的步伐，国王的兵士到达。
她逃了，悲哀得
像枯草中的
黑蛇。

一轮赎罪之月绕着塔楼旋转，
犹如在赎罪日 ① 前夕。
没有骆驼，没有人，没有声音，
大篷车离去，离去，离去。

---

①　系犹太教历提市黎月即七月初十日。犹太人有在此日停止工作，
　　举行献祭替罪羊仪式的传统。

在直角中：一组四行诗（选三十二）

1

在祷告的流沙之中，我父亲看见过天使的踪迹。
他给我省下了一个空间，可我游荡到了别的空间。
这就是为什么他的脸白净，我的脸焦黑的缘故。
就像旧的办公室日历，我浑身覆盖着时间和地点。

2

从前我知道答案。"坐下！"上帝说。眼眨都不眨。
现在风停了。世界安静了。我必须，我在边缘吹。
树木迸绽苞芽，并不注意我，是否兴旺或萎缩。
世界覆盖着答案和花朵。我必须思索。

3

双子座，幸运之星；摩羯座，又是我的星相。
谁会喜爱一无是处一无所成的东西？
我，站在这世界上就像水在雨里，
我喜爱一无是处一无所成的东西。

4

我的表情总是开朗的。孩子们在街上经常
问我：现在几点了？现在我只能如实

回答。我将像他们那样站着，仰面朝天，
向成年人询问我的时间，就如是说。

5

现在我知道他们住在哪里，好似夜枭一样，
但我将永不会感到我的手像低吼的陌生人的手掌。
上帝只给我留下辅音，拿走了所有的元音。
这就是我生活匆忙的原因。这就是我生命嚎叫的原因。

6

我必须思考许多石头，直到我拥有真正的家园。
我发明全新的季节，直到我的时刻来临。
我在写作长卷，还没有自己的签名。大地
将忘却所有的土层。只有我母亲记得我的生日。

7

街道有名字，痛苦有名字，船只在船头上有名字。
已经是春天。已经过谈判。但至今文件已经签订。
我父亲佩戴着经文匣，而我被套在梦中。我能干。
为他们，世界在我们内心被开垦。对我们，则无可破解。

8

嘿，安静，在另一世的苏珊娜。
你的花开得缓慢。我的头也沉重迟钝。

本来明天会开始，但我要求推迟。
嘿，安静，就像你爱的另一世的花。

9

我亲吻我的命运的边缘，一如我父亲会亲吻——
在我把自己裹在里面之前——他的祷告披巾。
我会永远记得自由的夏天的云，永远记得
远离我们作决定的需要而闪烁的群星。

10

我所有的言行都在写作与阅读之间失却。
仿佛那丘墟，我的沉默萌生草叶，流血的碧色。
犹如手放耳旁，我把全身放在心旁，以凝神。
但它们不再说话。我学会倾听，无需调停。

12

漫游最广的东西是一颗停止了漫游的心。
遗失最久的东西是归来的遗失之物，纳闷。
哭得最凶的嘴巴是在石头与柏树之间
大笑的嘴巴，昨天下午。独自在大笑。

13

沿着夏天，沿着心的沙质海岸线。
在灰色石头期间，在恋人倚靠的边缘。

在黑色的船只内部深处，在悲戚之下，
在陡峭的愿望附近，在时间之风的里边。

14

在一只古老盒子的盖子上，画着即将离别的男人和女人。
在一场黑暗的悼亡上，刻着我的生命，好像黎明的飞禽。
在命运的角落里，铸着我的名字，一如在白手帕上，绣着。
在我的脸上，印着许多别人的脸。

15

春天来了。欢闹中不同的、安静的、匿名的血气。
但我看见女孩子，像大海一样发色浅淡，肤色浅淡。
蚂蚁在我脚底的天空下跳舞，我想活下去。
但我不知道我的天空，是去看呢还是到海里去。

16

慢慢地，随着理解的花开，我开始摸索着
把我的彩虹生活比作一位祖先的生活。在他的坡上，
他有一颗赎罪的洁白心地和一把绳子般粗的胡须。
我被他的希望所环绕，犹如到了好望角。

18

司机问。我们答。一路同行。
他的肩膀说，你们想要怎样，都成。

我们付了一个远远的观望，一个接近的招呼。
我们的生命被盖上了戳记：到终点站：单程。

24

我的爱人撰文评论我，像拉比注解圣经一样。
春天把世界翻译到每一种语言中。在餐桌上，
我们的面包不断在预言。我们的话语可爱又新鲜。
可是命运在我们体内加班工作，竭尽力量。

25

伟大的演说家把话筒擎到他们的嘴巴前。
我，把你的头捧到我嘴唇前。啊，把我的爱扬到北和南
以及八方的风里。我们结结巴巴，没什么可隐匿。
我们简单、易学，就像基础语法书中的单词。

26

在绿色的春天末尾，上帝开始
可怕的工厂，像抽烟一样。也许
是为了把我们像钢铁一样变形。因此，我将把我的侧影
置于祂和世界之间：也许为了联系，肯定为了区分。

28

电线两端拉紧。世界是我的乌德琴。
我唱：瞧啊看啊。我的饭菜凉了。什么也不会永远失去。

不再找门和锁的借口，一切都是命运，刻在石头上。
天使将降临。我已准备好，像机场一样展开，独自。

29

期待之蛙从我心中跳出又跳回。
我的水浅。世界不坏。在轨道上。
以哥伦布的眼光，我在日常乏味中发现一朵花。
以工程师的手，我在诗里描绘我的生活，过往。

30

从前我逃脱了，不记得是从哪一位神那里，为什么。
我因此漂游在我的生命中，就像约拿 ① 在他那黑暗的鱼腹中
待着，
我和我的鱼已经商定，既然我们都处于世界的肠胃中，
我将永远不出来；他将忍受我，不消化我。

31

我不知道这周围对我来说什么是好的或坏的。
他们给我留下我的生命，就像一件新器具没有
使用说明：用什么工具，通过什么路径

① 　系希伯来先知。上帝命约拿去尼尼微，他不服从，乘船逃走。
上帝便使海上风浪大作，只有把他投入海中方可平息，于是众
人把他扔进海里。上帝预备了一条大鱼，把他吞入腹中三天三
夜。他向上帝呼救许愿，上帝才命鱼把他吐出。（事见《塔纳
赫·约拿书》第 1~2 章）

我就一定能修好坏的，把打满补丁的它弄好。

32

死亡是圆的，打开看起来像两半橙子。
现在是秋天：云朵像广告一样贴在夜空。
我们不逃跑：你的头发缠在我的思绪里，我紧绷的
生命在你的血脉里。你的命运打在我的行李中。一切都好。

33

现在是秋天。所有酒杯都在婚礼上打破，不弹跳。
所有记录都打破，我无法改变分毫。
第一场雨后，死者之后，所有邀请都拒绝。
风总是从我们头上吹过，仿佛查账。

34

就好像我母亲无法修补的撕破的衬衫，
死者被抛在世界各处。就像他们，
我们将永远不会爱，不知道什么声音哭泣，
什么风将会吹过，说阿门①。

---

① "Amen"，系希伯来语音译，义为"确实"、"说真的"和"但愿
如此"，为祷告和赞颂前后用语。

37

我现在居住在一间废弃的爱里，像一位客人。
房客何时离开的？他们可找到了最好的？
我是在一个不安的艰难时候发现它的。
我现在住在里面。迄今为止，我别无所求。

41

尘土覆盖所有以上提及的东西。
尘土是上帝在世上的厌倦感，在那里
覆盖我的步枪、我答话的口、我问话的口、
我的血液循环，以及终止我们的任务的天使之手。

43

距离战役两个希望之遥，我有一个和平的幻景。
我厌倦的头必须不断前行，我的双腿不断快速做梦。
那被烤焦的人说，我是着火被烧尽的灌木丛：
来到这儿来，把你的鞋子留在你脚上。这正是地方。

45

一个年轻士兵躺在春天里，被从他的名字上割除。
他的遗体正在发芽开花。从动脉和静脉涌出，
他的血还在不停流淌，无知而细小。
上帝用母羊的痛苦烹煮羔羊的肉。

46

在逝者与哭悼者之间的直角中，我将从此
开始生活，就在那角落里等待，随着天色渐黑。
这女人与我坐在一起，那女孩在燃烧的云中
早已升上了天国，进入了我敞开的心里。

47

最终，我们也将成为窗户、东方、希望
边缘之外的风。我们将成为一点点
美丽的马力和花力。我们将成为这世界
和另一片海的假名，在那里我们不曾学会游泳。

在公共花园里
（1959）

在公共花园里（选段）

公共孤独

公共花园里
只有一个公众，
谁，还有谁：
他在阴影里貌似温文，
但是你可以听见他
摇响他的思绪，
就像一条狗扯动锁链。
他将会缓慢走动，
他将会爱另一个女人。
瞧，他的脸
背衬着绿色背景，
朝向世界——朝向
一个遥远的问题。
不会忘记。
整座花园充满他的回忆的
香气。

结局

老人变得厚颜无耻，
屁股
坐在草地上
抠脚丫子。

禁止接近。
禁止采摘拿走，
禁止乱扔，禁止踩踏，
禁止越轨，
因为你结婚了：
不是跟我。
我没有。

他们看你，他们看你

他们看你，他们看你
边哭边写信。
他们看我，
在与死亡的予夺者
谈判。
在对面的
夜晚
他们低声谈论一场婚礼。
你的睡眠
和你的睡眠。

人人都爱

我已经把乳汁还给了
我的乳房。
我赶紧说：
人人都爱。

我正路过

我正路过，
我将不同。
街上的所有眼睛都在低语：
帮帮我！
谁，我吗？
我会在楼梯边等你，
我穿白色衣服，
你也能听出我的嗓音。
我的嗓音在花园里走动。
总是。

*　*　*

我的儿子是英雄

我的儿子是英雄，
我的儿子会打碎
整个世界。
他棒极了，
会造一个新娘。
现在有血有肉了。

一具喘气的尸体，
我的儿子是英雄。
她的血流淌，
光明之子，

流向黑暗之母。

＊　　＊　　＊

一个女孩照相

一个女孩，还在做梦，
在织物背景前
为照相摆姿势，
在展现期间，
她没有一刻
休息。
她让我保管
挎包
和疑惑，
她让我抄写
我的生活，在遥远的
异国沙滩上。
为她修好了大门；
每个路过的人
都心想：
永远不会倒，
永远不会倒。

＊　　＊　　＊

删除不当之处

瞧，瞧，瞧。
删除不当之处。
爱，爱。
用毛巾把汗擦掉。
潮湿的晚风
袭来，旋舞着，
好像达格鲁夫竞技场
角落中的角斗士。

*　*　*

夜蛾

花园里的人群
只是一群人。
夜里
在草地上
她躺着，
独自或不
独自或
不独自。
一只夜蛾
飞入
漫游到
书拉密的裙底。

他无法逃出，
他想到最终的死亡，想到
他将成为孤儿的儿子，
掌权的孤儿。
不，她无法逃走。
他将最后试一试，
并预知：失败。
但这就是他一直努力的方式；
他忠于
给予教导的先辈。

夜蛾之死

啊，夜蛾，
你越过那腰股间
摇动着，震惊而晕厥，
你好，夜蛾，在天空中
我们肯定会看见彼此。
总是发生那样的事，
你陷在可怕的大门
缝隙中，失落。
你死去，你死去，
你倒在她双脚之间，小偷。

亚伯拉罕和我和路得

痛苦的一夜，
战斗的一夜，

刀剑声

就好像咳嗽声

在扎里斯

面前：

二者之间

没有联系，

没有桥梁。

每个人都是孤苦

无依的

亚伯拉罕和我

和路得 ①

*　　*　　*

猫想

猫想：

树、房子、人。

人想：

猫、房子、树。

树想：

人。

因为人是野地里的树。

没有胡说。

我们再也不会

---

① 　指阿米亥成年时期的初恋女友路得·Z.及其前男友亚伯拉罕和阿
　　米亥本人。

走向彼此。
各自而不成双。
关于任何人或任何事，
谁都无话可说。

空地

整个问题很简单：
你会穿过这片空地
来到我跟前吗？
或者说你害怕。

突然一个人

突然一个人
会看见他的手放在坛子里，
那是我的手？
听见他的声音
好像不是自己的，
来自另一个黑匣子，
完毕，完毕。
内瓦尔被妻子推开，
亚当被死亡推开。
现在，
是时候
改变金属的光泽了，
该用快刀切割
有阴影的风景了，

无论宗教
和种族。

你叫什么名字，他叫什么名字

提琴弓：
你是谁，
谁，
为什么巴内兹叫这个名字？
胯对胯：
我们
怎么连接盆地
和灌木丛？

下午两点躲起来：
我们怎样与灵巧的命运接触？
对上帝说是，
对光明说是。
每一盏街灯都在梦的光环内
自觉地
照亮自己。
你叫什么名字？
他叫什么名字？

困在她的衣裙里

摇晃我，解放我，
我被囚禁了。

我的头卡在衣裙里了，
我本想把它卷上去，
但我忘了解扣子了。
我本想耍点儿小聪明，
但我忘了解扣子了。
帮帮我，帮我！
我的衣裙要窒息我了，
进也进不得，
退也退不得。

在我死前来到我跟前。
我的衣裙挡住了我的眼，
我就像是一张皮。
别去找别的女人。
在我死前向我伸出援手，
我将继续祝福你。
把你的手放在我大腿下面，
别让我在我的衣裙里
瑟瑟发抖，
我将是你的。

熨衣店

可是在熨衣店里，
有人在呻吟，
熨烫着天空，
在从上面解脱下星星之后；
他熨烫着通往耶路撒冷的道路，

为沙比姆。

*　　*　　*

我是谁

或者她的头发
像牺牲的鲜血洒落在他肚子上，
气味萦绕在
他心中。
或者她的头静静地航行在
他胸前的鬈毛上：
一条船，
在今夜。

你的手掌在额前
像百合花一样开放。
我怎么
不知道那是为我。
我是谁？
我是干什么的？

*　　*　　*

伟大的演奏者

那歌唱了一首歌：
皮球

在草地上
睡觉。
金色的阴凉
和盒子。
夜半
伟大的乐手来了，
用小提琴当脚。
他知道一切。

午夜交谈

我对你了解不多。
把我带到你跟前。
贴紧。
慢下来，疼。
爱我，我很好。
快点儿给我盖房子，
小子！
为什么快？
因为……

那首歌唱了一曲
夜歌；
现在她也足以
办一场独唱会；
她的影像
从暗箱里洗印出来；
关于这世界

你会知道什么，
在一起。

摸我

摸我，摸，
在吊丧期间，
鲁奇与伊兰的妻子之间。
火腿粥凝结，
火腿粥低语：
我的儿子是英雄。

其他谈话

把灯关了，
想睡觉了，
你还要从报纸上读些什么！
你都背下来了。
关灯，关灯，
到我这儿来。

我儿子
是英雄，
按照标准不会半夜闯入。
相信他，
他不坏！

邻居来访

行行好，行行好，
让我睡觉吧，
我需要睡觉；

关上门，关上门，
立刻把那没药香气停掉！

我们能干什么？
再给我多些，多些，多些。

你是做什么工作的？
别出声，别出声。

*　*　*

找到

为想要隐退者找到适宜的安息，
为每个做梦者找到适宜的机器。
让希望继续生长，
像青蛙和头发一样。

*　*　*

死胡同

来
跟我去那关闭的
房间。
用手掌护住
风中的火柴。
你什么时候开始抽烟的？
你什么时候睡觉？
不要问：
来
跟我去
死胡同。

最后的歌

这首歌唱了一首歌。
放松，放松，墙壁。
本想要飞，
甲想要飞。
王牌法版在睡觉，
王牌法版在做梦：
光明之子，
强大的少年，
知识之子。
王牌浆糊蒸发。
我的儿子们是英雄。
忒柔斯、拉马柔斯

最后的低声交谈

在这一刻，
沙尼斯
低语：
你冷吗？
嘘。
盖上。
盖上毯子。
我不需要。
对我太粗鲁。
冷。
着凉了。
把毯子拿去。
拿去。
天快要亮了。
几点了，爱？
什么？

诗 1948~1962
（1962）

我从未去过的地方

至于世界

至于世界，
我总是像苏格拉底的学生：
走在它身边，
聆听它的季节和化育，
我所能说的只是：
是，的确如此。
您又对了。
您说得实在有理。

至于我的人生，我总是
威尼斯：
别人身上是街道的东西
在我——流动而黑暗的爱。

至于尖叫，至于沉默，
我总是羊角号：
一整年都攒着一吹：
为敬畏的日子 ①。

至于事业，
我总是该隐：

———————————

①　系犹太民历新年即提市黎月头十天，包括"岁首"（初一）和
"赎罪日"（初十）在内，前者又称"喧闹节"或"吹角节"，
有吹羊角号的习俗。

在我不会做的事业前流浪，
或在无法撤销的
事业后。

至于她的手，
至于我心的信号
和我肉体的设计，
至于墙上写的字，
我总是无知的：我不会
读写，
我的头像杂草一样空空如也，
在命运穿过我
到别的地方去时，
只知道在风中
喃喃低语和瑟瑟抖动。

我从未去过的地方

我从未去过的地方
我永远不会去。
我曾经去过的地方仿佛
我从未去过。人类四处游荡，
远离他们的出生地，
远离他们亲口
说出的话，
不再在应许的
许诺范围内。

他们站起来吃，坐下去死，
躺着回忆。

我永远不会回去看的
东西，我必须永远爱。
只有陌生人会回到我的地方。但我将
再度刻写那些东西，就像摩西，
在摔碎了第一套法版之后。

在本世纪中叶

在本世纪中叶我们转身朝向彼此，
以半张面孔和完整的眼睛，
犹如一幅古埃及绘画，
短暂地。

我逆着你旅行的方向抚摸你的头发，
我们彼此呼叫，
犹如人们沿途呼叫他们不停留其中的
城市的名字。

那为了作恶而早早醒来的世界是美丽的，
那沉睡入罪孽和怜悯的世界是美丽的，
在我们共处之渎神中，你和我。
这世界是美丽的。

大地啜饮人们和他们的爱情
如饮酒，为了忘却。它不能够。
好像犹大群山的轮廓线
我们也找不到一方休憩之地。

在本世纪中叶我们转身朝向彼此。
我看见你的身体，抛下阴影，在等我。
长途旅行的皮带
早已交叉勒紧在我胸前。
我赞美你必死的腰股，

你赞美我易逝的面容，
我逆着你旅行的方向抚摸你的头发，
我触摸你最后日子的消息，
我触摸你那只从未睡眠的手，
我触摸你那张此刻，也许，会唱歌的嘴。

沙漠之尘覆盖了那张
我们不曾在上面就餐的桌子。
但是我用手指在上面写下了你的名字。

珍　重

你的面目，已经是梦的面目。
漫游升起，又高又野。
野兽的、水的面目，离去的面目，
低语的小树林，乳房的、孩子的面目。

不再有我们俩可以在其中发生的时刻，
不再有机会让我们喃喃地说：现在和一切。
你有个风和雨云的名字，紧张
而有主张的女人，镜子，秋天。

为什么我们并不知道，我们一起唱歌。
变化和世代，夜晚的面目。
不再属于我，永远破解不了的密码，
乳头密接，扣住，口含，缠紧。

那就对你道珍重，你不愿沉睡，
一切都在我们的话语中，一个沙子的世界。
从这天起，你变成了梦想一切者：
世界在你的掌握之中。

珍重，死亡的铺盖卷，装满等待的衣箱。
棉线，羽毛，神圣的混沌。扎紧的头发。
因为，看：不会存在的，没有手在写；
不属于身体的就不会长存。

我父母的迁徙

我父母的迁徙
在我体内没有平息。我的血液在血管
久已安息之后，继续在我肋骨间荡漾。
我父母的迁徙在我体内没有平息。
久久吹拂石头的风。大地
忘却践踏她的那些人的脚步。
可怕的命运。夜半之后一次交谈的补丁。
赢和输。黑夜忆起，白天忘记。
我双眼久久眺望广袤的荒漠，
稍稍平静下来。一个女人。没人教过我的
游戏规则。痛苦和负担的律法。
我的心几乎无法供给日常的爱
所需的面包。我父母在他们自己的迁徙之中。
在十字路口，我永远是个孤儿。
太小死不了，太老玩不了。
疲倦的采石工和空虚的采石场集于一身。
未来的考古学，未曾有之物的
仓库。我父母的迁徙
在我体内没有平息。从苦涩的民族我学到
苦涩的语言，为我在这些
总是像轮船一样的房屋中间的沉默。
我的血管和筋腱，一丛
我解不开的乱缆绳。然后，
我的死和我父母的迁徙的终结。

预　报

将会多云。将会有雨。
我们将会活着和死去。醒醒吧。
将会有令人犯困的微风。我将看见
你在最初困难的兴奋中。
你将看见我，像雨水滴落
在你朝我抬起的脸上。天会冷，
会有高，会有低。假如我们
不再存在，我们将对谁说话？古代
坟丘上会有恋爱的好去处。
风会来自我人生的四面八方。天会黑。
会有浪。不会适度。
将会有一朵云。在你身上将会有一道虹。
我们将不会是后天。山谷中
将会冷。会有雾。我们将离散。

例如忧愁

你竟然意识到这么多，每个季节的女儿，
今年的枯萎的落花或去年的落雪。
往后，不是给我们，不是小瓶毒剂，
而是杯子、喑哑、要走的长路。

好像两只公文包，我们被彼此对调。
现在我不再是我，你不再是你。
不再回来，不再往一起靠，
就像安息日过了，一根蜡烛在酒里浸熄。

现在，你的太阳所剩的只是苍白的月亮。
或许可以安慰今天或明天的琐碎话语：
例如，让我休息。例如，让一切都过去吧。
例如，来，交给我我最后的时辰。例如，忧愁。

给女侍者的指示

不要清理餐桌上的
杯盘。不要擦拭
桌布上的污渍；知道有人在我之前
曾在这里，这很好。

我购买曾经穿在另一个人脚上的鞋子。
（我的朋友有他自己的想法。）
我的爱人是另一个男人的妻子。
我的夜晚由于做梦而"被用过"。
我的窗户上描画着雨滴，
我的书籍页边是别人作的批注。
在我想居住的房屋的设计图上
建筑师已经在入口处画上了陌生人。
我床上有一只枕头，留有
一个如今已离去的头颅的枕窝。

耶路撒冷

在老城里的一家屋顶上
洗好的衣物晾挂在午后的阳光里：
一个与我为敌的女人的白被单，
一个与我为敌的男人用来
擦去他额上汗水的毛巾。

在老城之上的天空中，
一架风筝。
弦线的另一端，
一个孩子
我看不见，
由于那堵墙。

我们挂起了许多旗帜，
他们挂起了许多旗帜。
以使我们以为他们是快乐的。
以使他们以为我们是快乐的。

之　前

在大门关闭之前，
在最后的问题提出之前，
在我被颠倒之前。
在杂草长满花园之前，
在不再有宽恕之前，
在水泥变硬之前，
在所有笛孔被盖住之前，
在东西被锁在碗柜里之前，
在规律被发现之前。
在结论被设计好之前，
在上帝握拢祂的手之前，
在我们无处站立之前。

自从有人问过，已经过了很久

自从有人问过：谁曾住在这些房子里，
谁最后一个说话，谁把他的大衣
忘在了这些房子里，谁留下了（他
为什么没有逃走？），已经过了很久。

一棵枯树站在开花的树中间。一棵死树。
这是个古老的错误，从不被人理解，
在这国土的边缘；别人的
时间的开始。片刻沉默。

人体和地狱的狂呼乱叫。
在低语声中运动的终点之终点。
风一路吹过这地方；
一条严肃的狗看人类大笑。

远到阿布郭什

我们沉默无语远到阿布郭什 [①]，

我将爱你远到老年，

在恐怖山脚下，

在风源洞穴中。在沙阿尔哈盖 [②]，

三大宗教 [③] 的天使下降步入

公路。对一神的信仰依然沉重。我必须

用痛苦的词语描述无花果树

和我的遭遇，这不是我的过错。沙子

被吹进我的眼睛，变成泪水。在拉马拉 [④]，

小飞机停泊着，大的是无名的死者。橘树林的

气味触碰我的血液。我的血液扭头

去看是谁碰的。风，像演员，开始

再度化装，好在我们面前表演，

它们的房屋、山丘和森林面具，

落日和夜晚妆容。

[①]　"Abu Ghosh"，系以色列阿拉伯人聚居城镇，位于耶路撒冷以西 10 公里即特拉维夫 – 耶路撒冷高速公路所经过处。

[②]　"Sha'ar Ha-Gai"，系希伯来语音译，义为"山谷之门"，为特拉维夫 – 耶路撒冷高速公路一站点，距耶路撒冷 23 公里，道路从此开始上坡进入峡谷。该处建有国家纪念碑，由排列在公路两旁的装甲车残骸组成，以纪念在独立战争中为解耶路撒冷城之围而牺牲的犹太护卫队。

[③]　指犹太教、基督教和伊斯兰教。三教均以耶路撒冷为圣地。

[④]　"Ramla"，也译"拉姆安拉"，系约旦河西岸中部巴勒斯坦城市，现为巴勒斯坦国临时行政首都（巴勒斯坦主张耶路撒冷为其法定首都）。

别的道路从那里开始。
我的心覆盖着梦，就像我闪亮的
皮鞋，覆盖着尘土。
梦也是长路，
我永远不会到达终点。

高跟鞋

大地答应了数次：
请进！
当你穿着嘚嘚响的高跟鞋
横穿马路时，
它说，请进！
可你听不见。

你也累了

你也累了，作为我们世界的
一幅广告，好让天使看见：是，很漂亮，尘世。
放松。暂停微笑，休息一下。毫无怨言，
任凭海风掀起你的嘴角。

你不反对；你的眼睛也像飞扬的纸片，
在飞扬。果实从枫树上坠落。
你用水的方言如何说"爱"？
在土地的语言中，我们是什么词类？

这里是街道。它最终表示什么意思：
任何山丘，最后的风。什么样的先知将会歌唱……
在夜里，从我的睡眠之外，你开始谈话。
我将如何回答你。我将带来什么。

给她的旅行指南

在窗户外边低下头，
铁丝会缠住你的头发。
弄不清行程。
懂我。体验
你最后的体验。卷起你的衣裙，
别拿出车票
让人检查。别让人知道
你要去哪儿。
把燃着的香烟扔出窗外。
给外边造成火灾，
我眼中的火灾的大姐姐。
把屋门敞开着。
把大地敞开着。
扔。倚靠。拿出。别
暴露你的身份。别在长者面前
站起。回来后坐着。谈话。
爱我。

城市之歌

街　道

驶过的汽车的灯光
把我的思绪整理成黑的和白的。

我，只在许可的地方
过街，
突然被召唤到玫瑰花丛中间。

就像一根深色的枝，断处
是白的，
我在爱的时候也是明亮的。

向晚的房屋

在局促的公寓中
家具的不停移动，坐的地方
变成了床，床变成了祭坛，
祭奠以往的——祭坛。

白床单在窗户里飘摆：
开战前，向夜晚投降。

就像有人，还活着，
就给自己买了墓地，
我现在已经
在夜晚的时辰和双人墓穴的中心
爱着被赐予我让我爱的一切。

旗　帜

旗帜
造成风。
风并不
造成风。

大地造成
我们的死亡。
不是我们。

你转向西方的脸庞
造成我心中的流浪，
不是我的双脚。道路并不
造成我心中的流浪，
不是亚伯之被杀，
而是你的脸庞造成的。

洗好的衣物

在挂着洗好的衣物的地方
没有人死去，
谁也没有参战，
他们至少会待
两三天。
它们不会被替换；
它们不会飘扬。
它们不像干草那样。

在我们正确的地方

在我们正确的地方
花朵永远不会
在春天生长。

我们正确的地方
被踩踏得坚实
像运动场。

但是怀疑和爱
挖掘这世界，
像鼹鼠、犁铧。
在毁圮的房屋曾经站立的
地方将会听到
一声低语。

市　长

当耶路撒冷的市长
是悲哀的。
太可怕了。
一个人怎么能当那样一座城市的市长呢？

他能把她 ① 怎么办？
他将建筑，建筑，建筑。

而在夜间
四周山上的石块
将爬下来
趋向那些石头房屋，
好像群狼前来
冲着那些
变成了人的奴仆的狗儿嗥叫。

---

　① 　此处指耶路撒冷。

复　活 [1]

以后他们将全都一下子
起身，伴随着一阵挪动椅子的声音，
面朝那狭窄的出口。

他们的衣服皱巴巴，
身上沾满了
泥土和烟灰，
手指将从衣服内袋里摸出
一张来自久已逝去的季节的戏票。

他们的脸上依然带有显示上帝意旨的
十字花押。
他们的眼睛由于在地下如此长久不眠
而发红。

紧接着——询问：
几点了？
你把我的放到哪儿了？
什么时候？什么时候？

一人仰着古色古香的脸
仿佛在看——有云吗？

---

[1]　犹太教传说在世界末日，所有已死之人都要复活，接受最后的审判。

或某人
用一种非常古老的手势揉擦她的眼，
撩起她颈后
沉重的头发。

夏季或季夏（选八）

天竺葵的气味
使我的记忆转动。
在你身上，我的疲倦
找到了客栈。

就连夹竹桃
也不会留下。
曾在的，绝不会
再回来。

像解开誓言一样解开：
你的扣子，你的衣裙。
曾在屋里窸窣作响的
不会再回来。

一片石化的树叶，
亿万年的哑剧，
在窗台上。
咱们坠入时间吧。

覆盖我们的一切。
在长夜里，
我们内心中的暴风雨
也会减弱。

丝绸和刀子的闪亮，
遥远的大海。
一把挪动的椅子。
覆盖你，覆盖我！

*　*　*

你洗了水果。
你杀害了细菌。
椅子上：一只手表和一件连衣裙。
床上：我们，
这些都不穿戴，
只是彼此供给。
要不是因为我们有名字的话，
我们早就完全赤裸了。

真是奇妙，桌子上的
梦。
我们永远把水果
留到第二天。
这些天的一个傍晚，
我将有许多话要说，
有关保留在我们内心的一切。

夜半过后，我们的话语开始
影响世界之时，
我把手放在你的额头上：
你的思想比我的手掌要小，

但我知道这是个错误，
就像说手能遮住太阳一样
错误。

* * *

最后要弄干的是头发。
当我们已经远离大海，
当我们身上混合的言语和盐分
叹息一声彼此分离，
你的身体不再展示
可怕的古老标志的时候。
我们忘了几样东西在沙滩上，
以便有借口回转去，徒劳。
我们没有回转去。

这些日子我回想起那些日子，
上面有你的名字，好像轮船有名号一样，
还有我们怎样透过两道敞开着的门看见
一个正在思考的男人，我们怎样用从父辈
那里继承下来的盼望下雨的古老目光
凝望云彩，
怎样在夜间，世界都凉下来的时候，
你的身体还长时间保持着温度，
像大海一样。

* * *

不，不，你说。
透过窗户，日光
在你身上搬演奇迹，
比我在沙漠中
遇见的奇迹更伟大。

不，不，你说。
你就像浪费的时间一样美。
在第九大道上，耶路撒冷
在我们眼前遭焚。

一年之后，
竟是我们在那座
城市眼前遭焚。

＊　＊　＊

就像我们身体的印迹，
我们来过这里的迹象一点儿也不会留存。
世界在我们身后关闭，
沙滩再度抹平。
日历上已经有你将不再
存在于其中的日期，
已经有风带来不会
在我们头顶上下雨的云。

你的名字在轮船的旅客
名单和旅店的住客

登记簿上，它们的名字
令人心死。

我懂得的三种语言、
我看见和梦见的所有颜色
都帮不了我。

＊　＊　＊

假如你将用一张苦涩的嘴说
甜蜜的话，这世界将
不会变甜蜜也不会更苦涩。

书上写道我们不必恐惧。
还写道，我们也将改变，
像字词，
在将来和过去，
复数或单数。

很快在即将来临的夜晚
我们将像流浪艺人，出现
在彼此的梦中。

在这些梦里
还将有陌生人来临，
我们都不认识。

＊　＊　＊

在我们相爱期间，一座座房子盖好了；
有人不会，却
学着吹笛子，他的练习声
起起伏伏。此刻就可以
听见，此时我们不再填满彼此，
犹如鸟儿填满树顶的巢。
你已经在从一个国家到另一个国家
从一个意愿到另一个意愿不停地兑换货币。

尽管我们行为疯狂，
现在看来我们并没有过度
超常，我们并没有打扰世界，
世上的人们及其酣眠。
可是现在，终点。
很快我们俩谁也不会留下
来忘记对方。

*　*　*

那是在夏季，或夏末，我当时听见
你的脚步声，最后一次从东
响到西。在世上，
手帕、书籍、人们都被忘记。

那是在夏季，或夏末，
午后有数小时
你在。
第一次你披上了你的裹尸布

却不知情。
因为那上面有刺绣的花儿。

再一次

再一次为我充当此时此刻的王国，
门以外，就没有回返了。
再一次我会听见："你来过是好事。"
然后去死，不再拼凑起来。

再一次在我的衣袋里
你的房门钥匙的感觉。
随着夜半的冷风，突然
低语："把被子盖好。""不，你盖我。"

再一次你的骨盆的弧形盆状。
再一次死亡与复活一般无二。
和你在一起，水在水之中，
来到一个终点。他们不会再把我们分开。

躺在黑暗中，听
呼唤的声音之上的声音。
再一次在夜间触摸额头，
然后——倒下：

不是在战争中，我不会再度在战争中倒下，
而是此时此刻，在这无与伦比的国土中，
这没有我的国土，这没有你的国土，
这有灰色山丘的国土。永远在那里。

以怜悯的十足苛刻

以怜悯的十足苛刻

数数他们。
你可以数他们。他们
不像海边的沙。他们
不像天上的星。① 他们是孤独的人。
在街角，在街道。

数数他们。看看他们，
透过他们被毁坏的房屋看天空。
从石头中间走出去，再回来。回到
哪里？但数数他们，因为他们
在梦中服刑。他们
自己走出去。他们的希望没有包扎
而大张着口。他们将死于其中。

数数他们。
他们过早学会认
墙上写的可怕的字。② 又在别的墙上
认字和写字。这节庆在沉默中继续。

---

①　　见《塔纳赫·创世记》第 22 章第 17 节，上帝雅赫维因犹太人
　　　始祖亚伯拉罕以独生子以撒献祭而满意说："论福，我必赐大福
　　　给你；论子孙，我必叫你的子孙多起来，如同天上的星，海边
　　　的沙。"

②　　巴比伦王伯沙撒在宫中宴享时，看见一只手在墙上写字，无人
　　　能识。唯有犹太人术士但以理识得那可怕预言，谓其气数已尽，
　　　德行有亏，国将分裂。（事见《塔纳赫·但以理书》第 5 章）

数数他们。到场吧。因为他们
用光了全部血浆还不够，
犹如在危险的手术中，当一个人
精疲力竭像一群人被打败的时候。因为谁是
裁判，规则又是什么，除非
以夜晚的全部含义
和怜悯的十足苛刻。

太 多

太多橄榄树在山谷里，
太多石头在山坡，
太多死者，太少
土地把他们全部掩埋。
而我必须回到钞票上描画的
山水中间去，
回到硬币上我父亲的面容前。

太多纪念日，太少
记忆。我的朋友已经
忘记他们年少时学过的东西。
我的女友躺在一个隐蔽的地方，
而我总在外边，是饥饿的风的食物。
太多厌倦，太少眼睛
盛放它们。太多钟表，
太少时间。太多手按圣经的
宣誓，太多公路，太少
我们能够真正行走的道路：各人走向各自的命运。
太多希望
从它们的主人那里逃走。
太多梦者。太少梦，
其诠解或许会改变世界历史，
像法老的梦。
我的生活在我身后关闭。我在外边，一只
总是被残酷、盲目的风抵触脊梁的

狗。我训练有素：我翻身坐起，
等待引领它穿过我生命的
街道，那可能曾经是我真正的生命。

不要接受

不要接受这些来得太晚的雨。
最好继续待着。把你的痛苦造成
一个沙漠形象。说已经说过了，
不要朝西看。拒绝

投降。今年也试试
独自度过长夏，
吃你渐干的面包，忍住
泪水。不要向经验

学习。以我的青年时期为例，
我夜间晚归，去年的雨中
写下的东西。现在没有

分别。把你的事件视为我的事件。
一切都会像以前一样：亚伯拉罕又会
是亚伯兰。撒拉会是撒莱。①

①　犹太人的上帝雅赫维在犹太始祖亚伯兰 99 岁时向他显现，与
　　他立约，给他改名为"亚伯拉罕"，给他妻子撒莱改名为"撒
　　拉"。（事见《塔纳赫·创世记》第 17 章）

为植树节作

孩子们正在栽种树苗，
树苗将变成森林，
他们长大后，会在其中迷路，可怕地。

他们数着数，
那些数字将打碎他们完整的夜，
使他们被照亮，在户外，
无眠，无岁月。

杏树开花了，
散发出人类第一次
因害怕生存
而流汗行走时
散发的气味。

他们的声音将搬运他们的欢乐，就像一个搬运工
搬运昂贵的椅子，不是他的，到陌生人家，
在屋里放下，
然后离开，独自。

雅各 ① 与天使

就在黎明之前她叹息着，那样
抱着他，把他击败。
他那样抱着她，把她击败，
他们俩都知道，一抱
导致死亡。
他们同意不通姓名。

可是在第一束晨光里
他看见了她的身体，
昨天，泳衣遮羞之处
依旧白皙。

接着，突然有谁从上面叫她，
两遍。
一如你叫一个在院子里玩耍的小女孩
回家。
他知道了她的名字；放她走了。

---

① 系犹太人第三代祖先，以撒和利百加的儿子，亚伯拉罕的孙子。雅各曾因与天使摔跤获胜而被上帝赐名"以色列"，义为"与神角力者"。他生有 12 子，衍生为 12 支派。因迦南（以色列地区古称）发生饥荒而移居埃及，子孙遂沦为奴隶。

晦暗的春季

一朵明艳的花在古老的恐惧中开放。
时值晦暗的春季，日历标明的春季。
由于噎呛而死，由于时间而死，
处于火中而死，由于远行而死。

在嘴唇上的——不在心里。
在整夜里的不在大海上。
现在我们就不隐藏了吧：一切都伤人，
就把可以说的事情都说出来吧。

在世界上雕刻的痛苦皱纹中，
火车运行着。火车头轰鸣着。
在这大地的阴影中，太少的人
有太多的命运。它们正在前来

把我带上。她去哪儿了？
比过去有过的还多，回声把我
唤回。你不会重复的爱。
世界的旋涡。留恋的身体。

你的子宫里的纪念蜡烛。
我的手不放在圣经上，而是
就放在你的大腿和我的大腿
下面发誓。时值晦暗的春季。别停。

给天使的高级训练

在用圆形靶子训练之后
（我的人生就像靶子一样圆，
正中是我童年的黑色
靶心，那里是我的要命处），
在用圆形靶子训练之后，
用假人训练：一个像人
头的头。一个逃跑的人。
或慢慢经过的人们：
一个玩耍的孩子，一个坐在椅子上的男人，
我爱人，在她窗前，
都慢慢经过世界边缘
破烂红瓦堆上的
枪手眼前。

我们不要兴奋

我们不要兴奋，因为译者
不可兴奋。平静地，让我们把话语
从一个人传给另一个人，从舌头传给嘴唇，

不知不觉地，就像一位父亲把他
已故的父亲的相貌传给他的儿子那样，
尽管他跟二者谁也不像：
他只是个中间人。

让我们记住那些我们曾执着
却从我们手中滑走的东西：
任何属于我的，和不属于我的。①
我们不该兴奋。
那些呼唤和发出呼唤者都溺死了。
或者是否我亲爱的
在离开之前托付给了我一些话语，
我得为了她把它们种下养大？

我们不要把对我们说过的话
再对别的说话者说。沉默即承认。不，
我们不该兴奋。

---

①　系犹太人在逾越节前夕清理发酵食品时所诵仪式的用语。

最后一个

在骤来的暴雨中
不奔跑
而是一如既往
慢走的
最后一个
是为爱的第一个，
却因迟到
而被打上耳记 ①。
他将到来，头发
贴在前额上
带着一股
干羊毛的气味，
将爱。

---

① 　系家畜耳朵上打印的标记。

让硬币决定

让硬币决定。国王们
这样做。不要心意已决。
看看云是怎样唱吟
你想说或找到的一切。

用文字和鲜花装饰机会。
把政策做成饰物送妻子。
扔掉命令、传票之类。
为人生，只保留一句祷辞。

让街道做你的引领者。
让月亮长大并玩耍。
夜晚是你忠实的读者。
让大腿。一路走下。

造一座小屋在正义的角落。
让法官裁判他自己的游戏。
数数星星。坐着什么也不做。
也不要询问他的名字。

这　里

这里，在孩子们放得高高的
和去年被电话线缠住的风筝
下面，我站着，躯干早已长出
平静决定的树枝，心里住着
小犹豫的鸟儿，脚下压着
大犹豫的岩石，
我的双眼，一只总在忙碌，
另一只总在恋爱。我的灰裤子
和绿套衫，我的脸吸收着色彩，
反射着色彩；我不知道还有什么
我吸收和反射，放射和排斥的，
我怎么是个许多东西的交换市场。
进口和出口。边境检查站。交叉路口。
分水岭，分死人岭。会合处。分离处。

风吹进树冠，在每一片
叶子上徘徊；可是，瞧它
并不停留就过去了，
而我们来了，停留一会儿，就倒下了。
就像姐妹之间，我们与世界有许多相似处：
大腿与山坡。遥远的思绪
好像在这里肉体和山里长成的行动，
像山脊上黑黑的柏树。
循环合拢。我是系扣。

在我发现我坚硬的父祖们
内心柔软之前，他们已死了。
我前面的祖祖辈辈是杂技演员
在马戏场中叠罗汉，
通常我是最下面的一个，
肩扛着重担，他们所有人。
有时我在最上面：一手举向
顶棚；下边看台里的欢呼声
是我的奖赏和肉体。

但我们必须赞美

我们必须赞美一切之主。
　　　　——希伯来祈祷书

但我们必须赞美
一个熟悉的夜晚。从深渊中借来的黄金。
柏树永远升起。远方，
长发仍在飘拂，一切失落之主。

你在对我做什么，远方的女人？
你仿佛用哭泣的思绪把我吊在树枝上。

你的手从远方触摸我，好像在试
我的桥。它们承受这重量而颤动。你整个是王国。

在我那些晦暗如月亮的话语后面，
来到我这里，把我弄累。
但我们必须赞美所有人的下身：你的大腿。
那在颠倒的夜晚

把你扛来给我的肩膀的叫喊声，
健忘的人类的星星在我们之上。
在这里，这狭小世界的空处，
你的身体的风格、天空的仪态。但我们必须。

写给海滩上一个女孩的诗

1

在沙质的狮穴中，
在海边那么真实，
在傍晚的帐篷里，都晒黑了。
活下去，再次活下去。

发明了你，一流的，
梦想贝都因，我的特技演员。
来，咱们祸害
这一晚，大腿、屁。

支票、存款账户
总是适当回报。
我的多重合成物：
复写纸副本。

出入的律法，
谁像我这样抱你？
多数赞成
我在你皮下？

对于结尾具有决定性，
大范围的睡眠建造师，
海滩不会消减，

你，我的希望的模特儿。

有条件地裸露，
晒黑，此刻，精力最旺盛时，
在沙滩的痉挛中我们平静地
做着。你有时间

而我急切冲动，
你的肩膀也许显示着
轮船的航路，怎样偏航——
不需要肩带。

满架的欲望。一墙的
渴望。一个热柜台。
一个窗口养鱼，
养噩梦。我骑上她。

无疑而惊异。
思绪，几乎没有痕迹。
你的大腿，你的秋颜
身份认定。

闪击战中散落在沙子
中的衣服，颜色变淡；
乳头之间的草，
可爱缝隙间，蜗牛。

不见肉体的血液，

碎石像野蛮部落。
我们将回忆一只
解扣凉鞋的飞行吗？

2

在海边那么真实，
出乎我的道路和翅膀，
你外出是要
超乎所有生物之外吗？

你前来，再度回归，
像松散散布的贝壳，
在独木舟之夜里
梦的肌肉变疯狂。

你的海藻耳朵有味道，
腐朽的木头会弯曲。
展开你的肚皮风帆。
我们的结局的目的。

一水洼的螃蟹，
一个健忘的肚脐，
所有时间都抓不住，
毫不费力的重新设置。

去年的住处中
一场心不在焉的爱，

过去语气中
不被删除的词语。

沙滩上的身体平躺
在漫游的肉欲之上，
舒展开古老哭喊的
笑声，依然尖锐而新鲜。

用爱建造的贫民窟，
没有帷幕相隔的距离。
棚舍鸽子的希望，
没用的徒劳目标。

灯塔景色的平面图，
自我的轮廓线，
希腊岩礁的
皮肤晒黑的模特。

海边通晓多语者，
扭着众多国王的脖子。
没有人的太阳，没有
路的地点。都摇摆着。

我们继续吗？过去
有的一切，你从未遇到。
秋天里的塔楼，
雅法的宣礼塔。

头发中的暴风雨，
前所未有的肉欲。
我们等待东风
将捕获的气息。

神经如沙的兽穴，
健忘的子宫，神龛。
微微弯曲的路径。
那道底线。

3

在海边那么真实，
我们还会相见吗，在何方？
负疚恳求的香烟
和绝望的蜜糖。

犹如千块田地中
无需园丁一顾，
西瓜成熟：我们
如此匆促共舞的恶徒。

每日记忆一切——
话语、动作、我将
怀念的沙滩——
而不取报酬的手。

梦的陈列橱窗——

我的灵魂又摸又看；
叫喊和游戏的故土，
预言的童年。

起初你是我的，你是我
倒数第二个重读音节，
后来，高高地乘坐
在你的衣裙的车厢里。

你的眼睛是希伯伦玻璃，
考古出土的。
头发是黑色的愤怒。好看的脸，
要等待和呼唤的大门。

你到底什么时候离开？
还有我，你看见我了吗？
我的经卷的秘密，
大海的毁谤。

你这夸张的神殿，
你毁了触摸的孩子，
奔跑和踩踏的未知变数，
还有橘子皮。

一个被遗弃的女孩，
云的孙女，那么野，
你这海藻后裔，
你这花生孩子。

滚烫的皮肉，箴言
所谓坏的、好的和贱的，
你用湿透的身体
愚弄了我全部的回忆。

就像古币一样结实，
你的递送那么精准，
你那欢庆的腰胯，
你那绞脖子的大腿。

你的肚脐充满沙子
和晶晶亮的盐粒，
一座神殿的遗迹，壮美，
你那戴浪沫的头，没错。

我们的骨头的马戏场，
自私的"我"的兽穴，
人类野兽在呻吟，
四条大腿的死亡。

阴影中，蜜糖脚丫，
两个自由的屁股月亮。
让偶像的冷淡会见
裸盖的神秘吧。

双重身体内
意志的命令；

二者都要充满
却终止于橡胶套里的罪。

我可否加上：我并
非在沙滩上看见你，
可到底还是追你
懂你。

从这里，看起来：灰色，
显得很基本。
你呢，你留
在我身边了吗?

哀　歌

不要为明天作准备

不要为明天作准备。把你的脸转向窄巷，
转向梦，楼梯会引领你，把你的计划覆盖
在沙子里，像洒落的血迹。在道路急转弯
之前中止前进，总之道路中断了。

出借给你的血肉的东西，还回去：那不会久长。
水会为花更换；
酒会传递，像将要离开一个人的生命，
在敲门。不要开门，待在
屋里。坐在黑暗中，站在原地，
周围礼拜者的喃喃声好像海浪的喃喃声。
不要凑近去弄清怎么一回事。这就是那地方。
不要动。你曾经过。
你曾哭泣。你曾微笑。你曾被拍照。

看小女孩跳绳：绳子的命运
打到地上再升起，好像她们头上的门。
现在不要打扰。站在一边。
转动，转身，在风中给自己买个奴隶。像个
游泳者用手脚把世界朝后推。这样会
击中水的面颊而伤到它，但会让你
留在水面之上活人当中。不要与世隔绝。抱头
痛哭你人生的未来吧。当着女人的面
久坐吧。不要说话。这也是预言。
在坡上，爱那垫在轮子下面的

石头吧，就像你自己，要阻挡滚动的时代。

在人家的大门里，不要抹掉牌子上
逝者的名字。那些不活的也在这里。
哪怕它们已经被刻在了墓碑上。就让他们的名字
变成双份：在那里又在这里。

可怕的门，正慢慢地
对你关上，不要让它们
对你关上。给要关上的门与门框之间塞个什么东西：
一只鞋、你的手、最后一句话。那会疼。但那
会让你振作。
在外面，远离前几户人家，
在一个封闭的山谷，早早地，在大亮的天光下，
试验你的新感情，就像试验新武器。

像你母亲在安息日前夕那样，
用手遮在眼睛和蜡烛之间。
然后像她那样，拿开遮光的手，
除非你知道一切都留下来了并且
真正是你的才祝福。
然后祝福吧。

废弃的村庄哀歌

1

八月的葡萄酒溅洒在女孩的脸上，但
那摧毁是清醒的。厚木板从被遗忘的
人们的生活中突出；一份遥远的爱
把自身扔进深涧，回声像雷鸣。
日中时分，山谷缓缓升向山峰；
我们近乎悲哀。像个陌生人
在陌生的城市，在地址簿里搜寻，
我站着选择一家旅店，临时：这儿。

2

遥远的地方下了大雪。有时候
我必须用我的爱作为唯一的描述方式，
必须雇用风来展示女人的哭号。
很难让从一个季节滚到另一个季节的石头
记住草丛里在爱情中堕落的做梦者
和低语者。就像一个人在手表停摆时
甩他的手腕：谁在甩我们？谁？

3

风从远方携来声音，就好像怀里
抱着婴儿。风永不停止。那里，矗立着的

是发电机：当我们需要显得强大，
需要在黑暗中，没有镜子或灯光，
作决定时，它们发现了我们的弱点。

思绪飘落，平行于地面飞行，像鸟儿一样。
在海边：野餐者坐在朋友中间。
他们的钱是从远方带来的；他们的肖像见于
揉皱的报纸。他们的笑声中：绽放的云朵。
我们的心随着巡夜人的脚步声跳动，来来回回。
假如竟有人爱我们，远方的雪肯定
会觉察到，早在我们觉察到之前。

4

剩下的不只是寂静。剩下的是一声锐响。
好像汽车在危险的上山道路上换挡。
你可曾仔细听过孩子们在被毁房屋里
玩耍时的叫喊，当他们的喊声在抵达
屋顶的时候，出于习惯骤然暂停，稍后
爆发冲向天空？啊，没有耶路撒冷的夜晚，
啊，永远不会再度成为鸟儿的废墟中的孩子们，
啊，流逝的时光，当已经变黄的报纸
再度引起你的兴趣：像一份档案。去年的女人
面容在一个远方男人的记忆中亮起。
可是风不断在忘却。因为它总是在那里。

我应当在这里等待上帝的声音，或气势逼人的
山丘之间火车的尖叫声吗？看，孩子和鸟儿们

被关闭又打开，各自通向歌唱和哑然。
或长路上的女孩：她们再度变成无花果树时，
看她们多么美妙，适于欢爱。还有轰然
如雷鸣般从垃圾堆上飞起的麻雀。瞧石头
写着什么。你不是那写字的人。但是
那永远是你的笔迹。停留一会儿吧，在大地
与它短命的神之间这狭窄之处。听白铁皮
在它的锈迹中渐渐成熟，小巷的声音
改变得太晚：死亡已经来临。

拆毁一半时我们才了解
那覆盖屋内的蓝色，就像医生
借助面前剖开的人体学习一样。但我们
永远不会知道血液在全身，在体内
是怎样运动的，当心脏从远方，在它那
黑暗的道路上，照进它时。女孩们依然
藏身在晾挂在空气中的新洗的衣物中间；
空气在群山中间也会变成雨，
被派来侦察和揭露这土地的赤裸；
揭露了它；就留在了这山谷中，永远。

走失的孩子哀歌

神啊，求你救我！因为众水要淹没我。我陷在深淤泥中，
没有立脚之地；我到了深水中，大水漫过我身。
　　　　　——《塔纳赫·诗篇》第 69 篇第 1~2 节

我可以凭印记看出去年水涨到了
多高；可是我怎能知道我内心里
爱涨到了什么水平？也许它溢出了我的堤岸。
干河床里剩下了什么？——只有板结的泥块。
我的脸上剩下了什么？——连一条细白线也没有，
就像正在喝牛奶，咯噔一声，把玻璃杯
搁在厨房桌上的孩子嘴唇上方的那样。
剩下了什么？也许窗台上摆着的、
我们在屋里时像个天使般盯着我们的
小石头上的树叶。爱意味着不
剩下；意味着不留痕迹，而完全
改变。被忘掉。理解意味着开花。
春天理解。记得亲爱的人意味着
忘掉堆积起来的许多所有物。
爱意味着不得不忘掉别的爱，
关上别的门。瞧，我们省了个座位，
我们把一件大衣或一本书放在身边的
空椅子上，也许它永远空着。我们可以
保留它多久？毕竟，有人会来，
一个陌生人会坐在你旁边。你不耐烦，
把脸转向上方有红色灯标的门，你看

手表；那也是一种祷告习惯，就像鞠躬
和亲吻。在外边，他们总是发明新思想，
这些思想也被放在人们疲倦的脸上，
好像街上的彩灯。或者瞧那孩子，他的
思想被画在他脸上，好像古瓮上的
图案，是让别人看的，他还没有
自己思考它们。大地漫游，在我们的
鞋底下经过，像一座移动舞台，
像你的脸——我以为是我的却不是。可是孩子
丢失了。他的游戏的后裔、彩纸的
便雅悯、他的古老藏身处的孙子。
他来来去去，玩具丁当作响，在一口口
枯井中间，在节日的末尾，在叫喊
和静默的可怕循环之内，在希望、
死亡、希望的过程中。人人都寻找，
他们乐于在遗忘之地寻找某种东西：
人声和像思绪一样低空飞行的飞机、
长着哲学家面孔的警犬、在我们眼前
变得越来越干的草丛中用细腿跳跃的
疑问词。在祷告、交谈、报纸中磨损的词语，
四脚着地倒下的耶利米预言。

在大城市里，抗议者阻塞道路，好似
主人将死，心已阻塞。死者已经
像水果一样挂出，在世界历史之中
永久成熟着。他们寻找孩子，找到
隐藏的成对恋人，找到古瓮，
找到一切不想被暴露的东西。因为爱

太短，盖不住他们全部，就像太短的
毯子。当寒夜来临时，一个脑袋或两只脚
伸出在风里。或者他们找到剧烈
短痛的捷径，而不是导致遗忘的
欢乐和餍足的长街。在夜间，
世界、外国城市、黑暗的湖泊、人种的
名字早已消失。所有的名字
都像我心上人的名字。她抬起头
倾听。她觉得她被呼唤了，
但她不是我们要找的。可是孩子不见了，
远山中的小路出现了。时间不多了。
橄榄说硬核。在天地之间的
巨大恐惧中，新房子崛起，窗户
玻璃使夜晚灼烫的额头凉下来。
热风从干草丛中吹来，在我们身上弹跳，
共同需要的激动在荒地上架起了
高桥。陷阱布设好，探照灯打开，
用头发编织的网铺开来。可是他们走过
那地方，没有看见，因为孩子弓身
藏在明天的房子的石头中。永恒的
纸片在搜寻者的双脚间沙沙作响。
印字的和没印字的。命令声听得清楚。
准确数字：不是十或五十或一百个。
而是二十七、三十一、四十三，这样他们才会相信我们。

早晨，搜寻重新开始：快，这里！
我看见他在他的枯井玩具、他的石头
游戏、他的橄榄树工具中间。我听见他的心跳

在岩石下面。他在那里。他在这里。那棵树
在摇动。你们都看见了吗？新的呼唤，好像古老的
大海朝异邦的海岸大声呼唤，喊来新的船只一样。
我们回到我们的城市，大忧愁在各城中间以适当
间隔分割，就像邮箱一样，好让我们把我们的忧愁
投入它们：姓名与地址、收寄时间。石头
张着黑色的嘴巴合唱，唱诵声入大地；
只有孩子能听见；我们不能。因为他待得
比我们久，假装来自云端，已经
为橄榄树孩子们所熟知，
熟悉，变化，不留痕迹，犹如在恋爱中，
毫无保留地完全属于它们。
因为爱意味着不保留。要被忘记。但是上帝
记得，就像一个人回到他曾经离开的地方
去讨回他所需要的记忆。就这样，上帝回到
我们的小房间，以便能够记起祂曾多么想
用爱建筑祂的创造。祂没有忘记
我们的名字。名字没有被忘记。我们把衬衫
叫衬衫：即便它被当抹布用时，它还是被叫作衬衫，
也许那旧衬衫。我们像这样会继续多久？
因为我们在变化。但是名字保留下来。我们有什么
权利要被用我们的名字来称呼，或称呼约旦河
为约旦河，纵使在它流经加利利海 ①
又在泽玛赫流出之后。它是谁？它还是那条
在迦百农流入的河吗？我们流经那可怕的

---

① 　又名"基尼烈湖"，系以色列最大的淡水湖，其水平面低于海
　　平面，是世界上最低的淡水湖。

爱之后又是谁？约旦河是谁？谁
记得？划艇出现了。群山哑然：
苏悉塔、黑门、吓人的阿贝尔、痛苦的太巴列。

我们都不理睬名字、游戏规则、
空洞的呼唤。一个小时过去，头发在理发店
被剪掉。门被打开。剩下的是给
扫帚和街道的。理发师俯身在你头上方，他的手表
在你耳边嘀嗒作响。这也是时间。
时间的终结，也许。孩子还没有找到。
树木从大地的睡眠中醒来大声交谈。
白铁皮做的嗓音在风中哗啷啷直响。
我们睡在一起。我走开去：
心上人的眼睛在恐惧中大睁着。她坐起来
在床上待了一会儿，手肘支撑着。床单
白得像审判之日；她不能独自
待在屋里；她出门到始于门口
附近阶梯的世界中去。但是孩子留了下来，
开始变得像群山、风、橄榄树干。
家族的相像：一个在内盖夫 ① 沙漠
战死的年轻男子的相貌在他出生在纽约的
表亲脸上浮现。阿拉伯谷地一座山的断面
重现在被炸碎的朋友的脸上。山脉
和夜晚，相像和传统。夜晚的习惯变成
恋人的律法。暂时的防备

---

① "Negev"，系希伯来语音译，义为"南方"，为以色列南部沙漠
地区。

变成永久的。警察、外面的呼唤声、内心的
说话声。来自火灾现场的救火车
不尖叫。它们默默地从余烬和残灰撤离。
爱过并回顾搜索过后，我们默默地从谷地
撤离：没有被注意。但是我们少数
几个人继续倾听。似乎有人在呼叫。
我们用一只手掌扩大外耳，
我们用进一步的爱扩大心的区域，
为了听得更清楚，为了忘却。

　　可是孩子在夜里死了，
样子干净整齐。被上帝和夜的舌头
舔得很洁净。"我们到这儿的时候还是白天。
现在天都黑了。"洁白得像一张
装在信封里的纸，夹在死者之地的
《诗篇》诵本中，受唱诵声供养。少数人继续搜寻，
或也许他们搜寻与他们的泪水相匹配的痛苦，
与他们的笑声相匹配的欢乐，尽管没有什么
彼此匹配。甚至手都是来自不同的身体。
但我们似乎觉得有什么东西坠落。我们听见
一声丁零响，好像一枚硬币落地。我们站了一会儿。
我们转过身。我们弯下腰。我们什么
也没发现。我们继续走路。各走各的。

此刻在风暴中

（1969）

耶路撒冷篇

耶路撒冷，1967[①]

给我的朋友丹尼斯、阿利耶、哈罗德

1

这一年我走了很长的路
去看我的城市的寂静。
婴儿在你摇他的时候安静下来，城市在远处
安静下来。我居住在渴望之中。我用
犹大·哈－列维的四个方块玩跳房子：
我的心。我自身。东方。西方。[②]

我听见钟声鸣响在时光的宗教中，
可是我在内心听见的哭喊声
总是来自我的犹大荒漠。

既然我回来了，我就又尖叫起来。
在夜间，星星升起，好像溺水者吐出的泡泡；
每天早晨，我尖叫出新生婴儿的尖叫声，
冲着房屋的喧闹和这巨大的光明。

---

① 自 1967 年 6 月 5 日起，以色列先发制人，用六天时间击退虎
视眈眈的埃及、约旦和叙利亚军队，迫使诸国重新划定停火
线，史称"六日战争（Six-Day War）"，即"第三次中东战争"。
② 中世纪犹太诗人犹大·哈－列维的一首著名复国主义诗作中有
句云："他们的心在东方，/他们的身体在遥远的西方。"

2

我回到了这个城市，在此，距离
都仿佛人类，被取了名字；
数字不是表示公共汽车线路，
而是：70 后、1917、公元前
500 年、48 年。这些才是你
真正的旅行线路。

过去之魔鬼已经在与
未来之魔鬼会面，在我之上，
在我头顶之上高高的弹道弧线中
商谈我的事，它们的予夺从不给予也不夺取。

一个回到耶路撒冷的人明白曾经
令人伤心的地方不再令人伤心。
但是一个轻微的警告留存在一切当中，
就好像一幅轻盈的面纱的飘动：警告。

3

光明的是大卫王塔，光明的是圣母马利亚教堂，
光明的是长眠在墓葬洞穴里的祖先，光明的
是里面的面孔，光明的是半透明的
蜂蜜蛋糕，光明的是时钟，光明的是你
脱掉衣服时穿过你大腿的时光。

光明的是光明的。光明的是我童年的脸颊，

光明的是那些想要光明的石头，
连同那些想要睡在方块的黑暗中的石头。

光明的是扶手的蜘蛛、教堂的蜘蛛网、
楼梯的杂技演员。可是甚于所有这些，在一切之中，
光明的是那可怕的、真正的X光书写，
用有骨头的字母，用白色和闪电：弥尼
弥尼 提客勒 乌法珥新。[1]

4

你要寻找铁丝网篱笆，徒劳。
你知道，这种东西
不会消失。不同的城市也许
现在正被切成两半；两个恋人
被分开；不同的肉体现在正用这些刺
折磨自己，拒绝变成石头。

你要找，也徒劳。你举目向山丘，[2]
也许在那里？不是这些山丘，地理学事故，
而是那些山丘。你问
问题都没有提高声音，没有加问号，
只因为你被认为该问；而它们

---

[1] 此处引文即犹太人术士但以理所读解的巴比伦王伯沙撒在宫中宴享时，看见一只手在墙上所写的字，意谓其气数已尽，德行有亏，国将分裂。（事见《塔纳赫·但以理书》第5章）

[2] 见《塔纳赫·诗篇》第121篇第1节："我要向山举目；我的帮助从何而来？"

并不存在。但是一股巨大的厌倦用尽你的全力要抓你
并且抓到了你。就像死亡。

耶路撒冷，这世上唯一
赋予死者以投票权的城市。

5

在 1967 年，遗忘之年 ① 的赎罪日，我穿上
深色的节日服装，步行到耶路撒冷老城去。
我久久站在一家阿拉伯人开的墙洞店铺前，
离大马士革门不远，店里陈列着
纽扣、拉链、成卷的各种
颜色的线、摁扣、搭扣等等。
一种罕见的灯光和许多色彩，像一个打开的约柜。

我在心里告诉他，我父亲也
有这样一间店铺，里面有线和纽扣。
我在心里给他解释，这几十年
所有的原因和事件，为什么我现在在这儿，
为什么我父亲的店铺被烧毁，他被葬在这儿。

等到我说完，已是该做闭门祷告 ② 的时候了。
他也拉下了百叶窗，锁上了大门；

---

① 公元1967年相当于犹太历5728年。在希伯来语中，拼写"5728年"
　　的辅音字母与"遗忘"一词相同。
② 赎罪日最后一次祷告，在日落时做。

我跟着所有的朝拜者一道，回了家。

6

不是时间使我远离童年，
是这座城市及其中的一切。现在
我也得学阿拉伯语了，得从时间的两头
一路直达耶利哥 ①；隔离墙的长度增加了，
塔和祷告屋的穹顶的高度也增加了，
它们占据的区域无法度量。所有这些
确实拓宽了我的生活，迫使我
总是再一次迁徙，离开河流
和森林的气味。

我的生命就这样被拉伸开去，变得非常薄，
像布一样，透明。你可以一下子就看穿我。

7

在这个有着瞪大眼睛的恨和盲目的爱的
夏天，我又要开始相信
所有填充炮弹留下的
坑洞的小东西：土壤、一小丛草，
也许，雨后，各种小昆虫。
我想到一半在父亲的道德说教中，一半
在战争的科学中长大的孩子们。

---

① 系位于约旦河西岸迦南地的古城，现归巴勒斯坦管辖。

泪水现在从外界透进我的眼睛；
我的耳朵每天都杜撰带来
好消息的信使的脚步声。

8

这城市在她的名字中间玩捉迷藏：
耶路沙拉印、阿尔库兹 ①、撒冷 ②、杰路、耶路 ③，一边
在黑暗中低唤着她最初的、耶布斯人 ④ 的名字：
伊乌斯，伊乌斯，伊乌斯。她满怀憧憬
哭泣着：埃利亚卡庇托利纳 ⑤，埃利亚，埃利亚。
她在夜间应任何男人之召
而来，独自。但我们知道
谁来找谁。

9

一扇开着的门上挂着一块牌子：关门了。
你怎么解释？现在

---

① "Al-Quds"，系阿拉伯人对"耶路撒冷"的称呼。
② "Salem"，系希伯来语音译，义为"和平"。
③ "Yeru"，系希伯来语音译，义为"城市"。
④ 系迦南地一部族。希伯来人在大卫王率领下从其手中夺取了耶
　　路撒冷城。
⑤ "Ælia Capitolina"，系古罗马人对"耶路撒冷"的命名。罗马
　　帝国皇帝哈德良在公元 129~130 年巡幸犹大地，以耶路撒冷
　　为中心建立殖民地，称"埃利亚卡庇托利纳"，义为"埃利乌
　　斯（哈德良的名字）敕建的朱庇特主神殿"。

锁链两头都解放了：没有
囚犯也没有看守，没有狗也没有主人。
锁链会渐渐变成翅膀。
你怎么解释？
啊，你会解释的。

10

耶路撒冷是个矮子，蹲在山丘中间，
不像纽约，例如。
两千年前她就蹲着，
在美妙的起跑线位置。
其他所有城市跑在前面，在时光
竞技场中长跑，它们或赢或输，
最后死去。耶路撒冷停留在起跑姿势：
所有的胜利都紧握在她内部，
都隐藏在她内部。所有的失败。
她的力量增长，她的呼吸平静，
甚至准备跑出竞技场。

11

寂寞总是在中央，
被保护被加强。人们理应
在其中感到安全，而他们并不。
他们走出去，时间长了，
又会为新的孤寂形成山洞。
有关耶路撒冷你知道些什么？

你不需要懂许多语言；
它们穿过一切，仿佛穿过房屋的废墟。
人们是一堵移动的石头砌的墙。
但是甚至在哭墙中
我都不曾见过这么悲伤的石头。
我的痛苦的字母是亮的，
就像街对面旅店的名字一样。
什么在等我，什么不等我？

12

耶路撒冷的石头是唯一能够感受到
痛苦的石头。它有一个神经系统。
时不时地，耶路撒冷就拥挤成
一团团抗议，就好像巴别塔一样。
但是上帝警察拿大棒把她
打到：房屋被夷平，墙垣被推倒，
后来，城市流散，从教堂、
会堂和大声呻吟的清真寺发出
抱怨的祷告和零星的尖叫。
各归各的地方。

13

总是在毁圮的房子和像被屠杀者的胳膊
一样拧着的铁梁旁边，你会发现
有人在清扫铺设的小径
或照顾小花园，敏感的

小径，四方形的花床。
对可怕死亡的巨大欲望得到很好的看护，
如同在狮子门隔壁的白兄弟修道院里那样。
但是更远处，院子里，大地张开着口：
立柱和圆拱支撑着虚荣的土地，
彼此谈判着：十字军与守护天使，
一位苏丹与虔诚者犹大拉比。有一根柱子的
拱形圆顶、囚徒的赎金、卷起的契约中奇怪的
条款、封印石。钩着空气的
弯钩。
柱头和柱身的残块就像因愤怒而打断的棋局中的
棋子一般散落着，
还有希律王，他在两千年前就已经像迫击炮弹
一样哭喊了。他知道。

14

假如云是天花板，我想坐在
它下面的屋子里：一个已死的王国从我
升起，升起，好像蒸汽从热食上升起。
一扇门嘎吱响：一朵正打开的云。
在遥远的山谷中，有人在用铁敲石头，
可是那回声在空中树立起巨大的、不同的东西。

在房屋之上——房屋之上有房屋。这是
历史的全部。
这是在没有屋顶，没有围墙，
没有座椅，没有教师的学校学到的知识。

这是在绝对校外学到的知识，
一种短得像一次心跳的知识。全部。

15

我和耶路撒冷就像一个瞎子和一个瘸子。
她替我看，
外出去死海，去末日。
我把她扛在肩膀上，
盲目地行走在下面的黑暗中。

16

在这明媚的秋日，
我再次重建了耶路撒冷。
奠基经卷
飞翔在空中，鸟儿，思绪。

上帝对我发怒，
因为我总是强迫祂
再次创造世界，
从混沌、光、第二日起，直到
人，然后又回到太初。

17

清晨，老城的影子落在
新城上。下午——相反。

没有人得到好处。宣礼者的祷告声
浪费在了新房子上。鸣响的
钟声像皮球一样滚开又弹回。
从会堂传出的神圣，神圣，神圣的喊声将消逝，
像灰色的烟。

在夏末，我呼吸的这空气，
被灼痛过。我的思绪具有
许多合着的书本的静态：
许多拥挤的书本，其中大多数书页
都粘在一起，像早晨的眼皮。

18

我登上大卫王塔，
比升得最高的祷告声还高一点儿：
上天国的中途。少数
古人成功了：穆罕默德、耶稣，
等等。然而他们在天国也没有找到安息；
他们只是进入了更高级的兴奋状态。但是
下面
给他们的喝彩声从未止息。

19

耶路撒冷建在一声憋回去的尖叫的
拱形基础上。如果那尖叫
无缘无故，那基础就会塌陷，这城市就会崩坍；

如果那尖叫被叫出声来，耶路撒冷就会炸上天。

20

诗人在傍晚来到老城中；
他们在城中出现，衣兜里塞满来自
石柱和教堂地宫，
来自正在变暗的果子内部
和经过锻打的心的精致掐丝工艺的意象、
暗喻、结构巧妙的小寓言、与暮色有关的明喻。

我抬起手，擦去
前额上的汗，
发现我不经意间举起了
埃尔泽·拉斯克 - 许勒尔 ① 的鬼魂。
她活着的时候又轻
又小，死了以后更其如此。啊，可是
她的诗。

21

耶路撒冷是永恒岸边的港口城市。
圣殿山是一艘巨轮，一艘壮观的
豪华客轮。从西墙的舷窗，
快乐的圣徒，游客，向外张望。虔诚派信徒在码头上

---

① 　埃尔泽·拉斯克 - 许勒尔（Else Lasker-Schüler, 1869~1945），
系德国犹太诗人，晚景凄凉，常在耶路撒冷的大街小巷中游荡。

挥手道别，高喊再见，再见，一路顺风！她总是
在到达，总是在出发。栏杆、码头、
警察、旗子、教堂和清真寺的高高
桅杆、会堂的烟囱、赞美诗的
小艇、山峦波浪。羊角号吹响：又一艘
刚刚驶离。身穿白色制服的赎罪日水手
在久经考验的祷告之梯和索具中间攀爬。

商业、城门、金顶：
耶路撒冷是上帝的威尼斯。

22

耶路撒冷是所多玛的姊妹城市，
但是怜悯的盐并没有怜悯她，
并没有用一片静默的白色覆盖她。
耶路撒冷是座不同意的庞贝城。
被扔进火里的历史书，
书页散落得到处都是，在红火中变僵硬。

一只颜色太浅、瞎了的眼睛，
总是在血管的筛子中碎裂。
许多生产在下面张着口，
一个有着无数牙齿的子宫，
一个双刃的女人和神圣野兽。

太阳以为耶路撒冷是一片海，
就落在其中：一个可怕的错误。

天空之鱼被捕在一张小巷之网中，
把彼此撕碎。

耶路撒冷。一台没有缝合的手术。
外科医生去到遥远的天空里睡午觉了，
但是她的死者渐渐
围成一个圈，在她周围，
像静静的花瓣。
我的上帝。
我的雄蕊。
阿门。

在我之前的祖祖辈辈

在我之前的祖祖辈辈
都捐献我，一点一点，我才得以
一下子出现在耶路撒冷此地，
像一座教堂或慈善机构。
这是必须的。我的名字是捐献者的名字。
这是必须的。

我接近我父亲去世时的年纪。
我的遗嘱打了许多补丁。
我不得不逐日修改
我的生和死，以实现所有为我
所作的预言。好让它们不至于成为谎言。
这是必须的。

我已年过四十。有些工作
我因此得不到。假如我在奥斯威辛，
他们就不会派我去工作，
而是直接把我毒死烧了。
这是必须的。

传唤证人

我最后一次哭泣是在何时？
传唤证人的时刻到了。
最后一次看见我哭泣的人们之中
有些已经死了。

我用许多水清洗我的双眼，
以便透过湿润和痛楚
再看这世界一眼。
我必须找到证人。

近来，我第一次感觉到
针尖扎进我的心。
我没有害怕，
我近乎骄傲，像个男孩
在他的腋窝和双腿之间
发现了初生的毛。

和我母亲在一起

我在外面玩耍，总要到母亲
叫我回家。有一回她叫我，
我多年没有回去，
不是因为贪玩。

现在我坐在她面前，
她却像沉默的石头。
我的话语和诗作
全都像一个地毯商、
一个皮条客和一个东奔西走的推销员
油嘴滑舌、滔滔不绝的说辞。

旅行准备

这些就是为旅行要作的准备。你打开
窗户。（不要关上！空气在流通。）床上
一片枯叶。我开始渴念
随身的物品，仿佛它们不跟我在一起。
为旅行要作的准备。不要吃东西。不要走动。
不要站在一块儿。每夜，距离
都注满人们，就像牛奶
注满门外的奶瓶。这些就是为旅行
要作的准备。我父亲曾困在圣约柜里。
庆法节 ① 翌日晚上，跟所有闪闪发亮的圣经卷子
一起关在黑暗中。他现在轻轻地哭泣，一辈子
从未像那样哭泣过。他说话闷声闷气的，混合着他
和我儿子的嗓音。轮换着叫我"父亲"和"儿子"。
来自他内心的拳头的捶击
永远跟我待在一起。这些就是为旅行要作的准备。

人被造就成两条腿直立走路，
可是有时候他的灵魂想在他体内
伸展四肢躺下，只想这样。为旅行要作的准备。

---

① 　按照犹太民历，每年岁末除夕要庆祝"摩西五经"即律法书
　　"妥拉"（"Torah"，系希伯来语音译，义为"教法"）课诵完毕，
　　是为"庆法节"。

又快又苦涩

终结又快又苦涩。
缓慢而甜蜜的是我们之间的时刻，
缓慢而甜蜜的是那些夜晚：
我的双手不因绝望而彼此交握
而是带着爱把来到它们之间的
你的躯体抚摸。

当我进入你的时候
就仿佛巨大的欢乐
可以用剧烈痛苦的精密刻度
来度量。又快又苦涩。

缓慢而甜蜜的是那些夜晚。
此刻像沙子般苦涩而粗粝——
"我们将是实在的"和相似的诅咒。

在我们迷失得离爱情更远的时候，
我们繁殖词语，
长而有序的词语和句子。
假如我们依旧在一起，
我们可能已变成一片静默。

在我的时间，在你的地点

在我的时间，在你的地点，我们在一起。
你提供地点，我提供时间。
静静地，你的身体等待着季节变化。
时尚在上面经过，缩短，延长，
有花朵或白丝绸，紧贴着。

我们用人类价值换取野兽价值，
平静，如虎，永久。
尽管如此，还是时刻准备用夏末的
干草点燃任何时刻。

我和你分割昼、夜。
我们跟雨交换眼神。
我是你二合一体的大斋节
和狂欢节。我们不像做梦者，
哪怕在梦里。

在不安之中，怀抱着安宁，
在我的时间，在你的地点。

我现在做的许多有关你的梦
预言着你跟我的结局——

犹如越来越大群的海鸥
来到大海结束之处。

辨认是可怕的

在一次地震，或一次战役之后，
辨认死者是可怕的。
但是当他们活着、走着时，
辨认他们就更可怕。
或者在傍晚七点钟
在街上。
当遗忘逝去
而记忆并不取而代之时。

永恒给自己涂以永恒的色彩，
水死在水中，
又从水中升起，
云只在云间移动。
人不是如此：
他们不得不移动
在钢铁和石头之间
在一切不爱他们者之间。

我有一位叔父，他的身体内
散布存留着
来自第一次世界大战的钢铁
直到第二次战后。
他死去时，他（它）们重又分手：
他们用那钢铁制造出更多炮弹。
用我叔父制造出新的叔父，

一次新的遗忘。

收集些什么

前进途中
变成了撤退。但
行进方向
没变。突然地。

接缝爆裂。
我曾是守藏者，
收藏者，
我收藏的一切掉落在路上。
你可以轻易地跟踪我，
我散落了。

可是我乡村的先人
剩了些什么在我体内：
现在，今晚，我想收集些
什么，不是牛群，不是羊群。
收集些什么。

我的父，我的王

我的父，我的王，无根由的爱
和无根由的恨塑成了我的脸，
就像这干燥土地的脸。
岁月把我造成了痛苦的品尝者。
就像个品酒师，我分辨
各种各样的静默，
知道什么样的是死的。以及谁。

我的父，我的王，愿我的脸
不被大笑或大哭撕裂。
我的父，我的王，别让欲望和悲伤
之间发生的一切
把我折磨得太厉害；让我违心
做的一切看起来
都像是出于自愿。我的意愿
好像花朵。

公牛回家

公牛与他的斗士们饮过咖啡，
留给他们一张写着他的确切地址
和红手帕的住处的便条之后，
从他在竞技场中的工作日回家来。
（那把剑插在他强硬的脖项上。
留在那儿。）
现在他在家，
坐在他的床上，瞪着他那沉重的
犹太眼睛。他知道
当剑扎入肉里时，剑也受痛。
下一次转世他将成为一把剑：
那痛感将存留。
（"门
开着。如果没有，钥匙在垫子下面。"）
他知道黄昏的怜悯
和真正的怜悯。在圣经里
他被列为洁净的动物。
他很洁净，嚼着他反刍的食物，
甚至他的心也像蹄子那样
裂开。
他的胸前进出丛丛茸毛
又干又灰像来自撕破的毡垫。

我将不得不开始

我将不得不开始记住你，
当别人开始发现你，你的丝袜
之上柔软的大腿内侧时，当你大笑，
为他未来的梦印出最初的相片时。

我将不得不忘记你，
当别人开始记住你时，
当更多别人开始发现你时。

我的人生就空虚得像一朵花，当他们摘掉
它全部花瓣时：是，不是，是，不是，是。

孤独就是在一个地方，
我们在那儿却从来不在一起；孤独就是
像这样忘记你：独自乘公共汽车
却想买两张票。

现在我将像盖住你的相片一样盖住镜子，
然后躺下睡觉。天上的鸟儿将吃
我睡眠的肉。狗儿将舔
我体内的血。你在外面什么也看不见。

在一片橘树林中的诗

我被上帝抛弃了。"你被上帝抛弃了"，
我父亲说。
上帝遗忘了我——
后来，他也遗忘了我。

开花的橘树林的香气
一时在我体内回荡。你，黏糊糊的手
沾满果汁和爱情。你大喊一声
把你最后的两条大腿投入战斗。
然后是静寂。

你，漂亮的脑袋学的是历史，
知道只有过去的事情才静寂无声。
甚至战斗，
甚至橘树林的香气。
花朵与果实在同一棵树上，
在我们头顶之上，在那双重的季节。

即使在那时，我们仍用那些将死之人的
异国的怪异口音谈话。

烤制渴望之面包

我上一次看见我的孩子时，
他只吃稀粥。
现在他不开心。

他用刀叉吃面包和肉，
像模像样地，这已经让他准备好
去规规矩矩、平平静静地死。

他以为我是水手，
但知道我没有船。
而且我们没有海。
只有辽远的距离，和风。
我父亲祈祷中的
和我的爱中的律动
早已叠放在他小小的身体里。

长大成人就是
烤制渴望之面包，
就是整夜坐在
敞开的烤炉对面，
面孔映得通红。

我的孩子看见一切。
他学会说的
那句魔咒"再见"

仅在死者中间有效。

上帝的命运

上帝的命运
如今即
树木、岩石、太阳和月亮的命运。
这些他们已不再崇拜，
一旦他们开始信仰上帝。

但祂是被强留与我们共处的，
一如树木，一如岩石
太阳、月亮和星星。

国民思想

一个女人，陷在上帝选民的故土—陷阱里：你。
哥萨克的皮帽戴在你头上：你，
他们大屠杀的后裔。"这以后许多事来而复去"，
总是如此。
或者，例如，你的面容：斜视的眼睛，
从大屠杀之年传下来的眼睛。哥萨克军官的
高颧骨，杀人凶手的头颅。
但是，虔敬派 ① 教徒的一场诚命舞，
你，在暮色里一座岩石上赤身裸体，
在隐基底 ② 的水罗伞旁边，
眼睛闭着，身体像头发一样铺开。这以后
许多事来而复去。"总是如此。"

每天我都知道耶稣
在水上行走的奇迹，
我走过我的生命而没被淹死。

陷在一个故土—陷阱里的人们：
现在，说话，用这疲惫的语言，
这从在圣经中的沉睡里撕扯出来的语言：
盲目地，它从一张嘴到另一张嘴徘徊着。

---

① 　即哈西德派，犹太教极端正统派。
② 　"Ein Gedi"，系希伯来语音译，义为"小儿之眼"。以色列中部犹
　　大荒漠中一绿洲，以其中泉眼得名，水草繁茂，为男女冶游胜
　　地。该地在 1948 年建有集体农庄；1997 年时开发矿泉水产业。

那曾经描述过上帝和神迹的语言
现在说：汽车、炸弹、上帝。

方形的字母 ① 想紧密地待在一起，
每个字母是一间锁闭的房屋，
待在那里，把你自己锁在里边，
睡在里边，永远。

---

① 　希伯来文字母略呈方形。

我应邀来到人生之中

我应邀来到人生之中。可是
我看到主人显出疲惫和不耐烦的迹象。
树木摇晃，云朵比平常更加
沉默。山峦从一处
移动到另一处，天空大张着口。
在夜里，风不安地绕着
各种物体转动，烟、人、灯光。

我在上帝的来宾登记簿上
签字：我来过，我逗留过，
很好，我享受，我负疚，我背叛，
这世上的招待会给我留下了
深刻印象。

奢　侈

我叔叔葬在谢赫巴德尔 ①，我另一位叔叔
散落在喀尔巴阡山 ② 间。我父亲葬在桑赫德里亚 ③，
我祖母在橄榄山上。他们的父亲的父亲
葬在不是耶路撒冷的河流和森林附近，
下弗兰肯 ④ 的村落中间
半已毁圮的犹太人公墓。

我的祖父，他在厨房下面的牛棚里
让眼神沉重的母牛皈信，凌晨四点钟起床。
我继承了他早起的习惯。由于梦魇
而嘴里发苦，我出去喂我的噩梦。

祖父，祖父，我人生的大拉比，
出售我的痛苦吧，就像你在逾越节前夕
出售发酵面团 ⑤：让它们留在我体内，

---

①　"Sheikh Badr"，原为耶路撒冷城西小丘上一巴勒斯坦阿拉伯人
　　村庄，1947 年被以色列军队清空，1948 年在其址上曾建犹太
　　人临时墓地，现为耶路撒冷希伯来大学所在地。

②　系绵亘于欧洲中部，穿越捷克、斯洛伐克、波兰、罗马尼亚、
　　乌克兰等国的一条山脉。

③　"Sanhedria"，系耶路撒冷城北一正统派犹太聚居区，附近有同名
　　公墓。

④　"弗兰肯（Franconia）"系中世纪神圣罗马帝国公国，从东到西
　　分上中下三部分，位于今德国中南部，主要是巴伐利亚州。

⑤　按犹太传统习俗，逾越节不吃发酵食物，故往往有人在节前把
　　吃不完的发酵食物卖掉。

甚至继续折磨我，
但不是我的。不再属于我。

这么多墓碑散布在我人生的过去中，
镌刻的人名好像废弃的火车站名，
所在之处不再有火车经停。

我将怎样走过这所有路程，
我将怎样把它们全都联系起来？我养不起
这么昂贵的铁路系统。这是一种奢侈。

我是个活人

我是个活人，
一个已死的父亲的儿子，
一个活着的儿子的父亲，
有许多开花和枯萎的计划，
与一年四季相似。

我听见这充实生活
有些沙哑的嗓音，
我闻到早起来杀我的
馥郁香气。
在逾越节的这些日子里我躺倒了，
也许要死了，
我把手表放在我面前的桌子上——
你面前的纪念品。
发脆的无酵饼在我手指间
会容易碎掉。屋门
在奇迹之夜会容易移动，
我的欲望的毛发再度并且在这个时候
会容易竖起。

阿美丽娅姑妈死了

阿美丽娅姑妈死在一个平静的日子。
我父亲最小的妹妹，
他在这世上
最后的回声。

我在平静的绝望中，抓挠
后脖梗时，我感到它的硬度。
这给了我些许安慰。

她的生活从来不好
也不坏，信不信
由你，反正。

在我的爱史中，没有她的一章之地。
但是我将不得不
考虑她的永生问题。

阿美丽娅姑妈死了。
我父亲七个姐妹中最小的，
他在这里最后的脸面。

我父亲在逾越节前夕

昨晚我给你讲了关于我父亲的
寓言故事，他在逾越节前夕
会仔细地把面包切成
整齐的方块，放在
窗台上，好让他在
跳着成人礼舞蹈的烛光里
睁着沉重的眼睛找得到。
那样他对火烧发酵面包的祝福
就不会徒劳。

要像这样生活：
我们自己的舞台导演，
几乎，以完美信仰
骗人的导演，
而我们不会
徒劳。

头等大罪和灰

他们正在给清真寺的圆顶镀金。
你正要离开我。这是同样的事。
香烟的灰
在西风中飞走，飘向老城，
加入那里来自
圣殿和去年的荆棘的灰。

头等大罪不是用来上法庭的，
而是在你做爱、点火、镀金的时候用的。

在每年的埃波月初九 ①，我母亲
都要浏览她已逝和尚未逝去的亲人的照片，
我的生命的废墟。

灰和头等大罪。提图斯 ② 并不曾打算
放火烧圣殿。他只想窥视，
像个十几岁的少年掀起厚厚的圣幕
边缘：只是窥视。
可是惊慌的祭司开始唱
死亡之歌和哈利路亚；他惊慌了，像个疯子
放起火来：灰、头等大罪。

---

① 　埃波月系犹太教历五月和民历十一月，相当于公历 7~8 月间。
　　该月初九是第一和第二圣殿被毁的日子。
② 　罗马帝国皇帝提图斯于公元 70 年率军征服犹太人。

摇篮歌

睡吧，我儿，睡吧。
这歌不是一首歌，
这摇篮也不是一只摇篮。
我不在近旁，
距离将把我们拉开——
我在那儿你在这儿。睡吧，
我儿，睡吧。
我心里甚至没有
像雨后空地上
盛开的那些野花。
可是我口中有词语，
为你催眠，词语。

睡吧，我儿，睡吧。
橘子皮
将自你梦中
复活
成为一只橘子，我儿，
闯普勒多尔 ① 将重新找到
他的胳膊。睡吧。

---

① 　约瑟·闯普勒多尔（Joseph Trumpeldor，1880~1920），系犹太
人定居巴勒斯坦地区时期的传奇式独臂英雄，在特拉哈伊会战
（Battle of Tel Hai）中牺牲。

睡吧，我儿，睡吧，
脱掉你所有的衣裳。
在清真寺里他们脱鞋子，
在犹太会堂里戴帽子，
在基督教堂里换衣服
你脱掉了那一切——
睡吧，我儿，睡吧。

我是他们中的最后一个

因为现在是时候了。院子都空了，
我的一半生命都被后一半蒙上了阴影。
只有宁静和两棵柏树。说出的一句话。
还有谁要说话，谁要游荡。谁要休息？
就连恶劣的房屋里都有一种特殊装置
用来挂节日旗子，好让它飘动，使我们忘记。

让我一个人待着，上帝，我现在累了，
别再跟撒旦一同来干预了。你赢了
他也赢了。我祝福过也诅咒过上帝。
我遭受过这个和那个。让我歇一会儿，
在"他还说话的时候"与"又有人来说"[①]之间。

把我收拾进我的说不出的全名[②]的组合中吧，
把我的声音像已忘却前身为何的灰一样抛撒吧，
从我还是我，你将是你的时候起记住我吧。

我的心的面貌依然显现在我的脸面上。
把我跟亚伯拉罕、以撒、雅各一起记住吧，

---

① 系报信人向约伯报告他家人遭难情况的用语。（见《塔纳赫·
　约伯记》第 1 章第 16~18 节）
② 在希伯来语中，上帝的名字由四个无法拼读发音的辅音字母组
　成，故此处犹言"我的上帝"。

把我添加到麦比拉洞 ① 中黑暗的台阶
尽头的死者名单上吧。我是他们中的最后一个。

---

① 　系最早移民迦南地的希伯来人始祖亚伯拉罕购买的山洞，以作
　　为停放他本人和儿子以撒、孙子雅各及配偶灵柩的家族墓地。
　　它位于今巴勒斯坦西岸希伯伦［Hebron，即哈利勒（Al Khalil）]
　　市郊，是犹太人的圣地之一。

在库克拉比 ① 街上

我走在库克拉比街上
却不见这位好人。
一顶他曾戴着祷告的教士帽，
政府的丝绸印花滚筒，
在我头顶上的死者之风中
飞翔，在我梦境的
水面上漂浮。
我来到先知街，那儿没有一个先知，
来到埃塞俄比亚人街，那儿倒有几个埃塞俄比亚人。我在
寻找你将在我死后生活的地方，
我只为你一人编织这窠巢，
用我额头上的汗水固定我的痛苦的位置，
检查你回来时将经过的道路
和你房间的窗户，巨大的伤口，
在关与开，明与暗之间。

糕饼的香味从废墟里飘出，
一家店铺，他们在那里免费赠送圣经，
免费，免费。不止一位先知
曾自这纠缠不清的街巷中浮现，
仿佛全部塌陷下去，而他变成又一条街巷。

---

① 　亚伯拉罕·以撒·库克（Abraham Isaac Kook，1865~1935），系
　　英国委任统治巴勒斯坦地区时的著名犹太人大拉比。

我正走在库克拉比街上，
在我背上你的床铺像一副十字架，
尽管很难把
一个女人的床铺设想成一种新宗教的偶像。

我的儿，我的儿，我的头，我的头

我的儿，我的儿，我的头，我的头，
乘着这火车，我掠过
异邦的风景，阅读着有关奥斯威辛的文字，
学习着"离开"和"不留下"
之间的区别。

我的儿，我的头，我的头，我的儿，
道路湿得像一个溺水的女人
在借发疯的照明发狂地搜寻之后
在黎明时分被从河里拖出来。
现在，沉默：
闪亮的死尸。

我的头，我的头，我的儿，我的儿!
无法精确地界定你的疼痛
妨碍医生确诊病情。
这意味着我们永远无法
真正相爱。

我们的爱已经到头了

我们的爱已经到头了。
时间的防线崩溃了，
勇敢的谎言一个接一个倒下。

我的城市，耶路撒冷，是一个舞台，
我时不时在上面露脸，
摆出悲剧造型。
她记得类似的角色，
起初是耶利米，
喊着"我的肺腑啊，我的肺腑啊！"①——
一把疯狂的风笛，
一颗大哭长嚎的敏感地雷。

我们的爱已经到头了。
很快老旧的钝刀
将出鞘，
用于新一轮痛苦的遭遇战和表演。

---

① 见《塔纳赫·耶利米书》第4章第19节："我的肺腑啊，我的
肺腑啊，我心疼痛！"

今年有许多葡萄

今年有许多葡萄，
但我心里没有宁静。我吃它们，
就像稻草人中间的疯鸟。

最后一粒果实的气味已变成
酒的气味，
无人啜饮。大个儿、乌黑的
葡萄已将我的嘴变作
一个女人的内脏。
你的嘴唇发现了一枚成熟的无花果；
它们将那样待过冬天。
人们译释夏末的
明媚风景，可我在思索
我的爱，它将不足以
覆盖这广大的土地。

这一年悠长，充满
果实和死者。
我们比以往更期待雨。
今年有许多葡萄；最后一串
黄得像野蜂的颜色，
野蜂是它们来自内部的死神。

一个贝都因人 ^① 去北方

干旱的第二年，没有爱。
现在我去北方
到定居地
花掉我最后的水分。
那里的女人有肥大的屁股，
她们的肚脐深陷在肚皮里。
我的暴露突出，周围的皮肉干瘪粗糙。

我的胸毛已经变白：
在我的头发斑白之前，我体内的野兽已经变老。

我是储存种子的悲哀粮仓，
种子也
背负着每个生者，每个死者的悲哀。
思想的黑暗死尸和回声。

圆形的水井
像阳物一样深陷在地里，
充满水或蛇蝎，冷酷的
种子。

直到天边的黑帐篷。
颠倒的帐篷，我裆部之上的黑三角。

---

①　系在荒漠地带以游牧为生的一支阿拉伯人。

话语用吠叫招呼我。

我的安宁的终点。硬邦邦的情欲
像迷人城市的塔楼一般升起，
但我的话语仍旧柔软得
像我落在那儿的羔羊皮毛。

贝都因人回家

纽扣掉落，一个接一个，
不是在战斗中，不是在强奸时——
时不时地它们在小小的爆炸声中跳脱。
裤子和衬衣的干嚎。

隔墙一位黄肤女人
在教孩子们弹吉他吹口琴。
我供给她
干燥的空气，渴望吹口琴的空气。

悖逆于我的意愿
理发师剪掉了我鼻孔中生长的一根零星黑毛，
灭绝了狂暴，
阉割了我鼻孔中的
愤怒。

在夜里
月光刺透信箱的孔隙，
把它点燃
白得
像一封信。

贝都因人欢爱

没有房屋愿意接纳我们。
我伸展自身在你之上，像一顶帐篷，
我铺展自身在你之下，
一张草垫。
你的红裙向天空敞开，
像一只高脚杯——
你骑马似的端坐在我身上
以保持你的大腿不触及坚硬的地面。

"疯子"，你用你那异邦的语言说。
他的狗死于锁链中。
他的朋友遥远——
他的儿子梦见迦底什 ① 诵唱。

---

① "Kaddish"，系犹太人每日做礼拜或为死者祈祷时唱的赞美诗。

可惜，我们本来是那么好的一种发明

他们从我的髋部
截下你的大腿。
对我而言，他们永远是
医生。他们所有人。

他们把我们
从彼此身上拆下。对我而言，
他们都是工程师。

可惜。我们本来是那么好而且有爱的
一种发明：用一个男人和一个女人造就的飞机，
翅膀以及一切：
我们曾微微
升离了地面。

我们甚至飞了一会儿。

苦柠檬

苦柠檬，你想问我
要什么？我想要你吮吸我，
吞吃我，跟我一块儿苦，
跟我一块儿死。我想要的
是甜甜的嘴，红红的嘴。

苦柠檬，在那以后，
我们对他们怎么说？你不是
蜜露，你不是
留宿我的蜜月客栈。你要多得多。
我的嘴将死在你的里面，
红红的；跟我的嘴一起——我的怒火。

顺从之诗

1

我顺从。
我儿子已经有了我父亲的眼睛，
我母亲的手，
我的嘴。
不需要我了。
谢谢。

冰箱开始嗡嗡叫，
为长途旅行作好准备。
一条陌生的狗为别人的损失哭泣。
我顺从。

2

我给那么多基金缴费。
我被过度保险了。
我被捆绑起来与每个人纠缠在一起。
我生命中每一次变动都要花费他们许多钱。
我每一个举动都会伤害他们，
我的死亡会把他们彻底毁掉。
我的声音随着流云一道飘过。
我伸出的手变成了纸：又一份合同。
我透过黄玫瑰看世界——

有人忘在我
靠窗的桌子上了。

3

破产！
我向全世界宣布
一个子宫。
从此刻起，我放弃自身
把自己存入其中：
让它认养我。让它操心！
我宣布美国总统为
我父亲，苏联总理为
我的遗产委托人，英国内阁为
我的家属，毛泽东为我的祖母。
他们都一定会帮助我！
我顺从。
我宣布天空为上帝。
让他们全都一起对我做
我以前不相信他们会做的一切。

凯撒里亚篇

凯撒里亚 ① 海滨之诗（选六）

4

厌倦的盐说：他们
又来了，那两个想要
被盐的味道覆盖的人。
他们嫌自身的味道不够。
他们自身的盐分不够，
或者自身的爱不够。
他们常来这里，
为了不忘记。他们会忘记。

5

就这样我们住在这里。就像大海一样，
分拣着保存较好的东西
和保存较差的东西。
"我们应该带什么？"
"明年我还戴这个。"
"我们什么时候停止相爱？"我们的朋友们
已经退入那褐色的国度。

---

① 　系以色列地中海东岸古城。早期为腓尼基人殖民地，公元前 90
　　年为哈斯蒙尼王朝的犹太国王亚历山大·詹纳乌斯（Alexander
　　Jannaeus）攻占；公元前 63 年为罗马人征服。后经犹大王希律
　　于公元前 25~前 13 年扩建并改城名为"凯撒里亚（Caesarea）"，
　　义为"罗马皇帝之城"。今为旅游胜地。

举起来挥别的手——
回到平静下来的体侧
时有什么感觉，沿途
遇到了什么？建造了这摇摇欲坠的黑港口的
十字军或罗马人或其他镀金的征服者，
我们从有关他们的知识中得到了什么？
那些知识愉悦我们的耳朵，
就像柔和沙哑的扩音器里的
舞曲。在海边空旷的午后时辰，
作为娱乐的历史
就像我们，分拣着保存较好的和较差的东西。
那块化石有多久？那块黑色大理石呢？
明年有多久？
那块石灰石有多久？一边爱着一边崩裂着，
还有那永远活着，为死去的风活着的沙子。

6

我独自泅水，远离
防波堤，突然我停止了游动，
就像轮船停在海中，
而焦躁的乘客不知缘故。
不是由于疲倦，哪怕有的话。海水平静，
我也强壮。我考虑到返回的
无谓。人为什么要返回岸上？
我看它又黄又灰，不像陆地，
倒像地平线。像西方的地平线，
用一条细线画出其他距离的初始。

我为什么要返回？

这时我体内有什么东西又开始跳动，
好像沉闷的发动机撼动着轮船。
那是遗忘在我体内开始跳动：
比我生命的需要强大，
比我的身体硕大，比我所有的记忆都广大得多。
它把我载向远方，超乎死亡。

7

消失在上面标着"女"的门后
不再出来的女人。
我脚趾间的沙子。
半个苹果和迟到的一刻钟。
一张带着精确旅程的伤痕的车票、
小臂上的一个数字、烧过一半的火柴。
涂油的皮肤。为谁？

红色的罪人站在
地狱火的淋浴中
尖叫着渴求救拯。
两个圆滚滚的男人
在泥板上滚，像印刷机的滚子。
大腿窝里的
谷壳和干石榴。

有人含着满口沙子说：

"如同海边的沙。"①
一个女人进入她的衣裙
就好像登上梯子。她的脸着火了。

8

大海用盐保存，
耶路撒冷用干燥保存。
我们去哪里？
现在，正当傍晚，选择：
不是做什么和怎样生活，
而是选择一种生活，
在所有未来的夜里
它的梦伤人较轻。

9

明年冬天再来，
或诸如此类的话，
支撑着我的生命，
经过我的日子，
好像一队士兵，一个接一个，走过
做了记号要炸掉的桥。

---

① 　见《塔纳赫·创世记》第22章第17节："论子孙，我必叫你的
　　子孙多起来，如同天上的星，海边的沙。"系雅赫维的使者对
　　亚伯拉罕所说的话。

明年冬天再来。
谁没有听过这种话，谁又会回来？

达尔文的理论

我以依照达尔文的理论，
多少世代以前早就该灭绝的
那些人的名义发言。我就是
其中之一。我的性器官在上个开花季涨大，
我结果和做爱的工具。我的骨头，
一直支撑着我的人生，忠实地为它服务，
现在慢慢地，变成最后的器具，
我的终点的装置。

抓住我的记忆，让我想起
我儿子和耶路撒冷的弱点是
我膝盖和脖子里的同样弱点。
同样的痛苦。同样的平和。

我母亲曾经告诫我

我母亲曾经告诫我
睡觉时屋里不要摆放鲜花。
从此我不曾与鲜花共眠。
我独卧，没有鲜花做伴。

曾有过许多鲜花。
可我从无足够的时间。
我所爱的人儿们已经把自身
推离我的生活，就像船儿
漂离海岸。

我母亲说
不要与鲜花一起睡。
你会睡不着。
你会睡不着，我童年的母亲。

他们拽我去上学时
我紧握的栏杆
早已被焚毁。
但我的双手，紧握，
依然
紧握。

我父亲的忌日

月圆的时候，
将是我父亲的忌日。
永远如此。

他去世的日子永远不会落在
夏季或春季。

我在他的墓上摆放小石子：
一种我来过此处的标记，
一个活人放在我父亲的大石块上的
名片。我的父亲，
因与果，
你的闹钟震碎我的躯体。

我母亲的两支安息日蜡烛
在街上轻悄地并肩行进，
被一艘看不见的船，拖着。

从一间健身房发出高声尖叫的
空洞回声，
蒸汽和奇怪的汗臭
混合着一股少女大腿和湿橡胶的气味。

父亲，我现在喜欢梳洗我的头发。
除此之外，我变了。

你墓碑上简略的生平资料
比护照上的还要少。

没有警察可以报告
我是凶手。

回到家后我将躺下，
手臂伸展宛如被钉在十字架上。

这使我平静。
父亲。

我人生的四十二年

我知道她知道。
他们以为她不知道，
否则也知道。
她知道。

我的心随着这游戏撕裂，
在夜里它的血听见那喊声
就像撕开我人生的
四十二年之纸的喊声。

在一蓬宽阔的葡萄树下，
在欣嫩子谷的
一幢房屋的庭院里，
一位老妇曾经告诉我：
"因为他内里被焚，
所以他的头变得白如霜雪。"

我忘记了她在谈论何事
或何人——
我的人生是四十二年的破纸。

心是个腐败的舞台导演

夏季的最后日子是
两人在一起的最后日子。
心是个腐败的舞台导演。

分离者与分离者相分离。
在夜里，写下的文字说：夜。
对我们绝望了的绝望
变成了希望。

我想，牛顿也发现了
他在两阵痛苦的间歇中
所发现的一切。
关于我们生活的热闹，我们将从这学到什么？
关于那周围安静的词语，我们将
学到什么？什么东西
得从树上落下供我们学习？

用安眠药与爱
作战是可怕的。我们到了什么地步？

这地方

这地方不会安慰我们。
这地方。
在一股巨大渴望的地面上
躺着这城市的房屋。我尖叫你的名字
直到眼睛疼，
地上裂开大口子。

改变自己的人改变他的地方，
即使他待在那里。这地方
不会安慰我们。
灯光给黑暗、古老、修复的花瓶打上补丁：
我体内什么是新的，什么是来自先人的？
因为我们是昨天，因为我们来自他人。
影子掠过我们的脸，影子穿过
我们。这夜晚也
是另一个世界的影子。

在我最坏的梦里

在我最坏的梦里，
你，睖着明亮的眼睛，
总是站立在墙垣近旁，
那些墙的基石
是一颗心。

在我所做的一切事中，
分离是唯一不可避免的。

在我梦中我总是听见一个声音——
那不是我的声音
也不是你的，
也不是你的声音的女儿。

眼睛起了褶皱，我的眼睛
好像衰竭的野兽的眼睛
渴念着那些
与黑夜一道逝去的白昼。

他们从我脸上摘下一具爱情面模，
一如他们摘取死亡面模。
他们在我不知不觉中摘去了它，
当我躺在你身边的时候。

那是我真正的面孔。

我又大又胖

我又大又胖。
在每一盎司脂肪的衬托下
都加有一盎司的悲伤。

我是个大结巴，但自从
我学会了撒谎，我的话语就倾泻如水。
只有我的脸色依旧沉重，
好像不可能发音的音节，
绊脚石，期期艾艾。

过了些时候眼睛依然闪亮
仿佛遥远的枪炮开火，
从我内心中很远之处。往昔的战斗。

我要求别人
不要忘记。我自己，一味忘记。

终于，被忘记。

"摩西五经"之赐

当摩西与
上帝坐在西乃山上,在
法版上写字时,
我坐在教室的后排,在角落里
一边做梦,一边画画:
花朵和人面、飞机
和加花饰的名字。

现在我要给你看一切:
不要做也不要听!

萨义德废墟

橡树开花模糊了
这棵精确严谨的树，像浪沫，
像梦幻。我们叫出每棵植物的名字，
我们把一种花与另一种花，与石头上的雕刻区分开来，
就像那时，在萨义德废墟。

我的鞋子里的手表，草丛里的鞋子，
没有付款，没有修理，没有记忆，没有祖先
及他们的土地。草像头发，头发像草，
在萨义德废墟。

我们因我们之下的层积感到悲哀：
一位可汗和一座要塞，十字军和罗马人，石头和石灰，
尘土和尘土。
我们因我们之上的层积感到快乐：
已经由不属于我们的未来的考古学家
做了标记，尚未使用的快乐的
层积，呼喊和呼唤者，未被打破的空气，
就像那时，在萨义德废墟。

偕一女子远足

在数小时步行之后
你突然发现
那走在你身边的女人的身体
并非适用于
旅行和战争；

她的大腿已变得沉重，
她的屁股像疲倦的绵羊似的挪动。
你欢天喜地地鼓胀，
为了这世界，
其中的女人就像这样。

关闭雅法港 ①

他们关闭了雅法港。
我的爱，关闭大海的门户吧！
我小时候，他们在安息日给我
在四仪流苏 ② 外面罩海魂衫，
头上戴水手帽。
我父母当时并没有想到大海和航船。
现在你们关闭大海和它的门户。
仓库空了。我的爱跟我在一起。
在傍晚的忧伤中，有人突然说："嗓音
沙哑的女人爱得多。"不要去翻译，
不要去解释这句话。
关闭大海的门户吧。

---

① 　雅法位于特拉维夫南部，原为以色列历史悠久的港口城市，1950 年
　　与特拉维夫合并。
② 　系犹太教传统男子服装，下摆有四条编结的流苏，故名。

我曾经是月亮

我的孩子很悲哀。
我教他：
爱的地理，
由于距离
他听不到的外语。

我的孩子夜里紧挨着我
摇他的小床。我教他。
不止忘却。忘却的语言。
待到他懂得我的行为时，我已经死了。

你在对我们安静的孩子做什么？
你给他盖一张毯子，
好像天空。一层云。
我本可以是月亮。

你在对你悲哀的手指做什么？
你用手套罩住它们，
然后离开。
我曾经是月亮。

夏季之始

这些日子，上帝离开大地，
到幽暗的群山——那就是你——
之中袘的度夏别墅去。

咱们别说太多。咱们别是
太多。永恒是相互
寂寞的完满形式。

我们两腿间一阵美妙的感觉
告诉我们流连的弱点
和要说的话语的悲哀。

在那些日子，在这个时候

那些日子与这个时候
缓缓分离，好像哨兵回到他的住处，
好像吊丧者从葬礼上回到远处的家。

记得吗？"我当时不能让你走。"我们
住的房子，在我们走后已经被拆毁。就连
它们倒塌的声音也不再回响。我在想
这个时候怎么总是单数
而**那些日子**总是复数。而我是许多
许多日子的军队的前锋。记得吗？"这是
最后的斗争。"那旋律很美，
在那些日子。在这个时候。

我的心现在是一堵墙，摇摆枝条的影子
在那上面比在现实当中
动作幅度更大。
这是影子的本性，
心的本性。

白种黑女人 ①

我再次渴望
陌生的亮着灯光的窗口。
也许一个男人，也许站着，也许
在一面镜子前。
或者那白雪落进窗内，
一位陌生的国王卧在
一个可能曾属于我的
女人身上。

阿比西尼亚人街上一个白种黑女人
有着一副大胆男孩的嗓子
在它撕破之前。

我将在与她共坐热浴之时
听到小巷中传来
关于宗教的争论。

① 埃塞俄比亚（原名"阿比西尼亚"）有一族黑人信奉犹太教，据说是古以色列人走失的十部族中的一支与当地黑人通婚所生的后裔，直到近代才被发现。以色列政府遂接纳他们移居以色列。

我的睡眠

我的心跳总是再度敲打我，
把我钉在床上。
我回到我记得的睡姿：
我的双膝蜷起，就像他们葬
我一样，或双臂伸展如在十字架上，
或像个指挥交通的警察一手
举起，一手挥动示意。
或一尊希腊古瓮上
一个跑步者的侧影。一手
向上弯成直角，身体倾斜。
我要跑到哪儿去？

一个消失了的王国的

把你的脸挨向风，
我又不知道什么时候了。
我们剩下的时间太少，不足以忘却。
我们不能依赖忘却。
风把旧报纸贴到了橄榄树上。
把你的脸。

从前我们站在一起，
作为一个消失了的王国的象征：
野兽、旗帜，还有一捆
废旧的兵器，用一种古代语言
慰藉的话语绑扎着。
出自历史祈祷书的一个句子。
你的话音里依然留存着
《塔木德》学生的调子。
"你爱我吗？"
如果我们不一起活下去，我们根本就活不下去。
让"独自"活吧。

我们干那事儿

我们在镜子前干那事儿，
在光明里。我们在黑暗中干那事儿，
在水里，在高草丛中。

我们干那事儿向人类致敬，
向动物致敬，向上帝致敬。
可是他们不愿听说我们，
他们已经看见了。

我们干那事儿充满想象和色彩，
混合红色与棕色的毛发，
采用洋溢着欢乐的
高难度动作。我们干那事儿
像天使和神兽，
带着先知们的创造神秘。
我们用六只翅膀
和六条腿干那事儿，可是
我们头上的天空很硬，
就像身下的夏季地面。

我的哲学家朋友和光明节

我的朋友用黑板、粉笔和沙沙响的
纸张解释自己。他
是个哲学家。他用我们爱情的
简单几何学。一男一女
在一起的简单形式。一个封闭的四方形或三角形
或交抱的双腿的锐角。
一个圆和一个相配的圆。世界的形象，
没有上帝的未知数。我的套房里挂着
我女友的内衣，在潮湿的浴室里晾着。
眼泪干得更快些。
我的孩子在耶路撒冷点燃光明节蜡烛，
他头戴一顶王冠，上面有一支纸蜡烛。
我醒着，静静地燃烧：我的爱
推迟着我的死期，却延长着
我的痛苦，犹如在宗教法庭时代 [①]，
他们把湿棉花放在灼烧的心上。

---

① 　13~19世纪罗马天主教会设立宗教裁判所侦查和审判异端，残
酷迫害有不同思想和言行的人。

红发新娘

这里是摩押的山丘，
这里以东 ① 的山丘横卧在我面前。
我现在站在这里
在这绞架树前。

尔在兹得净除罪过，
此时，此地，
我将用你自己的红头发
把你绑起来。

我将用利爪般的荆棘
耙梳你的表皮，
把你加入末日的
清算名单里。

你将尖叫：
你的小肚子是一道张开的裂口。
因为这个世界
是尘与灰土。

我们下到核桃树林里去，

---

① “Edom”也译“埃多姆”，是一个古代王国，位于死海与亚喀巴
　湾之间，其东北边是摩押地，西边是阿拉伯谷，东边和南边是
　阿拉伯沙漠，今分属以色列和约旦。

你和我，
在一个被催眠的夜晚：
你和我。

抛掷纠缠不休的记忆

这些天我在想你头发里的风，
在想我在你之前来到这世上的岁月，
在想我在你之前将去往的永恒，

在想在战争中没有杀死我
却杀死了我朋友的子弹——
他们比我好，因为他们不像我
这样继续活着，

在想你夏天裸体站在炉灶前
和你在最后的日光中俯身在一本书上
极力要看清的样子。

瞧，我们不止有生活，
现在我们必须用沉重的梦
称量一切，把纠缠
不休的记忆抛掷到曾经是现在的过去中去。

哀 歌

风不会来在梦的沙上画微笑。
风会很大。
人们走着路，没有拿花，
不像他们的孩子们在新果实节^① 上。
他们少数人是胜利者，多数人被征服，
走过别人的凯旋门，
犹如提图斯凯旋门^② 上，浅浮雕表现的种种：
温暖可爱的床榻、忠诚而刷过无数遍的锅釜，
和灯台，不是那七枝灯台，而是简单的灯台，
好灯台，在冬夜也不会灭，
还有桌子，四条腿站立保持沉默的家养动物……
他们被带入竞技场与野兽搏斗；
他们看到看台上观众的头；
他们的勇气就像他们的孩子的哭喊，
没完没了，没完没了却毫无效果。
他们的后裤袋里，书信在沙沙作响；
胜利者把词语塞进他们嘴里；
如果他们唱歌，那不是他们的歌；
胜利者把大大的渴望放进他们心中，
像面团一样；

---

① 西弯月系犹太教历三月和民历九月，相当于公历 5~6 月间。该月初六、初七又称"七七节"、"五旬节"和"收获节"等。
② 系为纪念罗马帝国皇帝提图斯于公元 70 年征服犹太人而建的凯旋门，位于罗马斗兽场西边，上面雕刻有从耶路撒冷所罗门圣殿中劫掠的七枝灯台等犹太教圣物。

他们用爱烘烤这些面团；
胜利者将吃热乎乎的面包而他们吃不到。

但是他们的一点点爱留在他们身上
好像古瓮上原始的装饰：
起初，一圈朴素的感情线，
然后，梦的涡旋，
然后，两条平行线，
相互的爱，
或一个小花图案，一段童年回忆，茎秆高高，
腿细细的。

以禄月 ① 末

我厌倦了夏季。
静默修女的修道院顶上升起的烟
是我所能说出的一切。
这一年冬季将来迟，
当我们为它的来临作好准备
而我们并不情愿之时。

我厌倦了。且诅咒那三大宗教，
它们不让我在夜间安眠，
那混合着钟声、宣祷者吼声、羊角号鸣声和嘈杂赎罪声的一切。
呵，上帝，关闭你的屋门，让世人休息吧。
你为何还不遗弃我？
这一年岁月踌躇。
夏季拖延。
若非这些年来我强忍住的泪水，
我早已像荆棘一样枯干。

我内心里一场场大战在可怕的寂静中进行，
只听得成千上万汗湿裸体的角斗士的喘息声。
没有铁器，没有石块，只有肉体，像蛇一样；
后来，他们将由于厌倦和疲惫而松开彼此倒下，
将会有云，将会有雨，

---

① 以禄月系犹太教历六月和民历十二月，相当于公历 8~9 月间。
该月是夏季的最后一个月，也是犹太民历新年前的静思之月。

当我们为此准备好，而我们并不情愿之时。

图德拉最后一位便雅悯的游记 ①

你吃了，饱了，在这世界的
三十年代里，你十二岁，
拖着你那粘贴在你双腿之间的
四角披巾 ② 的流苏来到这灼人的国度。
你的皮肤光滑结实，没有保护性的毛发。
棕黄、溜圆的眼睛，大如成熟的樱桃。你将习惯
吃柑橘。整个纯真的柑橘。
钟表按照圆圆的心脏的跳动校准，铁路系在
一个孩子的步伐上。

日子静悄悄地俯身向我，像一位医生

---

① 这是一首自传性抒情史诗，共 1078 行。图德拉的便雅悯
（Benjamin of Tudela，1130~1173）是中世纪西班牙纳瓦拉王国
图德拉城的一位犹太拉比。他遍游欧洲及小亚细亚地区，以寻
找传说中在公元前 722 年新亚述帝国征服以色列王国后流亡失
落的十个古以色列部族，并于 12 世纪下半叶用希伯来文写下了
自己的游历见闻。第二位便雅悯是罗马尼亚探险家以色列·约
瑟·便雅悯（Israël Joseph Benjamin，1818~1864）。他自视为
"便雅悯第二"，在《五年东方游记，1846~1851》（Cinq années
de voyage en Orient, 1846-1851）一书中叙述了自己寻找失落
的古以色列十部族的经历。第三位便雅悯是意第绪语作家门德
勒·默歇尔·斯弗里姆（Mendele Mocher Sforim，1836~1917）
所作讽刺小说《第三位便雅悯的游记》（The Travels of Benjamin
the Third）中的主人公。在此诗中，阿米亥以第四位即最后一
位便雅悯自居，抒写了其前半生灵魂与肉体的游历经验。他写
作此诗时正住在耶路撒冷图德拉的便雅悯大街。

② 系四角缀有流苏的披巾，是犹太教正统派男子的标志性服饰。

和一位母亲，并开始窃窃私语，
当青草弯折，被恶风吹伏
在那我将永不再能重新攀登的山丘上。
月亮、星星还有成年人的古老行为
高高地放在一张搁板上，
我够不着；
徒劳地我伸手向那被禁的书架。
但甚至在那时我就被标上死亡的记号，好像一枚橘子
要剥皮，巧克力要掰碎，一颗手榴弹
要爆炸。命运之手紧攥着我。
我的天堂是那柔软的手掌——它那背面
粗糙的皮肤是坚硬的星星；它那凸出的血管
是空中航线；它那黑色的茸毛是炮弹的弹道，
喑哑或闪光，在黑暗中或曳着光焰。
而在我成为实在的并在此待下之前，
我的心肩负着不属于我自己的悲哀；
奇异的念头进入我体内，闷塞，缓慢，
颠簸如一列火车
驶进一个倾听着的、空荡荡的车站。

你吃了，饱了，受到祝福，
独自，在人群中，独自。
在洞房里，在屋外，在
婚礼之后，站着长胡子的证婚人，倾听着
爱的声音，叹息声、呻吟声、叫喊声，
我的和你的，在洞房里。而在门口
结婚礼物堆积如山，好像给
埃及国王墓中的死者的礼物。

我童年时代城市里桥上的石狮子
与耶路撒冷这老房子的石狮子一道站岗守卫。

你没有吃。没有饱。从小嘴中
说出大话。你的心永远不会学会
判断距离。离它最远的东西
是最近的树。人行道边沿、恋人的脸。
盲目的心笃笃地敲，就像盲人，
棍子抵到了障碍物还在敲，
摸索而没有进步。敲了又敲。
寂寞是个时态，其中行动是可以
拒绝的。敲，将敲。时代是一种风味。例如
1929 年的风味，那时悲伤在你头上说
祈求最初果实的祝福语。"是谁把我们保存至今。"
你不知道你是她最初的果实。

你去上蒙台梭利式幼儿园。
你被教导去爱，去独自做事情，用你自己的手。
你被教育成孤独。你手淫，
白昼潮湿的梦和黑夜潮湿的梦。"我要告诉你父亲。"
新年的空荡大厅回响着——闪光的白色金属
制造的赎罪日机器，祷告的
履带，鞠躬跪拜的传送带，
发出威胁的轰鸣。你犯了罪。你违了法。①
在一个形如会堂穹庐的黑暗子宫里，

---

① 　系仿犹太新年赎罪日仪式上所诵悔罪辞的一部分。原文主语是
　"我们"。

圆形的、古老的祷告洞穴里，打开的约柜
光彩炫目，像一次审讯，第三等级。
你悔罪吗？你悔罪吗？在清晨，
当阳光在外面闪耀，我在您面前悔罪。[①] 你
叫什么名字？你降服吗？你越了界。你长胖了。你活着吗？
你是谁？（你爱我吗？）你记得的。你忘了。

啊，蒙台梭利，蒙台梭利，白发女人，
我爱的第一位死人。"孩子，孩子！"至今
我在街上听见身后有人那样叫的时候还会
转过脸。
慢慢而极度痛苦地，"我"在"你"之中
休息片刻就变成"他"。你变成他们。
手术是在局部麻醉之下做的。眼睛睁着。
只有那块地方用冰或爱的麻药麻醉了。
他们也会追着你喊"做梦的！做梦的？"
你不能，你不会。你现在叫什么？
我不白取名。名字是孩子。
成年人从他们的名字里消失了。只有他们的姓还留存。
往后，父亲、老师、叔叔、先生。嘿，先生，
叫你呢！（你爱我吗？这不同。
这多于名字。）往后，数字，
也许：他。他出去了。他们会回来，他们——嘿，那位，
　嘿，你。
名字森林枯萎了，幼儿园的树
掉光了叶子，变黑了，要死了。

---

① 　系晨祷词句。

星期五，她们把我的手帕缝到
我的衣袋的角落，以防我在神圣安息日
携带罪过。节日里，祭司从他们的披巾的
白色洞穴中祝福我，用癫痫发作
痉挛的手指祝福我。① 我直视他们，
上帝没有打雷。从那时起，祂的雷
收了回去，变成了巨大的沉默。
我看了，我的眼没瞎。
从那时起，我的眼睛睁得越来越大，
年复一年，超出睡眠，
到痛苦边缘，超出眼皮，超出云层，超出岁月。
死亡不是睡眠，而是睁眼，全身
都大睁着眼睛，被世界的狭小空间挤压着。

天使好像身穿天鹅绒袍子和白丝绸
衬裙，头戴王冠和银铃铛的圣经卷子。天使
绕着我飞，嗅我的心，朝着彼此呼喊，
啊，啊，带着成年人的微笑。"我要告诉你父亲。"
甚至现在，三十三年后，我父亲的祝福
还存留在我的头发里，尽管它在沙漠中长野了，
黏着血和内盖夫沙漠的尘土，尽管我连削
带砍把它弄成战争刷子，后来
时髦的法国发型悲哀地贴在我额头上。
那祝福依然存留在我受祝福的头的毛发里。

———————

① 　犹太教祭司会用祈祷披巾盖在信众头上，五指叉开伸手为之祝
　　福。其间信众不应抬眼直视祭司。

你途经海法而来。这个港口是新的。孩子是新的。
你趴在地上，不是要亲吻圣地，
而是因为 1936 年的暴乱。①
大英帝国士兵头戴一个即将分崩的帝国的软木头盔
给你打开了你人生的新王国。你叫什么名字？
用他们刺青的手臂给你打开：龙、
女人的乳房、大腿、匕首、盘蛇、玫瑰、
女孩的屁股。从那时起，这景象就深深沉入你内部，
从外部看不见；痛苦地刻在你灵魂
深处，它本身是一块写了字的羊皮纸，一个
斜躺贯穿你身体内部的门柱圣卷。②
你变成了这块土地传统中痛苦的收集者。
我的上帝，我的上帝，为什么？你遗弃了我吗？
我的上帝，我的上帝。即便在那时，你也得叫祂两次。
第二次已经是个疑问，最初的怀疑：我的上帝？

我还没有说最后的话。我还没有
吃，就已经饱了。我咳嗽不是
由于吸烟或生病。它是一种简练
而经济的询问形式。
发生过的一切就好像不曾有过。
其余我就不知道了。也许
都写在架子上的难懂的书里，

---

① 系 1936 年巴勒斯坦阿拉伯人的反犹太人和反英国人大起义。
② 系犹太家庭钉挂于门柱之上的装有羊皮纸"圣经"卷子的小匣
　子。虔诚的犹太教徒出入家门时必吻手而触之。

在痛苦索引和欢乐词典里，
在页面好像黎明时分不想让梦离去的
眼睛般粘在一起的百科全书里，
在马克思和恩格斯、你和我、他和上帝的
可怕通信里，
在约伯的书里，在艰难的词语里。那是
我皮肉的深深切口的句子。鞭子抽红的
长长伤痕，撒满白盐的伤口，就像我母亲
腌制和烹饪的肉，不能有血，①
只有浸透血的粉红色的盐，只有灼烫的
知识的痛苦，神圣的，纯洁的。
其余——在黑暗中未知、陌生。
我们愿等待，像黑暗中在埃及的兄弟那样跪地低头，
隐藏为奴的脸面，直到世界不再能
抵抗，将大声哭喊：我是约瑟，
你兄弟！我是世界！

战争爆发那年，我路过你母亲的小腹，
你在其中蜷缩着，如夜间跟我在一起时。
我们的节奏是果园水泵的节奏和打枪的节奏。
开始了！光和痛，铁和土和石头。
石头和皮肉和铁在变换着的物质组合
之中。把属于物质的变成物质。尘土，尘土，
你来自人，仍要归于人。
开始了！我的血以多种色彩流动，迸溅
出来时就披上了红色。我爱人的肚脐是一只眼，

---

① 犹太洁净肉食需用岩盐腌制，沥干血水。

可以看到终点。她体内的起点和终点。
右臀有两条褶子，左臀只一条，
眼镜衬着白肚皮闪亮，眉毛
弯到眼睛的呼喊。丝绸，柔软，黑色，裹在
丰满的大腿紧实的肌肤上。肩膀清晰而显眼，
被一条布带分成两半，黑色，精确。
肩膀归肩膀，皮肉归皮肉，尘土归尘土。

一个故事和一个孩子，爱了又爱，世界和耳朵，
一个弯弯的微笑中的时间，爱着，敞开着：
房子对夜晚，大地对死者和接受太阳的馈赠
之后的雨水。春天在我们心中催生绿色的
词语，夏天赌我们谁先来，
爱从我们体内爆发出来，同时，
遍布，像汗水一样，在恐惧中，
在我们生命的赛跑、比赛中。
孩子们长大成熟，因为水位线
总是随着可怕的洪水升高，他们成长
是因为洪水高涨，好不被淹死。
然而，上帝的指尖还是沾染了月亮，
就像小学教师的指尖沾染粉笔末；
祂抚摸我们的头，祂的手腕已经是
歌声和天使！肘又是什么！脸又是什么——
一个已经转向别的事情的女人的脸。一个窗口中的
一个侧影。

我腿里的青筋开始暴起，因为
我的腿思虑过多，它们的步伐即思想。野兽重回

我的感情的荒野，它们曾在
我耕耘灌溉，把我的生活变成
定居文明时离开。长排的书籍，
安静的房间和走廊。我的身体
造就得音响效果良好，像音乐厅一样，
哭喊和吼叫声穿不透。墙壁
吸音而且牢不可破。记忆的音波
来回反弹。上面，天花板中，
儿时的财物、温柔的话语、女人的衣物、
我父亲的祷告披巾、
半截身子、大个儿毛绒玩具、云、
成块的良宵、浓重的毛发：
以加强共鸣。

尘土，尘土，我的身体，我半生的框架。依旧
是希望的大胆脚手架、靠在未完成的
外墙上的摇摇晃晃的梯子。就连头
也不比计划要额外
加盖的最低楼层高。我的眼睛，
一只警觉而兴趣盎然，另一只
保持距离而漠然，仿佛从内部接收一切；
我的手拉起被单
盖住死者和活人的脸。干完啦。
刮胡子。我的脸是个小丑的脸，泡沫一样白，
那唯一不属于愤怒的泡沫。我的脸
介乎疯牛与候鸟之间，
那鸟迷了路
落在鸟群后面，但死在

海里之前看到了缓慢、美好的东西。
就在那时，从那以后，我遇到了
我人生的舞台工作人员、墙面更换者、
家具和人，放上去拿下来，
新房子的新幻觉、
新景观、有透视感的
远景，不是真的。相像
不是真的亲近。人人，所有人，
所有爱我恨我的人都是导演、舞台工作人员、
负责安装一种奇怪的灯的电工，
那种灯会变暗，拉近，变换，交替，
高高挂起，到处挂起。

我父亲毕生都试图把我造就成一个男子汉，
好让我有一副柯西金和勃列日涅夫式的硬面孔。
像将军、舰队司令、证券经纪人、行政官员，等等：
我造就想象的父亲以取代
我父亲，在这生产七种 ① 的柔软土地上
（不止两种，公的母的，而是除我们之外
七种，比我们更淫荡、更硬朗、更致命）。
我不得不给我脸上拧进英雄的表情
好像一只灯泡拧进它的硬螺口插座，
拧进并点亮。
在我一生中我父亲都试图把我造就
成一个男子汉，可我总是溜回

---

① 　据《塔木德》载述，系指以色列地特产的七种作物：小麦、大麦、葡萄、无花果、石榴、橄榄和椰枣。

到大腿的柔软和祝福的渴望之中：
"按其意愿造我者。"① 而祂的意愿是女人。
我父亲害怕无益的祝福。
祝福果树的造就者而不要吃苹果。
祝福而无需爱。爱而无需圆满。
我吃而不饱也不祝福。
我的生命铺展和分裂：
童年时代还有国王、鬼怪、铁匠的
故事，现在是玻璃房子和闪亮的宇宙飞船，
辐射的寂静而无希望。
我的双手伸向一个不属于我的过去
和一个不属于我的未来：用这样的双手
难以爱，难以拥抱。
犹如屠夫以刀磨刀
我以心磨心。心
变得愈来愈快，愈来愈薄，直至消失。但我的灵魂
依然在磨砺，我的嗓音迷失在金属的声音之中。

在赎罪日，脚穿网球鞋，你跑步。②
随着神圣神圣神圣的念诵声，你跳得高高的，③
比任何人都高，几乎都触到了天花板上的天使。
在"妥拉"欢乐诵④的循环之中，

---

① 系犹太教正统派妇女每日晨祷所诵祝福的词句。男人所诵为：
"祝福您，上帝我主，宇宙之王，未造我为女人者。"
② 按犹太传统习俗，赎罪日禁穿皮制衣物。
③ 按犹太传统习俗，念诵这些词语时要脚尖点地身体尽力向上伸
展，以模拟天使的样子。
④ 犹太人每年会在相当于公历 9~10 间举行集体诵读（**转下页注**）

你转了七圈又七圈，
到达时上气不接下气。
在举示经文 ① 时，你用
颤抖的两臂把律法书卷轴
像哑铃一般猛力举起，
好让所有人看见所写的文字，还有你双臂的力量。

鞠躬，下跪，你匍匐在地，
像跃入你整个人生的起跑。
在赎罪日，你开始与自己
斗拳："我们非法闯入了，我们偷奸耍滑了"，
裸拳，不戴手套，紧张的
羽量级对悲伤的重量级，
弃权。祷告从嘴角淌下，
一条红色细流。回合之间，
他们用祷告披巾为你擦汗。

你童年的祷告
现在回来了，从上方坠落，
像没打中目标的子弹，许久
以后才回落到地上，
不引人注意，无害。
你跟所爱的人睡觉的时候，

（接上页注④）"摩西五经"即律法书"妥拉"的欢乐诵节庆活动，以
　　标志旧的循环结束，新的循环开始。其间会众手执经卷，绕会
　　堂转圈而舞。
①　犹太人在会堂集体诵读"妥拉"后会举起手中经卷，展示所读
　　经文如仪。

她们回应。"我爱你。""你
是我的。"我在你面前坦白。"你应爱……"
你主上帝。"以我的全力。"
畏惧而不可犯罪，肃静。细拉。①柱子。静默。
在床上"以色列啊，你要听"。②在床上
没有"以色列啊，你要听"。在双人床上，
一张床的双人墓穴。③听，听啊。
现在再听。
听不见。不见你。

不是上帝的一根手指而是十根
扼着我。"我不会让你让我离开你。"这也
是一种死亡的意思。
你忘记了你从前的样子。
不要责怪法老的酒政忘记了
约瑟的梦！仍粘着烛蜡的手
已忘了光明节。我脸上的皱纹面罩

---

①　见《塔纳赫·诗篇》第 4 章第 4 节："你们应当畏惧，不可犯罪；
在床上的时候，要心里思想，并要肃静（细拉）。""细拉"是
诗节末尾常见的感叹词，其义不详，有人认为可能是音乐提示。
②　系犹太教晨祷和晚祷的标题，希伯来语音译"示玛，以色列"，
见《塔纳赫·申命记》第 6 章第 4 节："以色列啊，你要听！雅
赫维－我们神是独一的主。"
③　最早定居迦南地的犹太人始祖亚伯拉罕在希伯伦从当地原住民
赫人手中购得一块田，其中包括麦比拉洞，作为家族墓地。亚
伯拉罕祖孙三代夫妇在其中合葬。（事见《塔纳赫·创世记》
第 23 章）"麦比拉"在希伯来语中义为"双"。该墓地至今保
存完好，已成为朝拜圣地和旅游胜地。

已忘了普珥节①。在赎罪日自我
抑制的身体忘了大祭司（像今夜的
你一样美），忘了赞美歌：
大祭司的尊容像太阳，
像玛瑙，像黄玉。② 那尊容。同样，你的身体
是乌陵和土明③。乳头、眼睛、
鼻孔、酒窝、肚脐、嘴巴，你的嘴巴——
这些都像祭司的胸牌一样为我闪耀，
这些都对我说话，预言我将做什么。
我跑开。在你的身体
预言未来之前，我跑开。

有时候我想回到
我曾拥有的一切，就像你
在博物馆里，不按时代顺序，不依箭头
指向，而是随意，朝相反方向倒行
去寻找你喜爱的女人那样。
她在哪儿？埃及展厅、
中东展厅、近代展厅、洞穴
岩画，都混成一团，担心的守卫
在身后叫你：时代顺序倒了！不许进！
出口在左边。你不愿意那样学，

---

① 系庆祝犹太人免于波斯王亚哈随鲁的宰相哈曼灭族阴谋的节日。（事见《塔纳赫·以斯帖记》）
② 系犹太人赎罪日仪式上所诵传统赞美诗中的句子。
③ 与上一诗行中提到的玛瑙和黄玉一样，它们都是犹太教大祭司礼服胸牌上镶缀的宝石，只不过由于古今异名，"乌陵"和"土明"现已无法确认到底是何种物质。

你知道你不愿意。你寻觅，你忘记。
犹如你在街上听见行进的
军乐队，你停在原地
听他们消失。慢慢地，慢慢地，声音
消逝。先是铙钹，然后是大号消退，
然后是双簧管沉入远处，
然后是尖利的长笛和小鼓，
但低音鼓作为旋律的骨架、心跳，
停留得时间长一点儿，直到
它们也。安静。细拉。
阿门。细拉。

新年那天，你给吹羊角号的人
下令：长音、短音、颤音。
大怒。震怒，长音，朝你前面的一切目标开火，开火！
停火。结束了。坐下。今天是世界之日。
今天，所有地上的生物都将被审判。
会堂是朝向耶路撒冷的堡垒，
它们狭窄的窗户朝向神圣东方。

羊角号忘了我的嘴唇，
词语忘了我的嘴巴，
汗水从我的皮肤冒出蒸汽，
血液凝固，结痂脱落，
手忘了我的手，
祝福从我头发上蒸发。
收音机还是热的，
床铺已先凉了。

昼夜之间的接缝
开了口，你可以溜过去，
逃出你的生活，消失而不被人看见。
有时候你需要好几个白天
才能缓过来一个夜晚。
历史是个阉人，
也想要我的历史，
想要阉割，
用比任何刀子都快的书页割除，
用割下的东西
永远塞住我的嘴——
就像我在战场上看到的残缺不全的尸体——
好让我的歌变成不育的鸣叫，
好让我去学许多语言——
没有一种是我自己的，
好让我分散流散，
好让我不成为巴别塔指向天国。

不去理解是我的幸福，
像愚钝无知的天使
以他们的阉人歌喉给人以安慰。

忙于机械玩具的时代
已到来：机器及其零件，
自驱，自动，弹力的，
在睡眠中自行作用的，
供旋转的轮子，供启动的开关，
移动、跳动、跃动

发出悦耳声音的一切，男性和女性的奴隶，
男性和女性工具，娼妓和媵妾，
阉人和阉人的阉人。
我的生活加添有浓重的谎言做佐料，
我活得愈久，我的造假艺术
愈精纯，假的就愈像真的。
人造的花愈来愈像
天然，天生的花倒似人造。
谁究竟能分辨
真正与伪造的钞票？
甚至打在我身内的
水印也可以伪造：我的心。
无意识已变得对光明有免疫力
仿佛细菌对最新的抗生素。
一个新的地下组织
在下层的下层崛起。

四十二个光明年头和四十
二个黑夜年头。醉鬼兼饕餮，
像二手历史书、疯狂涂鸦
和厕所墙上文字中的末代
罗马皇帝一样胡吃海塞，
英雄编年史、征服、衰亡，
虚荣的生，虚荣的死。
暴动和叛乱以及宴饮间
叛乱的平定。身穿透明的睡衣，
像一面纛旗，你暴动起来反抗我，毛发，
上面的飘扬似旗，下面的厮磨如刷。

羊角号鸣，长鸣。酒瓶乍破，
喊杀声声。用女人的腰带平定
暴乱。用透明丝袜绞杀。
用晚会礼鞋的尖跟狠砸。
破酒瓶颈与轻薄衬裙网
之间的竞技场之战。鞋子
对奸诈的薄纱，舌头对叉子，
半鱼对半女人。带子和扣子，
装饰有花蕾、纠缠以钩扣
和军用装备的乳罩。号角大鸣又压低。
从邻近看台传来的足球赛呐喊声。
我卧在你身上，沉重而安静，
像一块镇纸，不让风和时间
把你像碎纸和时刻一样刮走。

"你感觉你的灵魂在哪里？"
嘴巴眼儿和屁股眼儿之间延伸的
一条白线，不是透明的雾状，
被挤进痛苦中的两块骨头之间的
一个角落。
满足之后，就像猫一样消失。
我属于分别肉体
与灵魂的最后一代人。
"你明天干什么？"
我无法戒掉我自己。
我戒掉了吸烟喝酒
以及我父亲的上帝。
我戒掉了一切可能让我加速完蛋的东西。

我小时候得到的新自行车的
气味还在我鼻孔里，
血还没有干，
我已经在寻找宁静，一位不同的神，
一位秩序之神，就像逾越节秩序。四个问题 [①]
和现成的答案、奖赏
和惩罚、十灾殃、四母亲、
煮硬的蛋、拐骨、苦药草，
全都秩序井然，《唯一的孩子》、
熟悉的汤、无酵饼粉汤团的确定性、
九月怀胎、四十次
抽打大海。微微打开的心，
像为先知以利亚留的门。 [②]
"夜深时，就会发生。" [③] 现在
孩子们已被哄睡了。在睡梦中
他们依然听见双颚咀嚼的声音：
世界在吞食盛宴。

吞咽的声音即历史的声音：
嗳气打嗝嚼碎骨头，
这些都是历史的声音，
肠胃运动——历史的运动。消化。

---

① 系犹太教逾越节仪式的部分内容，由家中最小的男性在家宴上
诵读。
② 在逾越节家宴期间，家门要留一条缝，以便万一先知以利亚来
宣告救主弥赛亚的来临。
③ 系逾越节所唱歌中的词句。

在消化过程中，一切都开始趋同：
兄弟与姐妹，人与狗，圣人与罪人，
花与云，牧人与羊，一切，统治者
与被统治者，都降格为同一。
我的实验人生也降格了。
一切都降格为可怕的同一。一切都是
肠道的成果。

现在转过身来。瞧，沿脊背下去的那道缝
穿过屁股加深了。谁
能说出屁股从哪儿开始，大腿
在哪儿结束：看看胯裆的有力
支撑、腿柱子
和生殖器上方
希腊式的鬏毛。朝向心口升起的
哥特式拱门和两腿之间拜占庭式
红色火焰。硬朗的双颚、
凸出的下巴中明晰的
十字军影响。如果俯下身，她就是完美的阿拉伯风。
她能双手摸到地板
而膝盖不打弯。她触摸这土地，
我小时候被带到这里时不曾亲吻。
重访这国土吧，
参观我的眼泪和东风，
用风的巨石修建的真正的
西墙。[①] 风的啜泣和风

---

① 　耶路撒冷老城古有所罗门圣殿，是在大卫王祭坛（**转下页注**）

吹起的纸片是我塞进

石头缝里的祈愿。重访这国土吧。

在晴好的一天，如果能见度高，你就会看见

我四岁的孩子

把我拥抱在怀里的神迹。

而我四十四。

这儿有更大的爱的动物园，

无数英亩的爱。在有孔内裤的笼子里

呼吸的多毛动物、棕色

羽毛和绒毛、长着绿眼睛的红鱼、

像猴子一样在肋骨栅栏后面

跳跃的孤独的心、毛茸茸的鱼和好像

肥滚滚大腿的蛇。

一个燃烧的身体，一团火焰

盖上一件湿雨衣。这让人安静。

这土地只有挨了打才说话。

只有冰雹和炮弹打了她，

就像巴兰的驴子，[①] 只有

（接上页注①）基础上建造的一座犹太教庙宇，几经兵燹，现仅存一
　　　段西墙，即著名的哭墙。犹太人在传统上习惯于此凭吊遗迹，
　　　抒发灭国之痛，号哭之余还要往墙缝中塞纸卷，上写对敌人的
　　　诅咒等祈愿。

①　　巴兰是一位先知，奉摩押国王巴勒之命前往摩押国去诅咒侵犯
　　　该国的以色列人。雅赫维派天使阻拦他，告诉他行事不得越过
　　　神的旨意。驴子看见天使拦路遂止步不前，而巴兰看不见，怒
　　　打了驴子三次。最终神让驴子开口说话，天使现身，他才恍
　　　然大悟。到摩押国后，他遂遵照雅赫维之命歌诗祝福以色列。
　　　（事见《塔纳赫·民数记》第22章第18-38节）

在主人打了她之后才说话。我说话，
我说话：我被打中过。羊角号鸣，长鸣。
请坐。今天是世界之日。

我想跟约伯① 打个赌，
看上帝和撒旦如何行事：
谁会先诅咒人。
像约伯口中红红的落日，
他输了，他的遗言
红红的，落入他的遗容之中。
我就像那样离开他，在拥挤的火车站，
在嘈杂声和高音喇叭的叫声中。
"去你的吧，约伯。你在依我的形象
被造出的那天就被诅咒了。你是
你母亲的耻辱，约伯。"
上帝诅咒。上帝祝福。约伯赢了。
我必须用我小儿子的玩具
手枪自杀。

我的孩子忧伤地开花。
他在春天没有我就开花，
他在我不在的忧伤中成熟。
我看见一只猫在跟她的崽儿玩耍，
我不会教我儿子打仗，

———————

① 　系《塔纳赫·约伯记》中所载的一位正直男人。魔鬼撒旦与上
　　帝打赌，说他为了利益才事奉上帝，于是上帝拿走他的一切，
　　以考验他的忠诚。约伯始终毫无怨言。

我根本不会教他。我不会存在。
他把沙子装进一只小桶。
他做一块沙子蛋糕。
我把沙子装进我的身体。
蛋糕散掉了。我的身体。

我吃了，饱了。他来的时候
又有人来；他还说话的时候，又有人来说。①
生日急匆匆站起来
抓住我。在一根浮木上片刻的安宁。
四十三岁生日。与你自己的
结婚日，没有离婚的可能。
为梦和白日，
为你的欲望和你的爱分床。
我住在远离我母亲的律法和不是
我父亲的信仰之乡。石匠，
而不是先知，修筑我住宅的墙。在
大门上，我发现刻着我的生日。
（那房子变成什么样了，我变成什么样了！）
午后，我平静地在我
境外的创伤中间漫步：
一个亮灯的窗户，也许你在那后面
正在脱衣裳。
一条我们曾走过的街道。那边一扇
黑屋门。旁边一座花园。一个通向花园的

---

① 　见《塔纳赫·约伯记》第 1 章第 16 节："他还说话的时候，又有人来说。"

大门。一件像你那件的连衣裙，
穿在一个不像你身材的身体上。一张像你的嘴的嘴在唱歌，
一个差不多的词。这些都是异邦的创伤，
在一座创伤的大花园里。

我穿花里胡哨的衣裳，
我是只花里胡哨的雄鸟。
这是自然秩序，我发现得太晚。
雄性打扮。红衬衫、绿外套。
别那样看我，儿子！
别笑。你看不见我。我是墙的
一部分。我的衬衫领子黑了。我的眼睛下面
有一道黑影。咖啡残渣
是黑的，我指甲下面的悲伤也是黑的。
别那样看我，儿子！我用
有烟叶味儿和奇怪香水味儿的双手
抟揉你未来的梦。我为你准备潜意识。
我的孩子的最初记忆是我离开
他家，我家的日子。他的记忆
像迄今没有停过的钟表中的宝石
那么硬。在爱的初夜，他们醒着
仰卧着，女人问他时，
他将会对她说："我父亲第一次离开时。"

我童年的记忆有福了。我有过反叛的
配额，我尽过败家子的义务，
我偿还过欠代沟和青春期
狂野的债。所以，我不曾有

多少安逸和满足的时间。男人
就是这样，我童年的记忆有福了。
没有羊使我成了一个守夜人，
没有什么指示要守卫什么。
"祝你生日快乐，祝你生日快乐！"
明白与年纪，智慧与白发，知识
与死亡同时向我袭来。童年的记忆。有福了。

我扛着感情的大猎物回家来。
鹿角、翅膀、墙上的头、
墙上到处挂的是充填的感情。
我坐着，平静地看着它们。别
盯着我，儿子。就连我的笑声
都显示我不再知道怎么大笑；
镜子早就知道
我是它的映像。
别盯着我，儿子，你的眼睛比我的颜色深，
也许你已经比我悲伤。
我沉重的身体晃动它的心，就像
赌徒的手把色子抛到赌桌上
之前。这就是我的身体
运动，这就是它的猎物，和我的命运。

比亚利克[1]，橄榄树中间的秃头骑士，

---

[1]　哈伊姆·纳赫曼·比亚利克（Chaim Nachman Bialik，1873~
1934），系俄国犹太人，于1892年发表了用希伯来语创作的
《致一只鸟》（*To the Bird*），从而标志着现代希伯来文学的发
端。比亚利克不仅是第一位现代希伯来语重要诗人，（**转下页注**）

在以色列地没写一首诗，因为他亲吻了
那片土地，用他写作的手赶走了
苍蝇和蚊子，
擦掉了他
作诗的头脑上的汗，在热风季里
把从流散地带来的手帕蒙在额头上。

理查 ① 的狮心从他的肋骨间
向外窥望，伸出长舌头。
他也随着巡回马戏团来到
圣地。他是狮心，
我是尥蹶子驴心。
全都在翻筋斗节目中，涂抹白色
血污的彩衣小丑、羽毛和甲胄、
吞剑和削尖的十字架、
戴着饰铃帽的杂技演员。萨拉丁，
沙拉的丁当，② 空空的铿锵，吞
火和喷施洗的水。
戴着男性生殖器的女性舞者。
大卫王宾馆从空中飞过；
客人要牛奶，得到一瓶炸药。③

（接上页注①）更赢得了"民族诗人"的称号。其晚年从敖德萨移居
　　巴勒斯坦。
①　英格兰国王狮心王理查一世（Richard I, 1157~1199）曾参加第
　　三次十字军东征，在以色列地三次击败穆斯林统帅萨拉丁。
②　此为戏拟，阿米亥因"萨拉丁（Salah ad-Din）"的名字与"沙
　　拉（salad）"加"闹声（din）"相似而拿来做文字游戏。
③　这句诗行戏仿《塔纳赫·士师记》第 5 章第 25 节：（转下页注）

毁灭，毁灭。糖果摊的血与火；
你可以从光荣的榨汁器
得到新鲜冒泡的血液；
战争伤亡者，扭曲僵硬，像串在
一根绳上的面包圈。

犹大·哈－列维被装订在他的书里，被捕捉
在他释放的渴望之网中。他被保存
为一个誓言、一位已故诗人，在亚历山大城。
我不记得他的死，一如我不记得我自己的。
但我记得亚历山大城：姊妹大街 66 号 ①。
撒母耳·哈拿基德 ② 将军骑在马上，
晒得黑如火烧过的橄榄树干，
绕着圆形的阿比西尼亚教堂徐行；
他想象圣殿就是那个样子。
拿破仑，手按在心上，令他的大炮的节奏
与他的心跳的节奏相等。
耶路撒冷一个房顶上一根绳子上
一个女人的小三角裤衩——给一位疲惫的老水手，

（接上页注③）"西西拉求水，雅亿给他奶子。"耶路撒冷的大卫王宾
　　　馆是英国委任统治巴勒斯坦政府所在处，其侧楼于 1946 年被
　　　犹太极端主义组织炸毁。
① 　　位于埃及亚历山大市红灯区。
② 　　撒母耳·哈拿基德（Shmuel Ha-Nagid，990~1055），系西班牙
　　　犹太诗人，中古希伯来文学复兴的首位重要作家，也是著名的
　　　外交家、军事家和宗教领袖。其曾任格拉纳达泰法国（Taifa of
　　　Granada，"泰法"义为"小邦国"）的维齐尔（权限等同于总理
　　　大臣）和军事指挥官。

来自图德拉的最后一位便雅悯的信号。

我在宁静的阿布托尔 [①] 住过两个月。
我在欣嫩子谷住过两星期，
在一座我离开后就被拆毁了的房子里，在另一座
加盖了一层的房子里，还在一座
墙壁塌陷需要扶持的房子里。可是没有谁
像那样扶持过我。房子都比人强。[②]
现在，坐守头七，[③] 习惯了矮座位，
看众生都像高塔一般。
对死者的赞颂遍布这受风诅咒的城市。
古老的耶路撒冷在邪恶的黄金沉默中喃喃念诵
渴望咒语。谷地中的空气被橄榄树枝鞭打
成新的战争，又黑又硬像鞭子似的
橄榄树。我的双眼间毫无
希望，我的双腿间情欲的双穹中
毫无希望。我的成人礼经文章节
也是成双的：施精 / 麻风，讲述
痛处色泽明亮、红得要死、
脓水黄得像所多玛硫黄的皮肤病。[④]
对千年盛世日期的低声估算、对磨难的计数、

---

① 　"Abu Tor"，系希伯来语音译，义为"公牛之父"，是耶路撒冷
　　老城南边一犹太人与阿拉伯人混居区。
② 　此处系阿米亥化用《塔纳赫·传道书》第 3 章第 19 节中的句
　　子"人不能强于兽，都是虚空。"
③ 　按犹太传统习俗，亲属要为死者守丧七日。
④ 　"妥拉"的有些读法涉及双重阐释。此处所涉内容见《塔纳
　　赫·利未记》第 12~14 章。

不育的有关毁灭的离合诗、一盘棋：
二十四 ① 个欲望的方格，
二十四个厌恶的方格。
耶路撒冷是一口熬煮着浓粥的
锅子，所有的建筑都是冒起的泡泡，
从眼眶里挤出的眼珠子；
圆顶、尖塔、平或斜的屋顶——
全都起泡欲爆。上帝
抓起此刻离得最近的先知，
就像用一把汤勺，搅啊搅。

我长着我父亲的眼睛，长着
我母亲的灰头发，现在坐在这里，
在一座属于一个阿拉伯人的房子里；
这房子是他从一个英国人手里买来的，
英国人从一个德国人手里买来的，
德国人用我的城市
耶路撒冷的石头凿出来的。
我看着他人的上帝的世界，
这世界又是他人从他人手中接管的。
我是我在不同时代
收集的许多东西组成的；
我是由闲置的零件，
快要腐败的物质，

---

① 　此处指《塔纳赫》所含经论种数，即"妥拉"（5卷，亦称"律
　　法书"或"摩西五经"）、"先知书"（8卷）和"圣录"（11卷，
　　也译"圣书卷"）。

快要散碎的词语构成的。已是
人到中年了，我开始，
逐渐地，归还它们，
因为过边境时，一旦被问及"有什么要报关吗？"
我希望做一个既体面又整饬的人，
以便最终没有太多压力，
以便我不会汗流浃背气喘吁吁晕头转向地到达，
以便我不会有任何落下的东西要报关。
那些红色的星星是我的心，银河
是其中的血液，我的血液。热季风
在巨大的肺里呼吸，我的生命
在一颗巨大的心脏附近脉动，总是在内部。

我住在德国殖民地，
鬼谷 ①。在外边他们彼此呼唤，
一个母亲叫她的孩子，孩子们
互相叫，一个男人叫上帝：回家来！
来呀，来呀！"怜悯呀。"
回家来吧，上帝，到耶路撒冷见你的人民，
好让我们也能见你，在一个相互的死亡中，
伴着相互的祈祷，伴着晾干的床单和柔滑的枕头，
读书灯光和永恒灯光的熄灭，
书的闭合和眼睛的闭合，翻身
蜷曲，向壁。
在此，在这谷地，在这房屋里，那大门上

---

① 　"Emek Refaim / Valley of Ghosts"，系耶路撒冷一时尚街道名，
周围居民多为来自德国的犹太移民及其后裔。

刻着我的出生日期，还有一句德文诗：
"开与上帝同在，关与上帝同在——此即生活
之道，"一尊石狮蹲伏，守卫着
这句话和日期——四个数字。
在门柱上有一轴圣经卷，我童年时代上帝的
长笛，和两栏纪念从不曾有过的
神殿的经文。
窗帘摆动，就像罗马的那家旅馆的窗帘
在那第一个早晨，摆动，然后被拉到一边
显露那城市的赤裸——
屋顶和天空，而我被感动，
来到她面前。求你，哦，求你啦，我的爱。你的头发
从中间分开；你的背在你行走时笔直；
你坚强的脸庞运载着沉甸甸的重量，重过
水井旁阿拉伯妇女头顶上的瓦罐；
你的眼睛大睁，盈盈欲溢。外边
汽车哀鸣。机器获得了人类的嗓音，
当道路坎坷难行，当处于痛苦之中，当没有燃料之时，
在清晨的炎热和寒冷中，在老年和孤寂中，
他们恸哭哀鸣。

约瑟·弗拉维乌斯 ①，马提雅胡之子，像我一样是死者之子。

---

① 即弗拉维奥·约瑟夫斯（Flavius Josephus, 37~100；诗中的"约
瑟"是其犹太原名，"弗拉维奥"是他投降罗马人后取的罗马
名，故按犹太人习惯称呼），系武装反抗罗马帝国的犹太将领。
他为了写作所经历的战争和犹太人的历史，于公元68年放弃约
法城堡而向罗马人投降。其最著名的著作是《犹太战争》（The
Jewish War）。

马提雅胡之子放弃了他在加利利的城堡，
把剑扔在我面前的这张桌子上：
一道亮光从外面照进。他看见
我的名字刻在大门上，犹如刻在墓碑上，
以为我的住宅也是坟墓。死者之子、
灰烬之子、夜晚屋外亮着的灯之子。
窗外之人是提图斯的军团；
在这安息日之夜，他们正在突袭
耶路撒冷，突袭咖啡馆和电影院，
突袭灯火、蛋糕和女人的大腿：
爱的降服、爱的乞求。
花园里树叶的
沙沙响宣告我生活中，但不是
我梦想中的一次改变。我内在的衣服
没有换，我童年的纹身
向内渗入得更深。
去吧，快活的将领，悲哀的史官，
去睡在你的书页之间，像压扁的
干花。睡在那里吧。去吧。
我的尚未出世的孩子也是个战争孤儿。
我曾历经三次战争而没被杀死，
而他是这所有战争的战争孤儿。
去吧，加利利苍白的将领。我也
总是来来去去，仿佛穿过
记忆之窗的铁护栏进入新公寓。
你必须是一道水的影子
才能穿过所有障碍而不破碎。
随后你又被重新聚合：与你自己签订的

一纸和平条约，一份合同，种种条款，像真正的战争。
一个女人曾经对我说：
"人人都出席自己的葬礼。"我当时没听懂。
我现在也不懂，但
我去出席。死神是一位高级职员，他按照
题目把我们的人生整理
成文件和档案。这个谷地
是上帝悼亡时衣服上撕破的裂口，
给诗人和史官什么都没有剩下，
除了交出他们的城堡，
成为悼亡者，受雇或无偿。
约法城 ① 大开诸门：一道大光
迸发，降服之光，应该足以
照亮千年的黑暗。
号角声，长音，悲伤的颤音，
吹号角者的嘴唇在长久的炎热中干裂，
他的舌头黏在上颚，
他的右手失去了灵巧。我只记得
一个女人把连衣裙
从头顶扯落的动作。
什么样的举手，什么样的盲目投降，
什么样的恳求，什么样的情欲，什么样的降服！
"我不是叛徒。"我的兄弟约瑟消失
在柱子之间。"我必须撰写历史。"

---

① 　公元 67 年，第一次犹太 - 罗马战争期间，韦帕芗与提图斯父
　　子率领的罗马帝国军团围困犹太城市约法（Yodfat）长达 47 天，
　　最终迫使犹太人投降而屠城。

柱子粗大，柱头上堆满
希腊式装饰，盘旋的花朵和花蕾。
家病了。英国人称想家之人
害了"思家病"。家
害了思人病。我想家，我病了。去吧，约瑟，
我的兄弟，飘扬的旗帜也是窗户里的
窗帘，它们不再拥有家。

我是个畏惧上帝的犹太人，我的胡须向内生长。
我的体内充满的不是血和肉，而是我的胡须茬，
像一张床垫。痛苦存留在经匣 [①] 之间，
无法治愈。我的心几乎每礼拜斋戒一次，
不论我是否将一轴经卷掉落在地。[②] 不论
圣殿被毁还是重建。
我不饮酒，但无论什么酒，
只要不能使我沉醉，都是
一个黑窖，一个幽暗的空桶，压酒者在那里
踩踏，在坚硬的石头上弄伤他们的脚。我的身体是一个干船
　坞，
供被叫作我的灵魂的东西停泊。我的身体
将被拆除，我的灵魂
将出海，它的形状即它所寄居的
肉体的形状，它的形状即大海的形状，
大海的形状即我的身体的形状。

---

① 系犹太人晨祷时用皮带系在前额、手臂等处的装有"圣经"段
　落的小匣子。
② 系犹太教规，掉落"圣经"卷子须斋戒赎罪。

我的爱人是个约伯。夏天的时候，她衣裙上的
松紧带像棉线一样崩断。爱的初夜就已经
不堪劳苦而哀嚎，欲死不能而打嗝。
撕扯，撕——扯轻薄的衣着，
因为是夏天，衣着轻薄的
沉重夏末。像病人干呕的
羊角号声。在以禄月之始，
吹号人吹羊角号，脸涨得红红的
像公羊的脸，眼珠子凸出，玻璃球般在眼窝里
滚动，像关闭的坦克的眼睛。他的嘴无可救药地粘着羊角号。
约伯爱人，我们相遇在苦涩花粉飞扬之中。双腿张得
比张开的翅膀还要开，都超出了你身体的边界线。
总是在爱着，现在你在跟绝望睡觉，
你的姿势、肢体的拍动和尖叫声，跟他
和跟我在一起是一样的。
有时候我觉得我的灵魂在打滚，
好像在一只空桶里面，发出像一只木桶
被推着滚动的沉闷声音。有时候
我在两个站在窗前、中间
留有空隙的人之间
看见耶路撒冷。他们既不亲密又不相爱，
我因此得以在他们之间看到我的人生。
"要是有可能抓住两个人开始
彼此变成陌生人那一刻就好了"——

这也可能是一首献给我童年的
美妙的想象中上帝的赞歌。

那是在礼拜五，黑色的天使
挤满了十字谷，他们的翅膀
是黑色的房屋和废弃的采石场。
安息日烛火起起落落，像船只
在港湾入口处。来吧，安息日新娘，来吧，新娘，①
在你以为我不会来而我来了的
那天夜里，穿上你悼亡和光荣的衣装。
房间里洋溢着黑樱桃蜜饯的
香味。散落在地板上的
纸片在下面沙沙作响，
凌厉的翅膀在上面割刈。
爱与分离同时俱来，像一张唱片——
音乐伴随着终场的掌声，爱
伴随着一声哭喊，爱伴随着彼此分离
骄傲地去流亡的结结巴巴的绝望。
来吧，新娘，在日落时分，
手握陶土制造的东西，因为肉体会朽坏，
钢铁也不持久。手握陶土，
为了让将来的考古学家发现并记住。
他们不知道雨后的罂粟花
也是一种考古发现，丰富的证据。

到时候了，就像合上圣经一样，
该合上我的生平经典了。
诸多章节和卷册最终将被剔除，
将被判为伪经，其中的日子

---

① 　系星期五夜晚为欢迎安息日（星期六）所唱的赞美诗词句。

将不作数，将会有藻饰、旁注、
补遗、释义，
但不本质，不神圣。
我想象火柴被泪水或血液
打湿，无法再划着。我想象
进攻一座空炮台时号角长鸣。
犹太人的羊角号，亚拿突的耶利米
引领着一干哭泣的人众进攻一块空地。
可是去年赎罪日，在终末祷告的末尾，
人人都在死寂中等待羊角号
吹响之时，在"为我们打开大门"的呼声之后，
一个声音响起，好像初生婴儿第一声啼哭，
细弱的嘤嘤声。我的生命，我的生命之始。

我挑选了你，我是亚哈随鲁王 ①
坐在宝座上，挑选着。
透过细薄的衣裳，
我看见了你，时光正掠过
你的身体，鬈曲的阴毛
装饰着你的阴门。你穿着黑长袜，
但我知道你是相反的。你穿着
黑连衣裙，像丧服，但我看见你
身体上的红，像一张嘴。我看见
一条丝绒红舌从没有关好的匣子里吐出，

---

① "Ahasuerus"，系《塔纳赫》及"次经"和"伪经"中提及的波
斯帝国阿契美尼德王朝的国王。有说法认为此人即历史上的薛
西斯一世（Xerxes I）。

被匣盖夹住。

我是一头供普珥节用的公牛，供赎罪日用的公牛，

披着像小丑服装一样有两种颜色的裹尸布。

颤音、长音、爱、长爱。

坐下。今天是世界怀孕的日子。谁

强奸了世界，使它今天怀了孕？

今天，世界怀孕，今天，你，今天，战争。

来自美国的坦克、来自法国的飞机、来自俄国的

喷气鸽、来自英国的无人战车、用自己人的

尸体填干了沼泽的西西拉 ① 军团、飞翔的马萨达、

慢慢陷落的贝塔 ②、轮子上的约法、安东尼卡庇托利纳 ③，

　地对地的

地，地对空的空，地对天的天。马萨达不会再度沦陷， ④

　不会再度沦陷，

不会再度沦陷，马萨达，不会。祷告声声，

有连发，有单发。武装有

---

①　系迦南人夏琐王手下的大将，被希伯来人西布伦和拿弗他利部族击败并杀死。（事见《塔纳赫·士师记》第 4~5 章）

②　"Betar"，系以色列犹太山区中一古村镇，即巴尔·科赫巴（Bar Kokhba）领导的犹太人第三次反抗罗马人起义的最后据点，于公元 135 年被罗马军队攻陷。今距耶路撒冷 10 公里，是其门户之一。

③　"Antonia Capitolina" 在拉丁语中义为"安东尼敕建的朱庇特主神殿"，指犹太王希律在耶路撒冷圣殿山西北角所建的城堡，以其怙主、罗马执政官"马克·安东尼（Mark Antony）"之名命名。

④　系犹太复国主义口号之一。据弗拉维奥·约瑟夫斯的《犹太战争》记述，最后一批犹太武士被罗马人包围在死海附近的马萨达山丘上，最终全体自杀。

三级导弹、撕破的纸和七种
圣战战斗口号的宣礼者、[①]
像布在路上和空中的地雷的圆礼帽[②]、具有哲学
深度的炸药量、一个红热引爆者的引擎内
亮着绿灯的心、在危险时刻弹射而起的
先知以利亚的座位、猛掷割礼用的刀子、
从心到心点燃的引信、窗口装饰有
灯光照亮的纯洁温柔偶像的拜占庭
风格的坦克、填满爆炸物的门柱圣卷——
别吻它们，会爆炸、留着扑粉的洛可可
风格发卷的伊斯兰苦行僧、作战室里沙盘四周
约伯的首席参谋：他的朋友、撒旦和上帝，
用带小旗的针扎进横躺在他们
面前充当山丘和谷地的
赤裸人类的活体。
水下会堂、潜望镜拉比、
从深海浮出的领诵者、用女人的头发
和在狂怒哀痛中撕破衣领的
野女孩的指甲武装的吉普车。用又大又肥的
女人的大腿做翅膀的超音速天使、
子弹带里"妥拉"经卷的字母、机关枪、
式样如加固掩体的花朵、
炸药手指、炸药义肢、
用来做光明节七枝烛台八枚空弹壳、

---

① "宣礼者"在阿拉伯语中音译"穆安津（muezzin）"，是负责在
清真寺宣礼塔上大声召唤信众开始做礼拜的伊斯兰教圣职。
② 有毛皮镶边的黑色圆礼帽是犹太教极端正统派教徒的标志性服
饰之一，一般在安息日穿戴。

爆炸的纪念蜡烛、交叉火力的十字架、

经文护符匣绑带上挂着的冲锋枪、

用女友衬裤上的轻薄蕾丝

做的伪装网、用来擦拭炮口的

女人的旧衣裙和扯破的尿布、

石榴形状的攻击型手榴弹、

安息日结束仪式所用香料盒

形状的防御型手榴弹、样子像

赎罪日闻的防眩晕腌苹果的

水雷、一辆完整的装甲车里

我的半个童年、用来激活

装满浑身肉桂气味的

坏小孩剪下的指甲的

时间蛋的大座钟、丢勒①画的

像跳跃式地雷的

合掌祈祷之手、可以安装

刺刀的武器、用沙袋加固的

良宵、在夜间伏击战中

喘着热气的十二小先知、

像爬藤似的大炮管、

每一刻钟一发的布谷鸟炮弹：布谷，

砰砰。安铁丝网的鸡巴、

凸出而疼痛的眼珠地雷、

像古代船艒雕刻那样

有美女头的空投炸弹、

---

①　阿尔布雷希特·丢勒（Albrecht Dürer，1471~1528），系德意志画
家。素描《祈祷之手》（Praying Hands）是其著名的传世之作。

像花瓣一样绽放的大炮口、

砰砰、乓乓、B52、T72、AK47、通天海峡、

NATO①、SEATO②、SALT I、SALT II、③ 胡椒、

SAM④、SCUD⑤、GATT⑥、UNICEF⑦、UNESCO⑧、尤内

　斯库⑨、

UNIFIL⑩、鱼饼、卫星菜、欻啦啦、等等、等等。

坐下。今天，世界怀孕。今天，战争。

可怕的天使把胳膊像弹簧一样

收回体侧，休息或准备再次

出击。让那胳膊不得闲，

---

① 即北大西洋公约组织（North Atlantic Treaty Organization，NATO）。

② 即东南亚条约组织（South-east Asia Treaty Organization，SEATO），已于 1977 年 6 月 30 日正式宣布解散。

③ "SALT"，系"战略武器限制谈判（Strategic Arms Limitation Talks）"的英文缩写，与英文单词"盐"同形，故后面有"胡椒"的联想。

④ "SAM"，系"地对空导弹（surface-to-air missile）"的英文缩写，也译"萨姆系列防空导弹"。

⑤ "SCUD"即"飞毛腿导弹"。

⑥ 即关税与贸易总协定（General Agreement on Tariffs and Trade，GATT），该组织是世界贸易组织（WTO）的前身。

⑦ 即联合国儿童基金会（United Nations International Children's Emergency Fund，UNICEF）。

⑧ 即联合国教科文组织（United Nations Educational，Scientific，Cultural Organization，UNESCO）。

⑨ 系法语人名，是对"UNESCO"的戏拟，也系阿米亥常玩的谐音文字游戏。

⑩ 即联合国驻黎巴嫩临时部队（United Nations Interim Force in Lebanon，UNIFIL）。

转移它的肌肉的注意吧！用沉重的
珠宝、金银、钏镯、钻石
把它坠着，让它沉重地落下，
不再出击。马萨达不会再度沦陷。
不会沦陷。

在从下面升起的薄雾里，在那广大
穹顶的蓝色圣光里，我看见
世界之主满怀悲哀，
一位雷达上帝，孤独地，张着硕大的翅膀
转啊转啊，动作中透着
原始的疑虑。
是是否否，满怀悲哀，上帝知道
没用回答，没有决定：只有旋转。
祂所见令祂悲哀。祂所不见
令祂悲哀。祂所记录
是供人类破译的悲哀密码。
我喜欢那蓝光和祂那眼白，
那是瞎了的白屏，
人们从中读取有关未来命运的信息。
再度，马萨达。再度，马萨达。不会再度。

一天傍晚，我试着回忆
在亚实突 ① 的白沙滩上
倒在我身边的那个人的名字。一个异邦人。
也许是一个水手，迷了路，他以为

_____

① 　系以色列最大港口城市，独立战争中的一个主要战场所在地。

犹太人是一片海，是沙滩上致命的
海浪。他的纹身没有揭示他的名字。
只是一朵花，一条龙，几个肥女人。
我本可以把他叫"花儿"或"肥女人"的。
在曙光初露，撤退时，他死了。
"死在他怀里。"如歌德的诗 [①] 里所写。
整个傍晚，在窗前和桌前，
我都沉浸在回忆的努力中，
犹如在努力造作预言。我知道
如果我回忆不起他的名字，我就会
忘记我的名字；它就会干枯。
"草又挺起来了。" [②] 也是歌德写的。草
不会又挺起来的，它保持被踩倒的样子，
活着，低声自言自语。它不会挺起来，
但绝不会死，不会惧怕突然死在
沉重的钉着鞋掌的靴子之下。

世界变得好些了的那年
我的心病倒了。我可否因此
下结论说，没了危险的甜蜜紧箍，
我的人生就要散架了？
我四十三了。我父亲死于六十三。
这个夏季之后，一个又一个夏季会来临，
好像破纪录似的。死亡就是最后一个季节

[①]　指德意志诗人约翰·沃尔夫冈·冯·歌德（Johann Wolfgang
　　　von Goethe，1749~1832）的诗作《魔王》（Erlkönig）。
[②]　系歌德诗作《寒冬苦旅》（Harzreise im Winter）中的句子。

不再变化。肉体
是灵魂之烛的蜡，
滴落，聚集，堆积。
天堂是死者只记得
好事情的时候，就像我在战后
只记得好日子那样。

去年春天，我的孩子开始
第一次害怕死亡，
太早了。
花朵从土里萌发，
恐惧在他心里开花，
对于喜欢闻那种香气的人来说
是好闻的香气。
夏天，我尝试参与政治——
所处时代的问题——
也有花香和花落的
一种尝试，
一个人布置家居，把家具
重新摆放，参与其中的尝试，
就像在电影院，
移动一下脑袋，并要求
前排的人也移动一下，
好看得见银幕，至少。
我试图走出去，进入时代之中，去知情，
但我无法越过
我身边的女人的身体。

无可逃避。别去察看蚂蚁，懒惰人！①
看见那盲目的工业，
在抬起来要踩下去的靴子下面忙碌，
你会感到沮丧的。
无可逃避。好像不同寻常的棋子
组成的现代国际象棋：王
看起来像后，兵像马，
马像车一样平滑。但游戏
规则不变。有时候
你怀念传统老棋子：戴王冠的王、
像城堡的圆形的车、像马的马。

下棋的人坐在屋里，聊天的人在游廊上：
我的半个爱、我的左手、四分之一个朋友、
一个半死的人。被杀的棋子
抛在木盒里的声音好像
遥远的雷声，预示着不祥。

我是个接近终点之人。
我体内貌似青年精神的东西
并不是青年精神，而是疯狂精神。
只有死亡能平息这股疯狂。
我挖掘到的貌似深根的东西
只不过是表面的纠结：
结节的疾病、手的抽搐、绳子的

① 　见《塔纳赫·箴言》第6章第6节："懒惰人哪，你去察看蚂蚁
的动作就可得智慧。"

眢乱、链子的癫狂。

我是一个孤单的人，不是一个民主国家。
行政、爱恋和立法权力
集于一身。
仇恨权力和伤害权力，
盲目权力和喑哑权力。
我不是被选举产生的。我是一场示威，我举起
我的脸，像一张广告牌。一切都写在那里。一切。
求你们，无需用催泪瓦斯，
我已在哭泣。无需驱散我。
我已溃散。
死者也是一场示威。
当我拜谒父亲的墓地时，我看见
墓碑被地下的尘埃之手举起：
它们是一场群众示威。

人人在夜间听见脚步声，
不仅囚犯，人人都听见。
一切在夜间都是脚步声，
远去或来近，
但从不近到
摸得着。这是人
对上帝的误解，上帝对人的误解。

人人都斟得满满的
世界啊！苦涩将逼近
你的嘴，像顽固、不屈的弹簧，

好让它在死亡时大张，张大。
我们是什么，我们的生命是什么？[1] 一个孩子，
在玩耍时受了伤或挨了打，把眼泪咽到肚子里，
穿过场院和巷子，跑一段长路
去找妈妈，只有到那里他才会哭。
我们也一样，毕生都在咽回眼泪
跑着长路，我们的眼泪
被关闭、窒息在喉咙里。
死亡不过是一声永久
持续的痛哭。号声。长音，爆破音，
长哭，长静默。坐下。今天。

为读经人逐行指示难解
经文的银手，仿佛一台巨大的神圣
机器的操纵杆。那过大、弯曲而僵硬的手指
一边掠过一边指向不变的词语。
你要读这里。你要死在这里。这里。
这是第十一诫：你不可有愿望。

我视遗忘一如正在成熟的水果，
它成熟时将不会被吃掉，
因为它不会成熟，也不会被回忆：
它的成熟即它的忘却。我仰面
躺下时，我的骨骼里充满
我小儿子气息的香甜。
他与我呼吸同样的空气，

---

[1]　　系赎罪日仪式祷文中的句子。

观看同样的事物，
但我的气息苦涩，他的香甜
犹如休息对于疲惫的筋骨。
我童年的记忆有福了。他的童年。

当我还是个孩子，他们把我带到这个国度时，
我不曾亲吻这土地。
但既然我如今已在此长大，
它亲吻我，
它拥抱我，
它依恋我，
以它的青草和荆棘，沙尘和石头，
以它的战争，以这个春天，
直至它最后的吻。

异邦篇

多 少 时 光

我记得那场雨，
但我忘了多年前
那场雨所覆盖的东西。

我凝视的目光升起
像一架飞机在控制塔
与遗弃和遗忘的广阔空间之间。

异国用它的水
覆盖我的脸。
我是个流水的伤心将军。

剑桥。朋友家锁闭的门：
须经多少时光
这么些蜘蛛网才得以成形，
多少时光？

我在纽约的最初日子

我在纽约的最初日子，
我们就上帝之死这个话题
谈了很多。我们不说话，
我们只是惊讶：别人
现在发现了我们在成人礼之后
在大沙漠里
发现的东西。不是
伴随着雷电，不是伴随着砰然一响，
而是默然无声地。以及他们
如何设法隐瞒祂的死讯，
犹如人们会隐瞒一位
没有留下继嗣的伟大而受爱戴的统治者那样。

你将远航而去。你的白发将把
轮船变成旗舰。
你去我的城市。我待在你的城市。
在一场友谊和知死的比赛中
平静地交换场地。

最近，我看见你拿了一些
衣物到洗衣店去，
那么耶路撒冷的尘土在上面会很新鲜。
你的怀里抱着一大捆；
我捏着你空空的大衣袖
跟你道别。

我们俩都属于一个年代，
那时他们不再会因某人的
上帝已死而说他是孤儿。

普林斯顿的小阳春

印第安之夏 ① 是一个犹太人的夏天。
你的眼睛如此沉重几乎要坠落出来——
又被你脸上的哀戚抑制了回去。
它们要坠落出来并非由于干燥，
和那果实的遗忘，
而是由于记忆的重量。
我们脚下的地面移动得更远了——
这种失落将继续
继续。

今天是礼拜天，他们的安息日，
该坐下问我们自己
我们真正爱谁。
这房子里住着某人，他的名字跟大门上的名字不一样——
一个女人告诉我她并不爱她的生活
和哪一棵树病了，一如人们生病。

可是在梦中我看见明亮炫目的耶路撒冷——
难怪耶路撒冷此刻昏黑，
仿佛曝光不足的照片。

---

① 　美国北方秋季的一段干燥、晴朗而温暖的时间被称为"印第安
　　之夏"，类似我国北方秋末冬初的小阳春天气。

阿巴拉契亚群山中的春天之诗

1

我并不特别流连于这湖，
一如我并不特别流连于许多
我想流连于其中的地方。我的愿望
比我的行为更令我厌倦。我不曾对任何地方
上瘾。所以，我也不曾戒什么。
经常戒什么——就是生活。死亡造就习惯。

2

今天我在许多
过道之间的一条过道里，一个墙角，看见
冬去春来之间的几天里最后一场雪的痕迹。
旧痛不再疼。新痛尚未开始疼。
我依然身处
你可以用脚步
及手表和心脏的跳动度量的事物中间。
一个年轻时想成为一条河的人。
可是我人生的宽度吓着我了。
河流在尽头变得很宽。

3

在另一个山谷中他们开枪打猎。我们等待着鸟儿

砰然坠落。一个高水位的湖倾倒
成一个低水位的湖。在另一个森林里
给予和夺取在继续，关于这一切的一阵沙沙响的讨论。
在这样的一天寻找金子：不是那种金属。
我再次吸入透明的空气，犹如一口钟
吸入透明、精确的时间。

4

人们对你说："夏天来这儿吧，
秋天你得来这儿。"总是
你走后的季节最美丽。
你蓦然发现自己在窗前
要作决定，心中纳闷你今天在何处，
明天又将在何处醒来。一处处地方
从你身边经过。你无从选择。那些货品
将选择你：这一个将购买我。我将是它的死亡。

5

默契地，我们乘不同的班机抵达
未知的城市，在那里两条河流相遇，
像两位外交家来签订条约
或道别。我们在我们想短暂
停留的地方停留得更久。
我们想象这会延长我们的日子。我们想象。

视力检查

往后退一点儿。闭上左眼。
还要？
是的，现在看，看这些字母。
你看见什么了？
你在昏暗中认出什么了？
我想起一首很美的歌，是这样的……
现在？你现在看见什么了？
还要？———直。
别离开我。求求你。求求你。
你不会离开。
我不会。
闭上一只眼。大声说。
我听不清——我已经离得很远了。
你认出什么了？你看见什么了？

闭上一只悲伤的眼。
对。
闭上另一只悲伤的眼。对。
我现在能看见了。

别的没有什么了。

希腊诗人塔基斯·西诺泼鲁斯 ①

塔基斯·西诺泼鲁斯有一双大海颜色的眼睛。
他外面是医生，里面是诗人。可是
大海在哪儿？
他爬上四层楼之后，就喘得厉害，
就从一个秘密的扁盒子里捏出两粒药丸吞下。

他也是每天都被从死神手中救出。
他从他家的阳台看罗马时，
他听见他的心跳时，
他外面是诗人，里面是医生。

但是我知道，即便他不是大海，
他至少也是奥德修斯，
被他的朋友们依照他自己的意愿捆在桅杆上。
他们的耳朵被用蜡封住，他听得见。②

塔基斯·西诺泼鲁斯，你的朋友很久以前就抛弃了你！
长久以来，你都不曾到达你真正的故国！
长久以来，你都一直被捆在桅杆上。听着。

---

① 塔基斯·西诺泼鲁斯（Takis Sinopolus，1917~1981），系希腊职业医师、诗人，"战后一代"的领军人物。

② 据古希腊传说，伊塔刻王奥德修斯在参加十年特洛伊战争后回国途中，在地中海中遇惯用美妙歌声诱惑水手而致其船毁人亡的海妖塞壬。奥德修斯事先令人把自己捆在桅杆上，手下水手均用蜡封堵耳孔，遂得以安全通过且听见海妖歌声。

就这样，你瞪着含盐的眼睛在四层楼站在我面前，
你的手，本应在突发疼痛时捂着
你的心的，没有捂，
因为你被捆在桅杆上。

在一架飞机上

1

我把冷气的
喷嘴对准
我的太阳穴。后来
对准我的两腿间。
好像早期圣徒放射的光芒。

这飞机以为它是
一架客机，
但它是轰炸机：
我是一颗炸弹。

2

我在垂死之际
周游世界。
恐惧和希望的反射
把我从一国
运往另一国。

除了巨大的厌倦，
我与下面的海洋毫无
共同之处。厌倦
它现在这样子，

我现在这样子。

阿庇亚安提卡大道 ①

从罗马出发的大路下面，
在那些墓穴里他们在说什么？
他们在说：我们当中有一个正路过，
他被多准了几天活在世上。
他那回响的脚步声是那些闹钟之一
在上面度量着我们的时间，我们的心跳。
（冰镇水果）
他从圣塞巴斯蒂安之门到来；
风把死者的语言翻译成他自己的语言。
他行走时，他的影子瘫倒在墓碑上。
他的影子悄悄溜过禁园的花格子。
他浪费了成为一棵柏树的最后机会。
他注定怎么来怎么回，他注定开口就撒谎，
以至于像我们现在这样沉默。他注定是为不会存在者来的。

这些是对死者充满善意的日子；
这些死者并不想要。
如同在上次天气预报结束之后的片刻，
一声柔和的呼啸在空中短暂地持续。
在那之后，静寂。

---

① "Via Appia Antica"，系连接罗马和东南部港口城市布林迪西
（Brindisi）的一条石铺直道，由罗马共和国执政官阿庇乌斯·克
劳狄乌斯·凯库斯（Appius Claudius Caecus）于公元前 312 年
委托建造。沿路地下有大量墓葬，其中有基督教圣徒塞巴斯蒂
安之墓，今古迹犹存，为意大利著名游览胜地。

穿　线

彼此相爱如此开始：耐心地
将寂寞穿入寂寞，
我们的手颤抖而精细。

对往昔的渴念赋予我们的眼睛
以双重的保险，对于不会改变的
和无法回到的事物。

但是心在它的一次侵袭中
必须杀死我们中的一个，
不是你——就是我，
当它空手回来时，
就像该隐，一把旷野中返回的飞去来镖。

海顿作品 76 号第 5 首

你没有死，我没有死：
我们没有遵守二十五年前
彼此许下的诺言。月亮
依然有好脸或坏脸。
国王穿行过不再存在的王国。
许多呼吸，有长有短。
不曾让人流泪的烟，因为飘得高。
两三次战争。我们
那时说过的话到达这里，
徒然等待，碎成齑粉。

似乎我们那时听的音乐
是一直没有停息的大恐惧——
四分之一世纪的恐惧害怕，不是连续不断的——
之前最后的宁静音乐。

有着圆形池水的
那一夜的残留
像音乐唱片一样旋转。
也许像人离去之后
留存的生命：
温暖的炉灶，更暖些的床褥。

我的不信经

冬天，我亲爱的平生第一次见到雪的
时候，我告诉她我不相信的是什么。
屋内，他们争论上帝还活着还是死了。
她身穿棕色皮草；她是上帝的一只
动物；外面，是雪。
我在清晨醒来，为她的罪而吻她，
发出亲吻的声音，啜着热饮。
可是我内心有一种巨大的不安。
在报纸上，我看到一张人们跳舞的照片。
这是个人们在其中跳舞的世界。我的灵魂
奇迹般地依然站立着，就像比萨斜塔：我的肉体
就好像一群旅游者围绕着它。
阳光落下，横贯已典当给了魔鬼的桌面，
地面不平整，即便如此，

我仍然对我童年的神表示善意。
在对生活的厌倦中，我已经变成了
语言障碍：对于祂来说，
很难赞美祂在我内心的世界。

在外国

在外国你必须爱
一个历史学生。
你跟她躺在
这些山丘脚下
这草丛中，
在呻吟和尖叫之间，
她给你讲过去的事。
"爱是件严肃的事。"
我从未见过动物大笑。

结　婚

有哭泣七天
七夜的快乐。有
一场婚礼其中新娘和新郎
相距甚远，
婚纱不足以把他们一同
覆盖。圣殿拉比的嗓音
和"你是"的声音
将消失在荒漠之中。
你，你，你，你，你你，
好像机关枪的点射，
在战斗开始或结束时。

有一场婚礼对你来说是夜晚，
对我来说是白天。你的白天越来越长，
我的白天越来越短。为我们主婚的拉比
在这里绝望了又到那里赞美。
这样更安全。

在纽约的可怕日子

我来是因为他们告诉我：
纽约是个离婚的好地方，
可以跟从前的我离婚。
这里交通快，法庭
办事快，遗忘最快。

纪念的节日对我来说将是遗忘的节日；
甚至在发誓之前
我就想解除我所有的誓言，
不像一个诗人，如弗罗斯特 ①，
他在雪中的森林里知道
他愿意履行他所有的誓言。

就这样我将到达赎罪日，
双拳捶胸，节奏
如擂鼓，为一桩永远
不得伴舞的罪。

---

① 　罗伯特·弗罗斯特（Robert Frost，1874~1963），系美国诗人。
名作有《雪夜林边小驻》（*Stopping by Woods on a Snowy Evening*）等。

我三次来到罗马

我三次来到罗马，
我的问题越来越
纠缠不清。这一次
我们实际上是滚进来的，
就像摔跤手彼此缠抱着，
我和我的问题：食肉猛兽、
网子和叉子、锋利的剑、
早期基督徒、带缺口的剑，
在地下墓穴里磕磕绊绊，
从发呼哨声的提图斯凯旋门上浮现。
这些我都没有看见，我和我的问题。
我本可以待在耶路撒冷的。

我三次来到罗马。这一次
更多荣耀，更多痛苦，
更多意大利语词句——
不只是：火车在哪儿？多少钱？

四周的城门都朝着死亡敞开。
甚至我喜爱的
圣塞巴斯弟盎门 ①。

---

①　系罗马奥勒良城墙保存最完好也是最壮观的城门。

假如我忘记你，耶路撒冷 ①

假如我忘记你，耶路撒冷，
那么让我的右侧被忘记。
让我的右侧被忘记，让我的左侧记忆。
让我的左侧记忆，你的右侧关闭，
你的嘴张开在城门附近。

我将记住耶路撒冷
而遗忘森林——我的爱人将记得，
将散开她的头发，将关闭我的窗户，
将忘记我的右侧，
将忘记我的左侧。

如果西风不来临
我将永不宽恕城墙，
或大海，或我自己。
假如我的右侧将被遗忘，
我的左侧将宽恕，
我将忘记所有的水，
我将忘记我的母亲。

假如我忘记你，耶路撒冷，

① 此处系阿米亥化用《塔纳赫·诗篇》第 137 篇第 5~6 节中的
"耶路撒冷啊，我若忘记你，情愿我的右手忘记技巧！我若不
记念你，若不看耶路撒冷过于我所最喜乐的，情愿我的舌头贴
于上膛！"句起兴。

就让我的血被忘记。
我将触摸你的额头，
忘记我自己的；
我的嗓音
第二次也是最后一次
变成最可怕的声音——
或沉默。

沿哈得孙河之歌

1

沿着哈得孙河的贸易之路
和昔日军队的行动。康沃利斯将军 [1]
出发到南方去镇压一场骚乱，
这事后来成了历史。
他当时并不知道，但他
在篝火前脸红红地感到
我会在多年以后路过，
看这种行动
和道路的无用。

2

我和友人沿河散步。
他收集河水冲到
岸上的彩色玻璃。
在一个不会回归的日子，
我们走在一条我永远不会再走的小路上。
他给我讲他曾去过的瓜达卢佩 [2]，

---

[1]　查尔斯·康沃利斯（Charles Cornwallis，1738~1805），系英国贵族，在北美殖民地任行政官兼英军将领。他在美国独立战争期间曾对南方诸殖民地采取大规模军事行动，最终战败投降。

[2]　"Guadalupe"义为"狼河"，系巴西皮奥伊州一市镇。墨西哥西海岸太平洋中有一岛屿亦名"瓜达卢佩"。

那地方我永远也不会看到。
"停！停！"距离太远。

3

像河岸与河水相接触那样永远相联系。
有沙被水浸湿，有水
被沙弄脏。
但它们永远不是一体。

4

只有我们走在水边的声音
留存在此时。其他一切，
头、腿、梦、夜，
都已卖给过去，借给未来，
当给别的地方了。

5

如果他们问我关于外国
地方的问题我已经能够回答。我已经了解
它们，我已经干预
与我无关的事情。
该走的时间到了。我问为了
建立新的联系或发现更多地方
是否讲得通。我推迟了航班，
要看在冬天发黑的树林里

萌生些许绿意。
我看见凭颧骨和大腿骨
保持身体挺拔
高大的女人。柔软的花园附近美丽严厉的女人。
我看见了这一切，现在我必须走了。

打开的橱柜令人悲伤

打开的橱柜令人悲伤，
你放内衣的抽屉
像色彩缤纷的季节。
我的祷告令人悲伤。我的钱令人悲伤。
我的谎言令人悲伤，
把我与我的悲伤分开。

松树的枝条来回
摇晃着风。
在午后的时辰，我们说什么来着？
话语的结构像一座祷告堂，
高高的。一个回音的穹顶。在傍晚
我们说了些什么，你的脸在我两腿间，
我的脸在你两腿间，脸对脸，
用一种超越一切言语的语言？

没有未来的人们喜爱

没有未来的人们喜爱
没有过去的人们。他们狭路相逢。
他们越是接近死亡，
就变得越是大胆英勇。
在房屋和花园里，在掠过的窗前，
距离被打包收拾好。你旅行的时候，
有意无意，你会听见别人的谈话。
你并不想知道有关手表的什么事，
那使你忘记时间。有意无意，你听见，
有意无意，你活着。蕴藏在你心中的
一股巨大的愤怒变成了旅途中
催眠的轰轰声。古往今来，现在
我生活在其中时，
上帝离开了这个国度。
你一件事也无法改变。
你想到旅行及其装备，
想到精巧的手指，制造着
仪器和工具，用轻金属为一次轻别离
制造着飞机。你想到旅行，
不是逃跑的也不是快乐的，而是
别人的，就像石头想到
鸟儿旅行的冲动，
它们内心也有。
没有妒忌，没有渴望，只有我的眼睛、
血管、头发、旅行装备

和空旷大厅里火车的巨大心跳声。

在屋里

我喝果汁
但我从未见过水果生长
或被压榨。

孤女们在路上压低声音
说着意第绪语。
一座烤好的山在远处闪着光。
橄榄山上一座白塔
像根手指，警告着死海不要前来。
老城来到我窗前，
像一匹好马想喝水和被抚摸。

屋里有房事。她尖叫似母鸡、
母驴、母狮。
三角毛与三角毛相遇，
就像两个仆人留在门口，
当主人在红房子里会面时。

"我很久没有这样安静过。"花园
从后门戳入。
寂静，寂静的癌肿。

第一场雨

第一场雨提醒我
夏季尘土扬起。
那雨不记得去年的雨。
一年是一头没有记性的牲口。

不久你又会穿上你的吊带，
美丽带刺绣的，以吊住
透明丝袜：你
集母马和套马者于一身。

在丝袜所止之处，
柔软肌肤的白色恐怖，
突然幻视看见
古代圣人的恐怖。

亚革悉篇

此刻在风暴中

此刻在宁静前的风暴中
我可以告诉你
在风暴前的宁静中我没有说的话，
因为当时他们会听见，发现我们的藏身之地。

我们仅仅是狂风中的邻居，
被来自美索不达米亚的古老的沙漠热风吹到一起来。
我血脉之王国的末世先知
朝你肉体的天穹之中预言。

这天气对我们和对心来说很好，
太阳的肌肉在我们体内鼓起，在情感的
奥林匹克运动会上，在成千上万观众的脸上金色灿烂，
好让我们认识，留下，将会重新有云。

瞧，我们相遇在一个受保护的地方，在历史
开始升起的拐角处，安静
且安全，远离一切匆匆的事件。
那声音开始在夜晚讲故事，在孩子们的床边。

现在对于考古学来说还太早，
要修复已被破坏的东西却太迟。
夏天将来临，硬底凉鞋的嘚嘚声
将沉入松软的沙中，永远。

间　谍

许多年以前
我被派遣
去侦察
三十岁以外的国土。

我留在了那里，
不再回到我的派遣者那儿，
以便不必被迫
报告
这片国土的情况

和被迫
撒谎。

他们对我们说了谎

他们对我们说了谎。
他们对我们讲：我们必将死去，在战争中被抹掉。
从此我一直记得，他们说：我们的血必将流洒。
我们又吃又喝，第二天没死；
我们挥霍了我们积攒的一切，例如花呀，草呀……

今年夏天，有时我想，
你对我讲，"我只给你一个夜晚"
是什么意思。你是认为
我们一生所有日子都是夜晚，夜晚，
还是出于巨大的恐惧才这么说的？

他们对我们说了谎。我给我的学生讲了
我老师教给我的一切。我给他们讲得很快，
好在最终我可以自由自在。
他们对我们说了谎：
未流洒的血
比已流洒的
尖叫得声更大。

现在去把

现在去把
我们之间的话语
"没有你我活不了"
劈成尖刺，
一根一根扎进
对方心里：
没
有
你
我
活不了。
活。
不。

一个人改变时

一个人改变时，他就总会
是个失败者——就连没有死的人
也会死——他的遗骨将被从一处
迁移到另一处，而不会复活。

一个人改变时，他的儿子会问：
"昨晚是谁睡在这里？"
他的眼泪将向内流，永不会干；
他的皮肉将在他的骨头流浪
之前流浪；他的睡眠
将散布在众多遥远的国度。

一个人改变时，你看不见他的脸。
他就像上帝：他没有
具体的实相。认识他的人
将穿透他而过。他还不如
一面镜子，一扇窗户。

他将写信，却没人读，
并让他的照片永远加印；他将
定做皮鞋但不取货；他将把大衣
忘在陌生人的衣橱里。

他将把他的遗体留给他们，
好让他们至少

了解一些他的情况。

家　人

我看见一个老头儿。他年轻时
爱过我岳母。他本可以成为
我孩子的外祖父。我岳母
现在不再是我岳母。我妻子不是我妻子。
可是我儿子，是我儿子，我儿子。

从前在喜棚下为我们主婚的拉比
如今在一个我们都不认识的
人的墓前说赞辞。很久以后，
在电话簿里我偶然看见
我的名字。我现在不住在那儿。我不是我。

我的名字和地址像一本旧书里的词句。
可是我父母的名字总是
在我虚弱的时候找到我。

我发出在广播里
不变的声音。这就是我将要说的全部。

要在这美丽世界里纠缠不清！
要在一年之内换四次住处；
要不被需要，不被冲掉，
与我灵魂的十个殉道者一起
在慢性死亡的可怖激流中。

可是我儿子，是我儿子。我的死亡，是我的死亡。

无论我到哪里，我都带他一起去。

放开她

快放开她。
张开你的手，抓满
将永不再触碰她大腿的东西的手。
放开她。对什么？准备。为什么？
给她解释应有的权利和云。
她对于你曾是个算命者——算未来和过去，
还是神兽的驯化者，
秘密的破解者——
破解性器天使神圣的做爱苦工之谜，
上帝之犬——他的愤怒和母狗。

在她的酣眠中她准备着，在她的窗户里
那两位的注视陈设如灯盏，永远。
曾经和将不会存在的，她的行走，她鬈曲的头发，
疯野、光脚的童年。树丛的女儿。放开
她。你自己现在进入那树丛，
像那四贤哲 ① 一样。独自。放开她。现在
你变成了另一人，你无法退转。

---

① 　据《巴比伦塔木德》及其注疏《托萨佛特》，在《密释纳》时
期（公元 1 世纪），传说有四位犹太拉比通过修习冥想进入了
伊甸乐园。其一因目睹上帝真容而死；其二受伤或发疯，意味
着失去了圣性；其三砍伐了其中植物，意味着成为持异端者；
其四平安入出，成为一代拉比领袖。

布拉茨拉夫的拿赫曼拉比

布拉茨拉夫的拿赫曼拉比 ①
在伊斯坦布尔
施展奇技。微光中的
拜占庭技艺。一幅上千种沙哑颜色拼成的
发出叹息声的镶嵌画。

拿赫曼拉比干完后来到以色列地，
没有停留。
我在耶路撒冷干。
沉默最好。

他长着一副长胡子，凭借它，
他的哈西德知道风在哪个方向吹。
荆棘的种子在春天飞，
带小小白色降落伞的蒲公英的种子。

他留着鬓边发卷 ②，
揪着它们，上帝把他拽出一切罪恶。
我没有。

---

① 布拉茨拉夫的拿赫曼拉比（Rabbi Nachman of Bratslav，1772~
1810），系犹太教哲学家、虔敬派运动的著名领袖之一，以及
布拉茨拉夫虔敬派运动的创始人。
② 系虔敬派犹太教徒的标志之一。

旅游者

她给我看她的头发转向
她来处的四面来风。
我给她看我折叠人生的一些方式、
技巧和机关。
她问我所住街道和房子，
我放声大笑。
她给我看这长夜
和她三十年的内部。
我给她看我从前佩戴
经文护符匣的地方。

我带给她箴言、经文、来自以拉他①的彩色沙子、
"摩西五经"之赐、我死亡的吗哪②、在我心中没有疗效的
一切神迹。

她向我逐步展示欢乐的
境界和她童年的回归。
我向她揭示大卫王并没有葬在他的陵墓里，
我并没有活在我的人生里。
她相信我。

---

①　系《塔纳赫》中提到的古城名，即今以色列最南端港城埃拉特
（Eilat）。

②　系古以色列人逃出埃及后在旷野里吃的神赐食物。（事见《塔
纳赫·出埃及记》第 16 章第 13~35 节）

我在沉思的时候，她吃东西。
桌上摊着这城市的地图：
她一只手掌在卡塔蒙①，
我的手掌在她的上面。
杯子盖住了老城。
烟灰落在了大卫王宾馆上。
我们祖先的痛苦遮护了我们。
古老的哭泣解开了我们的裤裆。

---

① "Katamon"，系希伯来语音译，义为"修道院之下"，是耶路撒冷市中南部一社区，地标建筑之一是圣西蒙修道院（San Simon Monastery）。

亚革悉^①诗篇（选二十二）

1

在海边磕破了，
我的头是个破罐头。
海水灌进来，
又渗漏出去。

在海边磕破了。
哀歌，我的巢之歌。
礁石唇上的泡沫。
海有狂犬病；
它有狂海病。
比狗还狂；
比海还海。

在海边磕破了，
我的巢之歌，哀歌。

2

古代石磨盘的两扇被分开
陈列，下面的一扇，上面的一扇，

---

① 　系以色列北部地中海沿岸一古迹，为公元前 20 世纪的一座迦
　　南古城遗址所在地，现被辟为国家公园。

在村子的两头。
出于深深的渴慕，
它们继续在它们之间研磨
恋人的时光。

沙滩上赤裸的人们谈论
政治问题。可笑！
远处，小堆衣物。
鸟儿在一个岛上锐鸣。粉红的屁股
和肌肉好像睡觉的鱼。你赤裸时
哪怕问"几点了"
都是可笑的。你左腕上一圈白肤色。
更好的对话：
"对"，她说。"话"，他说，
对，对，对，话，话。

我们的朋友在金雀花
丛中打字。被花枝掩蔽起来。
嘀，嗒，对，对，对，话。

3

整夜你都醒着躺着。
有一阵不同的风，
有一阵像你的风。
月光
给墙上
又盖了一层屋顶。

"钥匙在大门口的石头下面。"
早晨我们将看到你身体的轮廓
被地板上的烟蒂
所标记。

4

这一夜之后，
你的绿色眼睛
为我的棕色眼睛
变蓝。

皱纹出现在床单上；
不是由于年老。

5

仲夏，在亚革悉附近的
水上，我忽然听到
"岁月的磐石出租我们的歌"，一段关于雪
和光明节的旋律。

童年时，我在马加比家族在雪
和森林中战斗的地方。但在那时
那声音就已准备跃入
我现在的时代。忽然，
在水上，我背后，我听到：
岁月的磐石。遮护的塔楼。赞美。

6

许多旁观者拥挤
在沙滩上海草覆盖的
死去的话语"我们曾经相爱"周围。

到了夜里，我们听见海浪的
证言一个接一个到来，
讲述事情发生的经过。

7

收集海浪者收集目光，
收集磨难者收集盐，
收集睡眠者收集蠕虫，
收集悲伤者在夜里歌唱，收集
贝壳，收集沙子，沙子，一切。

这意味着——活下去。
我们的生命是什么：几厘米的
疯狂和里面的硬骨架
与外面的硬空气之间的软皮肉。

8

我的朋友曾看到群马在阿卡①

① "Acre"，系以色列北部加利利以西城市，古称"亚柯（Akko）"，
是持续有人类居住的最古老城市之一。

海滨洗澡。他看到，我感到
群马奔腾。第三天和第四天
我们在沙滩上寻找什么，
我们寻找什么？
轻轻一口气我吹灭你的右耳。
轻轻一口气我吹灭你的左耳。
轻轻几口气在你两耳中
我吹旺你的欲望。一场
对我们的强大入侵
开始了。我们脉动的、纠缠的
身体见证了这场斗争的艰巨。徒然。

9

把你的哭泣拴在锁链中，
并和我一起待在里面。

在半毁的房子里
只有灯光活着。
从黑暗中，他们为最后的晚餐
制造精美的银器。

一条鱼的嘴，我的嘴
和一条鱼的嘴，你的乳头
加入了夜晚。
然后，有月亮的夜
比赎罪日还白。
你的哭泣扯断了锁链。

逃得远远的。

10

在沙滩上，我们是一只双头刻尔柏洛斯[①]，
露着牙齿。中午，
你的一条腿在东，一条腿在西；
我在中间，前腿据地，
警惕地朝两边顾盼，凶狠地吠叫着，
以防他们抢走我的猎物。

你是谁？
一个来自流散地的犹太小男孩，
头戴小圆帽。从那里。从那时。

夜里，我们在一起，没有
沉重的记忆，没有黏糊糊的感情。只有
肌肉的收紧和放松。

离这里很远，在时光的另一个大陆，
你可以清楚地看见我童年时代已故的拉比们，
他们头上高举着
墓碑。他们的灵魂绑在我生命的纽带上。
我的上帝，我的上帝，
你为什么不抛弃我！？

---

① 系古希腊神话中看守冥界入口的恶犬，有 3 个头，另说有 50 个头。

11

用哥伦布那样大胆的眼光，
我透过挂在窗前的毛巾
凝望。太阳正落
入一袭红裙。
四条船在一方头巾后面
从傍晚驶向傍晚。
餐桌上小盐瓶里的盐
和屋外，世上所有的盐。

七条有褶的裤衩
散布在你床上，用于我们
在这里的七天。好像
七种颜色的
七朵枯萎的玫瑰。

12

连体泳衣：
人声嘈杂。
翻筋斗杂耍。
我在你身上拍巴掌，
雷鸣般的掌声。

干法和湿法
在艰难的渴望中
摧毁彼此。

血管的岔路。
青的假装是粉红的。
我将活在你的脚踝中。
我的那话儿极其肃穆地站起，
仿佛立正。

我将把你留在海边，
直到你的红头发变绿，
直到我的黑皮包盖满青苔，
像一艘沉没已久的轮船。
我将从你深处拽出尖叫来，
以补偿我抛洒的所有沉默。
报复。
上帝。

13

分体泳衣。
两小片
泳衣。
泳
衣。
海。

14

亚革悉，流淌的果汁，

流淌的黄金，

光屁股，

可是，可是。

不久，被遗弃的村庄

将被我们再度

遗弃。可是你，

棕发，白肤，

碧眼；可是这儿，

在亚革悉，所有的红

从你体内进出，

显示：你是那

三十六位隐藏的红色圣人之一。

你大腿间的苔藓，

红的，

像以扫。

15

提罗之梯①，淫欲的梯子，

通往以利②家房顶的梯子。少女们

上上下下，带着席子和绳子，

要晾干的长发和内衣。洗衣的

叫喊声。笑声的湿晾不干。

---

① 　"Ladder of Tyre"，系《巴比伦塔木德》等犹太经典中提到的一
处宽广而陡峭的岬角，距亚革悉不远。

② 　系古以色列祭司，因不能管束两个儿子作恶而被雅赫维毁灭全
家。（事见《塔纳赫·撒母耳记上》第 1~4 章）

少女们上上下下那梯子。

你可以看见她的灵魂：
黑色细网造就。
你可以看见她的粉红内衣，
精致的蕾丝镶边。你可以看见她，
看见她，看见她。

16

风，你是多大的
浪费啊。把沙吹向沙，
把我吹向你，把气味吹向气味。
风，多大的浪费！

云，多大的浪费，
不下雨，只是为我们
改变一点加利利西部的
颜色。
我的生命，这是多大的
浪费。只为这几天。在这里。

17

我斜躺着
看待你的阴户
像看待一张脸。
我说着她那古老的语言。

她有皱纹，是用比书里记载的
所有世代的记忆都古老的材料造成的

她看待我们
像看待玩耍着的
远房重孙。

18

昨夜窗前，
窗外窗内。七点，
九点，十点。十一点：
月光
把我们的身体变成了手术刀，
在罪恶中坚硬而闪亮。
又一个钟点，一点，两点，三点，
五点：在初现的晨光中，
你的身体仿佛裹在它的
血管之网中，像一张被单
在夜间飘落，挂在
窗前一棵枯树的
枝丫中间。

19

在那废弃的房屋里
住着矮桎柳、薄荷
和鼠尾草。我们在午后

将拜访它们，跟它们坐在一起，
跟它们一起窸窣作响，散发出香味。

你的腰胯间一道浅红线，
一条橡皮筋的记忆，
就像沙滩上一条线随海浪消失，
我们将知道：
我们在这里的日子成熟了。

20

做女人是怎样的感觉？
在夏天，在风中，
感觉你双腿间的空虚
和裙子里的异样，
以及你屁股的无耻是怎样的感觉？

男人不得不一辈子带着双腿间
那奇怪的袋子。"你想把它
搁哪儿？"裁缝量着我的裤子问
并不笑。

一嗓子不间断是怎样的感觉？
穿了又脱，
滑、溜、轻抚，
像抹着橄榄油，
用柔软的布料，丝滑的东西
包裹你的身体，嘟囔着粉红或蓝色胡话是怎样的感觉？

男人穿衣动作粗鲁，
系扣，硬拽，
棱角，骨感，拳击空气。
风缠绕在他的髭须上。

摸女人是怎样的感觉？
你的身体梦想你。
爱我是怎样的感觉？
我男性体内女人的留痕
和你体内男性的遗迹
预示着等待
我们的地狱
和我们共同的死亡。

21

如果渴念始于
这海滨这些房屋中间，
我们将在远方。

我心里的哭丧女人
开始得太早——我还在这里——
哀悼，撕扯我的血和海沙
及海草；把她们的拳头砰砰砸在石头、
沙子、你的胸膛上。

海水从我的脸上退去。

我的脸好像海床：干涸，
上面有沟壑、礁石、厉风。
如是我成熟，
对那柔软碧绿的海的记忆依然在我脸上。

22

这些天之后，我对你所知
不多。棕榈树朝东弯曲，
即使没有西风。一条白船
沿岸驶过，像上帝的
手指般坚实而清晰。我正在
亚革悉，在沙上写的遗嘱
与我在耶路撒冷写的遗嘱不同。

埋葬在丘冢地层中的
儿童的声音在这个世纪中午
这个时分传到我们耳中。他们没有
停止玩耍。

那白色的、风雨剥蚀的甲板永远不再
会回到船上，一块岩石永远不会
由砸碎的砾石造就。这扯破了
我的灵魂，一如曾被先知们扯破；在剧痛的
裂口中，人就成了先知。
这是为遗忘和预言提供的风景。
从今往后，我们将寻找有别的景致的
窗口。我们将从一个窗口到另一窗口，从一个壁龛到另一壁

　　凫漫游。

废弃船只的锚不久将
装饰屋宅和庭院。我们的心将只是一颗
悬挂在梦想和血液中的护身符。

两首四行诗

1

有一回我逃脱了，但我不记得为什么或从哪一位上帝那里，
我将因此穿行于我的生命之中，就像约拿在他那黑暗的鱼腹
　　中，
我们之间已经商定，我和那鱼，我们都处于世界的肠胃中，
我将不出来，他将不消化我。

2

最后的雨降临于一个温暖的夜晚，清晨时分我的灾难盛开。
赛跑结束了。谁是第一，谁是第二？
死后我们可以玩耍：我将成为你，你——是我，
在死了的月亮里，在回归的古老时代，在我窗前的树丛中。

两首和平之歌

1

我俯向他，我的儿子散发着和平的气味。
那不仅仅是香皂味儿。
每个人都曾经是散发着和平气味的孩子。
（而在整个国土没有一架转动着的风车。）

呵，撕裂的国土，像撕裂的衣裳
无法修补；
希伯伦 ① 的墓中僵硬、寂寞的先人们
躺在没有孩子的静寂中。

我的儿子散发着和平的气味。
他母亲的子宫
应许给他
上帝所不能应许给我们的东西。

2

我的爱人不曾经历战争。
她从我一分为二、为三的身体上

---

①　系犹太教四大圣城之一，位于犹大山区南部，为犹太人三代初
　　祖亚伯拉罕、以撒和雅各夫妇墓葬所在地。1929 年夏，此地首
　　次爆发阿拉伯人与犹太人居民之间的冲突。

学到爱和历史。
在夜里。
我的身体使战斗变成和平时，
她被弄糊涂了。
她的困惑即她的爱。即她的学识。
她的战争和她的和平，她的梦。

我如今已人到中年。
这时候该开始收集
种种事实，许多细节，
和精确的地图——
关于一个我们将永不占领的国土
和一个我们将永不跨越其边界的
敌人兼恋人。

他们叫我

下面的出租车
和上面的天使
都不耐烦。
他们同时
叫我，
声音可怕。

我就来，我
就来，
我就下来，
我就上来！

.

本卷诗集为

《并非为了回忆的缘故》（1971）

《这一切背后隐藏着巨大的幸福》（1973）

《时间》（1977）

《大宁静：有问有答》（1980）

yelu da hui dai

יהודה עמיחי שירים

耶胡达·阿米亥
诗集

百年诞辰纪念增订版

作者 〔以色列〕耶胡达·阿米亥
יהודה עמיחי

译者 傅 浩

Yehuda Amichai
1924-2000

中卷 ————

社会科学文献出版社
SOCIAL SCIENCES ACADEMIC PRESS (CHINA)

作者简介

耶胡达·阿米亥，1924 年生于德国维尔茨堡，13 岁随家人移民巴勒斯坦地区，现代希伯来语第三代诗人，"独立战争一代"代表人物，以色列最具国际影响力的诗人。他曾先后参加第二次世界大战、以色列独立战争等，于1948 年开始创作诗歌，并于 1955 年出版第一本诗集《此时和别的日子里》。阿米亥曾多次获得诗歌大奖，如"史隆斯基奖"（1958）、"布伦纳奖"（1969）和"比亚利克奖"（1976），以及以色列最高荣誉"以色列奖"（1982）。其作品融合爱情与战争、个人与民族、日常与神性，富于幽默和智慧，具有极强的可读性，已被译入包括中文在内的 40 多种语言。据说以色列士兵服兵役，有两样必不可少的装备，一是随身行李，二是"阿米亥诗集"。1993 年初，阿米亥曾访问中国。2000 年 9 月 22 日，阿米亥在耶路撒冷去世，享年 76 岁。

译者简介

傅浩，中国社会科学院外国文学研究所荣休研究员、博士生导师，中国翻译协会"资深翻译家"，诗人，曾获梁实秋文学奖、袁可嘉诗歌奖等。译有《叶芝诗集》、《威廉·卡洛斯·威廉斯诗集》、《约翰·但恩诗集》、《英诗华章》以及《阿摩卢百咏》等。

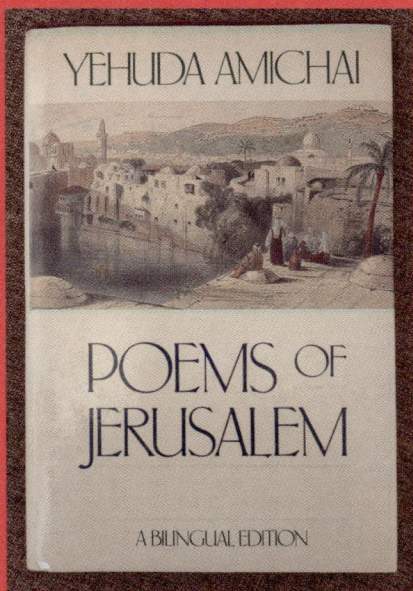

阿米亥赠傅浩的希、英双语诗集《耶路撒冷诗篇》

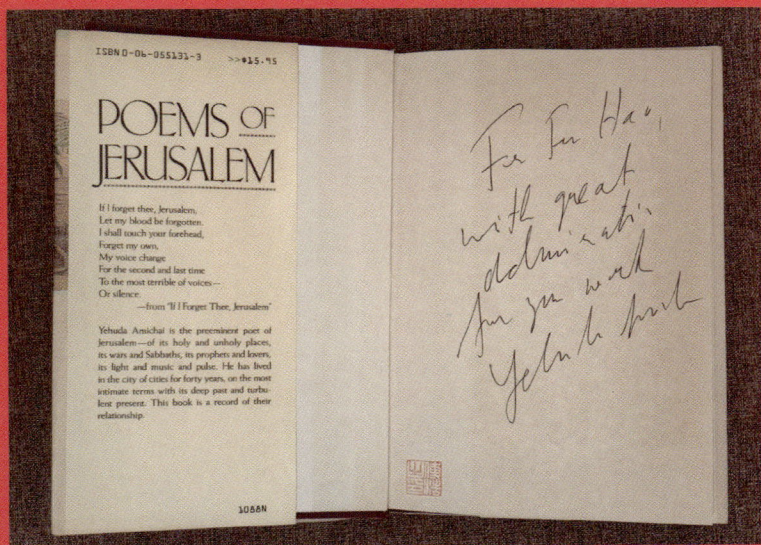

阿米亥在赠傅浩的希、英双语诗集《耶路撒冷诗篇》上的题字

阿米亥赠傅浩的诗集英译本《时间》

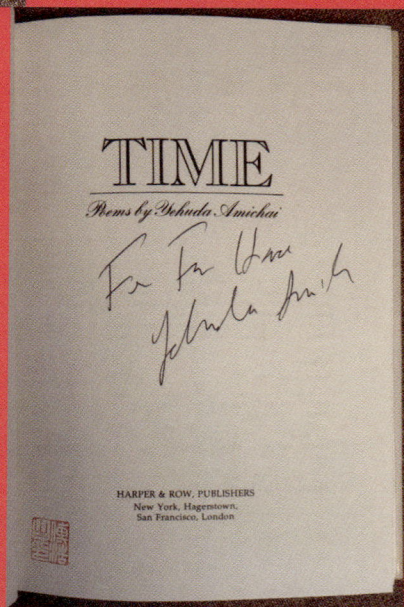

阿米亥在赠傅浩的诗集《时间》上的签名

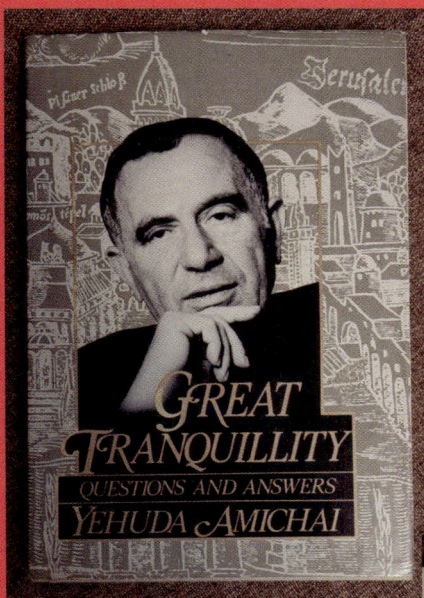

阿米亥赠傅浩的诗集英译本
《大宁静：有问有答》

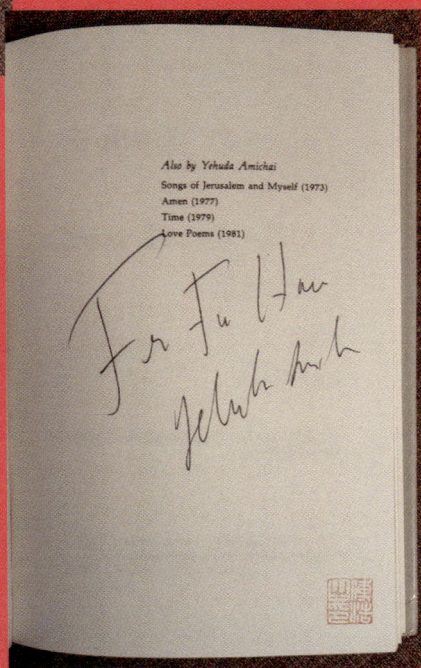

阿米亥在赠傅浩的诗集
《大宁静：有问有答》上的签名

阿米亥夫人赠傅浩的
阿米亥希伯来语诗集《诗 1948～1962》

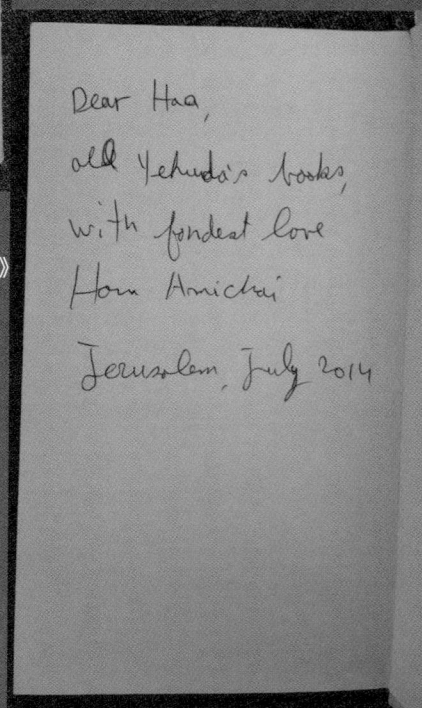

阿米亥夫人在所赠
阿米亥诗集《诗 1948～1962》上的题字

目　录

诗 1948~1962（1962） / 0127

中　卷

下 卷

并非为了回忆的缘故

（1971）

第一辑

刚才谁在那儿？

在入夜后这些时刻：
不再有话语，
只有经线，地图
上的线，
一些数字。
连这也没有。

大门这里：
我从不把寂寞
想象成大门：
我想
一堵墙。

我内心里哨兵的吆喝：
站住！
谁在那儿？

刚才谁在那儿？

而不是词语

我的爱人有一件很长的白色
睡衣，不眠之衣，婚礼之衣。
晚上她坐在小桌前，
把一把梳子、两只小瓶子和一把刷子
放在上面，而不是词语。
从她的头发深处她钓出许多发卡
并把它们衔在嘴里，而不是词语。

我弄乱她，她梳理好。
我又弄乱。还剩下什么？
她入睡而不是词语；
她的睡眠已经认识我，
摇摆着她毛茸茸的梦。
她的小腹容易吸收
所有关于世界末日的
愤怒预言。

我叫醒她：我们
是一场艰难之爱的器具。

以色列地的犹太人

我们总在忘记我们来自哪里。我们来自
流散地的犹太姓名暴露了我们，引起
有关花朵和果实、中古城市、各种金属、
变成石头的骑士、许多玫瑰、
气味早已挥发了的香料、宝石、大量红酒、
早已从世上消失了的手工艺品
（手也消失了）的记忆。

割礼很疼。
犹如在"摩西五经"中，示剑和雅各的儿子们的故事，①
我们终生都负痛。

我们带着这疼痛回来，在这里干什么？
我们的渴望与沼泽一起干涸；
我们的沙漠开花；我们的孩子美丽。
就连途中沉没的船只残骸
也抵达此岸。
就连风也是。不是所有的帆。

这黑暗的土地抛下
黄色的阴影，刺割我们的眼，

---

①　迦南地主的儿子示剑强奸了雅各的女儿底拿，并要娶她为妻。
雅各的儿子西缅和利未诓骗示剑及其族人接受割礼，作为娶
犹太女子的条件，趁其疼痛时尽杀其人，并洗劫其城。（事
见《塔纳赫·创世记》第 34 章）

我们在这儿干什么？
（甚至在四五十年之后，还不时
有人说："这太阳要杀了我。"）

我们用我们迷雾似的灵魂、我们的姓名、
我们森林似的眼睛、我们美丽的孩子、
我们快速流动的血液在干什么？

迸溅的鲜血不是树根，
却是人类所拥有的
与根最近似的东西。

生　日

发展。
发展的四十五年。

已经有一种饮料或菜肴
近似我的名字。
侍者呼叫时，
我抬起头。

窄巷中有人
叫喊"让开"，目标
只针对我。

发展，
不断地展开，直到死亡。
但我小小的、老派的灵魂
很顽固：
"我一片也不会出卖"，
他们在反对我的审判中永远不会赢，
他们将不得不在我周围
和我之上颤抖的桥梁上铺路。

耶路撒冷的自杀企图

眼泪在这里不会软化
眼睛。只会磨快
磨光坚硬的脸颊，像磨刀石。

耶路撒冷的自杀企图。
她在埃波月初九又尝试了一回，
她用红火，
用风中白尘缓慢的朽坏
尝试。她永远不会成功，
但她会一遍又一遍尝试。

你将会说

我们的日子犹如在古代，在古代，
塔楼中间的光如此感叹。

低垂的云快速地飞，
我的朋友在上边。

声带脱离
喉咙，像敞开的竖琴般
怒吼。

光像眼睫毛一样搔弄
我的脸颊：（上帝）。

这是终结。什么？就这些？
我想再发出一声大笑，
再一次，以咽下啜泣。我的袖口
还没有干。

我的轻盈大门假装是城堡的
沉重大门。我轻轻碰一下
它就开了。你将会说。

大马士革门 ①

我忘了这条街道一个月前
是什么样子，但我一直记得它，
比如说，从十字军时代起。

（对不起，你掉了这个。这是你的吗？
这块石头？不是那块，那块是
九百年前掉落的。）

一座巨大的城门，它的脚下，
一扇城门的幼仔。
一个瞎眼的老人跪下去系
他小孙儿的鞋带。

（对不起，我在哪儿能找到公共
遗忘？）②

一个老了的童年——这就是我的成熟。
发高烧，"我所有日子的阵雨"，
如狄兰·托马斯 ③ 所说。那是高潮。

"在我们主的庭院里他们将蕃盛。"那些庭院

---

① 系耶路撒冷老城城门之一，在阿拉伯人聚居区内。
② "公共遗忘"是对"公共厕所"的戏仿。
③ 狄兰·托马斯（Dylan Thomas，1914~1953），系英国诗人。

是什么？
它们是什么样的？

大卫王宾馆 ^① 中的夏夜

五个人坐在阳台上。
他们的手像草一样沙沙响。
五个侍者服侍他们：
一个，脸像老城；
第二个，
在亮灯的角落里上帝用闪亮的金币
付酬给他的崇拜者。
五个侍者，
秋天变成新的一年时，
一个死亡将服侍他们。

可是情侣们在黑暗中躺在
彼此身边。盲目热风的手
触摸他们又缩回，
令他们困惑，用玻璃使笑声吃惊。

这里从来没有的水突然有了。
古老的沉思降落在墙上，
它们的旗帜沉重地飘摆，杯盘刀叉
丁当响，像准备杀戮的武器。

现在，一个缓慢的脚步走过厅堂，

---

① "King David Hotel"，系耶路撒冷最高档的宾馆，定位相当于北
京的北京饭店。

形状像一颗心，
声音是光脚且湿的。

在七十年代前夕

一个人死了，他的姓氏
像我出生
城市的名字。
我的童年就是如此
一次又一次死去。

现在我生活在耶路撒冷，
生活，生活，生活，
以一股静静的倔犟。

在七十年代，燃烧的十年
前夕，
我掇拾记忆如掇拾干枯的树枝、
荆棘和蓟草。

可是我出生于疯狂如火的二十年代，
只有一回，在逾越节的夜晚，我病了，
非常安静。

至于我的灵魂：
那道道褶皱一直存留着，
好像一封你不敢再度展开的
旧信上的褶皱。

这里。

对。
是从这里
开始撕开的。

我朋友的父亲

我看见了我朋友的父亲。
现在他不再在大街上
对自己大声说话。
一位公务员，退休了，在暮色里。

与他相比，布伯永远是个学生，
总是可爱地沉迷于辩论。
赫茨尔也是，倚靠着轮船的栏杆，
他那天真的胡须在热烈的对话中飘拂着。

"此生就是不断的
离家出走。"
我下过的所有
阶梯的总和
显然够我
升天用。

你回来了

你回来，不是出于自愿，
就像大海依照其规律。
希腊和塞浦路斯的海水还在你唇上。
布林迪西 ① 的海水
在你头发上尚未全干，在我身旁，
在这沙滩上，
它的最后记忆是最后的海浪。

在这里，死亡不是
那么深："你可以
站在里面。"

天空中的盐，我心中的平和。
这些日子是平静的，
海滨树枝交接。
海鸟降落到水中。
"在这季节里，他们有时
聚会，去他们
没有去过的地方。"

———————

① 　系意大利东南港口城市。

爱的胎盘

爱的胎盘：书信，
时间的计算，只是交谈。
我忘了那节日的名字，
天气温暖宜人，
我看见你飞了，不用神迹，
不用飞机。

别叫我们
再活一回。

关于我的住宅的修缮

有着一双见过科威特的黄金
和黑乳般石油的眼睛，
泰勒伯在干活，翻修我的住宅，
为了数千英镑，
他把这些换成第纳尔，然后
再换成他眼珠里的金子。

他掀起我那塌陷的屋顶。
像个优雅的网球运动员，他把石膏
挥向我房间的墙壁上，就这样改变了
我的传记。

他脚下似有弹簧，歇工后
他遍游老城。
一条甜美的、蜿蜒曲折的河流
流溢着深沉湛蓝的魅力，
仿佛长发中的丝带。泰勒伯
看见一位陌生女子浑身上下覆盖
金色的绒毛：一只制造阴影的
毛茸茸的异国走兽在小巷中跳舞。他看见
一个警察骑着一匹白马，
他胸前佩戴跳伞天使的双翼。

夏天是有福的，
斜坡上的青草被烧焦了。

烧燃，也是一种语言。

安息日前午后的欢爱

一个用安息日加爱拧成麻花的哈拉 [①]，
你和我。

在屋里，我用新鲜报纸手指
把你的皮肤抹黑。

你耳朵里听见一个曲调，
还听见
我的欲望残余的喃喃声，
像在烟灰缸里。

对你来说太阳太大了：
你将在眼睛上
戴上墨镜。

世人将看到你
比我还黑。

---

① "challah"，系一种编成麻花状的面食，以纪念犹太人在西乃旷
野流浪时的天赐神粮"吗哪"。

好时机

与新欢幽会的好
时机同样是
安放炸弹的好时机。

在季节与季节的
接合部，
在蓝色的心不在焉中，
卫兵换岗的一丝混乱，
在接缝处。

三条注疏

1

"你的名不再叫亚伯兰。"①
我是亚伯兰，从前是亚伯拉罕，
把 h 音归还给了他的上帝，
就像一个人骄傲地把勋章
归还给政府那样。

2

"保护以色列的，也不打盹也不睡觉。"②
我希望讲一些有关
上帝失眠的事情。
甚至白色的死人
也不会让祂打瞌睡。

3

"不要在我们年老的季节把我们抛在一边"，③ 而
要在我们年轻的季节把我们抛在一边。
抛掉我们，抬起我们，

---

① 见《塔纳赫·创世记》第 17 章第 5 节。
② 见《塔纳赫·诗篇》第 121 篇第 4 节。
③ 系犹太教赎罪日和新年期间悔罪祷文中的句子。

总是心怀爱意。

诗　篇

某个建筑承包商
骗了我的那一天的诗篇。一首赞美诗。
石膏从天花板坠落，墙壁生病，油漆
像嘴唇一样干裂。

我坐于其下的葡萄树，无花果树——
都是话语。树叶的沙沙声
造出上帝和正义的幻象。

我把干涩的目光
像面包一样蘸入死亡，把它泡软，
死亡永远在我面前的桌上。
我的生活早已
把我的人生变成了旋转门。
我想到那些人：他们洋洋得意，
把我远远甩在后面，
好像来自应许之地
晶莹饱满的葡萄，
被送到两人之间炫示，
还有那些人：他们也被送到
两人之间，非死即伤。一首诗篇。

我小时候在会堂唱诗班里唱歌，
一直唱到嗓子破。我唱
第一声部和第二声部。我要唱到

心破碎，第一颗心和第二颗心。

一首诗篇。

真实季节的爱

这个春天，
什么在生长，
什么在思想？

夜里有什么？你，夜里有你——
你的一个信号。

那声音是什么？你
透明的身体内管道中的血流
（你听得见）。

洗手，剪指甲。
大叫。无水干梳。
疼。
（"你想从我这儿得到什么？"）

说实话。
对，对，要昌盛繁茂！①
对，对。

---

① 　见《塔纳赫·创世记》第 9 章第 7 节："你们要生养众多，在地上
　　昌盛繁茂。"

遗弃的房屋

窗户填满了石头，
门像死尸一样抬走，
房屋内的门。

入口被木橡和铁丝网堵住。
铁链垂挂着，没有拴着狗和墙。

过去的将成为
另一人的未来，
就像旅店中的房间。

使 命

告诉他们不只是我，
还有别人。
事情发生了，
我什么也无法改变。

再把这些话重复一遍，
把它们翻译成两三种语言，
盯着他们的眼睛，看他们内心
理解如何升起，又如何像烟一样消灭。
最终，叫进另一个声音，
一个折叠在你心里的声音。
不再给他们听。看
他们开始吃晚餐。别跟他们一起吃饭。
回到我这儿来。

相认的季节

她变得那么胖大和忧郁。
去会她。
现在是分手和相会的
好季节。

在别的夜晚中间找出她：
她穿什么，
你穿什么，
她想什么，你想什么。

两场婚礼上的忧郁舞者，
去会她，就像在火车站，
借一声口哨，一个事先
约定的标识认出她，
她衣裙的颜色，她在吹拂的
风中的姿态，她走路的步态，
在遗忘者中间被遗忘的神态。

证　言

1

那就像银子，像结局。
那会伤人。

黄色花朵的气味传唤着荒漠。
他们是三位。第一位
长着一张鹰脸。第二位被叫到
一个不同的地方，
走了。

2

他们在树丛间相会。
把他们的爱和身影投向地面，
一直站着。
指向那边
说：那边
必是死海。那是
我们的死处。

他们身后是哀伤的动物，
一个挨一个。

她的大腿宽阔而概括。

她的头是结论。

前额已知。

3

或树木关于人类的证言：
　　两个。
　　他们坐在我身下；
　　他们躺下了。
　　那以后我没看见过他们。
顺从父亲们会让他们得庇护，或
别的大保护伞。

野和平

不是停火的和平，
甚至不是狼羊共处的异象，
而是
犹如一场兴奋之后内心的和平：
只能谈论一种大厌倦。
我知道我会杀人，
这使我长大成人。
我儿子玩的一把玩具枪会
睁眼闭眼叫"妈妈"。
和平，
没有铸剑为犁的喧闹声，
没有话语声，没有
橡皮图章重重的戳盖声：让它
轻浮，像慵懒的白浪沫。
让伤痛歇歇，
痊愈还谈不上。
（孤儿的尖叫声从一代传到
下一代，犹如在接力赛跑中：
接力棒从不掉落。）

让它
像野花一样，
因原野必需，突然来临：
野和平。

沙姆沙伊赫 ①

刚硬的男人，红眼睛，
制造快乐的家乡，
制造哀伤的女人，
制造玩耍的孩子，
在离这里很远的不同沙滩上。黄昏时分，
我们站在悬崖上；我们背后，
嗡嗡叫的无线电。他说：
"我想让我儿子学弹钢琴。

那边是沙端 ②。"
下方传来一架水泥搅拌机的
柔和的隆隆声。从被拆毁的
防御工事的地下掩体中。"这混凝土疙瘩
开始觉得自在如归了，
像别的岩石一样被海草覆盖了。"

在这里，天空是考古现场，
土层迅速移开，没有天使。
大地，敞开的纯净天空，

---

① "Sharm El Sheikh"，系阿拉伯语音译，义为"老人湾"（音译"谢赫湾"），是一座位于西乃半岛南端的埃及城市。

② "Shadwan"，也称"沙克尔（Shaker）"，系沙姆沙伊赫西南48公里处一座岛屿。1967~1970年以色列与埃及、约旦及巴勒斯坦解放组织摩擦冲突期间，以军发动"罗得行动（Operation Rhodes）"，用直升飞机空降突击队占领该岛36小时。

没有保存丝毫记忆。

坐着，与空虚的日子共坐，
这地方没有儿童，
但我发现我童年的一些祷辞
在海边筑巢，像候鸟一样，
在那里停留，却不再返回
（去寒冷之地，去我的窗前。）
在床上念诵着示玛、逾越节家宴上
所提的一些问题，所有那些都在这里，在我脚边。

一艘犹太人的船斜着停泊，
像门柱圣卷一样，在海湾入口处。海湾
向静默敞开，也许是向和平。

太晚了，顾不上那些事情了。
那眼光，在痛苦中，将在
这地方建起白色房屋，
只有空贝壳可以带回家，
使我们自己
免于静默。
（就像空房子对空房子说话。）

利亚·戈尔德贝格 ^① 死了

利亚·戈尔德贝格死在一个下毛毛雨的日子，
一如只有在她写的诗里那样，
并且把她的葬礼推迟
到第二天，那天阳光明媚，
一如只有她那样。

她那悲伤的眼睛是唯一能够
在那古老的犹太游戏——
沉重的眼睛滑入下面的空洞——中
与我父亲的眼睛一争高下的。
（现在他们俩都在那里。）
利亚·戈尔德贝格死于
文学副刊已经印出
两天之后。
这样她就迫使我们
在悲哀的镇定中用朴实的
文字写她，一如只有她那样。
（在内盖夫沙漠战役中，她的小书
《来自我的老家》总是在我的急救包里。
书页被撕破，又用胶布条
粘在一起，但我心里
牢记得所有隐秘的词语，

---

① 利亚·戈尔德贝格（Leah Goldberg，1911-1970），系以色列希
伯来语诗人。

也知道所揭示的含义。）
她通过人类咄咄逼人的悲哀——
言语、文字、静静的啜泣——
学会了许多语言。
（在耶路撒冷的某套公寓里继她之后住过三个女孩，
其中一个我非常喜爱。）
我们给她带来我们生命的
甜美气息，好让她放进
她的诗里，就像面包圈里的果酱。
但是痛苦
她自给自足：
她不需要别人的。
（我儿子两岁大时，
他管她叫"戈尔德贝格"。
不叫阿姨。不叫利亚。）

她的教授身份
也许打算多活几年。
但诗人不想
变老和衰朽。

利亚死了。这份宁静
她已经在这里拥有了许多份额。
她外出到那里去，十分富有，
出国去死亡那里流亡的女王。
年轻男人和女人仍然会在
被生命征服的她的国土上
僻静的房间里读她的诗。

在这座他们称为"安息处"的山上，
我此刻想起"妥拉"中的
经文："带着忧伤去墓地"。①
忧伤应当是某种
又可爱又珍贵的东西，就像
放在已死的君王陵墓中
随葬的金银器皿。也同样随着你。

现在去吧。把所有声音都采集
给你。把它们随身带去。
它们是你的，最终。
回到那里去。死者都像你一样严谨。
他们不能像我们这样说：我想说。
我想那是。也许我会来。
死者说：不。不是我。我不是。

去你的安息处吧，厌倦的利亚。
至于我们，剩下的只是站着，
扬着头，等待
混合着松树气味的
邪恶和好消息。

---

① 　《塔纳赫·创世记》第 42 章第 38 节也译："悲悲惨惨地下阴间
　　去了。"

给贤伉俪瓦尔达和施末尔的赞美诗

耶路撒冷，施末尔的新婚周：
我看见一个"垮掉"范儿陌生人肩上
挎着包裹着的吉他，像一杆步枪。
我看见一个乞丐在公共厕所的门里
面对正在扣扣子的男人们
伸出丁零作响的手。在俄国移民居住区，
在夜里我听见新来的妓女
在他们的斗室里唱歌跳舞：艾斯提，
艾斯提，干我，艾斯提。

耶路撒冷沉浸在音像俱全的爱里。
耶路撒冷依然沉醉，
嘴唇上还有旅游者泡沫。

我给她量体温：
腋下阴凉处38摄氏度。
金戒指内
100度的幸福。

可是无酵饼！
施末尔在为他的婚礼准备无酵饼。
东边，7辆红色推土机切着
山，就像切婚礼蛋糕。
10台黄色压路机，30个工人
拿着棋子，穿着橙色的发光背心。

午后，21 响爆破：
祝贺！

施末尔和瓦尔达在白色会堂
降落伞中缓缓下降。
此刻他们静静地站立，包裹
在上帝恩典的玻璃纸中。

在一间干净屋子里的爱
就好像多年好日子的梦
浓缩到一刻酣眠之中。
施末尔和瓦尔达。

两粒镇定药
慢慢融化在兴奋的、
累瘫的世界口中。

布宜诺斯艾利斯之歌

我在这里的这些天里

我在这里的这些天里
一直都没有看见海。然后
有一回，晚上，你给我讲起海。
我并不想听，那样的话，
布宜诺斯艾利斯就会
像耶路撒冷一样没有海。

他们叫你朵萝蕾丝；苏珊娜
是你朋友的名字。"琪卡"[①]，
一个司机，路过，大声叫道。

我们两个都蒙了，
被两个互不相识的人整的：

两个蒙
在黑暗中一起又哭又笑。

---

① "chica"，系西班牙语，义为"小妞儿"。

幽深的长廊

幽深的长廊，过道，一排橱窗
陈列着严肃的玩意儿，如一匹棕色的赛马、
丝绒的红焰衬托的象牙棋具、
像苦巧克力一样又黑又苦的
扑克牌、口唇镀金的
鼻烟盒。一个坚硬的烟斗、
没有熔化掉的有眼儿的骰子、
一场斗牛的遥远、鞣制皮革的气味。
一块字牌无声地哭泣着恳求：
请勿吸烟。
街灯的红眼像人眼发炎，
曾经真正伤人的光。

你死了，你渡过记忆之河
抵达永恒的记忆。幽深的长廊。

微妙的工具

微妙的工具，
非常微妙的工具。

一个女人，被轻微的痛苦所惊，
有什么东西从她面孔内部逸出，
一个幽灵的微笑。

她的祖先曾灭绝印第安人部落：
在飞行中伤害过空气的
鸟儿的负罪感
一直伴随着她。

微妙的工具，
非常微妙的工具。

她出生在一座滨海城市

她出生在一座滨海城市，
在离海很远的一个小房间里被爱，
住在一条用已故且已被忘却的人的名字命名的街道上。
就连出租车司机都不知道怎样找到
那有着安静大门的老房子。
她身穿条纹连衣裙，在条纹之间旋转
成旋涡。也迷失
在硕大的印染的花朵中间。

我亲吻她那由一种外语塑造成型的
嘴。这样我就学到了。
"哈喽，哈喽"，在我的语言里是绝望；
"噢啦？"在她的语言里是有趣和忧伤。

我冬天时她夏天，我白天时她夜晚。
白昼在我的国家渐长，在她的国家渐短。
她的眼睛是金色融化在棕色里的过程；
她的身体形状就像我人生
开口的形状。

阿根廷葬礼剩余的人

阿根廷葬礼剩余的人
横穿过我的路。三四个，
已经不拿花了。墓地远了，
一场非常优雅的葬礼，十足城里气派，
涂着眼影，腮帮子刮得很干净，
一袭黑裙紧裹着大腿，
乘着来自死亡的班机。

有一个男人，他没有什么
可带到葬礼上的，
只有对一夜的记忆。

在旅店中

在旅店中。我需要两个
枕头：一个垫在头下面
以防记忆，一个盖在眼睛上面
好不看见将来的事情。

早晨我从床上起来，下个星期，
我会把睡衣忘在上面。
我用一把
用你的发辫制作的刷子
往脸上刷剃须膏。

在楼下，他们在我面前摆上
复活节点心，一整个鸡蛋
烤成的甜蛋糕：
我的眼睛，还困得睁不开。

话语衔在嘴边

话语衔在嘴边，
像未点燃的烟卷；
候鸟在我体内开始迁徙，
从我寒冷的心到我温暖的心。
那些人不知道
我是同一个人（外面的
鸟儿知道那是同一个世界）。

"在这间屋里，
两个人可能彼此
陌生，一如在无限的时间里。"

圣菲大道上一女孩

圣菲大道上一女孩。她眼睛上
画着附加的眼睛，嘴唇上
涂抹着美丽死者的白色，
睫毛非常长，她眼睛的牙齿。

一个心理学大学生：第四年
悠闲度日，
快活的奔儿头里装满知识。

她脖子上挂着一个小金十字架
（在我来自的国度，十字架既真实又沉重）
我们两个处在认输过程的
不同阶段；
对"善"的绝望在这里是无声的。
在我的国度是喷血的。

"很远"，她说。
从很远开始的街道
陷入城市之中，又移动
到海边，到平原，到空中。

"阿纳斯科。"她说出街道的名字，
把它像一个问题唱出来。还说出
她的名字，像一个美丽花丛中的墓碑，
一项否决我们在一起的禁令。

坐在一家阴暗的咖啡店里

坐在一家阴暗的咖啡店里，
在迪亚兹上校 ① 大道上。
苦涩的英雄，已故。

一小杯咖啡就足够
待很长时间。
一张用我不懂的语言印的报纸。

我把蛋糕渣掉在碟子上
好像要喂鸟：你来了，
四下打量。

我坐着，平静地，看着你，
你很快吃完，
飞走了。

---

① 佩德罗·何塞·迪亚兹（Pedro José Díaz, 1801~1857），系阿
根廷军人，在 1810 年代的阿根廷独立战争中发挥了重要作用。
为了纪念他，阿根廷政府于 1894 年以其名命名了首都布宜诺
斯艾利斯的一条大道。

我们躺着

我们躺着，
裸露而平等，像一枚橙子的两半，
直到黄昏变暗，
从你的声音起。

人们会因为没有水而哭，
不会因为石头：这就是我要回到耶路撒冷的缘故。
"我会想你的！"
谁教你说
这么庸俗的话的？

十字路口

十字路口。
圣菲大道与卡亚俄街
拐角处，下午，等：

这么多人影中，哪个是我的？
所以我举起一只手。
所以我爱你。

交叉的街道，
真正的十字架。

西尔维娅变化很大

西尔维娅变化很大：她的脸
变长了，但是她眼里的黑
煤还在，闪耀着对火的希望。

我跟她共坐在一家
名叫"家庭"的咖啡馆里。
她骄傲得好像刚打过
第一仗的年轻士兵。

她经历过许多忧苦，
就像整个民族在漫长的历史中
所经历的那样
（战斗和失败，也有胜利），
与她英俊的丈夫一道。她依然
爱他。他非常爱她。

一种语言病

一种语言病。
在中国餐馆中
醉得东倒西歪，他们
在那里从西班牙语翻译到希伯来语再到英语，
然后远远地一路
直到在炉火红红的厨房里的汉语。

多少词语在途中洒落，
多少鲜血洒落，
多少笑声洒落，
多少什么都不剩！

在科尔多瓦附近

在科尔多瓦①附近：我看见
一个波兰的犹太女孩，
来自阿根廷的科尔多瓦。

在她眼里，
我经由迢迢长路
回到
西班牙的科尔多瓦。

白色标出的眼皮的回声，
她眼中发霉洞穴的冰冷，
长长睫毛的阴影
像无尽的栅栏。

---

① 　在阿根廷中部和西班牙南部各有一城市名为"Córdoba"。

早晨，太阳

早晨，太阳
被从黑丝绒枕头中掏出，
一件传家宝，传了无数代。（啊！）
一盏老灯，一尊金色茶炊，
哥萨克、印度人、传教士、
十字军、马穆鲁克 ①
抢劫强奸下的难民。
（啊！）

快，快起来！
科隆香水匆匆喷洒
在腋窝、脖颈、
仍在做梦的两腿间。
快，快，出去！（啊！）

---

① 系 1250~1517 年统治埃及的土耳其奴隶雇佣兵集团，其势力一
直存在到 1811 年。

并非为了回忆的缘故

并非为了回忆的缘故
你才活着，而是为了完成
你（无论如何，你）必须完成的工作，
并非为了留下的缘故你才爱，
并非为了爱的缘故你才伤害。

你动作敏捷，你紧赶直到精疲力竭，
性子急躁，如同在那些日子里那样，
你从一国飞到另一国，
为某种未知的贸易，用良辰
换取祝福之雨，在科连特斯大街 ①，
用一种过路情人的货币，他们流过，他们流过。

Vamos②，我们走吧。用别的语言
伤害得轻些：我们一起
走吧，起初是个幻觉，
随后，离开彼此。

---

① "Avenide Corrientes"，系阿根廷首都布宜诺斯艾利斯的一条主
要街道。
② "vamos"，系葡萄牙语，义为"我们走吧"。

哀痛总是警觉

哀痛总是警觉
悄悄发生的事儿：盖着的
镜子发出的光、厚重的
窗帘后面的人声。

哀痛总是警觉，
欢乐不小心丢东西。
东西从你身上掉落，不被注意。
可是哀痛总是警觉。

这个时候，有光

这个时候，有光
透过百叶窗的缝隙，一颗像
奈费尔提蒂①那样的脑袋，一双像西格蒙德·弗洛伊德②
那样的眼睛——受了惊吓——还有一个车轮
从天花板上吊下来，充当吊灯。
"就像修剪指甲，我要修剪
这份爱"，以及桌子上仔细
摆放的物件：杯子、书、
匙子、盐瓶。这些都像心脏一样
缓缓跳动。"你在利用
我！"（对爱的又一注解。）
"你在依照非常精确的公式
思考一颗已破裂成显而易见的
碎片的心，就像从前
心因爱而碎。"

---

① 奈费尔提蒂（Nefertiti，前1372~前1350），系埃及王后。其彩
　绘石雕头像被认为是最美的古埃及女性人像。
② 西格蒙德·弗洛伊德（Sigmund Freud，1856~1939），系奥地利
　精神病医师，精神分析学派创始人。

在名字中间的植物园里

在名字中间的植物园里，名字、
儿时记忆，总是寻找
公共厕所或麦芽糖
小摊。不记名字，
逃跑，为最后一餐
买食物。

女店员被我们的急冲吓着了。包装纸
撕破了，换了，又撕破了。
纸、盒子、奶酪
和滚动的水果知道
要保持在一块儿
是多么无助。
"你将永远陷在
你的城市的坐标网格线之中。"

在这个城市里

在这个城市里，天空总是
像一层灰石膏；
我们的生活即治愈。
裂缝将弥合，也许。

你现在可以走了。"走吧，
走吧"，交通信号灯说。走，
平和地走。
我们遗弃彼此，我们放手，
好让好人们能够
在我们身上行善而不忘他们的怜悯。
你走后，布宜诺斯艾利斯将是
一座不同的城市。"一座没有你的城市"，她说，
然后走她的路。

博尔赫斯与琪薇娅的城市

博尔赫斯 [①] 与琪薇娅的城市，
一座从未见过埃及的方尖碑的
城市，没有听说过
我的苏珊娜的城市，
一个处于哭与笑之间
没有哭与笑的城市。

那里有我想永远
住在里面的房子，
犹如在中世纪，
灵魂请求住进
美好洁净的肉体。

爱德华多的城市：
我在我的笔记本上记下他的地址，
他也在他的笔记本上记下我的。
极有可能我们不会再见面。

[①]　豪尔赫·路易斯·博尔赫斯（Jorge Luis Borges, 1899~1986），
系阿根廷诗人、小说家、翻译家。

苏珊娜小姐

苏珊娜小姐，
爱欲的震怒和渴望的暴怒。
你把我的梦放在了我身上，
我要把我的声音放在你身上。
你的大腿在火光中泛红，
你的衣裙的褶皱发暗，
为了诵唱迦底什。
愿我的灵魂安宁，愿你的灵魂安宁，
阿门。

苏珊娜小姐。
这位皮包骨头的天使
不会护卫我免于一切邪恶。
但他用他那长得
恰到好处的大眼睛
让我感到好受。

苏珊娜小姐，
报纸四面都扯破了。
买晨报的男孩——
到中午时嗓子已经破了。
名字和它们的背负者的失去。
我的大衣里面有记号，
我的手表勒着我的手腕。

苏珊娜小姐，
愿这一块块词语让你
可爱的嘴觉得甜。现在在你的
沙发上安息吧。记住我，
无论是多是少，
记住在昏暗的走廊里的我

和在大亮的天光里
醒来的狂喜。
从筛子到筛子，
我们坠落，缩小，
从什么地方到什么地方，
阿门。

好人们

好人们在一个
炎热的晚上把我接下飞机，
几天后又把我
送上飞机，因为我的血液又准备好
变成飞机用的燃油了。同样的
人们，在同样炎热的晚上。
但我不同样了。

飞机，把燃烧的空气
吸入引擎，
也吞入并利用了你的爱。

在里约中途停留，
在热内卢租心。
可修理。

此处有新刷的油漆味儿

此处有新刷的油漆味儿。
别忘了，那儿，
在半闭的眼睛闭着的
那一半上，刷着
白色却忘了。

慢慢地倒数
回到那黑暗中，其中幽幽地亮着
有过的事情。

那房间。在那房间里，西班牙语
是多么寂寞和惨遭遗弃啊！
随后，希伯来语也是。

这给予又夺取我
平静的城市。

布宜诺斯艾利斯街头谣曲

一个男人在街上等待，见到一个女人
精致美丽得就像她屋里墙上挂的钟
悲伤苍白得就像挂钟的墙

她不让他看她的牙齿
她不让他看她的肚皮
但她让他看她的时间，精致美丽

她住在紧邻管道的底层
水从她的墙里开始上升
他选定了温柔

她知道哭泣的原因
她知道矜持的原因
他开始像她，像她

他的头发将长得像她的那样长而柔软
他的语言中的坚硬词语将在她嘴里融化
他的眼睛将像她的那样充满泪水

十字路口的红绿灯光反映在她脸上
她站住那儿，在允许和禁止中间
他选定了温柔

他们走在街上，街道不久会进入他的梦中

雨静静地挥泪洒在他们身上，犹如洒在枕上
拥挤不堪的时间把他俩都变成了先知

他将在红灯时失去她
他将在绿灯和黄灯时失去她
红绿灯总是准备为每次损失服务

当香皂和润肤露用完时他不会在那儿
当挂钟再次上弦时他不会在那儿
当她的衣裙分解成风中飞舞的线头时他不会在那儿

她将把他狂野的情书锁在一只安静的抽屉里
躺下睡在墙里的流水旁边
她将知道哭泣和矜持的原因
他选定了温柔

第三辑

肚　脐

我们的时代不再有
战争宣言——
只有战争。
也不再有爱情宣言。

身穿一件撕裂到下巴的
轻盈睡衣，你冲着我站起来。
一个词
（那疯女人在另一间屋里大笑），
一个深陷的词：
肚脐。

信赖时间的人

信赖时间能治愈的人
将会既失去时间又失去治愈。
时间将会走过，治愈不会到来。

他会为他的想法搭建起
一个绘图师工作台——
许多三角板和直尺——
还有一盏哭泣的台灯俯看着他。

欢乐和节庆会结结巴巴
来找他，
好像从黑暗的酒瓶中喝多了。

他无法待下去：
大地已经知道太多
他的情况，甚至
在他下葬之前。

甘哈伊姆 ① 果林中的迹象和证据

1

（一个女人的）脸，
脸，一行行幽暗树木
之间的沙脸，好像沉重
车轮碾过的辙印。
一个女人脸的印痕。

一只被遗弃的鞋，
充满天空。
别担心：不再
会被一只脚填充。
它不会走。
只是一只鞋。

2

哪朵云？曾在这儿的那朵。什么
时候？哪一朵？
桌子、茶壶、云朵，所有这些
都是过去时，
像正在过去的动词。

---

① "Gan Haim"，系希伯来语音译，义为"哈伊姆园"，是以色列
中部沙仑平原上一定居点。

忆起去年夏天的
几个游泳动作。
（给谁带好？
替谁？）

云朵披上金色，
很美，或竹杖
在长途旅行的梦中咯吱响。
一个女人在摇摇欲坠的小屋里脱衣。
有名的组合。

隐基底考古季的结束

考古学家回家了，
收拾起他们的黑白棒棒。
一切都测量过。
他们丢下他们的线
像吐出的丝网。

古罗马遗址的挖掘现场
坑穴大开仰躺着，
像一个被强奸的女人遗弃
在旷野里。
全都在露天，
尽管她没有尖叫。

耶利哥诗篇

1

耶利哥玫瑰香气的麻风病、
像染病的睾丸般肿胀的所多玛苹果、
水果的慵懒爆炸、玫瑰精油、
羊粪蛋中干燥的童年、
可爱的被碾死的猫、
头发上的油膏。
还有水，水：从水
可以学到什么？
一个在那小丘顶上的少女。她是
这纪元、纪元、纪元的第二个千年
末期的岩层。

2

在我的王国附近，枯死的柑橘林边：
我没有树木，我没有王冠，我没有死亡。
我的土地在哪里？
一个异邦的生平故事歇息
在我脚下，
像头中了魔的狮子。
你应许过，
你应许过。

3

假如现在，在我人生的中期，我想到
死亡，那么我这样做是出于自信：
在死亡的中期，我会以同样
令人平静的怀旧之情，以那些
知道自己的预言会实现的人们的
远见，突然想到人生。

阿西雅·古① 之死

半个小时之前
我的尖叫停止了。
现在诡异而安静，
好像夜间的工厂。

我想为你的死
作宣传。
我把你的来信
从其他来信中间拣出，
愿它们活下去，它们不很长，
也许不很好。
我把天堂拉近
我的双眼，像个近视的人，
阅读。

我难以理解你在伦敦，
在雾中的死亡，就像我在这里，
在明亮的阳光里，难以理解我的生活。

---

① 阿西雅·古特曼（Assia Gutmann，1927~1969），系出生于德国
的犹太人，在纳粹迫害期间逃往巴勒斯坦地区，后到英国，与
诗人特德·休斯（Ted Hughes）发生婚外恋并育有一女。她继
休斯之妻西尔维娅·普拉斯（Sylvia Plath）之后，以同样方式
用煤气自杀，同时也杀死了女儿。她曾与休斯合作把阿米亥诗
作翻译成英文，本诗集《此刻在风暴中》（1969）的部分诗作
所据英译本即其译文。

维持着我的呼吸

我抽烟：
维持着我的呼吸，好让它从外面被看见。

我默默地读一份报纸，
内心里一只手揉碎
一块干脆的糕饼，
心揉碎心。

我唯一的机会，
被遗忘的、长长的名单中
一个错误，跳过了我的名字。

在某地

在某地
不再下雨，但我从不曾
站在边界上，
一条腿还
干着，另一条在雨里淋湿。

或在一个国家，如果有东西
掉落在地，
人们不再弯腰。

策兰 ① 之死

我在伦敦听说的。
他们说他是自杀的。

同样的绳子
轻勒着我的脖子。
但那不是绳子：他
是溺水死的。
同样的水，水，水。

最后一个比喻：
人生就像死亡。
（同样的水，水，水。）

---

① 保罗·策兰（Paul Celan，1920~1970），系犹太诗人，生于罗马尼亚的切尔诺维茨（Chernivtsi）。他的父母在被驱逐出境后于1941 年被枪杀。他本人则被监禁在一个纳粹的劳动营里。二战后他定居巴黎，继续用德语写作，最终自沉于塞纳河。

大劳累

大劳累像马的劳累，
假如我说马力，
那就是大劳累。

我的人生像棋盘。
黑夜白天相等
且空虚。
棋子丢了或被吃了。
规则不再存在。
但我在这大自由中并不觉得欢快。

我的手抚摸着空棋盘。
夕阳给它镀上一层金，
好像一只老箱子的把手。

热浪之诗

1

一列火车被夹竹桃追赶着
从酷热山丘的大腿间逃脱。

橄榄树痛苦地大张着嘴，
抖落蜥蜴和变色龙。

太阳生出一个太阳，
又一个太阳，又一个太阳。

尘土帘幕揭去了，暴露出
被叮咬的空气朝四面踢蹬。

没牙的大地，喃喃低语着
疯狂的荆棘，像梵高一样。

2

群山的水面具
在夜间爆裂。热风
来了，来自死海洞窟的
艾赛尼派，真正的修士，
扑向我们，白炽，使嘴唇
干裂，心干瘪，

提醒，警告。

3

在中午被揉皱的女孩体内，
你能看见她们思想的衬里。

她们的眼睛后面，
坚硬、洁白的牙齿。

哀哀低语着，
她们扑向我。

用纤巧知情的手指，
她们把我记忆的橘子
剥成苍白的橘瓣儿。

用钻探的梦，
她们抵达我内心的黑色石油。

清晨我站在你的床边

清晨我站在你的床边。
我的身影落在你脸上，
添加一点夜色，
加深你的睡眠。

就像一个烟鬼的手指，
你的灵魂被染污——
由于恋爱上瘾。

我爱你
以我全部存在，以我
尚在这里的全部存在。

我坐在幸福里

你的眼睛经受严寒
酷暑，
像美丽的玻璃，
依旧清亮。

我坐在幸福里。好像沉重
背包的背带，
爱情深深勒进我心的肩膀。

你的眼睛强加给我
新生活的历史。

我坐在幸福里。从现在起，
我将只是词典中的一边，
要么被表达要么被解释。

你的眼睛数了又数。

春之歌

由于亚达月与尼散月 ①
之间的犹豫，一道幸福的裂缝
出现了。

这世界就像我的所爱
在她的钱包里翻找
钥匙的那一刻。
纸币的沙沙响中间突然一声丁零：
在这儿！

---

① 亚达月系犹太教历十二月和民历六月，相当于公历 2~3 月间；
尼散月系犹太教历正月和民历七月，相当于公历 3~4 月间。

再试试

我的尖叫是由奇怪的锋刃造就的，
好像一把复杂的钥匙。
用它来打开世界是很难的，
很难而且伤害睡眠。
再试试，再来。
树上的叶子忽然飒飒作响。
它们知道风的到来
比我们早些。再试试，
有个后门，穿过花园。
也许会有神迹，平静而有说服力的言语
会从岩山中打出水来。不用
打，只是说。

游　戏

对。把文字丢落在桌上
乱作一堆，
在这日本式的
细棍儿游戏中。
拿起一根
而不触动别的。
它动了！它动了！

或另一种游戏：温暖，
冰冷，极冷，稍暖，
非常暖，灼热……冰冷。
后来她用舌尖
舔舔她的嘴唇，
然后，指尖轻轻划过它们，
像信封一样闭合。

死，被撕

一个人等另一个人，等不来，
会等几次？三
四次。然后他离开，
穿过长着夏季荆棘的野地，
躺在家里。

他的心不会变硬，不像他
走路太多的脚底板。
黎明的出租车撕破
他的睡眠的布：
活就是撕；
死，被撕。

我那一份

你的眼睛安静如嘴巴。
你的嘴巴仿佛在水面之下。
你的脸庞像移动的沙。

就这样你拢起你的头发，
你拢起日子和词语，
在什么别的时间会把一个家
叫作

"永不再"——永不
也是永恒，
我品尝的永恒的滋味，
我在其中的一份。

爱的礼物

我给你，为
你的耳垂，为你的手指，
我给你手腕上的时间镀金，
我在你身上悬挂许多闪光的东西
好让你为我在风中
走动，在我头顶上轻响丁当，
安抚我的睡眠。

我用苹果填满你的床铺
（一如《雅歌》中所记）
好让我们在一张红色的结着苹果的床上
平滑地滚动。

我在你肌肤上覆盖精致的粉红织物
透明如蜥蜴的幼仔
它们在夏夜里有着黑钻石般的眼睛。

你使我得以生活了数月
而无需一种宗教
或一种世界观。

你送给我一把银制的开信器：
像这样的信不是那样开的。它们是
撕、撕、撕开的。

亚比该 ①——不是圣经里的那个

在恋爱失望之后
旅行，
变成了
一只信鸽，翅膀轻盈，
她的右脚上，卷到
她脚踝的
比基尼圈。（也是
一种护身符。）

她停止变形，
变成了
一种迷信，
像一只黑猫
或一只指头伸开的手
或某个数字
或灿烂的天蓝色。

她的欲望每小时
准点出来，
就像布谷鸟报时钟。

---

① 系犹太女人名。亚比该是迦密富户拿八的妻子，聪明俊美。拿
八得罪了大卫，亚比该低声下气为之求情。拿八死后，大卫娶
亚比该为妻。（事见《塔纳赫·撒母耳记上》第 25 章）

试试在十二点整
（中午或半夜）
爱她。

错误的解读

就像在鞋店里
你在我面前的地毯上
轻轻地来回走动。

夹脚吗？疼吗？好吗？
那儿有什么？咖啡店？什么味儿？

这些，还有别的问题
足以埋没历史中的
整个时代，国王和他的马，
燃烧的圣殿和其中的祭司。

他们把你的尖叫解读
错了。

有关圣经的沉思

1

当雅各把石头转离井口①时，
别的选项就关闭了，
我的历史就打开了。
但我的声音留在内部，空空的回响。

2

先知：他本人是粗糙的，他得
磨光世界，像砂纸一样。

3

我想到分开红海的
神迹，想到以色列的
子民和法老的军队：
后者淹没在海里，
前者淹没在数千年的历史中。
哪一个更好？

---

① 事见《塔纳赫·创世记》第 29 章第 10 节。

4

先知：上帝揭掉他嘴上的
封条，太早。

就像那样

就像那样。
当我们在夜间喝的水，后来
变成了世上所有的酒。

我从来不记得屋门
朝里开还是朝外开，
你家大门口的按钮是用来
开灯、响铃还是沉默的。

我们就想像那样。是吗？
在我们的三个房间里，
在打开的窗户前，
你向我保证不会有战争。

我给了你一只手表，代替
结婚戒指：圆圆的好时间，
不眠和永恒的
最成熟的水果。

亚革悉

1

云来自南方，尼罗河
溢出了堤岸。于是有了希望。
战争在这里假装和平，
这海滨依然相信一切，
漂流的纸和纸上写的一切，
海草、海藻、海浪继承的
遥远的异邦的手势。
水中的岩石覆盖着苔藓，
温暖得像湿毛衣下面的身体；
一个男人携带着穿过他肩上吊带的曲调。
长腿女孩好像有着高挑
圆拱的美丽房屋的遗迹。
海上来的风吹凉我热乎乎的睾丸；
我触摸沙滩的皮肤；
我触摸大海的肌肉；
影子在一处废墟中破裂而不撕开；
一条蛇被一块碎玻璃割伤，
从墙头上挂下来，像一个脱衣
女人的漂亮腰带。
在一座被毁了的房子的门槛石上，
一只西瓜被屠杀，劈开；
一张浅色的脸扬起，
大量的泪水缓缓下淌。

2

许多已死的族群在这里留下
它们的遗迹，好像海边被遗忘的衣服。
这是一个方便的地方，可以存放我的童年，
铺开我的记忆的工具。
在这间有裂缝，中间由一根方柱
支撑的屋里，悬挂着的早就
干掉了的钓鱼竿和一盏被飓风忘掉了的防风灯之间，
钩着空气的鱼钩，一根桅杆，一张渔网，
它曾拖进渔夫和鱼，
连同我的四十六岁。

一个男人在童年时学会说话，
就可以在越来越孤独时
对自己说话；
跟别人说话是个短暂阶段。
有些东西变得沉重，
有些变轻，有些是锚，有些是帆，
只有等时间过去之后，
你才知道哪个是哪个。
你不再想要远景，你想要
平面的平静，不是一张你可以
在上面放东西的桌子，不是一座可以进入的房子，
而是线条，像孩子画的，不是应许着
永生的深度，不是有着树木越来越小的
林荫大道，不是一艘即将消失在地平线上的轮船。

3

回归始于此处。回归
不必是回到你曾经
居住的房屋，也可以是
到一个不同的、遥远的地方。
你应许给自己什么？
站在海浪的涌动前，那使你想起
一个突然堕入情网的少女
随着兴奋呼吸起伏的乳房，你
应许什么？又一封信？平静？
我们的名字失掉我们；
我们的道路可以没有我们。
也许一个漫游的记忆——其回忆者已走失——
会发现这些时辰并降临；
你的心像个银行出纳员数着它的时刻：
纸张的沙沙声多过金子的丁零声，
多过血和肉，多过海浪的喃喃低语。

又奇怪又多余，你总是随身
带着一切，就像个乞丐害怕
把他少得可怜的财物存放在一个安全的地方，
你的头发，你的双腿，你所有的记忆；
去把你的耳朵放到没有声音的地方，
你的肝脏，你的肚肠，
以及其中的一切，当你只需要
一张嘴，一只爱抚的手，
一个念头，一个生殖器的时候。

你收集的爱越多，
你的肉体和灵魂，整个的你
就会背负越多人情、依赖、
争吵。结果真相大白：
你以为是坚强意志的东西
只不过是耶路撒冷的石头的坚硬；
你离弃它之后，就不一样了。

4

一次又一次，你在想象的起跑线上
摆好姿势，好像重新开局的象棋子；
你累了。你给出自身，
如同一个二手礼物，包在漂亮的纸里，
接受时没有惊讶，没有喜悦的叫喊。

帆船和马匹留下来当玩具，
帕尔马赫 ① 战争歌曲在婚礼上，
在大娘大妈和粗鲁无礼的乞丐中间演奏。
海又平静又大。你凝望的眼光，
好像一束射向远方的航标灯光，
照见坐在你附近的女孩，
把她的脸变成被照亮的远方，
没有靠近的希望。

---

①　"Palmach"，在希伯来语中系缩略词，义为"打击力量"，是
　　1941 年 5 月在英国委任统治的巴勒斯坦托管地建立的一支犹太
　　人地下武装力量，其在 1948 年以色列独立战争中起过重要作用。

5

就这样我迟来的灵魂，
也许是上一个，现在开始在我身上成长，
从外面，好像常春藤攀爬一座
即将被遗弃的房子，要装点废墟。
还有希望。云
还在仲夏到来；
一个年轻女人带来她的心，
像一个大红球一样来玩儿；
海还把她晒黑的皮肤
用作滚落的泪水、起泡的大笑。

你都能拿这些衬托什么？
我缓慢的散步，连爱都不是；
我的散步是不变的第五季节。
我的脸把自己裹在风里，不碎裂。
在我上方，超级夜声的回音；
灰头发就是灰头发。

睡在耶路撒冷

当上帝的选民
变成像万国之民一样的一国之民，
建着自己的房屋，铺着自己的路，
为铺设管道和引水而挖开土壤时，
我们躺在低矮的房屋里，
这古老地界最小的孩子；
相爱的我们头顶上是拱形的屋顶；
我们口中的气息一如
我们当初获得
和必将归还的。

睡眠是在一个有石头的地方。
耶路撒冷有睡眠。收音机
从一个那里是白天的国度带来日常的声音。
我们觉得苦涩的词句，
就像树上被遗忘的杏子，
在遥远的国度却被歌唱而甜美。

好像空心的橄榄树干夜间燃着的火，
睡眠的不远处，
一颗永恒的心烧得通红。

一位旅游者在耶路撒冷

一个少女成熟得
像耶利哥的柑橘，
还带着叶子，
人们因此会相信
它们是新鲜的。

一个少女那样子带着她的梦想
来自遥远的国度，
人们因此会相信她。

我的爱雕刻好了，
如同用橄榄木。
如同为旅游者。

夜加一个亚美尼亚语后缀：
夜安。
白得像夜间的眼白，
哎，蜡，蜡。

在水泥墙前面

在水泥墙前面
我看见你
被最后的太阳点燃，美丽，
带着最初的疑团。

房顶上，晾晒的衣服
被遗忘。
有着你身体形状的衣物。

就好像一个人进入
另一个人的话语，
别的季节
进入我们
不让我们结束。

夏末黄昏在摩查 ①

一辆孤独的推土机与它的小山搏斗，
像一位诗人，像所有在这里独自工作者。
成熟无花果的一股沉重的欲望
把黄昏的天花板扯到与大地齐平。
火舌已经吃掉了荆棘，
死亡不必做一件事，除了
像失望的火焰一般收拢。
我可以得到安慰：一种伟大的爱
也可以是一种对山水的爱。
一种对水井的深沉的爱，对橄榄树的燃烧的爱，
或像推土机一样独自挖掘。

我的思绪总是在擦拭我的童年，
直到它变得像一块坚硬的钻石，
不可破碎，切入
我成年的廉价玻璃。

---

① "Motza"，系耶路撒冷附近的一个山村。

枇　杷

我总是忘记问
是否可以吃
枇杷，它是否禁果。
这名字原本不妨是
一个女人的名字，
那最骄傲的，只活一次的。

我是个寂寞的男人，
在可怕的婚礼上
我比新郎打碎的玻璃杯还要多。

我眼望话语的瀑布——
在内部。
我暗黑的血——
我真正的外套。

这一切背后隐藏着
巨大的幸福
（1973）

美丽锡安山之歌（选三十二）

1

开战的最初几日里，我们的孩子
断奶了。我跑出去凝望
那可怕的沙漠。

晚上，我又回来看他
睡觉。他已经开始忘却
他母亲的乳头；他将继续忘却，
直到下一次战争。

就这样，他还小的时候，
他的希望就被关闭了，而他的怨怼
被大大地打开了——永远不再关闭。

2

战争在秋天，在甜甜的葡萄和柑橘之间
空旷的边界爆发。

天空蓝蓝的，好像女人受蹂躏的大腿上的青筋。

沙漠对于看它的人们是一面镜子。
悲哀的男人们用公文包、钱夹子、驼背背包、
灵魂袋子、沉重的眼泡携带对家人的记忆。

血液在血管中凝结。难怪不会喷洒，
而只是破裂成碎片。

3

十月的阳光温暖我们的脸。
一个士兵在用袋子装他曾经
玩过的柔软的沙子。

十月的阳光温暖我们的死者。
悲伤是沉重的木板。
眼泪是钉子。

4

对于战争我无话可说，
没什么可补充。我感到羞耻。

我一生所汲取的全部知识，
我都放弃，就像沙漠
放弃了所有水分。
我从未想到会忘记的名字，
我正在忘记。

由于战争，为了最终而简单的
美好之故，我再次说：
太阳绕着大地转。对。

大地是平的，就像一块遗失的、漂流的木板。对。
上帝在天堂。对。

5

我把自己关了起来。我就像
一片沉重、密实的沼泽。我睡过战争，
犹如冬眠。

他们任命我为死者的指挥官，
在橄榄山上。

总是，甚至在胜利中，
我失败。

6

"他哪里受伤了？"你不知道
他们是问他身上某个地方
还是地上某个地方。

子弹有时穿过
人的身体，也伤到
这块地上的土。

7

使阴茎勃起的血液

不是精液。

流洒的血液当然
不是精液。

淹没在血液里的精液不是精液；
没有精液的血液什么也不是；
没有血液的精液是零。

8

那被烧死的人遗赠给了我们什么？
那流水想要我们干什么？

不要喧哗，保持它洁净，
在它边上举止安静，
让它流淌。

10

我有时想到我的父辈
和他们的祖先，自从圣殿被毁
以来，经过中世纪的磨难，
直到我。
我只能回忆到我的祖父：
他没有额外的手，
或特殊的插头，或多余的肚脐，
或任何仪器，以接收并传输给我。

他是个犹太村夫，畏惧上帝，
眼神沉郁。一个抽长杆烟斗的
老人。我最初的记忆
是我两岁时，我的祖母
双手颤抖，把一壶开水
洒在了我脚上。

11

我出生于其中的城镇被炮火摧毁了。
我远航到以色列地所乘的轮船后来在战争中被击沉了。

我曾在那里恋爱的汉马迪亚的谷仓被烧掉了。
隐基底的糖果店被敌人炸毁了。
我在恋爱的前夕往来走过的
伊斯梅利亚的桥梁
被炸成了碎片。

如是按照精确的地图我的生活在我身后被抹掉了。

我的记忆怎能坚持更久？

我青梅竹马的女友被杀；我的父亲死了。

因此你不该选择我
做情人或儿子，或过桥者
或市民或房客。

12

在闯普勒多尔的遗言——
为我们的国家而死是美好的——之上，他们建造了
新的祖国，就像大黄蜂在疯狂的蜂巢里。
即使那不是原话，
或者他从未说过，或者他说过，但随风而去了，
那句话依然在这里，像山洞一样拱着。水泥
已经变得比石头还硬。这是我的祖国，
在这里我可以梦游而不会绊倒，
干坏事而不会被谴责，
忽视妻子而不会觉得寂寞，
哭喊而不会觉得羞耻，撒谎和背叛
而不会下地狱。

这是我们用田野和森林覆盖的土地，
但我们没有时间覆盖我们的脸，
所以它们裸露在忧愁的怪相和欢乐的丑态之中。

这是下面埋着死人
而不是煤、铁和金子的土地：
他们是用以迎来弥赛亚的燃料。

14

由于黑夜的意愿，我离开
落日之地。
我来找雪松，太晚了，已经没有了。

我来找 A. D. 戈尔登 ①，也太晚了；我小的时候，
大部分沼泽就已经被抽干了。

但是我憋回去的哭泣
巩固了基础。我的双脚，欢快
而拼命地动，干了犁铧
和压路机干的事儿。
我长大成人后，也爆发出
拉结 ② 哭子的声音。

我的思绪在接近黄昏时分回到我体内，
就像那些在德加尼亚 ③ 的日子里收获的人们，满身尘土和
　欢乐。
在干草车顶上。

现在我住在一个多山丘的城市，那里天黑得
比海边早。
我住在一个房子里，里面黑得比外边早。
可是在我心里，我真正的住处，
永远是黑暗的。
也许有一天最终会有光明，

---

① A. D. 戈尔登（A. D. Gordon，1856~1922），系希伯来语作家和
　犹太复国主义劳工运动的精神导师。他树立了在巴勒斯坦造田
　种地的榜样。
② 系雅各之妻，以色列人的祖先之一。她曾因无子而向丈夫哭诉
　抱怨。（事见《塔纳赫·创世记》第 30 章第 1 节）
③ "Degania"，系位于以色列北部加利利海南边的第一个犹太人集
　体农庄，由第一批回归故土的犹太移民于 1910 年建立。

如同在北极。

15

就连我的爱情都是用战争度量的：
我是说这发生在第二次
世界大战之后。我们相遇在
六日战争之前。我决不会说
在 45~48 年间的和平之前或在
56~67 年间的和平之中。

可是有关和平的知识
从一个国家传到另一个国家，
就像儿童游戏，
到处都那么相似。

16

耶路撒冷的一首情歌：我们
被包含在多数愤怒的预言中
和几乎所有的福音中。

我们可以在明信片上
被找到。也许我们无法被看见，
因为我们正坐在家里
或者太小；
那照片是从
一架过路的飞机上拍摄的。

17

锡安山上一个亚美尼亚人的葬礼：棺材
抬得摇摇晃晃，好像一队黑蚂蚁
抬着的一根干草。
寡妇的黑色钱袋在夕阳中
闪亮。那句您是
我们的父，那句祂是我们的王，那句在我们的
时代我们没有救主。

18

耶路撒冷的墓穴是
开放日深邃的隧道入口——
之后他们停止挖掘。

墓碑是永远不会被
建造的大楼的
美丽奠基石。

21

耶路撒冷是这么一个地方，那里的人
都记得他们忘记了什么，
却不记得那是什么。

由于这记忆之故，
我把我父亲的脸戴在我脸上。

就在那座城市里，我的梦想容器满满
仿佛充满了深海潜水员的氧气。
它的神圣
有时变成爱。

在这些山丘中间，
所问的话依然不变：
你看见我的羊群了吗？你
看见我的牧童了吗？

我的房门敞开
像个墓穴，
从中有人复活。

22

这是这片风景的尽头。混凝土
夹锈钢筋的大块中间
有一棵挂满沉甸甸果实的无花果树，
但就连孩子们也不来采摘。
这是这片风景的尽头。
在一具在野地里腐烂的床垫的尸体内，
弹簧待着没动，仿佛灵魂。

我曾经居住的房屋越来越远了，
但是窗户里留了一盏灯亮着，
好让人们只看见，听不见。

这是尽头。

怎样重新开始爱就像建筑学家
在一座老城中遇到的问题：怎样在曾经
有房屋矗立处修建，使建筑看起来既像
昔日，又像现在。

23

这城市被分割已十九年了——
一个有可能在战争中倒下的年轻人的一生时光。
我渴望那份宁静，渴望那古老的渴望。
疯狂的人们会钻过那分割它的栅栏，
敌人破坏它，
恋人走向它，试着，
好像马戏团的杂技演员在跳下之前
试保护网。

无人之地的片片区块好像宁静的海湾。
渴望飘浮在头顶上的天空中，
好像船只，它们的锚深深扎在我们心中，甜蜜地
痛着。

24

他们在焚烧被分割了的
耶路撒冷的照片，还有一份
沉默爱情的那些优美的情书。

那壮硕的女士回来了，
吵吵闹闹，带着黄金、赤铜和宝石，
来过肥胖和合法的生活。

可我不喜欢她。
有时我忆起那安静的一位。

25

一位老体操教练在墙边
阳光下灼烤。他的鞋子
正被擦亮着，离他的头
很远。高高在上，
渴望蠢动，像沙沙响的纸。

我从来想不到体操教练
也会忧伤。他很累了，
别的什么也不想要，只想要
那坐在他身旁桌前的
美丽的观光女孩在他面前站起来
走来走去，扭动着
她从她的国家带来的
圆鼓鼓的屁股。
他别的什么也不想要。

27

有钱且被宠坏了的
唯一神的玩具：
洋娃娃、天使、弹球、铃铛和镜子、
金色的轮子、成捆的笛子。

可是一位穷神的穷孩子的
玩具：祷告拨浪鼓、干
棕榈枝、逾越节薄饼。顶多，
盛廉价香料的安息日日暮盒子①，
顶上有一面小旗子转啊转的。

28

哦，此地谁有最平静的面容？
锡安山的钟声如是鸣响。

什么人去摩利亚圣山？
孩子们在安息日跟父母去，
吃腐烂的杏仁和变质的巧克力。

谁没有清理餐桌？
国王、将军还有先知；

①　系一种精工细作的银制小盒，顶上有小旗子，像城堡之形，内
　　盛香料，用于庆祝安息日结束、迎接新的一周到来的仪式上，
　　在众人中间传递。

他们曾在耶路撒冷这张桌上玩骰子，
并把它们抛撒到全世界。

谁曾见过耶路撒冷赤身裸体？
就连考古学家也从未见过。
因为她从来也不脱光。
她总是穿上新房屋，
以取代旧的、拆的、塌的。

29

远行的人们说：
这令我想到别的什么地方。
那是好像，是相似。可是
我认识一个人，他远行到纽约
去自杀。他声辩说耶路撒冷的
房子不够高，而且人人都认识他。

我想起他，就想起爱。因为有一回
他在上课中间把我叫出教室：
"有一位美女在外边花园里等你"，
他还使吵嚷的孩子安静下来。

当我想到那个女人和那座花园，
我就记起他在那高高的楼顶，
他的死的孤寂和他的孤寂的死。

31

四座会堂被放在一个战壕里，
以抵抗上帝的轰炸。
首先，藏起来的装着糖果的圣约柜，
和在一个有福的季节腌制的甜蜜的上帝之道，
都盛在美丽的罐子里，供孩子们
踮着脚尖用一根金手指舔食。
还有放着蔬菜烤肉的烤炉和满溢的燕麦。

其次，支撑一个永久性喜棚的四根
牢固的柱子。爱的
结果。
再其次，一间有小而高的窗子的古老土耳其浴室
和"妥拉"经卷，赤裸
或脱掉了袍子。答应，答应我们，
在雾气和白色的蒸汽中，
答应，答应，直到感觉晕眩。

32

在恋人们抄近道穿过的停车场上
停泊着罗马尼亚马戏团。

云团绕着落日旋转，好像难民
在一座陌生的避难城市里。

一个二十世纪的男人

抛下一道暗紫色的拜占庭身影。

一个女人举起手给眼睛遮阴，摇响
一串拎起的葡萄。

痛苦在大街上发现了我，
冲着它的伙伴吹口哨：这儿还有一个。

新房子淹没了我父亲的坟墓，
就像坦克纵队。它骄傲地待着，不投降。

一个没有份额来这世上的男人
与一个有份额的女人睡觉。

他们的情欲被四周修道院里的
自我抑制所加强。

这幢房子大门上镌刻着爱，
用寂寞加固。

"从房顶上你可以看见"或"明年"——
整个一生在这二者之间度过。

在这座城市里，水平面
永远低于死者平面。

33

我的故土之歌。对于它的
水的知识始于眼泪。

有时我爱水，有时爱石头。
这些天我更偏爱石头。
但这也许会改变。

34

让纪念山，而不是我，记住；
那是它的工作。让记忆中的公园记住，
让街道的名字记住，
让著名的建筑记住，
让奉上帝之名的会堂记住，
让律法的卷轴记住，
让纪念仪式记住，让旗帜记住
那些颜色斑驳的历史的裹尸布（它们
所包裹的尸体已经变成了尘土），
让尘土记住，让大门口的
粪土记住，让胎盘记住。
让走兽和飞鸟吃食并记住。
让它们全都记住，我就可以休息了。

35

夏季，不同国家的人们

彼此访问，
以嗅出
彼此的弱点、优点。

希伯来人和阿拉伯人
就像舌头上的石头和喉咙里的沙子，
对于游客却变得柔软如油。

吉哈德 ① 和圣战
像无花果似的爆发。

耶路撒冷的水管暴起
好像疲惫的老人的青筋。

它的房屋好像下颚里的牙齿
徒劳地咬啮，
因为上边的天是空的。

也许耶路撒冷是座死城，
人们在其中
像蛆虫般蠕动。

有时他们过盛大的节日。

———————

① 　"Jihad"，系阿拉伯语音译，义为"为主道奋斗"，一般意译为
　　"圣战"。

36

每夜上帝都从祂的橱柜里
拿出闪闪发亮的商品——
神圣战车、十诫法版、念珠、
十字架和钟铎——
又把它们放回黑暗的箱子里，
从里面拉下百叶窗："仍旧
没有一个先知来买。"

37

所有这些石头，所有这悲伤，
所有这光，夜晚的瓦砾，中午的灰烬，
所有这些神圣的弯管，
墙壁和塔楼，生锈的光环，
所有像老人一样无法保守秘密的先知，
所有汗淋淋的天使翅膀，所有
臭烘烘的蜡烛，所有这虚伪的旅游业，
赎罪的粪、至福和睾丸，
虚无的垃圾、炸弹和时间。

所有这尘土，所有这些
在复活和风化过程中的遗骸，
所有这爱，所有这些
石头，所有这悲哀。

用它们把四周所有的山谷填满，

好让耶路撒冷变成平地，
好让我可爱的飞机降临，
把我载往高天上。

38

纪念 H，他于 67 年
阵亡在客西马尼 ① 桥附近

无论如何，我必须
爱耶路撒冷，并记住他：
他为她阵亡于客西马尼桥上；
他的死是一道分水岭，
分隔着记忆与记忆，希望与希望；
他是这土地，又是这地上的果子；
棕榈枝、号角、天使之翼
捆扎在他心中；他是
为天之故，为地之故
而来的拯救、慰藉、悲凄；
他起来挺立着，他挺立着又倒下；
他的身体是墙上的又一扇门；
他的声音是一群人，就像复活时的人群，
把刀剑的归还给刀剑，把夜晚的
归还给夜晚，把静默归还给喧闹。

---

① "Gethsemane"，系耶路撒冷城东橄榄山下一处花园，耶稣即在
该处被捕。

被一个沉睡的孩子的呼吸所感动，
他现在起来了，带着天国的欢乐展开；
整个耶路撒冷是为他的死亡所作的注释。

我不受保护

诗

犹如在创世之初：
已经有了一个开口。
够了！不要了！就这样歇了吧。

情　歌

人们彼此利用
来治疗自己的伤痛。他们把彼此放在
生存的伤口上，
眼睛上、阴户上、嘴巴上和张开的手上。
他们彼此紧紧抱持，不肯松手。

我有许多死者

我有许多死者掩埋在空气中。
我有一位丧子的母亲，虽然我还活着。

我就像空间
在与时间作战。

从前在你临窗的面孔后面
那绿色曾非常快乐。
唯有在梦中我依然强烈地爱着。

忘记的人

忘记一的人
忘记三：他
和他居住的街道名
以及以其名字命名那街道的人。

你不必哭泣。
曾经有两棵桉树。
它们肯定已经长大。当时
天快要黑了。你不必哭泣。

现在一切都安静了，
对了，合理了，有点儿悲哀，
像一个父亲独自养活着小孩子，
像一个小孩子独自跟着父亲长大。

眼睛疲劳和旅行见闻的讲述

有一份黑暗的记忆，玩耍的儿童的
喧闹声好像白糖洒在上面。

有些东西永远不会再
保护你；有些门比坟墓还牢固。

有一支曲子就像开罗附近
马阿迪的那支——其中的许诺
此刻的沉默
试图遵守，徒劳。

有一个地方你永远回不去。
白天树木遮掩它，
夜晚灯光照亮它。
我无法说更多，
我不知道别的。

忘却而开花，开花而忘却，仅此而已。
剩下的是眼睛疲劳和旅行见闻的讲述。

又一首情歌

与一个女人在阳台上，沉重而疲倦：
"跟我待在一起。"道路像人一样死去：
静悄悄或突然断裂。
跟我待在一起。我想成为你。
在这灼热的国度，
话语必须是凉阴。

我们曾靠近

我们曾如此靠近，
好像奖券上的两个数字，
只隔一个数码。
我们之一将赢，也许。

你的面容和你的名字美丽，
印在你身上犹如印在一罐
精美的蜜饯上：
水果和它的名字。
你还在里面吗？

白昼将美妙如黑夜
且因人们而美丽，
对于人们时间将不重要，
这样的时刻将来临。

那时我们将相识。

没有人

没有人把希望寄托在我身上。
别人的梦都在我面前关闭：
我不在其中。

甚至房间里的人声
也是荒凉的征象，就像蜘蛛网。

身体的孤寂
空旷得能盛下好几个身体。

现在，他们正从搁板上取下
彼此的爱。直到搁板空空。

于是开始有外层空间。

我变得毛茸茸的

我浑身上下变得毛茸茸的。
我担心他们将为我的毛皮而开始猎捕我。

我多彩的衬衫并没有爱情的含义——
它仿佛一个火车站的鸟瞰照片。

夜间，我的身体在毯子下敞开，醒来，
好像要被枪决的人的眼睛在蒙眼布下面。

我将无休止地四处流浪；
我将死于对生活的渴望。

然而我曾想平静，像一座护城堤守着它毁坏的城池，
曾想安宁，像一座挤满的公墓。

推荐信

夏夜在耶路撒冷
我裸睡在我的床上，
床立在一个深谷
边缘
没有滚落下去。

白天我四处游荡，
十诫在我双唇上
好像某人哼给自己听的一首老歌。

哦，摸我，摸我，你这好女人！
你在我衬衫下面摸到的这不是伤疤。
那是一封推荐信，折叠着，
来自我父亲：
"他仍是个好小伙并且充满爱。"

我记得父亲叫我起床
做晨祷。他亲吻
我的额头，而不是把毛毯扯去。

从那时起我更加爱他。
因此之故，
愿他被轻轻地
带着爱意唤醒，
在最后的复活日。

在闰年里

在闰年里，死之日距生之日
更近或更远些。
葡萄充满痛苦。
它们的汁液变稠，像甜甜的人类精液。

我像一个白天游历
夜里所梦见之地的人。
一股突如其来的气味使我
想起长年的沉默使我
忘记的事情。雨季之初
盛开的金合欢花
和久埋在房子下面的沙子。

现在，我仍然能做的只是
在晚上变暗。
我满足于所拥有的。我仍然
想说的只是我的名字
和我的国籍，也许还有我父亲的名字，
就像战俘只被允许
说这些，
据《日内瓦公约》。

我梦见了你

我梦见了你。我的梦就像
伦敦火车站的一间候车大厅里
一个巨大的穹形忧虑。蓦然
你的面影在那里，
带着夜色和遥远的睡意。

年轻美丽的人们询问到站地名，
填写旅客登记表。
列车开走，供水线伴随着
沿途需要的旅客。

我记得你快乐：你像孩子们
站在糖果店前，一个劲地指着：
这个，这个，还有这个。

在那些日子里，我在你手掌和脸庞上
只读现在时；没有其他时态。

曾经有过的还会再有，
还没有过的也会有，会有。

只有你——你的脸庞如今可比作
渐渐隐没的房子的窗户——永不再来。

到欣嫩子谷的美丽花园一游

要保护花园，看守果实，
一个人必须像背十字架那样把床背在背上，
放在花园里，睡在那里。
白天充当部分阴影，夜晚充当部分动静。

这一切都做好了，造好了，
种好了，你就不用害怕了。听，
想永远留在这儿的人
与想去别处的人
发出的请愿之声在空中
是如何交混的。这一切
都恰如其分，都是好的。

犹如树根之间的土
流失，我从留下的父亲身边流失。
我的儿子将再度像他那样成为一棵扎根的树：
总是一代人是树——
下一代，流失的土。

供玩耍的人

他们给幼儿园的游乐场
弄到了一辆旧汽车，
漆成红黄两色。

他们也会把我弄去给成年人：
在我自家的院子里，
我将被布置起来展出，色彩美丽，
一个供玩耍和有益研究的人。

剩下要说的几句话
我可以附在一声咳嗽和一个喷嚏上。

有时候直到一个人
死了你才知道
他的生年。

"在地上你的日子就可以延长"：①
就好像有可能双向
延长似的——甚至到出生之前。

---

① 　整句见《塔纳赫·申命记》第25章第15节："这样，在雅赫维-
　　你神所赐你的地上，你的日子就可以长久。"

母亲和我

多年来你一直忍受着
这沙漠热风，每年两次。

你在体内怀了我九个月。
你在体外用手臂抱了我一年。
啊，现在我的脸多像你的手臂，
我的灵魂多像你裹着绷带的脚
受折磨的皮肤啊。
沙漠热风把我们俩吹得多相像啊，
我们俩都像这片国土。

1948 年赎罪日，
在回内盖夫沙漠途中，
我来与你坐在这些屋子里，
度过短暂而沉默的一小时，
你给我糕饼，
斋后吃的糕饼，将要
盖满尘土的糕饼，为别是巴
战役准备的糕饼，将变干变碎
帮助我逃脱死亡找到归途的糕饼。

在新公园附近，一块无主地上，
我看见从远处拉来的新鲜黄土。
我看见空铁罐，从前
装着树汁，现在生锈且撕破。

我不知道有谁剩下来爱我们。
我问自己，有多少人
会乐意为我示威，
或在墙下为你上演绝食罢工？

我穿上凉鞋，它把我的脚
分开，像牛的蹄子。
你有时也仍旧不顾脚痛
在节庆日的耶路撒冷漫步。

可是你我正在失去
自由活动。这地方
在我们四周变得太宽广太多余了。
眼瞳凝固了：不为睡眠。

我们将被放进
上帝合上的书里，在那里我们将歇息，
为祂标记祂读到的页面。

我父亲身穿白色宇航服

我父亲，身穿白色宇航服，
迈着逝者一脚轻一脚重的步子
在我飘忽不定的生活表面
到处走动。

他叫出名字来：这是童年陨石坑。
这是条裂沟。这发生在你的成人礼上。这些
是白色山峰。这是从那里
发出的低沉声音。他采取样本，放进他的衣兜：
沙子、词语、我梦中的叹息石。
他检视，判定。他把我称为
他的厚望行星，我的童年、他的
童年、我们的童年之地。

"学会拉小提琴，儿子。你
长大后，音乐会帮你
度过寂寞和痛苦的艰难时刻。"
这是他曾经对我说的话，但我不相信他。

然后他飘走了，他真能飘啊，飘进了他那
无尽的白色死亡的悲伤中。

路得，幸福是什么？

路得①，幸福是什么？我们本应该
谈论过的，但我们没有。
我们努力显得幸福
消费我们的体力，犹如消耗疲乏的地力。

我们回家去吧。回不同的家。
"万一我们再也见不到彼此。"

你肩膀上甩动的挎包
把你造成个有效率的流浪者，
不对称，长着明亮的眼睛。

吹起云的风
把我的心也吹起，
把它带到别处去——
那就是真幸福。

"万一我们再也见不到彼此。"

----

① "Ruth"，系阿米亥童年时代的恋人，死于死亡集中营；是阿米
亥诗歌和散文中时时重现的人物。

进入未来的回忆

此刻我站在这景色中，
我俩曾从小山上向这里眺望：
树木在风中摇晃，
就像诵读着《启示录》的人们。

它们近距离的快乐
令人难以忍受。我们说
多可惜我们没有更多时间。"假如我们
下一次来这儿，我们就去那儿。"

我现在就在那儿，
我有足够的时间。
我就是下一次。

情　歌

它就这样开始：在心里，它变得
松弛、自在、快活，好像
某人感到鞋带有点儿松了
就弯下腰去。

此后，另一些日子来临。

现在，我就像一匹特洛伊木马
充满了可怕的爱情：
每夜它们杀出来横冲直撞，
天亮时又回到
我黑暗的肚子里。

远在异地之痛

远在异地之痛
割裂我的心，就像切开一只甜甜的水果。
可是，哪儿有好多的泪汁啊！

清晨，浓雾笼罩了山丘上的
房子。房子里的人们
说：浓雾笼罩了整个世界。

有许多热切的渴望
就像某人醒来
躺在一张床上，他并不曾睡着。

中午，我在火车站
一家花店给人寄送鲜花：
在一张小卡片上，我写下吉祥话和正在逝去的爱情，
用一支像狗一样拴着链条的铅笔。

可是，哪儿有好多的泪汁啊——
钥匙，那串钥匙，那张面孔的钥匙。

我累了

我累了，像一种非常古老的语言
被外来词入侵，
我无力抵御。

我要买一条狗，
教它渴望。

一扇门嘎吱响：
那不是我所爱的。

可是在神恩浩荡的傍晚，街上满是
父亲的代用品和母亲的代用品。

空空的回忆

空无记忆的回忆在这几个小时里来找我，
还有忧愁，就像用婴儿车载着包裹和篮子，
一只旅行箱，一盆花。

"以前就在这儿，还有用铁链
拴着的铁杯子"，你想说，那口井，
在这小广场上的，上边有个小棚子。
那眼睛，也许乳头，也许眯缝着的嘴
和心，一个想离了火柴而活的盒子。
许多死者的临终遗言
在衰减的日子的光亮中恭维我的脸面。

唉，没有旅程和车辆的车站、
后边没有接待室的等候室、
出自古代异象的石头、
老旧逾越节经文书页上
发黑的酒渍、一只有凹坑
和不再有的纹饰的蓝色搪瓷壶、
一眼望不到头的平原、
升起的尘土，犹如人们
奋起与他们的命运抗争。

在那一切之下，如同在
多层被子之下，一个孩子熟睡着。

我回家时

我回家时不会受到
孩子们的叫声，或忠实爱犬的
吠声，或袅袅炊烟的欢迎，
犹如传说中那样。

对我什么都不会发生，"他
抬起眼睛"——如
圣经中所述——"看见了。"

我已跨越了当孤儿的边界。
他们叫我退伍军人
已很长时间。
我不再受保护。

但是我发明了干哭。
发明这的人
发明了世界末日的开始，
开裂、崩塌、结束。

烛火灭了

烛火灭了，
就没有任何缘由
可让我的眼睛潮湿。
永恒扑向我，像只狗
干吠着。

为了平抚我身负的压力，
我诱使我的血液
流向消化和生殖系统，
好让它分散到
我的肠胃和阴茎之中，
而不在我的头脑中制造痛苦的思想。

在我童年之日和恋爱之夜里，
我埋下了真实之地雷。
可是我成年的日子
焚毁了地图。
因此我惶恐地生活在谎言之中，
或者干脆不外出。

再度，图画变得越来越多，
文字变少，
就像儿童读物一样。
于是圆圈合拢。

又一首情歌

"有强壮的手和强壮的种子。"这
也不过是对爱的一种欲望。

我的儿子

今天，我的儿子
在伦敦一家咖啡馆里卖玫瑰花。
他走近桌子，
我和快活的朋友们正坐在桌前。

他的头发灰白，他比我年迈。
但他是我的儿子。
他说也许
我认识他。
他曾是我父亲。

我的心在他的胸膛里碎裂。

回忆是一种希望

我们之间距离的速度：
不是一方离开而另一方留下，
而是双方彼此背离的双倍速度。

我所摧毁的房子，哪怕碎片也不再是我的。
从前，在我们共同生活期间，我们想对彼此说的
全部话语都堆积在新的建筑工地上
整洁的窗框堆里，
而我们仍旧沉默。

我不知道此后你的情况；
而无论我遇到什么事儿
我都不知道怎么回事儿。
回忆是一种希望。

薄荷糖

名字里面依偎着小动物。
花朵从永不再有的东西中长出。

一只手在关闭的大门上写下"开门"，
把目光吸引到盲目的地方。

头面向相反的方向
朝着那么热爱的风景。

"我是个薄荷糖的坚信者"，
她痛哭着说，继续走她的路。

歌

我看见一所空房子窗户里亮着灯。
此刻苏黎世是一座
痛苦的城市。

那些夜晚的日子已逝去

那些夜晚的日子已逝去，那些美妙的阴影
好像成熟水果的色泽，已逝去，
正回到别处去。把阳性
和阴性放到语言中的人也把
别离放到其中。

你就像发誓每年在那个时候回来的人。
你里面是蓝色的，外面是棕色的，就像誓言；
你的言语准确，好像沙丘上草叶的阴影。

抚慰小曲

假如流浪比死亡快速，
有什么可怕？

你有两只手和两只脚——
你并不寂寞。

美丽的身体折叠起来裹着它们的爱，
用幼儿园的折纸技巧和智慧。

一个人穿墙而过，
墙依旧完整，他也依旧完整。

你就是这样一个人——
或者你将变成一个。

关于一张照片的歌

这张春天到来之前森林的照片中
是哀愁。光秃的树木缓缓刺入
我的灵魂。我脚边是昨日的飒飒声。
可是"破晓之前"这几个字在我
耳中依然甜蜜，柔软得
好像预言的里子。

中午我的声音像一阵骤风吹起。
我买了一只带拉链的衣箱
准备旅行。上帝啊，一个人
活着的时候还会给自己买什么，
除了裹尸布和墓碑石？

我在一面镜子前洗手，我知道
创造了人类的神也创造了死亡。
从前在一起的五个人当中
只有三个活下来，而且分开了。

上帝会让死人复活，也许，
但祂不会把破碎的东西复原，
也不会把裂缝弥合。
就连你家临街前脸儿的一道裂缝
也会变长变宽切入世界。

又一首情歌

你来时走过的距离折叠
在你美丽的脸上，
像个降落伞，检查之后
在另一个地方打开。

再一首情歌

那就像狗挑骨头吧，这骨头
我们一辈子都得应付，
除了啃咬和吮吸。
抛出再假装欢快地叼回，
直到人手再次把它抛远。
骨头发出回声。

信

坐在耶路撒冷一家旅馆的阳台上
写：日子愉快地逝去，
从沙漠到海。再写：泪水，在这里，
很快就干。这小小污渍
是化开墨汁的泪水。一百年前
他们就是这样写的。"我在它
周围画了个圈。"

时光流逝——像电话里，有人
在大笑或哭泣，离我很远：
我听见的，却看不见。
我看见的，却听不见。

我们说"明年"或"一月以前"的时候
并不在意。这些话就像
玻璃碴，你可以用来扎伤你自己
或割破血管。如此行事的人们。

可是，你曾经美丽，像古代典籍的
注疏。
你遥远的故乡女人过剩
使你来到我面前，可是
别的统计数字又把你
从我身边夺走。

生活就是同时建造
一只船和一个港口。也是在船沉很久之后
才去建成港口。

结尾：我只记得
有过雾。不论是谁，
只记得雾的人——
他记得什么？

事　态

像圣经中我们的祖先，有着沉重的畜群，就这样
有着沉重的感觉，绵羊和羊毛的气味，
有着沉重的蹄踏，在一团尘雾中。
道路的长度被时间分割。夜晚被分割
成美丽的肉体：我的爱人和我的速度。
我的脸像光一样，分裂成许多颜色。
"我记得在一个守丧周里一次深度做爱"
就好像在逝者的大门上拼命敲。

上面，我的话，就像在失去的糙面上
徒劳地擦火柴。
下面，我双腿之间，依然明显，
割礼留下的清晰
精致的疤痕。拉比
流便·摩西·埃施韦格大师，
祷文领诵人兼割礼执行人，那强壮、秃顶的人牛，
优雅地俯身，用他灵巧的双手
摘取了我的玫瑰花。
早上，我眼角中一颗微粒
就是许多欢爱之夜所剩的全部，
来自道路的尘土和战争的硝烟。
然而，我依然以嘴唇的沉默
为我雷声隆隆的国土的平静作贡献。

只有在我死后，你们才会得知

我一生的规律及其运动：
一个圈。不，因为线是直的，也许，
微弯的弧。他的本事如此如此。他每小时
到达许多记忆的岁月。
他有过幸福的时刻。他是诸多季节。

一场大战

一场大战正激烈进行，为了我的嘴
不变僵硬，我的颚
不变得像保险柜的
沉重铁门，这样，我的生命
就不会被叫作"死亡前期"。

像一张报纸在风中缠挂在栅栏上，
我的灵魂缠挂在我身上。
风一旦停息，我的灵魂就会飘落。

四首关于人的诗

1

于是我遇见来自我的过去的人们:"你来自
另一层面。你是一门不同的学问。
你的头脑属于某个不同的地方。你的手
从那里伸出来。你忘记了
眼睛不能保存任何东西,
而只能观看。"

这是个把一种物质融入
另一种物质,
一张面孔融入夜雾,
话语融入时间,
在那里化掉的问题。

这些是丧家之人。
他们的房屋离弃了他们——
不是一下子,而是每次一块石头,
一片瓦,一幅窗帘,一个词。

遗忘的形状
就像紧闭的嘴唇,哼着歌儿。

2

没有什么可生气的，没有什么可害怕的：

你坐在公园里，一座废弃的炮台里，
在一个刮着沙漠热风的日子的美妙余晖中，
从前有个敌人曾经从那里观察你。

风吹树叶的沙沙响声再次发现
你的沉默。心有时从远方
回应，就像散布在
群山上的村落中的犬吠。

你变成了牧人、
绵羊和草地，三者合于一身。
你累了，就像孩子们尽兴远足之后，
你发现人挖的水井
与天然喷泉的区别
并不大。
一切在水的时间里都有着内在联系。

3

于是你发现自己总是站在
那备受赞美的风景
与那个向聚精会神环立在他周围的人们
赞美和解说它的人之间。

你不再打扰。
言语，不是对你说的，
像风似的，又被你的身体
劈开，像水似的被梳过，
又在你的身后合拢。

美妙的无神论依然盛开
在这里的岩石中间，
散发着孤独和绝望的气味，就像
最初一神信仰的兴起一样。

被钢铁切割的山腰
到夏天又会变成黄褐色，
被草覆盖，翌年春天
就会像任何春天的山一样了，

就像我的腰胁，多年前
你被从此处割离。①

4

天空中有一只鸟儿，
也许，正在唱
一支美妙的歌：

———————

① 上帝雅赫维从第一个男人亚当肋下取出一根肋骨，造出第一个
   女人夏娃。（事见《塔纳赫·创世记》）

假如我是个人，
一个长着双脚的人，
在这辽阔而沉重的大地上，
我要站立站立站立，
永远不再挪动。

七首为战死者所作的挽歌

1

贝林格先生——他的儿子
在运河边上战死了；陌生人
挖了运河是为了
让船只穿过沙漠——
在雅法门① 与我擦肩而过：

他变得非常瘦了；减去了
他儿子的体重。
所以他轻快地漂
过大街小巷，
像浮木
缠绊在我心里。

2

孩提时他把土豆压成泥
做成金色的浓汤。
在那以后有人死了。

活着的孩子玩耍后
回家来得洗干净。

① 　系耶路撒冷城九门之一。

可是对于死了的成人，
土和沙就是清水，
他在其中永远
清洗着他的肉体，得到净化。

3

无名士兵的纪念碑，
远处，在敌人那边。
对于未来战争的炮手，
一个好标靶。

或者伦敦的战争纪念碑，
海德公园一角，装饰得
像一块丰富、华丽的蛋糕：又一个
昂首举枪的士兵，
又一尊炮，又一只鹰，又一个
石雕的天使。

一面石雕旗帜的发泡奶油
以专业手法
整个倾倒在上面。

可是撒有糖霜红得过度的
樱桃
已经被心的美食家
吃掉了。阿门。

4

我发现一本关于动物的老教科书，
布雷姆 [1]，第二卷，鸟类：
以美妙的语言描述
乌鸦、燕子和松鸦的生活。有许多
哥特字体的印刷错误，但有许多爱："我们
长羽毛的朋友"，"迁徙到较温暖的
国度"，"鸟巢、有斑点的蛋、柔软的羽毛，
夜莺"，"春天的先知"，
红胸知更鸟。

出版年份 1913，德国，
战争前夕，那成了
我所有战争的前夕。

我的好朋友，1948 年 6 月，在亚实突荒漠 [2] 中，
死在我的怀抱和他的鲜血里。

哦，我的红胸
朋友。

5

迪奇被击中了，

---

[1]　克里斯蒂安·路德维希·布雷姆（Christian Ludwig Brehm，1787~1864），系德意志鸟类学家。
[2]　系以色列独立战争中的一个主要战场所在地。

就像雅的末底改 ① 的水塔
被击中。肚子上有个洞。什么
都流出来了。

但是他就这样一直站着，留在
我记忆的风景中，
就像雅的末底改的水塔。
离那儿不远他倒下了，
稍稍往北，在胡雷卡特 ② 附近。

6

这一切都是哀伤吗？我不知道。
我站在公墓里，身穿
活人的伪装服：
棕色裤子和黄得像太阳的衬衫。
公墓廉价而非常不起眼。
就连垃圾筐都小，只够
盛买来的鲜花薄薄的包装纸。
公墓是个举止得体、规规矩矩的东西。
"我永远不会忘记你"写在
一块小陶瓷牌子上，用法语。

---

① "Yad Mordechai"，系以色列南部一集体农庄。1943 年，一群来
自波兰的犹太难民以华沙贫民窟起义领袖之一莫德亥·阿涅莱
维奇（Mordechai Anielewicz）之名创建。该地常设有 1948 年以
色列独立战争期间一场血腥战役的声光电重现表演。
② "Huleikat"，系以色列南部一战场。

永远不会忘记的，我不知道那是谁；
他比死者还要更不知名。
这一切都是哀伤吗？我想
是的："国土建设起来，愿你感到欣慰。"

在欣慰、建设、死亡这三者
之间可怕的竞赛中，
人能建设多少国土才赶得上？

是的，这一切都是哀伤。但总是
留一点点爱燃烧着，
就像在一个睡着的婴儿房间里留一个小灯泡，
不让他知道那是什么光，
从哪儿来的。然而那给予
一点点安全感和默默的爱。

7

战死者的纪念日。现在把
你所有失意的伤痛，甚至一个已离开你的
女人的伤痛都加到他们的伤痛上去吧。把
哀伤与哀伤混合，就像节省时间的历史，
把节日、牺牲、哀悼都摆放
在一天之中，以便记忆。

啊，甜美的世界，好像面包一样，浸泡
在甜美的牛奶中，给可怕的没牙的上帝吃。
"这一切背后隐藏着某种巨大的快乐。"

在心里哭泣和在身外尖叫都没用。
这一切背后也许隐藏着某种巨大的快乐。

纪念日。苦涩的盐被装扮起来，
就像小女孩戴着鲜花。
街道被用绳子拦起来，
好让生者与死者一起游行。
儿童带着并非他们自己的伤痛慢慢地行进着，
好像踩在碎玻璃上。

笛手的嘴会像那样保持许多天。
一个阵亡的士兵以死者的泳姿
在颗颗小脑袋上方游泳，
带着死者固有的有关
活水所在之处的古老错误。

一面旗帜与现实脱离了联系，飞走了。
一个商店橱窗装饰着
美女的服装，白的蓝的。
一切都标有三种文字：
希伯来、阿拉伯、死亡。

一头硕大而高贵的动物
在茉莉树下濒死，彻夜
不停地凝望着世界。

一个男人——他儿子战死了——走在街上，
就像一个子宫里怀着死胎的女人。

“这一切背后也许隐藏着巨大的快乐。”

谈论变化

谈论变化即谈论爱情

很久没有听到你的消息了。
甚至不曾收到一小片纸，
哪怕像一纸公文，
忘记了我的名字和存在。

生殖机器在我大腿之间
依然美妙，可是很久了
我双眼之间不曾感受书信的美妙。

我们在一起待得不够久，
不足以树立成爱人的纪念碑。

现在时间来替代时间。
忧伤在像换衣服似的换人；
你的严肃面容在切割你的生活：
每一切块上都有另一个男人。

从前我们曾经谈及变化。
谈论变化即谈论爱情。

我离去的日子

我离去的日子，春天绽开
来兑现说过的话：黑暗，黑暗。

我们一起用了餐。他们铺了一张白桌布
为了气氛宁静。他们摆上一盏蜡烛，为了蜡烛的缘故。

我们吃着，我们知道：鱼的灵魂
就是它的空骨壳。

我们又一次站在海边：
别人早已把一切都做好，装满。
而爱情——那几夜
就像稀罕的邮票。触摸着心，
别伤着它。
现在我轻快地旅行，像犹太人的祈祷，
像抬起的眼睛一样起身，像
一架班机到别的地方去。

好像房屋的内壁

我突然发现
自己——在人生中太早了——
好像房屋的内壁
在战争和破坏之后变成了外墙。
我几乎忘记了
它在里面是什么样。不再有痛苦，
不再有爱。近和远
对于我是同样的距离
而且相等。

我从来想象不到颜色是怎么回事。
它们的命运就是人类的命运：浅蓝依然沉睡
在深蓝和黑夜的记忆中。苍白
自紫色的梦中叹息。风从远处
带来气味；
它自身却没有气味。
哈嚓芙 ① 的叶子在
白花开放之前早已死去；
白花永远不知道
春天的绿色和黑暗的爱。

我抬眼眺望群山。现在我懂得了
抬眼的意思：那是何等的

———————————
①　"hatzav"，系一种野生植物，春天叶生叶落，秋天开白花。

重负啊。可是那些艰难的渴望，
那永远不再在里边的痛苦呢！

以悲哀的狡猾

以悲哀的狡猾你学会了
从这世上提取爱。
以街道顽童那压抑而粗鄙的嗓音
你说柔和的话语；
你的身上长出了受惊的毛发，
在预言之处。

你的皮肤是曾经
发生过的一切的表皮。
我在夜里爱抚你时，
我是在爱抚战争和古代君王
以及流浪或休息着的
整个民族。

我握着你的手，
你手中握着一方手帕，
手帕里包着眼泪——
盐中之盐。

关于休息的歌

给我看一片国土，那里的女人比那里的
广告画上的女人更美丽
那里的诸神把许多好东西
放在我眼前、我额头上和我痛楚的背颈上。

"我将不再为我的灵魂找到休息。"
每一天，一个新的最后一天度过，

而我仍必须回到
那些地方去，在那里我们用以前
种的树和被毁坏的一切为我量身高。

我跺脚，蹭鞋，
要把沾在我身上的东西抖掉：
我灵魂之粪、感情之尘、爱情之沙。

"我将不再为我的灵魂找到休息。"
让我坐在高射炮手、钢琴师、
理发匠的转椅中，我将悠闲地转啊转啊
直到生命终止。

哈勒姆，一个死去的故事

在鹿特丹，和谐咖啡馆，
最后一晚。他的一只手
歇在她的大腿之间；
她的双手在桌上，
美丽而苍白，
好像幻想破灭的
理想主义者。

洗手间在地下室里，
洁白而安静。
你下到那里，这么
多年以后再次哭泣。
似乎你从前来过这里；
突然，你想起来
你来过。

于是你整装登上火车。
你没事儿。
耶路撒冷的小院子
是个错误，
哈勒姆，
一个死去的故事。

店名叫"的里雅斯特"

我坐在旧金山一家咖啡店里。
戴着凶手面具的男人
内心柔软，像受害人的肚皮。

此店名叫"的里雅斯特"，
就像我乘船前往以色列地时
出发的港口。
在那里，我是个年少、崭新的钉子，
在那里，他们用锤子把我
敲透过地中海，
直到以色列地。

世上什么也没有消失：
当年船上的三根桅杆
现在在我心里变成了三声叹息。

在加利福尼亚的情诗

离家的人们
把家变成庙宇。
房门是厚木板做的，带有结实的门闩，
但窗户大而脆弱。
桌上一把梳子插在头刷上——
两人相爱同居的唯一提示；
一枚纸制书签，但没有书；
一面镜子却没有面容。只有你的名字！

我在这里抽着烟，黛安娜，
在你的屋里，好让烟味留在墙缝里，
因为我的话语不会留下。

你现在有许多地址，
好像一束多彩的鲜花。
而你却在禁猎的季节里：
现在禁止爱你，
搜寻你。

我们彼此相距太远。
你既不生活在公元前也不在公元后，
而是独自在一旁。在这里，
初恋也是顽强地固定着，
在你的余生。

"雨雪从天
而降，并不返回。"①
它们会的，它们会回去的。它们当时
并不知道。

在你的过去将成为我的未来的日子里，
我们将是美丽的，天各一方。
美丽得就像你的住地的
潺潺流水，黛安娜。
就像我的住地的广袤亘古的沙漠。

---

① 见《塔纳赫·以赛亚书》第 55 章第 10 节，系犹太先知以赛亚
的话。

亚实基伦 ①

一股黏糊糊的音乐从一家
咖啡店的裂隙中缓缓流出。

公共汽车在密林中呻吟，
肥厚的轮胎像女人分开的腿。

上帝之眼自上俯视，像一勺冰淇淋，
不会融化也不会消减。

儿童进出那子宫，
皮肤闪亮。

膝盖也是祭坛的号角
给节日绑上强烈热爱的绝望。

我的第一任妻子也在那里，
但她的脸覆盖着距离的面纱。

我的人生是一个长夜，
其中白天像光照下的鱼一样掠过。

白沙
是上帝的理想原料。

---

①　系以色列南部西海岸城市，历史悠久，有古代港口遗迹。

静静的欢乐

我站在我从前恋爱的地方。
天在下雨。雨是我的家乡。

我用渴望的词语思念
我尽可能远地抓住的一片景色。

我记得你挥动着你的手，
好像在擦窗玻璃上的白雾。

你的脸庞，仿佛放大了，
从一张旧的、模糊不清的照片。

从前我对人对己
犯过很大的过错。

但是，这世界造就得美好，为使人
好好休息，像公园里的长凳。

现在我已找到
一种静静的欢乐，太迟了，
就像发现一种危险的疾病太晚：
还有几个月的静静的欢乐。

她教我不要再来

她教我不要再来
她的闺房，以免
使她悲伤。一个年轻男子
正坐在那里，面貌俊美，鼻梁笔直
像希腊人的，而我的鼻孔太大，像只兴奋的鸟儿。

从前我给她起了个名字，
就像植物学家给他发现的稀有花朵命名一样。
她教我不要再来。她的皮肤
发亮而晒黑。"那样的皮肤
只能防太阳射线，而不能防痛苦。"

"你到处播种墙垣。你种植
高墙。你的终点永远不会遇到
你的起点。"一个年轻男子在那里，
他不叫她的名字。
他们默默地躺着。葡萄酒在外边
翻滚：祝福创造了
藤蔓之果者。

而我：祝福创造了
终结之果者。

从前一场伟大的爱

从前一场伟大的爱把我的生命切成两段。
前一段在某个别的地方
继续扭动，就像一条被砍成两段的蛇。

岁月的流逝使我平静下来，
给我的心带来痊愈，给我的眼带来休憩。

我就像有人站在
犹大荒漠里，看着一块标志牌：
"海平面。"
他看不见海，但他知道。

就像这样，我处处记起你的脸
在你的"脸平面"之前。

希律王山 ①

我横穿沙漠
到一处著名古迹，在那里坐在
冬日阳光里，靠近曾经
守护国王之乐的碉楼残迹。

好像一把刀削着圆圆的水果，我感到
时光一圈一圈的运动。

生者与死者在我梦中会见，
犹如两个敌国的特使
在第三国会见。
我的脸是用征服者的颜料画的被征服者的脸。

我平静：离弃我们的
并不立即加入岩石和沙漠。
还有中间的东西，车站，
例如距离、回声、黑暗、
手和花园。

---

① 　"Herodion"，系位于以色列西海岸、耶路撒冷以南12公里处的
　　圆锥形山丘，顶上有古堡，被认为是希律王的行宫，现辟为国
　　家公园。

夹竹桃

早已死去的一届政府曾经决定
在火车站近旁种植夹竹桃。
有的车站已关闭，铁轨已拆除，
但是夹竹桃留下了，继续生长。一位
前高官轻率决定的花，对钢铁、
烟雾、离别的美丽注解。还有希望，

也许在拜占庭时期，
与鱼和玻璃一道，
躲在满含幸福
热泪的眼睛里面。

或者在拉马塔伊姆①，我看见
两个老人在给彼此描述
痛苦在他们体内的迁徙路线，
两个年轻人则描述爱情：
在胸口这里。像压力。热热的
在喉咙里。"你的在哪里？"
在肚子里。这儿。软软的。你摸。你摸。

---

① "Ramatayim"，系希伯来语音译，义为"两座山丘"，是1925
年由波兰犹太移民建立的定居点，位于以色列中部沿海的沙仑
平原。后于1964年被并入城市霍德沙龙（Hod Hasharon）。

亚革悉，1973

我已经忘记什么是多如这海岸上的沙。
我不知道什么像流云一样流过，
什么像吹拂的风。

我拿了一把轻便椅子，
背在背上，去到沙滩上坐；
海浪带来从不会长留的东西。

从上天下降的宁静在我头上
与从我内心升起的愤怒相遇，
在我上方形成一个
涡旋，像可爱的发卷。

那女人的皮肤被晒黑，被治愈，
为了快乐，好像平滑
可爱的钱包的皮子。

几声呐喊"祂把马和马兵推翻在海中"。
于是我分裂的灵魂忆起
红海的分开。

相互的催眠曲

很久以前我想教你入睡。
可你的眼睛不愿让睡意降临；你的大腿不让；
也许，我抚摸着的你的肚皮愿意。
那么就倒数数，就像发射宇宙飞船，
然后入睡，或者正数，
就像起头唱歌，然后入睡。

我们一起躺在黑暗里的时候，
来为彼此编些甜蜜的颂歌吧。眼泪
比流泪的原因滞留得更久。
报纸在我眼前被烧成
一团烟雾；小麦
继续在法老的梦中生长。
时间不在钟表里面；
爱情有时却在肉体里边。
你在睡梦中说的呓语
是野性的天使们的饮食。
我们弄皱的床铺
是最后一片自然保护区，
生长着尖叫的笑声，还有绿色的、肥沃的哭泣。

很久以前我想教你入睡，
好让黑夜铺上
柔软的红色天鹅绒，围裹着
你心中所有坚硬的块垒，就像

地质仪器的匣子。

好让我在工作日期间
也奉你神圣如安息日；好让
我们永远待在一起，
就像在新年贺卡上，
配有鸽子和圣经卷子，
覆盖着银粉。

好让我们仍然比电脑
便宜。故此他们就
不会在乎我们是否继续生存。

阿姆斯特丹的葡萄牙犹太会堂

那些是什么样的旅游者？
黑暗的记忆之犬冲着他们抛掷黑暗。
他们不付钱就进入会堂，
头戴从大门口的盒子里拿的
黑色小圆纸帽。①
描金的赎罪册从屋顶吊下，默默地转动
在没有罪人或罪过的空长椅上。
遗留的祷告纸条贴在墙上，
好像旧烧水壶里的水垢。

他们是谁？来自无水的地方，
变成了许多桥梁的走过者，
在火车站名总是"入口"
或"出口"的国度。
然后他们在饭馆中用刀叉
以可悲的吃相
清扫肉食。

他们是谁？有时他们中的一位
会在瞬间平静地走神
抬起手腕看时间，
可是腕上没有手表。

---

①　按犹太传统习俗，进入会堂或圣地需戴一顶小圆帽。各处都有
　　为临时参观者准备的纸制小圆帽，用毕归还。

"我认为一张回程票
是令人非常兴奋的东西，"那女人说，
"充满有希望的爱。"

佛罗伦萨的犹太会堂

院子里温柔的春意，
一棵树开着花，四个女孩
在神圣语言的两节课间玩耍着，
她们身后是一座大理石
砌的纪念墙：列维、索尼诺、卡苏托
等等
列成一条直线，就像报纸上
或"摩西五经"卷轴上那样。

那棵树站在那儿什么也不纪念，
除了这个春天。
再见，我们的父。
晚安，我们的王。①

眼中的泪。
好像衣袋里过去的
干饼渣。

晚安，松尼诺。
再见，六百万，②
女孩、树和饼渣。

---

① 此诗行和上一行以及末节前两行中的"晚安"和"再见"原文
均系意大利语。
② 系二战期间犹太大屠杀中受难者的总数。

威尼斯的犹太会堂

这座会堂知道许多水，
全都无法扑灭这爱。

我用手臂捂着头，
手臂出自肩膀，离我的心不远。

无需小圆帽。多谢。这
是个博物馆。这是个空墓穴，
其中的死者已经起身
再生或再死。

无需来自穆拉诺岛 ① 的
美丽的玻璃珠宝。这多彩的
爆炸是玻璃和记忆的
可怕肿瘤。
一扇窗透暗淡的光就足够。

然后就要非常安静，
好像水门前的浮标，
警示着黄金和爱情
以及永不回还的青春岁月——

_____

① 　"Murano"，系意大利威尼斯北部一小岛，以出产精美的水晶玻璃制品闻名于世。

一颗渴望的头颅缓缓起伏漂荡
在许多迟滞的水上。

一位捷克难民在伦敦

身穿一条非常短的黑丝绒裙子，
一位政策避难者。（她父亲在那里蹲监狱。）
她的阴户非常有力，好像战斗英雄的
独眼。
迈着白大腿她强健地走在
这灰暗的天空下。"各人在各自的时代
尽各自的义务。"对于我们那是
许多沙漠，有着许多可以藏身的洞穴：
"做各自不得不做的事情。"

她在这里表现得就像外语教科书里的那样：
早上她起床。她洗漱。（她
不想我。）她穿衣。
她晚上回来。她读书。
（她从来不会想我。）她睡觉。

"在春末，空气变柔和时，
每年我都发现我不设防。"

去某个美丽的地方远足

偕一个犹太女孩，
她的眼睛里闪着
美国希望，鼻孔仍然
对反犹太主义非常敏感。

"你从哪里得来这双眼睛？"
不像出生时所秉受的眼睛——
这么多色彩，这么多悲哀。

她穿一件士兵的军装——
在某场陈旧的战争中，那士兵
退役了或阵亡了——由于胜利或失败。

"在烧信的篝火上
连一杯咖啡也煮不开。"

然后继续步行
去某个美丽、隐蔽的地方，
一位智慧而有经验的战地指挥官
本可以把他的摩托车藏在那里。

"夏天，在你之后，这山丘
被一个温柔的思想覆盖。"

王者的情歌

你美丽，好像预言，
忧伤，好像实现了的预言，
平静，带着事后的平静。
茉莉花的白色寂寞中的黑，
有着磨利的獠牙：母狼和女王。

穿一件非常短的衣裙，时髦，
哭和笑却来自古代，
也许来自其他国王的某部史书中。
我从未见过战马嘴边的泡沫，
可是当你用香皂涂抹身体时，
我看见了。

你美丽，好像永远
不会实现的预言。
这是王者的伤疤；
我用舌头舔舐它，
用指尖抚摸那可爱的粗糙。

你用硬邦邦的鞋子来回敲打
我周围的囚笼栅栏。

你的野性的戒指
是你手指上的神圣的麻风。

从大地中浮现
我希望永不再见的一切：
房柱和窗台，楣饰和瓶罐，酒的碎片。

有这么多面孔藏在这里
（谁跟谁的？）
夜间，与那盲目的金权杖
一起快乐地
活动。
带着王国和疲倦的重量。

友谊之歌

给阿利亚·扎克斯

你在夜里睡不着，你说
失眠的硬壁球彻夜在你体内
疯狂地弹跳，打着
一场没有出路的比赛。

我有时也睡不着——但因
不同缘故。另一种遗忘
为我们敞开又关闭，
在彼此远离的房子里；
在我窗前哭泣的脸在你
窗前大笑，但那同样的睡眠
却不来到你我面前。
我们是同一场睡眠的
不快乐的恋人。

现在你是个成功而受苦的男人。
你的眼睛已经显示
同一个身体变成
猎人兼猎物的

同样黑暗的进程。你哀伤
缓慢地吃着浸在修道院
葡萄酒里的松鸡。而我是个

在两次逃脱之间
休息的片刻里
吃得快的男人。怀着
匆忙的爱的心，就像烫着的舌头：
在突如其来的痛楚中忘记了滋味，
然后也忘记了痛楚。

现在你是个留着黑胡须的男人。
这是为死于柑橘林里的童年
留的哀悼之须。①
你记起来为之哀悼已太晚。

但有时你是颗长着黑须发的太阳，
你的眼中
依然有什么东西仿佛在向
远方的幸福打信号。

---

① 　按犹太传统习俗，亲戚有丧，男子 30 天不剃须以示哀悼。

一个重归的预言

一张镶在紫罗兰色镜框里的相片，
距今五十年，给她的孙女：
"我奶奶在我这么大的时候
非常美丽，比我美丽，而且骄傲。"

从那时一个可爱的预言
绕着弯儿从未来重归
到我这里：我就是这样爱上了你。

我从侧面看你：
睫毛和眉毛的颤动，好像
翅膀的颤动，在眉骨
与颧骨之间的夹角中，眼睛像鸟儿做窝。

你全身都是可爱喧闹的做窝处：
从头到脚，
许多温暖的窝。

丹尼斯病得很厉害

丹尼斯病得很厉害。
他的脸撤退了
但他的眼睛奋勇
前进，
就像在战争中，
增援的生力军
在开赴前线的途中经过
溃败的撤退队伍。

他得很快恢复健康。
他就像我们的银行，
我们在其中存入了心中所有的一切。
他就像瑞士，
遍布银行。

他已经在抽一支香烟了，
微微发着抖；
就像真正的诗人应做的那样，
他把点燃的火柴放
回火柴匣里。

一个没有嫁妆的新娘

一个没有嫁妆的新娘，晒黑的肚皮
有一个深深的肚脐。一个小洞洞，
能吃会喝，可以给鸟儿做窝。

啊，对，这就是那长着大屁股的新娘，
从她的睡梦和肥肉中惊醒，
她曾在梦中裸浴，
就像苏撒拿和那些长老们。[1]

啊，对，这就是这长着雀斑的
严肃女孩。上嘴唇包着下嘴唇
是什么意思！
黑暗中的痛饮和笑声，
可爱的小动物，莫尼克。

在柔软而损坏了的肉体之中，
她有钢铁的意志：
她为自己准备着
何等可怕的一场血浴，
何等可怕的鲜血横流的罗马竞技场。

---

[1] 苏撒拿为富人约雅金妻。二长者垂涎其美貌，趁其在花园洗澡之时逼奸，遭拒后遂控其与一少年通奸，苏氏被判死刑。青年先知但以理复审此案，分别询问二人在何处见苏氏与人通奸，二人所答不相符，遂因诬告被判死刑，苏氏亦得昭雪。（事见《塔纳赫·但以理书》补篇《苏撒拿传》）

亚比该的甜美崩溃

我们轻轻地击打她
就像要给鸡蛋剥壳。

拼命的、芳香的击打
她回击给世界。

用尖利的咯咯笑声她实施报复
为那一切悲哀。

还用一次次匆忙的恋爱，
好像感情的嗝儿。

甜美的恐怖分子，
她用绝望和肉桂、丁香和爱的碎渣
充填炸弹。

夜间她从自己身上扯下
珠宝时，
有极大的危险，她不会知道界限，
而会继续扯，拉掉
她全部生命。

追踪爱的狗

你离开我之后，
我让一只狗嗅
我的胸和腹。它会闻个够，
然后出发去找你。

我希望它把
你情人的卵蛋扯烂，把他的鸡巴咬掉，
或至少
把你的袜子叼来给我。

一位年轻的耶路撒冷诗人

在用书架做的隔断后面，
他的妻子上午十一点在睡觉。
因此我将抑制我的苦恼，
悄声说话，低声蜜语。

一个年轻人，如此严肃——
直到他的脸颊变得像笼头一样：
他要驰往何处——这位目光骑手？

他的第一任妻子是一只轻快的鸟儿，
喳喳叫着窥探着同一些书。

这位睡觉的是他的第二任，安静，
被大酒环绕着，但
在其中非常清醒，
一个安逸的懒太阳。

他出门上街去
为恋人的
豁免权法而战。

致一位皈依者

亚伯拉罕的儿子学做犹太人。
他想很快就成为一个。
你知道你在干什么吗？
干吗这么急？毕竟，男人不是
无花果树：一切，全体。树叶、
果实和花蕾——一切。（可无花果树
是犹太人的树。）

你就不怕割礼的痛楚吗？
你肯定他们不会继续
割你，直到什么也不剩，
除了甜蜜的犹太痛苦吗？

我知道：你想重新做一回婴儿。
被托在绣花褥子上抱来抱去，
从一个女人传到另一个女人，
长着大乳房和大肚子的
母亲和祖母们。你想要
鼻子里闻着香气，吮吸的
小嘴尝着甜酒的味道。

现在你住在医院：休息和疗养着。
女人们在窗下等着你的包皮。
谁最先抢到它——你就永远属于她。

一个高个儿女孩，非常精致

一个高个儿女孩，带着孩童的
蝴蝶般的吻，
戴着耳坠
以加强她的"是"和"不"。
一个银制的圣卷浮雕挂在她脖子上——
可是圣卷只给房门带来运气。

一个高个儿女孩，非常精致，
像一座钟楼，
从顶到底，
每一层有一口钟——
就像橄榄山上
阿图尔的钟楼。

她也在打扮着自己
准备变成一道美丽的风景——
一张彩色明信片，上面没有我，
只有背后升起的太阳。

理想的爱

如此开始爱：鸣枪，
如穆斯林斋月。
那是一种宗教！或者吹羊角号，
如在赎罪日，以祓除罪孽。
那是一种宗教！那是一种爱！

灵魂——到前线去！
到眼睛的火线上去。
不要躲藏在白肚脐里。
感情——从肥肚皮里出来，前进！
感情出来肉搏战！

但是让我们保持通向童年的道路畅通——
犹如战无不胜的军队
也总是留有一条畅通的退路。

既撒谎又美的诗（选五）

1

很久以前人声散布在花园里。
那些有家的人都已回家。

在充满白光的等候厅里，
先知等候着末日的黑暗。

无花果使纸袋融化；
葡萄冲破厚实的牢笼。

一位教士在黄昏中低声解说十字架刑。
玫瑰雷霆从空中的黑色花园滚出。

一场空虚的爱将用将来冬季的雨水填充。
穿过密密的夹竹桃丛，一个男人走进家门。

一个在战争中失去丈夫的胖女人
说话声音甜美，细细的像个孩子。

一个寂寞的男人在后院捡起一枚扣子，
端详着；扣子是红色的。

一种伟大的宽恕用爱哺育
一种幼小的粉红色的罪。

一个习惯性通奸者额头
抵在墙上哭泣着。

2

在一栋未完工的房子里
站着一个已完工的女人。

她穿过她的头发空降到这里。
她在一个无框的窗户里被看见。

她知道地下水的位置。
在我们的悲伤中，她双唇张开沉默着。

她像历史一样创造平静的事实，
把正在发生的事情变成平静的过去。

她把她伤人的脚步声哄睡。
一棵紫色的树在别处为她开花。

在那里，大钉子在撒谎，白浆和石膏，
好像上帝，抛弃了尘世，留下了痕迹。

一个老人在一面光滑的裸墙上
描画大理石纹理。

3

一个女孩散发着烧过的原野的气味：
她的嘴唇美得像古代的、被遗忘的舌头。

乳香树筑起高高的巢。在她的毛发里，
一股微风把轻吻吹到她皮肤上。

窄巷把她挤得直到香汗津津。
一条古老的奥斯曼律法在她眼里融化。

穿着凉鞋轻移一步，她忘了沉重的日子。
在腋下她夹着一只白色的枕头睡觉。

她傍晚的脸变成她夜晚的脸。
一个陌生人观看卫兵换岗。

一个屋顶被半夜欢庆的人们挤爆。
鼓声和笛声清晰可闻。

房子里跳舞的是明星，
来自一位明星收集者打开的盒子。

来宾们逃出大门，
他们的脸色变平静，像死人一样。

一片沉重的沉默跃入一张空床，
一个陌生人坐在一张椅子上整夜叹息。

4

一个死人骑着自行车，
不摇晃，笔直而镇静。

窗户里摆放的渴望
像白天的花，像夜里的灯。

话语给彼此涂油，
在太阳的有雾的房间里。

一个男人闭着眼睛回想
刚才遇到的什么事儿。

一个女人为另一个女人梳头，
她也在镜子前面哭泣。

6

一个牧童在树林中漫步，美得
像便雅悯山中的童男童女。

他的鳍在黄昏中闪亮；
他走过，没有面目。

他的山羊洒落在角豆树之间；
一只葡萄的绵羊圣洁地站在月光中。

一个农民往过去的世纪里播种，
朝后扬着手，犹如拓荒者的照片中那样。

一个阿拉伯老人带着一个孙子、一把琴、一头驴，
曾经存在的村庄里的漫游者，

歌唱着一头有着高高眼睛的骆驼，
它去寻找灵魂之爱了。

果园里，水泵的滴答声停止了。
一盏蓝色的灯躺在夜里觉得冷。

歌

一个男人被他的爱人抛弃
之时，一个圆形的空间
在他体内扩张，像一个山洞
滋长奇妙的石笋，缓慢地。

就像历史中的空间，
一直敞开，期待着
意义、目的、眼泪。

长大成人

他们拍我的后背，
小时候吃东西
噎住了的时候。他们依然打我，
而我已经长大成人，会无声地吞咽。
我已经学会识读他们可敬的
书法，还有敌人的笔迹。

识读乐谱更难些；
现在我必须分辨
识读我遇到的人的眼神。
并且犹如用毕达哥拉斯① 的定理
证明自己：我在我四周建造方形和平面
来证明我真正想要的东西，
并独自待在其中。

---

①　系古希腊数学家、哲学家。

我父亲的忌日

在我父亲的忌日
我出门去看他的伙伴儿——
所有那些跟他埋在一排的，
他一生的毕业班。

我已经记得他们大多数人的名字，
就像一位家长接他的小儿子
下学，他所有的朋友。

我父亲依然爱着我，而我
永远爱着他，所以我不哭。
但为了对得起这地方，
我在两眼中点燃了哭泣，
借邻近一座坟墓的火——
一个孩子的。"我们的小约兮，
死时年仅四岁。"

有时我非常快活，不顾死活

有时我非常快活，不顾死活。
那时我就深深扎进
世界这只绵羊的
毛里，
像一只虱子。
我就这么快活。

父亲的脸颊之歌

在我这岁数的时候，父亲的脸颊柔软得
好像那盛着他的祷告披巾的丝绒袋子。

他最后饮节日祝福酒的杯子
饮他那俊美的脸。

但愿不相信我的他看见
我们保存的那静静的杯子。

我想重新开始，
从正在变白的头发和没有梦的夜晚。

可是母亲和妹妹从野地朝我扔石头，
那些石头在我肉里变成了宝石。

白天我在历史的黑暗胞衣中滑跌，
夜晚我从那袋子里大喊"上帝！"

但愿不相信我的他来看我，
就像重访一处老战场。

但愿不相信我的他
从死者中间回来看事实如此。

带我去机场

带我去机场：
我不飞，我不走，
我不离开。
但带我到一架白色飞机前，
在那橄榄树丛灰蒙蒙的薄雾中。

说吧，说出那
在这匆匆离别之际
改变季节的话语。

然后，举起手
掩住哭泣的双眼
就像捧一只水盆
喝呀，喝。

时　间
（1977）

1

延续、地雷和坟墓之歌。
你建筑一座房子或一条路时这些都被翻起：
然后黑鸦般的人们从梅厄谢阿里姆 ① 前来
痛苦地尖叫"死了，死了"。然后来了
年轻的士兵，用从昨夜以来依然赤裸的双手
他们拆除钢铁，破译死亡。

那么来吧，我们不建房子也别铺路！
让我们造一所房子折叠起来在心里，
修一条路缠卷起来在灵魂里，在内部，
我们就永远不会死。

这里的人们生活在应验成真的预言之中，
犹如在爆炸后经久不散的
浓厚的硝烟之中。
于是在孤寂的盲目中他们
彼此触摸双腿之间，在暮色里，
因为他们没有别的时间，他们
没有别的地方；
先知们死去已很久。

---

① "Mea She'arim"，系耶路撒冷市内犹太教极端正统派犹太聚居
区。其人惯常穿黑袍、戴黑帽。

2

在拉特龙 ① 的修道院，期待着葡萄酒
在冷藏室里给我包好，
我感触到这片土地的全部
慵懒：神圣，神圣，神圣。

我躺在干草丛里，仰面朝天，
我看见天空中高悬的夏云，
一动不动，就像下面的我。
雨落在另一片土地，和平在我心中。
白色的种子将从我的阴茎飞散，
仿佛从一株蒲公英的茎端。
（来，吹：噗，噗。）

① "Latroun"，系以色列地名，以天主教特拉伯派修道院和葡萄酒
著称。以军在独立战争期间曾大败于此地。

3

今晚我又想起
那许多日子
为了仅仅一夜的爱
而牺牲了自己。
我思索这浪费和这浪费的结果，
思索丰裕和火
以及多么没有痛苦的——时间。

我曾见过道路从一个男人通向
另一个女人。
我曾见过一种生活被弄模糊，
仿佛雨中的一封信。
我曾见过一张餐桌上面
遗留着残汤剩菜，
酒瓶上写着"兄弟"，
以及多么没有痛苦的——时间。

4

我的儿子出生在一家名叫阿苏塔 ① 的医院里。
从那时起，我就一直
尽可能多地关注他的生活。

我儿，当学校离开你，
你无依无恃时，
当你看到生活被撕掉
边角，世界
肢体解散时，就重新回到我这里：
我仍是个处理
迷惑和平静的大行家。

我好像一本平和的相册
其中的照片被撕掉
或只是自行脱落。
它几乎不曾失去自身的重量。
所以我依旧是老样子，
几乎没有记忆。

---

　① "Asuta"，系特拉维夫市的一家医院。

5

两个恋人的身体作痛，
在草丛里滚了一整天之后。

夜间他们的不眠共卧
给世界带来拯救，
但不给他们。

旷野里燃烧的一堆篝火
由于痛苦而盲目地
重复着太阳在日间的工作。

童年遥远。
战争临近。阿门。

6

墓穴里的士兵说：在上面
给我们献花环的人，你们
就像鲜花造就的生命腌制者，
看我们的面孔在伸展的
臂膀间如此相似。但请
记住我们之间曾有的不同
和水面上的快乐。

7

在每一次购买和每一次爱恋之中，
我们的亚伯拉罕老爹的圣经式智慧
都存留下来了一些，
当他还活着时，便
为了永远居留和记忆，
购置了一孔美丽而阴凉的山洞墓穴。
这就是在这片土地上的爱恋方式，
这就是购买方式。

在拉各贝俄梅珥节 ① 人们
结婚，燃点篝火。
燃烧的气味在空气中
混合着新娘们的香味。
拉比们肩扛着婚礼用的
折叠罗伞，好像担架，
在这一天
一遍又一遍使用。

孩子们拿着弓和箭

---

① "Lag Be'omer"，系希伯来语音译，义为"俄梅珥（逾越节与七七节之间的 49 天）第 33 日"，是春夏之交的一个节日，为纪念 2 世纪希蒙·巴·尤查拉比（Rabbi Shimon bar Yochai）揭示犹太教神秘哲学卡巴拉最深奥义之日，即以珥月（系犹太教历二月和民历八月，相当于公历 4~5 月间）十八日。该日往往有许多篝火会或婚礼举行，故又称"篝火节"。

玩耍，直到玩成真正的战争。
这就是打仗的方式。

这就是这片国土上的记忆方式，
在这里童年远离人们
仿佛圣殿被毁之前的时代。

他们有《儿童书上》
和《儿童书下》
就像圣经里的《列王纪上》
和《列王纪下》。

8

这是我母亲的家。我小的
时候开始向上爬的
植物已经长大，
扒着屋墙。可是我
很久以前就被拽走。

母亲，你在痛苦中生下我，
你的儿子在痛苦中生活。
他的悲伤梳理得整整齐齐，
他的快乐穿戴得体体面面。
他用他的梦挣面包，
用面包挣他的梦。
年平均降雨量
触不到他，
气象温度会
在哭泣的阴影中忽略他。

啊，我的母亲，她敬给
我在这世上第一杯
欢迎酒：勒亥姆 ①，勒亥姆，
我的儿子！
我一件事也没忘，但我的生活
已变得平静而深沉，

① "L'Chaim"，系希伯来语音译，义为"祝你健康长寿！"

好像第二口深入喉咙，
不像第一口，嘴巴
快乐地咂巴着。

你在楼梯上的脚步声
永远待在我内心里，
从不来得更近也不走得更远，
就像心跳声。

9

这是什么？这是个老
工具屋。
不，这是个过去的大爱。

忧惧和快乐一起
在这黑暗中，
还有希望。
也许我曾经到过这里。
我不曾走近细看。

有喊声出自梦中。
不，这是个大爱。
不，这是个老工具屋。

10

没有眼睛曾看见，
没有耳朵曾听到，
没有鸟儿曾讲过：
这个孩子，睡着时，像根指南针
在夜里微微颤动。
但是他的头不
动，在他父亲的操心
圣约柜中安然无恙。

没有眼睛曾看见，
没有梦曾梦见，
没有嘴巴曾说过这孩子。

在古时候他们常说：
"爱如眼中瞳仁。"什么，什么，
如眼中瞳仁？这孩子。
眼中瞳仁是什么？泪水和颜料
造成的一颗球。

啊，我全部话语，我一生
悲伤和快乐的钉子。

11

"你的帐篷多美啊，雅各。"
甚至现在，既无帐篷也无雅各的
部族，我说，多美啊。

啊，但愿降临一些补偿之物，
一支老歌，一封素笺，
人群中的一张脸，为眼睛
开启的一扇门，给喉咙的
多彩冰淇淋，
给肚肠的油脂，给胸怀的
一个温暖的记忆。

然后我的嘴将大张，
永远不断地赞美，
张大得就像老城市场
一家肉铺的钩子上悬挂的
小牛洞开的腔膛。

12

给好的恋爱的忠告：不要爱
那些远来者。给自己就近
选一个。
一如一座实用的房子会取用
当地的石头来建筑——
那些遭受过同样寒冷
被同一个太阳烤晒的石头。
选取那黑眼仁周围有
金色圈环者，她
对你的死有所
了解。还要爱内部的
废墟，犹如从参孙 ① 所杀的
狮尸中取蜜。

给坏的恋爱的忠告；用
前一个
剩余的爱
为自己造一个新的女人，
然后用那个女人所剩的
再造一个新爱，
如此继续下去，

---

①　系以色列第二十五代士师，曾路杀壮狮。参孙屡败非利士人。
后非利士人收买了他的情妇大利拉。她从参孙口中探出他力大
无穷的秘密，并趁参孙熟睡时剃去他的头发。参孙遂丧失力量
而被擒。（事见《塔纳赫·士师记》第 13~16 章）

直到你什么也不剩。

13

希弗拉和巴底雅凭她们的臀
应许永驻的青春。

她们的出生日，依然如此新鲜，
给她们的大腿充满美妙的张力，
给我的大脑充满一种金色的音响，像一丝轻弦。

她们说：男人们岂不古怪疯癫，
用美丽的雕刻和珍贵的宝石
装饰造来杀人的刀剑；
但是阴茎，全是为欢乐而造，
他们却不装饰。

14

这个女孩儿，正在读高中，
给我带回了失去的东西
而她自己并不知情。
我不知道她的名字，可是
她如此美丽，我感到快慰
因我不是她的父亲，不是她的神。

甚至当他们从她的身体上
砍下一条腿或一只手，一只耳朵或鼻子后，
我们还会照样爱她吗？

她的腹部依然是柔软的植物性腹部，
不像吞吃男人的坏女人的腹部那么坚硬。
她的双眼清澈，没有世世代代的迷雾。
她光滑的头发里依然存留着——
仿佛一只花环的印痕——
来自她童年时代
学校里一场丰收舞蹈的记忆。

当他们砍下得
越来越多，
直到她什么也不剩，
只是一篮子女孩儿，
一篮子你之后，
我们还会爱她吗？

15

我经过我曾经住过的一所房屋：
一个男人和一个女人仍然在那里窃窃私语。
许多年已过去了，随着楼梯上的电灯泡
静悄悄地嗞嗞响着——开，关，开。

钥匙眼像精致的小伤口，
所有的血都从中渗出，
里边的人苍白如死亡。

我想再一次像初恋时那样
站着，靠在门柱上
彻夜拥抱着你，站着。
一早我们离开时，那房屋
开始崩塌，
接着是城市，
接着是全世界。

我想再一次充满这渴望，
直到皮肤上显出深红的灼烫痕。

我想再一次被写进
生命之书，每天
都被重写，
直写到手痛。

16

在这海滩上的人们将永远不再
踏入他们最后一次
经过这里时
留在沙上的脚印。

这是一个哭泣的真理，
但有时它哭泣
是出于快乐，
因为这世界如此广阔
不需要回到
原来的地方。
一切都在高高的天堂。

将近傍晚我看见
一位皮肤晒黑的救生员
正俯在一个金色的获救女人身上
用呼吸使她复苏，
好像恋人一般。

17

给我的爱——她正面对着我，
不用镜子梳理着头发——
一首诗篇：你用香波
洗过头发：一整片松林
在你头上呼吸着思乡的气息。

内在的平静和外来的平静
把你的脸放在它们之间
敲打，犹如铜箔。

你床上的枕头是你的辅助大脑
折叠在你颈下用来记忆和做梦。

大地在我们身下震颤，我的爱。
我们来共卧，一把双重保险锁。

18

"人看见各种各样东西"，在停火线
观察的瑞典军官说。
"各种各样东西"，不再说别的。

"人看见许许多多东西"，雅法门边
那擦鞋的老头说，
这时一个瑞典女孩穿着非常短的裙子
正站在他之上，骄傲的眼睛
不看他。

凝望敞开的天国的先知
和上帝在下界那烟雾那边
以及割开有肿瘤的肚子又把它缝合起来的
外科医生曾看见"各种各样东西"。

"人看见各种各样东西"，我们的
祖先雅各在床上说，在祝福
耗尽了他最后的力气之后。"各种各样
东西"，他翻身
向壁死去。

19

一面旗帜如何诞生？
让我们假设在当初
有一件完整的东西，后来
被撕成两半，两片都足够大
给两支交战的军队。

或者就像我童年时代
一座被遗弃的小花园里
一张沙滩躺椅的破碎布条，
在风中噼啪飘摆。这
也可能是一面旗帜，使你奋起
去追随它或在它旁边哭泣，
去背叛它或忘记。

我不知道，在我的战争里
没有旗手在征尘硝烟的云雾中
一马当先跑在灰色士兵的前面。
我曾见过事物开始有如涌泉，
结束却如急速撤退
消失在白色的沙丘里。
我如今远离那一切，好像一个人
在一座桥中央
忘记了两头，
只是伫立在那儿
俯身在桥栏上

向下凝视着流水：

这也是一面旗帜。

20

炸弹的直径是三十厘米；
其有效杀伤范围
直径约七米；
在这范围内四死十一伤。
在他们周围，一个更大的痛苦
和时间的圈子里，散布着
两家医院和一处公墓。
可是葬在一百多公里远
家乡的那个年轻女子
把圈子大大地扩大了。
在边远地区一个边远角落里
哭悼她的死亡的孤独男子
把全世界都纳入了圈子。
我根本不想说孤儿们的哭喊声
上达上帝的宝座，
从那儿继续上升，使
圈子变得无穷无尽无上帝。

21

我是一个犹太父亲形象：
背上背着一只口袋
从市场回家。我有一杆枪藏在
衣橱里，在柔软的衣物中间，有一股女人内衣的香气。
我是个被过去击伤又患有未来疾病的人。
他发红的眼睛里是现在的火气，
他徒劳无功地提防着邪恶。
他无用地防范着死亡，
守护着犹太人的肉，像所有
惨遭追杀的猎物一样可口的肉。傍晚
他听见教堂的钟声在欢庆犹太人的苦难。
一支悲哀的部队在山丘上演习，
他们的炮没有轮子却有根。
他为干裂的靴子和嘴唇
购买油膏。
他涂油膏是为了疗伤和镇静。

他大衣里有怜悯的文件
和爱的证书。
他看见人们从过去匆匆赶往未来。
夜里，他孤独而缓慢地煮着果酱，
一圈一圈地搅着，直到果酱变黏变稠，
冒出大泡泡，好像犹太人的大眼睛，
还有甜甜的白沫沫，可生育许多后代。

22

那是什么？那是一架飞机在
晨光中。不，他们在那儿
挖排水沟。不，这是这美妙
夜莺身上的一道深裂。
不，这是一公一母两台推土机
暴力喧闹的纵欲狂欢。
不，这是一只孔雀的啼声：
这美丽的鸟儿叫得如此凄厉。
但这是一支无声的赞歌。
不，这是对悼亡者的安慰
之辞，他们像将熄的炉火上
呜呜叫的茶炊。可是
这，确实，是一次爆炸！
不，这是只空洞而沉重的夜莺。
这听起来像黑夜。不，这
是只预报新的一天的云雀。
这是民族的日出。
不，这是我的朋友，那沉静的炮手，
吹着口哨在清晨给他家里的炮口
装填着炮弹。

这是什么？这是一场爱的误会：
别害怕，孩子，这条狗
爱你。它只是想跟你玩。
只是一场爱的误会，

就像我们在古老的窗前
俯瞰那谷地时的泪水。

23

温暖子宫的儿子参军入伍。
那些脚被母亲和姨姑亲吻
鞋上装饰着美丽钩扣的子弟
将不得不走过雷区。

他们的眼睫毛，美的荣耀，
将变成双重篱笆，
不让任何人进出。

哦，他们将有什么样的成年礼，
什么样的善功，什么样的婚庆喜宴啊！

所以，母亲们，生养圆圆的
没有棱角的儿子吧，
把他们生养得像皮球一样，
不会受伤，只会弹跳
弹跳弹跳。

24

当我的头砰地撞到门上时，我尖叫：
"我的头，我的头。"我尖叫："门，门。"
我不尖叫"妈呀"，也不尖叫"上帝呀"。
我也不谈论一个世界的末日
景象，其中不再会有头和门。

当你抚摸我的头时，我低语：
"我的头，我的头。"我低语："你的手，你的手。"
我不低语："妈呀，"也不低语，"上帝呀。"
在门户大开的天国里
我看不见手抚摸头的美妙景象。

不论我尖叫、谈论、低语什么都是
为了安慰自己：我的头，我的头。
门，门。你的手，你的手。

25

"他死前的某个时候"，这是
有一回经过站在红绿灯前的两个人时
无意间听到的话。

犹如某人离开你
进入一场梦
永远不再出来时。

或者你关掉
一盏有许多灯泡的
枝形大吊灯时；
你得把它们都关掉，
然后再一次经历灯光的所有阶段：
小灯光，大灯光，
在那以后，才是黑暗。

26

这个花园有你的悔罪在其中：
"被爱毁了"，你说，
还有别的话，我忘记了。

但是我记得树梢
在上面已经在变暗
而话语在下面依然明亮。

有一扇窗户，
打开它的人
绝不会是关上它的人。

有一个房门
上的号码，
印在我心里，
就像烙在马皮上的号码。

"被爱毁了。"还有别的
最后的话音，从此
变成了鸟儿和夜出的小动物的食物。

27

佩塔提克瓦① 的老制冰厂：
一座木塔楼，木板因朽烂而变黑。
在我童年时，那里住着一团哭泣。
我记得那泪水
从一块木板滴淌到另一块木板，
安抚夏季的怒火，
造就下面的冰，
冰块从一个深深的开口滑出去。

随即，在暗黑的柏树后面，
他们开始谈话！"你只
活一次。"

我那时不懂，
现在懂了，太迟了。

柏树还像以前那样，
水继续
在别处滴淌。

---

①　"Petah Tikvah"，系希伯来语音译，义为"希望之门"，为近代
犹太人回归故土建立的第一个定居点。

28

我听见窗外有人谈话：
一个女人像只鸽子，鸽子，鸽子。
于是我心里说，我的两个儿子
彼此离得那么远，那么远
在时间，在空间，在母体中。

我的世界全搅成一团：眼泪
在我喉咙、耳朵、鼻子里横溢。

那儿，在那阳台上，我曾被爱过。
如今草木成荫，已将它遮蔽。

我在外边。我是一枚表针
逃离了钟表
却无法忘记它的圆周运动。

我笔直走向我无尽的尽头时，
感到疼痛，因为我只知道如何绕圈。

29

我从《以斯帖记》中过滤出粗俗快乐的
残渣，从《耶利米书》中，
满腹痛苦的嚎叫；从《雅歌》中，
对情爱的无尽追求；
从《创世记》中，梦想
和该隐；从《传道书》中，
绝望；从《约伯书》中——约伯。
用剩下的篇章我为自己粘贴了一本新圣经。
现在我被审查、粘贴、限制了，生活在平静里。

昨夜在黑暗的街道里一个女人问我
另一个女人的近况——
她已经死了，早于她的时间，不在任何人的时间里。
出于极大的厌倦我回答她：
她挺好，她挺好。

30

我的朋友，你现在做的事情，
多年前，我做过。
我比你痴长的岁数
就是从那时起过去的时间。

你现在可以看到我，眼睛僵硬，颈项绵软。
我的阴茎是那最后的桥头
刺入新一代年轻妇女。

此后就该清除
欢爱的残余和垃圾了，
就像清除任何烦人和碍事的废物。

我可以看出你在拼命
抓攫你周围的一切，
书本、孩子、一个女人、
各种乐器——
但你不知道这
只不过是向你身边
折取枯枝败梗
以添旺那大火，
而你将在其中焚烧。

31

我已经免除第一个人亚当的诅咒。①
转动的火剑在远处，
在阳光中闪耀，像飞机螺旋桨。
我已经爱上我的面包上洒自额头的
汗水的咸味，连同尘土和死亡。

可是我被赋予的灵魂
依然像舌头，
记得甜味。

我已经是第二个人。他们已经
把我逐出诅咒园——
失乐园之后我在其中定居。

现在我脚下为我生出
一个小洞穴，正好适合我的身形。
我是个掩体人：第三个人。

---

① 上帝雅赫维因人类始祖亚当偷吃禁果而诅咒他说："你必终身劳
苦才能从地里得吃的。……你必汗流满面才得糊口，直到你归
了土……"并把他逐出伊甸园，又在园东安设火剑，把守通往
生命树的道路。（事见《塔纳赫·创世记》第3章第17~24节）

32

我年轻的时候，这土地也年轻，
我自己的父亲是人人的父亲。
我快乐的时候，这土地也快乐。
我在地面上跳跃的时候，地面
在我脚下跳跃。春天覆盖地面的草丛
也把我软化。夏天干硬的土壤
硌痛我双脚干裂的皮肤。
我拥有我的伟大爱情的时候，
他们宣布我的土地解放了。
我的头发在风中飘扬的时候，它的旗子也在飘扬。
我打仗的时候，它有战争。
我站起的时候，它也站起来。我跌坐
下去的时候，它也开始随我跌坐下去。

现在我跟这一切分开了，
就像曾经粘着的什么东西，胶水干透了。
我脱离开来自己蜷缩起来。

不久前我看见警察乐队中一位
单簧管乐手，在大卫王塔里演奏。
他的头发雪白，他的脸色平和。
1946 年的脸——著名而可怕的
年份之间的那一年，什么
都没有发生的一年——
只有伟大的希望，和他的音乐，

还有我和一个女孩在一个安静的
房间里在耶路撒冷的夜里的共眠。
我从那时起就没有再见过他，
但是对更美好世界的希冀直到
今日也没有离开他的脸。

然后我给自己买了
一些非洁净香肠
和两个百吉饼回家了。
我听过晚间新闻，
吃完躺倒在床上，
可是在睡着之前，
初恋的记忆
回到我脑中，
好像突然跌倒的感觉。

33

听着，我的老老师：生活
不像你教我们的那样深沉，历史
和爱情，布伯 ① 和马克思
不过是这大地上
薄薄的柏油路表皮。

哦，我的老师，玩具的边界如此切近：
当一支枪开火，父亲真的死去时。

伪装的边界，
也是爱情的边界：
那儿长着一棵真正的树，而不是大炮；
你变成我，
我变成你。

---

① 　马丁·布伯（Martin Buber, 1878~1965），系以色列宗教哲学
家，著有《我与你》(Ich und Du, 1923) 一书。

34

误开的房门：
"你现在不该来这儿。"

黑暗中一声细细的口哨：
这是一棵年轻的无花果树。

一股轻微的绝望暂时抬起头，
好像看门狗，尽管叫也不叫。

强奸者在树林里熟睡，
梦想着真正的爱情。

"你不该来这儿。"
可是现在我来了。

我们一起漂流到你的疯狂的源头：
一条雷鸣的瀑布。到了早晨，
平静的水潭。

35

在花园里白色的桌子前，
两个死人正坐在白天的炎热中。
他们头顶上，一根树枝轻轻晃动。
一个指出从未曾有的事物，
另一个谈起一场伟大的爱情
在死后也会有继续
起作用的特殊装置。

可以说他们是
这大热天里一幅清凉
宜人的景致，没有汗水
没有声音。只是在他们起身离去时，
我才听见他们丁零作响，好像
从桌上拾掇起的瓷器。

36

我像一片树叶
知道它的限度，
不想扩张超越
也不——
想变得与造化比肩，
不想飘落入广大世界。

我现在如此平静，
我不能想象
我曾经哭过，即使身为痛楚中的婴孩。

我的面孔是所剩之物，
在他们爆破、
挖掘、寻取爱情之后，
好像一个采石场，
如今已被废弃。

37

卡尔·马克思，又冷又苦，
一个漂泊在外的人，一个在异国的雨中你的墓中的犹太人。
"人只靠面包活着"：你自己
只是面包，你就是孤独的面包，
来自上个世纪的圆面包，
翻天覆地
滚动的面包。

我在这里，在耶路撒冷这冬天的日子里，
厌倦的犹太人寻找着过路人的尸体：
锁骨、胸部、腹部、裆部：危险与爱情。
我的皮肤依然防雨，
但如果我依然哭泣，我的一滴泪里
就会掺入此刻正从天泼下的
这雨水。

卡尔·马克思，长着一副大胡子，像贤哲一般，
如仪屠宰历史，
好让它洁净，合乎律法。
瞧，我在窗内放了一盏灯，
给自己造出一片光明。
我按时付房租。这也
是某种防线，但就在它
正前方，敌军用火箭和雷霆
摆好阵势，

最后一战，最初之死，
然后一无所有。

瞧，我的爱人抚摸我的胸脯，
那是我的感情毛糙的一面。

卡尔·马克思，最后一滴
总是泪水。

38

一张哭泣的嘴巴和一张大笑的嘴巴
在沉默的人群前面可怕地打斗。

彼此揪住嘴巴，又撕又咬，
把嘴巴扯烂，血流不止。

直到哭泣的嘴巴认输而后大笑，
直到大笑的嘴巴认输而后哭泣。

39

我的孩子睡觉时梦见我，
而我正梦见我的父亲，愿他安息。

你有一个活着的父亲，而我——一个死了的父亲。
你开始，而我想结束。

我远离感情和感觉，
就像煤炭远离它的前身森林。

你的时间也会变成细线，
悦耳的"嘀"会与"嗒"分离。

游戏开始：不许朝窗外看！
谁记到最后——谁就赢。

40

"可是你为你的灵魂做了什么？"
我睡得很多也爱得很多，
不像树木，每年只爱一回。
我是多么疯狂的一片森林啊！

然后，我是什么？顶多
是一个童年记忆的传输者，
地平线上竖立着高杆，
从远方到远方。
为了这嗡嗡声
和几点火花，就如此艰苦劳作，
四处奔波，忍受痛苦？

终于，一切都按照人的尺度造就，
一只手，一只脚，一根指头的长度。就连
一座高楼也不过是一个人
在一个人头顶上，在一个人头顶上。

"可是你为你的灵魂做了什么？"

41

黄昏横卧在地平线上献血。
群鸟向天空飞翔犹如黑雾。

爱情是温柔和关怀的水库，
好似为围城时准备的食物储蓄。

一个小男孩笔挺坐在床上。
他的王国是永恒的王国。

人们在房屋周围设置篱墙，
以使他们的希望不致落空。

在一个白色封闭的房间里
一个女人决定重新蓄长头发。

土地为了种子而被翻起。
一个秘密军事设施在黑暗中盛开。

42

这些话语，像一堆堆羽毛
在耶路撒冷边缘，十字谷之上。
在我的童年时代，女人们坐在那里
拔鸡毛。
这些话语现在飞遍全世界。
剩下的被宰杀、吃掉、
消化、腐烂、忘却。

双性同体的时间
既非白天又非黑夜，
用修剪整齐的绿色花园
抹平了这谷地。
从前恋爱专家们常来这里
在夏夜的干草丛中
表演他们的技能。

就是这样开始的。
从那以后——许多话语、许多爱情、
许多鲜花
被买来让温暖的手把握
或装饰坟墓。

就是这样开始的，
我不知道会怎样结束。
但是从谷地那边，

从痛苦，从远处，
我们依然继续朝彼此永远
呼喊："我们要改变。"

43

一首歌，一首诗，在独立日。
一切都那么遥远，但依然记得，
就好像脚步声的回响，虽然身体
早已变成沙漠中的尘土。
我听见的那喇叭声——
不再是给我的。
就连喇叭里的温暖气息——
也不再是给我的。
记起的尘土已变成
健忘的野地。

建设者和破坏者在晚间
聚集在我家里，
彻夜坐在阳台上
观看烟花，
那是犹太人多彩的叹息。

来吧，咱们别谈论那著名的六百万，
咱们来谈论剩下的那十一个，
咱们只谈论其中的一个——我：
我是个死寂山丘般的人。
但是在我的每一地层中
都有什么东西仍然在动。

44

种植在一个在战争中倒下的男孩
记忆中的小公园开始，
像他
二十九岁以前。
一年年他（它）们彼此越来越相像。
他的二老双亲几乎天天来
坐在长椅上
看着他。

每夜花园里的记忆
都像发动机似的轰鸣：
白天你听不见。

45

新年，在正在修建的一所房屋隔壁，
一个男人发誓不在其中犯任何错，
只在其中爱。
春天葱绿的罪过
夏天干枯了，现在沙沙低语。

于是我清洗身体，修剪指甲——
一个男人还活着的时候
给自己帮的
最后一个忙。

男人是什么？在白天
他把黑夜抟成沉重一团的东西
破碎成细小的词语。
我们对彼此正在做什么？
一个父亲在对他的儿子做什么？
一个儿子对他的父亲——什么？

在他与死亡之间
没有什么介入
除了一层薄薄的防线，好像一组
兴奋的律师，
一道词语篱墙。

把人当把手用，或当梯子用的人

很快就会发现自己
抱着一块木头，
拿着一只从身体上砍下的手，
用一块陶瓷碎片
擦着眼泪。

46

你运载着沉重的臀，
但你的眼睛清澈。
你的腰际围系一条结实的腰带，
那并不能够保护你。

你是那种材料做成的，会减缓
欢乐及其痛苦的过程。

我已教会我的阴茎
叫你的名字，像一只聪明的鸟儿。
你似乎并不觉得这有什么了不起，
你假装没有听见。
还有什么我应当为你做的？

现在给我剩下的全部
是你的名字，
它已变得完全独立，像一只动物：
它从我的手上吃食，
夜间躺倒
蜷缩在我黑暗的大脑中。

47

在一开始有巨大的欢乐——
就像两个陌生人相遇时的欢乐。

每夜各人回到自己的隧道
去挖掘，独自。

早晨有"非信"送到。

48

我心中突然生起一种强烈的渴望，
就像一张旧照片里的人们
想要回到那些
在一盏明亮的灯光下
观看他们的人们中间。

在此在这幢房子里我思索
在我们生活的化学中，
爱情如何变成了友谊。
我思索使我们安然去死的友谊
以及我们的生命如何似单股线
毫无希望被织成
另一匹布。

从沙漠里
传出闷塞的声音，
尘埃似的预言扬起尘埃，一架飞机
在我们的头顶上空
拉紧巨大的命运皮包的拉锁。

而关于我曾经爱过的一位少女的记忆
今夜在山谷里急驶，像公共汽车——
许多灯火通明的窗户掠过，许多她的脸庞。

49

我是个"栽在溪水旁"^①的人，
但我不"因是那人而有福"。
沙漠在我四周安静，但我内心却没有安宁。
我有两个儿子，一个还小，
每当看到孩子哭，
我就想再造一个，
好像我没有弄好，
想要重新开始。
我父亲死了，上帝只有一个，就像我。
谗言丘扬帆驶入黑夜，
上面盖满直达天庭的天线。

我是个种在流水边的人，
但我只能哭泣，
流汗，尿尿，
从伤口中洒出——
这所有的水。

---

① 　见《塔纳赫·诗篇》第1篇第3节："他要像一棵树栽在溪水旁，
　　按时候结果子，叶子也不枯干。"

50

与友人分别时，一首友谊之歌：
现在我将用你肥沃湿润的田野灭绝我的沙漠，
我将把我这地方的滚烫尖锐的岩石
深深戳进你那绿色的湿地，
好像烧红的铁刺入眼睛一般：
在嗞嗞响的蒸汽和令人安慰的白雾中，
一股古老的痛苦会再度把我们结合在一起，
永恒的快乐会落在我们头上。

快到傍晚的时候，我们又一次一起站在
坡向河流的野地里。
脚下升起土地的气味，
我在心里说：好像土壤上的粪，
有福的好粪和寂静。

再见，朋友，迈着沉重的脚步
回家去。落日的余晖
也会照亮那些房屋的窗户，
其中不再有人居住。

51

给一位当祭司的朋友：眼神
忧伤又柔和，你又一次，像在
古时候，为一次燔祭
摇晃养尊处优的大腿骨，
用半堵的烟斗
吸你私用的香。
你拒绝降低身份到
祭司阶层，在会堂里
用哭号般的嗓音
和像老太婆那样僵硬的
手指给人祝福
或在头生子仪式上领受布施。

缺少美丽的典礼服装，你
裹在自己的肥肉褶子里
坐在土耳其浴室里
粗鲁多毛的俗人中间。
但是你依然敏感，几乎过敏，
对于死人和墓地：你的毛发
直竖，就像猫身上的毛，
当你从什么死的东西附近经过时。
在你从更衣室里
铁柜子中取出的
宽松裤子的口袋里，
一串钥匙就好像

古代圣殿中的小铃铛一样丁零直响。

其中一把钥匙非常老，已经
丢失了它的房屋，
所以我的祭司朋友
可以用它来吹哨，
唤回美好的回忆，
就像用哨音唤一条狗。

52

耶路撒冷是个摇晃着我的摇篮城。
每当我醒来时，就会在日中时分
遇到奇怪的事情，就好像某人
最后一次走下恋人家的楼梯，
眼睛仍然闭着。
但是我的日子迫使我睁开双眼
记住身边经过的每个人：也许
他会喜欢我，也许他已经安置好
包装漂亮得像恋人的礼物似的炸弹。
我观察这些石头房屋的所有缺点：
电线从中进入的缝隙，
为排水而凿穿的洞，
让电话线戳入的屁
和叹息的口。

我是个耶路撒冷人。有着嘈杂人声
和噪音的游泳池与我的灵魂无关。
尘土是我的意识，石头是我的下意识，
我所有的记忆是夏季正午
大门紧闭的庭院。

53

在一个考古工地，
我看见珍贵器皿的残片，被仔细清洗、
刷理、涂油、宠坏。
在旁边我看见一堆遗弃的尘土，
就连荆棘和蓟草也不适于在其中生长。

我问：这灰色的尘土是什么？
为什么被推来推去，筛过
折磨过后又被扔掉？

我在心里回答：这尘土
是像我们一样的人，活着的时候
与赤铜、黄金、大理石
以及其他一切
珍贵的东西都无缘——
死后也依旧如此。
我们就是这堆尘土，我们的
肉体，我们的灵魂，我们
嘴里的所有话语，所有希望都是。

54

灵魂的黄昏时刻
清晨就已降临在我身上。

丰茂的草上柔软的脚步，好像
有什么希望。鞋子总是硬的。

一个小孩子在野地里站着不动，
不知道他这样子有多永恒。

一个有着两种未来的男人突然害怕得哭起来；
一个倒空了记忆的男人把身体填满，免得飘走。

一个女人在窗前读信，
就这样变得让人认不出来。

一扇门开了关，关了开。
另一扇总是关着：门那边——寂静。

55

一个圈套从地面飞起，
伸展着双翼，在这个夏夜。

一台电脑眼睛翻转向上
像幸福的殉道圣徒。

嘶哑的少女们以嘶哑的嗓音
引诱男人们出游。

在一座灯火通明的房屋里甜蜜的恋人们
把彼此撕成无声的滴血的碎布。

在汲沦谷的修车店里
一辆黑色的灵车正在被修理。

一位失怙的父亲让他的小儿子坐在膝上
给他唱一首关于他的罪孽的催眠曲。

睡眠者的眼睛是地雷，
白昼的第一缕光线将把它们引爆。

56

在塔尔皮奥特 ①，地板在缓缓下陷。
所有的屋瓦都是大地疲倦的眼睑，
除了睡眠什么都不想要。

那老旧房屋的窗户
存留下来只是为了供人朝里窥望：
一切窗户的最后命运。

从前在这里我认识一个女人，长着黑天鹅绒般的眼睛，
她过去常说："瞧，
日光是如何消逝的。"

我曾经那么地爱她而
她曾经那么地煞
风景和爱景。但她说起过的
光依然在消逝，
而且不像她，是
依然完好无损的。

---

① "Talpiot"，系现代耶路撒冷的旧郊。

57

耶路撒冷群山中的锡安小道 ①
公墓，接近黄昏：
狭窄的山谷之后豁然开朗。
出生于印度的人们从空中和海上来，
现在葬于此处。他们的坟墓杂乱无序，
每一座都指向一个不同的方向，
好像风暴过后零乱的船只。

一道什么也盛不住的蓝色木栅栏。
柔软的东西在春天覆盖坚硬的世界。
丝瓜花半隐半现地开着，
让我想起生平中深刻而可怕的事情。

我自问：拯救从这一切之中生长
出来吗？拯救到底生长
不生长？它的种子是什么？

---

① 系一山村名。

58

正在穿过田野的这个人曾经是
非洲的一位大拉比。而我
过去常常是我房屋里的大爱者。
他不顾年事已高，正在以认真的旅行
为自己创造一个新的未来，走入
犹大群山。他正在学习。
他观察一种智慧堆起
石头筑一堵墙而另一种智慧
把它们重新抛撒在田野上。
他还观察一片烧焦的田野，
如今他知道一片烧焦的田野
绝不会再度被烧焦。
这也是某种希望和伟大的和平。

这一切都广为人知，
仿佛吹拂的风或
一如拉结在她的墓穴里
哭悼她的孩子们。

59

一大清早
你倚靠着老房子的墙。
然后你跟其他所有人一道
轻快地跳上一辆公共汽车。

穿着像这样圣洁的鞋子
你每天去办公室上班，
穿着这样的爱的服装，
打开，关上。

什么保护你？极薄的
袜子直到肚脐。

什么支撑这老房子？
一份记忆支撑着它，直到
你翌日清晨来
靠着它。

60

橄榄树深深地呼吸
群山重新学会像羊羔般跳舞的那天，
我独处的时候看见了我儿子的面容。
我如此孤独所以看见。
在我怀抱中睡吧，山水说，睡吧，睡吧。

我看见鸟雀飞起鸟雀飞落，
一如人们离你而去
另一些人们前来取代他们。

我看见人们坐在他们的家里
哭喊："我要回家！"
面带坐在家里的人们
那样平静的表情。

在我怀抱中睡吧，山水说，睡吧，睡吧。

61

瞪着死人才会有的大睁的眼睛，
我旅行。年轻时内心充满的
看别的国度的欲望
一直不得满足。
习惯了旅行，我驻足在每一扇门前，
转过身，再看一下
是否忘记了什么——
就这样延长停留的时间。

现在我等待那巨大的幸福：
我的老母亲将会在我脑子里踱步，
真地，有血有肉地，伛偻而行，
来回踱步，
从耳朵到耳朵，在我脑子里——这
将是我巨大的幸福。

62

离别一个你不曾有爱情的地方
包含着一切都不曾发生的痛苦
且伴有对在你离去之后将会发生之事的渴望。

在最后一晚我看见隔街
对面阳台的地板上
一个小而清晰的四方形光斑
为无限的伟大情感
作着见证。

在灰色的清晨我一早走向
火车站时，
许多人从我身边经过，
带着我将永远也不得而知的
美妙陌生的名单，
邮递员、税收员、市政职员
等等。也许还有天使。

63

当一个人远离故国已久时，
他的语言变得愈来愈清晰
愈来愈纯净，
好像清晰的夏云
在湛蓝的背景上
永远不会下雨。

如此，所有曾经相恋的人们
仍然说着爱的语言，不育
而清晰，永远不变，也永远
得不到任何反应。

可我，一直待在这里，污染我的嘴、
我的唇、我的舌。
我的话语里有灵魂的废物
和情欲、尘土、汗水的糟粕。
甚至在爱的尖叫和记忆之间，
在这干旱的国土上我饮用的水
也是通过复杂的渠道
重新循环回到我这儿的尿。

64

我爱这些居住在极北他们那
坚固房屋里的人们。从他们的窗户
你能看见船只骄傲地航往
一个更其遥远的北方。
而不经过这窗口的一切
都不存在。

许多岛屿，却没有一丝记忆。
森林伫立在绵绵无尽的雨中，
肥厚的羊齿叶是唯一的线索
通向早已被遗忘的古代事件。
而在林间空地，泥泞中的湿树叶
是一张床，供给冒着白汽的燃烧的爱。

"我是这片风景的灵魂"，那女人
说。另一位，又有一位，
还有一位，也如是说。

65

我小时候在其中有许多
思想的房子倒塌了。
于是我的思想逃逸到世界上，现在危及我的安全。

因此我四处漂泊，频频更换住处，
让它们找不到我。
在两个问题——
"他到了吗？"和"他还在这儿吗？"——之间，
我总是溜掉，到新的地方去。

我将走众生之路：被追猎、
捕捉、屠宰，甚至在被杀之前
被卖掉，用苦盐腌成洁净食品，
被切割，受折磨，
我活得奇怪，
死得也奇怪，
还有一座奇怪的坟墓，
墓碑上
有镌刻错误。

66

迟暮之年，我来到你面前，
经多重房门过滤，
被多层楼梯削减，
直到几乎什么也不剩。

你是个如此受惊的女人，
只有一半勇气活着，
一个不羁的女人，戴眼镜——
你双眼的优雅缰绳。

"东西容易丢失，
又被别人找到。只有
人类喜欢找到自己"，
你说。

后来，你把自己的脸
分成两个相等的侧面：一个
给远方，一个给我——
作为纪念品。你走了。

67

我们同行，你和我，
犹如亚伯拉罕和他儿子以撒。①
可是虽然我们是一男一女，
虽然我们不走向燔祭，
但关于尚未发生之事的知识
与关于将要发生之事的无知
亲密共处，好似恋人。

在行李箱的双颚大张之后，
以及原来
我们以为的几日小别
竟成永诀之后。

但从此我们之间已留下了
暗号和特殊标记，
就像彼此不认识的人们
计划
在从未去过的
地方会面时互相交换的那种。

①　见《塔纳赫·创世记》第 22 章第 6 节："亚伯拉罕把燔祭的柴放在他儿子以撒身上，自己手里拿着火与刀；于是二人同行。"

68

你站在雨中，又小又脆弱，
一个小靶子，给冬天的雨点，
给夏天的尘土，
还给一年四季的弹片。
你的肚皮松软，不像
又紧又平的鼓皮，
是第三代的柔弱。
你的祖父，那开拓者，弄干了沼泽。
可是那些沼泽的报复落在你头上，
使你充满吮吸的疯狂，
在七彩中陷溺，冒泡。

你现在要干什么？你收集爱
似收集邮票。有些是复制品，
有些是残品。没人会跟你交易。
你母亲的诅咒栖息在你身边
像一只怪鸟。

你的房间空空。可是每天晚上
你的床都铺好一张干净的床单。
这对你的床来说是地狱般的惩罚：
没有人睡在上面，没有
褶皱，没有污渍，
就像夏季受诅咒的天空。

69

我儿，你的脸上已经有了鹰的
气象——
就像你人生的勇敢前缀，
趁你还喜欢，让我再亲亲你，
轻轻地，像这样。
在你变成野地里毛茸茸的以扫之前，
暂时就当一会儿
我盲目的手下皮肤柔滑的雅各吧。[①]

你的大脑整齐地叠放在头颅里，
对于人生折叠得有效。假如它
铺展开来，你也许会更快乐些，
一大张没有记忆的快乐布单。

我正在离开信仰上帝的途中，
而你正在走向它：这也
是父子之间相遇的一个交点。

现在是傍晚了。地球正在变凉。
从未跟女人睡过觉的云朵
在我们头顶上空飘过。沙漠

[①]　犹太人第二代祖先以撒年老昏聩，打算在去世前给长子以扫祝
福。次子雅各在母亲利百加的偏心教唆下，趁以扫外出打猎
时，以羊羔皮裹在手臂和颈项处，冒充以扫，骗得父亲祝福，
获得继承权。（事见《塔纳赫·创世记》第 27 章）

开始在我们耳旁呼吸。
老老少少都为你
挤出一个酒吧成人礼。

70

在这山谷——许多水流
在无尽岁月中开凿出来，
现在轻风得以穿过，
吹凉我的额头——之中，
我想你。我听见山坡上
人声和机械声，在破坏和建设。

有些爱是无法
搬迁到另一个地方的。
它们必须死在自己的地方和时间里，
就像又老又笨的家具
将要与所处房屋
一道被摧毁。

但是这山谷是一种机遇，
有望重新开始而不必先死去，
爱而不忘别的爱，
像正在穿过山谷
而并非有意为之的微风一样。

71

"他留下了两个儿子"，这是
他们谈论某个死了的人时
所说的话。有时他还活着。

一场伟大爱情的回声犹如
一头巨犬在耶路撒冷一幢
涂有要拆毁标记的空房屋里
咆哮的回声。

72

我从前的学生当上了女交警。
她站在城市中心的十字路口：
她打开一个金属盒子，
好像一个化妆盒，
依照她的心情改变交通信号灯的颜色。

她的眼睛是绿、红、黄的混合。
她的头发剪得很短，就像街头混混那样。
她穿着黑色高筒靴靠在那盒子上。
她的裙子又短又紧。我甚至不敢
想象这晒得金黄的皮肤上端
所有可怕的荣光。

我不再理解。我已经迷失。
我走在街上时，少男少女的军团
向我袭来，像不断增长的海浪。
他们似乎有无尽的预备队。
我的学生，那女警察，
无法阻止他们：
她甚至加入他们！

73

这样一个男人在耶路撒冷的秃山上，
一声呼啸撬开他的嘴，
一股风扯着他的脸颊往后勒，
好像牲畜口中衔着嚼子。

他的爱的信息："滋生繁多"①
是乱糟糟的业务，像孩子手指上
黏糊糊的糖——招苍蝇。
或者像半空的剃须膏管
结块而干裂。
他的爱的威胁：躺下！
你，连你的双腿和颤动的触须！
等着，我要深深地插入你，
直深入到你的重孙子女。
她会回答他：他们会在
我体内深处咬你，
他们会是一代难缠的
啮齿动物，我最后的后裔。

"可是男人不是种马"，老鞋匠说，
他一边撑着软化着
我的硬邦邦的新鞋子。

---

①　见《塔纳赫·创世记》第 1 章第 22 节："神就赐福给这一切，
　　说：'滋生繁多，充满海中的水；雀鸟也要多生在地上。'"

我突然哭了起来，因为这么多
爱都一股脑倾倒在我身上。

74

我总是发现自己在这样逃避
打击和痛苦，
汗津津的手和硬生生的拳。
我一生大部分都在耶路撒冷，一个难以
躲避这一切的地方。我的战争
都发生在坚硬锐利伤人的砾石中间。
我从未有幸在
清凉的绿林
或汹涌的海上打过仗。

我就这样逃跑着，躲避着，像个
可怜的舞者，在飞来的石头
和落下的炮弹中间，在有力的
手和张开的臂之间，
我是个逃跑的人，
非常笨拙，带着沉重的装备，
从头到脚全身满载，
肩上一杆步枪，腰间
一圈子弹带，头上
沉重的负罪感，双脚套在鞋笼里，
背上是沉重的家庭负担，
就连双膝，上下运动着，
都开动了打着可怕节拍的引擎。

只有我的阴茎还照旧自由自在，

无用于白刃战，无用于
任何工作，甚至不能用于挂东西，
或者用于挖战壕。
唯其如此要感谢上帝。我给
上帝载满了赞美。

就这样，太过沉重，我
在逃跑，直到最后的痛苦
不再使我痛苦。

75

一只鸟儿在黎明时分唱歌，
嗓门大得过分，
预报着刮干热风的一天。

中午时分百叶窗被拉下
遮挡灼热的太阳。
于是我的灵魂从背后
对我做爱，一路贯通脊梁，
我无法回去
工作，由于这所有快乐。

接近傍晚时分，所谓的"现状"
从人间升起，
悬挂在那里，一整个儿，像高高的篷盖。
世上所有
水的量变成了
眼里一滴泪的
质。

76

在一座画成石砌模样的
房屋的外墙上我看见
上帝的异象。

在别人头脑中制造痛苦的不眠之夜
在我的头脑中使花朵开放。

像狗一样走失者
将会像人一样被找回。

爱不是最后的房间：
还有别的房间
沿着那无尽的长廊。

77

我的上帝，你赐给
我的灵魂
是烟——
发自爱的记忆
永无止息的燃烧。

从降生的一刻起
我们就开始燃烧，
如是不已，
直至那烟
消逝，如烟。

78

在这里，古老的坦图拉 ① 海滩上，我坐
在沙子中，和我的儿子以及尚未出生的儿子的儿子一起。
但是他们和我聚在一起，我蹲着身子。
海水的幸福等于天堂的幸福。
浪沫穿透我的心境，在那里变得清晰。

我的过去的未来在这里，现在在我的休息中。
我看着孩子们在沙子中玩耍：
快乐的总是破坏，
悲哀的重又建设。
但二者的声音都大过
拍岸的浪涛声。

那边，在火车道旁边的小山包上
依然矗立着一座老旧的混凝土地堡。
荆棘覆盖了它。它的钢筋早已死了，
但它的射击孔变成了
真正的眼睛，有时在瞭望，
有时哭泣出细细的沙子。

在那里，1942 年夏天，我站立着，

---

① 　"Tantura"，系以色列西海岸一渔村，建立在古老的腓尼基城市
多珥的废墟之上，原为巴勒斯坦阿拉伯人居住地，1948 年以色
列建国前夕被以色列人强占。

面朝大海，防范着敌人，
以保护我的生命持续
直到此刻。
现在从东边来了新的敌人，
但同样的风依然依偎
在不眠的通红的眼中。

79

现在，所有救生员都回家去了。
海湾关闭了，太阳的
余晖全都聚集
在一块碎玻璃中，
好像濒死者即将分散的眼光中的所有生机。

一块被海水冲刷的木板幸免于
变成家具的命运。
半个苹果和半个脚印
在沙上试图一起变成
一个完整的新东西。
一个发黑的盒子样子像一个人睡着了或死了。
但即使上帝在此停留
也不接近它以弄清真相。
我们犯的唯一错误
和做的唯一正确的事情
都给一个人的心境带来和平。
善与恶的平衡账簿
正被打开，缓缓地倾入
宁静的世界。

在黄昏的微光中，石池
边上，几个年轻人仍然
在取暖，带着我从前
在此地所有的那种情感。

在水中，绿色的石头
仿佛在涟漪中
与死鱼共舞。
一个女孩的脸破水而出，
眼睫毛像太阳的光线
复活，照亮夜幕。

80

于是我走向那古老的港口：人类的
作为把大海引得更近，
别的作为又把它推得更远。
大海怎知道他们想要什么，哪座码头紧抱，
一如恋爱中，哪座码头又拒绝？

浅水中躺着一根古罗马圆柱。
但这不是它最后的归宿。即使他们
把它从这里取走，安置在博物馆中
配以一小块说明文字，甚至那
也不是它的最后归宿：它将继续坠落，
穿过层层地板和地层以及别的时代。

可是现在一股吹过柽柳林的微风
给坐在那里的人们颊上扇起一抹最后的红晕，
仿佛将熄篝火的余烬。然后，夜色和白色。
盐吃一切而我吃
盐，直到它把我也吃掉。
给予我的又被夺走
又被重新给予；焦渴的东西
从此浇熄了它的焦渴；
被浇熄的东西在死亡中找到了休息。

大宁静：有问有答
（1980）

从那以后

我在独立战争中
亚实突战役里倒下了。
我母亲当时说，他二十四岁，
现在她说，他五十四岁了，
她点燃一根祭奠蜡烛，
就像你在蛋糕上
吹灭的生日蜡烛。

从那以后，我父亲死于痛苦和忧伤；
从那以后，我的妹妹们结婚了，
用我的名字给她们的孩子命名；
从那以后，我的房子是我的坟墓，我的坟墓是我的房子，
因为我在亚实突的白沙上
倒下了。

从那以后，内戈巴① 与雅的末底改之间
所有柏树和柑橘树
都排成送葬的队伍缓缓行进；
从那以后，我所有的孩子和所有的父亲
都失怙和丧子了；
从那以后，我所有的孩子和所有的父亲
手挽手一齐走，
向死神示威。

---

① "Negba"，系以色列南部一集体农庄。

因为我在亚实突柔软的沙上，
在战争中倒下了。

我把战友背在背上。
从那以后，我总觉得他的尸体
像沉重的天空压在我身上；
从那以后，他感到我弓着的背在他身下，
好像地壳弧形的一瓣。
因为我在亚实突可怕的沙上倒下了，
不光是他。

从那以后，我用爱和祭奠享宴
补偿我的死亡；
从那以后我属于有福的记忆；
从那以后，我不想让上帝为我报仇。
从那以后，我不想让我母亲那
美丽精致的脸为我哭泣；
从那以后，我与痛苦搏斗；
从那以后，顶着我的记忆前行，
就像一个人顶风而行；
从那以后，我为我的记忆哭泣，
好像一个人哀悼他逝去的亲人；
从那以后，我扑灭我的记忆，
好像一个人把火扑灭。
从那以后，我沉默无语。
因为我在独立战争中
在亚实突倒下了。

"感情爆发！"他们当时这样说，"希望
高涨"，他们当时这样说，但现在不再说了；
"艺术繁荣"，历史书当时这样说；
"科学昌盛"，他们当时这样说；
"傍晚的微风吹凉了
他们发烧的脑门"，他们当时这样说；
"清晨的微风拂乱了他们的头发"，
他们这样说。
但是从那以后，风做别的事；
从那以后，话说别的事
（别告诉我我活着），
因为我在独立战争中，亚实突
那柔软的白沙上倒下了。

一位阿拉伯牧人在锡安山上寻找他的羔羊

一位阿拉伯牧人在锡安山上
寻找他的羔羊，
在对面山上我寻找我的小儿子。
一位阿拉伯牧人和一位犹太父亲
都处在暂时的失败之中。
我们两人的喊声相遇在
我们之间山谷中的苏丹湖之上。
我们谁也不希望儿子或羔羊
卷入逾越节之歌《唯一的孩子》
那可怕的机轮中。

后来我们在灌木丛中间找到他（它）们，
我们的喊声回到我们内心深处
大哭大笑着。

寻找一只羔羊或一个孩子永远是
这群山之中一种新宗教的肇始。

躺着等幸福

在向下通往西墙的宽阔阶梯上
一位美女来到我面前：你不记得我，
我是希伯来语里的苏撒拿。在别的语言里是别的什么。
都是虚荣。

暮色中她如是说，站在被摧毁的
与被建造的之间、光明与黑暗之间。
伴随着宏大的呼吸节奏
黑鸟与白鸟交换位置。
旅游者的相机的闪光也点燃了我的记忆：
你在此被应许的与被遗忘的，
被希冀的与被想象的之间干什么？
你干吗在此躺着等幸福——
带着你姣好的面容，一张来自上帝的旅游广告
和你那一如我的被撕裂的灵魂？

她回答：我的灵魂像你的一样被撕裂，
但它因此而美丽
像精致的蕾丝。

在老城中

我们是宴席上的哭泣者，每一块石头上的镌名者，
被希望击倒，是统治者和历史的人质，
被风吹拂，是神圣尘埃的吸入者，
我们的王是个可爱的哭泣的孩子，
他的画像到处悬挂。
层层梯阶总是迫使我们
跳跃，仿佛跳着快乐的舞蹈，
即便是那些心情沉重的人。

但是那神圣的一对儿坐在咖啡馆前的
台地上：他有一只强劲的手和一条伸展的臂膊，
她有一头长发。他们此刻气定神闲，
在享用了一顿哈发糕①、蜂蜜和嗨吸嘘香②的献祭之后，
两个人都身穿透明的长袍，
里面没有内衣。
当他们休息过后，迎着雅法门中的落日
站起身来的时候，人人都站起
来看他们：
两个白色的光圈环绕着暗黑的身躯。

———————

①　"halva"，系一种原产于伊朗的芝麻酥糖，土耳其的哈发糕也很
　　知名。
②　"hashish incense"，系一种用印度大麻提炼的麻醉品。

永恒的神秘

船桨的永恒的神秘在于
它们向后划动而船向前漂移，
同样，行动和文字把过去向后划
以便身体载着其中的人能够向前进。

有一回我坐在街边一家理发馆的椅子上
从硕大的镜中看见人们朝我走来，
可突然间他们又被截断，被吞没在大镜
之外的深渊之中。

还有海上落日的永恒的神秘：
就连一位物理学教授也说：
瞧，太阳正落入海里，又红又美丽。

或者诸如
"我可能是你父亲"，
"一年以前的今天我在做什么？"
及其他此类句子的神秘。

与父亲见面

我父亲在两次战争或两次恋爱的间歇
当中来看我，
就好像来看一位在半暗的后台休息的演员。
我们坐在迦密山上
王冠咖啡馆里。他问起我住的小房间，
我是否能用当教师的微薄工资对付着过。

爹呀，爹呀，你在造我之前必定造过
你喜爱的樱桃，
又黑又红的！
我的兄弟们，来自那个世界的
甜甜的樱桃。

时间是该晚祷的时候。
父亲知道我不再祷告，
就说，咱们来下棋吧，
就像你小时候我教你那样。

时间是 1947 年 10 月，
那些决定命运的日子和最初的开火前夕。
我们当时并不知道我将被称为 48 年的一代，
我在跟我父亲下棋，将军，48。

你可以信赖他

快乐没有父亲。没有一个快乐曾经
向前一个学习；它死去，没有继嗣。
而悲哀却有悠久的传统，
从眼传到眼。从心传到心。

我从父亲那里学到的是：痛哭和大笑
还有一天三祈祷。
我从母亲那里学到的是：闭紧嘴唇、衣领、
碗橱、梦和行李箱，把一切都放回
原处，还有一天三祈祷。

如今我已从那教训中复原。我的头发
被剪去，像从第二次世界大战归来的士兵，
圆而又圆；我的耳朵不仅支撑起我的头颅而且擎着整个天穹。

如今他们议论我说："你可以信赖他。"
我已至于此！我已落到这步田地！
唯有那些真正爱我的人们
知道你不可以。

在耶路撒冷的群山中

在这里，一片废墟想要
重新成为一座建筑，它的愿望与我们的相加。
甚至荆棘也厌倦于扎刺而想予以抚慰；
一块从被亵渎的坟墓上拆下来的碑石
带着它的姓名和日期被安置在新墙里，
由于现在不会被忘却而快活。
唯独孩子们能改变一切；
他们在岩石和废墟间玩耍着。
他们什么也不想改变。

取消在内盖夫的一夜欢爱
使得一朵花儿在耶路撒冷群山间生长，
事物空虚又充盈，
但你并非永远与充盈者同在；
圣贤并不总是缓解焦渴，
而是在忘却之中撕裂一道深深的伤口，
唤起对往昔焦渴的记忆。

这里一切都忙于回忆的任务：
废墟回忆，花园回忆，
水池回忆它的水，纪念性园林
在一块大理石饰板上回忆一场遥远的大屠杀
或也许仅仅回忆一位已去世的施主的名字
以使它比其他人的名字存活得略久一些。

可是名字在这些山丘里并不重要，
就像在电影院里，在正片开始之前
银幕上的演职员表尚未有趣而在影片末尾
又不再有趣。场灯亮起，字样隐退，
微皱的幕布落下，大门敞开，外面是黑夜。

因为在这群山之中唯有夏与冬、干与湿
是重要的：甚至人们
也仅仅是散布在四处的蓄水库，
一如水井、水池和山泉。

狭　谷

少年人在那狭窄的山谷中野炊，
在那里我曾经打过仗：
他们在恐惧的近邻露营，
在死亡的壕沟里煨起一堆篝火。

他们之中最漂亮的女孩头颈一甩
理顺她的头发，
他们之中最强壮的男孩为篝火拾柴。
炮击在继续，
爆炸已变成好事，空气中
飘荡着一股野忍冬花香和歌声。

傍晚，他们离去的时候，
那片风景整理一番：
狭谷将像一只皮球上的凹窝般升起，
那景色将平坦如遗忘。

突击队老兵于 1978 年在哈罗德泉的一次聚会

在这里，基利波山 [①] 脚下，我们集合，
一次巫师的聚会，
每人都带着自己的死者魂灵。

有些面孔在几天之后
才随着回忆爆炸，闪着相认的炫目
亮光。但是说：是你!
已经太晚。

有些面孔是封闭的，好像塞满的信箱，
主人离家外出已很久。
没有哭出的哭泣，没有笑出的笑声，
没有说出的话语。

有一条小路，在暮色中，在果园之间，
有柏树夹道。但是我们没有走进
那令我们想起和令我们忘记的
馥郁的黑暗之中。

就好像客人饭后
在门口盘桓，我们盘桓了三十多年，

[①]　"Mount Gilboa"，位于以色列下加利利地区，有泉水出自山腰岩
　　洞，名为"哈罗德泉（Ma'ayan Harod）"。该地为旅游胜地，被
　　以色列政府辟为国家公园。

无意离开，无力返回，
主人已在黑暗中睡熟。

别了，生者与死者一道。就连
下降的半旗也在微风中欢快地
飘摆。就连渴望也是一串
甜甜的葡萄，他们踩出酒来供给节庆宴会。

你们，我不多的几个朋友，现在
各自领着回忆的羊群去
到牧场上，
那里没有回忆。

空中小姐

空中小姐说，熄灭所有吸烟材料，
但她并未特指，香烟、雪茄或烟斗。
我在心里对她说：你拥有美丽的恋爱材料，
我也不特指。

她教我把自己系紧
在座位上，我说：
我希望我一生中所有带扣都塑造成你的嘴的形状。

她说：你是现在要咖啡呢还是晚些
还是不要。她从我身边走过
高如天空。

她臂膊高处的小痘痕
表明她永远不会得天花，
她的眼神表明她永远不会再度恋爱：
她属于那些一生中
只有一次伟大爱情的保守党人。

人口爆炸的两枚弹片

我们曾是人口爆炸的两枚弹片，
偶然相遇。细小的、碎裂的弹片。
可是有着完整的夜和直至拂晓的共眠。

那是一座何等美丽的房子啊，好像上帝的
宫殿！你又吃又喝，
只记得一年一度斋戒和悼亡。

我们不了解泪水的溶解力
和笑声的爆破力，那会把一切
碾成灰尘。

如今我们依然能够说："半个礼拜，
三个整天，还有四个夜晚。"

在长年里多么贫乏，甚至日子
都要掰开，可是以分秒而论
它们又是多么富足。

这一切造出一种奇异的舞蹈节奏

一个人愈老，他的生活就愈不依赖
流逝变幻的时光。有时黑暗
降落到窗边一对恋人的拥抱中间。
一段夏季的爱情结束，而爱情继续
走入秋季；一个人在服刑中期死去，
刑期便存留于阴阳两界；同一场雨
洒落在离去的人身上
也洒落在留下的人身上；或者那
同一种思绪装载在一个旅人的头脑中
被运经城镇、乡村和许多国家。

这一切造出一种奇异的舞蹈节奏，
但我不知道谁在伴着它跳舞
或谁在使我们跳舞。

前些时我发现一张旧照片，
上面是一个早已死去的女孩和我自己
两小相拥、共坐在一堵
爬满梨子的墙壁前：一只手
搂住我肩头，另一只手闲着，从死者
那里伸向我，如今。

我知道死者的希望即他们的过去，
而他们的过去已不复存在，因为上帝已将它收去。

孩子是别的东西

孩子是别的东西。他在午后
醒来：立刻充满话语，
立刻哼哼唧唧，立刻暖和起来，
立刻光明，立刻黑暗。

孩子是约伯，他们已经在他身上下注，
而他不知情。他抓挠自身
是为了快乐，那儿还没有痛苦。
他们训练他当一个有礼貌的约伯，
上帝给了的，说"谢谢"；
上帝拿走的，说"请吧"。

孩子是复仇。
孩子是射向未来世代的导弹。
我发射了它：我还在发抖。

孩子是别的东西：可在一个春天的雨中
透过伊甸园的篱墙窥望，
可在熟睡时亲吻，
可在湿漉漉的松针中听脚步声。
孩子把你从死亡中拯救出来。
孩子、乐园、雨水、命运。

和平幻景补遗

把刀剑打造成犁铧 ① 之后
不要停，别停！继续锤打，
从犁铧之中锻造出乐器。

无论谁想重新制造战争
都必须先把乐器变成犁铧。

---

① 　见《塔纳赫·以赛亚书》第 2 章第 4 节："他们要将刀打成犁头，把枪打成镰刀。"

失　物

从报纸和布告牌上
我发现失物的情况。
这样我便得知人们有过什么
和他们爱什么。

有一回我疲倦的头低垂
在我毛茸茸的胸前，在那儿我又一次发现了
我父亲的气味，在多年之后。

我的记忆就像某人，
他不能回到捷克斯洛伐克
或害怕回到智利。

有时我再次看见
白色的穹顶房间，
桌上放着
电报。

房间里的花

房间里的花儿美丽
是由于它们对屋外种子的欲望。
即使它们被剪离土地，
即使它们没有了希望，
它们无用的欲望仍装点着房间。
你也坐在我的房间里，由于
你对别人的爱而美丽。

我无法阻止你。
幸福的人儿在她们乌黑的头发上扎一条细细的金带，
她们的额头上有一个欢乐的标记。
一个希腊人瞪着蓝色的眼眸
窥入一丛幽暗的灌木林，身处一个远方
女人的梦中而不自知。

我无法阻止你，
一如我无法抑止我自己。

我照旧把无边无际
圆形的爱做成四方的画片。

暗处的人们总是看见

暗处的人们总是看见
明处的人们。这是一个古老的真理，自从
太阳和夜晚，人、黑暗和电灯的创造之初。
这种真理被战士们利用
来更轻易地伏击杀敌，使不幸的人
得以观看快乐的人，使孤独的人能够观看
灯火辉煌的房间里的恋人。

但是真正的生活在明暗之间继续：
"我锁上了房门"，你说，
一句重要而致命的话。那些词语依然留在我的记忆里，
但是我忘了那话是在门的哪一边说的，
里边还是外边。

从我写给你的唯一一封信那里，
我只记得那张邮票
留在我舌尖上的苦涩胶水味。

历史之翼的呼啸声，如他们当时所说

在离那痛苦的邮局近旁的铁轨不远处，
我看见一座老房子上面的陶瓷牌子，我知道
那是多年前我夺了他女友的某人之子的
名字：她离开他来到我身边，
而这年轻人是另一个女人所生，
并不知道这一切。

那是些具有伟大爱情和伟大命运的日子。
殖民大国在城市里强行宵禁，把我们限制
到一间由全副武装的士兵
守卫的房间里的甜蜜爱情。

我付五个先令把我受自犹太流散地祖先的姓氏
改成一个骄傲的希伯来语姓名以和她的相配。

那婊子逃到美国，嫁了人，
一个香料商，胡椒、桂皮和豆蔻，
撇下我陪伴着我的新名字和战争。

"历史之翼的呼啸声"，如他们当时所说，
几乎在战场上将我杀死，
却轻柔地抚过她的面庞。

凭借战争的可怕智慧，他们教我
把急救绷带正揣在心口上：

那颗依然爱着她的愚蠢的心，
那颗情愿忘却的睿智的心。

犹大群山中的苏福拉泉 [①]

我带着两个朋友去寻找
从前在尘土与忧伤的日子里
曾为我解渴的泉水。引水管现在已经把水
引到整齐有序的地方，公平分配；
过去的岁月吸收了水中浸泡的植物的味道；
从前描述这些植物的词语
现在描述僵死的东西。

小心！怀旧之地！

让人发疯很容易：只要你拿走
正在回忆的人的回忆
或正在看风景的人
所看的风景，讲话人的
讲话对象
或正在祷告的人的上帝。

我们没有找到那泉水，
但在路边，我们找到了
一层层的安息：石头在土地上的安息，
头颅在石头上的安息，
天空在这疲惫的头颅上的安息。

———————

① "Suflah Spring"，位于耶路撒冷以西约 20 公里处，原为巴勒斯
坦阿拉伯人聚居区，1948 年 10 月被清空。

小心！怀旧之地！

一位旅游者

在雅法门旁边的一块巨岩上
坐着一个来自北欧的金色少女
用防晒油涂抹着自身
好像在海滩上。

我告诉她，不要走进这些小巷，
一张由发情的光棍织成的罗网布置在那里，
一个淫棍的陷阱。而里面更深处，
在半明半暗中，是老年男子
呻吟的裤子，在祷告和哀伤的伪装下的不洁欲望
和多种语言的喋喋引诱。

从前在这些街道里希伯来语
是上帝的俗语，
如今我用它满足
圣洁的欲望。

一扇铁门融入暮色

一扇铁门融入暮色。
得救在近处和远处，
就像一棵树对于它永远看不见的根。

可是记得曾经从一张脸颊上抹去泪水的那只手
也同样在一张干脸颊
和一张留有上次的面包屑的桌面上抹拭。

从一件衣服上抖落灰尘的那只手
这样做，尽管
它知道"你将归于尘土"①。

你如何解释一所房子的永恒秩序。
还有它旁边的一棵树和树旁的一个女人？
但假如你转回
脸去，就会再次面临深渊。

---

①　雅赫维因人类始祖亚当违命偷吃禁果而诅咒他："你本是尘土，
仍要归于尘土。"（事见《塔纳赫·创世记》第 3 章第 19 节）

有些蜡烛记得

有些蜡烛记得一天的二十四小时，
那写在它们身上。有些蜡烛记得八小时，
还有些永恒的蜡烛确保一个人的记忆传给他的儿子们。

我的年纪大于这个国家的多数房屋和多数森林，
它们都比我高大。但我一如从前是个孩子，
捧着一罐珍贵的液体从一个地方到另一个地方，
小心翼翼，犹如在梦里，不使它泼洒，
害怕惩罚并希望在到达时得到一记亲吻。

在这城里还有一些我父亲留下的朋友，
散在各处如没有铭牌或传说的古董。

我晚年得一女，到 2000 年
她将是二十二岁。她的名字
是埃玛纽埃拉，愿上帝与我们同在！

我的灵魂老练而结实，
像山坡一样不惧侵蚀。我是一个持之以恒的人。
我是一个中等的人，一个专注的人。

我女儿出生的那天没有人死亡

我女儿出生的那天医院里
没有人死亡，入口处
写着："今日柯汉尼姆①可进入。"
那是这一年中最悠长的日子。
出于极大的欢乐
我和朋友去了沙阿尔哈盖山区。

我们看见一株生病、光秃的松树，上面只覆盖着无数松果。
兹维说将死的树比健旺的树生得果子多。我对他说：这是一句诗，
你没有意识到。即使你是个研究精确科学的人，你还是作了一首
诗。他回答：而即使你是个好做梦的人，你还是制造了一个精确
的小女孩，具有一切供她维持生命的精确器具。

---

① "kohanim"，系希伯来语音译，义为"祭司"。犹太教祭司按教规
　不可接近死人。

来跟我一道走我最后的路

来跟我一道走我最后的路。
我最后的路还可以走二十年
或三十年，对你来说是最初的路。

你年轻，而我比你大得多；
你新鲜，而我出自深度冷冻。

他们多么努力地想要分开我们：你父亲中午
来过，我母亲夜里出现在梦中。
就连风也试图把我们扯开；
橄榄树，和平之树，
用粗糙的枝条抽打着我们的日子。

我们从一处搬到另一处，我们睡在外头，没有围墙，
所以他们在写墙的文字中
无法写我们。

你说：我们的骄傲在于有时候我们
可以做真正想做的事情。

我说：我们是这句经文"要直道而行"的
新注解。直道就是捷径。
那就跟我来。

从隐基底归来

从隐基底的葱绿和幽蔽的繁茂
我们回到坚硬的城市。我把你叫作勒扎——
仿照那条旱河的阿拉伯语名字
和希伯来语的渴望一词。
我们回到我们已经转租给别人的空屋。
地板上一张撕破的床垫和几片橘皮，
一只袜子、一张报纸和为心准备的另外几把刀子。

我们在隐基底学到了什么？在水里做爱。
还有什么？群山在崩溃时更美丽。

再一次我们从那拱形窗户向外眺望，
我们一起看到同一道山谷，但我们各自
看到一个不同的未来，好像两个占卜者
在一次严肃而沉默的遭遇中彼此意见不一。

我们离去后的一天，千万年已经过去，
上面写着"老地方，明天七点"的那张纸
很快就已变黄变皱，
像一个生来就衰老的孩子的脸。

又一次爱情终结

又一次爱情终结，像一个丰收的柑橘季节。
或一次季节性考古发掘，出土了一些
想要被忘却的恼人的东西。

又一次爱情终结。在他们拆毁
一座大房子并清除了瓦砾之后，你站在
空旷的四方地基上说：这房子的
地基多么小啊，
却容得下那么多楼层和人。

从远处的山谷里传来
一辆孤独的拖拉机作业的声音，
而从遥远的过去传来餐叉
在瓷盘上磕碰的声音——
搅拌着给孩子吃的蛋清和白糖，
丁丁当当。

我做了个梦

我做了个梦：在梦里七个肥美的少女
来到草地上，
我在草地上与她们欢爱。
七个风干的瘦女孩随后前来，
用她们饥饿的大腿吞下肥女孩，①
但她们的肚子仍是瘪瘪的。
我也与她们欢爱，她们也把我吞了。

可是为我解梦者，
我真正爱的人，
是既肥又瘦的，
既是吞噬者又是被吞者。

在她之后的日子，我知道
我永远不会回到那个地方了。

在她之后的春季，他们改变了田野里的花儿
和电话簿里所有的名字。

---

① 　见《塔纳赫·创世记》第 41 章第 1~4 节："过了两年，法老做
　　梦，梦见自己站在河边，有七只母牛从河里上来，又美好又肥
　　壮，在芦荻中吃草。随后又有七只母牛从河里上来，又丑陋又
　　干瘦，与那七只母牛一同站在河边。这又丑陋又干瘦的七只母
　　牛吃尽了那又美好又肥壮的七只母牛。法老就醒了。"

在她之后的岁月，战争爆发，
我知道我不再会做梦。

今夜我为纪念你而睡觉

纪念巴底雅·B.

今夜我为纪念你而睡觉，
尽管做的梦肯定不是有关你的。
你现在也已从被称量变为称量，
但我们活着的人，一天天变得越来越轻，
唯有我们的摆动在增长
徒然使天平颤动。

我不知道在你短暂的生命中，
用你黑色的眼睛，
你会不会在那里找到你所寻找的东西，
但我可以向你保证
搜寻会继续，不像搜寻
沉船的幸存者那样，
在几天或几周后停止。

这个夏天我又必须决定
如何生存：是像硬实的、闭合的
夏季植物那样，还是像西瓜那样
爆炸出红红的失去的欢乐。

安息吧。你的灵魂已归去，
像让人惊喜的礼物。自从它被赋予你，
你大大改善了它，你改善了它而不自知；

天使们将会打开美丽的包装，
向着彼此惊呼赞叹。

现在安息吧：就连坏了的钟表
每天也有一刻优美
和真实。

仲夏里蓦然一股雨水的气息

仲夏里蓦然一股雨水的气息：
一段关于旧事的记忆和一个关于未来的预言。
但仲夏是空荡荡的。

一如当你在长久的搜寻之后
找到一个走失的孩子时，
找到他的欢乐抵消了愤怒，
渐生的愤怒又摧毁了欢乐，

或像人们离去之后片刻
一声砰然关门的声音，

或像一个男人手持一张女人的照片而不是火车票
去剪票，
而他被允许通过。

婚礼歌

你的父母提供女人，我的父母提供男人。
上帝提供战争和停火。
木匠锯出四根木柱，
织工织出用作婚礼篷盖的布。
可是它像船帆似的鼓荡，松脱，飞走了。
木柱现在自由了，打我们；
脚不断踩碎一只又一只玻璃杯；
手试图把它们黏合起来。

我自问，在说
书籍、手臂、漂亮盒子之前，
你能说多久"礼物"？
在说他、她、他们之前
你能说多久"爱"。

在人的一生中，他的第一圣殿被毁了，
有时第二圣殿也毁了。那不像
一个即将流亡的民族所遭遇的事，
那不像上帝从被毁的圣殿
自行起身升入天国：
人必须总是待在他的生活中。

永恒的窗户

有一回在一个花园里我听见
一支歌或一句古老的祝福。

在黑暗的树梢之上
一扇永恒的窗户亮着灯光，

为了纪念那张从前
从那里向外眺望的脸——

它也在回忆着
另一扇亮着灯光的窗户。

耶路撒冷充满用过的犹太人

耶路撒冷充满被历史用过的犹太人，
二手犹太人，微有破损，可以还价。
眼光总是望向锡安山。所有生者
和死者的眼睛都像鸡蛋一样
在碗沿儿上磕破，使这城市
变富变肥，像面团一样发起。

耶路撒冷充满疲惫的犹太人，
他们总是被鞭子驱赶着过纪念日和节庆日，
好像马戏班的熊忍着腿痛在跳舞。

耶路撒冷需要什么？它不需要市长，
它需要一个马戏班主，手持鞭子
驯服预言，训练先知绕着它
一圈一圈地奔跑，教导它的石头
在压轴表演中排成大胆而冒险的造型。

以后，它们会随着欢呼
和战争的声音跳回地面。

眼光望向锡安山，哭泣。

永远永远，美妙的歪曲

在佩塔提克瓦一间屋子的墙上，死去的犹太人的照片
仿佛亿万年前死灭的星星，
它们的光才刚刚到达我们这里。

什么是犹太时间？上帝的实验场——
他在那儿试验新观念和新武器，
他的天使和魔鬼的训练场。
一面红旗示警：靶场！

什么是犹太人民？可以在演习中杀伤的定额，
这就是犹太人民，
还没有长大成人，像一个孩子仍然使用
他早年的婴儿语汇，
他不会说
上帝的真名，而是说：埃洛希姆、哈舍姆、阿多奈，①
达达、嘎嘎、呀呀，永远永远，美妙的歪曲。

---

① 　"Elokim"、"Hashem"、"Adonai"都是犹太教上帝的别称，分别义
为"神"、"名"、"主"。上帝的真名是"雅赫维"，由四个辅音
字母组成，原义为"在"，是不可道的。

在一个土坑里

在一个废弃的土坑里
落入了一个小玩具；
孩子还在哭泣的时候，
他的哀声
就将深达他的余生，一簇蓟草的绒毛
准备翱翔在干旱的土地上空。

一个渐老的教师，多年来等待
一个女孩长大成人，
现在跟她睡在一起，他的嘴张着，像个死人。

一个小时变成一把
只用一次的刀子。

"生活将会把那微笑从你脸上抹去"，
他们如是警告说。"时间将会把泪水
从你眼睛里抹去"，他们如是保证。
将会有许多微笑留在时间上，
将会有许多泪水抹在生活上，
就像在一块好毛巾上。

爱与痛苦之歌

我们在一起的时候
像一把有用的剪刀。

分手后我们重又
变成两把利刃，
插入世界的肉里，
各在各的位置。

丹尼斯即将离开去葬父

丹尼斯即将离开去葬父。
因为有些父亲远离儿子独自死去；
有些邮局里
比医院里有更多痛苦。

丹尼斯即将离开去安葬他小个子的亡父，
因为有些父亲比儿子个子小
（有一回，他活着的时候，坐在我屋里，
他的双脚碰不到地板）。

我在一家店铺上面看见一幅招牌
用大字写着"某氏父子"。
但我从未见过写着"某氏子父"的。
也许犹太人是像这样的生意：
"人们与父亲。"丹尼斯也
是"丹尼斯与父亲"。

现在他就要离开去安葬他的亡父了：
那简单而洁净，如圣经里所记载。

父母留下孩子

父母把孩子留给祖父母，
眼泪和哀求没有用，
他们自己去蓝色的海边享乐了。

祖父母的哭泣从大屠杀以前就一直伴随着他们。
哭泣的甜酿。
孩子的哭泣还新鲜咸涩，
就像他父母正在享受的海水。

他很快就安静了：不管严格的规矩，
他坐在地板上摆放所有的刀子，
按照大小和类型精心排序：锋利的、有锯齿的、
长的：为了一切事情的痛苦，
对付一切痛苦的刀子。

傍晚父母回来了，
可是他已经在床上睡着了。
他已经开始在生活中被烹煮了。
没有人知道这烹煮会把他怎么样：
他会变软还是越来越硬，
就好像鸡蛋一样？
这是烹煮的要点所在。

眼　睛

我的长子的眼睛像黑色的无花果，
因为他出生在夏季之末。

我的幼子的眼睛清纯，
像柑橘瓣儿，因为他出生在柑橘季节。

我小女的眼睛是圆溜溜的，
像第一季葡萄。

他们都很甜蜜，令我操心。

主的眼睛在大地上游荡，
我的眼睛永远巡视我家四周。

上帝做着眼睛生意和水果生意，
我做着操心生意。

春　歌

清晨我像一架轻型飞机一样起身，
检视我的生活：老房子、院子里
烧烤酵母的烟气、后来死了的小女孩儿。

中午我降落。芳香的飞机
融化在开花的果园里。
我步行去一个令人怀旧的
小径与大路的会合处。一个回忆的交叉点。
曾经有过的汽车公司的名字：
"统一"、"联合"、"晨星"，
它们全都充满许诺
要永远待在一起。

也有带刺的金合欢树构成的隧道，
盛开着芬芳的黄色球形花。我可以蹲下身
钻过去到另一头
我的童年时代。

傍晚我为我的儿子们挑选新娘，
因未来而疯狂，我到处挑呵选呵，
选了一打又一打美丽少女，
直到我累了。

夜里一个女人在被遗忘的生活大厅里歌唱
"从前我们夜不闭户"，

嗓音非常甜美而孤独。

我腾空我的身体，说：
来，和平，进入我的心。

我又一次回来

我又一次回到这个地方：
我记得它，从希望
还长得像满含希望的面孔的时候起；

但是我并不走进这些房间，
窗户破碎，窗帘撕破，
墙上贴着隔世的日期，
发黄的纸张宣布着
战斗命令和死亡。

现在正在吹的风
也是当时吹的风，
可是当时用平静的话语
发布决定命运的消息的高贵声音早已沉默，
回声散布在国土全境，
作为祝福或诅咒。

从前长得像满含希望的面孔的希望
如今越来越少，
正在迁移，就像这些山，
就像这些山上的天空，
不再像任何人的面孔。

来自佩塔提克瓦的体操教练

这所废弃的房子里曾经住过一位体操教练。
她的皮肤棕褐，柔滑如丝。
她培育了一整代腹肌和腿肌坚硬者
为了沙漠里的战争和果园里的爱情。

她自己离开这个国家去定居
在维也纳，那搅奶油的城市。她离去了，在那里发福了。

在这个春天的傍晚，我站在这座房子近旁。
我对它将临毁圮的确知
和这房子对
我将不再来这里的确知
一同形成一股香气，
比所有战争的气味都浓烈，比果园的芬芳更馥郁。

阻挡历史的企图

在大卫王宾馆的左近我看见十位有身份的女士
横躺在马路中间以阻止
总理的座驾从宾馆到命运大厦去。

她们像兴奋的鸽子般尖叫，然后咕咕、咕咕，
手扯着衣裙以免她们赤裸的肉体暴露。
我认识其中一位。我把我沉重的篮子放在她脸旁：
你一个正办离婚的体面女士，为什么在这儿
躺在大街上？你为什么快活地躺着，带着你秀美的鬈发——
命运的锦绣流苏和
这艰难时代的装饰？你认为你能阻挡历史吗？

她不回答，我走我的路。
可是二十名英俊的警校学员来
把她们带走：
两个抬一个，像
熟透的水果，装进警车。她们尖叫
像兴奋的鸽子，然后咕咕、咕咕。

安息日谎言

礼拜五,一个夏日的黄昏,
当饭菜的香味和祷告声从每一所房屋升起,
当安息日天使们的击翅声在空中响起,
当还是个孩子的时候我开始向父亲撒谎:
"我去了另一个会堂。"

我不知道他是否相信我,
但谎言的味道在我舌尖上甘美香甜,
那天夜晚在所有房屋里
赞美诗与谎言一道升起
来欢庆安息日。
那天夜晚在所有房屋里
安息日天使们像一盏灯罩里的飞蛾般死去,
恋人们嘴对嘴
彼此吹气,直到他们向上飘浮,
或爆炸。

从那时起,那谎言一直在我舌尖上甘美香甜,
从那时起,我总是去另一个会堂。
而我父亲在临死时把那谎言还给了我:
"我去另一个世界了。"

代替一首情诗

给哈拿

根据"不可用山羊羔母亲的奶煮山羊羔"，[1]
他们制定了许多饮食法规，
可是山羊羔已被忘却，奶已被忘却，母亲
已被忘却。

同样，根据"我爱你"，
我们一同创造了我们的全部生活，
但我没有忘记你，
一如从前。

---

[1] 系犹太教律法，见《塔纳赫·出埃及记》第23章第19节。

正像一位船长

正像一位船长，在宴会之后，
带他的客人到船的内部
参观机舱（在美女们的请求下），
他领他们走下铁梯，哐唧唧
打开又关上一道道舱门，
而他们站在那里惊叹那闪亮的
旋转的上下起落的一切，

就这样我带我的客人参观我孩子们的卧室，
轻悄悄打开又关上一扇门，
我们听见三种不同节奏的
呼吸声，在那无限的小房间里。
一颗暗淡的浅蓝色灯泡闪亮在门楣之上。

耶路撒冷的家庭是美丽的

耶路撒冷的家庭是美丽的：
一个来自俄罗斯诅咒的母亲、一个来自西班牙诅咒的父亲、
一个来自阿拉伯诅咒的姐姐和一个来自"摩西五经"诅咒的
　弟弟
在一个夏季的日子里一起
坐在阳台上，在茉莉花的香气中。

耶路撒冷的房屋是美丽的：
它们都是安装有引信的地雷，所以
当你踏上门槛，转动把手
或握手的时候，无需担心。
如果时间不到，没有危险。

对，
雷管先生，
线圈太太，
捻子男孩儿，
引信女孩儿，
定时装置小伙儿，
总是敏感的，那么敏感的。

孩子病了

孩子病了。带来"祝福给田野"的雨
给他带来疾病。他夜间咳嗽，
高烧在体内沸腾，像烧水壶似的，
把全家屋里都弄得暖洋洋的。

他将登上主的山，而我将从山上下来，
他用气息支持着远处的蜡烛。

我给他量体温。
我自己就像个体温计：
里面是水银，外面光滑而平静。

孩子病了。我想当
一个年轻母亲。我得跨过两重障碍，
因为我是个父亲，而且渐渐衰老，
但我还是要尽力做好，
只要有时间。

在天还黑着的凌晨

在天还黑着的凌晨，灯光燃烧着，
我们从幸福中起身，就像从死者中起身的人们；
像他们一样，我们立即忆起了我们的前生：
因此我们分手。

你身穿一件旧丝绸条纹衬衫
和一条紧身裙，一位老派的分手女主人；
我们的声音就像大喇叭
宣告着时间和地点。

从一只像老太婆的脸一样有着柔软褶皱的皮包里，
你拿出口红、护照、一封信，锋利得像刀子，
你把它们放在桌上，
你把它们又放回去。

我说：我要向后退一点，就像在
美术展览上，好看得更好些；
从此我就没有停止向后退一点。

时间会轻如泡沫；
重的沉渣会待在我们心里。

夏季在海边

夏季在海边，
上帝把人们吹起，像橡皮圈，
赋予他们夏季的灵魂，
使他们变轻盈。

傍晚一轮圆满的红太阳
像一颗冰淇淋球
滞留不化，
而那些舔食者
却融入黑暗和遗忘之中。

夜间，巨大的霓虹灯字母
拼写着　男　女。

内盖夫荒漠中的少女

一位少女正午时分坐在
内盖夫荒漠中一棵孤独的树下。
她在等车。她身穿
一件非常轻薄的衣裙，太短。

她唱着一首战时流行的歌：
这首歌中的战争已被遗忘，
那场战争中的亡者已被遗忘。

与地平线边缘齐平的平原四周
覆盖着在阳光中闪烁的燧石，
仿佛一个瘫痪老人的眼睛
追踪着她——闪烁着。

耶路撒冷生态

耶路撒冷上空的空气浸透着祷告和梦想。
就像工业城市上空的空气，
难以呼吸。

时不时地就有新的托运的历史到达；
房屋和塔楼本身就是包装，
随后被扔掉，堆积成堆。

有时候代替人来的是蜡烛，
然后是静默。
有时候代替蜡烛来的是人，
然后是喧闹。

在封闭的花园里，飘着茉莉花香，
矗立着外国领事馆，
好像被拒绝的邪恶新娘，
躺着等待她们的时机。

天国是主的天国

天国是主的天国；
祂把大地给了人类。可是
那黄金和大理石的祷告殿堂又是谁的？
有多少亲吻门柱圣卷的男人
被女人像那样带着爱意亲吻过？
有多少纵身扑倒在圣墓上的女人
被从后面干过，快乐得晕了过去呢？

那从年轻时就与耶路撒冷共舞的
老导游会变成什么样子呢？
现在他累了，而她继续舞着。
他被抛弃在城门口，
裤子没有纽扣，张着口，
只有苍蝇还觉得他可爱。

天国是主的天国，祂把大地
给了人类，可是这桌子是谁的？
这桌子上的手是谁的？

在阿布托尔的回忆

在那里，边界上，立着一座老棚屋，
一半是会堂，一半是士兵的淋浴房，
房顶之上是储水罐，为盖满尘土的
身体提供水，
也为仪式前洗手提供水。
通过水管，高高在上的上帝为二者
提供足够的用水。

安息日赞美诗从下面升起，
与淋浴的毛乎乎男人的叫嚷声一起。

主是个斗战之人，
祂的名号是"万军之主"；
士兵是个年轻之人，
他的名字刻在一个圆牌上。

主创造了人，
给他开了许多孔窍，①
以后在战争中
也会同样对待士兵。

---

① 系犹太人在便后的祷辞，感谢上帝为人创造了七窍。

旅游者

凭吊访问是我们从他们那里得到的一切。
他们蹲在大屠杀纪念馆里；
他们在哭墙前戴上肃穆的面孔；
他们在厚重的窗帘背后大笑，
在他们的旅馆中。
他们在拉结墓、赫茨尔[①]墓
以及弹药山顶
与我们著名的死者
合影。
他们哭悼我们可爱的小伙，
垂涎我们粗蛮的姑娘
在凉爽的蓝色浴室里
挂起内衣
以迅速晾干。

有一回我坐在大卫王塔大门旁边的台阶上，把我的两个沉重的篮子放在身旁。一群旅游者站在导游周围，而我成了他们的靶标。"你们看见那个带篮子的男人了吗？就在他的脑袋的右边有一个古罗马时期的拱门。就在他的脑袋右边。""可是他在动，他在动呢！"我对自己说：若想有所补救，导游只需告诉他们，"你们看见那座古罗马时期的拱门了吗？那并不重要：而在它附近，左边稍微往下，那儿坐着一个男人，他给他的家人买了水果和蔬菜。"

---

① 西奥多·赫茨尔（Theodor Herzl，1860~1904），系奥匈帝国犹太记者、剧作家，犹太复国主义创始人。

也闵摩西 ① 的风车

这架风车从来不磨面粉。
它磨圣洁的空气和比亚利克的
渴望之鸟，它磨
词语和时间，它磨
雨水甚至贝壳，
可就是从来不磨面粉。

现在它发现了我们，
一天天磨着我们的生命，
用我们制造出和平的面粉，
用我们制造出和平的面包，
给未来的一代。

---

① 　"Yemin Moshe"，系希伯来语音译，义为"摩西的右手"，位于
　　耶路撒冷老城外南边，是与老城相望的高尚社区。阿米亥一家
　　就住在这里。

曾在我的银行工作的女孩走了

曾在我的银行工作的女孩走了。由于她美艳异常，
他们把她从一个窗口调到另一个窗口，从一个柜台调到另一
　　个柜台，
直到她去意大利学医去了。

她在这里时我不知道她晚上睡在哪里；
现在她在意大利，我当然更不知道。
她的两个灵魂会依然在轻盈的绝望中扑腾，
仿佛在试图逃离彼此，
但她用强力的金属夹子把它们夹在一起。

我昨夜未眠的睡眠我想
捐献给她。好让她在新地方可以睡得安稳。
虽然我只是欣赏她的相貌
和她触碰我那点儿小钱的敏捷的双手，
但我想给她道一声祝福（即便是
白费），就像对水果的祝福，对
香气的祝福，对奇迹的祝福，有关
祂把祂的美赐给了人类或祂用祂的言语
创造了一切的祝福。
还有她和她的不归之旅。

嘎吱响的门

嘎吱响的门
它想去哪里？

它想回家去
所以嘎吱响。

可它就在家！
但它想进屋。

成为一张桌
成为一张床。

你不可示弱

你不可示弱，
你必须被晒黑。
可有时我感觉好像
在婚礼上和赎罪日
晕倒的犹太妇女的白纱巾。

你不可示弱，
你必须开列一份清单，
登记你所有能够堆放在一辆
没有孩子的空婴儿车上的东西。

情形是这样的：
如果在一次舒适豪奢的沐浴之后
我拔出浴缸上的塞子，
我就觉得整个耶路撒冷连同整个世界
都会泄光到外面的无边黑暗中去。

白天我为我的记忆设置陷阱，
晚上我在巴兰① 的工厂里做工，

---

① 　巴兰是一位先知，奉摩押国王巴勒之命前往摩押国去诅咒侵犯
　　该国的以色列人。雅赫维派天使阻拦他，告诉他行事不得越过
　　神的旨意。驴子看见天使拦路遂止步不前，而巴兰看不见，怒
　　打了驴子三次。最终神让驴子开口说话，天使现身，他才恍
　　然大悟。到摩押国后，他遂遵照雅赫维之命歌诗祝福以色列。
　　（事见《塔纳赫·民数记》第 22 章第 18~38 节）

把诅咒变成祝福把祝福变成诅咒。

而你不可示弱。
有时我在自身之中瘫倒，
没有人注意。我像一辆
两条腿的救护车，自身中
载着病人驶向一家无救站，
一路警报长鸣。
人们却以为那是正常的言谈。

相对性

有一艘玩具轮船上面画有波浪。
有一件衣衫上面印着航行的轮船。
有回忆的努力和开花的努力，
有爱的怡然也有死的怡然。
一只四岁的狗等于一个三十五岁的人，
而一只一天大的苍蝇——一个年迈之人
充满记忆。三个小时的思索
好比两分钟的大笑；
一个叫嚷的孩子在游戏中暴露出他的藏身处，
而一个静默的孩子被遗忘。
黑色早已不再是悼亡的颜色：
一位少女把自己挤进一件黑色的比基尼，
厚颜无耻地。

墙上一幅火山图画
使坐在屋里的人们镇静。
一座公墓由于
其死者数量众多而宁静。

一个人告诉我
他要南下去西乃因为
他想独自与他的上帝相处：
我警告了他。

我们旅行到一个远离我们的睡眠

我们旅行到一个远离我们的睡眠，
所以你将知道，我将知道，我们将知道。
我们走入黄昏，啊，可爱的家国。
一个小学校的远足想要停下来休息，
沿途的店铺都已关门，
田野里的火是一种新宗教的起源。
在我们近旁默默坐着一位智者。
泪水滚下面颊，
像电话铃鸣响在一间空房。

我们彼此靠近，
像两种相关的语言，像希伯来语和阿拉伯语，
像英语和德语。

我们在一起很好，可是你的心
与你的头脑在不同的学校学习。

我们在红色欢乐中的相会是一场虚幻，
好像太阳与大海在黄昏时分的相会。

从你的偏见直接

你从你的偏见直接扑向我；
几乎顾不得穿衣服。

我想用我行过割礼的身体犹太化你；
我想给你从头到脚绑上经匣。

我想给你穿上金丝天鹅绒，
就像经卷一样，给你脖子挂上大卫王之星。

并亲吻你的大腿，
像亲吻门边的门柱圣卷。

我要教给你
以爱洗脚的古老习俗。

啊，为我洗洗我的记忆吧，
因为我在其中行走太久，累了。

我的眼睛厌倦了我的语言的方形字母，
我想要像你的身体一样流畅的字母。

我不想觉得像一个愤怒的先知
或一个慰藉的先知。

我几乎

成功了。

可是你哭了，泪水在眼里闪亮，
像雪和圣诞节饰物。

你永远长不大

你永远长不大，
总是闹肚子和牙疼，
流淌着感觉和含混的言语：
这是笑的哭。不，
这是哭的哭。
他还要学说话。

出于寂寞，木匠会对木板说话，
男人对妻子，男人对朋友或上帝，
甚至他对自己开战。
他的敌人已经转移。

你至多能做的是逆着风云前行，
有时回到一个地方，你从那里来
重演那审判。

后来你沉默了。但四周
叫嚣倍增：记得你在 58 年夏天干了什么吗！
解释你说过的话！你在
撒谎！别那样做！
别装孩子。

两个少女住在一幢老房子里

两个少女住在一幢老房子里。
有时她们泛滥，有时她们消失，像沙漠里的河流。
有时她们是十个，有时她们就一个。

有时她们的黄灯泡彻夜通明，
像一组孵蛋箱供给二十四小时的爱，
有时只有一个小小的红灯泡
像一颗糖果四周环绕着光晕。

一株硕大的桑树矗立在院子中央。
春天里有许多果实挂在树上，
落在地上。

她们俩一个弯腰捡拾，
另一个伸臂采撷。
我的眼睛两个都欣赏：
一个穿一件男人的T恤衫，再没有别的，
另一个，凉鞋系皮带，
几乎一直缠裹到肚脐。

肚子疼的时候

肚子疼的时候，
我感觉像全世界。
头痛的时候，
笑声从我身体的错误地方升起。
我哭的时候，他们把我父亲放进墓穴，
太大的大地之中，他不会适应的。
我是个刺猬的时候，我里外翻转：
刺朝里面长，刺痛我。
我是先知以西结的时候，我会在战车的异象中
只看见一头牛沾满牛粪的蹄子和污秽的轮子。[1]

我像个搬运工，背着沉重的扶手椅，
走了很长的路
也不知道他可以把椅子放下来坐上去。

我像个老式的火炮，
但很精准：欢爱时
后坐力很大，一直后退到童年，很痛。

---

[1] 先知以西结看见异象的事见《塔纳赫·以西结书》第 1 章。

我裤裆里感觉很好

假如罗马人不曾用提图斯凯旋门
荣耀他们的胜利，我们就不会知道
出自圣殿的七枝灯台的形状。
但我们知道犹太人的形状，
因为他们在我身上复制了。

我裤裆里感觉很好，
其中藏着我的胜利，
即便我知道我会死，
即便我知道救世主不会来，
我也感觉很好。

我是用血肉的残渣
和哲学的剩余造就的。我是
锅底的一代：有时在夜里
睡不着，
我听见坚硬的勺子
在锅底又刮又铲的。

但我裤裆里感觉很好，
我感觉很好。

犹大群山中的夏末

犹大群山中的夏末。这土地一如
去年的雨离开时的样子。山坡上的射击场
现在沉默了，千疮百孔的靶子留在那儿，
像人一样。一个老人大张着嘴哭喊，
痛失土地和骨肉；他的小孙子
把圆圆的脑袋放在他膝上，全不懂是怎么回事。

更远处，漂亮女孩坐在岩石上，
像严厉的律师
保护着夏天，执行着它的遗产。

更远处，黑暗的山洞里立着一棵无花果树，
一座大妓院，成熟的无花果在其中
与大黄蜂交媾，
被撕裂而死。

笑声不燃，哭泣不干，
万物之中一片大寂静。

但是伟大的爱情有时在这里开始，
随着死去的森林里枯枝折断的声响。

玻璃杯和记忆

再见，葡萄，直到明年夏天。
这一年会很长。用你们
酿造的酒造成甜美的遗忘，你们
却严肃清醒，玻璃杯和记忆。

大地的智慧聚集水分和悲哀
而欢乐继续。婚约
在高处到处飞舞；
在从山坡凿出的古榨酒臼中，
即使没有葡萄，脚也不停地踩踏，
直到鲜血迸溅到坚硬的石头上。

啊，渴望的花园、记忆的山坡、
遗忘的房屋、小孩子用的小石棺、
一绺鬈发、一个轮子、一只螺旋的羊角号
和像鸽子骨头的细细的骨头。

再见，葡萄。我不知道
明年我会不会来这里，但我知道
明年的葡萄会是同样的葡萄：
唯有人们，眼神凝重，
因骄傲而笨拙，对灵魂态度严肃，
各个孤独地死去，不再回来。

我不知道历史是否重复自己

我不知道历史是否重复自己
但我确知你不。

我记得这城市被分割，
不仅在犹太人和阿拉伯人之间，
而且在你和我之间，
当我们一起在那里的时候。

我们用危险给自己造了一个子宫，
我们用隔音的战争为自己建了一座房屋，
就像北极的人们
用隔音的冰块
为自己建造安全而温暖的房屋。

这城市重新统一了，
但我们还不曾一起在那里。
至此我明白
历史不重复自己，
一如我总是知道你不会。

一位少女清晨外出，像个骑士

一位少女清晨外出，
马尾辫甩啊甩仿佛骑在马背上。

衣裙和手袋，墨镜、项链和饰扣
像铠甲披挂在身上。
但在这一切的下面
她是又轻盈又苗条。

有时在夜里她赤裸而孤独。
有时她赤裸而不孤独。

你能够听见光脚板
跑开的声音：那是死神。

后来，一个接吻的声音，
仿佛陷在两层窗玻璃之间
一只飞蛾的扑翅声。

心境的平和，平和与心境

"心境的平和，"我父母说，"一个人必须
达到心境的平和。"
就像富有的阿拉伯人，他们在耶利哥过冬，
在拉马拉度夏，忘记其间的沙漠。
他们也忘记中间。或者，就像有人
把熟睡的孩子从他睡着的地方抱到床上
他也不醒。或者就像一个人安放炸弹
然后走掉，就连他的行动的回声也听不见。

一个女人曾对我说：我平和地生活
在历史之外。我告诉她：喇合① 也这样说，
"我住在城墙上"，瞧瞧她
是怎样进入历史，没有出来的。

心境的平和，平和与心境。只有一回我想进入
每天傍晚我从书桌前看见的那个房间。
窗帘总是拉上的，
有时候里面有灯光。

我生活了相当长时间，希冀
不过如此，而不是天国。

---

①　系《塔纳赫·约书亚记》第 2 章所载耶利哥城中一妓女，因掩
护以色列人而在城破后遇赦，后嫁给以色列人撒门，成为大卫
王的先祖。

那些门关了

从前要对我敞开的那些门
永远关闭了。我可以打开的那些
守护着被盗古墓般的
空荡荡的地方。

人们在节庆之后
忘了取下装饰物；
我思考他们的爱：
他们落下了什么？

也跟你道珍重。我们
一早醒来分手的时刻
在我心里凝固了，像一只闹钟
不再需要闹响，而只是
嘀嗒。

游戏场

游戏场上的树木或生长或死亡，
而孩子们
想要以任何代价长大，
去到外面，去恋爱。

如果你看见一幅白窗帘
在一扇敞开的窗口摆动，你就看见了
人们如何相爱。

如果你看见一个理发匠坐在椅子上
在黄昏里对着镜子给自己剃须，
你就看见了人们如何生活。

如果你看见犹太人站着祈雨，
在一个多雨的国度祈雨，
你就看见了人们如何记忆。

如果你看见一个孩子在假期中
在游戏场上独自玩耍，
你就看见了渴望。

与父亲再次见面

我再度与父亲在王冠咖啡馆见面。
这回他已经死了。外头，黄昏
混合着遗忘与记忆，就像我母亲
在澡盆里混合冷水和热水。
我父亲没有变，但王冠咖啡馆
重新翻修了。我说：在咖啡馆
隔壁开甜品店的人是幸福的，
你可以在里面喊："再来一块蛋糕，多
来点儿甜的，咱们多吃点儿。"

有亡父在隔壁的人是幸福的，
他总是可以喊他。

哦，孩子们永恒的尖叫声：
"我要，我要！"
直到变成伤兵的尖叫声。

父亲啊，我生命的战车，我想
跟你走，带我上路吧，
把我放下在我住房隔壁，
然后继续独自走你的路。

我们离开了。一个男人滞留在角落，
一只手截掉了。
（上回他有两只手。）

他喝了咖啡，放下杯子，
吃了一块蛋糕，放下叉子，
浏览了一本杂志，放下杂志，
把手放在杂志上。
他把手放下休息。

忘记某人

忘记某人就像
忘记关掉后院里的灯
而任由它整天亮着：
但正是那光
使你记起。

没有结尾的诗

崭新的博物馆里面
有一个古老的会堂。
会堂里面
有我。
我里面，
我的心。
我的心里面，
一个博物馆。
博物馆里面，
一个会堂；
会堂里面，
我；
我里面，
我的心；
我的心里面，
一个博物馆

对这国土的爱

这国土被划分成记忆地区和希望省份，
其中的居民彼此混合，
犹如参加完婚礼回来与参加完葬礼回来的人们相汇合。

这国土没有被划分成战争地带和和平地带。
一个挖掩体躲避炮弹的男人
会回来跟他的女友睡在那儿，
如果他活到看见和平的话。

这国土很美丽。
就连周围的敌人都用在阳光下
闪闪发亮的武器装饰她，
好像脖子上的珠子。

这国土是包装的国土：
她包得很精致，一切都在里面，捆扎得好好的，
绳子有时候割人。

这国土很小，
我可以把她包在我体内。
地表的侵蚀也侵蚀我的安息，
基尼烈湖 [①] 的水平面总是令我挂怀。
因此，我可以闭着眼睛

———————

① 即"加利利海"。

感受她全部：海洋—谷地—山丘。
因此，我可以一下子记起她身上
发生的一切，就像一个人临死之际
记起他的一生。

大宁静：有问有答

人们在明亮得痛苦的大厅里
谈论现代人
生活中的宗教
以及上帝在其中的位置。

人们兴奋地大声说着，
就好像在机场一般。
我离开他们：
打开一扇铁门，那上方写着
"紧急出口"，我进入
一片大宁静：有问有答。

yehuda ami'chai

יהודה עמיחי שירים

百年诞辰纪念增订版

作者 〔以色列〕耶胡达·阿米亥
יהודה עמיחי

译者 傅 浩

Yehuda Amichai
1924-2000

耶胡达·阿米亥
诗集

下卷 ——

社会科学文献出版社
SOCIAL SCIENCES ACADEMIC PRESS (CHINA)

作者简介

耶胡达·阿米亥，1924 年生于德国维尔茨堡，13 岁随家人移民巴勒斯坦地区，现代希伯来语第三代诗人，"独立战争一代"代表人物，以色列最具国际影响力的诗人。他曾先后参加第二次世界大战、以色列独立战争等，于 1948 年开始创作诗歌，并于 1955 年出版第一本诗集《此时和别的日子里》。阿米亥曾多次获得诗歌大奖，如"史隆斯基奖"（1958）、"布伦纳奖"（1969）和"比亚利克奖"（1976），以及以色列最高荣誉"以色列奖"（1982）。其作品融合爱情与战争、个人与民族、日常与神性，富于幽默和智慧，具有极强的可读性，已被译入包括中文在内的 40 多种语言。据说以色列士兵服兵役，有两样必不可少的装备，一是随身行李，二是"阿米亥诗集"。1993 年初，阿米亥曾访问中国。2000 年 9 月 22 日，阿米亥在耶路撒冷去世，享年 76 岁。

译者简介

傅浩，中国社会科学院外国文学研究所荣休研究员、博士生导师，中国翻译协会"资深翻译家"，诗人，曾获梁实秋文学奖、袁可嘉诗歌奖等。译有《叶芝诗集》、《威廉·卡洛斯·威廉斯诗集》、《约翰·但恩诗集》、《英诗华章》以及《阿摩卢百咏》等。

阿米亥与傅浩多年来的往来信函

Y. Amichai
26 Malki Street Yemin Moshe
Jerusalem '94102   1-1-91
ISRAEL

Dear Fu Hao,

Thank you for your good wishes and the news about your translations to be published.

I liked your poems in a very deep way. Your way of combining the modern and the traditional seems to me marvelous and expressing more than anything our time here and now at the end of our century. I'll try to translate them into Hebrew.

Best wishes and good luck.

Yours

Yehuda Amichai

Yehuda Amichai

TRAVELS

A bilingual edition

Translated from the Hebrew by RUTH NEVO

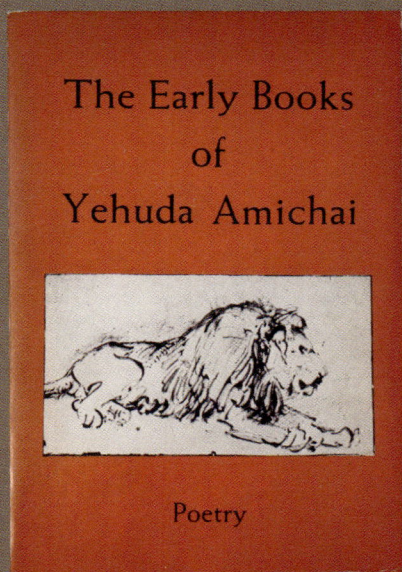

The Early Books
of
Yehuda Amichai

Poetry

耶胡达·阿米亥的长诗《游记》
（纽约：绵羊草场出版社，1988）

《耶胡达·阿米亥的早期诗集》
（纽约：绵羊草场出版社，1988）

阿米亥夫人赠傅浩的全部阿米亥诗集

傅浩旧译三种"阿米亥诗集"

目 录

诗 1948~1962（1962） / 0127

此刻在风暴中（1969） / 0201

中　卷

并非为了回忆的缘故（1971）/ 0405

时间（1977）/ 0639

下　卷

附　录 / 1261

天賜良辰
（1982）

我丢失了我的身份证

我丢失了我的身份证。
我不得不为许多办公室
全部重写出我的简历，一份给上帝，
一份给魔鬼。我记得
三十三年前在内盖夫沙漠
一处风吹日晒的联络站前拍摄的照片。
那时我的眼睛是先知，但我的身体却不知
正在经历着什么事情或适从何处。

你常说，"这就是那个地方，
那事就是在这儿发生的"，可是这并不是那个地方，
你只是这样认为，且生活在谬误中，
一个其永恒性大于真理的
永恒性的谬误。

随着岁月流逝，我的生活不断填充着各种名字，
像废弃的墓园
或一堂空洞的历史课
或一个外国城市里的电话簿。

死亡就是当某人在背后不停地呼唤你
呼唤你之时，
你不再转回头去看
是谁。

天赐良辰

我过去常想，这可以以此方式解决：
就像人们在午夜聚集在车站
等候那不会到来的末班车，
起初只有几个人，后来越来越多。
这是个彼此亲近，
改变一切，共同
开创新世界的机会。

但他们散了。
（天赐良辰已过。将不会
再来。）每个人将走他自己的路。
每个人将重又是一枚多米诺骨牌，
一面朝上，寻找另一枚与它相配，
在不断继续的牌戏之中。

同样的刺绣，同样的花样

我看见一个男人戴着一顶小圆帽①，绣着
很久以前
我爱过的一个女人的
内裤的花样。

他不明白我为什么看他，
他走过去后我为什么回头，
他耸耸肩，走掉了。

我咕咕哝哝自言自语：同样的
颜色，同样的刺绣，同样的花样，
同样的刺绣，同样的花样。

---

① 系犹太人在圣地或宗教场合所戴的仅遮盖头顶百会穴的扁圆小
帽，虔诚者平时也戴。

在酒店里

黄昏还没有结束。在大窗户前
灯笼被点亮来标记
昼夜的边界。在酒店大堂，
矮化的柠檬树种在花盆里。
（在我国它们又高大又结果。）

电梯把你从我身边带走，
载着你的那神圣的轿厢
闪亮上升；
电梯的内脏代之下降——
沉重的坠子和链子
滴着黑色的润滑油和黏糊糊的沥青——
到我面前。

香草茶

她斟来香草茶以安抚
他的情绪。她说："你的愿望
是历经千万年驯化的情欲，
你知道，就像狼和狗。
今晚你要像千万年以前。"

她牵着他锉刀似的鸡巴
到一间白色卧室，去取悦
上帝的眼和众人的眼。

"你会惊讶，什么会变成
翅膀。你会惊讶的；甚至
沉重的大腿，甚至记忆。"

她脱掉她的长衣裙，
她的身体的外在灵魂。
她的内在灵魂不受触动。

人人有时都需要一面镜子

我曾经在我的世界变成废墟的时候买过一面镜子，
现在我的世界重建完整之后它破碎了。
它的碎片被扔进了垃圾堆。

这年春天，初生的草在山坡上刚发芽，
就被割掉，要修一条路。
就这样，话语与破坏同时到来。
最后一位问"这草下面
有什么？"的将会沉默。

曾经有的就是将会有的。
预言也是考古。
在词语和时间尽头
立着一块镜子碎片。

那些日子简直是恩典之日

"那些日子简直是恩典之日"，有一回在冬天的街上
在寂寞和忧愁的日子里我听有人说。
人还需要至少两个恩典的日子，
一个赐予恩典的，一个领受恩典的。
他们分手时，恩典也不会留下，
要么就像从破裂的水管中那样洒到街上。

宗教不提供恩典，它们只在悔罪
祷告的日子里，用钟声，用宣礼者的呼喊，
用警报器、羊角号、敲门声
召回空荡荡的时间；它们无法召回
上帝，也无法召回祂的恩典。

自从献祭终结之日以来，
人人都只剩下自身
可献祭。

一首政治诗

为擦去我脸上粗糙的
色欲表情，我思考世界的问题，
战争、警察国家，诸如此类。
我处处与压迫和不公战斗，
但实际上我只想
为美女而战，
贫穷和富有的，受剥削和剥削的，所有的。

（我认识一个男人，他参加一个抗议运动
只是因为里面有许多年轻女子。）

在极权政体中，女人的
屄都特别大，她们的欲望无穷。
男人，在另一方面，他们的勃起又小又快。
在一张捷克照片上，我看见两个年轻女子
坐在一家咖啡馆的大窗户前：
一个——她的脸，报纸审查留下的一块白斑，
另一个——交换的新娘。

但在裙子下面，她们穿着
从自由国家走私进来的
小小的、精致的裤衩。

偷窥者

一个与过去事物打交道的女人
与一个做当下事情的男人在床上。
一个女巫和一个现代车辆拥有者。

她的白衣裙挂在门厅的一根绳上，
清凉着炎热的夜。
在她旁边，他的花衬衫，袖子耷拉着，
还在滴水，上下颠倒祷告着。

他们一起习练着长时间的欢爱，
作为对一切的赔偿。
他们的先人所梦想做的一切
他们都对彼此做着，
许多从后头，许多像禽兽。

半夜，来了长胡子的偷窥者，
透过百叶窗窥视，
也许他是最近的先知之一，
在为他的灵视异象收集材料。

给他们做记号

给他们做记号。记住你所爱
之人穿的衣裳，
好在失去之日能够说：最后一次看见
穿着如何如何，棕色外套，白色帽子。
给他们做记号。因为他们没有面目，
他们的灵魂隐藏着，他们的哭声像笑声，
他们的沉默和尖叫升到同一高度，
体温在 97~104 度之间，
他们在这狭窄的开口之外没有生活，
他们没有雕像、画像或记忆，
他们在庆祝会上有纸杯
和只用一次的纸盘子。

给他们做记号。因为这世界
充满从睡眠中扯出的人，
没有一个人修补扯坏之处，
不像野生动物，他们个个
生活在孤独的巢穴里，他们一起
死在战场上
和医院里。
大地将把他们全都吞掉，
好的坏的一起，就像可拉 ① 的族人，

---

① 系利未人的首领，因反对亚伦家族世袭的祭司身份和摩西的
领导权而发动叛乱，最终被烈火和地震吞没。（事见《塔纳
赫·民数记》第 26 章）

他们全都反叛死亡，
大张着嘴直到最后一分钟，
赞美和诅咒成为同一
悲哭。做记号，给他们做记号。

摩登女孩

我看见一个摩登女孩，就明白了
再生的大谬误：
死去的人腾出位子，供别的人复活。

一个摩登女孩，衣裙下
她穿着连裤紧身衣，
连裤紧身衣下，更短的
比基尼：她总是准备好了要做一切，

她的眼睛是近视的，
唯一适合这个时代的眼睛。
我认为这是个糟透的时代，
而她认为这时代美妙。

摩登女孩，来生活在我这一代吧，
要么至少扔一些
奇怪的话语到我心里，就像扔硬币
到水池里，以求好运。
在水底，它们总是被清楚地看见，
我不会碰它们。
没有人会碰它们。

年老的父母

年老的父母去看他们正在变老的儿子。
他为这次来访作准备。在他做梦之前的夜晚。
他的脸上没有泪痕，他的身上没有血痕。
他的肚皮上有精斑，
因为他属于爱的一代。

父母去看他们的儿子。他们拥挤
蜷缩地坐着，犹如在学校出席
家长会，坐在教室里又小又窄的
长凳上。

他累了，他是个老胎儿。
他空虚得像一本肥厚的电话簿。

现在你听得见空虚的睾丸发出的啸声，
一条狗哀嚎，*埃波月初九*。

一股寒意从地面升起，
他很久没有念诵**示玛**了。

一枚煮硬的蛋，哀悼和骨灰的象征，
也是学校郊游的记忆。

年老的父母去看他们正在变老的儿子。
假如他在一场战争中阵亡了，

他就会为他们和他自己省下
许多羞耻和悲伤。

1924

我生于 1924 年。假如我是一把同样岁数的小提琴，
我就可能不是很好。作为葡萄酒，我可能属一流
或完全变酸。作为狗，我可能已经死了。作为一本书，
到这时我可能开始变贵了，或被扔掉了。
作为一片森林，我可能还年轻；作为一台机器，可笑；
作为人类，我很累。

我生于 1924 年。我思想人类时，
只想到那些与我同年出生的人。
他们的母亲与我的母亲一同分娩，
无论她们在哪儿，在医院还是在黑屋里。

今天，在我的生日，我愿为你们
郑重祈祷。
你们希望和失望的重担
已经把你们的人生压垮；
你们的事业萎缩，
信奉的神明增多；
你们都是我希望的兄弟、绝望的伙伴。

祝你们找到适当的安息，
生者在生活中，死者在死亡中。

对童年记得最清楚的人
是赢家，

如果有赢家的话。

半大提琴

我坐在小时候在那里玩耍的游戏场上。
那孩子继续在沙子里玩耍。他的双手继续
拍得啪啪响，然后挖掘然后毁坏，
然后再啪啪。

树木之间那座小房子依然矗立
在高压电发出嗡嗡的威吓声之处。
铁门上一幅骷髅头加十字骨：又一个
童年的老相识。

我九岁的时候，他们给了我
一把半大的小提琴和半大的感情。

有时候我仍然被骄傲和巨大的
欢乐所压倒：我已经完全
会自己
穿衣脱衣。

像那样的速度

我在看着我种植的柠檬树。
一年前。我需要一种不同的速度，一种更缓慢的，
以观察它的枝丫的生长，它的叶子的展开。
我想要像那样的速度。
不像阅读报纸，
而像小孩学习认字，
或像你静静地破解古墓碑上
镌刻的文字那样。

"妥拉"经卷花一整年所做的事情——
从创世之初一路卷到摩西之死——
我天天匆忙地做着，
或在不眠之夜，辗转反侧。

你活得愈久，就有愈多人
评论你的行为。就像一个工人
在检修井里：在他上面的井口旁，
人们环立着，任意指点，
高喊着支招，
但他独自在下面，在他的深度里。

盒　子

有一回，我的工资没有从我的工作单位转到我的银行账户。我去到银行，进入好似一座辉煌的空间站的大厅。我走近漂亮的柜员；她在她面前的电脑屏幕上卷动字母和数字。她说，对，钱没有到账。于是我说，瞧，我知道，我就是为这来的。于是她打发我去她下面的一层，一间比前一间更辉煌的宁静的大厅。一位比前一位更美丽的柜员在一面比前一面更大的屏幕上卷动字母和数字，她对我说，对，钱没有到账。于是我说，可我知道，我就是为这来的。于是她打发我去她下面的银行地库。地库不辉煌，没有电脑，没有漂亮柜员，照亮的是一盏黄灯泡，就像我童年时的灯泡。

一位柔和、渐老的职员听了我的话，走向他身后的木柜，其中有许多文件和卡片盒。他寻找，拿出一个卡片盒，放在桌上，取下盒子上勒的橡皮筋。那橡皮筋宽宽的，粉红色，就像我小时候女人内裤上的松紧带。他用拇指翻动盒子里的纸片，找到那张纸，给没有转账的那笔钱加以改正，关上盒子，勒好粉红色橡皮筋，放回柜子。我对自己说：那盒子就像我的内心深处；我从地库上来，出门走到街上。

最后的词语是船长

因为自从我停止成长，
我的脑袋便不再长大，我的记忆
在我体内堆积起来，
我只好假定它们现在已挤进我的肚子，
我的大腿和小腿。仿佛一所会走路的档案馆，
一团有序的混乱，一座摇摇欲坠的仓库，
一艘超载的船。

有时我想躺倒在公园的长凳上：
那将改变我的身份，
从内部走失者变成
外部走失者。

词语开始弃我而去
就像群鼠放弃一艘沉船。
最后的词语是船长。

美妙的糕点

上午时分，在拉马塔伊姆，我坐在
威廉咖啡店外的宽阔步道上。
折叠椅和折叠桌
见证着无常的生活。
公路上驶过的载重汽车
震撼起往昔的记忆。

一个男人要哭所需甚少：
一点震撼，一点记忆，一点痛苦，一点水，
来自曾经用于灌溉橘树林的水，
来自无法扑灭爱情的大量的水。

他们把讣告贴在
粗壮的树干上，
金色的胶水还在像树液似的滴着，
新近去世者的名字在阳光下闪亮。
他的名字是欧洲那个世界一个城市的名字。
多么少的人的姓名
是他们出生或生活或死亡
于其中的地方的名字啊。历史懒懒地向前流动，
黏稠如来自远处火山喷发的岩浆。
一个在以拉他的孩子被命名为来自美索不达米亚的亚伯拉罕；
一个在拉马塔伊姆的死者被用一座他毕生都没见过的
遥远的城市命名。

我们一生大部分时间都在忙于跟死者打交道。
我们合上他们的眼睛，用尸布把他们裹起来，
哀悼他们，思念他们，
住在死者建造的房屋里，
阅读死者写的书，
遵守死者生前制定的法律，
记着他们的记忆。

我坐在公路上一家咖啡店里
吃着带馅儿的蛋糕，给所有活人供应灵魂的蛋糕。

统　计

每个发怒的人都总有
两三个会让他平静下来的拍背者，
每个哭泣的人都总有更多的拭泪者，
每个快乐的人都总有大批悲伤者
想在他的快乐边取暖。

每个夜晚至少都有一个人
找不到回家的路，
或者他家已经搬到了另一个地方，
他在街上到处乱跑，
显得多余。

有一回我带着小儿子在车站等车，
一辆空车驶过。我儿子说：
"瞧，一辆满载空人的车。"

这小国中何等复杂的一团糟

何等复杂的一团糟，
何等混乱！"第一任丈夫的第二个儿子
出发去打他的第三次仗。上帝一世的
第二圣殿每年都要被再毁一次。"
我的医生治疗鞋匠的
内脏，鞋匠给那人修鞋，
那人在我第四次被告出庭时为我辩护。
我的梳子里有不属于我的头发，
我的手帕上有别人的汗渍。
对他人的回忆缠着我，
像狗一样被气味吸引，
我不得不用呵斥和棍子
把它们撵走。

每个人都被别人传染，每个人
都不停地接触别人，留下
指印。死神
一定是个侦探专家
才能把它们分辨。

从前我认识一个士兵，他在战争中阵亡了。
三四个女人哀悼他：
他爱我。我爱他。
我是他的。他是我的。

索尔塔姆 ① 造炒菜锅，同时也造大炮；
我什么也不造。

---

① "Soltam"，即索尔塔姆系统公司，系以色列军火制造商，成立于 1950 年。

眼睛处女

刚刚种了三年的花园里
有古老的痛苦。在石台上，音乐家
坐着演奏。我认识吹小号的男人，
如同我认识古老的痛苦，
但是那个带着透明狗狗
穿着透明衣裙的女人我不认识。

她有给画家的肥硕大腿、
给诗人的长发、
给大胆的做梦者的前额、
给精疲力竭的英雄的乳房。
但是她的眼睛只保留给她：
她还是个眼睛处女。

在穆赫拉卡峰 ^① 上

在这里，月桂长得
像壮观的大树，不再像矮树，
我们第一次
听到我们最后的曲子。从那以后我独自
听它。你的抽泣存留
在谢赫阿布雷克 ^② 附近的山谷。我们的欢乐
在高高的山上。我们用沉重的爱
蹂躏春天的花朵：有朝一日，花朵长得
高过我们时，会报复我们。

风打开我们的灵魂，
像打开秘密遗嘱。
上帝狂野的笑声被翻译成
祷告领诵者油腻腻的哀嚎。

从此不再见你是办得到的，
结果如此：瞧，我们继续活着。
可是第二天不见你
是不可能的，
你瞧：我们死了。

---

① "Muhraka"，系阿拉伯语音译，义为"燔祭之处"，是以色列北
　　部地中海沿岸迦密山脉最高峰。
② "Sheikh Abrek"，系巴勒斯坦上加利利地区一山丘，位于海法东
　　南 16 公里处。

夏季开始了

夏季开始了。在古旧的墓园里
高草已经枯干，又一次
你可以读墓碑上的文字了。

西风已回到西方，像老练的水手。
东风坐等它们的时机，
就像犹大荒漠洞窟中的苦行派僧侣。
在起风之间的静寂中你又一次可以听见
那定义你和你的行为的声音，
就像博物馆或学校里的声音。

你不被更好地理解，你也不
理解得更好。
必死性不是死亡，出生率
不是儿童，
生命，也许，不是生命——

一点点迷迭香，一点点罗勒，一些
希望，一些马郁兰给心，一点点薄荷
给鼻孔，欢乐给双眼的瞳仁，
还有一点点
安慰、温暖。

在海滨

痛苦的人们认为上帝是快乐之神，
快乐的人们认为上帝是痛苦之神。
沿海居民认为爱情在山里，
山地居民认为爱情在海滨，
所以他们下山去海边。

海浪甚至把我们不曾丢失的东西找回。
我拣一枚光滑的卵石对着它说：
"我将永远不再见那一位。"
假如你想解释永恒，
你最好用否定词语：
"我将永不再见。我将永不回归。"

那么你晒日光浴有什么好处？想成为
一种烤焦的、美丽的哀愁，一种诱人的气味？

我们离开海滨时，没有看海水，
可是在新公路附近我们看见一个深坑，
旁边有一个巨大的木卷轴，缠着沉重的钢缆：
所有未来的交谈，所有的静默。

在别的某个星球上你也许是对的

"在别的某个星球上你也许是对的，
但不在这儿。"谈话的中途
你转为无声的啜泣，犹如在一封信的中段，
笔干了，字迹从蓝转黑，
或犹如过去人们常常在旅途中间换马。
谈话倦了，泪水
永远新鲜。

夏天的种子飞入我们正坐在其中的
房间。窗户前面
有一棵正在变黑的扁桃树：
在甜蜜对抗苦涩的
永恒战役中的又一位勇士。

瞧，正如时间不在钟表之中，
爱情也不在肉体之中：
肉体仅仅显示爱情。

但是，让我们记住这个夜晚
如同人们从一个夏季到下一个夏季
仍记着游泳的动作。"在别的某个星球上
你也许是对的，但不在这儿。"

柑橘林的气味

柑橘林的气味停留在这里，
在替代了树林的房屋中间。
好像截肢者感到他截掉的腿，
疼痛停留，美妙的刺激停留
在空荡荡的位置。
柑橘林的气味和人们的精神
是一个整体；
词语和洒水器是一句话；
夜晚和白天是真相的一昼夜；
每个房顶都是遮挡
灼热夏季和冬雨的真盖子；
灵魂依然在街道上到处走动，
天空是一对男女，
永不愿分离。

现在一切都变了。
"永远"和"永久"这样的词语
从恋人们的口中消逝，
你可以在国家元首和将军们
说的话里听见它们。
但是在最近的结论之外，
还有另一片土地，
没有记忆的原野，没有人的风景。

啊，希望的遗传学，

慈悯的父亲、一切有生者的母亲：
词语停留，
在未来的日子里待续。

约瑟糕点铺

老城里的约瑟糕点铺，
在你的墙壁上画着许多水和梦幻水族，
还有耶路撒冷和威尼斯，二者
都像个火辣的年轻妓女那样色彩浓艳，
第四面墙上画的是阿尔卑斯的雪山，
可以清凉我在这天的炎热里灼热的眼。

有时我坐在那里。
我在我的生活中寻找新的开端
却只找到变化。希望的后面
总是有新的希望。这是真正的绝望；
这些墙壁用末日的色彩把我包围起来。

约瑟糕点铺，大腿柔软的女孩
坐在你里边的硬椅子上；
一对德国夫妇轻声交谈，为来自
另一个地方的罪过赎罪。

我衣袋里丁零作响的钥匙响起来
做私人祷告。我手中的硬币悄然无声。
如果生活就是战争，
我为什么需要生活？
咖啡、茶，还有热兰花。
眼泪不收费。自助。

人人生活中都需要一个废弃的花园

人人生活中都需要一个废弃的花园
或一幢墙皮剥落的老房子，
人人都需要另一个被遗忘的世界。

人们怀着极大的渴望观看
风景和与实体分离的名字：
山背、山脚、山肩。
打仗的人也轻声细语指定重火力
打击的目标：
乳头、乳沟、裆部、会阴。

因为人人生活中都需要一个废弃的花园
（亚当和夏娃知道人人都需要这样一个花园）
或一幢老房子，
或至少一扇锁上的门，
永远不再打开。

特拉维夫的秋雨

一个骄傲、美丽异常的女人
隔着柜台卖给我
一块甜饼。她眼光生硬，她背朝大海。
地平线上的黑云
预示着风暴和闪电，
从她透明的衣裙——
仍然是夏装——
里面，她的身体应和着，
像睡醒的烈犬。

那夜，与朋友们在一个紧闭的房间里，
我听着沉重的雨猛砸窗户
和磁带上一个死人的声音：
磁带盘旋转着
逆着时光的方向。

机场附近一群羊

机场附近一群羊
或果园边一台高压发电机：
这些组合打开我的生活，
像一道伤口，但也治愈它。
正因为此我的感觉总是成对到来。
正因为此我就像一个人，撕碎一封信，
然后转念再想想，
捡起碎片，把它们重新粘在一起，
花费好大力气，有时
用尽余生。

但有一回我在夜里去寻找我儿子，
发现他在一个强力泛光灯照射下
空荡荡的篮球场里。
他独自一人在玩，
那球弹跳的声音
是世上唯一的声音。

近乎一首情诗

假如你我的父母
没有在 1936 年
移民到以色列地，
我们就可能在 1944 年
在那里相遇。在奥斯威辛的堆货场上。
我二十，
你五岁。

你妈嘞？
你爹嘞？

你叫什么名字？
哈拿嘞。

对耶路撒冷的爱

有一条街，他们在那里只卖红肉；
还有一条街，他们在那里只卖衣服和香料。

有一天，我只看见美丽的青年；
还有一天，我只看见瘸子和瞎子，
还有那些遍体麻风和痉挛的人和嘴唇扭曲的人。

在这里他们建一座房子，在那里他们拆毁；
在这里他们掘进大地，
在那里他们挖入天空；
在这里他们坐着，在那里他们走着；
在这里他们恨着，在那里他们爱着。

但是谁要是只凭旅游指南或祷告书
爱耶路撒冷，
谁就像只凭性交体位手册
爱一个女人。

他们都是骰子

怀着伟大的爱，人们
站在放下的栏杆旁。

他们人人脑中只有一个念头，
像块骨头被舔得干干净净。

从她那小亭子中，
卖彩票的女人探头观望。

非火车驶过，
非所期望者到达。

怀着伟大的爱，后来，
人们散去。

头发松散，眼睛
紧闭，他们睡觉：

他们都是骰子，
落在幸运的一面。

来自集体农庄的甜美声音

他们把我安排到一座青藤覆盖的
长房子里的一间干净的小屋里。
我仰面躺着，思想
植物攀援的勇气
和人类继续前行的厌倦
和静静停留的厌倦。

夜半，我听见窗下传来一个甜美声音：
那甜美声音进入我隔壁房间
那甜美声音关上房门
那甜美声音脱得精光
那甜美声音看书
那甜美声音关灯
那甜美声音清晨早起
那甜美声音离开
稍后我也离开
将见不到那甜美声音。
可是直到生命尽头，我也不会停止希冀
见到众声。

严谨的女人

一个剪短头发的严谨的女人
给我的思绪和梳妆台抽屉带来秩序，
把感情像家具似的搬来挪去，
重新布置。
一个女人，她的身体在腰际扎紧，果断地分成
上下两部分，
长着一双防碎玻璃做的
能预报天气的眼睛。
甚至她激情的叫喊也按照一定的次序，
一种接着一种：
家鸽，然后野鸽，
然后孔雀、受伤的孔雀、尖叫的孔雀、孔雀，
然后野鸽、家鸽、鸽、鸽，
画眉、画眉、画眉。

一个严谨的女人：在卧室的地毯上
她的鞋尖总是背朝着床。
（我的鞋尖指向床。）

哈玛迪亚 [①]

哈玛迪亚，快活的记忆。四十年代
和在谷仓里的欢爱。麦秸至今
依然扎我，虽然从那时起我的身体
已经洗过无数遍，我的衣服
已经换过一件又一件，那女孩已离开
去了五十年代，消失在六十年代，永远失落
在七十年代——麦秸至今依然扎我，
我的喉咙都喊哑了：
你再回来一次吧
回到我身边回来吧时光回来吧枣树！

爱曾是这贫困国家的原材料；
现实和梦想联合造就气候；
在这里，欢乐和忧愁依旧
受天气条件限制。
危险在我们周围砰砰作响，
好像果园里隐蔽的水泵；
开始喊救命的声音
变成了平静的歌唱。

我们当时并不知道欢乐的残留物

---

① 　"Hamadiya"，系以色列北部贝特舍安谷地（Beit She'an Valley）
中一集体农庄，始建于 1939 年，重建于 1942 年。其得名于附
近一废弃的阿拉伯人村庄，该村名是为纪念奥斯曼帝国苏丹阿
卜杜拉·哈米德二世（Abdul Hamid II）而起。

就像任何灾难的残留物：
你得把它清理干净才能重新开始。

我看见许多别人的面孔

孩子们问我：你会梦见什么？
如同我小时父亲问我，你
会梦见什么？这正是我现在面临的。
我的头发变白是个新开端
或缓慢投降的旗帜。有关
过去发生之事的谈话像云一样消逝；
我母亲生我时的产痛
传到了我体内，每天一点痛苦。
地上的所有天国都有；天国的
所有地上都有。现在，透明的
变成了不透明的；不透明的变成了透明的：
我望向窗外时，
我只看见自己在外边；
我窥入镜中时，
我看见许多别人的面孔。

快下雨了

清理阳沟里夏天的剩余物，
给房顶铺沥青，替换破瓦，
用不经意的军礼
跟老工人打招呼，
像嗑葵花子和西瓜子一样
打破夏天的最后誓言，
看见上写"数据处理公司"的
标牌，
发出大笑声，
听见路过的脚步声
而看不见一张脸，

像个法官，花大力气，
额头冒汗，一如从事任何艰难工作，
区分感情与法律。
在夜间看星星，
那是要砸我却中止，
在高空美丽地冻住，
直到我死之日的石头。

然后一遍又一遍呼吸，
山丘和我的呼吸练习，
快下雨了。

茉莉花

一如既往，茉莉花从后面上我们，
当我们醉得无力抵抗时。
整个傍晚我们都在谈论会被痛苦
刺穿的香水铠甲、糖果
提供的安全，谈论褐色
巧克力的隔离，
谈论老人的失望
变成年轻人的希望，
就像早已过时的衣裳
如今又被重新穿上。

夜里，我梦见了茉莉花。
翌日，茉莉花的香气甚至
穿透了对梦的解释。

格瓦拉姆农庄 ①

在这些低矮的山丘中，注定要忍受的生活
到了尽头；我们原以为是云烟的东西
最终证明比我们短暂的生命更持久。
就连被遗弃的石油钻探设备也成了
这漂亮风景的一部分，像树木
和水塔一样标识着
爱与死的场景。

这年冬天，洪水掘进了杏树林，
撅断许多树木。树根暴露，
在阳光下像树枝一样美丽，
但只有几天。

这里，沙丘传到石灰岩，
石灰岩传到轻质土，轻质土
传到重壤土，重壤土传到平原
边缘的巨砾石。传统与相续，
没有人的传统与变易，
丰富与贫瘠。蜜蜂的嗡嗡声
与时光的嗡嗡声合一。

（在格瓦拉姆农庄，一个小木屋里，我曾看见

---

① "Kibbutz Gvar'am"，位于以色列南部，建于 1942 年。

简陋的书架上有布伯和里尔克 ^① 的书，
墙上是梵高 ^② 和莫迪利亚尼 ^③ 画作的印刷品。
那是在致命战役的前夕。）

还有桉树林，
苍白得仿佛害着相思病。
它们不知道它们在思念什么；
我现在轻声地告诉它们：
澳大利亚，澳大利亚。

①　赖内·马利亚·里尔克（Rainer Maria Rilke，1875~1926），系奥地利诗人，被认为是最具抒情性的德语诗人。
②　文森特·威廉·梵高（Vincent Willem van Gogh，1853~1890），系荷兰画家，其最著名的作品是油画《向日葵》。
③　阿梅代奥·克莱门特·莫迪利亚尼（Amedeo Clemente Modigliani，1884~1920），系意大利画家兼雕塑家，以现代风格的肖像画和裸体画著称于世。

历　史

一个男人独自在一间空屋里
练习打鼓。这，也是历史。

他的妻子在为节日熨一面旗；
他的儿子在他的梦里哭喊。

一个男人在一本电话簿里发现他的名字，
吓坏了。

伟人制其欲，
他的欲望已死。

智者见未来，
但未来看见他，渴望
回到子宫去。

一个乐天知命的男人向着
隐蔽得很巧妙的复杂管道网哭泣。

一种外语在街上走过，
好像来自很久很久以前的三个天使。

真正的主角

以撒之缚 ① 的真正主角是那只公羊，
它不知道他人之间的共谋。
它是自愿替以撒死的。
我想唱一首纪念它的歌——
歌唱它鬈曲的毛和人样的眼，
歌唱它活着的头上那么静默的角，
它被宰杀后，他们怎样把那对角做成朔法尔 ②，
吹响他们战斗的号角
或发出他们淫猥的欢声。

我想回忆那最后的画面，
就像优雅的时尚杂志中的照片：
那青年晒得黑黑的养得胖胖的穿得花里胡哨的，
他旁边是那天使，身穿丝织长袍，
一副参加正式招待会的打扮，
二者两眼空空望着
两个空空的地方；

他们身后，像彩色的背景中之物，那公羊，

---

① 上帝为试验亚伯拉罕是否真心敬畏，命他把独生子以撒献为燔
　祭。亚伯拉罕毫不犹豫，把以撒绑缚在祭坛上，但举刀欲杀之
　际，被天使阻止。亚伯拉罕见附近小树丛中有一公羊，遂拿来
　献祭以代替他的儿子。（事见《塔纳赫·创世记》第 22 章）
② "shofar"，系希伯来语音译，即用未阉过的公羊的角制作的号
　角，属犹太教法器，用于宗教仪式、节日庆典和军事行动等场合。

被宰杀之前困在小树丛中，
那小树丛是它最后的朋友。

天使回家去了。
以撒回家去了。
亚伯拉罕和上帝早就走了。

可是以撒之缚的真正主角
是那公羊。

在海运博物馆

我看见从海底打捞上来的
覆盖着藤壶的陶罐，
心想古代的水手
泼出半条命航往那些罐子，
再用半条命把它们运回到这里。
他们尽到了他们的义务，在近岸处溺亡了。

我旁边一个女人说："它们不是
很美吗！"被她的话和我吓了一跳。
然后她走开，进入她的生活，
那也是一半出发，
一半回归。

试着记住一些细节

试着记住一些细节。[①] 记住你所爱
之人的衣着，
以便在失落之日你能够说：最后一次看见
穿着如此如此，棕色上衣，白色帽子。
试着记住一些细节。因为他们没有面孔，
他们的灵魂隐藏着，他们的哭声
一如他们的笑声，
他们的沉默和他们的呼喊上升到同一高度，
他们的体温在华氏 98 和 104 度之间，
他们在这狭窄的空间之外没有生命，
他们没有雕像，没有画像，没有记忆，
他们在欢宴之日有一次性使用的
纸杯和纸碟。

试着记住一些细节。因为这世界
充满了人，他们被从睡眠中撕扯出来，
没有人修补裂口，
不像野生动物，他们各自
生活在寂寞的隐匿处，却一起
死在战场上
和医院里。

———————

①　　系逾越节仪式上诵念埃及十大灾殃的起头用语。摩西要带以
　　　色列人出埃及，法老不许，摩西即预言埃及将发生十种灾殃。
　　　（事见《塔纳赫·出埃及记》第 7~11 章）

大地将把他们全部吞噬，
好的和坏的一起，就像可拉 ① 的追随者，
他们全都反抗着死亡，
他们的嘴巴张着，直到最后一刻，
用单一的吼声
祝福和诅咒着。试试，试着
记住一些细节。

---

① 　利未人可拉等伙同其他 250 个以色列部族首领反对摩西和亚
伦，被上帝抛弃，大地开口把他们及追随者都吞了下去。(事
见《塔纳赫·民数记》第 26 章)

上帝，我的隔热层没了

上帝，我的隔热层没了，
衬里扯破了，填充物磨损了，
冷热直接穿透我，
生疼裸露，
我听见回声。

我浪费了最后的
是和不。
我没有弹药，
我不得不投降。

别给我讲心理学！
给我讲讲地质学。

岩层在我体内崩裂；
天花板坍塌到我的爱里面。

请给我化石——不要记忆！
上帝，我的隔热层没了
我的死亡暴露了。

四首关于战争与和平的诗

1

在离我家不远的一个小公园里，
有一块大理石碑，上面用清晰字迹
写着一排排战死的士兵的
名字，就像一幢又大又空的大楼
入口处租客的名单。

2

我想起死在这里的那个
红头发男人，和他哑嗓子的妻子。

我想起多年前死在这里的那个
男人的哑嗓子的妻子。

我想起现在成了沉默的妻子的
那个哑嗓子妻子。

真正的流产
是那些在战斗中倒下之人的流产：
没有人对此
表示抗议。

3

有一回一枚炸弹
在肉铺边爆炸：
被屠宰的肉
被屠宰了一遍又一遍，
但是不再有痛苦，
几乎没有血。

4

我是个和平种族歧视者：
蓝眼睛的是谋杀者，
黑眼睛的是杀戮者，
卷发的是毁灭者，
直发的是引爆炸弹者，
棕色皮肤的撕我的肉，
粉色皮肤的洒我的血。

只有无色的，
只有透明的是好的。
她们允许我在夜里没有恐惧的安眠，
并透过她们看
天空。

人在一生中

人在一生中没有时间
有时间做一切。
他没有足够季节有
一个季节达成一切目的。《传道书》①
在这点上错了。

人需要同时爱恨，
用同一双眼哭笑，
用同一双手扔石头捡石头，
在战时做爱在爱时作战。

仇恨和宽恕，记忆和忘却，
整理和弄乱，吃掉和消化
历史
花无数岁月做成的东西。

人没有时间。
失去时他寻找，找到时

---

① 见《塔纳赫·传道书》第3章第1~8节："凡事都有定期，天下
万务都有定时。生有时，死有时；栽种有时，拔出所栽种的也
有时；杀戮有时，医治有时；拆毁有时，建造有时；哭有时，
笑有时；哀恸有时，跳舞有时；抛掷石头有时，堆聚石头有时；
怀抱有时，不怀抱有时；寻找有时，失落有时；保守有时，舍
弃有时；撕裂有时，缝补有时；静默有时，言语有时；喜爱有
时，恨恶有时；争战有时，和好有时。"

他忘记，忘记时他贪爱，贪爱时
他开始忘记。

他的灵魂老练，他的灵魂
非常专业。
只是他的肉体永远停留在
业余水平。它尝试，它失误，
弄得一团糟，什么也学不会，
在快乐和痛苦中
沉醉盲目。

他将像无花果在秋天那样死去，
皱缩而充满自我和甜蜜，
叶子在地面上渐渐枯干，
光秃的枝条已经指向
有时间做一切的地方。

孩子已不见

我儿，你又担心我。
你时不时担心我，
经常得应该使我平静。

我记得有一回，你小的时候，
我们在一个大饭店一起看到一场火灾。
火苗、水、烟雾、
哭声、喊声、疯狂闪烁的灯光，
所有这些省了我许多解释
生活是什么的话。我们默默地站着。

我自问我父亲把他的恐惧藏在哪儿了，
也许在一个封闭的橱柜里，
或者孩子们够不到的别的什么地方，
也许在他心里深处。

可是现在你又担心我了。
我总是在找你，
这回是在上加利利的雾气中间。
我是个雾气父亲。
而孩子已不见，因为他已经长大。

渴望的来袭

在世界上任何地方，渴望的来袭
都会击中你，像突然发烧。
啊，驶过的火车车厢里的女孩和亮灯
但凄凉的站台上的女人。

我想，一个像她这样的无名女人
就像无名战士一样：二者都比
那些有名的得到更多鲜花和更多渴望。
而天堂的大门一开一关
总是非常快速，
好像紧张的眼皮。

有一回我看见一个美丽的女人
从一座领事馆的楼里出来到阳台上。
她从镀金的旗杆上取下旗子，
叠起旗子，
走进去关上门。
她无疑脱光了，用那外国旗把自己
盖起来，快活地躺下。
我在下边的街上，我的脚指甲由于
如此多的渴望而破裂，
一如从前心碎。

啊，阳台上的女人，桥上的女人，
啊，电话亭里的女孩，

她们的眼睛是下雨的眼睛
或流泪的眼睛。

被做了记号要死的人

一个被做了记号要死的人在双层墙内他的花园里
把手放在我肩膀上用那些
被做了记号的人的祝辞祝福我。
他身后草丛中，他那远得不得了的孙子的玩具。
阳光照着那些玩具，花儿在凉阴中。
"别忘了我。"生活流逝。
有一回我听见士兵坐在敞篷卡车里
翻越山丘时在唱歌。我没有看见他们，
但我听见他们唱歌了。生活就是
这样流逝的。一个人需要有侍者的记忆力。
"别忘了记住！"

他领我到花园的入口处，
向我告辞，回到被做了记号的房子里去。
装饰有古老雕花的沉重的房门
发出某种巧妙机关的哼吟声缓缓在我身后关上，
把我变成了一个来自外太空的人。

我的野孩子

我的野孩子：早上
他们吃我的梦，晚上
他们吞下我的记忆。
我是他们的食槽。
在我的灵魂上，
我感到他们粗糙的舌头。
白天黑夜
我都听见它们可爱又回音的吧唧声。

吸干我的疯狂，弄哑我的尖叫的
我的野孩子，我的梭鱼群。
我浸入他们。

我想用他们的眼睛
点亮我的眼睛，
如同在一条暗夜的街上，
一个男人为了最后一根烟
讨火。

太阳客栈

群山中的太阳客栈。我们在那儿
待过一两天。人们在朝着黑暗的大窗边
聊天；
高草想让我们哭；
在雾蒙蒙的山谷中，打网球的人默默地打着，
仿佛没有球似的。
眼神哀伤者来到嗓音清亮者面前
说：你现在正住在那以前是我的房子的
房子里。那儿长有一个大树。你把它怎么了？

太阳客栈。我们在那儿
待过两三天。
白色的房间——记忆和希望——
里面，夜晚、给那些将不再
回归者的永恒拯救、
墙壁后面金子般的咯咯笑声。
飞机在头上高空中飞过；
它们之上，用星星制成的伪装网，
好让我们看不出没有上帝。

可是在下边，一个缭绕着
烟气和酒气的沉重桌子旁，
一个沉重的基督徒和一个轻盈的犹太人
正在合作创造一种新宗教。

太阳客栈。"下小雨了。"
这是太阳客栈所剩的一切。

神　迹

从远处看，什么事物都像是个神迹，
但凑近看，就连神迹也不像那回事。
甚至红海分开时，穿越它的人
也只看见他前面的人
流汗的脊背
和大腿的迈动，
或顶多，匆匆往边上一瞥，
看见壁立的水中五彩斑斓的鱼类，
犹如玻璃板后面水族缸里的那样。

真正的神迹发生在阿尔伯克基市 [①]
一家餐厅中的邻桌：
两个女人坐在那儿，一个有一道歪斜的
拉链，总体很好看，
另一个说：“我坚持把它拉好，
不哭。”
后来在那外国饭店的
红色走廊中我看见
彼此拥抱的男孩女孩。

小小的孩子生自他们；
他们抱着
可爱的小玩偶。

[①]　系美国新墨西哥州人口最多的城市。

你本是人，仍要归于人
（1985）

第一辑：我母亲之死及为子女的未来所作的失败打算

我母亲之死及为子女的未来所作的失败打算

我母亲通体白色在世界上她的床上
就像从前野地里一堆篝火的
黑色痕迹。

梳妆台上，那把
把她的头发梳向
逝去日子的
那一边，
使她的额头在枕头上
裸露的梳子。

屋外，
为子女的未来打的败仗。

噢，常春藤生长

噢，常春藤生长在一个濒死女人的
房间的墙上。生长也是
缓慢的死亡，自下而上。

噢，一个活人的最后凝视，
就像夏晚绕着灯光的飞虫。
所有凝视终于光明；
所有步行终于舞蹈；
所有言说终于歌咏；
所有沉默终于永恒。

我母亲死于夜间。静静地
她躺在黑暗中，关门了，收拾好了，
为第二天，就像一间餐厅
关门了，收拾好了，桌子已经摆好，
为别的人的早餐。

我母亲在病床上

我母亲在病床上，那样轻松和空虚，就像一个人
在机场已经说过再见，
在美丽而安静的区域，
在离别与起飞之间。

我母亲在病床上。
她生命中所有的一切即此刻，
就像门前的空瓶子，
上面的彩色标签会再次显示
其中曾灌满什么悲欢。

她最后的话，"把花拿出屋去"，
是她死前七天说的，
然后她关闭自己七天，
就像哀悼七天。

可是就连她的死在她的房间里也营造出
一种温暖的家的感觉，
用她睡着的脸、有茶匙的茶杯、
毛巾、书籍、眼睛，
还有她搁在毯子上的手，那
摸过我童年时脑门的同一只手。

现在她呼吸

现在她呼吸平静，我说。不，她
由于巨大痛苦内心在惨叫，医生说。
他请求我允许
除掉她手指上的结婚戒指，
因为手指肿得厉害。我以痛苦的名义
和活着的时候从未离开过她的
我父亲的名义允许了。我们不断转动那戒指，
就像童话里的魔法戒指一样，可是
它下不来，也没有
奇迹发生。医生请求允许切断
戒指。他以细心的镊子般的轻柔
切断了它。

现在她笑了，练习着那边的笑声。
现在她哭了，戒除着
这边的哭声。

她护照上的相片是许多年前照的。
她来到以色列地之后就从未
出过国。死亡证明
不需要相片。

我母亲来自那些日子

我母亲来自那些日子，那时他们绘制
盛在银碗中的美丽水果油画，
别无所求。
人们穿行于人生之中，
像航船一样，顺风或逆风，忠诚
于他们的航线。

我自问哪一种更好，
老死还是夭亡。
仿佛我曾问哪个更轻，
一磅羽毛还是一磅铁。

我想要羽毛，羽毛，羽毛。

我母亲死于七七节

我母亲死于七七节 ①，他们正好数完七周斋期，
她的长兄死于 1916 年，是在战争中倒下的，
我差点儿在 1948 年倒下，
而我母亲死于 1983 年。
人人都死于某种命数，
长或短，
人人都在一场战争中倒下，
他们都应得一个花圈、一场悼念仪式和一封官方吊唁信。
我站在母亲坟前时
就像在敬礼，
祷告文的硬词儿像一阵排枪
齐射向夏季的天空。

我们把她葬在桑赫德里亚公墓 ② 我父亲墓旁，
我们为她占了地儿，
就像在公共汽车上或电影院里一样：
把鲜花和石头放在那儿，别人就不会抢她的地儿。

（二十年前，这个公墓是
在边界上，面朝敌人的位置。
墓碑是对坦克的有效防御设施。）

---

①　系逾越节七周之后的一个暮春节日，原为庆祝收获，现为纪念神授"妥拉"。
②　"Sanhedria Cemetery"，系耶路撒冷城北一老公墓。

可是我小时候这里有一个植物园，
许多花上挂着薄木片标签，
上面用希伯来语和拉丁语写着花名：
普通玫瑰、地中海鼠尾草、
普通尖叫、植绒哭泣、
一年生哭泣、多年生悼念、
红勿忘我、芳香勿忘我、
勿忘我、忘却。

肉体是爱的原因

肉体是爱的原因；
之后，保护它的堡垒：
之后，爱的牢狱。
可是当肉体死去时，爱被释放，
疯狂地增长，
好像一台吃角子老虎机出了毛病
响着愤怒的铃声一下子倾倒出
带着前人积攒的所有
运气的硬币。

解　脱

她解脱了。解脱自肉体，
解脱自灵魂，解脱自即是灵魂的血液，
解脱自愿望，解脱自蓦然的恐惧，
解脱自为我的担心，解脱自荣誉，解脱自耻辱，
解脱自希望，解脱自绝望，解脱自火，解脱自水，
解脱自她眼睛的颜色，解脱自她头发的颜色，
解脱自家具，解脱自刀子勺子叉子，
解脱自天上的耶路撒冷，解脱自地上的耶路撒冷，
解脱自身份，解脱自身份文件，
解脱自圆形公章，
解脱自方形公章，
解脱自照片，解脱自回形针，
她解脱了。

现在她下降

现在她下降到地里；
现在她与电话电缆、电线、
净水管和不净水管处于同一水平；
现在她下降到更深的地方，
比深还深处，这一切
流动的原因所在之处；
现在她在石头和地下水的层面，
那里潜藏着战争的动机、历史的动力、
民族和尚未出生之人的未来命运：
我的母亲，赎罪的卫星，
把大地变成
真正的天国。

第二辑：一个人与一个地方之间

犹如在葬礼上

跟在我所做的一切后面，他们行进，
犹如在葬礼上：多年前曾是儿童的我，
曾是初恋少年的我，在那些日子里
曾是士兵的我，一小时之前头发灰白的我，
以及我曾是又忘却的别的角色，还有陌生人，
其中之一可能是个女人。

所有人都一起动着回忆的嘴唇，
所有人都一起睐着潮湿的眼睛，
所有人都说着赞美和安慰的话，
所有人都将转身回到他们的事务和时间去，
犹如在葬礼上。

有一人对朋友说："在现代工业中
主要任务是创造
又结实又轻的材料。"
他这样说罢，哭罢，走他的路去了。
犹如在葬礼上。

果　园

它们站住这里，一棵活树挨着一棵死树，
一棵病树挨着一棵挂着甜果的树，
它们谁也不知道发生了什么。
它们全都待在一起，不像人类
彼此分离。

有一棵树用它的根紧抓着土地，
仿佛用绝望的手指，以免土地沉陷；
在它旁边，一棵树被同一片土地拉倒，
二者同一高度，你看不出区别。

一只野鸽鸣叫出野性的希望；
鹌鹑扑棱棱低飞，
带来我不想知道的事情的消息。

有用来纪念的石堆，
和用来忘记的石墙，
我就是这样标记我人生地盘的边界的，
石头也就是这样会重新散布在旷野上的。

啊，在冬天被扫荡到海里去的土有至福了，
摆脱了根须和死者。
啊，使我们忘却的神圣的风化哟。

肉桂发出香气，香气

回归肉桂。想象力就这样
在我人生中转大轮，
不会停止的轮。

不久我的儿子就会反叛我，
甚至在我能够教他
做什么，走什么路之前。

但是和平回到我心里。
不是多年前离开我时
那样子的和平。它离开去上学，
像我一样成熟起来，
回来时样子像我一样。

唯一的门

她由那唯一的门离去，
所有死者都通过它离开世界。
那是唯一的门。
通过它我们进入世界。

她的新姓氏
同他们所有人的一样：
有福受怀念者。

从今到复活日她的全名：
弗里达·有福受怀念者 ①。

---

① 指阿米亥的母亲。其全名是"弗里达·沃尔豪斯·普弗伊费尔（Frieda Wahlhaus Pfeuffer）"。

周年祭

我母亲的周年祭远离耶路撒冷，
在加拿大西部绿色的群岛中间。
遗忘之水和记忆之水
在岸边混合；
涨潮和落潮也是连续的流动，
连续而永恒的生命。
一只鹰在上空盘旋，像个孤寂的灵魂；
我母亲从未见过鹰。

在这里，无数的树和无数的云
参加我的祭仪，我在下面念祭辞。
可以在任何地方念祭辞，甚至可以
在死者复活之后念祭辞。
即使我母亲坐在我对面的桌子前，
矮小又佝偻，我也会在她眼前
哀悼她的死亡，冲她的耳朵念祭辞。

我陷入了大麻烦

胡萝卜在地里快乐地成长；
肉铺里被宰割的羊头令我平静；
半甜的酒
寻找它苦的一半；
我陷入了麻烦。

笛子贩子吹笛子兜售笛子；
鼓贩子敲鼓；
站街女裸露大腿；
我陷入了大麻烦。

水果店的门上画着水果；
鱼餐馆画着鱼；
战争的入口处画着年轻人；
我陷入了大麻烦。

从一个丢东西的人
我变成了一个丢失的人。
我厌倦了门，
我想要窗户，只要窗户。
我想要衣服，
那种穿在身上又轻又松的，
就好像道别时挥动的手，没有痛苦。

我担心过去会在未来

对我做什么。
我童年的会堂
剩下的只有
我透过它的窗户看见的天空。
上帝，我陷入了大麻烦。

人的身体

人的身体彼此不同，
但灵魂相似，都充满美妙的便利设施，
像飞机场。
别把你的灵魂给我，
把我永远不会完全了解的你的身体给我，
给我容器而不要给我其中的内容。

跟我一起站在机场：
这里，别离的痛苦被用漂亮的话语
打扮起来，像孤儿一样；
这里，饮料和食品很贵，
但人和他们的目的地很便宜。

一个男人在打电话，
他的嘴巴从听筒喝着忧愁和爱。

就连那些哭泣的人也有
像新娘那样洁白的双手，
没有拥抱的双臂，
他们在这世上将怎么办？

让我的灵魂与身体一起死去。

我的儿子

因为爱，因为做爱，
因为无生的痛苦
大于出生的痛苦，
所以我对女人说："咱们来照自己的形象
造一个人吧。"我们造了。可是他一天天
长得越来越
不像我们。

他悄悄地偷听父母的谈话，
他并不懂，但他听着那些话长大，
就像植物并不需要懂得
氧气、氮气及其他元素而照样生长。

后来，他站在敞开的
盛满传说的圣约柜前，
在灯光照耀的历史
陈列橱窗前：马加比战争、[①] 大卫与哥利亚、[②]
马萨达集体自杀、[③] 犹太聚居区暴动、

[①]　公元前 166 年，犹太人在马加比家族的领导下反抗代表希腊文化的叙利亚塞琉古王朝的统治，最终赢得自治。

[②]　公元前 1000 年前后，在古以色列人对非利士人的战争中，以色列少年大卫用抛石杀死非利士勇士哥利亚。大卫后来成为以色列王。

[③]　公元 73 年，耶路撒冷陷落后，反抗罗马统治的近千犹太人退守于死海附近的马萨达山顶的希律王行宫，最终（转下页注）

哈拿和她的七个儿子；①
他瞪大双眼站着，
在内心深处，他种下一个大花朵似的誓言：
生存，生存，不像他们那样死去。

写字时，他从下到上地写。
画两个交战的骑士时，
他从剑画起，然后是手，
然后是头。画纸之外
和桌子之外——希望与和平。

有一回他在学校干了坏事，
受了惩罚：我看见他
独自在空教室里
像一只驯兽似的吃着东西。
我对他说，跟我打架吧，
可他跟学校、法规
和秩序打架。
我对他说，把你的怒火都倒在我身上吧，
可他拥吻我，我拥吻他。

第一次真正的
学校集体郊游
是他们永不再回归的

（接上页注③）宁死不屈，集体自杀。
① 在马加比战争期间，犹太母亲哈拿和她的七个儿子被敌人抓
　　住。敌人强迫他们吃猪肉；他们宁死不屈。

外出。

那叫作未来的大戏

我将不再见到的人们
与我坐在一起吃饭。

睡在床上的小男孩梦想
他将成为深海潜水员或高空飞行员。

他们都是用同样的梳子
往同一个方向梳过头的。死者齐唱哈利路亚，
口中充满尘土。
那些日子藏在一个蒙神恩典的夜里。

一个女人在广播新闻里
用甜美柔和的嗓音讲述
男人在战争中对彼此的作为。

那叫作未来的大戏
开演了。

我的小女儿窥入

我的小女儿窥入我眼中，
犹如窥入一个满是吊丧者的黑暗房屋的窗户。
但是在里面她看见
新郎和新娘在为婚礼作准备。

一个充满食物的小女孩，
一只洋溢着幸福的碗，一只装糖的袋子。

一个小女孩睡着时你盖在她身上的大爱
并不给她加重。相反：
她变得越来越轻。

这小小胎记
在我死了多年之后会提醒她：
她出生在一个美丽的夏日，
生父耶胡达，生母哈拿。

哈达辛 ① 的学年末

有幸多雨水的一年
会使许多植物在春天生长，
在夏天添旺火焰，
把它们烧掉。

有幸多孩子的一年
会加剧战争，
当在这个时代
那些孩子长大的时候。

在这里，那黑暗的枝梢
像誓言和诺言般摇摆的树木中间，
生命的各班在一段乐曲
伴奏下彼此告别，大窗户
亮着灯敞开着，像相册里的页面。
大铁门像双翅膀
开关时扑棱棱响。

翅膀永远钉在这地上，
钉在来往的子民的命运上；

①　"Hadasim"，系以色列一村庄，那里于 1947 年始建有哈达辛儿
　　童青少年村——一种特色寄宿学校。其最初是为从世界各地来
　　到以色列的犹太大屠杀幸存孤儿所设，目的是帮助他们适应新
　　环境。后来全国各地出现多所同类型学校，均冠以"哈达辛"
　　之名。

出发的飞机的嘶吼声
预告着我们已经知道的事。

祝福的手将远离受祝福者；
亲吻的嘴唇将忘记，
就像喝水的嘴唇
会忘记水。

一条路通往种有庄稼的田地；
另一条通往山丘；
第三条不存在，
因为它在我心中已死。

在苹果内部

你造访我于苹果内部。
我们可以一同听见刀子
绕着我们一圈圈地削着，小心翼翼地，
以免果皮断掉。

你对我说话。我信任你的声音，
因为其中有坚硬的痛苦的结块，
一如真正的蜂蜜
含有来自蜂巢的蜂蜡的结块。

我用手指触摸你的嘴唇：
这也是一种预言的姿势。
你的嘴唇是红的，一如一片被焚的田野
是黑的。
全是真的。

你造访我于苹果内部，
而且你将与我待在苹果内部
直到刀子完成它的工作。

爱的回忆：幻象

我无法想象
离了彼此，我们将怎么活，
我们如是说。

从此我们活在那个幻象中，
日复一日，远离彼此，
远离我们
说那话时所住的房子。

每当一扇门关闭时，一扇窗就打开，
犹如在麻醉之下，没有痛感。

痛感稍后才来。

爱的回忆：条款和条件

我们像不想从海里
出来的孩子。蓝色的夜来临，
随后是黑色的夜。

我们为我们的余生带回了什么：
一张冒火的脸，就像那燃烧的灌木丛，
待到我们余生耗尽才会烧掉自身。

我们在彼此之间作了一个奇怪的安排：
如果你来找我，我就来找你，
可怪的条款和条件：如果你忘了我，
我就忘了你。
可怪的条款和可爱的事情。

我们的余生所不得不
做的丑恶的事情。

土木香、茉莉、葡萄、夹竹桃

土木香没有希望，但它与希望有
联系，还有一种
生者与死者的欲望的强烈气味。
土木香只生长在人类居所附近，
甚至在被夷为平地的居所附近，
永不背叛的骄傲的废墟妾侍，
记忆娼妇，被焚毁的神殿的神妓，
不会忘记一件事的力比多保管者，
健壮如死神的哭丧妇女，
守墓的狗，忠诚、永恒之光的
最后一缕。

茉莉覆盖一切。它的芳香和勇气
充满世界，像雷声一样，
它的白花见证着我们生活的黑暗，
它的气味颓废而香甜。
茉莉是一种树，不是爬藤灌木，
它尖叫着，我不是爬藤灌木，
我是树林中的树。
世界充满这类有关这类
错误的尖叫，从来得不到改正。

一根葡萄藤是一个家，一个男人也是一个家；
一根葡萄藤像个孩子般睡眠，
一只手托在腮边，另一只手

伸出到睡眠之外。

拒绝给世界增加甜味：
孩子拒绝长大成人，
葡萄拒绝死于苦涩。

夹竹桃喜欢生长
在废弃的火车站里，
它们与土木香、茉莉、徒然攀爬
在无房顶的墙上的葡萄藤会合处，
但是它们有天空，它们有上帝。

去年夏天，我沿着废弃的铁路轨道
从亚革悉走到罗什哈尼可拉 [①]，
我没有坐火车。现在火车不再通这里了。
四十年来，轨道一直沉默着，
我从枕木到枕木的步行节奏
抚慰着我的双腿，我的双腿抚慰着
永远无法得到抚慰的东西。

---

① "Rosh HaNikra"，系希伯来语音译，义为"洞口"，是以色列北部地中海沿岸一集体农庄。

爱的回忆：打开遗嘱

我还在这屋里。两天之后
我将只能从外面看它了，
你的房间百叶窗紧闭，在其中我们爱过彼此，
而不爱人类。

我们将转向新生活，
以细心为死亡作准备的
特别方式，转向墙壁，
如圣经中所载。

在我们呼吸的空气之上的上帝，
给我们造了两只眼和两条腿的上帝
也给我们造了两个灵魂。

在距此时遥远的一天
我们将打开这些日子，犹如有人
在某人死去多年以后
打开遗嘱。

你本是人，仍要归于人

战争中的死亡始于
一个年轻人
下楼梯。

战争中的死亡始于
无声地关上一扇门；
战争中的死亡始于
开窗看。

因此，别为离去的人哭泣，
为走下自家楼梯的人哭泣，
为把最后的钥匙放进
后裤兜里的人哭泣。
为替我们记忆的图片哭泣，
为有记忆的纸片哭泣，
为无记忆的泪水哭泣。

在这年春天，
谁会站起来对尘土说：
你本是人，仍要归于人。①

----

① 　《塔纳赫·创世记》第 3 章第 19 节载雅赫维对亚当说："你本是
　　尘土，仍要归于尘土。"此处诗人反其意模仿其句式，以表现
　　复活再生。

爱的回忆：会怎样呢

茉莉花打破了黑暗的律法；
转动的洒水器的声响延迟了白天的终点。

大腿、大腿、手、手，
恋人还在一起的时候，他们的挽歌是这样的。
日落给他们展示
一种可能不同的生活。

就像两片森林之间的开阔地，他们就如此同睡，
裸露而空旷，安全避火，
并免于可能突如其来的恐惧。

可是早晨，一醒来，问题就代替了问候，
就连兴奋的叫喊也是问题：
你的工作何等华美，① 何其大，② 会怎样呢?

---

① 　见《塔纳赫·民数记》第 24 章第 5 节："雅各啊，你的帐棚何
　　等华美！"
② 　见《塔纳赫·诗篇》第 92 篇第 5 节："雅赫维啊，你的工作何
　　其大！"

耶路撒冷，1985

写下的愿望塞进哭墙的石缝里，
许多揉皱、拎紧的纸团。

别处，一张纸条塞在一扇
茉莉花半掩的旧铁门缝中：
"我没法儿来，
希望你明白。"

以撒最后的急救包

将近战争结束，我把来自里雄莱锡安 [①] 的以撒的
最后的军用急救包从内盖夫带到了酒窖。
因为酒窖的防线穿过内盖夫，
他在那里阵亡。我把急救包带给他父亲，一位老酒窖工。
因为我受嘱不要去女人的住处，找母亲和姐妹，
而要去男人的地方，去找父亲。身着高至下巴的
橡胶围裙，长及膝盖的橡胶靴子，
他站在发酵的酒气和他狂怒的生命中。
在黑暗的酒窖中，他大声
把同事们从酒桶之间叫出来：
这是他死的时候跟他在一起的朋友，
这是他最后的急救包，这是毛巾，
他去内盖夫的路上我们给他的有条纹的大毛巾。

啊，以撒，你在内盖夫倒下，
你的父亲在酒窖里哭喊。
我想起伊本·伽比罗尔
创作的傻歌："酒喝干，我的眼
水长流，水长流。"这里，
酒没有干，眼泪却流干了。

酒窖的顶上，昏黄的灯泡

---

① "Rishon Le-Zion"，系希伯来语音译，义为"锡安山第一"，是
　　以色列中部城市，紧邻首都特拉维夫南部。

在笼子里亮着，像关着的灵魂；
硕大而黑暗的酒桶中
发酵开始，永无止息。

证　据

陷在泥地里的一台被遗弃的拖拉机，
抛在座位上的一件衬衫和一些被碾碎的草
是一场伟大的爱的证据；附近往下一点，
茂密的灌木丛中间，夹竹桃和芦苇。
总是有多于必要的证据。
我想到人们在商场购物
有种种不同的搭配组合。
我看到过一只购物篮里
有肥皂、火柴和两只土豆，
还有别的不伦不类的组合。

我想到历史把种种事物
联系起来，记住的努力，
想到博物馆中一只古代
陶罐的寂寞——站在玻璃柜里，
被灯光照亮，免于被遗忘，
不许死亡。我想到修筑罗马古桥的
玄武岩石，那也是
我所不知道的事情的证据。

圆形时光和方形时光
都以相同的速度飞逝，
只是二者飞过的声音不同。
许多纪念蜡烛一起
造出一大片欢乐的光明。

语言学校

我路过一所气势逼人的房子，挂着一块牌子写着：
"语言学校"，我不禁大叫：我的主啊，
从内心深处我叫我的主。人们
叫他们的神，而他们的神只叫
别的神。一只鸟叫另一只鸟；
只有水有时在夏天游泳池里
用人声谈话。

语言学校。在这里语言学习如何
适应外国嘴唇，适应黑暗的硬腭，
适应大笑的嘴巴和大哭的嘴巴。
语言学习，永无止境，
像渴望一样。

此生变得更加艰难，
但对它的反应变得更加柔软，
就像一只球被愤怒地掷向墙壁，
又弹回来，
渐渐平静柔和，
直到安息喑哑。

一个女人对一个哭泣的孩子说：
"别哭，乖孩子不哭。"
我走过那"语言学校"时
听见这话，

不禁大叫：我的主啊，从内心深处。

隐基底保护区

我必须买门票
才能进入我曾经
有许多美妙往事记忆的地方：
这是时光的距离，这是对
家国的爱，这是我的生命。

欢乐的瀑布落入悲伤的水潭，
就这么简单：声响和泡沫。
我们曾在上面点燃篝火的大石头
还是黑的，它就这样记着，
这是它的记忆的颜色。

于是我扔掉门票，
把这地方叫作：屋子。

一丛蔷薇挂在墙头

一丛蔷薇挂在墙头，在以那么多
热望、丰裕和失落令你心碎的
关闭的花园里，见证着
他人的幸福，好像一座围城中
扔过墙来的最后一个面包，
预言末日、死亡与情欲、
清醒者的沉睡、梦中的呓语、
徒劳的时间等等的先知脸上
泛起激动的红晕的可爱瞬间。一丛蔷薇
覆盖着盛着痛苦信件的信箱：
在发生在窗前的事件
与发生在门边的事件之间，
有时候一生就过去了。

一丛挂在墙头的蔷薇。
我认识一位研究坚硬历史的学者，
他生育了三个柔软的女儿，
长大后离开了家的美人。
但是，一丛蔷薇挂在墙头。

凉　鞋

凉鞋是完整的鞋的骨骼，
骨骼，及其仅有的真正灵魂。
凉鞋是我奔驰的双脚的缰绳
和一只疲倦的、祷告着的脚上
系经匣的带子。

凉鞋是我所到之处我践踏的
小块私有土地，我的故乡、
我真正的国家的大使，地上
群集的小生物的天穹
和它们的必将来临的毁灭之日。

凉鞋是鞋的青春年华
和在荒野中漫步的记忆。

我不知何时它们将丢失我
或何时我将丢失它们，但它们终将
被丢失，各在一个不同的地方：
一只离我住所不远，
在岩石和灌木丛中间，另一只
沉入大海附近的沙丘，
像一轮落日，
面对着一轮落日。

别是巴^① 以北

土地翻耕过。里变成外，
像告解过的人。

所有破碎的东西
都正在重归一体，
就像在以色列啊，你要听末尾
朗声拖腔的"一"。

我的孩子在耶路撒冷
在睡眠中翻身转向我旅行的方向，
转向过去或未来。

干涸的河流以为我是水、
一片云、一片云的阴影；
我认为，我是干涸的河床。

剩下我和两个朋友：
一位地质学家和一位生物学家。
他们之间的领域是我的。

---

① 系希伯来语音译，义为"七井"。以撒在基拉耳谷居住时挖了
七口井，与非利士人的王亚比米勒立约互不侵犯。（事见《塔
纳赫·创世记》第26章）其所居附近之城即得名"别是巴"，
位于内盖夫荒漠边缘，现为以色列第七大城市。

危险的国度

危险的国度。充满可疑物体
和遭受陷害的人们。一切都可能是
一种新宗教的肇始：每一出生、死亡、
旷野里荆棘丛中的火焰、浓烟。
就连恋人也必须谨言慎行，
伸出欲抱的手臂、夜半的私语、
偷偷的哭泣、远远的注视、身穿白衣裙
下楼梯。这些都是一种新宗教的肇始。

就连候鸟都知道。
它们春来秋去却从不停留，
就像这国度的神灵从不停留。
说这里曾经有过的人是慰藉的先知，
说这里将会有的人是愤怒的先知。

从北到南，夏季的欢乐无尽。
预防洪水泛滥的警告、
预防遍地干旱的警告
和处处纪念墓碑是镇纸，
以防这国度的历史飞走，
像风中的纸片。

晚　婚

我与比我年轻许多的新郎们一起
坐在等候室内。假如我生活在古代，
我就可能是个先知。可是现在我静静等待
把我的名字和我爱人的名字一道
登记在硕大的婚姻登记簿上，
并回答我还能回答的
问题。我给我的人生填满了文字，
我在我的体内收集的信息足够供给
好几个国家的情报部门。

用沉重的脚步，我运载着轻盈的思想，
犹如年轻时，我脚步轻盈，前途无量，
几乎是跳着舞运载着因命运而沉重的思想。

我生活的压力把我的出生日期
和死亡日期拉得更近，就像历史书中，
历史的压力把那两个数字挤到一起，挨着一位已故国王，
中间只用一个连字符隔开。

我用全身的力气抓紧那连字符，
犹如抓着一艘救生筏，我就生活在那上面；
我的嘴唇上是不要独身的誓言，

新郎的声音和新妇的声音，①
耶路撒冷街上
和犹大城邑中，
儿童嬉闹的声音。

---

① 见《塔纳赫·耶利米书》第 7 章第 34 节："那时，我必使犹大城邑中和耶路撒冷街上，欢喜和快乐的声音，新郎和新妇的声音，都止息了，因为地必成为荒场。"

我守卫孩子们

我在校园里守卫孩子们。
我的一部分是狗，
从我体内我听见它吠叫的回声。

孩子们的叫喊声像野鸟一样
飞起。没有一声叫喊
会回到发出它的口中。

我是个年老的父亲，在替那永远年轻
永远趾高气扬的大神担任守卫。
我自问：在大屠杀期间，
父亲可曾在铁丝网后面打儿子，
母亲和女儿可曾在毒气室里
吵架？在闷罐车里可有
倔犟叛逆的儿子，在堆货场上可有代沟，
在死囚牢里可有俄狄浦斯①？

孩子们玩耍时我守卫他们。
有时皮球跃过栅栏，
在坡道上弹跳，从一个场地到另一个场地，
滚到另一个现实之中去。

---

① 　系古希腊传说中的底比斯王，曾弑父娶母。现代心理学借以指
　　称一种叛逆心理，即"俄狄浦斯情结"。

我昂首面对一幅丑恶的异象：
受吹捧和吹捧人的
显贵的权势人物，
战争的销售，和平的商贩，
命运的财务，炫耀着他们的
徽章绶带的部长和总统。
我看见他们像死神一样从我们头顶上掠过，
追踪着头生子，①
他们大开的裆部滴沥着
加了蜜的涎液，像润滑油一般，
他们鸟爪似的脚掌好像亚司马提②的脚，
他们的头高昂在天空中，愚蠢得像旗帜。

①　摩西威胁埃及法老：若不容以色列人出离埃及，雅赫维将降灾
　　殃，埃及遍地人畜的头生子都必死。（事见《塔纳赫·出埃及
　　记》第 11 章）
②　"Ashmedai"，系后期犹太教传说中的恶魔首领。

一个生命的历程

八天以前都像任何快活的苍蝇，
第八天，一个犹太人
要接受割礼，
不用文字而学习痛苦。

孩提时代，一个天主教徒，
为了仪式的舞蹈和游戏，
畏惧的辉煌，罪孽的荣光，
和高高在上的闪耀的东西，

或一个犹太教徒，为了"必须"和"不得"的诫命。
我们恳求你，主啊，划分对与错，
你却划分了天穹之上
与之下的水。我们乞求
有关善与恶的知识，你却赐给我们
各种各样的律条，就像足球赛的规则。

一个年轻人什么也不信而爱一切，
崇拜偶像和明星，崇拜少女，
崇拜希望、绝望。

一个清教徒，在开始变得强健的年龄，
面颊和嘴巴，我行我素，上颚
和下颚，商业与工业。

可是夜半之后，每个人都是他自己生命的
宣祷者，从他自己的顶端大声呼叫
仿佛从清真寺的塔顶，
由于沙漠的苦闷而口干舌燥，
叫喊着血与肉的失败，
嘶吼着从不曾满足的情欲。

后来，一群乌合之众，你和我，遗忘
之宗教和记忆之宗教，
热浴，落日和一场安静的醉，
直到肉体即灵魂，灵魂即肉体。

将近终点，重又是一个犹太人，
痛楚过后，放在一只白枕头上端给
珊达克 [①]，由他递给一位好女人，
从一位好女人到另一位，
甜酒的滋味在他双唇上，痛苦的
滋味在他双腿间。

最后的八天没有
知觉，没有知识，没有信仰，
像任何动物，像任何石头，
像任何快活的苍蝇。

---

① "sandak"，系希伯来语音译，义为"教父"，是犹太男婴受割礼
时用垫子抱持婴儿的男性亲友。

阿特利特 ①

在这里，古老的港口在废墟中仍记得
曾到港的所有船只。它的记忆量是由它的大小衡量的。
我们人类记忆则由我们的小脑袋
衡量；我们的沉默与呐喊的大小相当；
末日的幻景与眼睛的大小相当。

在海滨沙滩上，那些尚未淹死的人
全都兴高采烈，一片欢腾。
没有人会唱诵历史，
没有人会唱世代相传的歌曲。

可是，孩子从海浪里跳回到我这里，
从未来回到我这里。
我用毛巾把他擦干并拥抱他：
时间输给我了片刻。

---

① "Atlit"，系以色列西北部一沿海城镇，属海法地区。其在 13 世
纪时曾是十字军的一个据点。

夏末在沙仑平原

夏末在沙仑平原。最早的香橼果
几乎赶上了最后的葡萄。
它们之间的空间是我自己的平静果实的地方。
在听到一个我将不会再见到的人的名字的同时
闻到即将到来的雨的气味，触发了我内心的哭泣；
内心的哭泣比眼睛的哭泣更强烈，
近乎致命，像内部出血。

一幢房子有时在租户停租之前垮掉；
他们跑出去以便忘掉。
继承人为之争吵不休的房子
依旧站在濒死的柑橘林里；
继承人相亲相爱意见一致的房子
被拆毁了。多年前种植的柏树
从那时起，已透过层层的爱和层层的恨，
爬了上来，高高站在它们之上，不受一切束缚。

在一个老人的房子前面，
我看见节庆四物 ①
连同节日垃圾被扔进一堆：
棕榈枝、香橼、桃金娘、河柳，

① 　系犹太人会在每年秋季庆祝收获的住棚节仪式上合成一束朝四
方摇动的四种农作物，即第三诗节列数的"棕榈枝、香橼、桃
金娘、河柳"。

远离彼此生长，
一整年都在渴望
聚在一起欢度七天节日，
现在死在了一处。

第三辑：一个人与另一个地方之间

两个女诗人在墨西哥

克劳迪娅是许多犹太人，
从她那里一个美好的女孩在墨西哥被造出来。
维罗妮卡是许多流言。

我想描写她们，如同在上个世纪的
游记书里所写的那样，
以极大的爱和极少的信息。

我不知道什么话让她们快乐，
什么话让她们悲伤；
什么是绝望的风景，什么是希望的风景；
什么是深度种植园，什么是沙漠；
什么是遥远的雪帽山，什么是夜的消息。

克劳迪娅很美好，像朝向大海的窗子；
她是派往离别之地的密探。
维罗妮卡是托洛茨基的重孙女；
她美好的头发掩盖着她曾祖父头颅上深深的伤口。
她住在一座房子里，与许多书和许多死亡一起。

最近我看见她们一起参加神圣的
照相仪式，在台阶的底层，
聚了又散的人们当中。
本应令人安静的喇叭旋律
打开了往昔痛苦的记忆。

克劳迪娅将用双肩扛着
她渐渐消逝到遗忘中的脸。
维罗妮卡将随身携带着
我不知道的词语，
好像熟睡的狗子的皮毛的轻颤。
我的灵魂向往她们。
手和把手一同丢失；
蜜蜂溺死在它酿造的蜜中。

乘火车旅行

人们整个白天旅行
到另一个地方去睡觉。谁会度量
他们的距离，谁会携带他们的声音，
如果携带，他会带到哪里去？

只有在旅行当中，人们才打开，
就像旗帜只在风中打开，
展示它们是什么样子：
星星和太阳，长条和圆圈，
悲伤和欢乐，带着命运的辉煌，
带着记忆的色彩。

我坐在移动的火车里，
我的眼睛匆忙地爱上
沿途所见的一切：
一张卡在土里的犁铧掠过；
高架罐子注满水和汽油
以及其他为将死的过客输送的液体；
树枝高低起伏；
这也是一堂课，一堂无所不包的大课；
那哐哐声好像野蛮的屠夫在砍剁。

我的内心世界是买了保险且贵重的；
我的私生活不会抓挠，
不会在掠过旅途中车窗外的

一切上面留下痕迹。

现在我打开报纸，
世界大事随我一道移动，
旅行使它们变轻。
我看见一个两三个月前
丢失的小女孩的照片。
在照片中她微笑着；
在世界里她失踪了。

我是否想到了我的孩子的孩子，还没有出生的？
我的臂膀能伸多长，探入他们的未来？
我的声音能传多远，喊他们
停止玩耍回家来？

子宫保护的范围有多大？
身体温度的幅度有多大？
感情的程度有多大？希望的私人领地有多大？
爱的庭院是什么？
忧的保护区是什么？
惧的领海是什么？
未来世代缺席的地平线在哪里？
我孙子的孙子的永恒边界在哪里？

报纸从我手上滑落。我们经过
一座大花园里一座华美的大房子，
慢到足以看见
高大树丛中间的极乐，

快到足以看不见
那里没有极乐。

可是黄昏时分，在细雨中，
我们经过一个半成
废墟的车站而未停。
在灰色的墙上，我们看到，
写着白色的大字：
让我死！

在游泳池

在这里，我脱下我可怕而愚蠢的衣服，
把它们放进更衣室的圣约柜中。
金属的气味、水和铁锈的气味
是对遥远的港口、对已从这世界上
消逝的世界的向往之情散发的香气。

我在泳池中平静地从一边游到另一边，
以我生命的节奏和记忆的动作。
我的嘴唇上是我的储藏柜号码的喃喃记诵，
就好像《诗篇》的念诵，好像免于毁灭的咒语。
同我一起，年轻的男女充满热情地游着，
在比所有净化沐浴都强大的纯净之中，
美好而被太阳的欲望晒黑，被我的欲望镀金。

我是梅厄 ① 和弗里达之子，必死者之子，
即将死去的我祝福那些
在我身后继续活着的人，就像竞技场上的角斗士
在最后一场搏斗之前。
丢东西的我用热烈的话语描述我将丢失的；
住房将被拆毁、身体将腐朽的我
赞美新房子
和依然新鲜、充满爱的身体。

① "Meir"，系阿米亥父亲的希伯来语教名。

我从水中出来，我擦拭我的身体，
像擦拭另一个人的身体，然后穿上衣服。
我说出对泳池的祝福，
然后，如同额头受了一吻，^①忘记了那号码。

---

①　系犹太人传说，即人在出生之前，灵魂记得"摩西五经"全
部，但在天使触摸了婴儿的下巴后就全忘了。

纽约但丁咖啡馆（一）

四个女招待（一个是只美丽的鹰）
在强壮的恶棍保护下服务。
女孩是灵魂，恶棍是肉体。

其中一个是只美丽的鹰。她的细腰上，
一条带银扣的宽皮带。
带扣是谜底。
不，带扣是谜面，
皮带是谜底。

远方一道封闭的山谷里，
晚风从一个地方
吹到另一个地方。

纽约大学

在大学大门对面宽阔的人行道上，
一位老妇人坐在轮椅上。
她是遵医嘱坐在这里的，
好让年轻的人流每一天
都漫过她，就像做水疗一样。

伊丽莎白·斯瓦多斯

你住在你永久的家里，
在我暂时的家的对面。
只有街道隔离着我们。
夜间，街道上的白线
仿佛眼睛的白。

你不在家的时候，窗户里亮着灯，
你在家的时候，一切都暗淡了。
你的头发同时既是笑又是哭；
你的灵魂有个供穿绳的小孔，
你戴着你的灵魂就像戴着项链。

别了，我必须回到我的国土去，
因为我开始知道你的国土
上面的树和花的名字了。所以我必须回去。
我赠给你从伊甸园偷运到
一个充满荆棘和你额上汗水的世界来的花，
你送给我洗舒心浴时
用来发泡的香粉。

别了。
你也是一把
无心成为刀子的刀子。

地下洗衣房

大楼里的地下洗衣房。我喜欢
去那里，在下层天堂，而外面，
高楼的窗户里面，喧闹邪恶的世界。

地下洗衣房。头发灰白、愤怒的男人
与那女孩的见面处。她赤裸着，
身上只裹着最后一块布，
她其余的衣服，内衣外衣，
天堂地狱一股脑，
都在洗衣机的鼓声中
兴奋地转得晕乎乎的，就像拼手气的牌戏，
重新分配着运气和实力。

地下洗衣房。在芳香的肥皂蒸汽中间，
我内心骤然升起一股巨大的欲望，
要自始至终改变我的生活。
我抱起满怀温香的洗衣筐
乘坐醉醺醺的电梯上楼去，
就像一个在一场梦中做梦的人，
不得不一次
又一次醒来，
回到现实世界。

纽约但丁咖啡馆（二）

四个女招待用马耳他岛的
方言交谈。在她们口中，不共戴天的
死敌，十字军和穆斯林，复活了；
她们甜美的絮叨把他们搅在一起，有如历史；
言语制造和平。

一个在她头上把头发盘得紧紧，
好像戴了顶头盔。她混合饮料，
把匙子和高脚杯弄得叮叮响。她知道
灵魂是玻璃做的。

搁板上的酒杯，
底儿朝上，静静的。

还有骗炮的闪亮谎言。

纽约但丁咖啡馆（三）

在大窗户前面，她们在街上挖一个坑，
土地的羞耻被公开暴露了，
就像一个醉鬼，衣服撕破，脏兮兮的。
一个测量员把他的望远镜
放在她的纤腿上测量直线，
透过一切，犹如透过空旷的沙漠。

邻桌一个年轻女人
对另一个女人说："我在一出新剧里
得到了一个小角色：进入一个房间，
从中穿过，从另一边出去。"
她说完这话，起身离去。

待在这儿吧，待在我旁边这儿，
至少待到一个预言实现了吧。
可是她离开了，我继续待着。半个蛋糕
在碟子里，半个在我肚子里。
匙子落在地板上。

有时一个人弯腰去捡手里
掉落的什么东西，等他直起身时，
世界已经变了。

旧金山以北

这里，柔和的山峦与海洋相接，
犹如一个永恒与另一个相接。
在山上吃草的群牛
无视我们，像天使一样。
就连地窖中熟透的甜瓜的气味
也是一种和平的预言。

黑暗并不与光明作战，
而是把我们继续载往
另一片光明，唯一的痛苦
是不停留之苦。

在我自己的有神圣之称的国土，
他们不让永恒成为永恒：
他们把它分成小宗教，
包成诸神的包裹，
砸成历史的碎片，
尖锐而伤人致命。
他们已把它宁静的广阔变成
在当下的痛苦中颤抖的逼仄。

在博利纳斯①海滩，木台阶脚下，

① "Bolinas"，系美国加利福尼亚州一小海湾，在旧金山西北 25 公
里处。

我看见几个光屁股女孩
面朝下趴在沙滩上，
陶醉于永恒的王国，
她们灵魂在体内像门一样
忽开忽关，
忽开忽关，
随着拍岸浪涛的节奏。

康涅狄格 ① 的秋天

树叶从树上飘落，
话语却在人身上堆积增多。
小红果准备
待在雪下面继续红。
孩子们野性的游戏
已被驯化。
在墙上，赢者和输者的照片，
你无法各别分辨。
游泳者有节奏的击水动作
已回到秒表中去了。
在无人的海滩上，折叠起来的沙滩椅
彼此拴在一起——夏天的奴隶。
晒黑的救生员将在家里变白，
像和平时期的愤怒先知。

我变换心境
好像汽车换挡，
从野兽到植物
然后到石头。

---

①　系美国东北部一州。

在新奥尔良大学

那个沉默寡言的男人带我逛校园，
他已故的妻子陪伴着我们，像天堂似的令人愉快。
女孩儿们躺在草坪上，上帝躺在天堂里。

在这漂亮的地方，芳香的花床之间，
豪华的图书馆大楼毫无意义。
图书馆就像孤儿院，
书籍静静地站在那里，整齐成行，
文字的父母早已死去。
发生过的一切，仿佛从未发生过。
历史就是把大厌倦传给
新鲜的人，如这些女孩儿，
在这里草丛中几乎全裸着晒太阳，
等待日落
使她们显得更加美丽。

就连拳头也曾经是
五指伸开的手掌
（1989）

第一辑

战争纪念日

迦特丘

我带我的孩子到我曾经战斗过的小丘上去，
为让他们理解我做过的事，
原谅我没有做过的事。

我大步快走的双腿与我的头之间的距离
越来越大，而我变得越来越小。
那些日子渐渐离我而去，
这些时刻也渐渐离我而去，
我在中间，没有了它们，和我的孩子在这小丘上。

午后的微风吹拂，
但只有少数几个人在风中活动，
随着花草微微弯下身子。
蒲公英覆盖着小丘，
你可以说，如大量的蒲公英。

我带我的孩子到那小丘去，
我们坐在那儿"在它的背上和腰上"，
如西班牙的撒母耳·哈拿基德的诗中所写；
他像我一样，是个山丘之人和战争之人，
在大战前为他的士兵唱催眠曲。
但我没有像他那样对我的心说话，
而是对我的孩子说。我们是这小丘的复活，

像这春天一样短暂，也像它一样永恒。

路哈玛 ①

战争期间我们驻扎在这片洼地里。
已过去多年了，多次胜利，
多次失败。我平生收集了许多安慰
又挥霍掉了，许多忧愁
白白洒掉。我说过许多事情，好像西部
亚实基伦的海浪一样
总是不断说着同样的事情。
但只要我活着，我的灵魂就记忆，
我的肉体就在它的生活故事的火中慢慢熟透。

黄昏的天空低垂，像召唤我们的号角；
我们的嘴唇翕动，像世上有神之前
人们祷告的嘴唇。

在这里，我们常在白天睡觉，夜里
去打仗。
沙子的气味跟从前一样，
桉树叶的气味，
风的气味也一样。

————————

①　系以色列南部内盖夫沙漠中一集体农庄，建于1911年，是该
　　地第一个现代犹太人定居点。其名得自以色列南北朝时期北方
　　王国先知何西阿（公元前8世纪）的女儿之名，希伯来语义为
　　"蒙怜悯"。（事见《塔纳赫·何西阿书》第2章第1节）

我现在做着任何记忆狗都会做的：
我平静地嚎叫，
在我四周尿出一圈记忆的界线，
不许别人进入。

胡雷卡特 [①]——关于迪奇的第三首诗

在这些山丘里，就连油井的钻塔
也仅仅是个回忆。迪奇在这儿倒下，
比我大四岁，在多灾多难的时日
待我像父亲一般。现在我比他大
四十岁，我记得他
像个年轻的儿子，我是他父亲，年迈而悲哀。

你们，只记得面孔的人，
别忘了伸出的手、
轻快奔走的脚、
话语。

记住：就连去可怕战场的离别
也要经过花园、窗户、
玩耍的儿童、吠叫的狗。

让坠落的果子
记住叶子和枝条，
让尖利的棘刺

---

①　"Huleikat"，系加沙东北辖区一巴勒斯坦阿拉伯人村庄。

记住在春天它们曾多软多绿，
别忘了
就连拳头
也曾经是张开的手掌和手指。

亚实基伦海滨

在这里，亚实基伦海滨，我们到达记忆的终点，
就像河流到达海洋。
近处的过去沉入远处的过去；
从深处涌起，远处的溢过近处的。
愿远处的和近处的他安息。

在这里，在残破的雕像和石柱中间，
我问，参孙 ① 是怎样没了眼，站在那里说：
"让我跟非利士人同归于尽吧"，然后把圣殿拉倒的。

他是像最后一次欢爱那样紧抱石柱
还是用手臂把石柱推开，
孤独地死去呢？

在战争中我学到了什么

在战争中我学到了什么：

---

① 系以色列第二十五代士师，曾赤手杀壮狮。参孙屡败非利士人。
后非利士人收买了他的情妇大利拉。她从参孙口中探出他力大
无穷的秘密，并趁参孙熟睡时剃去他的头发。参孙遂丧失力量
而被擒。（事见《塔纳赫·士师记》第 13~16 章）

打着节拍行军，甩着胳膊和腿，
像压水泵抽着枯井。

排成一队行军，独自在中间；
掘进枕头、羽绒床垫——心爱女人的身体；
喊"妈呀"，在她听不到的时候；
喊"上帝呀"，在我不信祂的时候；
即便我相信祂，
我也不会告诉祂战争的情况，
犹如你不会告诉孩子成年人的恐怖。

我还学到了什么？我学到了预留退路。
在外国，我在靠近机场或火车站的
旅馆中租房间住。
甚至在婚礼大厅里
也总是盯着有红色
"出口"字样标识的小门。

一场战役也像
伴舞的节奏鼓点一样开始，
以"黎明时分的撤退"结束。遭禁的爱
和战役，二者有时就像这样结束。

但最重要的是，我学到了伪装的智慧，
不要站起来，不要被认出来，
不要与周围的环境分开，
甚至不要与心上人分开。
让他们以为我是一丛灌木或一只羔羊，

一棵树，一棵树的影子，
一个疑问，一个疑问的影子，
一个活的树篱，一个死的石头，
一座房子，一座房子的拐角。

假如我是个先知，我会使异象的光辉暗淡，
把我的信仰用黑纸遮暗，
用伪装网罩住上帝的战车①。

大限到来时，我将穿上命终之时的伪装服：
云样的白和大片的天蓝，
还有无尽的星星。

---

① 见《塔纳赫·以西结书》第 1 章所描写的先知以西结所见异象
中的战车形象。

爱情纪念日

爱情纪念日

爱情纪念日。一首四十年代的赞美诗。
像风中飘摆的旗帜似的情书
或叠起来放在橱柜里。捆成捆儿。

"我住在橘树林中，
拉马塔伊姆或基瓦特海姆 ①，
我住在水塔附近。
我从中汲取巨大的力量和巨大的爱，
你在未来的岁月里将会懂得。"

你折断草茎时，草茎释放出气味，
你在手指间把草叶搓薄时，草叶
释放出气味。我们的爱情也会如此，
你在未来的岁月里将会懂得。

你将跨越辽远的距离，
但你从不曾也永不会在我两眼
之间的距离内。你将会懂得。
你将在没有橘树林的地方，
你将忘却这份爱情，

① "Giv'at Haim"，系希伯来语音译，义为"生命之丘"，是以色
列中部一集体农庄，建于 1932 年，1952 年分裂为二。

犹如你忘却了曾经拥有的
童声。你在未来的岁月里将会懂得。

可我们

远方，战争开始了。可我们
在家里。未来近在身边，
就始于窗外。

未来是黄色的，金合欢的颜色，
紫色的像九重葛，声音
像我们俩的声音。

我们在果园里的沙地上欢爱，
果园给我们力量，我们给它力量。
成行的柏树那边一列火车驶过，
但我们只听见，却看不见它。
我们之间所说的所有话语
都以"可我们"开头。

我们分手时，战争结束时，
这些词语也分开了："可"这个词
留在那儿，"我们"这个词迁到别的什么地方去了。

六十公斤的纯爱

六十公斤的纯爱，净女性，
为自我造就的美而造就——

不用建筑师的蓝图，无始，无终。
热情、纯粹的自我遗传：
一个爱的细胞生出一个爱的细胞。

环境对你做了什么，
变化对你做了什么？
它们使你外表美丽，好像晚霞，
却逗弄你的内心。你大笑。
我爱你。

一个亮灯的窗户，黑暗与我在一起

公园变成了私家花园。
你无需回到那花园，
只摸摸大门，不用进入，
只摸摸大门，不用窥入。
如同摸摸一捆信件，
不用解开绳子，不用打开信件，
不用阅读，
如同用嘴一吻或用手一摸
触碰"妥拉"经卷，逼近其中的历史和奇迹。
你无需把它展开
阅读，而只需
用你全部心灵去爱。

一个亮灯的窗户把光明与黑暗割开。
同样，你的身体向我展示了另一个男人、另一个女人、
别人的无尽世界的一点点。

黑暗与我在一起。

在人们的迁徙中

虽然我们住在同一幢房子
同一条过道里，但我们只像两个陌生人
在古代人们的迁徙中偶然相遇。

虽然你比我年轻许多，
但我们在将来属于同一个考古层。

你我从同一个地方获得词语，
但你的词语与我的不同。
你头发上的光，像老照片上
捕捉到的光。

房门钥匙从前又大又重，各各分别，
非常安静。现在成串的钥匙
又小又扁，哗啦丁零响，
知道很多。

现在他们在衬衫上写字；
从前他们在石头上刻字。

我将会不同，
像一棵树
做成有用的家具。

你将会留在那儿，美得
像博物馆中珍稀的琉璃器皿，
不再斟满
油和奶，葡萄酒和蜂蜜酒。

两个人消失到一所房子里了

两个人消失到一所房子里了。
砌台阶的石头安抚上楼人的脚
一如安抚下楼人的脚，
一如石头安抚墓穴中的死者。
越往高处的台阶
就越少磨损，
最高处的像新的一样——
供不留足迹的灵魂使用。
就像住在高处的人们那样：
他们说话时，声音更悠扬地升起，
直达天使的歌唱。

两个人消失到一所房子里了。
他们打开灯。他们关掉灯。
楼梯穿过房顶通到外面的夜空，
像一座未完工的建筑。

忧与乐

忧与乐交替变换；
像水、蒸汽、冰，

忧与乐出自同一物质。
我们知道。

爱与不爱，一株玫瑰
两种颜色，真奇妙，
玫瑰培育者的一项成就，
他的名字与玫瑰同在。

多年以后我们重逢，
没有痛苦，各自带着各自的平静。
这是伊甸乐园，
却也是地狱。

在我们的恋爱史中

在我们的恋爱史中，总有一方是
游牧部落，另一方是土著民族。
我们交换地位时，一切就都结束了。

时光会掠过我们，犹如他们
拍电影时，布景在原地不动的
演员身后掠过。就连话语
也会掠过我们的嘴唇，泪水
也会掠过我们的眼睛。时光会掠过
每个原地不动的人。

在我们的余生的地理中，
谁会是岛屿，谁又会是半岛，

在我们的余生中与他人度过的良宵里
会对各自变得清晰。

中间

在花不再是花，果还不是果的狭窄
中间，在这些花变成果的时候，
我们会在哪儿？我们为彼此造就了多么美妙的
一个中间，在身体与身体之间。在眼睛
中间，在醒与睡之间。
在昏暮中间，不是白昼，不是黑夜。

你的春服曾怎样变成夏天的旗帜，
又在第一阵秋风里飘扬。
我的声音曾怎样不再是我的声音，
却几乎，像预言。

我们曾是多么美妙的中间啊，就像
墙缝中的土，小块顽固的土地，
供顽强的苔藓、刺山柑生长，
那苦涩的果子
给我们同吃的东西增加了甜味。

现在是书本的最后日子。
然后，是话语的最后日子。
你在未来的岁月里将会懂得。

我认识一个人

我认识一个人，
他拍摄从在其中欢爱的
房间窗户看见的风景，
而不拍他所爱之人的脸。

从耶路撒冷到海边又回来

从封闭的耶路撒冷

我从封闭的耶路撒冷到开放的大海边去，
犹如去听一份遗嘱的公开。我走在
老路上。在拉马拉前面一点儿，
路边上，仍旧立着
世界大战期间
高大、怪异的飞机库，半已毁圮：
他们曾在那里检修飞机引擎，
噪音使整个世界静默。
那时积存了我一生的
纯粹飞行。

灵魂

我旅行。旅行是这个世界的
灵魂。旅行永存。
就这么简单：一面绿色的山坡生长着树和草，
另一边，一面干燥的山坡，被热风吹焦，
我在它们之间旅行。阳光一边和雨水一边的
简单逻辑。祝福和诅咒，正义和非正义，
我在它们之间旅行。天空的风和大地的风，
逆风和顺风。热爱和冷爱，
像候鸟的迁徙。旅行，我的车。

离死亡不远

在拉特龙，离山丘上的死亡
和建筑中的静默不远，路边
站着一个女人。她旁边，一辆闪亮的新车，
引擎盖吃惊似的大张着嘴，等着
被拖到安全的地方去。
那女人很美。她的脸，自信和愤怒。
她的衣裙，爱的旗帜。一个非常热情的女人，
她体内站着她已故的父亲，
像一颗平静的灵魂。他活着时我认识他，
我路过时跟他打招呼。

一个老汽车站

我路过一个老汽车站，多年前
我站在那儿，等一辆车带我
去别的什么地方。

我站在那儿，损失前得到安慰，
痛苦前得到治疗，死亡前
被复活，分离前充满爱。

我站在那儿。开花的橘树林
醉人的香气在所有未来岁月里
为我止痛，直到今天。

那车站还在那儿。上帝还

叫作"地点"，而我，有时候，
叫祂"时间"。

向日葵地

遍地成熟且正在枯萎的向日葵，
黑褐而睿智，不再需要太阳而是需要
甜美的阴影、内在的死亡、一个抽屉的内部、
一只深似天空的袋子、它们的未来世界、
一所房子的阴暗、一个人的内部。

我在海边

我在海边。多彩的帆船行驶
在水面上。它们近旁，我是艘笨重的油轮，
有着狭小的白色艉楼甲板，
我的身体重，脑袋小，思想
或不思想。以前思想过。

在沙滩上我看见一个女孩在学着
当众在一幅大浴巾遮挡下换衣服：
她的身体多么美妙的舞动。多么美妙的隐性蛇形运动，
穿与脱之间、雅各与天使之间、爱者与被爱者之间
多么美妙的搏斗。

浴巾从她身上滑落，犹如一尊雕像揭幕。
女孩胜利了。她大笑。她等待。
也许他们在一个充满泪水的地方等她。

她比我美丽，年轻。
我比她先知。

我返回

我返回耶路撒冷。我坐在座位上，
但我的灵魂站在我体内像祷告的会众：
神圣，神圣，神圣。旅行，我的车。
路边的小山丘上停着坦克，
没别的。现在，暮色中的角豆树，
来自另一个世界即纯爱的一棵雄角豆树和一棵雌角豆树。
它们的叶子在风中的颤动好像在测量不可测量之物的
精密仪器的颤动。
还有将混成一片被称为夜的阴影，
以及将被叫大名的我们——
我们只有在死后才被叫大名。
永远不再之夜将再度来临。
我回到耶路撒冷家中；我们的名字将迷失
在这群山中，像找寻者口中的呼喊。

鬼谷中的四次复活

第一次复活

一个长得像我母亲的女人看见一个长得像我的男人，
他们走过彼此，没有回头。

错误如生死，奇妙而简单，
如小孩子的算术书。

在任性女孩的掩体内，女孩们在阳台上唱着歌
挂出她们的衣物晾晒，爱的旗帜。

在纤维学会，他们用纤维做绳子
以把灵魂与生命绑成一串。

午后一阵风吹来，仿佛在问：
你干什么了，你谈论什么了？

在老石头房子里，年轻女子大白天干着
她们母亲的母亲曾梦想在夜间干的事儿。

美国教堂空荡荡关闭着
像一个弃妇，她的丈夫远行且失踪了。

任性的女孩们唱："上帝大怜悯，
会起死回生"，叠起她们的衣物。

"祂的名永远有福。"①

第二次复活

公园里，一度栽种着植物的花盆——
现在空了，皱了，像被遗弃的子宫。

跷跷板和滑滑梯，像折磨人的刑具
或大鸟或堕落天使的翅膀。

古老的仪式开始，
一位父亲对小儿子说：

"那我走了，
你自个儿待在这儿。"

应时的夏季和冬季如此，变化的世代
如此，留下的如此，走了的如此。

第三次复活

以乞丐的乞求声
我赞美世界。

----

① 系犹太人节庆仪式结束前所唱赞美诗《依格达尔》（*Yigdal*）的
结尾部分。诗中罗列赞叹拉比学者迈蒙尼德（Maimonides,
1135~1204）提出的"十三信条"。

以深坑里的求救声
我赞颂。

一个年轻女子咒骂她的母亲
留给她肥硕的大腿。

我祝福她
也祝福她。

分手了的恋人的悲伤
在此是空的，空虚如鼓。

人们在家门口写：
"生人勿入"
但他们自己就是生人。

在基督徒公墓的墙上，
一个被毁的电话亭，
被扯断的电话线耷拉着，像静脉
和动脉：等待着它们的时机。

第四次复活 ①

我看见一座被拆毁的电影院的座位
躺在空旷的地面上，

---

① 这整首诗是对中世纪希伯来语诗人撒母耳·哈拿基德一首诗的拟作。不同的是，哈拿基德看到的是一座被毁坏的城堡。

从它们黑暗的家里被搬出，
遗弃给残酷的太阳，
破损的座位带着残缺的排座号：
24、26、28、30 排 7、9、11、13 座。

我问自己：曾经在银幕上搬演的技艺和辞令
如今在哪里？谁在火里谁在水里？
曾经坐在这些座位里的人们如今在哪里？
他们的哀叹在哪里，他们的笑声在哪里？
他们的道路在哪里，他们的誓言在哪里？
他们现在看见的景象是什么？
他们现在听见的话语是什么？
他们是否仍坐在编号的排座里
或站在长长的队列里？
他们将怎样，在哪里复活？

第二辑

我是个可怜的先知

我是个可怜的先知。就像一个只有两种颜料的
穷孩子：我用喧闹和沉默
描绘我的战争和爱情生活。

伟大的先知抛出他们的一半预言，
就像神经质的吸烟者冒着残烟的烟蒂。
我捡起它们，为自己卷一些可怜的预言。

在注满的水塔中，水是无声的；
在空水管中，"无水"却咕咕噜噜地叫。

文字饱吸"血水、汗水、泪水"，
被扔进垃圾桶里。可扔掉的文字，
就像手纸。可扔掉的人民，
这就是他们的永恒。

文字本应空旷、
狭窄、坚实，好像分水岭。
绝望和希望、欢乐和悲哀、平静和愤怒
本应分流两边，
重新循环。

我是个可怜的先知。我生活在别人的希望之中，
如在不是为了照耀我的光线之中。
我抛下一个影子，像我自己的形象，像我自己的身材。

我在内心隐藏着一个著名的美丽景象，
我的身体处于观者与景象之间。

我是个无利可图的先知，午饭时间回家
吃饭、休息，晚上回家睡觉。
我享有一年一度的假期、七年一度的全年休假、
"灵魂保险"和退休金。

我生活的起点很低。
当我爬到高处，灵魂迷狂时，
当我到达我灵视的巅峰时，
我发现自己与日常的人们在一起，
他们有子女和工作、家庭关爱、
家务琐事。这些就是我的灵视所见。
我是个可怜的先知。

夏晚在可以望见诗篇 ① 的窗前

仔细地检讨过去。
为什么我的灵魂在内心不安？ 就像
十九世纪大战前的那些灵魂，
就像想从敞开的窗口
飞出去的窗帘。

我们就像在跑步之后，用短促的呼吸
安抚自己。我们总是自我
治疗。我们想健康完好地
抵达死亡，就像被判死刑的
杀人凶手，被捉时受了伤，
法官想在行刑前让他痊愈。

我想：**多少平静的海洋**
能够给予一个平静的夜晚，
多少广袤如沙漠的绿洲
会给予一个时辰的和平，
我们需要多少**死荫的幽谷**
在酷烈的阳光下抛洒一片充满悲悯的阴影？

我眺望窗外：一百五十首
诗篇掠过暮色。
一百五十首诗篇，大大小小，

① 　指《塔纳赫》中传为大卫王所作的《诗篇》一书。

多么伟大、壮观、航行的船队！

我说：窗户是上帝，
房门是袖的先知。

夏日安息与话语

洒水器平息着夏日的怒火。
我喜闻洒水器旋转的声音，
乐见水花溅洒在树叶和草叶上。
我的怒火发泄而平息，我的忧郁充盈而平静。
报纸从我手中掉落，变回到
飞逝的时光和纸翅膀，
于是我闭上眼睛，
回到童年时光会堂的诵经台上
拉比的话语："请赐给逝去者
永恒得救。"他把祷告词
改动了一些，他不像
领祷者那样歌唱那样耍高腔
那样啜泣那样谄媚他的上帝，
而是带着静默的自信对上帝说话，用平静的声音
要求——那声音陪伴了我一生。

我问自己他说这些话是什么意思，
难道唯有逝去，安息者才有得救？
我们的世界和我的世界呢？
安息就是得救吗？或者还有别的？

而且，他为什么给得救加上永恒？
话语陪伴我。话语陪伴我一生，
像一种旋律。话语陪伴我一生，
像电影银幕下方的字幕

把他们的语言翻译成我的。

我记得，年轻时，翻译有时候
落在话语后头，或者赶在前头，
银幕上的人脸是悲伤的，甚至哭泣着，
下面的话语却是欢快的，或者场面火爆
逗笑，话语却拼写出巨大的悲伤。
话语陪伴我一生。
但我自己说的话
现在就像我扔进
野外一口井里的石头，以测试
水满还是水枯，
及其深度。

海与滩

海与滩总是彼此相邻。
二者都想学说话，只想学说
一个字。海想说"滩"，
滩想说"海"。百千万年来，
它们越来越接近说话，说
那一个字。当海说"滩"，
滩说"海"的时候，
拯救就降临这个世界，
世界就会回归混沌。

秋天临近，忆起我的父母

秋天临近。最后的果实成熟。
人们走在他们从未走过的路上。
老房子开始原谅它的房客。
树木因年老而变黑，而人们变白。
天将降雨。铁锈的气味将会
像春天花朵的气味一样清香怡人。

在北方的国家里，他们说，多数叶子
还挂在树上；在这里我们说，
多数话语还挂在人嘴边；
我们的树叶失去别的东西。

秋天临近。怀念我的父母的时候。
我记得他们就像
童年时的简单玩具
转着小圈子，
轻轻地嗡嗡叫着，抬起一条腿，
举起一只手，转着脑袋，
左顾右盼，有节奏地，缓慢地，
它们肚子里有一根发条，背上有一把钥匙。
突然，凝固，它们永远
处于最后的姿势。

这就是我对父母的回忆。
他们就是这样。

小路得

有时候我想起你，小路得，
我们在遥远的童年就被分开了，他们在集中营烧死了你。
假如你现在活着，你会是个六十五岁的女人，
一个在老年边缘的女人。你二十岁时被烧死了；
自从我们分别后，我不知道你在短暂的生命里
都遇到了些什么事。你获得了什么，他们在你
肩膀上、衣袖上、你勇敢的灵魂上都打上了
什么样的标记，他们给你别上了什么样的
闪光的星星，什么样的英勇的装饰、什么样的
爱的奖章挂在你的脖子上，
什么样的安宁降临在你身上，愿你安息。
你生命中未及利用的岁月遇到了什么事？
它们是否仍被捆扎得漂漂亮亮地收拾起来，
它们是否被加入我的生命？你是否把我变成
你的储爱的银行，就像瑞士银行，
其中的资产即使在所有者死后也仍被保存？
我是否将把这一切留给
你从未见过的我的孩子们？

你把你的生命给了我，像个卖酒的商人，
自己保持着清醒。
你在死亡中清醒，在黑暗中光明；
而我，醉饮生命，在遗忘中打滚。

时不时地，我在不可思议的时候

想起你。在不是为了记忆
而是为了不停留的过客制造的地方。
譬如在机场，当到达的旅客
疲倦地站在转动的传送带前，
等候他们的箱包行李时；
他们欢叫着找到自己的东西，
好像经历了一次再生，然后走出去进入他们的生活；
有一只箱子转回来，又消失，
又转回来，总是那么慢，在空荡荡的大厅里，
一遍又一遍地转过去。
你平静的身影就是像这样掠过我，
我就是像这样子想你，直到
传送带静止。*他们静静地站着。阿门。*

羊皮大衣

我的好朋友在一个寒冷的冬日
在一个遥远的国度送给我一件羊皮大衣。
大衣把我变成了一只翻皮绵羊，
里面是羊毛，外面是羊皮，
我是个内在化的绵羊，里面咩咩叫着。
我不知道大衣是否防雨雪
还是会吸收雨雪使我变重，
但它会保护我的内在世界。
我的内在世界也许不过是
那疯狂的拾荒者捡来的一堆
用来安慰自己的破烂垃圾。
也许我不生活在我的生命中，
就像一盏街灯，灯光活在
一间黑屋里，而灯站在外边。

大衣外面是棕色的，里面是白色的。
我的眼睛是土黄色的，我的衬衫有绿野的颜色，
但田野不供给我面包，商店供给。
晚风不吹动田野里的麦秆，
只吹动闪亮大厅里的购物者
和不再有人类用途
而只作为虚荣装饰的人们——就像马匹
或蜡烛，从前用于照亮，
现在只用于过节或短暂的纪念。
一切都变了。一切都在变，

睡眠因寒冷和混乱而惊悸，
回忆像灰烬似的爆炸和沉落，
相续性像薄纸袋一样爆裂，
每一辆驶过的车子都从我身上
撕掉一层生活，梦像冰一样硬，
像冰一样冷，像冰一样融化，像水一样被忘却。
时间改变地点，风景移到另一个地方，
而我留在原地，像电话线杆
上面没有线，
我忠诚如下水管，
即便水在别的管道里流。

我的朋友送给我一件在安第斯山脉中
一个遥远的地方制造的羊皮大衣，
给了我来自海外的温暖、来自远方的溺爱。
我不曾看见活着的绵羊或它们的牧人，
我不曾看见草场或抚摸
这只绵羊的手或屠宰它
剥它的皮的手
或吃它的肉
并在吃饱之后高唱山歌的嘴。

这羊皮大衣在我们国土的绵羊中间是异乡客，
我们的绵羊滑下黑门山，在以法莲群山中吃草。
但是它会像人一样习惯的，
就好像桉树从远方带来芳香
而没有忘记，没有变硬，
好像硬皮精装的柔软圣经

从桌子上掉落到地板上时
我仍然想用我的嘴唇亲吻。

背双肩背包的男人

在市场上背双肩背包的男人，兄弟，
像你一样，我是个驴人、骆驼人、
天使人，我像你一样。
我们的手臂自由得像翅膀。
与我们相比，所有拎着满满篮子的人
都是被捆住和拖倒的奴隶的奴隶。

我们换零钱买新鲜蔬菜，
为我们生活的健忘购买
水果及其记忆，有关田野和果园的记忆，
有关泥土气味和大热天嗡嗡蜂鸣的记忆。

我们看见一个身穿轻薄夏装的女人
面临将决定她生活的
伟大而沉重的爱情。她还不知道，
但我们知道。在背上
我们驮着来自知识树的果子。

背双肩背包的男人，你在哪儿住？
我像你一样，我们住在
报偿与惩罚之间的距离内。
你怎样生活？你在夜里怎样睡觉，
你梦见什么？你爱的人，
他们还住在老地方吗？

我们的双肩背包在我们背上好像
叠起的降落伞，在夜间它们大大地打开来，
我们就可以跳入，翱翔在
记忆和忘却的芬芳之中。

给女按摩师的赞美诗

你是沙仑的玫瑰花，是谷中的百合花；①
我是个渐老的雄性动物，充满有关
沙仑和山谷和许多百合花的记忆。

人打我的背，我任他打。② 我把我的眼泪
变成香料，我的汗水变成香辛料，
我的叹息变成抚慰的曲调，
我的血液循环在我体内涌起，
就像节日里的祷告循环。

你揉捏着我，随手所欲，
有力的手像来自田野的以扫的手，
甜美得像雅各的声音。③
我皮肤上穿衣服的痕迹被消除了，
就像童年时戴经匣的痕迹，就像打仗时
硬邦邦的武装带的痕迹，
就像将会在未来世界被消除的
这个世界的痕迹。

---

① 见《塔纳赫·雅歌》第 2 章第 1 节："我是沙仑的玫瑰花，是谷中的百合花。"

② 见《塔纳赫·以赛亚书》第 50 章第 6 节："人打我的背，我任他打。"

③ 见《塔纳赫·创世记》第 27 章第 22 节："声音是雅各的声音，手却是以扫的手。"

你把我的身体变成了灵魂，
我的脚掌变成了脸庞
（它们唱着哈利路亚）。
我两腿之间的三合一大脑轻松而没有思想，
屁股是充满拯救的弥赛亚，
忘记一切的弥赛亚。

我的嘴吸吮关闭的窗户的缝隙
和锁闭的房门的钥匙孔，
我的嘴吸吮，我像个婴儿一样吃饱，
像只降落在他背上的吃饱的臭虫。
到处吸吮的傻宝贝儿，
“傻宝贝儿！咂，别咬，
你把人弄疼了，你要整个儿搞砸了。”

你离开了，我被撇下，躺着
像夜间饭馆里的椅子，倒放在
桌子上，双腿分开，双手举起
好似在祷告，徒劳地祷告。

没有昨天没有明天，
没有开始没有结束，
像上帝一样，
没有上帝。

最大的欲望

没有唱哈利路亚，只有敞开的窗户飘动着窗帘。
没有说阿门，只有门户关闭，百叶窗闭合。
没有末日的幻景，
只有旗帜猎猎飘扬在节日后的空旷街道中。

映像接管了房子，
漂浮在镜子里，酒杯中。

我曾在犹大荒漠中看见碎玻璃
在阳光下闪亮，庆祝着一个婚礼，
没有新郎，没有新娘，纯粹的庆祝。

我曾看见盛大华美的游行队伍走过街道；
我看见警察站在观众和游行队伍之间，
他们面朝观众，
背对吹着喇叭洋溢着欢乐打着旗帜经过的一切。
也许就像这样去生活。

可是最大的欲望是
在另一个人的梦中，
感受轻轻地一拽，像缰绳，
感受重重地一拽，像锁链。

阿尤布羊圈，一堆西瓜和我的余生

阿尤布羊圈 ①，一堆西瓜和我的余生。
房间里的一次甜美进攻。我听见
外面驶过的汽车声和空中的飞机声
像是邻桌的一番对话，突然
一阵勃起。等式两边的话语
彼此分离。剩下只有等号
像一个扣儿，为解脱一个盟约，一个誓言，
为解脱爱情中的一个扣儿。房间里的一次甜美进攻。

在山谷入口处的阿尤布羊圈，
墙边的一堆西瓜
和此处我的余生。我听见我童年时代的孩子们
唱着纪念死者的歌："因此上
我的中心欢喜，我的荣耀欣然，但我的肉体
将安息在希望之中"，突然——勃起，
就好像你从梦中醒来后残留的
勃起，即便梦已被忘记。

---

① 　"阿尤布"系希伯来先知"约伯"的阿拉伯语称呼。阿尤布羊
圈是位于以色列中部的一个巴勒斯坦阿拉伯人村庄，1948 年被
以色列国防军清空。

变换、错误、爱情

夏天，在一个大公园的树林里，我看见
一个年轻男子和一个年轻女子在斜坡草坪上
互相拍照。然后他们变换位置；
无论谁来替代他和她的位置，都会
像柏树和松树的区别。

啊，变换！啊，错误！
多数爱情都是错误，就像哥伦布的错误，
他到达美洲，却以为到了印度，
就把那大陆叫作印度；
恋人们也同样说，爱，
我爱的国土，我的爱。

啊，黑暗的台球比赛，
圆球噼啪撞响，落入深洞，
剩下的是独自留在桌边的他的寂寞。

啊，着黑色服装的网球比赛
和永远分隔的网。

在一个遥远的国度，我曾听到一个少女
用小提琴演奏"我的上帝，我的上帝，

让它永不停息"①，那么美妙！

在小提琴弦上，没有歌词，远离
哈拿·塞奈什之死，远离那白色海岸。
那同一支歌，也许是给上帝，
也许是给人类，也许是给大海，也许
是给凯撒里亚，也许是给匈牙利，
也许是给死亡，也许是给生活的一支情歌。

---

① 该句系一首歌的歌词。作者哈拿·塞奈什（Hannah Szenes）系匈牙利犹太人和凯撒里亚地区集体农庄成员。二战期间，她空降入匈牙利，被德国纳粹逮捕处死。

一辆焚毁的汽车上的第一场雨

路边一辆汽车的残骸前
生命接近死亡。

在感到雨点儿落在你脸皮上之前
你听见它们打在生锈的铁皮上。

雨来过，死亡之后的拯救。
铁锈比鲜血恒久，比火焰的颜色美丽。

减震器比死者平静，
死者久久平静不下来。

时间之风与地点之风
交替，上帝
滞留在地上，好像一个人，认为
自己忘记了什么，就一直待到
他想起来。

在夜间，你可以听见，
好像美妙的旋律，人与机器
在缓慢的路上，从红色的火
到黑色的安宁，再到历史，
再到考古，再到
美丽的地质分层，
这也是永恒和至福。

就像人祭，变成
牲祭，再变成大声祷告，
再变成心中默祷，
再变成没有祷告。

手拎手提箱在外国

我手中的手提箱装满了东西。我想
携带幸福，成为一只丰饶角，
至少携带幸运，如一枚抛入
喷泉池里的硬币，成为一种迷信。

我坐在一家餐馆里，餐桌上
摆着也许想成为新娘的花环
或想在祭日装点墓地的花儿。

侍者扭头不理我，
报纸小贩从我身旁走过，
就连乞丐都不来我桌前，
机场的安检员不曾检查我，
不曾搜查我，我甚至不被怀疑。

我记得我父亲的预言："长大后，
你就能独自旅行了"，我实现了预言。
我记得，小时候在外国，
我母亲和我被一辆自行车撞倒了。
从此，我长大了，学会了唱那首自豪的歌：
"虽然我们被打倒，但是我们不沮丧"，① 我跟他们
大家一起唱，因为我是他们大家，跟他们大家一起。
现在我独自在外国。他们大家怎么样了？

---

①　该句系犹太复国主义青年运动期间流行的一首歌中的歌词。

有些人沮丧了，有些人被打倒了，有些人站起来了，有些人仍旧躺着。现在我母亲死了。见证人也都逝去了。

我记得那自行车只有一只轮子还在微微转动，

离开硬地自由转动着。

拉马塔伊姆

人们坐在门廊上
好像古代英雄在帐篷门口
想象着创伤的痊愈。

他们的话音挂在栏杆上
像晾晒的衣物，裤子和内衣，
衬衫和内裤，大腿的呻吟和膝盖的叫喊，
腿脚和子宫的歌唱，脖子和腋窝的尖叫，
一只乳房被打断的笑声。

水龙头从墙上伸出，像先知似的，
有的淌着水，有的关着。

面包和马戏持续整个夏季，
统计数字和永恒的痛苦，
夏季账目和为终结的计划，
此日的终结和所有日子的终结。
墙上一幅北方雪国
日落图，太阳本身
落在最后的橘树林以外。
（女孩的气味像橘子花的气味。）

手表的灵魂开始吠叫，
甜蛋糕受伤而死，
砂糖落入战争。

德加尼亚 ①

水洼里来自昨夜的雨水，
土地里来自上个季节的种子，
来自千万年前的土地。

所有事情都发生在我出生以前，
那时他们用婴儿出生时
碰巧发生的事给他起名，
用美丽神祇的名字命名山丘，
用爱或死的字眼命名泉源。

芦苇生长在水边
但也生长在有关水的回忆中。
天空中，上帝的吊床。
在棕榈树和桉树中间——
给一个男人剩下什么，
除了委身于幸福，
捐献血液和肾脏，
捐献心脏和灵魂给别人，
属于另一人，成为另一人？

在老公墓里，葬在一起的，
一个死于霍乱者，一个刚出生就死了的婴儿，

---

① "Degania"，系位于以色列北部加利利海南边的第一个犹太集体
农庄，由第一批回归故土的犹太移民于1910年建立。

还有夏娃，埃里克·法尔克之女，死时
年仅十八岁，远离她父亲的家。

发生在我出生以前的所有事情
与将发生在我去世之后的事情会合，
把我团团包围，
把我撇在后头
远远地，被忘却而平静。

被一阵风错误播种者被土地吸收，
被一只蜂心血来潮抛洒者继续存活，
被一只过路的鞋不知不觉散布者
继续按照其规律和循环周期生长，
错误大笑者继续大笑，
喊叫者在雨中哭泣，
因错误而死亡者
继续在死亡中安息。

哈代拉 [①]

"我从未去过哈代拉"就像
一项判决，以忧愁杀灭并建立着一个事实，像死亡那样。
"我只是路过，没有停留。"

英雄大街我理解，
我理解英雄及其死亡。
水塔我理解，
但我从未在哈代拉停留。

我一生走过的路我原以为是路
却不过是轻便桥梁
凌驾在我从未去过的地方之上。

在老房子里，瓦片依然如故
打着一种舞蹈的节拍。
主人忘记了邀请过谁，
客人不知道他们被邀请过，
没有来，本可以见面的人没有见面。

人们像桉树一样满怀希望，
他们被从远方带来，留在此地。
在废弃的果园里，橘树乞求

[①]　"Hadera"，系以色列北部海法地区一城市，于1891年由来自立
陶宛和拉脱维亚的犹太复国主义人士始建。

一道围绕四周的栅栏，犹如灵魂
乞求再度获得肉体。水泵房颓败了，
一台老引擎在外面生着锈，像一个老人在生命的尽头
坐在家门口，充满岁月，
旁边是一个泉眼的残余，在一汪
浅浅水沼的浮渣中虚弱地咕嘟着，像一缕回忆。

决定和不决定的我人生的东西。
啊，1942 年夏天，啊，哈代拉，
我只是路过，没有停留的地方。
假如我停留了，我的人生就会不同。

贝特古夫林 ①

人们在洞穴壁上
刮刻出他们的名字然后离去或死去，
这样，他们的灵魂就被创造了，名字和灵魂。

啊，我的死者，我的风景，我的天空，
我如此沉重而漫无目的
像没有天平的砝码。

而从前我是一架没有砝码的天平，
升降容易，像一架秋千。

一只斑鸠甚至在自己的婚礼上也啼声哀戚，
白色蜂箱里的蜜蜂
在此处干旱的山丘中制造真正的蜂蜜，
远离葱茏的沙仑的繁花。

我曾看见孩子们漫游，听见他们的欢声
从一个洞穴传到另一个洞穴。

啊，父母圣洁的绝望，
啊，老师可爱的失望，
啊，他们的气味，啊，他们的精神。

---

① "Beit Guvrin"，系以色列中部一国家公园，其中有拜占庭时期
的罗马环形剧场、教堂、公共浴室和墓葬洞穴等古迹。

现在话语来找我，像苍蝇
像黄蜂，它们被引向我内心的湿，
我内心的干，引向我内心的甜和苦，
引向充盈和空虚，
引向我内心的生者、死者和腐烂者，
引向我内心的黑暗和光明。永远的话语。

什么样的人

"你是个什么样的人？"我听见他们对我说。
我是这么个人：在二十世纪末，
灵魂设有复杂的管道，
感情有如精密的仪器，
记忆具有控制系统，
却有着来自古代的古老身体
和比我的身体更古老的上帝。

我是个适合大地表面的人。
洼地、洞穴和水井
令我恐惧。山峰
和高楼让我害怕。

我不像插着的叉子，
不像正在切割的刀子，不像被粘住的匙子。
我不平滑而灵巧，
好像一把抹刀从下面悄悄往上爬。
至多我是个沉重而笨拙的杵，
把好和坏一起捣碎，
以制造一点味道
和一点香气。

我不理会箭头的指示。我谨慎
而平静地从事着我的事业，
好像一份在我出生的那一刻

就已开始写作的冗长遗嘱。

此刻我站在街边，
倦了，靠着一根停车计时表。
我可以站在这儿，无所事事，自由自在。

我不是辆车，我是个人，
亦人亦神，亦神亦人，
在世的日子已寥寥可数。哈利路亚！

向内敞开

敞开的窗户。电视屏幕上色彩
跳跃颤动，像生命飘摇欲灭；
鞋子乱扔在地板上；
衣服在椅子上；没有人。
一根伸展的绳子上晾着的内衣
浸透着四十个日夜的洪流。
敞开的橱柜，像你记得的人面；
桌上，长茎的鲜花
像一个人剪断插在花瓶中的
生命之路。

在此也冒出问题：他们去哪儿了，
这一切意味着什么？

对面人行道上的餐馆中，一个女人坐
在桌前，她的目光凝注于餐盘之上，
她与太空中一颗遥远卫星联系着。
准备起飞。

就像内盖夫荒漠的溪流

午后时分，我坐在一家咖啡馆里。
我的儿子们已长大，我的女儿在别的地方跳舞。
我没有婴儿车，没有报纸，没有上帝。

我看见一个女人，她的父亲曾和我在内盖夫荒漠并肩作战，
我看见他的双眼在艰难的时代瞪大着，
害怕死亡。现在它们长在他女儿的脸上，
平静、美丽的眼睛。她身体的其余部分——
出自别的地方，她的头发生长在和平时代，
我以前不知道的一种遗传、世代和时代。

我有许多时代，就像挂在钟表店里的
许多钟表，各自显示着不同的时间。
我的记忆散布在大地之上，
好像一个人的骨灰——他在死前遗嘱
把他的遗体焚化，
把他的骨灰撒在七大海洋之上。

我坐着。周围交谈的人声
好像铁栅栏上精细的花纹。
栅栏之外是街道的噪音。我面前的桌子
造得很体贴，像个海湾，
像个码头的船坞，像上帝的手，像新娘和新郎。

有时候我眼中突然溢满幸福的泪水，

犹如远处交叉路口的信号灯一变换，
一条空旷的街道就突然充满了汽车，
或者像内盖夫荒漠的溪流
突然注满来自远方的滂沱雨水。
然后，又是静默、空旷，
就像内盖夫荒漠的溪流，就像内盖夫荒漠的溪流。

耶路撒冷群山中的夏晚

岩石上的一只空铝罐
被夕阳的余晖照亮。
一个孩子朝它投石子，
罐子翻倒，石子落地，
太阳下沉。在沉落的事物之间
我仿佛升起——
一位删除着自然规律的新的艾萨克·牛顿。
我的阴茎像颗松果
包裹着许多种子。

我听见孩子们在玩耍；野葡萄
也是第三代后裔；
人声也是在欢乐中永远
消失的人声的子孙。

在这些群山中，希望属于水槽
之类的地方。就连那些空的
也仍属于希望之类的地方。

我张开嘴巴朝着世界歌唱。
我有嘴巴，世界没有嘴巴。
它必须用我的，假如它想
对我歌唱。我和世界是平等的。

我更多些。

拉吉地区 ①

那房子的大门上写着"欢迎"，
下面写着"不准进入"。
我必须凑近去看哪个在先。

这里的人们种果树，像孩子一样，
边长边学历史，用心记住
夏季与冬季、收获与栽种、战争与和平。

在暖房里，薄膜被扯泼，
像遗忘之旗飘摆；
孩子们记忆中被遗弃的校舍
好像羽毛、绒毛、蛋壳。
可是水塔仍然被叫作水塔，
即使在没有水的时候。

我问，原来住在这些房子里的人
现在在哪儿，他们去哪儿了，
他们的窗户和他们的梦想是什么，
他们的哀悼和他们夜里的帐篷是什么？

我不知道。但是对答案的寻找
把我的生活变成了一支舞，其中一人

---

① 　以色列中部拉吉河南岸有拉吉古城遗址。该城曾是屏障耶路撒
　　冷的要塞之一；该地区现被辟为国家公园。

假装寻找并蒙上眼睛，另一人迷了路。
这支舞使我们的生活平静，赋予它们一种节奏。

有时候回忆来临：山丘上突如其来的云影。
忘却是记忆的影子；
记忆是现实的影子：
影子的影子。使你的日子在地上得以长久。①

---

①　见《塔纳赫·出埃及记》第 20 章第 12 节："当孝敬父母，使你的日子在雅赫维－你神所赐你的地上得以长久。"

相 等

我买一小袋无花果，
我用手抓住袋子，
手在我的胳膊末端。

我的胳膊是那袋
甜甜的无花果
与我身体之间的桥。

这座桥属于它们二者。
那袋无花果与我的身体相等。

这就是现在的情况

"这就是现在的情况，不会再像这样了；
这就是现在的情况，不会像过去那样了。"
诸如此类的话就像有着沉重皱褶的窗帘，
用来遮挡痛苦的光亮和减少
噪音。这就是现在的情况。
因为我们都是爱的难民、夜间快乐的剩余
和白天快乐的残留、希望的孤儿、梦的幸存者，
被放逐远离信仰。可怜的文字的继承人。

"现在他们已经永远分手了。"这也是文字，
飘飞过世界，好像节日过后
撕破的装饰物或示威过后
地上扔的标语牌。这就是现在的情况。

世上多余的花

世上多余的花
像巴西扔到海里的
多余的咖啡收成。多余的花
装饰空房间里的桌子和墓碑。

世界贸易的运动使我充满和平
像候鸟一样。一张有日期的破报纸
在地板上飘舞，使我感觉轻盈。

雾笼罩年尾
和年头。我免于知道
雾之外的未来是什么。

我是个无用的守望者
看守着神圣的无物。我很快活。
我像个炮兵，失去了
目标、敌人、上帝、
炮弹、炮。
他瞄准空无，他瞄准
他的脸，他的脸放光。

靠　垫

有时候我依然聆听世界
及其中的一切，像个小孩子把手表放在耳边，
听着那嘀嗒声而毫不理解。

我童年时有两个老姑妈，
她们有一只沙发，在沙发上
她们用长长的毛线针逗弄我；在沙发上
有几只靠垫，绣着
一只天鹅、一个天使和几朵玫瑰。

她们刺绣，把世界绣在靠垫上，
也把我绣在她们死亡的黑暗上。
她们爱我。我是她们的弥赛亚。
她们说：给小孩子穿衣脱衣
不应当多过一个人，因为只有
死者在净化之后才由两三个人穿上寿衣。
而我是她们的弥赛亚。

赎 罪 日

没有我父母的赎罪日
不是赎罪日。

他们的手在我头上的祝福只剩下
微颤，像一台引擎的微颤，
在他们死后也不停。

我母亲五年前才去世，
在那儿上边的机关与这儿下边的文件之间
她的案子仍悬而未决。

我父亲去世已很久，早已在别处
复活再生，不在我这里。

没有我父母的赎罪日
不是赎罪日。
所以我为记忆而吃，
为不忘而喝，
整理出诺言，
按时间和大小归类誓约。

在白天我们喊："宽恕我们吧"，

在傍晚我们叫："给我们开门吧。"①
但我说：当节日结束，您的大门关闭时，
忘了我们吧，放了我们吧，丢下我们吧！

太阳的余晖射透
会堂的彩色玻璃窗。
阳光没有破裂，
我们破裂了，
"破裂"这个词破裂了。

---

① 系在赎罪日结束时举行的"关门"仪式祷辞。据说其时祷告之
门即将关闭。

以法莲群山中的初秋

在正在铺设的道路旁，
一群工人在清冷的暮色中
挤作一团。
太阳的余晖点亮这些人，
他们用推土机和压路机
做了应该做的事，
它们也做了应该做的事。
人和机器有着共同的信念：
他（它）们不会从这星球掉落。

海葱已经从野地里长起，
杏树上还有杏子。
大地还温暖，像小孩子头发
覆盖下的头。第一阵秋风
吹过犹太人和阿拉伯人。
候鸟彼此呼唤：
看哪，待在原地的人类！
在天黑之前的大寂静中，
一架飞机掠过天空，
朝西天边下降，咕嘟嘟一阵响，
好像美酒入喉。

人的灵魂

人的灵魂就像
火车时刻表，
火车永不再运行的
精确细致的时刻表。

人　生

犹如登山者在山脚的谷地里建立基地，在通往顶峰的不同高度的途中建立一号营地、二号营地、三号营地等等，在每个营地他们留下食物、物资和装备，以使最后的攀登容易些，然后在归途中拾掇起所有东西，这样会有助于下山。同样，我把我的童年、青年和成年留在不同的营地，每个营地插一面旗子。我知道我不再回归，但要不负重地登上顶峰——轻装，轻装！

在海滩

沙上相遇的足迹被抹去了。
留下足迹的人们也被他们不再存在的风抹去了。

少数变成了多数，多数将变成无穷无尽
如同海边的沙。[①] 我捡到一个信封，
正面和反面各有一个地址。
但里面，是空的，无语的。信
在别的什么地方被读了，像离开了肉体的灵魂。

昨夜那大白房子里萦绕的快乐旋律
现在充满渴望和沙子
好像挂在两根木杆间一根绳子上的泳衣。

海鸟看见陆地时尖叫；
人们看见平静时尖叫。
啊，我的孩子，我头脑的孩子，
我曾用全身心造就他们，
现在他们是我头脑的孩子，
现在我独自在这海滩上
伴着沙上低矮、颤动的草。
这颤动是它们的语言。这颤动
是我的语言。
我们有着共同的语言。

---

① 见《塔纳赫·创世记》第22章第17节："论子孙，我必叫你的
子孙多起来，如同天上的星，海边的沙。"

亚革悉的博物馆

一只大锚钉在院子里。它将永远等待
所失去的船。它的渴望装点着世界，
它的锈蚀是失去而不再回归的一切的旗帜。

大门口一堆数百年前的
火炮弹丸。击中的弹丸
和没击中的弹丸。收藏者未加区别。

从屋顶上，你看见加利利西部
繁茂葱绿、土地肥沃。道路深深
切过其中，就像泳衣边缘在大腿
和屁股上的勒痕。令人垂涎的土地。

屋内，一大堆杂物。
一件来自古代异象的脱粒器，
一把来自预言的草叉和死人的磨。
许多碾磨、挤压、破裂工具
和许多锁闭、抛光工具，
建造和破坏工具，
如《传道书》中所载。但最突出的是
失去了工具的把柄，只有它们留存下来。

我们能从此得到有关人类灵魂
及所剩一切的什么知识？我们能得到
有关失去的工具和握过它们的手的什么知识？

黄昏时太阳落入海中
好像某人听说了所爱之人的死讯。

一个男人从海边归来，手里拎着鞋子
仿佛拎着他的灵魂。
一张有着精确日期的报纸飞走了。
两艘战舰驶过：一艘向北，一艘向南。
昼行人与夜行人交换地点。
在手电筒光柱中我看见卫兵换岗。

那边的小丘上，古墓夜间
开放。与鲜花相反。

我想把圣经弄乱

一架飞机掠过无花果树之上，
那树在**无花果树下的男人** ① 之上。
那飞行员是我，那无花果树下的男人是我。
我想把圣经弄乱。
我真想把圣经弄乱。

我相信树木，不像他们从前所相信的，
我的信仰被截短而短命——
到下一个春天，到下一个冬天。
我相信雨水的来临和阳光的来临。
秩序和正义是混合的：善与恶
在我面前的桌上就像盐和胡椒，
调料瓶那么相似。我真想
把圣经弄乱。世界
充满善与恶的知识，世界充满
学习：鸟儿向吹动的风学习，
飞机向鸟儿学习，
人向所有这一切学习然后忘记。
大地并不因为死者葬于其中而悲哀。
犹如衣裙并不因为我的所爱
居于其中而快乐。
人子是云，

---

① 　见《塔纳赫·弥迦书》第 4 章第 4 节："人人都要坐在自己葡萄
　　树下和无花果树下。"

亚拉腊[①] 是个深谷。
我不想回家，
因为所有坏消息都回到家里，
如《约伯记》所载。

亚伯杀死了该隐，摩西进入了
应许之地，以色列的子孙停留在沙漠中。
我乘着以西结的神圣战车旅行，
以西结本人像米利暗[②] 一样
在枯骨之谷中跳舞。
所多玛和蛾摩拉是兴旺的城市，
罗得的妻子变成了蜜糖柱，[③]
以色列的大卫王还活着。
我真想
把圣经弄乱。

---

① 系土耳其境内一休眠火山，终年为积雪覆盖。挪亚方舟在大水
开始消退时停歇在亚拉腊山顶。（事见《塔纳赫·创世记》第8
章第4节）

② 系古希伯来人女先知，亚伦和摩西的姐姐。她在埃及法老的
追兵被红海淹没后率众舞蹈庆祝，感谢雅赫维。（事见《塔纳
赫·出埃及记》第15章第20节）

③ 所多玛和蛾摩拉是两个罪恶之城，被上帝降天火毁灭之时，亚
伯拉罕的侄子罗得一家被天使救出。罗得的妻子未遵天使之嘱
回头一看，变成了盐柱。（事见《塔纳赫·创世记》第19章第
1~26节）

我的孩子

我不知道我是否在未来世界里有一份儿，
但在我孩子们的世界里，我将没份儿。

我不是先知，不是先知的儿子，
但我是先知的父亲。我的孩子们
像聚光灯照亮下一个世纪。

他们的游戏将像预言一样实现，
他们的玩具将具有生命。
他们是喧闹是寂静是喧闹，
他们是海洋是陆地是空气，
他们是天穹是天使万军。

他们对未来的渴望
和我对童年的渴望
彼此错过不曾相遇
像隧道工程师的致命失误。

我女儿有双小红鞋，
我两个儿子和我穿同号鞋，
但他们没有我父亲，
也没有他的上帝，
他们只有我像个玩具熊，又大又毛茸茸，
可以抚摸玩弄，
所以他们会记得我并对他们的孩子提起我。

他们会记得本－古里安①是个机场，
在那些日子里，还有机场
记得那人及其所做的其余的事。

而我，有时，把公路叫作"国王大道"，
尽管在以色列没有国王，
人人见仁见智，各行其是。

---

① 　戴维·本－古里安（David Ben-Gurion，1886~1973），系以色列
第一任总理，有"以色列建国之父"之称。为纪念他，位于首
都特拉维夫的国际机场于 1973 年改名为"本古里安机场"。

犹太人

犹太人像陈列窗里的照片，
他们全在一起，矮的和高的，活的和死的，
新娘和新郎，受过成人礼的酒吧男孩和婴儿。
有些是从发黄的老照片翻拍的。
有时人们前来打破窗户，
焚毁照片。然后他们重新
开始拍照和冲印，
重新展出他们，悲伤和微笑着。

伦勃朗画他们戴着镶有
美丽金边的土耳其头巾。
夏加尔画他们翱翔在空中。
我画他们像我的父母。
犹太人是一片永久的森林保护区，
那里树木稠密站立，就连死者
也无法躺下来。他们直立着，倚靠着生者；
你无法分清他们。只是火
焚烧死者快些。

上帝呢？上帝滞留，
就像一位美女的香气；她曾经
与他们迎面而过，他们没有看清她的脸，
只有她的香气留下，某种香水味儿；
祝福种种香水的创造者！

犹太男人记得他祖父家的小茅屋。
那小茅屋替他记得
在沙漠中的流浪；流浪记得
青年时代的神恩、十诫碑版、
铸金牛的黄金和饥渴；
这些记得埃及。

上帝呢？据来自
伊甸园和圣殿的离婚协议，
上帝每年只看他的孩子们
一次，在赎罪日。

犹太人不是历史之人，
甚至不是考古之人；犹太人
是地质之人，具有断裂、
塌陷、地层和火山熔岩。
他们的历史必须用
不同的天平来衡量。

犹太人被苦难和折磨抛光，
好像海边的卵石。
犹太人只有在死亡中才显得与众不同
好像卵石在别的石头中间：
当那巨手抛掷他们时，
他们在水面之上
要弹跳两三次，然后才沉没。

不久前，我遇到一个美女，

她的祖父很久以前为我行过割礼，
在她出生之前。我告诉她，
你不认识我，我不认识你，
但我们是犹太人，
你死去的祖父、受割礼的我和长着金发的美丽
孙女你：我们都是犹太人。

上帝呢？从前我们唱
"我们的上帝无与伦比"，现在我们唱"没有我们的上帝"，
但是我们唱。我们仍然唱。

这土地知道

这土地知道云从哪里来，热风从哪里来，
恨从哪里来，爱从哪里来。
可是它的居民却糊涂，他们的心在东方，
他们的身体在遥远的西方。①
好像失去了夏季和冬季的候鸟，
他们失去了起始和终结，终其一生
都在朝痛苦的终点迁徙。

这土地会读能写，
它的眼睛大睁。假如它像
这土地的居民一样无知，
盲目，摸索着
却看不见它的孩子们该多好。

以色列地好像一位肥胖而沉重的妇女；
以色列国像个年轻女子，
柔软而腰细，
可是在她们二者之中，
耶路撒冷永远是这土地的阴户，
不知餍足的阴户；
那颤动和尖叫的高潮
不会结束，直到救主降临。

----

① 系中世纪犹太诗人犹大·哈－列维一首著名的复国主义诗作中的句子。

关于我的时代的急就篇

希伯来文和阿拉伯文书写从东到西，
拉丁文书写，从西到东，①
语言就像猫儿：
你不能逆着毛抚摸它们。
浓云来自大海，热风来自沙漠，
树木在风中弯折，
石头从四面八方的风
逃入四面八方的风。他们扔石头，
扔这土地，冲着彼此，
但土地总是落回土地。
他们扔土地，想除掉它，
它的石头、土壤，但你无法除掉它。

他们扔石头，冲我扔石头，
在 1936、1938、1948、1988 年，
闪米特人冲闪米特人扔，反闪米特人冲反闪米特人扔，②
邪恶的人扔，正义的人扔，
犯罪者扔，诱惑者扔，
地质学家扔，神学家扔，
考古学家扔，大流氓扔，

---

① 从东到西意谓从右到左，从西到东则为从左到右，这与西方地图
左西右东的布局一致，也与语言背后文化发展的历史轨迹相应。
② 闪米特人是源于中东地区的一部分游牧民族的统称，相传为挪
亚长子闪的后裔。犹太人和阿拉伯人都属于闪米特人。反闪米
特人相当于非犹太人。

肾脏扔，胆囊扔，
头石头、额头石头、石头心脏、
形状像尖叫的嘴巴的石头
和像一副眼镜一样
适合你的眼睛的石头，
过去冲未来扔石头，
它们全都落在现在。
哭泣的石头和大笑的砾石，
就连圣经里的上帝也扔石头，
就连乌陵和土明 ① 也被扔得
卡在正义的胸牌里，
希律王曾扔石头，其结果是一座圣殿。

啊，石头悲哀之诗，
啊，扔到石头上之诗，
啊，扔出的石头之诗。
这土地上有没有
一块石头从未被扔过，
从未被砌过，从未被翻转过，
从未被揭露过，从未被发现过，
从未从墙里尖叫过，从未被建筑工人抛弃过，
从未被关在坟墓顶上，从未躺在恋人身下，
从未变成奠基石？

请不要再扔石头了，

---

① 　"乌陵"和"土明"均系古代犹太教大祭司装在胸牌内用以占
卜决断的宗教物品。(见《塔纳赫·出埃及记》第28章第30节)

你们在搬动这土地，

这神圣、完整、开放的土地，

你们在把它搬到海里去，

而大海并不想要它，

大海说，别进来。

请扔小石头，

扔蜗牛化石，扔沙砾，

来自米格达尔采代克①采石场的正义或不公，

扔软石头，扔可爱的泥巴，

扔石灰石，扔黏土，

扔海滩上的沙子，

扔沙漠中的尘土，扔铁锈，

扔土壤，扔风，

扔空气，扔空无，

直到你们的手累了，

战争累了，

甚至和平也会累，会的。

---

① "Migdal Tsedek"，系希伯来语音译，义为"正义之塔"，是以色列一国家公园。其因以得名的标志性建筑是奥斯曼帝国统治时期的一座白塔，基址则为拜占庭和十字军时期的城堡废墟。

我们完成了任务

我们尽了义务。
我们带着孩子外出
去森林里采蘑菇——
我们还是孩子时亲手种下的。

我们学习野花的名称，
它们的芳香
好像白白抛洒的鲜血。
我们把大爱放到小身体上，
我们站着，轮番扩大和缩小，
在擎着双筒望远镜者的眼中，
神圣而疯狂。

在光明之子与黑暗之子的战争中，
我们喜欢美好安神的黑暗，
憎恶痛苦的光明。
我们尽了义务，
我们爱我们的孩子
胜过爱我们的祖国，
我们在地上挖所有的井，
现在我们在空中挖，
一眼又一眼井，无始无终。

我们尽了义务，
我们把"你们要记住"改成"我们会忘记"，

犹如线路方向改变时
他们改变公共汽车时刻表，
或季节改变时，
他们改变会堂里的
"露水和阵雨"和"带来雨者"标牌。

我们尽了义务，
我们在花床、阴影和可以
愉快散步的笔直小径中安排生活，
像在精神病院的花园。

我们的绝望被驯化了，给我们以安宁，
剩下的只有希望，
野性的希望，它们的尖叫声
震裂黑夜，撕碎白天。

我们尽了义务。
我们就像进入电影院的人们，
走过那些向外走的，脸红红的
或苍白的，悄声啜泣或高声大笑的人们，
他们不看第二眼，头也
不回，走入光明和黑暗和光明。
我们完成了任务。

这是有应许的生活

这是有应许的生活。希腊祭司
知道，拉比知道，夜间的孩子知道，
我母亲知道却已故，愿上帝使他们复活的死者知道，
在火中者和在水中者，
在命终之时者和不在命终之时者知道
并一起在土里等待。死亡应许
复活，生活应许死亡。伪先知
预言无限幸福，
真先知应许坏和苦的结局，
但坏和苦的结局至少是好的
开端，也许是好和甜的中段的预兆。
因为这是有应许的生活，
不是有保障的生活。这不是应许之地，
这是有应许的土地。

迷迭香开着充满爱意的紫花，
阴暗的果园会生产闪亮的水果，
沙仑谷地中约拿村的养蜂人
在全国各地，甚至在内盖夫沙漠，
遍布蜂箱，让它们自行造蜜，
他只是周游全国，不时地巡视。

一只扔在干河床上的轮胎
歇在荆棘间，像一个殉道的圣人，
荆棘等待软化一切的春季，

因为这是有应许的土地，
因为这是有诺言和誓词的土地，
守诺和食言造就它的
地理，撕开谷地，
劈开裂谷，隆起山丘，
压扁火山口，让它们不得休息，
造就干涸的河床，给支流充满河水，
浇灭爱与恨，安抚海洋。

这土地上的人们——有些爬上
高高的观测塔看他们
所来自的地方，他们旁边是爬上来看
他们所要去的地方的人们，
他们彼此兴奋地说话，
手里拿着地图向四周指点着：
"我们要去那里，对，在那条路上"或"我们
从那边来的，我们走过那儿，我们在那儿待过一两天，
我们在那儿过的夜。"
有些留在塔顶上
不下来。因为这是有应许的土地。
希望和失望造就节日，
出生和死亡造就庆祝，
土地应许天空，天空应许
上帝，上帝应许土地，
因为这是有应许的土地，
这是有应许的城市，
大卫的墓不是他的墓，
拉结的墓不是她的墓，

诺言不是诺言，誓词不是誓词，
一切都是面具，一切都用别的东西当面具。
美女需要遮盖
她们的圣地——
爱之前一件花衣裙，
之后一件条纹衣裙，
许多蕾丝好像沙漠中的帐篷上的，
许多带子好像海上的风帆上的
（而耶路撒冷没有海），夜里一个环，
白天是钩子和按扣。灵魂是拉链，
灵魂是扣子。额上一顶金色冠状头饰，
腰间一条宽皮带，一副闪亮的带扣
是下部王国的冠冕，
应许着更高级的爱，因为这是有应许的
城市。

在圣墓教堂附近的窄巷中，
我看见一群群希腊人，老头和老太，
迷茫地乱走着，像古希腊的合唱队
失去了悲剧。
我看见他们身穿黑衣，
腋下紧夹着折叠椅
像折叠的翅膀。

他们中的多少人一年之后就会死去，
就像鸟儿从他们的家里回到他们的家里，
因为这是有应许的城市，
这是有应许的土地，

这是有应许的生活。

开合开
(1998）

诸神易位，祈祷在此长存

1

一个夏天的傍晚，我在街上看见一个女人
在一张铺在一扇锁着的木门上的纸上写字。
她把纸叠起，塞进门扇与门柱之间，就离开了。
我没有看见她的脸，也没有看见
将读她所写内容的男人的脸，
我也没有看见那些字。

我的书桌上躺着一块石头，刻有"阿门"字样，
一块墓碑残片，我的出生城市 ① 一千年前
被毁掉的一个犹太人公墓的遗存。
一个词，"阿门"，深刻在石头上，
坚硬而确定，献给曾有的和不返的一切的阿门，
轻柔的阿门：像祈祷一样诵唱，
阿门，阿门，愿袮的意愿实现。

墓碑破碎，他们说，词语散乱，词语湮灭，
说话的口舌变成尘土，
语言像人一样死去，
有些语言又复活，
天上的神变换不定，诸神易位，

---

① 　阿米亥出生于德国巴伐利亚州维尔茨堡市，那里有个犹太聚居
区曾在 1147 年第二次十字军东征期间遭受袭扰。

祈祷在此长存。

2

犹太神学，西奥 ①，西奥。我小时候认识一个男孩
名叫西奥多，与赫茨尔同名，可是他妈妈叫他
从玩耍之处回家：西奥，西奥，回家，西奥，
别跟坏孩子待在那儿，
西奥，西奥，吠！咳。

我不想要一个看不见的神。我想要一个看得见
却看不见的神，这样我就可以领着袖到处走，
讲给袖听袖看不见的事情。我还想要
一个看得见又看得见的神。我想看袖
怎样蒙上眼睛，像个孩子玩瞎子捉人。

我想要一个像可以打开的窗户一样的神，
这样我即便在屋里也能看见天空。
我想要一个像朝外而非朝内开的门一样的神，
可是上帝就像一个旋转门，围着门轴转啊转，
进进出出，左旋右转，②
无始无终。③

---

① 　"Theo"，系希腊语音译，义为"神"。
② 　见《塔纳赫·传道书》第 1 章第 6 节："风往南刮，又向北转，
　　不住地旋转，而且返回转行原道。"
③ 　语出犹太会堂赞美诗《宇宙之主》(Lord of Universe)。

3

我信心十足地宣告：
祈祷先于上帝。
祈祷创造了上帝；
上帝创造了人类；
人类创造祈祷；
祈祷创造上帝；上帝创造人类。

4

上帝是一段阶梯，向上
通往一个已经不在那儿或尚未在那儿的地方。
阶梯是我的信仰，我的堕落。
我们的祖先雅各在梦中知道它。
天使们只是在装点着祂的层层梯级，
就像过圣诞节装饰起来的杉树；
"上行之诗"① 是一首献给
阶梯上帝的赞歌。

5

上帝收拾起行李离开这块土地时，祂把"妥拉"
留给了犹太人。从此他们一直在找祂，
呼喊着："嘿，你忘了东西，你忘了。"

---

①　指《塔纳赫·诗篇》第120~134篇，亦称"登阶之诗"，与通
　　往圣殿的15级台阶相应，利未人祭司会在每级台阶上暂停诵诗。

别的人以为呼喊是犹太人的祈祷。

从那时起，他们一直在梳理圣经，寻找祂的下落的蛛丝马迹，

如其所说："当趁雅赫维可寻找的时候寻找祂，

相近的时候求告祂。"① 可是祂在远处。

6

海滨沙滩上的鸟迹

好像某人的字迹，他匆匆记下

话语、名字、数字和地点，以便记得。

夜里留在沙滩上的鸟迹

白天依然在那里，尽管我从未看见过

留下印迹的鸟。这就是上帝

存在的方式。

7

我们的父，我们的王。② 一位父亲

当子女成为孤儿而他却活着时，

怎么办？一位父亲

当子女已死而他永远

变成失爱的父亲会怎么办？哭

与不哭，不忘与不记。

我们的父，我们的王。在痛苦的共和国，

---

① 语出《塔纳赫·以赛亚书》第 55 章第 6 节。

② 语出岁首日至赎罪日的十悔罪日期间犹太人所诵连祷文的结尾：
"我们的父，我们的王！请宽待我们，答应我们，因为我们没
有自己的善功。待我们以慈善和仁爱，并拯救我们吧。"

一位国王怎么办？像任何国王一样
赐给他们面包和马戏，
记忆的面包和忘却的马戏，
面包和怀旧。怀念上帝
和一个更好的世界。**我们的父，我们的王。**

8

基督徒的上帝是个犹太人，嗓音有点儿高；
穆斯林的上帝是个来自荒漠的阿拉伯犹太人，嗓音有点儿粗。
只有犹太人的上帝不是犹太人。
犹如以东人希律被引进而立为犹太人之王，
上帝同样被从无限的未来迎回，
一位抽象的上帝：没有画像，没有雕像，没有树，也没有
　　石头。

9

犹太人整年都向上帝朗读
"妥拉"，一周一段落，
好像山鲁佐德 [1] 讲故事救自己的命。
到了"'妥拉'庆典" [2] 轮转一圈时，
上帝就忘了，他们就又能从头开始了。

---

[1]　系古中东地区民间故事集《一千零一夜》的女主人公。
[2]　系每年岁末犹太人在会堂举行的"妥拉"读毕庆典，即所谓的
　　"庆法节"。

10

上帝，就像个摄像的导游，
向参观者、旅游者和上帝的子民描述着
我们的生活并解释着，我们就是这样活着。

11

"没有人像我们一样，没有神像我主一样"，他们如是祈祷。
"没有人像我们一样，没有神像我主一样"，他们大声唱
而祂并不回应。我们提高嗓门唱：
"有谁像我们一样，有谁像我主一样"，而祂并不动，
也不转向我们。我们加大恳求的力度：
"你是我们的神，你是我们的主。"也许现在祂会
记起我们了？可是祂依旧漠然，阿波罗
转向我们，眼神奇怪而冷漠。
我们停止向他歌唱和呼喊，低声
提醒祂某些私事、某些小事：
"你是那位，我们的祖先曾向你献祭
香烟。"也许现在祂会记起了？
（就像一个男人提醒一个女人一段旧情：
你不记得我们在培尼亚①的那家小店
买鞋子，外面雨下得很大，
我们一直笑个不停？）
似乎祂心里有什么在觉醒，也许祂记起了，

---

① "Sáenz Peña"，此地名所指不止一处，按阿米亥行迹，应指阿
　　根廷布宜诺斯艾利斯省的小镇"萨恩斯培尼亚"。

可是犹太人已经完蛋了。

12

即便是独自祈祷也需要两位：
一位前仰后合 ①，
一位不动者是上帝。
可是我父亲祈祷时，他会站在他的位置上，
身体挺直，一动不动，而强迫上帝
像芦苇一样摆动并向他祈祷。

13

集体祈祷：是哀嚎着请求"赐给我们和平吧"，
还是平静地轻声请求为好？
但如果我们平静地请求，上帝会以为
我们并不真的需要和平与安宁。

14

晨诵《诗篇》。天真自人类升起，
就像热气从热食上升到高处，一股
变成上帝，有时变成别的神的热气。

---

①　犹太人诵经祈祷时，身体要配合诵读节奏前仰后合地摆动。

15

博物馆中收藏的仪式用品：顶上
有像节日游行打的那种小旗、
经历过许多代人的芳香献祭、
带着许多个幸免于死的安息日之夜记忆的香料盒。
还有快乐的多枝烛台和哭泣的多枝烛台，油灯
长着噘起的鸡嘴像小孩子在唱歌，
他们的嘴巴大张充满热望和爱。
还有长柄的金属手 ① 用来指点
已不再有的一切。从前把握它们的人手——
早就埋在了地下，与身体分离了。
逾越节家宴用的盘子 ② 以时光的速度旋转，
看起来显得静止不动；净礼 ③ 酒杯
在架子上摆成一排，像足球赛奖杯
或许多代人的田径运动锦标赛奖杯。
全都是悲痛之金、渴望之银、
忧伤之铜。收藏的仪式用品
就像一位婴孩神的花哨玩具、一个
古老民族的礼物，就像一个幽灵乐队的
奇异乐器，就像时光海洋深处
某种古怪不动的水底鱼类。

---

① 　系犹太人在会堂读经时用来指示经文的金属制人手形器。
② 　"seder"，系希伯来语音译，义为"排序"，是用来盛放逾越节家宴象征性食物的浅盘。
③ 　"kiddush"，系希伯来语音译，义为"净化"，指犹太人在安息日或节庆日前夕家宴上诵辞祝酒的仪式。

耶路撒冷的牙医福伊希特万格 ① 大夫捐赠的
所藏仪式用品。无论是谁，听说此事，嘴角都会
挂上一丝微妙的笑意，好像精致的掐丝工艺。

16

上帝是个变戏法的魔术师：
使自身现形，让鸽子从口袋里飞出，
从袖子里掏出兔子，把女人锯成两半，
把红海一分为二，用火柱和烟柱
生出十灾和十诫，
在水面上翱翔，消失在墙壁里。
人人都想出其不意抓住祂，
发现祂是如何没有真做却做到的。
人人又都不想知道，不想发现
祂是如何做到的，他们宁愿相信，
彼此互相反对。空无对空无。

17

我信心十足地相信死者复活的说法。
正如一个人想重返所喜爱的地方，
他会故意留下一本书、一个购物袋、一张快照、
一副眼镜，这样他就好回去，死者就是这样
把生者留在身后，以便他们回归。
有一回，在很久以前的一个秋天的薄雾中，我站在

---

① "Feuchtwanger"，系德语姓氏，说明主人是来自德国的移民。

一个犹太人公墓里，公墓已荒废，尽管不为死者所弃。
公墓管理员是个花卉和季节专家，
但不是下葬的犹太人专家。他也说：夜复一夜，
他们都在训练，为从死亡中复活作准备。

18

你的道路缠乱复杂。我是个可以解开的结，
就像有人为了记住什么事，用手帕
打的结。我不知道我在提醒什么，提醒谁，
却不会忘记。也许我应该提醒上帝
造一个更好的世界。我不知道，
我是个手帕打的结。就这些，这就是我的人生。

19

无论是谁，小时候披上祈祷披巾，他就不会忘记：
从柔软的天鹅绒包里拿出来，展开折叠的披巾，
铺开来，亲吻整条围脖的边缘（用金线
刺绣或镶边）。然后用力一抡，抖开在头顶上，
像天空，像喜棚，像降落伞。然后缠起
头来像在玩捉迷藏，裹起
全身，严实而缓慢，蜷缩在其中，好像蝴蝶
作茧，然后张开假想的翅膀飞翔。
为什么祈祷披巾是条纹的，而不是像棋盘那样
黑白格子的？因为方块是有限的、无望的。
条纹来自无限，去往无限，
就像飞机场跑道一般，天使在那里降落、起飞。

无论是谁，披上祈祷披巾，他就不会忘记。
当他从游泳池或大海里出来时，
他把自己裹在一条大毛巾里，再把它展开
在头顶上，再蜷缩在其中，严实而缓慢，
仍然微微发抖，大笑着，祝福着。

20

我是洁净的。① 我咀嚼我的灵魂
从每一件发生过的小事的封闭幽暗中反刍的食物，
以便不忘记它，不遗失它。又一次"一如
既往更新我们的日子"，又一次增加
一天以延长假期。
如果你曾见过母牛在草地上
咀嚼反刍的食物，脸上挂着悠闲和喜悦，
眼中和舌尖含着对青草的回忆，
你就懂得真正快乐是什么了。
我是分瓣的。我没有蹄子，但我的灵魂是
分裂的。这分裂，这分瓣赋予我力量忍受一切，
我痛殴自己，就好像在大年初一捶胸
悔罪似的，或像一个人寻找什么
失物似的，在上衣或衣袋里猛掏一气。
也许我已经忘记了我是为了悔什么罪而捶胸的。
给"我们犯罪了，我们背叛了"这两句坦白，我要加上
两句"我们忘记了，我们想起了"——两种

---

① 犹太教律法规定，只有反刍的偶蹄类动物才是可食的洁净动物。
（见《塔纳赫·利未记》第11章和《塔纳赫·申命记》第14章）

无可赎的罪。它们理应彼此抵消，
却反而互相加强。是的，我是洁净的。

21

逾越节之夕反思，什么会改变，我们问，
什么会改变所有夜晚中的这一夜。
我们许多人长大后，就不再被问，
而有些人一辈子都在你心里继续问，就像他们
问你好吗、几点了之类，然后继续走路，
并不必听到回答。什么会改变每一个夜晚，
就像一只闹钟，它的嘀嗒声使你镇静，催你入眠；
什么会改变，一切都会改变。改变即上帝。
逾越节反思。"妥拉"讲到四个儿子，
一个睿智，一个邪恶，一个完美，一个
不知道如何提问。可是没有提到
一个善良的，也没有提到一个有爱心的。
这是一个没有答案的问题；即便有答案，
我也不想知道。我以不同形态
当过所有儿子；我度过了一生；月亮不必要地
照着我；太阳逝去了；逾越节过去了
而没有悔罪。什么改变了。改变
即上帝，死亡是先知。

22

上帝对祂的选民以色列人的爱是一种颠倒的爱。
起初是粗鲁的、有形的，通过一只强有力的手和伸出的手臂：

神迹、十灾与十诫，
几乎是暴力的、基于无名的。
后来更多：更多感情，更多灵魂
而没有肉体，对一位高踞天庭
不可见的神的永远渴慕而不得回报的爱。一种无望的爱。

23

我们都是亚伯拉罕的孩子，
可也是亚伯拉罕的父亲他拉的孙子。
也许现在正是时候，该由孙子
对他们的父亲做他对他父亲做过的事了：
砸烂他的偶像、他的宗教、他的信仰。①
这也可能是一种新宗教的肇始。

24

抽屉关上的声音——上帝的话音；
抽屉打开的声音——爱的话音，
但也可以调个个儿。
前进的脚步声——爱的话音；
后退的脚步声——上帝的话音，
祂不知不觉离开了这地方，暂时而永久。
桌子上一副眼镜旁边一本摊开的书——
上帝。一本合上的书和一盏亮着的灯——

① 亚伯拉罕被尊为犹太一神教始祖暨第一位先知，其父他拉则信奉多神教。

爱。一把在门里无声转动的钥匙——
上帝。一把犹豫不决的钥匙——爱和希望。
但也可以调个个儿。
一股馨香的献祭给上帝；
其他感觉的献祭给爱：
抚触的献祭、视听的献祭、
味觉的献祭。
但也可以调个个儿。

25

童年时，我在童年时代的会堂中，
在女席区 ①，在把我母亲和其他所有女性
都关起来的隔断后面的女人们的帮助下学习爱。
可是那把她们关起来的隔断把我关在了
另一边。她们自由地爱着，而我一直
与其他所有男性关在一起，怀着爱，怀着渴望。
我想去那边跟她们在一起，知晓她们的秘密，
跟她们一起说："凭祂的意旨造我的，
愿祂蒙福。" ② 那隔断——
一幅蕾丝幔子，又白又软像夏天的裙子，挂在
关起来的隔间里祝愿和希冀的环和圈、
吊扣环、爱的催眠曲循环圈上摆动着。
女人的脸好像云彩后面的月亮，

---

① 在正统犹太会堂里，男女分席别坐，中间有隔帘，彼此看不见。
② 系犹太教正统派女性晨祷词句。男性词句为："未将我造成女人
的，愿祂蒙福。"

幔子分开时好像满月：中了魔法的
宇宙秩序。夜晚，我们在外面
对月亮说祝辞；我心里
想着那些女人。

26

我曾在童年时代的会堂里学习爱；
我在星期五晚上以一个新郎的狂热唱
"来呀，安息日新娘"；① 我习练对救主降临之日的憧憬；
我演习对不再回返的昔日的向往。
领诵者从内心深处吟唱出他的爱，
对着一起留下的恋人诵读祈祷辞，
那雄鸟打扮得光彩夺目。
我们给卷起的"妥拉"经轴穿上真丝裙
和绣花丝绒袍，
绑上窄细的肩带。
它们在会堂里传递着，我们轮流亲吻它们，
在它们经过时抚摸它们，在他们经过时，
在我们经过时。

27

奥斯威辛之后，没有神学：
从梵蒂冈的烟囱里，白烟升起——

———————

① 　语出传统犹太赞美诗，其中安息日被拟人化为新娘和王后。犹
太人的安息日为星期六，但始于星期五日落之后。

枢机主教们给自己选出了一位教宗的信号。
从奥斯威辛的火葬炉里，黑烟升起——
诸神的枢机主教秘密会议尚未选出
选民的信号。
奥斯威辛之后，没有神学：
死亡营同监者
小臂上的数字
是上帝的电话号码，
没有应答的号码，
现在已经注销，一个接一个。

奥斯威辛之后，一种新神学：
大屠杀中死去的犹太人
现在变得像他们的上帝一样了，
祂没有实体的形象，也没有实体。
他们没有实体的形象，他们也没有实体。

我从前写过《此时和别的日子里》：荣耀如是走过，《诗篇》如是走过

1

我从前写过《此时和别的日子里》[①]。
现在我抵达了那些别的日子。
我写书的时候，它们在这个世纪的末端；
现在它们在过去，在这个世纪的中间。
可是"此时"总是跟着我，无论我到哪里都是"此时"，
犹如在太阳系中，过去、未来、我——
永远轮回，再轮回。"此时"即太阳，
"此时"即永恒。"变易"即上帝。
那些别的日子变成了"别的"。我的书桌上
有一块上写"阿门"的石头，是一千年前
被毁的一个犹太人墓葬的石碑残片。我的书桌上
有一块爆炸过的手榴弹的残片，
是我的孩子在迦特丘春天的花丛中发现的。
那扭曲的弹片是救赎我的天使，
那天使在那些别的日子里，在战斗中不曾杀死我。
也许它杀死过别的什么人。
"别的"即上帝。"别的"杀死了祂。真相是，
"别的"杀死了路得。

[①]　系阿米亥于 1955 年出版的第一本诗集。

2

小的时候，我全心全意地相信
胡拉沼泽 ① 必须被抽干。
那时所有色彩鲜艳的鸟儿纷纷逃命。
半个世纪之后，现在他们又给其中灌水，
因为完全错了。也许我一辈子
都一直活的是一个错误。
我童年时代信的上帝，祂也
是一个错误，尽管祂依然叫上帝。
但是，完美的错误造就完美的人生，
例如完美的信仰。我把俗话"错误总难免"
改成了一首安慰人心的歌；我把诗句
"人都是说谎的" ② 编成白天的舞曲，
夜里的催眠曲。阿门。

3

直到今天，我有时候依然相信
过去惯行之道。我们唱"这是最后的斗争" ③ 时，我相信；
他们告诉我"这是最后的晚餐"时，我相信。从那时起，

---

① 　"Huleh Swamp"，位于以色列北部山谷间，原为淡水丰沛的湖
　　泊，1950 年代被抽干后一度成为农田。这被认作犹太复国主义
　　运动拓荒者最值得骄傲的成就之一，然而结果是破坏了当地脆
　　弱的生态平衡，以致人们在半个世纪后不得不灌水还湖。
② 　见《塔纳赫·诗篇》第 116 篇第 11 节："我曾急促地说：人都
　　是说谎的！"
③ 　语出欧仁·鲍狄埃于 1871 年作词的《国际歌》。

我的人生就充满了最后的斗争和最后的晚餐，好像一个
待决的死刑犯最后的愿望。他们说"若什和撒那"时——
那意思是"岁首"——有时候我
只记得正在流逝的时光的头，而不记得手或匆匆的
脚。正义的尺度和怜悯的尺度就像
量鞋子的尺码——至今我买鞋子都要大一码的，
这样就不会夹脚。我得知了为什么今夜与所有
别的夜晚都不同，以及是怎样变得不同的。我还得知了
谁吃了我的粥，谁又曾在我的床上睡过。
他们对我说"我会回来的"，我依然
在等待；他们对我说"我永不再回来"，
我依然在等待。他们教我"别问"时，
我开始问，从此我不停地问。

4

啊，我人生的小疑问词们，
自从我童年时代起就四处
蹦跳、鸣叫、飞逃，躲避着我。
小如鸟儿，轻如蚂蚱。
可是我长大后，把它们变成了沉重的肯定词，
好像长肥的鸡鸭回家来栖息，
再也飞不起来：
什么、为什么、谁。鸟儿都比这些词还重：
何处、觉知、何处去、死去。

5

血液凝结后变黑；草死后变灰褐。
在热浪期间，你不得不大量喝水；在石头墙上
你得挖小枪眼。这一切只是
为了活下去，推迟一会儿
死亡的时刻。无异于一个孩子剩下
一块吃了一半的巧克力棒在裤兜里，在别的孩子
都吃完了他们的之后再吃一点。

6

犹如古时候陶罐沉入海底，
现在又被捞起，上面盖满海草、
藤壶、海藻，尽管罐子的形状依然如故——
我的人生故事也是如此：泪水依旧是我的泪水，
笑声依旧是我的笑声。不要试图
把它们刷干净。笑声沉重，出自深处；
泪水是从深渊的密集而美丽的岩层中拧出来的。
那也是变化，那也是另一个世界。
而船呢？它们都在天上。

7

我对大地说，啥啥；
我对自己说，谁谁；
我对世界说，起来，它不起来；
我说，起来，喂喂，

至少咕咕，至少哇；
我对快乐说，哈哈；
我对悲伤说，哒，哒，
对记忆说，隆，隆；
对遗忘也说，哈哈哈；
对曾经的日子说，哟，哟；
对未来的日子说，来，来；
对我的后代说，去，去。
可是，请留在我身边，谁谁，
还有我最后的神奇词语，就
好像魔术师的咒语，
就好像它的大名，咩，咩。

8

现在纪念日①过去了。街道名②与其中
居民的人名之间的裂缝在逐渐变大；
希望离希望的人们越来越远。
啊，那些就是过去的日子！秋天开花的海葱
有着发酵蛋糕的香味；孩子们
有着圣经里的名字。季节有着橘树林的样子；
人们就像伊甸园里的树，
知识树一样，知道善恶。
新一代人挥舞着已经逝去的一代人的希望，
仿佛用表面硬化的工具破开未来；

---

① 在以色列日历中，阵亡军人纪念日之后是大屠杀纪念日。
② 以色列街道常用犹太复国主义运动中重要人物的名字命名。

一代人的失望支撑着

憧憬和幻想中的最新一代；

一条小溪即便干涸了也还叫小溪；

快乐依然还叫快乐。

9

我想活到哪怕我嘴里的词语只不过

都是元音和辅音，也许只是元音，只是轻柔的声音，

我体内的灵魂成为我所学的最后一门外语。

我想活到所有数字都变成神圣的，

不仅是一，不仅是七，不仅是十二，不仅是三，

而是所有数字，在胡雷卡特战役 [①] 中倒下的二十三个，

距那个中魔的地方十七公里，三十四的夜晚，

一百二十九个蒙神恩典的日子，

三万个光速的年份，四十三个幸福的瞬间

（我的寿命依然是未知数）。学校

四十五分钟的期末考试中的四千年的历史。

日和夜则无数——但它们也

将被计数——

就连无限也将成为神圣的，那时，只有到那时，

我才会找到完满的安息。

---

① 系以色列独立战争期间在内盖夫荒漠胡雷卡特村爆发的一场决
定性战役。阿米亥曾亲身参与。

10

荣耀如是走过。《诗篇》如是走过，
哭喊着歌唱着诅咒着祝福着——出自
崇拜者们口中的诗句：这人有福；
像树被栽种，住在您的屋中的人
有福；人都是说谎的，主的仆人们；
我的磐石和救主，大卫与可拉的子孙们，① 哈利路亚；
绿色的草场、平静的湖水、死荫的幽谷。
它们如是走过，好像马戏团进城时的游行队伍，
但不会停下，不会打开那大帐篷，大象
和其他动物、敲着箱子的"由于我的过失"乐队、
"我们犯罪了"翻筋斗演员、
"我们背叛了"舞蹈演员、走绷索演员、跳着
"神圣神圣神圣"的杂技演员，
伴着啜泣声和大笑声，痛苦的哭声和甜美的歌声。
一切如是经过——曾经有过的，以及从未有过的。
儿童如是在植树节游行，
带着他们永远不会栽种的树苗，
他们如是走过，荣耀如是走过。

11

荣耀如是走过，像一列长长的火车

---

①　"可拉的子孙们"指在圣殿举行的仪式上唱经的利未人。利未人首领可拉曾反对摩西和亚伦而被上帝毁灭，但利未人世袭为圣殿祭司。（事见《塔纳赫·民数记》第26章）

无始无终，无因无果。在道闸口
我总是站在一边——栏杆落下了——
我纳入一切：整车的旅客和历史、整车
满载的战争、整车要灭绝的人类、
满车窗离别的男男女女的面孔、
旅客们高昂的兴致、
生日和死日、恳求
和惋惜以及大量发出回声的空车厢。
我的孩子如是走过，进入他们的未来，
主如是在大旷野中逾越过摩西；
摩西不曾看见祂的尊容，只是大声呼叫，
"主啊，主，大仁大恩的，至善
至真的！"[①] 荣耀如是走过。如是栏杆
永远落下，直到我有生之日的终点。

---

① 见《塔纳赫·出埃及记》第34章第6节和《塔纳赫·诗篇》
第86篇第15节，分别为"雅赫维，雅赫维，是有怜悯有恩典
的神，不轻易发怒，并有丰盛的慈爱和诚实"，"主啊，你是有
怜悯有恩典的神，不轻易发怒，并有丰盛的慈爱和诚实"。

圣经和你，圣经和你，以及别的《米德拉西》①

1

大卫哀悼约拿单说："你对我的爱
用来爱女人是美妙的。"他把我们
当作一个伟大的爱的样板：我们
在数千年后在大卫溪相爱，在树丛中
相爱。那很复杂，那很复杂，约拿单
不懂，因为他死了；大卫也许不懂
你我在一起既是一个箴言又是一个箴言。
那很复杂。如此这般，男人和女人，
圣经，圣经，和你，和你。

2

在哈律泉旁基甸②如何选拔他的军士？
他看见他们在泉边喝水，
或像狗一样舔水，或跪下喝水，然后挑选。
可是我的基甸继续挑选：他们对待女人的方式如何，
他们做爱用什么姿势？他们如何哭泣，
是号啕大哭呢还是默默流泪？

---

① 系犹太人对《塔纳赫》部分内容所作的注疏，成书于公元 2~12
世纪。
② 系公元前 13 世纪古以色列人的士师，曾从 32000 名族人中挑
选出 300 勇士，率领他们大败欺压以色列人七年之久的米甸人。
（事见《塔纳赫·士师记》第 7 章）

他们如何吃饭，他们如何睡觉，像婴儿一样肚皮朝下，
侧着身子，还是仰面朝天？他们如何记忆他们的童年？
他不选取那些只记得而从不忘记的人；
他不选取那些只忘记而从不记得的人。
一人说，我喝过渴望之泉的水；另一人说，
我去过迷魂幻境；又一人说，我从未去过那里；
还有一人说，我待在梦境里，听着大麦饼滚动的声音；①
我还在滚动着。而我的基甸已经离去，
没有军队，没有战斗，没有哈律泉旁的荣耀。他跪下
喝水，他舔着喝水；他
喝水，记得，又忘记了。

3

圣经和你，圣经和你。
一如"妥拉"经卷每年都要朗读，
从"起初"到"这就是那祝福"②
然后再回到开头，我们俩也卷在一起，
每年我们的爱都要重新读一遍。

---

① 基甸在攻击前潜入敌营，听见一个米甸人对同伴讲述自己做的
梦，说他梦见一个大麦饼滚入米甸人营中，将帐幕撞倒。同伴
说，这是以色列人基甸的刀。（事见《塔纳赫·士师记》第7
章第9~15节）

② 见《塔纳赫·申命记》第33章第1节："以下是神人摩西在未
死之先为以色列人所祝的福。"犹太教规定，犹太家庭要从新
年第一天开始共读"妥拉"，即"希伯来圣经"的前五卷，相
传为摩西所著的"律法书"，亦称"摩西五经"，即从《创世
记》起，经《出埃及记》、《利未记》、《民数记》，每天读若干章
节，直到岁末读完《申命记》最后一章。每年如是循环。

妥拉，妥拉，拉，拉，拉！
有时候我们一夜间就经历了
"妥拉"一整年所经历的；
有时候在一个好日子
我们继续卷，越卷越远，
经过"妥拉"，经过摩西之死，
穿过《列王纪》、"先知书"[①]、"圣录"[②]一路直到
《历代志》，再到《爱的历代志》[③]，
然后回到《创世记》，光和世界的创造。
每一天上帝都说："有晚上，
有早晨"，但祂从来不说
"黄昏"。因为黄昏是仅供恋人用的。

4

那位著名的法国国王说：*我死后，发洪水吧！*[④]

---

① 《塔纳赫》分三部分，即"律法书"、"先知书"和"圣录"（亦
　　译"圣书卷"）。"先知书"包括《约书亚记》《士师记》《撒母
　　耳记》《列王纪》《耶利米书》《以西结书》《以赛亚书》以
　　及 12 小先知的作品，即《何西阿书》《约珥书》《阿摩司书》
　　《俄巴底亚书》《约拿书》《弥迦书》《那鸿书》《哈巴谷书》
　　《西番雅书》《哈该书》《撒迦利亚书》和《玛拉基书》。
② "圣录"包括《路得记》《诗篇》《约伯记》《箴言》《传道
　　书》《雅歌》《耶利米哀歌》《但以理书》《以斯帖记》《以斯
　　拉记》《尼希米记》和《历代志》。
③ 系阿米亥戏拟的经名。
④ 一般认为此话出自法兰西国王路易十五（Louis XV，1710~1774）
　　之口，但其实是其情妇蓬巴杜夫人（Madame de Pompadour，
　　1721~1764）所说。

义人挪亚说：我死前，发洪水；
在离开方舟时他宣布说：洪水在我身后。
可是我说：我就在洪水中间；
我就是方舟和活物，洁净的和不洁净的；
我就是每样两个，一公一母；
我就是牢记的活物和善忘的活物；
我就是供给一个好世界的葡萄树苗，
尽管我自己喝不到那葡萄酒。
最终我将是一座高高的亚拉腊山，孤独而干燥，
肩上扛着一艘怪异的空方舟，
其中有一些残剩的爱、一些遗留的
祈祷、一点点希望。

5

摩西只目睹过一次上帝的尊容，然后
就忘记了。他并不想看到旷野，
甚至不想看到应许之地，而只想看到上帝的脸。
在渴望的愤怒中，他敲击岩石，
登上西乃山，又下来，摔破
律法石版，制作了一尊金牛，在烟火中
搜寻，可是他只记得
上帝强有力的手和伸出的臂，
而不记得祂的脸。摩西就好像一个男人试图回想起
所爱之人的面容，但徒劳无功。
他勾画了一幅上帝尊容的模拟素描像，
还画了燃烧的荆棘中的脸和法老女儿的脸，
那张脸俯看着他，躺在蒲草箱中的婴儿。

他把那幅画像送到旷野南北
所有以色列部族中去，但没有人见过，
没有人认识。只是在他临终之时，
在尼波山上，摩西才看见而死去，吻着
上帝的脸。

6

亚伯拉罕有三个儿子，不止两个。
亚伯拉罕有三个儿子：以实玛利、以撒和以弗喀
先生了以实玛利，"上帝会听"
次生了以撒，"他会笑"，
最后生了以弗喀，"他会哭"。
没有人听说过以弗喀，因为他是最小的，
天父最喜爱的儿子，
在摩利亚山上被献上的儿子。
以实玛利被他的母亲夏甲救了；
以撒被天使救了；
可是以弗喀没人救。
他小的时候，他父亲
会温柔地叫他：以弗喀，
以弗喀拉，我甜甜的小以弗琪——
但他照样牺牲他。
"妥拉"说是羔羊，其实是以弗喀。
以实玛利再也没有听到过上帝的话；
以撒再也没有大笑过；
撒拉只大笑过一回，就不再大笑。
亚伯拉罕的三个儿子，

以实玛，"会听"；以撒，"会笑"；以弗喀，"会哭"。
以实玛利，以撒利，以弗喀利 [①]，
上帝会听，上帝会笑，上帝会哭。

7

以撒在异象中看到大天使站在他上方，
如经中所载，六翼，一体六翼；
他将用两翼遮住脸，用两翼遮住脚，用两翼
飞行。我实现他的异象，把他拽下来
做我的爱人：六翼，六翼，
她将展开两翼露出脸，展开两翼露出脚，
展开两翼撩一绺额前刘海，展开两翼
抚摸我的头，展开两翼捂住我的嘴，
展开两翼遮住过去，展开两翼遮住未来，
她就一翼也不剩，无法飞行了。
她不再会飞走，她跟我在一起。

8

一首圣经体的情歌。如是写道："他放声而说"，
还写道"他放声而哭"。[②] 我们俩不断放大

---

① 希伯来语"El"，义为"上帝"、"神"，中文和合本《旧约全书》
　　音译为"利"，此从之。阿米亥仿以实玛利（义为"上帝会
　　听"）之名，在以撒（义为"会笑"）、以弗喀（义为"会哭"）
　　后加"利"，而出新意。
② 见《塔纳赫·创世记》第 29 章第 11 节："雅各与拉结亲嘴，就
　　放声而哭。"

我们同一个声音，越放越大，大过在那一章
那一节里对彼此说的话语和哭泣：我的爱。

9

扫罗王从未学过弹琴歌唱，
也没有人教过他怎样当王。
噢，他得到了蓝调，
他没什么可失掉，
但那忧郁的曲子
在他的留声机里，
名字叫大卫哟，名字叫大卫，
它的名字它的名字它的名字。
唱片转啊转，
一支矛当唱针，开始
刺穿心脏，
那创伤致命，
因为伤到了心。

10

以撒在他的儿子，他的儿子在他的儿子身上
都闻到一股代代相传直到如今的气味。

田野的气味和家门的气味，
雌性的气味和雄性的气味。

我们没有更好的消息，

没有什么人能是别的什么人。

他的童年是个残缺不全的神话；
他的父亲曾拿他献祭，如经所载。

那是代代相传的律法，没有解法：
他绝不会看到他儿子年老的模样。

11

我们的祖先雅各，背上
扛着一架梯子，走在小路上，

像一个给大人物擦窗子的。
他给上帝擦窗子，可以说。

只有那梯子是他的梦的残留；
天使们最终失去了兴头。

每天夜里他背着梯子
重回梦里，身影消失。

黎明时他把一个人摔倒在地。
那人是个女人。他们滚滚翻翻，

他们翻滚到痴迷，两人都眩晕，
抓胸，掏裆，扳脚后跟，

日复一日，借着晨光初现，
直到雅各与天使都无力再战。

他将登上那梯子，一旦死去，
就直接出离这尘世而进入天域，

直到这世界消失在稀薄的空气中。
尽管如此，我们知道，他仍在那里攀登。①

12

摩押人路得熟知麦子和麦地，
熟知充满爱意而瞪大的眼睛
和收获之后的金色麦茬。
而拿俄米，她说，我满满的出去，
主使我空空的回来②——
她熟知空和满的物理学，
熟知她死去的儿子们，熟知一个子宫
被捂住的哭声，它像风琴一样倒空，
用满和空制造出音乐来。

①　雅各梦见天梯事见《塔纳赫·创世记》第28章第12~16节。
②　古犹大国伯利恒地女人拿俄米全家逃荒至摩押地。后来丈夫和
　　两个儿子都死了，她回归故乡，对人如是说。二儿媳路得执意
　　随拿俄米回国，靠在大麦地里拾麦穗为生，与婆婆相依为命。
　　（事见《塔纳赫·路得记》）

13

撒母耳出生时，她说，感谢，
我为这个男孩祈祷过。①
他长大成人后，建功立业，
她问，我为这个男孩祈祷过吗？

14

两个恋人像以撒在祭坛上那样睡在一起，
感觉很好。他们不去想屠刀
或燔祭——
她想着公羊，他想着天使。
另一版本：他是公羊，她是小树丛。
他会死去，她会继续疯长。
另一版本：他俩起床消失
在狂欢者中间。

15

摩西派出许多人去测绘应许之地，
不止十二个，据说。他们用眼睛
拍照摄影，用手触摸树木、泉水、石头，
测量山丘、房屋，测量美丽的女人、
强壮的男人、成熟的母牛、少女的屁股。

----

①　以色列先知撒母耳的母亲哈拿为得子曾向上帝祈祷，上帝满足了
　　她的愿望。（事见《塔纳赫·撒母耳记上》第 1 章第 10~20 节）

十二个密探返回到荒漠。十个给此地

带来荒年，两个赞美此地多年，

带来一串大葡萄，没有带来

巨人、美女、蝗虫。

他全然没有讲那成百上千个密探，他们

留在迦南地最好的部分，与巨人的老婆睡觉，

吃每座高大山丘上和每棵新鲜树木下的牛供给的食物。

他们，来看此地裸体的人们，

沉溺于其中，忘记了荒漠。

16

猎物，猎物，雅各哭喊，当他们给他看约瑟

那鲜血浸透的衣服时，他不知道约瑟还活着。[①]

猎物，猎物，我们说，在欢爱之夜，

当我们激情迸发，把衣服从身上踢到地板上时，

扯破的连裤袜、裤衩

和上衣堆在耶路撒冷的小屋里的

衣架脚下。圣经，圣经，和你，和你。

17

有时候我就像扫罗王一样孤独。

---

① 约瑟系雅各老年所得幼子，受宠而遭众兄嫉妒。众兄就谋害
他，想把他丢到野地的坑里喂野兽，后又改主意把他卖给过路
的行商为奴，而用山羊的血染红雅各给约瑟做的衣服，拿回
去给雅各，谎称约瑟被野兽吃了。（事见《塔纳赫·创世记》
第 37 章）

我不得不自己弹奏乐曲，自己投掷标枪，
然后躲避标枪。我还是那面墙，
枪头陷入其中，枪杆仍在晃动。①

18

两个恋人睡在一起，打了个结；
这对他们来说很好。他们不考虑食物或火：
她想着公羊；他想着天使。
别的东西。他是公羊，她是树丛；
他将死去，她将继续疯长；
他们起床，消失在狂欢的人群之中。

19

清晨早起的人都是孤单的。
他独自去祭坛，他是亚伯拉罕，
他是以撒，他是那头驴、那火、
那刀、那天使，
他是那公羊，他是上帝。

20

带上你的儿子，你的唯一所爱，
把他引上祭坛，上帝对亚伯拉罕如是说。

---

① 以色列的扫罗王因忌惮要杀大卫，用枪投向他。大卫躲开，枪
   钉在了墙上。（事见《塔纳赫·撒母耳记上》第 19 章第 9~10 节）

我们称他为我们的父亲亚伯拉罕。对于我们
他是什么样的父亲呢？他竟情愿把儿子献上祭坛！
再说，上帝并不了解对儿子的爱；
祂爱所有的山，所以他们
在山上为祂建造祭坛和圣殿。

21

摩西举起双手
在抗击亚玛力人的战斗中激励将士。
如今那是投降的手势。

22

我们用烛火照亮里面的阿拉伯人，
被放逐者同样在巴比伦河畔哀哭。
后来，小提琴变成了母牛。
于是我们开始吃蜡烛，
我们的黑暗是我们尝到的祝福。

23

鸽子在大洪水结束后鸣唱，一片橄榄树叶
衔在它嘴里，就像一个男人嘴里叼着一封信，
同时用双手在腰间摸索什么东西，
或者像一个女孩嘴里噙着缝衣针，
在缝补她的连衣裙的时候。

24

这儿有个有情郎雅各的真实故事：
七年又加上七年永远地消失

在痛苦和更多的痛苦中，只为赢得
与妻子拉结在同一屋顶下过的生活。

她不是中了巫术的公主，他也不是骑士；
他们不是美女与野兽；眼前也没有恶龙

供雅各屠杀，喊里喀嚓，像个汉子。
只有多年的辛苦劳作。身边没有上帝。

没有巫师，没有巨人，没有敌人要打败，
只有绵羊和收割过的田地。在尘土和炎热里。

"你必汗流满面"，圣经说。
他的爱如此深沉。像无底的洞穴。

25

该隐和亚伯，一场爱的误会：
该隐只是想紧紧地拥抱他
却让他窒息了，两人都不理解。

26

参孙被缚，立于加沙的非利士人的
神殿中。他祈祷：强大起来，只这一次。
（下一次会发生什么？）

27

洒泪播种的人将为他们的人
收获，洒泪播种人的人有时
会含泪收获。这会持续不断。

28

先知们的异象如何看我？
那燃烧的荆棘看我像一个绝种了却又活着的人。
以西结的战车异象 ① 说我什么？
看，那下面有个人，他没有翅膀，
也没有狮子、公牛或老鹰的面孔，
只能一次朝一个方向走。
他周围没有光芒，没有琥珀色的光亮，
体内只有一团漆黑。那是他的灵魂。
但是如果我们从高处跌落，在地面上摔碎，
他会捡起四散的碎片；
终其一生，他会不断尝试把我们重新拼在一起，
复原我们，把我们推举回天上去。

---

①　先知以西结看见异象的事见《塔纳赫·以西结书》第 1 章。

29

我想象，在出埃及之夜，
夜半到黎明之间，没有夫妇能睡在一起
做爱。（我们本来可以。）匆忙间，
鲜血从门楣和门柱上滴下，
金银器皿在黑暗中哐啷作响，在头生子
被窒息的啼哭与像酒囊一样倒空的
母腹的尖叫之间。两腿大开，死神，
站在他们之上，裆部裂开的男男女女，
好像炸焦了的漆黑死亡中的一轮血红太阳。
穿凉鞋的脚踩踏着柔软的做逾越节面饼的面团
及肚子和大腿上的肉，坚硬的皮带
紧紧勒在腰间，带扣
刮擦着皮肤，彼此纠结在一起。
就像这样，锁在永恒的爱之中，
与出自奴役之宫的所有贱民一道
滚入那应许的荒漠。

30

等候室。约伯的等候室，
他在那里等候坏消息；
他的朋友坐在那里跟他低声交谈。
摩西在荒漠中的等候室，
他在那里来回踱步，一刻也坐不住。
以撒的等候室，他被绑在摩利亚山上，等着
挨刀。撒拉在她儿子出生前

在帐篷里的等候室，

还有大卫王在高高的屋顶上的等候室。

他在等拔示巴出浴来，

然后他坐下等先知拿单

来诅咒他。① 我们所有人

都跟他们一起在翅膀的扑棱声

和报纸的扑喇声

以及咳嗽声、叹气声、小声谈话声中等候——

等待屋门被洁白的天使打开，

他身后闪着耀眼的白光。

31

巴兰②，巴兰，他的诅咒变成了祝福，他的祝福变成了爱。

彻夜无眠，黎明时分他冲下山丘

去察看以色列诸部族，送达他的神谕。

可是以色列的子孙已经在夜间匆匆启程，

脚底抹油，免于祝福和诅咒了，巴兰所能看到的

---

① 古以色列国王大卫在王宫屋顶上看见赫人乌利亚之妻拔示巴沐浴，爱其貌美而与之私通，又故意派遣乌利亚上最危险的前线拉巴打仗而致其阵亡，从而得娶拔示巴。上帝雅赫维不悦，派遣先知拿单去当面诅咒大卫王。（事见《塔纳赫·撒母耳记》第11~12章）

② 巴兰是一位先知，奉摩押国王巴勒之命前往摩押国去诅咒侵犯该国的以色列人。雅赫维派天使阻拦他，告诉他行事不得越过神的旨意。驴子看见天使拦路遂止步不前，而巴兰看不见，怒打了驴子三次。最终神让驴子开口说话，天使现身，他才恍然大悟。到摩押国后，他遂遵照雅赫维之命歌诗祝福以色列。（事见《塔纳赫·民数记》第22章第18~38节）

只有被遗弃的营地、帐篷橛、绳子头、篝火余烬、
羊膻味、女人的香水味、丢下的
纱巾、被硬蓟划破的长裙、摔破的罐子、
一条色彩鲜艳的发带和一头扒垃圾的豺，嗥叫着。
巴兰回到家，就像一个男人翌日早晨回到
爱人的房间，发现房间空了，只剩下一封揉皱的信、
一只白色的袜子、一把里面有头发的梳子——这就是巴兰渴望
见到以色列的子孙的心情。那带着演说的巴兰，没有国民的人，
他的诅咒变成了祝福，祝福变成了爱，
爱变成了渴望，渴望变成了无尽的痛苦。
从窗户里，他依然能够看见地平线上
那火柱和烟柱，
两者永远不会会合。

32

《雅歌》的歌者寻找心上人那么久那么费力，
竟至于精神错乱，用一幅明喻地图去寻找她，
爱上了他自己想象出来的意象。
他南下去埃及，因为他写过"我将你比
法老车上套的母马"；[①] 他北上去基列看她流泻的头发，
因为他写过"你的头发如同山羊群，流下
基列山旁"；[②] 他登上大卫王塔，因为歌唱道

---

① 　见《塔纳赫·雅歌》第 1 章第 9 节："我的佳偶，我将你比法老车
　　上套的骏马。"
② 　见《塔纳赫·雅歌》第 4 章第 1 节："你的头发如同山羊群卧在基
　　列山旁。"

"你的颈项好像大卫王塔"；① 他远行到黎巴嫩也没有

找到平静，因为歌唱道"你的鼻子仿佛朝大马色的

黎巴嫩塔"；② 他在隐基底的瀑布旁

哭泣，因为他写过"众水不能熄灭

爱情"；③ 他去到贝特古夫林寻找鸽子，

一路到了威尼斯，因为他写过"我的鸽子在磐石穴中。"④

他急忙冲到旷野去，因为歌唱道"那从旷野上来，

形状如烟柱的，是谁呢？"⑤ 贝都因人以为

他是癫狂的先知之一；他以为

他是所罗门王。他如今依然在流浪，一个逃亡者兼漂泊者，

脑门上带着爱的印记。有时候在别的时代

他会遇见别的佳偶的爱情；他甚至远行到我们位于

耶路撒冷与耶路撒冷之间的边界上屋顶破烂的

家园。我们从未看见过他，因为我们

在彼此的怀抱之中。他依然在流浪，高呼

"我的佳偶啊，你真美丽"，⑥ 仿佛发自一只遗忘的

---

① 　见《塔纳赫·雅歌》第4章第4节："你的颈项好像大卫建造收藏
军器的高台。"

② 　见《塔纳赫·雅歌》第7章第4节："你的鼻子仿佛朝大马士革的
黎巴嫩塔。"

③ 　见《塔纳赫·雅歌》第8章第7节："爱情，众水不能息灭，大水
也不能淹没。"

④ 　见《塔纳赫·雅歌》第2章第14节："我的鸽子啊，你在磐石穴
中，在陡岩的隐密处。"

⑤ 　见《塔纳赫·雅歌》第3章第6节："那从旷野上来、形状如烟
柱、以没药和乳香并商人各样香粉薰的是谁呢？"

⑥ 　见《塔纳赫·雅歌》第6章第4节："我的佳偶啊，你美丽如得
撒，秀美如耶路撒冷，威武如展开旌旗的军队。"

口袋深处。无论是谁，写过"爱情如死之坚强"①——
他只有在临终时才会理解自己的明喻，

理解了，爱过了，死去了。

我预言往昔

1

下一个千年的空乘人员前来对我说：
发射之前您还可以在第三个千年上得到一个座位。
随我们来，是死是活，我们一路都会带着您。我们没有恶意，
没有防御手段，但我们强大而灵活得像星辰一样；
我们的眼睛闭着，但我们能看见。
我们是滑行在生死之间的女人。
您有您的座椅安全带、宇航服束带、咔嗒合上的带扣，
您，先生，您有关门的声响，
我们有滑行和低语的声音。
我们的带子不是为了安全或扎起衣服的，
它们是蛇，它们是装饰。我们是滑行的螺旋体，
是转着愿望和意愿的圈子的杂技演员。
您带着您的重如野地里的牛粪的
热烈忧虑和情感，
您带着您的死亡的汗水，犹如抹着来生的香水。

2

我们是下一个千年的空乘人员，没有超额的
新郎行李的轻松新娘，
而您忍受着衣服上的条纹和标签的重压。
您带着交通信号灯的闪烁颜色，允许，禁止——
对于我们，颜色的变换是流动的。您带着对圣洁和亵渎、

外衣和内衣的严格区分，对于我们，
一切就像水在水中。您带着小小的兴奋
和执着、赌咒和发誓、
纽扣和摁扣、梳子和疑虑、
发刷和绝望，您带着寂寞
和对子宫、睾丸及硬邦邦的鸡巴的悲悯。
对于我们，一切都是平滑透明的——可塑的玻璃。
您带着连词和介词，
您带着精魂、呼吸和回生，
疏远和亲近。我们是未来的世界，
请随我们来，我们将保存您，就像保存一块陶片、一个象征、
一尊石狮子，在 2024 年
我们将庆祝您的百岁诞辰。

　　3

我是个预言已经发生过的事情的先知。我在所爱的女人
手掌上看到过去；我预告已经下过的冬雨；
我是个研究往年之雪的专家；我召唤一直
存在的鬼魂；我预言往昔的日子；
我为一座刚刚被拆毁的房子勾画蓝图；
我预言那只有几件家具的小房间——
一条晾在那唯一一把椅子上的毛巾，
那高处窗户的拱形，弯曲得像我们做爱时的身体。

　　4

我是个预言过去的先知。你怎么看见、预见

未来？正如一个男人在大街上看见一个
身材曼妙的女人走过眼前，
心怀欲望盯着她看时，而她并不转身
回顾，只是稍稍抚平裙子，
拉紧上衣，扎好背后的头发，然后
头也不回地
加快步伐。这
就是未来的样子。

5

我走下水去，像马儿一样低着头；
像太阳落到地平线上，我躺下睡觉，
沉入睡眠，可是太阳并不落下，而我，
以及我的生活翻转；离开我的人们，我是
他们远离者；我远离的人们——我是待在原地者。

6

生活，我觉得，是苦活：
犹如雅各为了跟拉结在一起而苦干了七年
又七年又七乘七年，我工作
是为了跟我的生命，就像亲爱的拉结，成为一体，
是为了跟我的死亡，就像亲爱的拉结，成为一体。

7

从对丢失的恐惧，我直接跃入对被丢失的恐惧。

在我不断流逝的日子
那可爱的无人小岛上，我无法长时间
待在二者之间。我的手是搜寻和试验之手、
希望之手、阴郁之手，
总是在桌子上或抽屉里、橱柜里
和我的衣服里的纸张中间摸索，
它们都见证过各自的丢失。
用搜寻已丢失的东西的手，我抚摸你的脸；
用害怕丢失的手，我紧紧抱着你，
像个瞎子在你的眼睛、嘴巴周围探索我的道路，
漫游着，惊奇着，漫游着，惊奇着。
因为害怕丢失的手才是用来爱的手。

有一回看见一位小提琴手在演奏，我心想：在
他的右手和左手之间——只有小提琴，
可是，怎样的之间，怎样的音乐啊！

8

在节日的前夕和末日之间，
节日本身被挤扁了，在
对过去和对未来的憧憬之间，
心灵仿佛被两扇沉重的磨盘一上一下
磨碎了。在"我的心在东方"和"我住在
西方尽头"[①] 之间，大海干涸。在对以前
和以后的预防性哀悼之间，快乐关闭。

---

① 　该句系中世纪犹太诗人犹大·哈－列维一首诗中的句子。

在过节挂旗和再次叠起旗子之间，
风吹着，吹跑着一切。
野鸽哭丧的歌声就是野鸽
求偶的歌声。用弯腰从地板上
捡起掉落的什么东西的同一具躯体，
我向上帝鞠躬。这就是我的信仰，我的宗教。

9

数数，数数，我听见他们在数数，
仿佛在搏击结束时计算点数。我出生时
他们数到十，然后继续数。
现在裁判和观众都回家去了，
竞技场中的灯也灭了，我早就站起来奔向
我的生活，而他们还在数数。
令人愉快的晚风只是教练
在我面前挥动的毛巾，相信
我还能打下去。数数，数数，我听见，
有时大声，有时小声，
或者像女人做爱的声音，有时数得
像清点存货，计数血球或脉搏数。
有时是倒数或正数到未来，
独唱或齐唱，像古希腊合唱队那样。
他们继续数数，破译着我生前
和死后的密码，数着
挂满星星的天穹以及最高层的天穹，
那些高处那么高，
歌声可以绵绵无尽。

10

我时常觉得人生就像一场可怕的事故，
一辆汽车从公路上翻滚到深沟里去，慢速或快速。
我翻滚而顺势，
顺势又翻滚。

11

人生，我认为，是为真正的演出进行的
一系列彩排。在彩排中，你还可以
改动，删除一个句子，增加一行对话，调换
演员、导演、剧场——直到真正的演出。
然后就没有改动了。你无法更改
也并没有什么不同：
演出在开幕之后即刻闭幕。

12

我体内的所有动作和姿势——
全都做过了。
我坐在椅子上，像罗丹的"思想者"一样思考。
自从我折叠起来坐在我母亲的肚子里之时起，
我就已经在体内携带了折叠椅的智慧。
我的两臂举起，好像摩西举起律法石版的两臂，
我的两臂举起，没有举什么东西，
带着点儿不信，带着点儿绝望。
我像房顶上的大卫王那样给予拥抱，或像十字架上的

耶稣那样给予无助的拥抱，只不过我的手掌
是自由的，我是自由的，虽然一切
都已发生过。我学会了
在意识流中游泳，我略知一二
有线电和无线电、上帝和无上帝、
喷气机和直升机、开关
都砰然作响的门
和不断旋转的旋转门之间的区别。

13

活了多年以后，如今我开始明白，
我只是有点儿反叛，我的确遵守
所有的律法和诫命。
我遵守万有引力定律，即，地心引力的律法，
以我整个身体，以我全部力量，以我所有的爱；
我遵守能量均衡定律和物质守恒定律：
我的肉体与我的肉体，我的灵魂与我的灵魂，我的肉体与
　　我的灵魂。
在我的痛苦中我厌弃真空，在我的快乐中
我遵循水的定律，寻求自身的平面；过去和未来
都循环回到我这里来。我用杠杆的定律起身和举物。
我开始理解，犹如我对一辆旧车，
什么使它运行，活塞和刹车的动作、
奖励和惩罚、要昌盛和繁茂、
忘却和记忆、螺栓和弹簧、
快和慢，还有历史的定律。
我人生的岁月对我人生的时日如是说，

我的灵魂对我肉体的零件如是说。
这是会堂里的一通布道辞，这是对逝者的
一通颂辞，这是葬礼，这
是复活。这人如是说。

大卫，以色列王，还活着：你就是那男人

1

最近我一直在想大卫王，想了很多。
不是永远活在歌曲 ① 里的那一位，
也不是永远死在他的陵墓——
那并非真是他的陵墓——那沉重的地毯下面的那一位，
而是为扫罗王一遍又一遍弹琴，
不断躲避枪尖，直到成为国王的那一位。
大卫改换了曲调，佯狂装疯逃得
一命；我呢，我改换曲调，假装正常
以逃命。假如他今日活着，
他会告诉我：不，顺序正相反。
每个民族都曾有个最初的王，
就像初恋。顺序正相反。

2

大卫王爱拔示巴，
用割掉歌利亚头颅的双手
那同一双手
拥抱她，抚摸她。当他的儿子死去时，
那扯破自己的衣袍，往自己头上撒灰的

---

① 指以色列流行民歌和舞曲《大卫，以色列王，永远活着》(*David, King of Israel, Is Alive Forever*)。

同一个人。当太阳
从东方升起时，他从拔示巴身上起身，
好像耶路撒冷旗帜上的雄狮一般，
对她说：你就是那女人。
她对他说：你就是那男人！
不久后，他就会从先知口中听到
同样的话：你就是那男人！

3

大卫王与拔示巴在屋顶上共卧；
他们重如一朵云，轻如一朵云。
她那不羁的黑头发与他那狂野的红胡子
纠缠着。他们从未看见过彼此的耳朵
而且永远不会。他动作虚弱，哭泣，迷茫，遭到背叛，
遁入她的体内，躲在里面，
犹如他逃离扫罗王时躲在山洞
和石缝里一般。她数着他的战斗伤疤。
她说：你将是我的，
你将是一座塔、一座堡垒、一座城市、一条街道、一家
　　旅馆，①
你将是名字、名字，最终
你将是 1965 年荒漠里供两个恋人游憩的一块绿洲：
隐基底中的大卫溪②。

———————————

① 　耶路撒冷有大卫王塔、大卫王堡、大卫王城、大卫王街和大卫王宾馆。
② 　"Nahal David"，系位于死海附近荒漠中的一条河床，因大卫曾在该处避难而得名。

4

在午夜与黎明之间的时辰，
大卫王占有拔示巴。
那是突袭的最佳时间，
也是做爱的最佳时间。
他宣布："你现在被许给了我 ①——
因为此刻你是个寡妇，在拉巴的战斗
已经结束。"大卫王与拔示巴在他们的体内
模仿赫人乌利亚
在战斗中的垂死挣扎。他们的叫声持续
到赎罪日，直到我们今日；
他们的爱的乐器就像他的出生地
伯利恒的钟一样响起。他从西方占有她，
一如他的后代子孙面向东方祈祷。

5

大卫王与拔示巴做了七次祝福，
七次诅咒。他们俯身而卧，
哀悼者才仰面躺倒。大卫王从高耸的宫殿
屋顶唱歌：我从内心深处呼唤你，
可是上帝不说谎，祂藏在下面。
拔示巴在叫喊：大卫，以色列王，活着，还活着！
他的声音已经知道数千年
以后，活着，还活着的叫喊声在犹太人口中

---

① 该句系对犹太教离婚判词"你因此可许给任何男人"的改写。

将变成破碎的哭喊：活着，还活着。
救命！救命，活着，还活着！

6

大卫王爱众多女人。他有一个爱约柜
装满美女，就像一个圣约柜盛满"妥拉"经卷，
美艳夺目，满载"必须"和"不可"的
指令和禁令，缀满装饰，
圆滚滚可爱如西班牙犹太"妥拉"经卷，
沉重如德意志犹太经卷，戴着硕大的冠冕，
穿着锦缎、蕾丝、绣得五彩斑斓的柔软丝绒，
胸牌像吊坠般悬挂着，还有纤细的
镶嵌宝石的银制手形指示棒。
在"妥拉庆典"、"律法盛宴"——那就是
"爱的盛宴"——上，他把她们都拿出约柜，
排成一排，一个一个亲她们，抱她们，
连续七轮跟每一个人跳舞，
甚至跟终生不想跟他跳舞的米甲和米拉 ①
跳舞。然后他把她们放回
约柜的深处，关上沉重的帷幕，
坐下来写作诗篇。

7

所有的女人都说，他最爱我，

---

①　系扫罗王的两个女儿。

可是书念人亚比煞 ①，那在他晚年来供他
取暖的童女，她是唯一这样说的：
我为他保暖，抚摸他的作战伤疤和做爱伤疤；
我给他膏油，不是为了立王而是为了疗伤。
我从未听过他弹琴唱歌，但是我擦过他的嘴，
他那没了牙的嘴，当我给他喂甜粥的时候。
我从未见过他的手打仗，但我亲吻过
他衰老苍白的手。

我是穷人的母羔羊 ②，温暖而充满同情心，
我从草原来到他身边，
如同他从草原走上王位。
我是那出自寓言故事的穷人的母羔羊，
我是你的，直到死亡来到我们之间。

① 大卫王老年，臣仆为他找来书念童女亚比煞奉养伺候他。（事
　见《塔纳赫·列王纪上》第 1 章第 1~4 节）
② 见《塔纳赫·撒母耳记下》第 12 章第 3 节："穷人除了所买来
　养活的一只小母羊羔之外，别无所有。"

我父母的住宿之处

1

我走过我父母安葬处所在的公墓——
伊本·以斯拉在一首诗里称之为"我父母的住宿之处"①。
我没有走进去，只是从墙外的路上经过。
我每次经过都冲我父母挥手，我的灵魂形状像只手。
我的灵魂会变形：有时候是我风中的乱发，
有时候是我走路走痛的脚
或欢蹦乱跳的脚，有时候是我的眼睛、我的眼皮，
有时候甚至是我的眼睫毛——这些都是我的灵魂。
祝我父母安宁，祝他们的尘土安宁，
祝他们在耶路撒冷的住宿之处安宁。

2

我父母用大爱把我从失望，从痛苦和烦恼中
救了出来。现在我拥有他们留下的救济，
外加我不愿分给子女的痛苦。
这些救济全堆在我身上多重啊！
我父母总是对我说："我会让你看到的"，
有时是威胁，有时语带慈爱：

---

① 摩西·伊本·以斯拉（Moses ibn Ezra，1055~1135），系西班牙希伯来语诗歌黄金时代杰出诗人之一。所引诗句出自其诗《我的思绪唤醒了我》，典出《塔纳赫·耶利米书》第9章第2节："惟愿我在旷野有行路人住宿之处。"

我会让你看到的。你就等着吧，我会让你看到的。

"总有一天你会学会的"，严厉地。"总有一天你会学会的"，

语带安抚、慰藉。

"你爱干啥就干啥吧"，大吼和尖叫，

还有"你爱干啥就干啥吧，你是个自由人"，

好像善天使在合唱。

你并不知道你想干什么，

你并不知道你想干什么。

3

我母亲是个先知而不自知。

不像拿着钹和鼓跳舞的女先知米利暗，

不像坐在棕榈树下判人的底波拉 ①，

不像预言未来的户勒大 ②，

而是我自己的私人先知，沉默而顽固。

我被迫要实现她说的一切，

一生时间都不够用了。

我母亲是个先知，她教给我

日常的"要"和"不要"，一次性使用的

纸条经句：你会难过的，

你会筋疲力尽的，那样对你有好处，你会觉得

焕然一新的，你会真的喜欢它的，你

---

① 　女先知底波拉是古希伯来人第四代士师，也是唯一的女士师。
（事见《塔纳赫·士师记》第4~5章）

② 　系《塔纳赫·列王纪下》第22章第14~20节和《塔纳赫·历
代志下》第34章第22~28节中提及的女先知，她预言了耶路
撒冷城的毁灭。

不会能够，你不会像那样，你永远不会设法
关闭它，我知道你不会记得，不会
忘记给予休息，是的你能你能。
我母亲死后，她所有的小预言汇成了
一个大预言，那将持续
存在到末日景象到来。

4

我父亲是上帝，不知道这事儿。他赐给我
十诫，不是凭借雷电，不是凭借忿怒，
不是凭借火，不是凭借云，而是温和地、
慈爱地。他还加上爱抚和温柔的字眼：
"好吗"、"请"。并且用同样的调子吟唱
"记住"、"守住"，在一条诫命与下一条
之间恳求和无声地哭泣：你不可
徒然借用你主之名，不可借用，不可徒然，
请不要作假见证陷害你的邻人。
他紧紧地抱住我，在我耳边低语：
你不可偷盗，不可奸淫，不可杀人。
他把张开的手掌放在我头上，
说着赎罪日祝福：荣名，爱，愿你的日子
在这地上长久。我父亲的话音——
白得像他的头发。然后，他最后一次把脸转向我，
如同他死在我怀里那天那样，说：我还想再加
两条诫命：
第十一诫："你不可改变。"
第十二诫："你要改变。你会改变。"

我父亲如是说，然后他转身走开，
消失在他那陌生的远方。

一直都有的

1

诗人拉结^①唱道："也许这一切无一有过。"
我想歌唱一直都有的，
真正有过的，
因为一直都有的即永远会有的，如太阳，^②
"也许"这个词是用温和的光辉润饰万物的月亮。
我想歌唱用爱的色彩和死的色彩刺绣的
俄罗斯衬衣，纽扣直扣到喉咙或解开
以便呼吸、唱歌和希望的俄罗斯衬衣。
像黑脉金斑蝶或翼天使的俄罗斯衬衣。
我想为那些人歌唱，他们有雅各的嗓音
和以扫的双手，雅各的眼睛颜色和以扫的田野气味。
在西部，靠近迦密山麓的耶斯列谷中，
我认识一些人。来自那定居点的我表兄
曾在那里当军官，
我表兄亚设，用手里的手枪
杀死了他人生中最大的敌人，那怯懦地
藏在他体内、与他一同死去的肿瘤。

---

① 拉结·布卢夫施泰因（Rachel Bluwstein，1890~1931），系出生于俄国的犹太诗人，是以色列建国前最早用希伯来语创作的女诗人之一，其作品有许多被谱曲，成为以色列流行文化的一部分。
② 见《塔纳赫·传道书》第1章第9节："已有的事后必再有。已行的事后必再行。日光之下并无新事。"

2

年轻时我有时帮他在田里干活。
我们把硬干草打成四方形，用铁丝扎起来，
扎得紧紧的草捆，好像旧信札。
骡子绕着圈儿，打着转儿，就像《传道书》中的
旋风一样。可是每一天在太阳底下都是新的。
现在，机器包了一切，草捆是可以
滚入未来的车轮。在谢赫阿布雷克丘上，
有个骑马之人的雕像。我认识这人，亚历山大·扎伊德[①]，
在他活着的时候，并不认识葬在
山丘对面的贝特谢阿里姆村的死者。
杂音、乐音、爱的声音从四方形的小窗传出，
飘到山谷中。初恋和少年愁，
还有许多善意和喜乐在我们心头。在夜间，
我们就仿佛在约瑟的梦[②]里，一切诸神都起立
站成一圈，不是因为王权，而是因为爱。

3

如今两代遗忘已经逝去了，

---

① 亚历山大·扎伊德（Alexander Zaïd，1886~1938），系生于西伯利亚的俄国犹太人，1904 年移居巴勒斯坦地区，参加犹太复国主义运动，为犹太秘密自卫组织"守卫者（Hashomer）"创建人之一，在放哨执勤时被阿拉伯人杀害。

② 犹太第三代祖先雅各的小儿子约瑟曾梦见与诸兄在田里捆禾稼。他的禾捆起来站着，诸兄的禾捆围着他的禾捆下拜。（事见《塔纳赫·创世记》第 37 章第 5~11 节）

第一代回忆来了。我们要遭殃了，
我们已经渐渐开始回忆了，
因为记忆是空洞的心的坚硬外壳。
不久，人们就会在乡野和城市中到处走，
像大自然爱好者手持《植物田野指南》那样，他们会手持
一本《人类田野指南》。他们会彼此大声呼唤：
瞧，我找到了，我没错，这儿有突出特征：
眼睛和头发的典型颜色、有特点的微笑、气味
和名字，这个是朋友，朋友的朋友，那个
是来自往昔的女人，这个是父亲形状的，
那个是我形状的、你形状的，
你何时开花，何时凋谢，这是学名，
那是在朋友和爱人中间用的俗名，
这是个没有人的名字，这，没有名字的人。
从前情况就是这样的。

4

在谷地东边，基利波山对面，
我认识那人，尼宏，在为遥远的内盖夫
打的几场仗中，他是我们的指挥官。我上次看见他时，
他还很健康，说话声平静，有节奏，一种习惯了
丧失，习惯了曾有过和将会有的一切的声音，
聪明的眼睛对死神使着眼色。
他坐在我对面，背后是基利波山。
他坐在那儿，背对着基利波。山背
对山背。一直都有的，
山和记忆，"记住"和"守住"一气呵成。

夜间作出的决定变成了园中花，
没有作出的，变成了山坡上的野花。
可是基利波，可是尼宏的山背。

5

在遗忘的等候室里，
墙上的风景画慢慢变成
肖像画，眼睛和鼻子，前额和下巴，
竟然一如肖像画变成风景画，
山峦、河谷、森林、原野。

6

我在内盖夫集体农庄一个白色大房间里醒来，
周围是胡桃树和无花果树，附近有座被炸坏的水塔。
我早上醒得很早。树上的鸟儿在饮啄，
每一只鸟儿都想代表我人生的不同时期：
你是。你不是。预言鸟，雄性还是雌性
都记不住，却既忘不了是，又忘不了不是。
哭叫的队伍又是欢笑的队伍。
被炸坏的水塔在节日披上了装饰。
我的每一天依然写着"新鲜色彩"。
血变黑了，但牌子上的颜色
依旧是鲜艳的"新鲜色彩"，
即便所有的日子都从世上逝去。

7

傍晚。在迦特与迦隆^①之间，一个尘飞天热的日子，
在我们曾经为在那可怕的山岗上作战而集合的地方，
走着一个年轻的女人。在迦特与迦隆之间，在
春季与秋季的丰收节之间，
在一片收割过的田野里。干草麦秸也是上帝恩赐的礼物。
欢乐不会说话，欢乐从她的口中唱歌。
她的身体是全部七物种——小麦、大麦、葡萄藤、无花果、
石榴、橄榄、椰枣，全部七物种。
她的短裤很短，她的腿很长，她的脸长得像我们的希望，
她的眼睛是我们的运气的颜色，晚霞的颜色像是
她的新爱的眼色。（她上次哭
是什么时候？）她在过去与未来之间、
"从前很好"与"也许将会"之间、疑虑与确定之间移动的
　样子
在她的屁股和大腿中像舞蹈一般摇摆。
（她什么时候会再哭？）愿驱策我们人生的疑虑安息；
愿那些不会回到我们口中的话语，好像候鸟的话语
安息，它们没有欧洲，没有非洲，
只有此地，在迦特与迦隆之间与这年轻女人
在一起。此地此时和别的日子里。

8

我去寻找一个叫梅纳汉的人的墓，他的名字

---

① "Gath"和"Galon"，系以色列西南部的两个集体农庄。

意思是慰藉，可是他死在一个地方，葬在
另一个地方，远离他的出生地。
多年前，我们俩蜷坐在那危险的战壕里，
给炸药打包——那里面的臭味儿差点儿窒息了我们，
春夏的扁桃味儿变成了死亡的气味。
我去位于加利利溪流中间的集体农庄寻找他的墓。
我又一次走过那座临时桥——以前每一次车辆驶过，
声响都像金属铿锵。但是现在，桥成了永久的、
安静的，一声不响。那个死人
也成了永久的、安静的。只有我，这活着的人，仍然
是临时的，我发出人生驶过的声响。
凭借他的名字的慰藉，梅纳汉
采取过针对死亡的预防措施。

9

我自问，过去的事情是以何等速度
追上我的。是以从黑门山一路向下
流到红海去的融雪的速度，
还是以喷发的火山沉重而缓慢的岩浆流的速度，
还是以溶洞中石钟乳滴沥的速度呢？
我不知道。我书桌上有一块破石头，
上面刻着"阿门"，一块来自一千年前一个犹太人墓的
　碑石。
它现在在我的书桌上，镇压着纸张，以免它们飞走。
它躺在那儿——一个美物，一个历史和命运的玩具。
我书桌上有一块手榴弹碎片，
它不曾杀死我，它躺在那儿——像蝴蝶一样自由。

10

流水总是试图教给我们一些什么。
当时我们并不知道它们在教什么，但我们学到了。
水的附近，野鸟在灌木丛中。
现在，它们都有了明确的新名字，
但是它们继续飞翔，开花，被叫作
"漂亮的鸟儿"、"芳香的灌木丛、"作出的决定
和没有作出的决定，即流水：
从一直都有的流到
总是会有的。

11

1948——就是那一年。①
现在，这里一切都不同了。

---

① 以色列于 1948 年 5 月 14 日宣布独立建国。

以色列旅行：另外就是全部，另外就是爱

1

在佩塔提克瓦，公共汽车合作社附近，荒废的葡萄园，
他们叫作"土地联合果"。我们活泼，年轻的时候，
果子是联合的，土地是甜美的。
可是现在，葡萄园老旧荒废了，就像很久以前
人们在那里脚踩葡萄酿酒的葡萄园，
园墙只是一道刷白的墙，供凭吊
和遗忘。（中魔的地方是我人生的鸦片。）
近旁有一个大果园①，我们俩进去过。
我们两个。我们出来时是另外两个：
另外的他和另外的她一起，
恋人他和恋人她一起。我对自己说：
另外就是全部。另外就是爱。

2

隐哈肖费特②——"法官的泉源"——的暮色。

① "pardes"，在希伯来语中系四种释经方法的名词首字母合成词，恰
好与"果园"一词同形。《塔木德》中有寓言《进入果园的四人》
（《夏吉加论》14b），讲述四位贤哲进入果园，只有阿齐瓦拉比安
全无恙地走出；名为"阿赫尔"（义为"另外"）的则变成了持异
端者，意在警示神秘释经法的危险。（另见上卷第381页脚注）

② "Ein HaShofet"，系希伯来语音译，义为"法官之眼"，是以色
列北部一集体农庄，因纪念美国最高法院大法官路易斯·布兰
代斯（Louis Brandeis，1856~1941）而命名。

哈南在这里吗？他还在附近吗？

不，他不在了。他走了。其他人在这儿。别的什么人。

可是他曾跟我在这里，一个骨瘦如柴的家伙，高个儿，长期
　　咳嗽者；

有人咳嗽时，你不要说"长命百岁！"——你什么都不要说。

泉源又在哪里？已经干得像已故的法官，

像哈南的喉咙。

现在却开始大肆吹嘘那个大错。

哪个错？有关哈南、泉源、法官，

有关日落的错。太阳并不下落，

我们才下落。

3

夜晚驾车去阿拉瓦荒漠中的隐雅哈夫，

雨中驾驶。是的，雨中。

在那里，我遇见种枣椰树的人们；

在那里，我看见柽柳树和冒险树；

在那里，我看见希望被装成带刺的铁丝网。

我对自己说：确实，希望需要

像带刺的铁丝网一样把绝望挡在外面，

希望必须是一片布雷区。

4

从前我们唱过的许多歌曲依然留存，

就像节日过后忘了取下的旗帜，

或古老墓园中刻有铭文的墓碑。

那些已变成地质层的歌曲，每首歌一层，

在大地深处等待着被发现和揭露，

或伴随着巨大的轰响喷发，把它们在上空炸得粉碎。

有一首关于谷地的歌《何等荣耀的谷地》。隐朵尔[①] 下面

东边的谷地空洞洞的，好像一把巨大的乐器，

死者在其中做着梦，等待着被阅读，起来预言。

我们在 1942 年的黑暗中唱过《长夜漫漫》。《一匹马从阴影

奔腾向阴影》，我们听得见却看不见它的奔腾。我们唱过

《谁在那里射击，谁在那里倒下?》我们当时却问：

谁在爱，谁在被爱?《起来，抖擞精神》这首歌

在兴奋的少男少女的口中变成了

一首充满思念的歌，一首哄时间入眠的催眠曲。

5

有些歌曲只有第一句留存

在我们心里，就像小孩的第一句话，死人的最后一句话，

留存的一切是催眠的曲调，啦啦啦，哇哇哇，梆梆，

嘴唇、舌头和眼睛都闭合着：山峦之间

太阳已经炽热，看看那些牛，哦，愚蠢的拓荒者，

你在那里干什么，你本可以在特拉维夫盖房子。

第一句歌词粘在一块儿，带着现在的痛苦和过去的欢乐，

歌词粘在一块儿，就像小孩子衣袋里的

糖果，化成一个五彩缤纷的黏糊糊的球。

欢呼，欢呼，一个小花园，在谢赫阿布雷克丘上，

---

① "Ein Dor"，系以色列北部的一个集体农庄，位于下加利利，是
以色列独立后建立的第一个犹太人定居点。

父亲去工作了，在斯科普斯山 ① 之巅，
带着标记，一个奇迹和一面旗帜，强大的夏夜，
夏夜，夜，给他一个祝福，向他致谢，
（不要说谢谢，因为说谢谢就是
接受规矩，而接受规矩就是屈服，
屈服并歌颂）约旦河将在峡谷中低语，
它那美好的水，它那美好的水啊，来自
约旦河的秘密，来自约旦河的秘密。

6

我在寻找一个舒适的、又高又有效的地方
去俯瞰人生，以求祝福和诅咒。
我既在上又在下。我就像在山丘上的巴兰，
又好像在山谷中露营的古以色列人。
可是我还像个炮兵指挥官，
把他的大炮布置在有利位置。
可是我还像个流浪了一年的人，
变换着姿势睡觉；
可是我还像个恋人。可是我。可是。
徒劳啊徒劳，《传道书》说，一切都是徒劳。②
我说，悲哀。一切，可是。

---

① 　"Mount Scopus"，系耶路撒冷东北部的一座山。
② 　见《塔纳赫·传道书》第 1 章第 2 节："虚空的虚空。凡事都是
虚空。"

7

上加利利与下加利利，
下层出身与上层出身，耶路撒冷
上流社会与下流社会，自愿
或不自愿粘在一起的一切
在时间的离心运动中转啊转。
在沙仑，果园周围柏树成行，
可以挡风，保护奶牛。
人类也是成行的柏树和奶牛。
果园被连根除掉了，风也平息了，
可是柏树留下了，人类也留下了。
我在另一个人的手腕上的手表上
看另一个时间。
我的肩上有一块石头，上面写着"阿门"；
在下加利利的群山间有
一座高塔，上面刻着大字"种子"；
许多房屋的大门上
依然写着"欢迎"。

8

远在大海彼岸的一块陆地上的度夏别墅的墙上
挂着的一幅彩色图画，画的是世纪之交
那些早期定居点之一中的耕夫和马。
屋外，一片豪华草坪，
鲜花环绕，草坪上一把空椅子。
我对自己说：在这张椅子上坐下，坐在这里回忆，

坐在这里评判——如果不呢，其他人会坐在这椅子上
回忆和评判。一个小时以前发生的事
有它的位置，世纪之交在那个农庄发生的事
也有它的位置；有叶子在狂风里喧哗的树，
也有默默地站在一旁的树。风是
同一阵风。树，有的喧哗，有的沉默。
有过的和本来可能有的都好像从未有过。
但是风是同一阵风，
椅子是同一把椅子，用来回忆和评判，
图画里的耕夫继续耕着
一直都有的，种着
永不会有的。

9

我是运气的猿猴、运气的怪兽，我是运气的密友、
运气的笨头。我在晚上脱衣服时，
一枚硬币从裤兜里滑落到地板上；
我不知道那丁零作响的硬币会决定
我的命运，也许，还有我人生的轨迹。
我是一场赌博中的骰子，脸朝上
或朝下。我落下的样子决定
我的命运和他人的命运。
我不知道我脸上的特征和线条
在我去世很久以后会成为某人旅行，或也许战争
用的地图。
他呢？他也不会知道。

10

我记得数学书上一道习题，
是算一列火车从Ａ地出发，另一列火车
从Ｂ地出发。它们何时会相遇？
没有人问过，它们相遇后发生什么：
它们会停下，还是会彼此路过，还是会相撞？
那些习题无一是算一个从Ａ地出发的男人
和一个从Ｂ地出发的女人的。他们何时会相遇，
他们究竟会不会相遇，会一起待多久？
至于那本数学书：现在我已经读到了
印有答案的最后几页。
从前是禁止查看的。
现在许可了。现在我检查
哪里做对了，哪里做错了，
知道了什么做得好，什么没有做。阿门。

11

我路过少年时上过的学校，
心里说：在这里我学到了一些东西，
别的没学到。我毕生都徒然爱着
我没有学到的东西。我被填满了知识，
我是个专家，深知知识树的植物学，
善与恶，我悉知它的开花过程、
叶子形状、根系功能、害虫和寄生虫。
我现在仍在研究善与恶，并将继续研究，直到我死的那天。
我站在校舍附近。这是我们曾坐在

里面上课的教室。教室的窗户总是朝着未来
敞开，可是我们天真地以为那是
我们透过窗户看见的风景。
校园狭小，路面铺着大块的石头。
我记得我们两人在那不稳的台阶附近
发生的短暂争执，那争执
是一场轰轰烈烈的初恋的开始。
现在它活过了我们，仿佛在博物馆里，
就像耶路撒冷的其他一切。

12

人们总是教导我："你得活在
真实的世界里。"我听父母和老师这么说。
活在真实的世界里，好像一项判决。这些灵魂
前世犯了何等滔天大罪啊，
竟至于在此世的生活要始于一项判决：
你被判终身监禁在现实中。
没有假释的可能。
假释即死亡。

13

这片野地里，以前长野燕麦。高高的天上，
云朵像失眠者、性厌倦者的
眼袋。从今往后上百万年，
沉重的云朵和沉重的眼袋
都会一模一样。

《诗篇》的作者说："死人不能赞美主"，①
但我说只有死人能赞美主。
我们得到了什么？知道的变成不知道的，
不知道的即知道的，
一种无尽的物物交换经济。人类
在走路的时候用鞋子散播着种子，
扮演着风、鸟、蜜蜂的角色
而不自知。那么，我们得到了什么？
感恩和赞美的诗篇。

14

在戈兰高地与加利利高地之间的布卢姆村，
朋友告诉我："这些高地从前是海滩，
我们正站在曾经是海底的地方。"
这对我们有什么要求？更安静些，
更透明些，像贝壳化石那样向内转，
如海草一般轻盈漂浮。
然后我们来到梅纳黑米亚②，"上帝抚慰"，
它配得上它的名字，抚慰了我们。
我们轻声地说话，就像这年春天宁静的约旦附近
这柔和的高地，在"此处无人"的字牌下。

然后我们向南。约旦河上那条瀑布

① 见《塔纳赫·诗篇》第115篇第17节："死人不能赞美雅赫维；
下到寂静中的也都不能。"
② "Menachemiya"，系以色列东北部约旦河谷的一个村庄。

且落且抚慰。不像人类。
我想到了被坝拦起的水的力量
和洪水倾泻而下的力量，
哭泣的力量和克制的力量，
像舞者那样盘在脑后的女人头发的力量
和像舞者那样突然甩开的女人头发的力量。
我想到了那一切，回到家后，
我讲给孩子们听。

15

雅的末底改。在这里阵亡的那些人
依然像生病的孩子朝窗外望着，
他们不被允许到外面玩耍。
在山坡上，那场战斗被重新表演
给徒步者和旅游者观赏。薄铁皮士兵
站起、倒下、又站起。铁皮死者和铁皮生者，
它们的声音——都是铁皮。死者的复活，
铿锵铿锵的铁皮。

我对自己说：人人都系挂在自己的悲悼上，
犹如系挂在降落伞上。他缓缓地下降，缓缓地滑翔，
直到触及坚实的地面。

16

西加利利古代的运水人，他和我
都只做一件事，引导和运输不属于我们的东西

从一地到另一地。水就是这样流过的，日子就是这样过去的，
我的灵魂就是这样存在的。蓝色的道路——去往未来的人们
与去往过去的人们在上面同行——
同样也是一种无始无终的运输和转移。
就像上帝。可是在道路与废弃的铁轨——
它们也运送思念——之间的兹夫桥 ① 附近，
有一些墓碑，形成一个封闭的圆圈，
环绕着一块地，是为纪念在那里牺牲的
帕尔马赫 ② 少年。他们挑选信念坚定者
来炸桥。然后他们又返回到地下
训练，死心塌地地相信末日复活。

17

我再次来到海法城郊的巴特迦林。多年前
我去过那个区；现在那里我一个人都不认识。
当时墙上贴着一张黑边讣告：
死者的姓名和葬礼时间——
都逝去了，像他一样。我见过同一死者的
讣告，贴在一个售货亭的壁板上和一棵桉树的树干上，
从那时起我就记住了那种树。（那棵树自己已经忘记了
它的祖国，澳大利亚。）直到现在，我都相当熟悉
死者的姓名及他妻子和孩子们的名字、
吊唁慰问的工作单位，以及他的下葬处。

---

①　"Ziv Bridge"，位于以色列北部区附近，全长 3.54 公里。
②　"Palmach"，在希伯来语中系缩略词，义为"打击力量"，是
　　1941 年 5 月在英国委任统治的巴勒斯坦托管地建立的一支犹太
　　人地下武装力量，其在 1948 年以色列独立战争中起过重要作用。

如果我在巴特迦林多盘桓一两天，
我就会发现我们是有关系的，我就会变成
别的什么人。然后，我路过了快要倒塌的赌场，
其中的乐趣四散，韵事已老。
还有游泳池——如此年轻的考古现场——
其中的石膏像干了的泪痕，像嘴唇般皲裂着。
我往下走向港口，心想：我是个幸运的人——
我不再会被迫扬帆远航。

傍晚在鬼谷街上散步

1

傍晚在德国殖民地鬼谷街上散步。
倦怠让位于在街上来回
游走的兴致——一种仪式，几乎是。我从一所
不认识的房子里听到的音乐现在在我内心里，
不是为我写的歌词成了我像一艘帆船
航行余生旅程所乘的风。
这里，在这所房子里，我的好朋友曾经住过。
现在，他不再是我的朋友了。我们分开了，疏远得
认不得了，好像一片风景
压扁到地图里。可是那房子依然矗立着，
那门还是曾经为我打开又关上的那同一扇门。
一种新宗教就是这样成形的，带着些惊恐。
在我们的这一半耶路撒冷，他们很快就让人们肃静了，
犹如小孩子在大人中间不自觉地说话时，大人对他发出嘘声
　　那样。

2

等人的人开始变得像
不再等的人。沉默
笼罩着他们所有人。绝望是催眠曲。
而当他们在夜晚熟睡时，上帝打破

革舜拉比 ① 的禁令，打开
他们的灵魂，像打开一封信那样，
阅读那里写的内容。早晨，上帝把信塞回去，
把信封舔舔封合。
他们永远不会知道祂已经阅读了每一个字，因为
祂用艺术家那般巧手封信封，
就像战时邮件检查员。

3

这里是户勒大之家 ②，曾经夜夜欢闹。
奏乐声、跳舞声、唱歌声，
所有声音都从窗口倾泻到寂静的夜里，
围绕着窗台旋转，
好像一条河泻入黑色的大海中。
在屋内的角落里，人们站立着
在记事簿和纪念册上草草记下
彼此的姓名、地址、电话号码。
他们不知道，他们正在写的
就像刻在墓碑上的人名、地名、数字
一样，永远不会被抹除。彼此永不再见。
门上，一块牌子用耀眼的颜色写着
"欢迎"。它永不会说
"走好"。因为他们何曾会走得好？

---

① 革舜拉比（Rabbi Gershom，960~1028），系早期德语系犹太人
权威拉比。他颁布有许多禁令，其一是禁止偷看他人信件。
② "Hulda's house"，系耶路撒冷的一家酒吧。

4

舞者和舞蹈现在都已逝去；
摄影者随摄影一同逝去。
照相机被收藏到橱柜的暗处去了；
一卷卷未冲印的胶卷将永远留在
世界的暗房里。最后离开的人
跟最早起来祈祷的人打招呼——有的在会堂，
有的在记忆和遗忘的祈祷人家。
他们都去了更好的世界，不仅仅是死者。
少数人仍站在空旷街道的十字路口，
好像机场的风向标。可是每个人
都被吹向不同方向，每个人都被他自己的风，
他自己的灵，吹向他飞行的方向。
当时谁又知道呢？他们以为，
他们都将搭乘同一航班——单程，同一目的地。

5

户勒大之家依然站在原地。
但是节日聚会的喧闹声早已升起
并且消散在高天之上，就好像耶路撒冷的圣人们，
他们飞升而去，应许再来，却从未再来。
门上的欢迎字牌像秋叶般变黄变暗。
名字不断变换，从前是一体的名字和灵魂。
被诺言或誓言约束的人们
不再受约束；诺言或誓言现在自由了，
可以去找新的承诺者和发誓者了。

至于实话与谎言，随着时间推移，
即便是老的谎言也会像古董般变黄变暗，
比油漆未干的崭新实话
看起来更可靠。

6

户勒大之家在鼎盛时期知道很多也忘记很多。
东边，电力站，现在没有电力，
发电机像人一样安静；南边，
沉默的修女的庄严的修道院，
离铁路轨道不远。
火车依然一天驶过一趟，仿佛被勾来鬼魂。

夏季与预言的远端

1

亚革悉海滩又是夏季了，
我们又来了。我们比空气重，比水重，
我们知道我们负有多大的义务。
鸟类有多大的义务？它们也必须
替沉默的鱼类唱求偶歌。兽类的负担多重啊！
它们必须吼出彼此拥抱的人类
配偶的欢乐。对我们这样的两个人又能指望
什么呢？他们在做爱时必须保存着
那些从未在一起过的
或现在已分手的人。

2

每年我们都来这里，到亚革悉，
每年这个时候，如圣经所载，我们
都回到多年前我们共住过的房子去。房子已完全
被毁，原地是一片美丽的草坪，在海滩之上。但是我们
回到那房子去，用双腿轻轻地登上楼梯，
低下头，以免碰到并不存在的
低矮框架，一次次低下头，仿佛美妙的仪式。
也是一种新宗教的开端。

3

透过现已不在那里的窗户，我们看见我们的孩子
在古老的废墟中寻找他们昨天丢失的玩具，
翻动着千百年前的陶罐碎片。
代沟之间充填着尘土和沙砾、
人骨、兽骨、大量残破的器皿。
破陶罐说着实话。新陶罐是美丽的谎言。

4

暮色抽泣着从那灰色的房子侧面溜下，
得到了安抚。橄榄树向彼此展示着
叶子的颜色，绿色和银色，那是它们所拥有的全部。
一阵风从海上起来，吹过空椅子，
拐来拐去，不是四处旋转，而是从一处吹到另一处。
"那么，上帝帮助我们吧"——祂会帮助我们的，帮助我们经历
更多的善与恶、光明与黑暗。
太阳在黄昏时分会变幻色彩，好像某人
从一种语言转换到另一种语言，或从唱歌
转为说话，从说话转为嘟囔，然后是嘀咕，然后是沉默。
从远处传来，仿佛打乒乓的声音：
对一神的信仰与亵渎神明罪彼此联合。

5

白昼的余晖在白房子的墙壁上膨胀，
给人以安慰。橄榄树彼此展示

叶子上的色彩，绿色和银色，那是它们所有的一切。
一阵轻柔的海风吹过空椅子，
不在周围停留，风只是从此处到另一处。
"如是上帝会佑助我们，如是祂会添加。"
祂会添加，添加，好的或坏的，光明和黑暗。
太阳在落下时变换色彩，就像一个人
从一种语言转换到另一种语言，或从唱歌
到说话，从说话到嗫嚅，从低语到沉默。
从远处传来好似乒乓球的声音：
对一神的信仰和不信在打球。

6

两人共卧在一同用自己的气息
吹鼓的气垫床上相爱。阿门。

7

噢，年初日历上空白的预言！
噢，冬季折叠堆摞起来、像古代
战船上的奴隶用铁链拴在一起的
沙滩椅的记忆！记忆的奴隶。
游泳者划水的动作保存着游泳的记忆，
也保存着去年夏季，以及以往所有
夏季的记忆；游泳者划水的动作
从爱出发，将回到爱。噢，谈论
已经过去或尚未到来之事的伟大预言！
那边，在预言的远端，

一件摊开晾晒的泳衣。

8

返回耶路撒冷的途中，我们在阿娉贝拉，
美泉谷停留。我们坐在一座十字军要塞的凉阴里，
但是那不是一座要塞，而是一座女修道院，
其中的修女向我们捐献了她们的爱。我们的爱上面
压着如此重负，我们怎能休息？
水边的鲜花是用色彩和浓烈香气
给我们的人生赐予恩宠的
诺言和誓言。在美好泉水的冲激下，
誓言渐渐作废，作废，作废。

9

大屠杀发生时，我们在记忆森林中多么相爱；
我们只记得前一天晚上的自己。
那森林记得我们的位置并让我们相爱。
你记得我们如何在激情狂乱中脱掉衣服：
上身的衣服像沉重的鸟儿飞到了树梢上；
下身的衣服留在了森林的地面上，
挂在了荆棘树丛上，好像蛇蜕一样。
我们的鞋子站在一旁，张着口唱着赞美诗。

10

我们曾在其中做爱的纪念林

在一场大火中烧毁了，

可是我们俩还活着，相爱着，
纪念着被烧毁的森林，
纪念着那森林记得的被烧死的人。

房子、房子和一场爱

1

为好消息所庇护，
甚至为坏消息所庇护，现在我们到家了。
可是我一如既往，在我们有家之前，
我们在隐基底 ① 绿洲时。我们仍旧
像那些绿洲，你是列耶，我是西德伊尔 ②，即便此刻，
在我们在耶路撒冷的家中受到庇护。在我们的门口，
两个阉人，时间和命运，在站岗；
门柱上的圣经卷 ③ 说：
你，男人，要爱；
你，女人，要爱。

2

我们在许多房子里居住过，在每一所中都留下了

---

① 　系死海附近一绿洲。大卫曾在那里躲避扫罗王的追杀。（事见
　　《塔纳赫·撒母耳记上》第 24 章）该地也与爱情有关，所罗
　　门王所作《雅歌》第 1 章第 14 节写道："我以我的良人为一棵
　　凤仙花，在隐基底葡萄园中。"该地在 1948 年建有集体农庄；
　　1997 年开发矿泉水产业。
② 　"Rejeh"和"Sideir"，系隐基底绿洲里的两个三角洲。
③ 　即"门柱圣卷"，希伯来语音译"美祖扎赫（mezuzah）"，卷
　　子上写有《塔纳赫·申命记》第 6 章第 4~9 节和第 11 章第
　　13~21 节中的经文："……你们……爱雅赫维－你们的神，尽心
　　尽性事奉祂。"

记忆的残迹：一张报纸、一本封面朝下的书、一幅揉皱的
某个遥远地方的地图、一把遗忘的在杯子里站岗的牙刷——
那也是一支纪念蜡烛，一团永恒的光。

3

在我们自己有个家之前的那些日子里，
我们把全国都当成了家。
甚至在凯撒里亚海滩，
在那里我们把衣物堆放成一个庄严的丘坛，
凉鞋、衬衫、毛巾、短裤、你的和我的，
乱搅在一起，就像我们一样，然后下水去。
我对自己说：假如我们生活在古代，在群山
或荒漠中做爱，我们可能就会把石头摞在石头上，
呼叫主的名号，然后继续走我们的路，
可是我们是在海边做爱，我们的衣物
是沙滩上作见证的丘坛，
我们呼叫着我们的爱人的名字。
过路人以为我们都已经在海里淹死了。
但是我们并没有在海里淹死，我们淹死在那一章
之后的所有岁月里，依然彼此
卷裹着，就好像沙滩上我们堆成那丘坛的衣物。

4

我们住在分隔开的耶路撒冷无主地里的欣嫩子谷。
我们的屋顶被击中，我们的屋墙被子弹和弹片打伤。
我们用一摞书支撑起床铺折断的腿。

（我不知道我还要不要再读它们。）石头台阶
好像是天使们逃离雅各的梦之后留下的
梯子，一架供我们攀上爬下的梯子。
在希伯来语中，无主地被叫作"遗弃地带"。
我们住在那里的时候，我们是认真恋爱的一男一女，
我们没有被遗弃。如果我们没死的话，我们依然相爱着。

5

假如我们死了，我们会在以西结在他的异象中
所预言的复活之时排第一的：
骨头会合到一起，骨头对骨头，皮肤覆盖在肉和筋上——
以西结不曾详述。但是我们俩继续他的异象：
腰胯供拥抱，柔软的大腿内侧供抚摸，一双屁股蛋，上面
和下面的毛发，可以睁开闭合的眼睛，凿刻的嘴唇，精细的
　　舌头。
我们进一步给他的异象敷设血肉：
两个人在聊天，一件夏装，挂在外面晾晒的内衣，一个窗台。
我们将是我们自己，我们将是朝潮晚汐、变幻天气、
一年四季，我们将继续存在，
我们将不断继续。

6

我们最初在其中欢爱的房子被毁了，
那本来可以是一节简单的经文，
不曾毁于愤怒的预言，也不曾毁于迦勒底人和罗马人之手，
却毁于劳工之手。原地现在是一个谷坑，

仿佛从深处祈祷着，从中将升起一座比先前更大的房子。
建筑师们并不知道他们正在画那房子，
依照的是我们的身体轮廓线，一种爱的关联。
南墙留下了，朝向十字谷的窗洞中
还留有耶路撒冷百叶窗扇，好像一对翅膀，
我们的房间是你的天使。在夏夜里朝屋内
偷窥者现在已是个老人，他也许正在梦见我们，
也许那是上帝。
我们给彼此造就了许多欢乐和许多泪水；
泪水和欢乐之外的一切
在下一世和所有来世都将被忘却。

7

他们将怎样利用我们的爱。他们在地图上将怎样描摹
你胯部的曲线和我胳膊的曲线，以标记我们不知
其存在的国家之间的边界；你的眼睛和我的眼睛的颜色
将怎样一同出现在未来世界的新国家的旗帜上。
用我们在夜间彼此低语的话语，他们将起草
宣布独立的秘密文件，签署投降和战胜的条约。
他们将怎样利用我们的爱！用我们做爱的体位，
他们将发明下个世纪的先进而复杂的机器；
用我们做爱的动作，他们可以计划一次伟大的
军事行动：搂抱、裹缠、抓握、钳子、导弹轨道。
用我们剩余的爱，他们将制造一个重要结局
和美好和平的来世幻景，
在永久的寂静和永久的爱之中。

8

"魔鬼被灭除了；你的头发长起来了。亚兰 [①] 及其城市"，
数千年前，先知以西结如是呼喊，
一个跌倒的醉汉在情欲的狂躁中如是呼喊。
他以为你是个寓言，不知道我现在预言你
是为我的缘故。"魔鬼被灭除了；你的头发长起来了"，近乎
　农业预言：
准备播种的田地、谷物的生长和成熟。
"你是赤裸的、赤裸裸的"，多年前如此，
可是阿摩司为此生作好了准备，这回，
不再有满怀激情扯破的黑色紧身衣，
而是在仔细地抻平的紧身衣上面
套着一件严肃的条纹正装，黑地白条纹。
但是在这一切之下，你依然蛮荒
野性一如既往，在十字谷附近的小房子 [②] 里，
一如先知在爱的绝望中预言你而不自知。

9

我们分享一种语言，你拿去流畅，
我拿去停顿；合在一起，我们是一种语言
和众多事物。听，听，听听。
我们是单数，死亡是复数，上帝是复数；
我们的生命是单数，我们的爱是单数。

---

① 　系巴勒斯坦东北部至幼发拉底河区域的高地。
② 　系耶路撒冷一修道院。

10

他们说起一个死者，他去了他的世界；
我们活着，我们也去过，你到我的世界来，
我到你的世界去；他们为死者念诵迦底什，
而我们天天念诵迦底什，具有
赞美、喜悦、力量、情歌功用的迦底什。
因为死者不会赞美祂。
迦底什就像个圣人一样。你是，你是，
我们是；这世界是，我们的世界是。

爱的语言与茶就烤杏仁

1

莱拉，夜晚，万物中最阴柔的，在希伯来语中
是阳性的，却也是个女人名。
太阳是阳性的而夕阳是阴性的，
阴性中包含的对阳性的记忆，男人
对女人的渴慕。这就是说：我们两个；那就是说：我们。
为什么埃洛希姆，上帝，是复数？因为祂的全部
都坐在亚柯 ① 的葡萄架下的凉阴里，
玩着纸牌。我们坐在邻桌前；我握着你的手，
你握着我的手，而不是纸牌；我们也是
既阳性又阴性，既复数又单数；
我们喝着阿拉伯茶就烤杏仁，彼此不相识、
在我们口中变成一种的两种味道。
咖啡店门上方，天空之下，写着：
"忘记或丢失物品，概不负责。"

2

在公墓附近，你总会发现石匠和园丁。
在法院附近，律师事务所和电话亭。
在希望附近，大量的绝望。火车站周围，旅馆。
爱的社区，"我爱你"、"我也爱你"

---

① "Akko"，系以色列北部加利利地区以西沿海城市，即今阿卡（Acre）。

之类的话，比任何结婚誓言都更有约束力。
光说"我的佳偶，你甚美丽"[1] 是不够的，
你得说七遍"我爱"，
正如在赎罪日关门祈祷中
以及在生命的大门即将关闭时
你得说七遍"主即上帝"一样。
还有关于"到死才分开"的所有议论。
就连死亡也不会分开我们，它会把我们
绑在一起，在宇宙里某处，
一次无尽的新邂逅中。

3

恋人在彼此身上留下指纹，
留下大量实体证据，没完没了的话、书面证明、揉皱的
裤子、有确切日期的报纸、两只手表、他的和她的。
每天早晨，他们描画彼此的轮廓线，
犹如警察在马路上用粉笔标记尸体的
位置。恋人向彼此投降；
恋人保留保持沉默的权利。
如果或者真的他们分手了，
他们就会给他们和一排嫌疑人画刑侦模拟头像，
他们就会说：就是他！就是她！

---

[1]　语出《塔纳赫·雅歌》第 1 章第 15 节。

4

我看见一个留着士兵发型的士兵拥抱一个
扎着舞女发式的女人，她的头靠在他的肩上，
仿佛另一个时代一个遥远地方的一丛野梨花。

5

我认识一个男人，他用他所有的愿望
组装了一个理想的女人：头发是他选自
路过的公共汽车窗里的一个女人，
额头选自一个夭折的表妹，双手
选自他小时候的一个老师，脸颊选自一个小女孩，
他童年的爱人，嘴巴选自他在一个电话亭
注意到的女人，大腿选自一个躺在海滩上的女人，
那诱人的凝睇选自这位，那双眼睛选自那位，
腰线选自一则报纸广告。用这些他组装了
一个他真正喜爱的女人。他死后，她们来了，
所有女人——双腿被砍下，双眼被摘出，脸被割成两半，
双手被剁掉，头发被薅掉，嘴巴被切成大口子，
来讨要什么是她们的，她们的，她们的，
拆解了他的尸体，撕掉了他的肉，只给他
剩下了他那拙劣的灵魂。

6

现在他们将开始讲述我们一起做过的事情，
我们到过的地方，与我们没有到过的地方，

我们没有做过并且将永不会做的事情相比较。
一个二部和声将伴随我们
就像我们人生的两面各有不同的合唱，
或者像组合的两个营地——一个在祝福山上，
一个在诅咒山上。有时甚至
在邻桌两个人低低的谈话声中，
或在机场广播人名、时刻、地点的腔调中。
有时那声音在我们内心里，
像是告解：是，我们去过，我们做过，
是，我们逗留了一会儿，不，我们没去过，我们没做过。
好像赎罪日颤声说出的告解。这
就是我们应知的永恒的全部。

7

像天空中的鸟和野地里的草，这就是我想要
爱你的方式，这就是我想要你爱我的方式。
圣经里预祝悲惨下场的诅咒，对于我们是爱。
"可是猎物就是猎物"，雅各大哭，当他们给他带来
他儿子约瑟的撕破且滴血的衣衫时。
"有恶兽把他吃了。"一切都是出于爱，一切都是出于爱！

8

想象一下，你我开着这辆车时，
整座工厂都在一同奔跑：工程师
和工人、装配线、机器的噪音、
深处的油井、地质断层，

甚至地球的构造。
这就是爱之道！

9

正如一个摄影家——当他构思一幅
海洋或伸展到天边的荒漠的照片时，
他必须把什么大而特写的东西，一根树枝、
一把椅子、一颗卵石、一角房屋，框入画面，
以营造无限的感觉，而他忘了海洋
和沙漠——我就是这样爱你的，爱你的手、
你的脸、你的头发、你在近旁的话音，
而我忘了永恒的距离和无终的终点。
我们死后，将会又只剩下大海和荒漠，
还有我们那么喜欢凭窗瞻仰的上帝。
平安，远的和近的！真正的诸神，平安！

10

就这样，恋人高出所有其他人：
其他人可能会说："到我这儿吧"，
只有恋人才实际信守诺言。
现在我在你那儿，你在我这儿。你是我的，我是你的。
一切都变了；什么都没变。只是位置。
其他人。有时人们争论："你
只是在利用我"，"你在占便宜。"
但是恋人带着欢乐，带着激情说同样的话：
"我想要，占我的便宜吧"，"我

也想要——把我用
尽吧!"

11

在巴塞罗那一所老房子的阳台上昏暗的灯光下,
一个夏夜,我看见一个男人和一个女人。
他们身后的房间里,一张白色的床在明亮的灯光下闪耀。
楼下,他们的名字在黑暗里,在大门边,像门柱圣卷,
古老的名字悄声掠过他们光滑紧绷的皮肤,像一阵微风。

12

每个恋爱的女人都有一副《哀悼基督》中圣处女马利亚,
即耶稣之母的面孔。她记得另一个时代另一个女人的
遭遇,她甚至记得尚未
发生的事情,未来已经属于
她的记忆。痛苦与欢乐合在了一处。
她深知躺在她怀里的男人的死亡;
她深知她怀里的死者的复活。
她也是痛苦之精确和欢乐之模糊。

13

我们该拿大卫和约拿单那个美妙的狡黠故事
来做什么?"瞧,箭在你前头",①

---

①　见《塔纳赫·撒母耳记上》第20章第22节:"我若（**转下页注**）

约拿单说。可是在哪儿？在那儿，

那儿，往左一点儿。可是到底在哪儿？犹如儿童游戏：

冷，再冷点儿，暖和，再暖和点儿，热，就在那儿。

在我们今日，我们该拿那个古老的故事来做什么？

在新月前的安息日在会堂里朗读，

一代传给下一代。把它像一个美丽哀伤的

里面罩着大卫和约拿单的玻璃罩传下去，

直到它从空手中掉落摔碎。

我们的时代是修补者、治疗者、修复者的时代，

但是我们俩，你和我，

相爱时将填补那些缺失的部分。

14

每个恋爱的女人都像我们的母系祖先撒拉，

躺在门后等候着，而屋内的男人们

正在议论她的身体的美和她的未来。

她用手掌捂住嘴笑——她中空的手掌，像子宫一样，

孕含着一个未来的鹅卵笛 ①——好像一只聪明的狐狸轻轻
　咳嗽。

每个做爱的女人都既是拉结又是利亚，

她们之间交换着肉体和灵魂、季节和衣裙、眼影和香水、

加了黑夜香料的白天味道、

混着白天声响的黑夜动静、大腿和乳房，以成为一体，

（接上页注①）对童子说：'箭在前头'，你就要去，因为是雅赫维打
　　发你去的。"

① "ocarina"，系欧洲的一种陶制乐器，一般呈椭圆形，类似我国
　的埙。

拉结和利亚，拉结利亚。就仿佛雅各与两个女人上床，

一个风风火火，知道她不久将死于难产，

另一个安静、温柔、沉稳，代代相传

直到我这里。每个恋爱中的女人的脸

都像轮回中的月亮的脸，

在打开的门里是满月，在窗户里是半月。

每个爱着的女人都像是水井旁的利百加，说着

"请喝，还有你的骆驼。"① 但是在我们今天利百加说：

"毛巾在前门对面的白色橱柜里

最上层的搁板上。"

———————

① 　事见《塔纳赫·创世记》第 24 章第 18~19 节。

痛苦的精确与欢乐的模糊：渴望的触摸到处都是

1

我坐在朋友的花园里一张用空心的芦苇
做的椅子上。别的芦苇在别的地方被做成
可吹响的笛子。我舒适地坐着，我坐着为失去的时光
和将要失去的时光守丧；我的心默不作声。
死者的魂灵在大白天造访我；
生者的魂灵在黑夜里纠缠我。
我坐在一张芦苇做的椅子上，
那芦苇想成为笛子，正如笛子本愿意
在椅子里默不作声。我想着生长
在水边的芦苇。渴望到处都是。
痛苦的精确与欢乐的模糊。

2

我的书桌上有一块石头，上有"阿门"字样，
来自好多代人以前毁掉的一座犹太人公墓的
三角形残碑。其他残片，成百上千，
乱七八糟散落着；一个大大的热望，
一个无尽的渴望，充斥其中：
名字寻找姓氏；死亡日期找寻
死者的出生地；儿子的名字希望找到
父亲名字的所在；出生日期寻求与希望
安息的灵魂重聚。直到找到彼此，

它们才会找到完满安息。
唯有这块石头静静地躺在我的书桌上说"阿门"。
可是现在一位哀戚的好人心怀悲悯把残石
收集起来。他把污渍统统清理干净，
一个一个照相，把它们摆在大厅
地板上，把每一块墓碑重新拼完整，
重新成为一体：一块对一块，
就像死者复活，像马赛克，
像拼图，一种儿童游戏。

3

在我的花园里，我看见茉莉花被秋风吹跑，
挂在九重葛上。哦，怎样的错误，怎样的浪费，
怎样的无休止的损失！我看见太阳正落到海里，
我看见上帝，怎样的错误，怎样的希望！
我看见两只鸟困在机场的
高高大厅里。绝望中它们飞掠下方的混沌。
哦，怎样的错误，怎样的飞行，怎样的绝望的爱，
怎样的没有出路的出路，怎样的圣灵显现的翅膀！
高空中，那一切之上，一架飞机正在盘旋。我在试，它说，
我再试一次。试试吧，他们从控制塔
指示它。再试试，再试试。

4

西瓜一年比一年甜。
它正在忘记去年夏天吗？我当时说了这话

或某种极大的厌倦感。嗓子破旧了，
就变得更好听了。甚至沙哑都像砂糖一样；
无籽西瓜是最甜的。
"阉人也不要说，看，我是枯树"①——很久以前，
先知如是安慰那些没有子嗣
且永不会有的人。甚至溅落在地面上的种子
有朝一日也可能种出一个人。
尔等放心吧，放心吧，珥和俄南，你们都将得复活。

5

我见过一张发黄的雅法的照片，来自
我出生前的时代，照片里有一座塔，
塔上有一座钟，钟上面：差一刻六点。
塔很清晰，时间很准。
呵，时刻的挽歌，请你们为所有不再回归的七点钟哭泣，
为失去的两点半悲伤，为攒聚到
她们的大好年华、我的大好年华的良辰中的
六点钟哀痛，为所有逝去的时刻痛哭，
为好时光叹惋，为坏时光高呼哈利路亚。
请你们为差一刻六点哀悼。为六点一刻哀悼。哪怕半小时
和一刻钟，在遗忘的羽翼之下
注定时间和纪念物的上升中
也会找到完美的休息。

---

①　见《塔纳赫·以赛亚书》第56章第3节："太监也不要说：我
　　是枯树。"

6

在错误的地方树立纪念碑，如拉结墓，
叫错某人的名字，说些不着边际的话，
从一地往另一地搬东西，
把石头从采石场搬到建筑工地，
把水泵入管道，惊吓，改变——
这些才是真的渴望。
当一幅窗帘想成为外面的旗帜时，
当过去想成为未来时，
当泪水不向往大笑，不向往哭泣的
眼睛，也不向往打湿的脸颊，
而向往大海，向往大海里的盐时——这些才是真的渴望。

7

在一台付费电话机前，我看见一个女人在打电话，
她脚边蹲着一把装在黑匣子里的大个儿乐器，像一条狗。

8

我想到商店橱窗里没人买的
衣服的欢乐，没有卖掉的
家具的欢乐，
但是我也想到那些衣服和家具的悲哀，
想到它们想要跟人类进入房间
感受他们的体温的渴望。

9

我们记得过去；
上帝记得未来。
然后我们忘记过去，
上帝忘记未来，
世界回归混沌。

10

有时候我的灵魂想到我的体外跑一会儿，
像条狗一样，然后平静地回到体内。可是它担心
找不到回来的路。

11

有人长期跟牛训练，就像提琴手为了演奏，
也有人信仰骡子。这也是一种新宗教。

12

上帝遗弃的人们遇到遗弃上帝的人们；
遗忘童年的人们喜欢记得童年的人们。
两种人穿衣都有各种各样的带子，扎得紧紧的带子
在旅途中维系着他们和他们的灵魂。

13

我看到一个男人在旅游手册里读到这个地方，
而他就坐在同一个地方。然后合上书本，
去了别的地方。

14

扫罗王在基利波山上最后一战中倒在他的剑上，
立刻就死了。同样我们出生时
也倒在我们锋利的灵魂上，
可是我们在七八十年后才死去。
在那些年里，生命在我们体内扭动，每一动
每一感都刺得深深的，但我们渐渐习惯了那痛苦。
有时候我们称之为活着的感觉，甚至欢乐。
使我们活起来的灵魂最终会杀死我们
并插在那里，就像那把剑。

15

夕阳西下的时候，夜的希望在我内心中红彤彤升起。
同样，有跷跷板作担保，我们也可以讲述我们做过的事情，
我们见过的地方。就连战争和恋爱
也会让我们平稳，给我们以跷跷板那样的担保，无论什么
都有起有落。

16

在耶路撒冷的一个院子里，我看见种子
摊在一块布上在太阳底下晒干，就说：
让我来当它们的史官吧，给它们讲述它们
所来自的西瓜和南瓜。我坚信沙子
记得石头，石头记得大块的岩石
岩石——岩浆和火。
我自己却忘了去年夏天发生过什么，
甚至昨天发生了什么，而昨天碰巧是
星期三。但是我记得
每周星期三在圣殿里
利未人都会唱的诗篇。

17

阳性的思念是复数的，例如上帝。
单数的思念是阴性的；思念是女人，毫无男人痕迹。
我看见一个男人往一扇锁着的门下塞一封信；
第二天我看见他走过，而那封信还好好的
在门缝下面闪着一线白光。我一次又一次
不自觉地回来，看见那条白线还凸显着，
好像他所爱的女人内裤上的松紧带。
一切事物都有一抹思念之色。门边长的青草
也许是预言毁灭的先知，也许是给予安慰的先知，
是来自吉普赛女孩舌尖的思念；她错了，
她把她的思念之声给了人类。

18

渴望是果实。
真实发生的言行
是地里枯萎消逝的花朵。
果实待得久一些，孕育着未来的渴望的种子。
根长在，在地下深处。

19

送信人一直都在来回跑着，
去我的童年取回我忘记或落下的东西，
仿佛从一座即将被拆毁的房子里，
或像鲁滨逊·克鲁索那样，从慢慢下沉的船里
到岛上去——我就这样从我的童年抢救给养和记忆
供给我人生的下一章。

20

痛苦的精确与欢乐的模糊。我在想
人们在医生诊室里自诉病痛时是多么精确啊。
就连不曾学过读写的人都很精确：
"这个是跳动的疼，那个是拧着的疼，
这个咬，那个烧，这是锐利的痛，
那是——钝感的痛。就这儿。确定是这儿，
对，对。"欢乐模糊一切。我曾听人们
在彻夜欢爱和宴飨之后说："太棒了，
我上了七重天了。"就连系挂在飞船上

在外太空飘浮的宇航员也只会说："真棒，
妙极，我无语了。"
痛苦的精确与欢乐的模糊——
我想用锐利的疼痛的精确描述幸福
和模糊的欢乐。我在痛苦中学会了说话。

21

在一块经过修复的破损墓碑上，我看见
一位正义的拉比写下的关于他女儿的诗——
她死得早，年轻轻的，她名叫以斯帖：
"那是这女孩来到王前的时候。"
至此墓碑断残，至此石头破裂，
此处是一击，此处是欣喜。阿门，阿门。

我一生中，凭我的一生

1

我毕生都在跟自己和别人下棋，
我过的日子就是棋子，好的和坏的——我和我，
我和他，战争和爱情，希望和绝望，
黑子和白子。现在它们都混在了一块儿，
没有颜色；棋盘没有方格，
只是一个混入黑夜和白天的光滑表面。
棋戏平静，没有终局，没有赢家，
没有输家，空洞的规则
在风中喵啷作响。我听着。我很平静。
在我生前，在我死后。

2

我年少时，每天晚上都要
做就寝祈祷。我记得那祷辞：
"解救我脱离所有危险的天使。"
在那以后，我从未祈祷过，在床上，
在山上，在战争中，在白天，在黑夜都没有，
而那救护天使就待在我身边，变成了
仁爱天使。时刻到了，仁爱天使就会变成
死亡天使，但总是同一个天使
解救我脱离所有危险。

3

我总是不由自主地重返亚实突海滩，
在那里，在那场战役，那场战争中，我有过一点点勇气，
柔软的沙滩上软弱的英雄。那时我挥洒了少许的英雄气概，
故此我总是重返亚实突海滩。现在，这里已经变成
度假海滩——游泳者、玩耍的儿童、
警示旗、救生员。从前那些日子，
没有警示旗，没有救生员，没有人救我们。

4

我脚底板曾三次可怕地抽筋：
在亚实突海滩上撤退时；在狂轰滥炸的炮火间；
在凯撒里亚海中——当时我游得离岸很远，
与一个女人在一个夏夜共坠爱波。
三次我的小腿都僵硬如石，
而心因恐惧而柔软，因爱而柔软；
三次我都以为我已濒临死亡，
我的胫骨在体内沉重如墓碑。
可是我坚持作战，坚持做爱，
坚持在人生中游泳。在我一生中。

5

我总是不由自主地重温童年时的挠痒痒，
那时我常常从姑姑们那里得到的挠痒痒，那是
一种恩典，真正的恩典。为了纯粹的生活乐趣。

从那以后，挠痒痒变成了一种严肃的正事，不再伴有
幼童的响亮笑声：一种濒临痛苦边缘的抓挠，弥合善恶之间
裂隙的新皮肤，一种狂野激情和复活的抓挠。
有时我把手一路向上伸向头皮去抓搔，
好像火箭发射进入空间光年——我的头在银河系边缘。
有时我在早晨轻揉眼睛，抹向鼻子，
抹向记忆安抚、救助人的工作。
那动作从身体的魔术袋里变出了
魂灵，许多世代的抓挠。最好的是，
我的大腿变得漠然了的那种感觉，然后去睡觉，
然后突然惊醒，身上似扎有百万细小的针芒。
就这样，一种新宗教在无情感的时代之后肇始了：
凭空出现了一种新抓挠，一种新信仰。阿门细拉。

6

我知道把我与欢乐相系的线有多细，
但我用那些细线织出了结实的衣物，
一种软甲，欢乐的经线和纬线，
有助于遮掩我的裸体并保护我。
可是有时候我觉得，我的人生并不配
包裹我的身体的皮肤，甚至不配
我用来攀附我的人生的指甲。
我就像一个抬起手腕
看时间的人，哪怕他并没有戴手表。
有时候浴缸下水
最后的汩汩声
在我的耳朵听来是夜莺的歌声。

7

世界充满了记忆和遗忘，
如海洋和陆地。有时记忆
是我们立于其上的坚实地面，
有时记忆是大洪水般淹没一切的
海洋。而遗忘是救拯的陆地，如亚拉腊。

8

我不想要我的脑子在我的脑壳里，
而想要在我身体的其他部位——我的脚、肚子、
屁股、肚脐里有一个高密度的小脑。
或者甚至在我的体外——让我的脑子成为
沙地里刨出的一个坑，驴、狗、小孩子
在里面打滚、跌跤、欢喜地尖叫。
凭我的一生，我发誓：这就是我一生中想要的，凭我的一生。

9

人人都是过去与未来之间的一道坝。
他死后，这道坝就崩溃了，过去冲入未来，
没有了以前和以后。一切时间都变成了一个时间，
一如我们的上帝：我们的时间就是一。
坝的记忆有福了。

10

人生被叫作人生，一如西风被叫作
西，尽管它朝东吹。
同理，死被叫作死，尽管它朝生吹。
在公墓里，我们回忆生者，在外边——
死者。一如过去通往未来，
尽管它被叫作过去，一如在爱之中，你通往我，我通往你，
尽管我被叫我的名字，你被叫你的。
一如春天为夏天提供食宿，一如夏天到秋天那里去就寝。
一如我的思想会一直坚持到我人生的终点。那是我的上帝的
　　旗帜。

11

一个人去世时，他们说："他归到了列祖那里。"
只要他活着，他的列祖就都归在他体内，
他身体和灵魂的每个细胞都是时间开始以来
他成千上万的祖先之一的一位代表。

12

现在每一天我都听见我人生的圈子在关闭，
系扣的咔嗒声，好像安抚
和爱的亲吻声。这些声音给我最近的
人生版本提供一种节奏。早已失去的东西
现在找到了它们的位置，像弹子球一样，落在各自的袋里。
契约和预言都完成了，真的和假的预言。

我遇到一直没有盖的罐子和锅子缺失的盖子；
我找到相配的残片，如裂成两块的
古代陶土契约，不一样大但能合到一块儿。
如一幅马赛克，如一幅拼图，孩子们寻找着
缺失的小块儿。游戏结束时，
画面将会完整。完成。

13

我，愿我安息——我，现在还活着，说：
愿我在余生中享有安宁。
我还活着的时候现在就想要安宁。
我不想等待，像那个虔诚的人那样冀求天堂中的
金椅子的一条腿，我想要就在这里的一张四条腿的
椅子，一张朴素的木头椅子。我现在就想要剩余的安宁。
我在各种各样的战争中度过了我的人生：身外
和内心的战斗，近身肉搏，面对面，面孔总是
我自己的、我爱人的、我敌人的。
用旧式武器进行的战争——木棍和石头、钝斧、言语、
钝刀子、爱和恨，
和用新式武器进行的战争——机关枪、导弹、
言语、爆炸的地雷、爱和恨。
我不想实现我父母的预言，他们说人生就是战争。
我全身心想要安宁。
愿我安息。

14

我死的时候，我只想要女人们为我行入殓仪式 [①]，
任由她们随意处理我的遗体：清除我的耳朵
听到的最后的话语，揩掉我的嘴唇说出的最后的话语，
擦净我眼睛看到的景象，抹平我额头上的忧愁，
把我的双臂交叉叠放在我胸前，仿佛熨烫过的衣袖。
让她们用香膏涂抹我的肌肤，把我立为死亡之王
在位一天，给我的骨盆犹如果盘那样，盛上
睾丸和阴茎，肚脐和鬓毛——仿佛来自过去某个世纪的
装饰华丽的静物画，黑丝绒底子上的真正静物，
然后用一根羽毛搔弄我的嘴巴和屁眼，查验
我是否还活着。让她们轮流大笑大哭，
实施最后一次按摩，把那劲道从她们的手心通过我
传到整个世界，直到世界末日。
她们中的一位将唱"上帝充满怜悯" [②]，
将用甜美的嗓音唱"上帝充满子宫"，
提醒上帝怜悯生自子宫 [③]，真正的怜悯，
真正的子宫，真正的爱，真正的恩典。凭我的一生，我发誓，
这就是我一生中、死亡时想要的。

---

① 依照犹太教正统派仪轨，男性遗体由男性清洁入殓，女性遗体
　　由女性清洁入殓。
② 语出犹太葬礼祈祷辞《请赐予您神圣翼护下完美的安息》。
③ 在希伯来语中，"rechem"（子宫）与"rachamim"（怜悯）辅音
　　字母相同，而单词的拼写有时会省略元音的标注，故这两个词
　　可被视为同形词。

犹太人旅行：变化即上帝，死亡是先知

1

犹太人旅行。如是所写："我要举目向山，
我的帮助从何而来。"[①] 不是一种要看尽一座高山的峥嵘的
　　远足，
也不是一种要尽享大自然美景的登高，
而是一种有目的的、要从上天寻求帮助的徒步旅行。
如何解读"我要举目"？需要举起的
沉重的犹太眼睛。如是所写："谁能登雅赫维的山？"[②]
不是背着背包、唱着歌的徒步旅行者，而是
一群以"洁净的手和清净的心"[③] 祈祷的会众，
不是强壮的身体和健壮的腿脚。肥沃的山谷
简直是祈祷的好地方，如所说的："雅赫维啊，
我从深处向你求告。"[④] 就连"青青草地"
和"静静溪水"也不是有关在树荫下休憩吃喝
或在灼热的夏天在溪流附近露营，
而是有关赞美雅赫维，因为就在那后面，经文说：

---

① 见《塔纳赫·诗篇》第 121 篇第 1 节："我要向山举目；我的帮助从何而来？"

② 见《塔纳赫·诗篇》第 24 篇第 3 节："谁能登雅赫维的山？谁能站在祂的圣所？"

③ 见《塔纳赫·诗篇》第 24 篇第 4 节："就是手洁心清，不向虚妄，起誓不怀诡诈的人。"

④ 语出《塔纳赫·诗篇》第 130 篇第 1 节。

"死荫的幽谷"①——
死荫笼罩着万物。犹太人旅行。
就连摩西登西乃山也不是像登山者那样登，
而是去领受律法石版。他登上尼波山
不是要再下来而是去死。

2

犹大·哈－列维写道："我的心在东方，我住在西方的尽头。"
这才是犹太人的旅行，这才是犹太人玩的心在东西方之间，
在自我与心之间，有来有往，有往无来，有来无往的游戏，
无罪的逃亡者和流浪者。一段无尽的旅程，如犹太人
弗洛伊德所踏上的，在肉体与心灵之间，心灵
与心灵之间漫游，只能死在两者之间。
啊，这是个什么样的世界，在其中，心在一处，身在
另一处（几乎就像一颗从身上摘下又移植的心）。
我想到用某个地名取名的人却从未去过也永不会去
那个地方。或者一个艺术家根据一张照片
画一个人的像，因为那人已去世。或者犹太人的迁徙，
他们不像候鸟一样追随夏季和冬季，
生命和死亡，而是服从内心的渴望。因此
他们那么死性，他们把他们的上帝叫作马孔②，"地方"。
现在他们回到了他们的地方，雅赫维已经漫游
到了异地，祂的名字将不再是一地

---

① 　此语及以上三四行语出《塔纳赫·诗篇》第 23 篇第 2~4 节。
② 　"Makom"，系希伯来语音译，义为"地方"，是犹太人称呼上
　　帝的众多别称之一。

而是多地，多地之主。
就连死者的复活也是一段漫长的旅程。
什么留下了？橱柜顶上的旅行箱，
那就是留下的东西。

3

站在尼波山上的摩西第一个
在心里说："我的心在西方，而我
在东方的尽头"，但是他还说：
"我的心在东方，而我在西方的尽头。"
如是开始了长征，伟大的犹太旅程。
尼波山是他的渴望的分水岭。
他向往他永不会看到的迦南之地，
但他转向东方，朝着流浪了四十年的旷野，
写下了"妥拉"，作为一本旅游手册，
一本回忆录，每一章都载有一些非常私人性的内容，
只能是他个人的——如法老的女儿，如他的姐姐米利暗、
他的哥哥亚伦、他的黑妻子、十诫。

4

摩西进入训练，为在旷野里长途跋涉作准备。
他筹划了一次侦察任务，去探明燃烧的荆棘，
培训了火柱和烟柱，然后回到埃及，
安排出走的彩排。他像杂技演员一样
练习每个动作，直到示现神迹之杖在他手里感觉自然。
在实弹演习中，有时会有人死亡的。

有人会在长途行军之前查看地图，
有人会在之后查验："这是我走过的地方，
那是我去过的地方。"有之前的忧虑，有之后的忧虑。
犹太人耶稣筹划了一次侦察任务，去各各他，
下客西马尼谷，上苦路。
他查看了他的犹太人葬处，量了大小，
掂了墓碑的重量，测了天气如何，
估了墓穴的深浅，他将从中复活，成为一位救世主。

5

我们的祖先亚伯拉罕年年都要带他的儿子们去摩利亚山，
一如我带我的孩子们去我曾经在那里打过仗的内盖夫丘。
亚伯拉罕偕儿子们四处漫步。"这是我让仆人
原地待命的地方，那是我在山脚下把毛驴
拴在树上的地方，还有这儿，就在这儿，我儿以撒，你问我：
瞧那火和柴，可是用来燔祭的羔羊在哪儿呢？
然后，往上多走了几步，你又问了一遍。"
他们到达山顶后，休息了片刻，吃了喝了，
然后他指给他们看那公羊的角被卡在那里的小树林。

亚伯拉罕死后，以撒开始带他的儿子们去同一个地方。
"我在这儿背起木柴，这是我上气不接下气的地方，
在这儿我问，我父亲回答：上帝要照看献祭的
羔羊。在那边，我已经知道那就是我。"
当以撒老眼昏花的时候，他的子女
把他领到摩利亚山上那同一地点，给他重述
所有的往事，所有的他可能已忘记的事情。

6

我们不再问：太阳消失到哪里去了？月亮
从哪里升起来？我父亲去哪儿了？上帝在哪里？
你的心上人去哪儿了？我们的问题狡黠又隐蔽，
像加了饵的鱼钩：刚才在这儿的那个男人在哪儿？
纬线和经线何时相交？——都是对死亡的一拐肘、
一眨眼。帕尔马赫街在哪里？从前是
帕尔马赫街的那条街在哪里？他们改成了
一条街，又把街改成了十字路口的帕尔马赫在哪里？
剩下什么？动与反动。
它们相遇时，就造成动乱。东方与西方永不会相遇，
就像设计糟糕的隧道两头。
剩下什么？扩张感与收缩感，
扩张好像整夜的群星，
收缩好像尝过柠檬而噘起的嘴。
有过的与本来可以有的。
沿路是行动与空洞的行动姿态，
好像林荫道两旁排列的树。

7

在圣彼得堡的博物馆里，他们发现一张十七世纪的
犹太人结婚契约。它镶有一圈金边，
是孔雀和鹿的图案，不是新娘和新郎的像。字迹
尚未消退，也不再光亮；如今那克图巴 [①]

---

① "ketubah"，系希伯来语音译，义为"字据"、"婚契"，（转下页注）

比对那两口子的记忆更珍贵。
新郎的话音和新娘的话音 ①
在时光的吸烟镜厅中被静默并忘却。
在说"瞧，你正式嫁给我了"之前
或之后，他对她说过"我爱你"吗？
在"我爱"与"瞧，你"之间的空里
有什么？那里长着什么？什么窸窸窣窣哼哼唧唧？
什么嘀嘀咕咕？留下了什么？夜里如何？②
橱柜顶上的旅行箱，那就是留下的东西，
像空棺材。

8

另一种犹太人旅行：带着妻子和孩子们，
我去了我祖母出生地所在的边远的
德国村庄。那座红顶房子还在那里，
花园边上的小溪还在流淌，
房子和小溪之间是肥沃的花床。
在那些花床里，我原来想种唱诗的儿童，
嘴巴像金鱼草那样大张着唱着悲歌。
在这里，祖母小时候曾采桑椹和树莓。
某一天，在另一个遥远的时代，这些对于新儿童
可能都是新名字：桑椹、桑白瑞拉，树莓、树贝瑞特。

（接上页注①）指传统犹太婚姻文书，通常用阿拉米语（也译"亚兰
　　语"、"阿拉姆语"等）书写，并配有精美的装饰图案。
① 　指犹太婚礼上传统祝福语的片段。
② 　见《塔纳赫·以赛亚书》第21章第11节："有人声从西珥呼问
　　我说：守望的啊，夜里如何？守望的啊，夜里如何？"

那时，那悲伤的唱诗班的歌将会是感恩的和赞美的。
我祖母被葬在了干旱严酷的橄榄山上，
橄榄树早已从那里退却了——那是一座石头山，
一座坟冢山。她被埋在那里，
有关溪水和桑椹的记忆
跟她埋在一起。

9

在肥沃的野地中间一座小丘上坐落着一个小公墓，
一个关在生锈的大门后，藏在灌木丛中的犹太人公墓，
被遗弃和遗忘了。在那里既听不到
祈祷的声音，又听不到哀悼的声音，
因为逝者不能赞美雅赫维。
只有我们的孩子们声音响亮，寻找着墓地，每找到
一个就欢呼起来——就像在树林里找蘑菇，找野草莓。
这儿又有一个墓！那上面的名字是我母亲的
母亲的，是上个世纪的名字。这儿有个名字，
那儿还有！在我正要抹掉那名字上的青苔时——
看，墓碑上刻着一只张开的手，一位客恩①的墓，
他的手指伸开，迸发出圣洁和祝福；
这儿还有一个被浆果灌木丛遮蔽了的墓，
必须拨开那些枝条，就像撩开一个
美丽可爱的女人脸上的一绺乱发。

---

① "kohen"，系希伯来语音译，义为"祭司"。

10

然后，我们来到一个已成废墟的礼仪浴池。一个好人引我们
　　到那里，
仿佛那是缅甸或墨西哥丛林里那些隐蔽的神龛之一。
五十年来，那毁圮的密克维 ① 覆盖着一丛荆棘，
鬼都没有一个来拔掉它。曾经
汇聚在一个净化池里的雨水
并没有停止降落，可是现在没有了池，没有了净化。
从前墙上挂镜子之处，现在长着一丛树莓；
照镜子的犹太女人站立之处，蕨草
长疯了。从前水汽从池水中
和浸在水中的女人肌肤上升起之处，长着荨麻
和常春藤，水汽成了死亡的见证，女人
死于不净与净与火的循环之中，变与异的
循环之中。说，我的灵魂啊，变化即上帝。
循环即一切：身体内的血液循环，水的循环，
节日祈祷的循环。说，我的灵魂啊，唱，
我的灵魂啊，给上帝听，祂自身就是赞美与哀悼、
诅咒与祝福的循环的一部分。
说，我的灵魂啊，唱，我的灵魂啊，变化即上帝，
死亡是先知。

---

① "mikveh"，系希伯来语音译，义为"净化池"。该设施主要用于
犹太教正统派产后或经期妇女的净化。

11

黄昏时，在最后的昼色里，我们看见
一块森林空地上一个小足球场：
粉笔线早已消逝了，没有边界，没有规范，
没有规则。已逝的球员在踢球，看不见，
哨子像哭丧的女人一样尖叫。
球门柱一端是正义之门，
另一端是怜悯之门。球门网扯破了，
逝者的灵魂漏出去了。
球场中央，一只足球，黑白相间，
是草丛中唯一真实的东西，仿佛是昔日留在那里的。

12

晚上，我再次沿着那排枝条拂地的
哭泣的垂柳散步。我坐在多年前
还是小孩子时在那里等待的同一张长椅上。
两代记忆已经逝去了，
现在第一代遗忘已经到来。循环
闭合了，循环打破了。可是我又到那儿了，在哭泣的垂柳
近旁坐着等待着，坐着等待着那个人，等待着另一人。
泪水把街灯的银线牵向我的眼睛。
如果有哭泣的垂柳，就应当也有
欢乐的柳树和希望的柳树，它们的枝条朝上。
（你上一次哭是什么时候？）树干里的年轮暴露
树有多老，犹如泪水告知人生的长度。
你上一次哭是什么时候？

13

他迈步下车。我递给他水。
他从哪儿来，我问，他这回要去哪儿，
这一切真的需要吗？他回答，嗓音
不稳："我在中转，我一直在旅行，我在出发
和返回的循环中，我来自过去那些日子，
我去往未来那些日子。但是现在总是跟我在一起。"
他啜了一口，把杯子递给我，说："他们在
老的大会堂遗址上建了一座小圣殿。
新圣殿时髦闪亮，装有空调，座椅
舒适，女席区隔帘
是用昂贵的织物做的，设计很艺术，但是没有
祈祷班①，女席区没有女人。
你不该忘记那记忆的红光，那永恒的
火焰——犹太人那不可治愈的怒火。
如今他们在旧的废墟上修建了一间现代**密克维**，
墙是大理石砌的，水龙头是包金的，
还配备有汗蒸屋和健身角。可是几乎
没有剩下一个女人，留下来的人
都不需要**密克维**。她们的循环结束了。完了。"

14

"现在我必须再次离开了。我必须回到

---

①　系由 10 名或更多 13 岁以上犹太男童组成的朗诵团，负责在会
　　堂等处举行的任何仪式上朗诵经文和祈祷文。

记忆与遗忘的循环中去了。别了。我们哪天
会再见。"他这样说罢，转身离开。
我送他到黑车那儿，车
开走了。他走了。
留下了什么？橱柜顶上的旅行箱——
他们是留下的一切，就像船沉后
漂在水上的旅行箱。
直到他们也——

15

我曾说，死亡即上帝，变化是先知。
现在我平静下来了，我说：
变化即上帝，死亡是先知。

我不是六百万分之一：我的寿命几何？开合开

1

我的生命是我的肉体的园丁。大脑——一座关得紧紧的暖房，
其中的花卉，来自异域而怪异，
敏感而害怕绝种。
面孔——一座讲究形式的法国园林，有着对称的轮廓线
和迂曲的大理石甬道、雕塑和休憩的地方，
抚摸和嗅闻、向外眺望、在绿色迷宫里
走失的地方，还有"勿践草坪"和"禁止摘花"。
肚脐以上的躯干——一座英国园林，
貌似自由，没有棱角，没有铺路石，好像天然，
好像人类，依我们的形象，照我们的样子，
它的臂膀与四周广袤的夜色相连接。
肚脐以下的躯干——有时是一个自然保护区，
蛮荒、吓人、惊人，不被保护的保护区，
有时是一座日本园林，紧凑，充满
预想。阴茎和睾丸是光滑的
卵石，其间生长着黑暗的植物，
是充满意味和静思的
清晰的小径。我父亲的教诲
和母亲的命令
是唧唧啾啾鸣唱的鸟儿。我所爱的女人
是四季和变化的天气；正在玩耍的孩子
是我的孩子。这生命是我的生命。

2

我从未去过那些我从未去过

也从不会去的地方，在光明岁月和黑暗岁月的无限中我没份，

但黑暗是我的，还有光明，我的时间

是我自己的。海滩上的沙子——那些无限的颗粒

是与我在亚革悉和凯撒里亚做爱之处同样的沙子。

我把生命的岁月劈分成小时，小时劈分成分、

秒和微秒。这些，唯有这些，

是我头顶上

数不清的星星。

3

我的寿命几何？我就像一个出埃及的人：

红海分开，我从干燥的陆地过渡，

两面水墙，在我右手边和左手边。

法老的步兵和骑兵在我身后。我的前面是沙漠，

也许还有应许之地。这就是我的寿命。

4

开、合、开。① 我们出生前，我们身外宇宙中的一切

都是开着的。只要我们活着，我们身内的一切

————————

① 　典出《巴比伦塔木德》第3章第30a页："母亲子宫里的胎儿像
　　什么？像一合起来的笔记本。双手歇在太阳穴上，肘在大腿上，
　　脚跟抵着屁股，头夹在双膝之间。嘴巴闭着，肚脐开着……当
　　降生到尘世的空气中来时，闭合着的张开，张开着的闭合。"

都是合着的。我们死的时候，一切又张开了。
开、合、开。我们不过如此。

5

那么我的寿命几何呢？就像自我拍照。
我在几尺远处稳固的什么东西
（这世上唯一稳固的东西）上摆放好照相机，
我决定站在一个好地方，一棵树跟前，
跑回到照相机前，按下定时键，
再跑回到树跟前的那个地方；
我听见时间的嘀嗒声，那声音
好像遥远的祷告，快门的咔嚓声就像砍头的声音。
这就是我的寿命。上帝在祂的大暗房里
洗印照片。照片如是：
我满头白发，两眼疲倦沉重，
额头黑黑的，好像被焚毁的房子
被烧黑的窗户上框。
我的寿命尽了。

6

我不是死在大屠杀中的六百万分之一，
我连幸存者都不是。
我也不是逃出埃及的六十万分之一。
我从海路来到这应许之地。
不，我不在那数目里，虽然我内心里依然有
火和烟，那夜里日里引领我的

火柱和烟柱。我在内心依然疯狂寻找
紧急出口、温柔之乡、土地的
赤裸、逃往弱小和希望的通道，
我内心依然有寻找活水的欲望，
凭着对岩石的平静谈话或狂乱的拳击。
然后，沉默：没有问题，没有答案。
犹太历史和世界历史
就像两扇石磨把我夹在中间碾磨，有时
碾成粉末。阳历和阴历
彼此超前或落后，
跳跃着，它们使我的生命永动。
有时候我跌入它们之间的缝隙躲藏起来，
或者一路沉沦下去。

7

我完全相信就在此刻
成千上万的人正站在十字路口
和交叉枢纽，在丛林和沙漠，
彼此指示在哪里拐弯，哪条路是对的，
哪个方向。他们准确地解释从哪里走，
到那里的最便捷的路是哪条，什么时候停下
再问。那儿，在那边。第二个
路口，不是第一个，从那儿向左或向右，
在那白房子附近，橡树旁边。
他们用兴奋的嗓音指点着，挥着手
点着头：那儿，在那边，不是那个那边，是那个那边，
好像在做某种古老的仪式。这也是一种新宗教。

就在此刻我完全相信。

名字，名字，在别的日子和在我们的时代

1

我名叫耶胡达。重音在胡上，①
耶胡，哟呼——母亲叫贪玩的小孩回家的声音，
谁②，谁，从旷野里呼喊的声音，谁，谁，
朝旷野呼喊的声音。惊人的哟和受惊的呼，
我一生所爱的拖长音的谁。

我名叫耶胡达，重音在达上，
耶胡达好像希伯来语中的"谢谢你"：妥达，是耶胡达式
　　骄傲，
是马加比家族的犹大的英雄行为的遗物。
耶胡达好像轰鸣的乌德琴——粗钝的回音
好像捆扎一叠信件的皮筋
或者尖锐的回音好像女人腰间
崩断的松紧带。达达，没有耶胡，没有雅赫维，
只有凭借一顶打开的降落伞，穿过我人生的大气层，
往一场婚礼中大胆的一跳。

2

我名叫耶胡达，但爱我的人们把我叫作犹大，

---

① 　"耶胡达"系人名"犹大"的希伯来语发音，口语重音在第二
　　音节上，正式发音时则在第三音节上。
② 　英语"who"（谁）与"hoo"（胡）发音相似。

一如老犹太人过去所叫的，就像爷爷的兄弟。
犹大。哟哟，小孩从藏猫猫的地方叫喊，
渴望的哟，轮船雾笛的哟哟，
哀叫的哟或欢呼哈利路亚的呼，哟呀哈利路亚。
来自深处的哟和来自高处的呼，
你和谁在一起在爱的房中。

3

我的名字耶胡达，是从大全的名字
仓库里取来的。我的生殖器
勃起，精子却来自永不枯竭的精子库
又通过我的后裔回流
到大海中去。

4

埃胡德被炸弹撕成两半。葬礼在那家
大乳品厂邻近的殡仪馆举行，牛奶的气味
强烈，直扑在雨中行走的吊丧者鼻孔。
洒过的鲜血到此为止，洒了的牛奶到此为止，
雨水到此为止，被有魔力的名字遮蔽的名字
到此为止，向上的阶梯和向下的阶梯
到此为止，被称名的一切到此为止，
失去的一切都不为人知。
过去有过的，未来会有的
都将会合在明艳的色彩中，
就像太阳落入大海，它们永远不会相遇，

如果它们相遇，那就将是世界末日。

5

克拉拉·邦迪是个芭蕾舞教师，在一个收容所
教女孩子跳舞，为战争和舞蹈时刻准备着。
彼得·沃尔夫在德国是个有名的舞蹈家，在以色列
是个天平、砝码，各种平衡的严格检验员。
每天他都检查，每天他的腿都紧缩
在办公室里沉重的办公桌下面。
他们本来可以继续住在德国，不来耶路撒冷，
本来可以在集中营跳舞至死；他们本来可以继续检测
正义的天平、审判的天平、怜悯的天平
达数千年之久，本来可以更接近成为上帝。

跳舞的耶路撒冷到此为止，
检测的耶路撒冷到此为止，
从此是另一个世界。

6

梅厄·明德林与他的名字三度离婚，
回到他最初的名字，离开了这个国家。多年前
在他的空房间里我大爱了一场，
因为房间无法容忍空虚：对空虚的恐惧 [1]。

---

[1]　此短语原文为拉丁语"horror vacui"，系意大利艺术评论家马里
　　奥·普拉兹（Mario Praz，1896~1982）首用来指英国维多利亚
　　时期室内设计令人窒息的繁复细密风格的，后成为艺术批评术语。

我不记得在哪次战争中，在哪段历史中——
公众的还是私人的——第一次遇见他。
他懂五种语言，可是当子弹击中他时，
他瘫痪了，五种语言全都被打哑了。
我想清理掉登载他的讣告的版面上所有其他消息，
犹如考古学家刷洗一只陶罐，或者犹如
一具死尸被清除种种不洁那样。
我想给他的人生做广告——虚假广告，
货物已售罄，你不再买得到。
我想要悼念仪式，衣服撕破，鞋子滑落，
轻微地，容易地，像诅咒一样，因为诅咒分量轻。
把你压倒的是祝福。

7

托娃的哥哥——在迦特丘 ① 战役中负伤，我把他背下来——
痊愈了，因为痊愈而被忘记了，数年后
死于一场车祸，因为死了
而被忘记了。即使我沾满鲜血的双手
当时是先知，我的双眼也看不见，
我的双脚也不知道地里的庄稼所知道的，
即绿色的麦苗成熟时变黄。
这是一片麦田的生命预言。

在大求告日，我嚎叫和散那，② 救救我们啊！我哭泣，我

① 　"Gath"，系以色列古城邦，非利士人的故地，现为国家公园。
② 　住棚节第七日为大求告日，被认为是小赎罪日，人们（**转下页注**）

乞求。
这嚎叫成熟为美妙的音乐——在教堂唱诗班中
几乎就是一首赞美诗，和散那，哈利路亚，
赞美不曾施救的主。
但我回到哀哀求告的*和散那*，
它把我的嘴变成咧开的伤口，
还可以安抚我，像婴儿哭到自己睡着。

8

亚伯拉罕·鲁宾斯坦，一个来自立陶宛的文静的黑眼睛男孩，
于1937年到达耶路撒冷我们学校。他
来的时候我们为他开了欢迎会。就在那年，
当初恋在我们灵魂中搅起最初的混乱，
好像橱柜里或桌子上的杂乱一样的时候，
我们的嗓音开始像季节一样改变，就像夏季和冬季
在嗓音循环中永远不会回归。
1938年，他跟他家人回到立陶宛，他走的时候
我们为他开了欢送会，玩闹游戏，跟他来的时候一样。
假如他待在耶路撒冷，他也许会把他原来的犹太名字改成
荣耀的希伯来语名字：鲁宾斯坦可能会变成
鲁比 [①]、石头、金刚石、蓝宝石，
任何宝石都行，无论什么颜色，任何名字都是好名字。
可是他回到了立陶宛，我从未听到过他成年的嗓音，

（*接上页注②*）祷诵"和散那（Hoshana）"，义为"救救我们吧"，以
　　乞求上帝赦免往年之罪，在来年慈悲为怀。

① "Ruby"（鲁比）既是"Rubinstein"（鲁宾斯坦）的昵称，又有
　　"红宝石"的意思。

健全，定型，在死亡集中营里嚎叫。

无论生前还是死后，他都没有到过仙境。

现在它们一起来了——原本可能的

和实际发生的——二者合一，

就像示玛，以色列 ① 末尾拖长音的

"一"。以色列啊，你要听：终。

9

但·俄梅珥——生前和死后都是叛逆者。就连他那漆黑的
　胡须

都是叛逆者，从不柔软或驯服，从不屈服于它的命运。

最终，他自己的心起来反对他，从内部杀死了他。

一个有许多新的开始的人。但哪怕有许多

新的开始，也终归于一个结局。他死在

一家名叫正义之门的医院里。他毕生都试图猛攻

正义之门。（如今那座老旧的医院大楼也已

毁圮了。）有时我看见他年迈的父亲依旧走在

耶路撒冷的街道上，昂着头，穿着一丝不苟，

手里一根威严的手杖，不仅仅是供扶手的拐杖。

他带着已逝去的欧洲的优雅挥动着它。

那根手杖里面有他已故儿子但的灵魂，

就像一把窄细的剑藏在密探的拐杖里，

而他竟至不知情。我是唯一知情者，

---

① 　"示玛，以色列"义为"以色列啊，你要听"，系犹太教基本教
　　义，宣称上帝的绝对唯一性（见《塔纳赫·申命记》第6章第
　　4~9节）；日常祷告和垂死者的临终祷告，坚称上帝的唯一性。

因为但是我的朋友。

10

保罗·策兰。接近终点，词语在你
体内渐少，每个词
在你体内都那么重，
连上帝都要把你像重担一样
暂时放下，也许，为了
喘口气，擦一擦额头。
然后，他撇下你，挑起一副较轻的担子，
另一位诗人。可是从你溺水的口中
升起的最后的气泡
是最终的凝练，你生命之重的
泡沫状浓缩物质。

11

有一回我在遥远的佛罗里达读诗。
将近傍晚，我读毕；人们离开，礼堂
渐空，只有两个人留下并走近我，有如在典礼上：
一男一女，满头柔软白发，浑身穿绿——
她一袭绿色连衣裙，他一身绿色套装。
她站得稍微靠后一点儿，回答说：
"我们俩都是诗人。我写
轻松的诗，但我丈夫写非常深刻的诗。"
她说完这话，就不再作声；他摇摇英俊的头。
然后他们转身，走了，

消失在礼堂尽头，在黄昏中
像一片绿色的晚霞。我将不再会
见到他们，不再会
见到一片绿色的晚霞。

12

路易斯·拉帕波特死于心脏病突发。
他四个孩子心目中世上最好的父亲。
那小女孩的父亲，她在学校合唱队里唱歌，
她的嘴巴张得大大的，好像雏鸟在巢里
等爸爸衔来的食物，从中飞出一支
美妙动听的歌。

然后有一天，那位好父亲突然死了；
现在他变成了警世故事，讲给不太
完美的孩子和不太完美的父亲的故事寓意：
"别烦爸爸，你会惹他犯心脏病的。"
但是路易斯·拉帕波特是最好的父亲。

从现在起我们将需要特许才可以欢笑，
就像在赎罪日需要特许才可以祷告：①
我们的烦恼不是烦恼，我们的哭泣不是哭泣，
我们的死者没有死，我们的绝望不是绝望。

---

① 在赎罪日前夕念诵的悔罪祷文："我们的誓言将不是誓言，我们
的约定将不是约定，我们的诺言将不是诺言。"系用以免除仓促
间许给上帝的誓约的古老套语。

我们允许自己与欢乐者一同欢笑，
与欢爱者一同欢爱，与逝去者一同逝去。

13

一个男人的父母给他起了个来自流散地的老派名字。
如今只有非常老、非常祷告的犹太人还叫那种名字。
他的朋友们给他起了个野性的名字，因为他长成了
一个高大勇敢的伞兵，在外面的世界
养马，回来后在加利利山丘中养马。
他父母开着一家女性内衣店，胖大女人穿的紧身胸衣，
瘦小女人穿的轻量级胸罩和丝织短裤。
无论是谁，要是他嘲笑像这样的有关代沟的故事，
哪怕只是咧嘴微笑，他就一点儿也不懂
野马或迦南地的名字或流散地的名字
或加利利山丘或女人
或女人的衣服，无论内衣还是外衣，
或以色列地，或以色列人民的历史。

14

路得，路得，路得，来自我少年时代的小女孩——
如今她是相异的替身。
相异即死亡，死亡即相异。
你会像死者有时回到生者身边，
仿佛再生那样，回到我这里吗？
箭庆祝自己返回到弓吗？从墙上弹回到
玩耍的孩子手中的皮球又如何呢？

啊，没有人的名字，没有名字的人，
所有那些二手名字。我有时想到
借书与借钱之间的差别。
一种情况是，你必须归还同一件东西。
另一种情况是，你只是还回同等价值的东西，
如零钱。

15

所有这些名字，经过清理和净化，在循环中，
在名字的大搅拌机中回收再生，
为起名而起的名字和白起的名字，
从那边来的名字和到那边去的
名字，沉默的名字，
杂物和废物的名字。

在我少年时代死去的路得，路得，如今两个巨人，
伊特伽达尔和伊特喀达什，[①] "壮大"和"尊崇"，
会照看你的死后，
代替另外两个巨人，"愿袦赐福"和"愿袦保佑"，[②]
他们没有照看好你的生前。
路得，路得，你的圣名

---

①   "Yitgadal"和"Yitkadash"，系《悼亡者迦底什》开头两个词的
    音译："[愿袦的大名在袦按照袦的意愿所创造的世界上]壮大
    而尊崇。"
②   出自犹太祭司祝祷辞："愿主赐福和保佑你；愿主的容颜照耀
    你，慷慨待你；愿主顾念你，赐给你安宁。"

壮大而尊崇，
祂的圣名，即你的名。

16

啊，上帝的诸多名号，祂的名有福了，
可说出的名和不可说出的名。
啊，白昼王国的姓氏
和黑夜王国的名字，
在黑暗中低语的名字。

在罗马的一个广场上，我曾看见一个女人
在一个角落等人。我不知道她站在那里
有多久，也不知道那还没来的人
最终来了没有。但在她死后，上帝
会一如既往，轻柔地掰开她的头，
寻找她真正所爱之人的名字。
那不会是祂的名字，那不会是祂的。

耶路撒冷，耶路撒冷，为什么是耶路撒冷？

1

耶路撒冷永远在变换着风姿，就像大卫，
为了逃避死亡换上疯癫的面目 [①]。死者假装
复活了，生者假装已死了，
和平戴上战争的伤疤面具，战争
改变风格趋向和平。居住在其中的我们
与一只样式特别、纹饰僵化的柜子
一起被展示在历史的橱窗里，
我们的脸上带着天堂里的表情，给朝圣者、旅游者
和兴高采烈的天使们看。但是我们真正想要的
是在黑暗的仓库里撒野，如同在伊甸园里那样
有着不受限制的欢乐："他们赤身露体，并不羞耻。" [②]
还有在遥远的过去升上高天的圣人
和在遥远的未来从耶路撒冷升空的宇航员——
仿佛他们是要逃离她而上天的。
因为与耶路撒冷相比，哪怕无穷的外太空
也是安全的、受保护的，像个真正的家。

[①]　见《塔纳赫·撒母耳记上》第 21 章第 12~13 节："大卫将这话
放在心里，甚惧怕迦特王亚吉，就在众人面前改变了寻常的举
动，在他们手下假装疯癫，在城门的门扇上胡写乱画，使唾沫流
在胡子上。"

[②]　见《塔纳赫·创世记》第 2 章第 25 节："当时夫妻二人赤身露
体，并不羞耻。"

2

一个有城墙的城市，如耶路撒冷那样，
就像有父亲的孩子，
而城墙和父亲都不再能保护他们。
我们不会受愚弄。我曾见过人们站在拥挤的公共汽车里，
燃烧的脸上是倦怠熄灭的眼光，
或倦怠熄灭的脸上是燃烧的眼光。
那些站着的人高抬手臂要稳住，
仿佛在举手默祷，而他们读着广告，
公共汽车窗子上方的文字：请勿吸烟，
买，买，紧急出口，就是买，买！
是的，我们会受愚弄。

3

耶路撒冷静坐哀悼，她在守头七，
前来吊唁的人们
给不了她安宁，无论白天黑夜。尽管心怀关切，
他们并不提及逝者的名字或逝者的生平，
他们只跟她闲谈世俗事务和日常小事。
人来人往，熙熙攘攘，她根本没有时间哀悼，
仍未意识到她才既是被哀悼者
又是哀悼者。他们不会让她独自坐着，
所以她不停地去看那些古老的礼拜堂，
犹如一位母亲在儿子在战争中死去之后保留着他的房间
不愿改变其中一件东西。甚至不愿打开窗帘。

4

耶路撒冷的树木真的很努力试图像大海那样喧响，
那些从心底深处祈祷的人和在床上的恋人也同样，
但是我们不会受愚弄。
是的，我们会受愚弄。

5

耶路撒冷就好像沉入海里的亚特兰蒂斯：
那里的一切都被淹没浸泡着。
这不是天国的耶路撒冷，而是下面的耶路撒冷，
通往下面的。从海底，他们捞起毁圮的墙体
和信仰的碎片，如来自预言的沉船的
锈迹斑斑的器皿。那不是锈迹，那是从未变干的血迹。
还有覆盖着海藻的陶罐，时间和时间之忿怒的珊瑚
和来自往昔的钱币，过去的可流通的货币。
但是在那下面也有一些非常年轻的记忆：
来自昨夜的爱的记忆、看透的记忆，
像网里逮住的艳丽的鱼那样迅捷，泼喇着，扑棱着。
来，咱们把它们扔回耶路撒冷！

6

耶路撒冷是一套旋转木马，
从老城穿过所有社区再回到老城。
你下不来。谁要是跳下来，就有生命危险；
谁在最后一轮下来，就得再次买票

才能重新上去无穷无尽转着玩。
那上面并没有大象和彩绘的马可骑，
而只有各种宗教，上下起伏，配合着来自
祈祷堂的油腻调音乐在轴上转着。
耶路撒冷是一架跷跷板：有时我向下
蘸入过去的世代里，有时我向上升到空中，于是
我像个孩子般尖叫，双脚甩得老高：
我想下去，爸爸，我想下去，
爸爸，把我抱下去。
圣人们就像这样都上升到天国，
像孩子般尖叫：爸爸，我想待在这儿，
爸爸，别把我弄下去，我们的父我们的王，
把我们留在上边吧，我们的父我们的王！

7

在耶路撒冷，一切都是象征。就连两个恋人在那里
也会变成如狮子、金顶、城门之类的象征。
有时候他们在太软的象征上做爱，
有时候象征硬如磐石，利如钉子。
因此他们在一张有六百一十三根弹簧的床垫上做爱，
如同律条，"要"和"不可"的诫命的数目，
噢，对，就这么做，亲爱的，不，不要那样——全都为了爱
及其乐趣。他们说话声如洪钟，
带着宣礼者的哭腔；在他们的床边，犹如在
清真寺门口一般放着空鞋子。在他们的住宅门柱上写着：

"你们要尽心尽性爱彼此。"①

8

众多地方之中，为什么是耶路撒冷？为什么不是纽约？
她有着高耸的大楼和地下的通道
和隧道以及更深处，可以从那里呼喊：
主啊，我从深处向你求告了。
为什么是耶路撒冷？为什么是我？
为什么不是雅典、埃及、墨西哥、
印度、缅甸——圣殿已经在那儿了，
穹顶贴金，立柱就位。

9

为什么耶路撒冷总是有两个，一上一下？
而我想住在中间的耶路撒冷，
上不至于碰头，下不至于磕脚。
为什么耶路撒冷是复数的，如手和脚？
我只想住在一个单数的耶路撒冷，
因为我只是一个而不是多个灵魂。

10

在这里，有些日子里，一切都是风帆和更多风帆，

———————————

① 此处系阿米亥化用《塔纳赫·申命记》第 6 章第 5 节中的句子：
"你要尽心、尽性、尽力爱雅赫维－你的神。"

即使耶路撒冷没有海，甚至没有河。
一切都是风帆：旗子、祈祷披巾、黑大衣、
修士袍、土耳其长袍和阿拉伯头巾、
女子的连衣裙和头巾、
"妥拉"罩和祈祷垫、在风中鼓胀的情感
和使它们朝别的方向航行的希望。
就连在祝福时张开的我父亲的手、
我母亲的宽脸膛和路得的遥远死亡
都是风帆，它们全都是耶路撒冷的两个海洋——
记忆的海洋和遗忘的海洋——
之上壮观的赛船会上的风帆。

11

众多地方之中，为什么是耶路撒冷？为什么不是巴比伦，
及其巴别塔和巴拉巴拉的语言？
为什么不是彼得堡，及其白如祭袍的
白夜的神秘和更名：圣彼得，圣列宁？
为什么不是罗马及其地下墓地？
为什么不是麦加及其黑石？
为什么不是温哥华及其鲑鱼？
它们从大海上游，用肚皮
在坚硬的山坡上爬行，
好像赎罪的朝圣者，长着鳍和鳞的洁食的朝圣者，
最终到达蓝色高地，产卵，死去。

12

衬衣和裙子挂起来晒——你立刻就知道
是假日了。白色内裤和汗衫意味着和平和安宁。
可是旗帜飘扬的时候，你就无法断定那是和平
还是战争的标志，它们是节日的遗留
还是对逝者的纪念。战争与和平从远处看
是一样的，正如新形成的星河看上去
就像坍缩已死的老星球。
我们会受愚弄。不，我们不会受愚弄。
是什么召唤我们去祈祷？救火车、
警车、救护车的哭喊声。
祈祷声上升到高处，又像
防空导弹没有打中目标
而回落的弹片。然后，又一次，鸣笛声
召唤我们去祈祷。

13

"这城如何独坐？"先知哀矜耶路撒冷。
假如耶路撒冷是个女人，她可知欲望？
她大声叫喊时，是由于快乐
还是痛苦？她的诉求的秘密何在？
她何时自愿打开城门，何时被强奸？
她所有的爱人都抛弃她，给她
留下爱的薪酬——项链、耳坠、
塔楼和祈祷堂，
英吉利、意大利、俄罗斯、希腊、阿拉伯风格的，

木头和石头、雉堞和山墙、铸铁大门、
金银门环、色彩的暴动。他们都给了她
一些能让她记住他们的东西，然后抛弃了她。
我本想跟她再说说话，可是我在跳舞的
人群中找不到她了。跳舞是完全的放纵。
耶路撒冷只看见她头上的天空，
而无论是谁，只看见头上的天空——
看不见她爱人的脸——她就真的只能独卧，
独坐，独立，独自跳舞了。

14

在这里，有些日子里，一切都是内脏，满的内脏或空的内脏，
末端像提琴弦或香肠皮似的内脏，耶利米
在他的腹中到处抓那蠕动的内脏，①
盲目的内脏或拥有能预言的异象的内脏，
历史的内脏和歇斯底里的内脏，连接空无
与空无的内脏——无入口，无出口，无身体，
除了内脏什么都没有。全都是内脏。
全都是虚妄，全都是空无，全都是痛苦。

15

众多地方之中，为什么是耶路撒冷？为什么不是伦敦
及其花园、宫殿、塔楼，以及来自

---

① 此处系阿米亥化用《塔纳赫·耶利米书》第 4 章第 19 节中的
句子："我的肺腑啊，我的肺腑啊，我心疼痛！"

大本钟的鸣响？大本，一个大个儿老男孩，
大神，神圣迷雾中的伟大上帝。

16

在这里，有些日子里，一切都是口：鱼口、被宰杀的
羔羊的口、巴拉巴拉的口、水井口、
领唱人和唱诗班的口、漂亮的口、钥匙孔的口、
屁股眼的口、深渊大张的口、
虔诚或亵渎的口、两面的口、对巴兰
说话的驴的口、露出牙齿的骆驼的口。
我的口要赞美您的荣耀。

17

在耶路撒冷，希望永远在跳跃。希望就像一条忠实的狗。
有时她跑在我前头去查看未来，去把它嗅出来，
这时我就叫她：希望，希望，过来，她就
到我面前来。我抚摸她，她从我手中叼吃的。
有时她待在后面，靠近别的什么希望，
也许要嗅出什么东西。这时我就叫她我的绝望，
我大声叫她：嘿，我的小绝望，过来，
她就过来卧着，我就
又叫她希望了。

18

两个恋人在耶路撒冷彼此交谈，

兴奋如导游一般，指点着，

触摸着，解说着：这是你在我脸上看见的

我父系祖先的眼睛，这是我从中世纪一位遥远的母系祖先

　　那里

继承的光滑的大腿，这是从三千年前

一路旅行到这里的我的嗓音，

这是我眼睛的颜色，我精神的马赛克，

我灵魂的考古地层。我们是圣地。

在古老的洞穴里，我们可以藏匿和抄写秘密经卷[1]，

一起睡在黑暗里。

有一回在隐凯勒姆[2]一个废弃的洞穴里，我看见了

鸡毛和扯破的女人衣裙，

不禁怒火满腔，几乎是圣经中描写的那般忿怒。

在那洞穴旁边的女修道院里，孤儿院的院子里，

突然爆发出一阵狂乱的喧闹声，女孩和修女们、

一头发疯的母山羊、吠叫的群狗到处奔突的嘈杂声。

然后是寂静和一堵褐色驳蚀的墙。

19

有时候耶路撒冷是一座刀子之城。

就连对和平的希望也是锐利的，可以刺透

坚硬的现实。过些时候，它们就变钝变脆了。

教堂钟声总是在试图发出平静圆润的音调，

---

[1]　系指1947年在犹大荒漠中死海附近库姆兰洞穴里发现的希伯来文"圣经"抄本，世称"死海古卷"。

[2]　"Ein Kerem"，系耶路撒冷一街区名。

但它们变沉重了，好像杵在臼中捣着
炮弹壳——沉闷、滞重、顿地的音响。
领诵人和宣礼人想美化他们的音调，
但最终，一声尖利的哭喊洞穿了嘈杂声：
主啊，我们所有人的上帝，主是
唯一，唯一，唯一的。

20

我总是不得不去往正在经过和过去的一切的
相反方向。正是这样我才知道我住在耶路撒冷：
我逆着在老城游行的朝圣者的人潮而行，
在他们如美丽的云朵一样飘过我脸旁之时，
与他们摩肩擦身而过，感到他们衣料的质地，
嗅到他们的体味，听到他们的谈话和歌唱。
有时候我会被缠在一个出殡的队伍中，
然后从另一头冒出，奔向美好的生活。
有时候我被狂欢游行队伍俘获，我举起手来
像个泳者逆流击水，或者仿佛在说：和平地去吧，
去吧，去吧，而我走向另一边，走向
我的悲伤我的平和。我逆着渴望和祈祷而行
去感受他们呼到我脸上的气息，
渴望和祈祷的材料的嗡嗡声和沙沙声。
这可能是一种新宗教的开端，
就像擦火柴点火，就像摩擦
生电。

21

有这样的日子，人人都在说，我当时在场，

我愿意作证，我距离事故，距离炸弹，

距离十字架只有几尺远，我差点儿被击中了，差点儿被钉十
　字架了。

我看见过喜棚下新娘和新郎的脸，差点儿

就高兴了。大卫王跟拔示巴睡觉的时候，我是偷窥者，

我碰巧到那儿，在房顶上安装导水管，取下一面旗子。

我亲眼见过圣殿中发生的光明节奇迹①，

我见过艾伦比将军②进入雅法门，

我见过上帝。

然后又有这样的日子，一切都是不在场证词：不在场，没
　听见，

只是从远处听见了爆炸就跑开了，看见了冒烟但是

正在读报纸，正待在别的某个地方。

我没见过上帝，我有证人。

耶路撒冷的上帝是个永久不在场的上帝，

不在那儿没看见没听见

在别的某个地方。曾在某个地方，某个别的。

---

① 据传在马加比家族反抗叙利亚塞琉古王朝的斗争期间，耶路撒
　冷犹太圣殿中所剩一罐油本来仅能供七枝烛台燃烧一天，却连
　续燃烧了整个光明节的八天。

② 埃德蒙·亨利·海因曼·艾伦比（Edmund Henry Hynman Allenby，
　1861~1936），系英国陆军元帅、帝国总督，他在第一次世界大
　战期间率军从奥斯曼帝国手中夺取了巴勒斯坦地区。

22

为什么是耶路撒冷？为什么不是壮美的旧金山？
毕竟，她已经背负着那爱鸟的圣人之名，
她有一个金色的城门，条条上坡下坡上坡路，
地下深处的隆隆声响——时刻准备爆发出火
和烟柱，如上帝在西乃山颁赐"妥拉"时——
以及如圣经中所描述的，一片大张着口的土地①。

23

为什么是耶路撒冷？为什么不是巴黎以及她的广场
和林荫道、献给荣耀之王的凯旋门、
横跨狭窄世界的宽阔桥梁？

24

在耶路撒冷的拉班大街上，我看见一个游乐场，
有秋千和别的设施供孩子们玩耍；
我看见所有的孩子都被推上那掉着漆皮的
旧秋千而不是那些更新、
更鲜艳、更好玩的秋千。
我看见许多树，所有的狗
都跑向一棵树，所有的孩子

---

① 　见《塔纳赫·民数记》第26章第10节："地便开口吞了他们，
　　和可拉、可拉的党类一同死亡。"可拉是利未人的首领，因反
　　对亚伦家族世袭的祭司身份和摩西的领导权而发动叛乱，最终
　　被烈火和地震吞没。

玩捉迷藏都躲在那棵树后面。

25

在这个城市中，有这样的日子，那时没有人是他自己，
而是别人的儿子。他们被叫作*伊本*、*本*、
森、*松* ①。他不是他，你不是你，
我不是我，而是我的儿子，伊本·以斯拉和伊本·穆萨、
本·亚伯拉罕、伊本·安拉，上帝之子。
他们全都在宣讲将来会发生什么的福音，就连那些
没有记性的人也到处去提醒别人，
就连爱神也哀悼圣殿的被毁，
哀悼和做爱时的身体前后摇动是一模一样的。
然后又有这样的日子，那时人人都是别人的父亲，
他们被叫作*阿布* ②：阿布这，阿布那，
后裔的父亲、孤儿的父亲、痛苦的父亲、
怜悯的父亲、我们所有人的阿布，我们的父我们的王。

26

渴念耶路撒冷，渴念在耶路撒冷、另一个遥远时代的童年：
利未人的子孙渴念着，既然他们已经老了，流亡
在巴比伦河畔。他们依然记得在圣殿里
唱歌的情景，那时他们的嗓子刚开始变声。

---

① 　"Ibn"、"Ben"、"Son"、"Sohn"分别是阿拉伯语、希伯来语、英
　　语和德语，皆义为"儿子"，用于人名，表示姓氏。
② 　"Abu"，系阿拉伯语音译，义为"父亲"，用于人名，表示姓氏。

在夜晚，他们彼此提醒童年的事情：
还记得我们是怎样玩捉迷藏的吗？在
至圣所后面，在盛乳香的瓮中间，
在祭坛周围的排水沟附近，在圣约柜上
覆盖的锦绣披风的阴影里面，
在小天使之间。

27

有朝一日，耶路撒冷的一切都将变成大腿，被屠宰的牛的
　大腿
挂在肉铺里等待加工，还有枪击的大腿、负重的驴子的大腿。
城门两边走动的圆滚滚黑黝黝的柱子
是大腿，坚硬的王座的大腿和柔软的大腿，
蜂蜜似的大腿，新娘的大腿和毛乎乎的新郎的大腿，
全都是大腿。

28

为什么是耶路撒冷，为什么是我？
为什么不是另一座城市，另一个人？
有一回我站在西墙前，
忽见一群受惊的鸟儿飞起，
锐叫着拍动着翅膀，好像上面
写着愿望的纸片，那些愿望
从巨石的缝隙中飞出，
上升到高处。

研讨会，研讨会：恶意的言语，善意的发言

1

在酒店大门的上方，我看到一个横幅：
"眼睛发炎国际学术研讨会"
为那些哭得太多或哭得不够多的人举办的。
他们全都在翻领上别着胸牌，
好像公墓里的临时名牌或
植物园里的标牌。
他们走近彼此，仿佛在嗅闻，仿佛在检查，
你是谁？你从哪里来？你
上次哭是在什么时候？
上午会议的主题是"啜泣：
哭泣的结尾还是哭泣的开头。"啜泣
作为灵魂结巴和悲伤结石。啜泣
作为连接哭泣与哭泣的瓣或袢，
一种不易解开的袢，就像发带，
而哭泣——散开的头发，蓬勃壮观。
啜泣像一种誓言，一种证言，一种疗法。
回到小隔间里，女译员忙于
把命运译成命运，把哭泣译成哭泣。晚上她们回到家，
把言语从嘴唇上拭去，带着幸福的啜泣
开始做爱，她们的眼睛燃烧着快乐。

2

一个讨论眼睛发炎的研讨会。泪水永远是含盐的
大海的代表团，它们从不来自淡水，
流动的溪，平静的湖。你上次哭泣是
什么时候？译员们坐着把一切都再循环到另一个
没有终点的再循环计划；上帝的灵
在上方盘旋，巨大的风扇叶片呼呼旋转，
搅动着空气，言语被一遍一遍搅成泡沫。
闭幕式："祂像狗一样哭叫。
狗像人类一样哭叫。"那是最后的会议，
所有教条的瓦解，所有研讨会的终结。
门的上方一个指示牌："紧急出口"，红灯
长明。宇宙的眼睛发炎，
无可救药。

3

关于语言的研讨会：口语的、绮靡的、诗意的、哀婉的。
一种战争与和平的新语言的机遇：
正如在希伯来语中，名词和动词通过增加一个音节
或改变一个元音，把音变长或变短而变更
阴阳性，战争语言也同样会变，再说一遍，
战争语言。最后的研讨会，
只有我和我自己：一次小组讨论，我的身体零件
对我的灵魂讲话，每一个有固定话题
和规定时间——手、脚、肾、心、
肠、生殖器官、欢乐和痛苦。

研讨会闭幕：在内部重新开会与我自己
交换意见——没有胸牌，没有译员，只有言语。
啊，我的言语，好的和坏的，
变动的和被改动的。啊，我的言语——
恶意的言语，善意的发言。

4

研讨会和论坛，多得数不胜数。
一个研讨会讨论一个宗教到另一个的
进口和出口，从锡安山出口"妥拉"和婴儿
到尘世上，进口死者。或者一个大型研讨会讨论约伯：
皮肤病学家论皮肤病，人类学家
论痛苦和受难，法学家论正义和非正义，
上帝论撒旦的本性，撒旦论神圣的观念。
约伯的三个朋友，比勒达、以利法、琐法，论自杀
心理学，自杀学这门科学。
动物学家论"利维坦：从约伯到天堂"，
陶瓷专家论约伯用来搔痒的
陶片的类型。搔痒作为一种解决办法，
发言作为一种喉咙里的搔痒或趋向死亡的搔痒，
直到死亡把它们分开，搔痒者和那好陶片。
译员把痛苦翻译成另一种痛苦，
记忆译成遗忘，遗忘译成记忆，
诅咒译成祝福，祝福译成诅咒。
有时她们在小隔间里睡着了，像产科病房
睡篮里的新生儿。

5

一次关于灵魂的演讲。活的证言。有生命的演讲。
在大英博物馆，我看见一只长着狮爪的鸟、
一头长着人头的狮子、长翅膀的牛。
我问它们：为什么，你们要那做什么，
你们就做狮子、鸟、牛还不够吗？
它们回答说：你这灵魂迟钝的生物，
你做了黏土和腐殖土做的人难道就够了？
你为什么需要这些附加的灵魂、
一个不适合你的上帝，此外，还有情感呢？

6

译员们逃出她们着火的小隔间，
跑到大街上，高呼"救命！"
一路跑向别的、更安静的研讨会。

7

一个对公众开放的研讨会。灵魂在肉体之前形成，
就像一个基础结构———一条五车道高速公路，又直又宽，
　挤进
风景之中，你就可以快速、容易地从一地到另一地。
不：灵魂只有在肉体的生命衰退时才暴露，
就像犹大荒漠中狭窄蜿蜒的小路一样，
只有经过许多世代的绵羊和赤脚的牧羊人
踩踏之后才变得清晰可见。

一个晚间研讨会：灵魂是一次寻找，是寻找
任何失物的寻找之舞。我遍搜全身
和衣物，轻拍然后重拍，找寻
一个信封、某种证件、钥匙、零钱、一张重要的便条。
我站起身，弯下腰，全身抖擞，
手指掏进衣袋深处，
戳着我的皮肉。
人们以为我在挠痒痒。灵魂即
痒痒。抓挠暴露它，使它平静。

8

上午会议：肉体是一块落入平静的水中的
沉重石头。灵魂是涟漪。灵魂是由
越来越大的柔和的离心圆圈构成的。
中午回应会议：肉体是由
向心运动的涟漪构成的，
圆圈越来越小，越紧越重，
在底部凝成沉重的灵魂。

9

肉体是灵魂的工作场所；
肉体是用来实验、发明、创新的实验室。

10

肉体想要把灵魂锁起来，像锁在保险柜里，

直到遗嘱宣读后才能打开。
遗嘱是灵魂。肉体是保险柜。
钥匙在上帝手中。或者干脆丢了。

11

下午会议："上帝与灵魂"。
犹太人每天感谢上帝恢复了他的灵魂。
可是假如有天早上肉体决定要一个
不同的灵魂会怎样？

12

心怀怜悯又节俭的上帝可能会决定
把一个灵魂配置给多个人类肉体。
就像一盏街灯照亮好几户人家，
或一个火车头拖着整列车厢？

13

傍晚会议：肚皮朝下俯卧在黑暗之中，
把头埋在枕头里，闭上眼睛，
去看比天上的更多彩、更美丽的星星。

14

译员们，男的女的，坐在他们的巢室内
像蜜蜂一样，用那些嗡嗡嘤嘤巴拉巴拉制造着蜂蜜：

他们眼睛后面，一种养殖蜂蜜，
他们阴毛下面，一种野生蜂蜜。

我儿子应征入伍了

1

我儿子应征入伍了。我们把他
同其他男孩一道送到车站。
现在，他的脸已加入到那些在我人生中
从汽车和火车掠过的窗口对我说再见的人脸当中，
瓢泼大雨中的人脸，阳光下
眯眼斜瞅的人脸。现在还有他的脸。
在车窗的一角，像信封上的一枚邮票。

2

在罗马环形斗兽场附近的一个广场中，我在一个公共龙头下
　　洗手
并用手掌捧水喝，同时一扇关着的大门近旁
一直坐在一张折叠椅上的一个穿白裙的红发女人
走了。我抬起湿漉漉的脸时，
她已经不见了，像放在这世界上验看这世界
是否还在呼吸的一片羽毛被吹走了。这世界
还在呼吸，这世界还活着，
那女人还活着。我们活着，我儿子还活着，
那白羽毛还在飞，还活着。
我想让我儿子在意大利军队里当兵，
军帽上插着多彩的羽毛，
快活地到处冲，却没有敌人，无需伪装。

3

我想给他一些忠告：听着，我儿，不要变。
记住：你就是你。在热天，
多喝水——咕嘟下去就变了。
还有一条忠告是我在自己参加的战争中谨记的：
夜里外出巡逻的时候，把水壶灌满，
这样水就不会哐当响而把你出卖了。
你的灵魂在你肉体内也应当像这样子，又大又饱满又沉默。
（做爱的时候，就尽量大声做吧。）
别忘了那变成了一个公共汽车窗的
你房间里的窗户。在所有窗户的尽头，有一扇门。
门可以给予，门可以夺取。
最要紧的是，别忘了那张折叠椅的智慧、
那多彩羽毛的欢乐、
那飞走的白羽毛的预言。
一个古老的意大利城市的景观：
在那里，在缠乱的小巷尽头，总是有
一个洒满阳光的广场和闲谈。

4

鸟儿知道在哪儿筑巢；
鱼儿知道在哪儿产卵；
茉莉只在夜里给空气注满芳香；
画在墙壁上的大海向外望着
被窗户框起来的大海。
（我可曾提到过我父亲懂得

把要运输的包裹捆牢之法？）
我想让我儿子在梵蒂冈瑞士卫队里当兵，
身着多彩的军服，披挂饰带，手中的钝矛
在阳光下闪闪发光。

5

我想给十诫再加上两诫：
第十一诫："你不可变"；
第十二诫："你当变。你会变。"
我已故先父为我加的这些。

6

我儿子应征入伍了。我们去军队基地看他，在荒漠里，
帐篷及其绳子和楔子试图使我们忘记
那荒凉。沿路刷白的石头
那么耀眼白热，以至于我遮住眼睛。
好像犹太女人在点安息日蜡烛。
我在一个空罐子近旁的一块石头上坐下，那空罐子
里面的风声是曾经发生的一切，
将来发生的一切。我听见从远处沙丘传来零星的枪声，
仿佛拇指紧张、执着地掀过《生死书》①的声响。
我儿子婴儿时光脚丫的脚步声
都比他沉重的军靴踩在内盖夫的细沙上的声音大。

_____

①　按犹太教传说，上帝记录将来升天国的义人之名于《生之书》，
　　注定下地狱的恶人之名于《死之书》。二者合称《生死书》。

我想让我儿子在英国军队里当兵，
在雨中守卫一座王宫。头戴毛皮高帽，
人人都注视着他，而他，肌肉一块都不动，
在内心里大笑着。

7

我的孩子们在泪水和笑声周围成长壮大，
像果子，像房屋，可是泪水和笑声
待在核里面，一如实际。我们的父，我们的王！
父和王今天就到此为止。
去吧，我亲生的孩子们：跃入下一个世纪去吧，
那时泪水和笑声将会继续，一如实际。
我记得给过他们一个严厉警告：
"决不要，决不要把手伸出行驶中的公共汽车窗外。"
有一回我们在公共汽车上，我的小女儿叫了起来："爹爹，
　　那个人
把手伸到外面去了！"

那就是生活之道：把手伸到世界的
无限外面去，把外面翻到里面来，
把世界塞进屋里，把上帝塞进那无限肉体
里面的一个小小灵魂中。

8

我曾教他们如何走路，现在他们正在从我身边走开。
我曾教他们如何对世界说话，

现在他们正在教我对自己的心说话。
我曾教他们去睡觉，教我自己在晚上熬夜。
我是个骆驼，驼峰里都是感情，我是个担忧熊，忧虑
储存在我体内是一层脂肪和皮毛。我是个袋鼠，
育儿袋已清空。我的灵魂上有个地方标记为痛苦，
如同一张表格上用省略号做的标记："删掉此处再返回。"
我的头是个子宫，我的心是个车库，我的手
是多余的。像这样的变化不时发生在我身上，
改变角色，改变地点——改变和互换。
我是个易碎的渴望
和钝化的欲望专家。假如我是个天使，在我变回去之前，
我会过于疲倦而无法用翅膀飞行。

9

我女儿长得更像我母亲而不像我或我妻子。
在没有赢家的基因游戏中那些
大胆卓越的跃进，或象棋中那些
马的侧跳——用钩和线钓住我们
放入过去和未来的一个幻影预言。
是的，我儿子应征入伍了。他回家来过夜的时候，
沉默不语，然后就睡了，我女儿也睡了。
他们在那里，睡在我家里，靠近
耶路撒冷老城的城墙；我知道，
父亲是个幻觉，就像那城墙一样。
哪个都保护不了。只能爱，担心。

10

儿童募集小小的希望和慈善的小小零钱，

为癌症病人、心脏病人、盲人，

还有唯有上帝才知道的别的什么。

他们来到门前，轻轻地敲——仿佛心跳：

我们来……我们来……我们来……

从前我同我的孩子们一起给这个世界作检查。

他们是我的盖革计数管 ①、我的深度测量仪、

我用来探寻、检测、发现的温度计和寒度计。

现在，他们用我来探测过去的世界和未来的世界。

11

"这些事的总结：都已听见了。" ② 现在我女儿也

应征入伍了。现在她的脸也在那缓缓

驶出车站的公共汽车窗里。现在她的脸也

在那车窗的角落里像信封上的一枚邮票。

　　　像她哥哥。

啊，那些邮票，那些寄出到世界上的信，

我们寄的那些信。那些人名、地址、号码，

那些多彩的邮票，那些人脸。

还有像命运之锤击的审查戳记的砰然盖印。

---

① 　系德国物理学家汉斯·盖革（Hans Geiger，1882~1945）与瓦尔特·米勒（Walther Müller，1905~1979）于1928年发明改进的探测放射性的仪器。

② 　见《塔纳赫·传道书》第12章第13节："这些事都已听见了，总意就是：敬畏神，谨守他的诫命，这是人所当尽的本分。"

12

现在她的脸也，现在她也，
我想给她一些忠告：
别忘了自由散开的头发的巨大威力，
像舞者那样
向后梳、盘紧的头发的巨大威力。

13

至于罗马那个广场，水继续从龙头流淌着，
为庆祝节日挂出了旗子，
处处都能听到短笛和小鼓伴奏的歌声；
至于那个消失了的女人，至于那些羽毛，
它们在时间的世界里继续消失和飞着。
罗马和耶路撒冷的城墙的幻觉，
与所有其他疑问和妄想一道，继续迷惑着人。
至于我的儿女和他们远离生活的旅程，
但愿两位迦底什巨人伊特伽达尔和伊特喀达什
保佑他们，一如它们保佑我父亲和母亲——
在我的儿女生时，在我的父母死后。

秋天、爱、商业广告

1

夏末。在最后一股热浪的极端折磨之后，
夏季坦白了它的罪行，我说：枯树庄严，荆棘
荣耀，靠自身的坚固硬扛的蓟
奇妙。寄生的常春藤比寄主更美，
葡萄干枯的卷须含情脉脉地缠着黑莓。
一个洞穴口上的白色羽毛讲述着一场残酷的死亡，
但也讲述着拍打着的巨大翅膀的美。
饱受煎熬的大地上的裂缝和罅隙将是我人生的
地图。从此，观鸟人将决定历史；
地质学家将规划未来；气象学家
将看上帝的手相；植物学家
将成为研究知善恶的知识树的专家。

2

我用手指捏捏，像恋人那样掐掐，查看
无花果是否成熟。我永远不会知道死亡对无花果
有何意义，无论是留在树上还是烂在地上，
它们的地域和天堂是什么样的，它们的获救
和复活是什么样的。那吃它们的嘴巴——
是天国的大门还是地狱的入口？从前，
树是人类崇拜的神祇。现在，也许我们
是树和它们的果实的神祇。

鹧鸪含情脉脉地叫着它的兄弟角豆树；
它对横亘在它们之间的亿万年进化
一无所知，它叫啊叫啊叫啊。

3

抬头凝望看云朵是否——
它沿途会落在什么上面：墙头、阳台、
挂出来晾晒的渴望的洗涤物、忧郁的窗户、屋顶、
天空。伸出去的张开的手看雨点是否——
那是最纯真的手，
最坚信的，比所有祈祷屋里
所有崇拜者都更虔诚。

4

在空中的客机上，回家的人
坐在离家的人旁边，脸色是一样的。
渴望的气流形成即将降落的雨。
在十字军废墟中，秋天的海葱在春天
长出叶子很久之后开花，但它知道在其间
悠长干燥的夏季里发生了什么。它短暂的永恒。
雅的末底改和内戈巴的水塔保留在废墟状态
作为纪念物。我们是怎样的一个秋天民族啊，
庆祝马萨达的陷落及其自杀、

约法 ① 和贝塔 ② 的毁灭、耶路撒冷在西墙的
破坏。孑遗的孑遗。就像某人，保留着
快要散架的鞋子、撕破的袜子、破烂的信作为纪念物。
这一切都只不过是要延长一点死亡的时辰。
我们所有人生，其中发生的一切，在内部扰动和聚集的一切，
都是生命周围的一道篱笆。死亡也是生命周围的一道篱笆。

5

我想唱一首赞美诗给和我们一起
留在这里而不离开，不像候鸟一样漫游而去，
不会飞到北方或南方去，不会唱"我的心在东方，
我却住在西方的尽头"的一切。我想唱给
不落叶而忍受夏季灼热和冬季酷寒的树木，
唱给不落记忆而比落一切者遭受更多苦难的人类。
但最重要的是，我想唱一首赞美诗
给为了欢乐，为了悲伤和为了欢乐，要在现在
和别的季节里共建一个家，共造宝宝而待在一起的恋人。

6

我在秋天看见一棵树，它那些变硬的种子在荚内
欻啦喀喇响。男人的种子流出滑出，黏糊糊的，

---

① 系以色列北部拿撒勒城西北 13 公里处一古村镇，即犹太人第
　　一次反抗罗马人起义的据点，于公元 67 年被罗马大军围困 47
　　天，最终被屠。

② "Betar"，系以色列犹大山区中一古村镇，即巴尔·科赫巴（Bar
　　Kokhba）领导的犹太人第三次反抗罗马人起义的（**转下页注**）

被无声地吞入。

如是，树的种子

比人的种子强[1]：

它就像一个令人愉快的玩具欻啦响，那是它的情歌。

7

因为爱必须大声说出来，不是小声说，才可以

被看见和听见。必须没有伪装、

显而易见、吵闹、像刺耳的大笑声。

必须是个浅薄庸俗的商业广告，宣传"要昌盛繁茂"：

人类的一种洋洋自得、惊人的"昌盛"和一种有棱有角、

受折磨的"繁茂"——给苦涩人生撒的甜糖霜。

爱是言语和野地里招蜂引蝶的

花朵，但也是女人衣裙上的花卉图案。

是大腿内侧娇嫩的皮肤，是灵魂

深入底部的内裤和高入天国的上衣，

是公共关系、大地对大地居民的引力、

牛顿的万有引力定律

和神圣变化无常定律。哈利路亚。

（接上页注②）最后据点，于公元135年被罗马军队攻陷。今距耶路
　　撒冷10公里，是其门户之一。

[1]　　此处系阿米亥化用《塔纳赫·传道书》第3章第19节中的句子：
　　"人不能强于兽，都是虚空。"

谁又会记起记得者？

1

纪念日读的经文，一首献给战争中的死者的
有关记忆的诗篇。这一代记忆老兵
正在逝去。半数在成熟的老年，半数在腐烂的老年。
谁又会记起记得者？

2

一座纪念碑是如何产生的？一辆小汽车在沙阿尔哈盖①
身裹赤焰上行。一辆烧黑的小汽车。一辆小汽车残骸。
它旁边，另外一辆车的残骸，在另外一条路上一场
交通事故中烧焦的。残骸被涂上了防锈漆，红得
像那火焰的红。一具残骸近旁，一个花圈，
现已干枯。用干花，你可以做一个悼念花圈，
从枯骨，可以看到白骨复活的幻景。
在别处，某个遥远的地方，灌木丛中隐藏着
一块有裂纹的大理石碑，上面有许多名字。一枝夹竹桃，
像一张惹人怜爱的脸上的一绺头发，遮住了其中的大半。
但是，一年一度，那枝条被剪短，名字被念诵，

---

① "Sha'ar Ha-Gai"，系希伯来语音译，义为"山谷之门"，为特
　拉维夫－耶路撒冷高速公路一站点，距耶路撒冷 23 公里，道
　路从此开始上坡进入峡谷。该处建有国家纪念碑，由排列在公
　路两旁的装甲车残骸组成，以纪念在独立战争中为解耶路撒冷
　城之围而牺牲的犹太护卫队。

同时在上空，一面降半杆的旗子像在旗杆顶上的
旗子一样欢快地飘扬着，轻松而自如，
对它的颜色和微风感到心满意足。
谁又会记起记得者？

3

参加纪念典礼正确的站立方式是什么样的？
直立还是弓身，像帐篷那样绷紧还是保持萎靡的
默哀姿势，像罪犯一般垂头还是昂头
集体抗议死亡，
眼睛像逝者的眼睛一样大睁凝固
还是紧闭，在内部看星星？
记忆最好的时间是什么时候？中午，
那时影子隐藏在我们脚下，或黄昏，
那时影子拉长像渴望一样，
无始，无终，犹如上帝？

4

我们在典礼上将唱什么？从前我们唱河谷之歌：
"谁在打枪，谁又在那里倒下，在贝特阿尔法^①与纳哈拉尔^②
　　之间。"
现在我已经知道是谁打的枪，

---

① "Beit Alfa"，系波兰犹太移民于1922年在以色列北部创建的集
　体农庄，位于基利波山区贝特舍安谷地中。
② "Nahalal"，系由第二波移民中的拓荒老手于1921年在以色列
　北部创建的农业合作社，位于耶斯列谷（Jezreel Valley）中。

我也知道倒下的人的名字，
他是我的朋友。

5

我们的哀悼应当是什么样的？大卫王对扫罗和约拿单的哀悼：
"比鹰更快，比狮子还强"，[①] 这就是我们的哀悼应有的样子。

假如他们真的比鹰更快，
他们就会翱翔在战争之上
而不会受到伤害。从下面这里，我们就会看见他们，
说："鹰在那儿飞呢！那儿有我儿子、我丈夫、我兄弟。"

假如他们真的比狮子还强，
他们就会像狮子一样待着，而不像人类那样死去。
他们就会从我们手中吃食，
我们就会抚摸他们金色的鬃毛，
我们就会把他们驯养在家里，用爱：
我儿子、我丈夫、我兄弟、我丈夫、我儿子。

6

我去参加埃胡德的葬礼，他被炸弹撕碎了，
离这里很远，一场新的战争中的新的死者。

---

① 见《塔纳赫·撒母耳记下》第1章第23节："扫罗和约拿单——
活时相悦相爱，死时也不分离——他们比鹰更快，比狮子
还强。"

他们告诉我要去新的殡仪馆:
"就在那边大乳品厂附近,
你循着牛奶的味儿走的话,
就不会走错。"

7

有一回我带着小女儿散步,
我们一起走着,遇到一个男人,
他问我一向可好,我问他一向可好,
就像在圣经中那样。
于是她问我:你怎么
认识他? 我说:拉儿,
他和我一起打过仗;她应声又问:
"如果他和你一起打过仗,那
他怎么还活着没有死呢?"

8

没有人曾听说过茉莉的果实,
没有诗人曾歌颂过它,
他们都唱醉醺醺的颂歌给茉莉花,
它那上头的香气,它那颜色,深色叶子衬托的白,
它那盛开的气势,它那短暂生命——
蝴蝶的生命或流星的生命——的力度。
没有人曾听说过茉莉的果实。
谁又会记起记得者?

9

没有人赞美葡萄的花，人人都赞美
葡萄的果实，祝福葡萄酒。
我可曾提到过，我父亲心灵手巧，
懂得如何打理要运输的包裹，
扎紧并且封紧，
包裹就不会在途中像我一样散架？
万事万物中那么多死亡，那么多打包和运输，
那么多打开不会再闭合，那么多闭合
不再会打开。

10

谁又会记起？你用什么保存记忆？
在这世上你如何保持任何东西？
你用盐和糖、高温和冷冻、
真空密封、脱水、木乃伊来保存。
但是，保存记忆的最好方法是把它贮存在遗忘里面，
那样，哪怕一个记起的动作也不会渗入，
打扰记忆的永久安息。

11

在华沙公墓寻根。
这里有的是正在寻找的根。它们
破土而出，拱翻墓碑，
缠住残石，搜寻

人名和日期，搜寻
有过的和不再会有的事情。
根在寻找被烧毁夷平的树。

12

遗忘，记起，遗忘。
开，合，开。

犹太定时炸弹

我书桌上有一块刻着"阿门"字样的石头，犹太人
公墓里成千上万块破碎墓碑幸存的
残片之一。我知道这些碎石块现在
全都填充着巨大的犹太定时炸弹，
其中还有别的残片和弹片：残破的律法版、
残破的祭坛、残破的十字架、生锈的十字架刑钉子、
残破的家用器皿和圣器，以及残破的骨头、
眼镜、鞋子、假肢、假牙、
致命毒气的空罐。这些碎石块全都
填充着犹太定时炸弹，直到末日。
尽管我知道这一切，也知道末日，
但我书桌上的石头给我以平和。
它是无人试验的试金石，比任何哲人石
都睿哲，来自一个比任何完整
都完整的残破坟墓的残破石头，
一块见证曾经发生过的
和总是会发生的事情的石头，一块阿门和爱的石头。
阿门，阿门，但愿一切终将过去。

附　录

耶胡达·阿米亥谈诗歌艺术[*]

柯彦玢　傅　浩　编译

问：你小时候是个有艺术天赋的孩子吗？

答：不，我从来没有真把自己当艺术家。在我的大家庭里，没有人哪怕接近成为艺术家，无论是创作还是表演。我想，我是个你可能会称之为正常的孩子，但有着非常丰富的内心世界。我喜欢足球和民间故事。我从来不觉得内心与外在世界有什么分别，现在也不觉得。我认为，真正的诗人会把外在世界变成内心世界，反之亦然。诗人总得在外面，在世界里——诗人不能把自己关在书房里。他的工作间在他的头脑中，他必须对词语和词语如何应用于现实敏感。这是一种心境。诗人的心境是以一种双重曝光看世界，看底色和折光色，看世界的本来面目。每个聪明人，无论他是否艺术家——数学家、医生、科学家——都拥有一种观看和描述世界的诗歌方式。

问：到 18 岁时你是否已写过或想到要写诗了吗？

答：我从没有想到要写诗，至少没有正式考虑过。在日记里我写过一些，后来都丢了。我当时读了很多诗。我曾为当时所爱的女孩写诗。但仅此而已——那些是私人性质的。

---

[*]　节译自《巴黎评论》（*Paris Review*）1992 年春季号（总第 122 期）所载劳伦斯·约瑟夫（Lawrence Joseph）于 1989~1991 年与耶胡达·阿米亥对谈和通信的记录。

问：你什么时候开始认真写诗的呢？

答：我在军队里服役直到 1949 年底。然后我回到耶路撒冷，重新开始教书。我还在耶路撒冷希伯来大学选修课程，学习"圣经"和文学。大约在那个时候，我开始认真写诗了。在那以前，我从未想到要把写作当成一种职业，因为我当时在军队里，还不十分肯定我将来干什么。我把写作主要看作记录个人思想的一种方式。我从来不在战斗期间写作，但有时我在战斗之间写出差不多是小遗书、小遗赠、临终遗嘱、我可以保存和随身携带的感觉对象之类的东西。我那时写的东西还不是给别人看的。我想，既然别的作家能够表达我的所思所感，我又何必费力去尝试写作呢。然而，在 1940 年代后期，到了一个时间点，我开始想："为什么我不自己干这活儿呢？"我当时阅读的作品并不代表我的需要，以及我所见和所感的东西。我大约 25 岁。1950 年代初期我开始写诗。我正在上耶路撒冷希伯来大学。缘于战争，我们整个一代人都是在 25 岁左右才开始在大学学习的。我在教小学生的同时修课程。

问：你跟别的作家有联系吗？

答：1951 年，我 27 岁，我把我写的诗拿给我的一位文学老师哈尔金教授看。他把其中一首寄给了一家杂志，结果被接受了。然后，有一份大学生月报——那上面发表的作品水平参差不齐——主办了一次比赛。我投寄了一首诗参赛，得了一等奖。我属于一个青年作家群体，但其中大多数人都居住在特拉维夫。耶路撒冷，当时就像现在一样，与任何生动活泼的知识、文学场面都相当隔绝——特拉维夫当时是，现在仍是出版社、咖啡馆、剧院、作家团体等的聚集地。特拉维夫有一些人开始发表诗作——实际上是个只有四五个人的群体。其中一位，便雅悯·哈沙夫，现在是耶鲁大学的教授。大卫·阿维丹、拿单·扎赫，还有后来的达丽娅·拉维考维奇也在其中。我比其他人年长，因为与我同龄的诗人都比我认真从事写作的时间长——其他人都才十几二十岁出头。没有出版社愿意发表我们的作品，于是我们就自办杂志，发表自己的作品。事实上，1955 年我出的第一本诗集，就是这杂志印社出版的，这就是说，是我自费出版的。出版社只出版现代希伯来文学老巨匠，如比亚利克和车尔尼霍夫斯基，以及红极一时的诗人，如阿尔特曼、史隆斯基、格林贝格等的作品。我得说，他们全都受俄国、德国和法国诗的影响。

问：你这一代人处于塑造你们的语言的显著地位。是否有许多有关用现代希伯来语可以做什么的议论？

答：是的，但是我没有过多参与其中，因为我为自己的需要写作。我的想法是，为什么不用我说话用的语言的，还有我的正统派背景的语言，祈祷文、"圣经"，一起，并置和混合起来。我发现这就是我的语言。我想，这是由于我独特的个人背景——我生长在一个非常正统的家庭里，祷告词和"圣经"的语言是我天然语言的一部分。我把这种语言与现代希伯来语言并置在一起，2000 年来那一直是一种祷告和会堂语言，然后突然不得不变成了一种日常语言。这对我来说非常自然——一点儿也没有刻意为之。这种对语言的混合感受或想象是我写诗的自然方式。

问：是否有欧美的影响？

答：有。我还受英国和德国现代主义作家的影响：奥登、艾略特、埃尔泽·拉斯克－许勒尔，有一阵还包括里尔克。我认为他们用本民族语言能做到的事，我用希伯来语也能做到。我排斥阿尔特曼、格林贝格、史隆斯基之类作家的审美情趣，他们受马雅可夫斯基和勃洛克以及法国诗人的影响很大，以一种悲情写作。我还排斥当时流行的、受艾吕雅之类诗人影响的典型浪漫的社会主义和共产主义悲情性质。在其音乐、修辞、单纯小农或举起拳头拥护共产主义的普通人的"面包加葡萄酒"形象中，我发现了某种虚假——我觉得那是虚假的悲情。当然，希伯来语诗歌有着悠久的传统，但是，就在一个犹太国家刚刚建立起来的同时，我们也经历着向现代主义艺术的自由落体。这是个急剧变化的时代，而不仅仅是希伯来语的转折点。除"圣经"和祈祷文的语言之外，我也研究、学习，并在我的创作中利用中世纪希伯来语诗歌——包括其形式和语言。希伯来语诗人曾深受阿拉伯语诗歌的影响，尤其是在西班牙南部，在犹太和阿拉伯文化公开融合的"黄金时代"。

问：你第一本诗集的反响如何？

答：大半是受攻击。事实上，有一家报纸攻击一位年轻评论者，因为他赞扬了它。我的风格，我的技巧，激怒了大多数评论者——我因为使用口头语言而受攻击，因为尝试以前没人尝试过的技巧而受攻击。但是，一年左右以后，两年之内，我突然成了热议的对象，我非常"入时"了。我的第二本诗集于1958年出版，几乎立时就销售了4000册，这在以色列这么大的国家里就算是一种"畅销书"了。我当时34岁，但是我的读者来自所有年龄层——一直都是这样。那本书是由一家当时非常左倾的、与一个集体农庄有联系的出版社出版的。我把第三本诗集交到那同一家出版社——但是他们决定不出版，尽管我在他们那儿出的书曾是畅销书，他们还说他们非常喜欢那些诗。为什么？"因为我们已经出版过你的一本书了"——这就是社会主义。我得到过我那一份了，现在别的什么人该得他们的了。于是我跟另一家出版社，硕肯出版社 ① 合作了，它至今仍是我的出版社——实际上是他们来找我的。我想，它是以色列最老的出版社之一，非常小，但非常好。它原本是一家德语出版社——出版卡夫卡和阿格农的第一家以色列出版社——属于小型文学出版社的伟大传统，通过社内关系吸引作者。我的第三本诗集于 1962 年问世。其中半数收录前两本诗集，另一半是新诗。那实际上是我第一本诗汇集，1948~1962 年的创作。书中想必有 500 首诗，至今仍在印行，而且销得非常好——已经售出了 5000 多册。

问：你还写散文和小说？

答：是的。1950 年代中，在和我第一任妻子到美国旅行之后，我写了 2 篇小散文，印象之类。其一标题为《奥登在青年会朗诵诗歌》，那与我在纽约市第 92 街希伯来男女青年会的诗歌中心听过奥登朗诵并在朗诵后与他短暂会面的印象有关。然后，在 1960 年代中，我们再次见面，成了朋友。我还开始对狄兰·托马斯非常感兴趣。他的诗并没有真正影响我的，但我喜欢他的诗。所以，在从美国回以色列途中，我们经过威尔士时，我造访了狄兰·托马斯在威尔士南部的旧居。我拜访了他的母亲，参观了他曾在其中工作的农舍——不亲眼见你是不会相信的。农舍敞开着，就在地板上躺着无数手稿，没有人在乎它们。我太天真无知，对此没有任何作为。我跟他母亲聊了聊，一番非常动人的经历。回到以色列后，我给一家报纸写了一篇关于参观狄兰·托马斯出生地的

---

① 即 "Shocken Publishing House"。

散文，一位编辑说："你为什么不写短篇小说？"于是我开始写短篇小说，和写诗一道。1959 年，我出版了一本短篇小说集。大约在此前后，我也开始写第一部长篇小说，希伯来语有 600 页，英语会有约 800 页。1962 年 ① 出书，与我第三本诗集同时。哈珀与罗出版社于 1960 年代初在美国出版了这部小说——事实上，这是我出的第一本翻译成英语的书。但我不得不为翻译砍掉了几乎一半内容——在当时翻译全部很可能太贵。

　　问：你的作品最早何时开始被翻译成英语？

　　答：在 1960 年代初。两位以色列诗人，丹尼斯·希尔克和哈罗德·席美尔开始，非常成功且相当奇妙地把我的一些诗翻译成英语，发表在以色列的杂志上。耶路撒冷希伯来大学的一些人也开始翻译我。1960 年代中，在英国，特德·休斯与丹尼尔·韦斯伯特在为他们的《现代译诗》第 1 期寻找可发表的诗作时，碰到了这些杂志中的一份，其中载有我的两三首诗。他们联系了我，把我的诗收入了 1964 年出的《现代译诗》第 1 期，同期发表的诗人还有波帕、赫贝特、沃兹涅先斯基等。由于特德·休斯和丹尼尔·韦斯伯特的能量，那杂志在英国引起了很大关注。的确，是特德·休斯把我推上了轨道。通过他，1966 年我受吉安·卡洛·梅诺蒂邀请，参加在斯波莱托举办的国际艺术节。那是当时最时尚的国际艺术节——戏剧、音乐以及最优秀的国际先锋艺术。所以，在《现代译诗》之后，我在国际上首次亮相就是在斯波莱托。在那里，我和奥登、埃兹拉·庞德、艾伦·金斯堡、翁加雷蒂、兹比格涅夫·赫贝特、休斯等人同台朗诵。一年之后，我再

---

　　①　　实际出版时间为 1963 年。

次应邀去了斯波莱托，还参加了一个盛大的国际诗歌节，是由特德·休斯等人在伦敦组办的。场面非常豪华隆重——花了不老少钱——来宾包括奥克塔维奥·帕斯、奥登、庞德、罗伯特·格雷夫斯、阿尔贝蒂、沃兹涅先斯基和聂鲁达。就这样，相当突然地，我发现自己遇见了仰慕多年的诗人，并与他们同台朗诵。

问：你有许多作家朋友吗？

答：我住在耶路撒冷，与特拉维夫相比，这个城市根本就没有艺术气氛。特拉维夫是个生机盎然的城市，非常有活力，大多数文学、戏剧、新闻、出版、绘画、摄影、电影活动都在特拉维夫。耶路撒冷是个封闭环境，很少有艺术活动，这就是为什么我喜欢住在那儿的原因。在那里人人独善其身，我也一样——我不在任何文学咖啡馆消磨时光，因为根本就没有一家。我认为诗人彼此结交是自然的，但我也认为，一段时间过后，诗人之间保持友谊是很难的——例如，我总是觉得，如果两个诗人结婚，那婚姻就得几乎是不可能的。不，我个人认为，诗人与用同一种语言写作或住在同一地区的诗人不会有真正的友谊。我认为不会如此。我从小一直有这种观念——我想是受了济慈与雪莱、华兹华斯与柯尔律治之间神话般浪漫主义关系的滋养——即认为诗人彼此会成为最亲密的朋友。然而，对我来说，与诗人交友很难，因为诗人颇自以为是，而且妒忌心相当强。我不认为我有一个朋友用希伯来语写作，既是诗人又被我当作最亲密、最要好的朋友。我认为作家，尤其是用同一种语言写作的作家，实际上与其说是朋友，不如说是同事——就像外科医生之于外科医生。那顶多是一种职业关系，但是一种具有潜在敌意的关系。最好避免这种关系，远远躲开。与我关系密切的作家朋友——如特德·休斯——性情也是很孤僻的。休斯从不需要伦敦的文学艺术场面；我肯定，有许多人不喜欢他是出于嫉妒或别的原因。我还有其他用别的语言写作的非常要好的朋友，我和他们相处得十分融洽——例如，德国的克里斯托夫·梅克尔、此地的斯坦利·摩斯和菲利普·舒尔茨。我在以色列的密友多半是从事科学工作的人士——很可能是因为我崇敬热爱物理学的缘故吧。

问：我们来谈谈你的诗，你对你的诗的想法。你写作一首诗的时候，是否有主要的想象关注对象呢？

答：对我来说，写作中最重要的一个维度是时间。时间完全是相对的、相关联的。我喜欢用来描述我的时间感的词语是——戏仿"比较文学"——"比较时间"。我觉得，时间在想象中是相互比较的和连续不断的；我对往事的回忆几乎是感性的。我能够拣出我生命中任何一刻并几乎立即身临其境，不过这是在情感意义上而言的。我能够轻而易举地切回到我的童年、青年、战争，等等。这实际上是一种典型的犹太时间感，源于犹太《圣法经传》①。《圣法经传》云："'圣经'中的一切无所谓先后"，意思是说一切，所有事件，是永在的；过去和未来汇合于现在，尤其是在语言里。阿拉伯文化和语言也是如此。与英语、德语甚或拉丁语系不同，希伯来语中没有复杂的时态和语态结构。在希伯来语和阿拉伯语中，大多数时态都围绕着现在时——从现在时到过去时或将来时的转换是很容易的。有时它们几乎没有什么差别；如在"圣经"中多次出现的那样，将来时被用来描述过去发生的事件。这种把过去和未来引入现在的意识界定了我的时间感——它在我

---

①　即犹太教经典《塔木德》。

的内心和诗歌里都非常强烈。

问：你的诗里还充斥着一种深刻的、既是公共的又是个人的历史意识。

答：是的，事件对我来说非常非常重要。我几乎是具体有形地看待事件——形象、记忆——等等的，比如小徽章、肖像、物品，无一不带有其本身的描写、特征和密码。无论在什么地方发生，每一个事件都是被想象强加、分层、置于另一个事件旁边或上面的。那么，假如我在纽约但丁咖啡馆里写一首诗——我在纽约逗留期间已经在这里写了好几首了——我同时也会写别的地方、别的时间。"在纽约，在但丁咖啡馆，想着我周围的纽约，想着在特拉维夫附近果园里的你，在那里，二十年前我吻过你"——就是这样，我的思绪在诗里穿越空间和时间。我的时间感也和历史感相联系。我想这对每个人都是一样的，尤其是对犹太人，实际上是犹太人的历史感帮助他们生存了下来。我试图在我个人的历史和我周围的历史之间创造一种均衡，因为历史事件常常发生在被比喻性地浓缩了的时间中。例如，假如我要说，我记得我父亲在 1940 年逾越节期间坐在桌前听这听那，通过提及逾越节，我让以色列人出埃及之旅的全部历史也像在某特定时间地点举行的特定的逾越节庆祝活动一样起作用。通过瓦解内容和语言本身，全部历史都可以包容在语言里——例如，我可以换用一种圣经式的希伯来语来描写特定的、个人的逾越节记忆，于是它就带上了不同的历史含义。这就在语言本身之内给我提供了广大的时空范围。但是我也有憎恶历史的一面——我的政治的、人道主义的一面。那么多的历史，我个人和集体的历史，都涉及战争，而我憎恶战争。所以我憎恶历史。我和我这一代人经历过巨大的痛苦的历史失望。我这样说不只是语带反讽，而且带有更强烈的感情。我这一代人——其中许多人，包括我自己，在思想意识上都是非常左翼的——不需要戈尔巴乔夫对我们解释某种历史思维的暴力；我记得有关斯大林的真相公开出来的时候。我也看到过右翼思维的暴力。我常说，我自认为是"后愤世嫉俗的人道主义者"。也许现在，经历了那么多恐怖、那么多破碎的理想之后，我们可以重新开始——既然我们已经全副武装对付失望了。我认为，即使我反对历史和上帝，我的历史观和上帝观也是典型的犹太式的。我想，这就是为什么宗教学校有时也讲授我的诗的原因。与上帝搏斗，厉声咒骂上帝是一种古老的犹太观念。

问：你的诗与你的政治观之间的关系如何？

答：首先，任何读我的诗的人都绝不会得出原教旨主义、绝对主义的想法。如果有谁被我的诗所吸引，他或她就是被我举着衬托暴力的所有比喻性背景所吸引。应付政治现实是正常人为生存所需要做的事情的一部分。你不得不承认政治现实的本来面目。有一句犹太老话说："如果你遇见魔鬼，就带他一起去会堂。"试着把政治魔鬼带进你的生活，用想象力影响它，赋予它以人形，这就是我对政治的态度。我常说，所有的诗都是政治性的。这是因为真正的诗表现的是人对现实的反应，而政治是现实的一部分，是正在形成的历史。即使诗人写的是坐在玻璃房子里品茶，这也反映政治。

问：我们再回过头，更详细地谈谈你的诗歌手法。你的诗里蕴含着一种连续不断的动感，出入于不同的经验和现实领域。这是否你的主要审美原则？

答：是的。作为诗人，我总是把自己视作一种旅行者——我在长诗《图德拉最后一位便雅悯的游记》中直接表现了这种感觉。图德拉的第一位便雅悯是伟大的中古犹太旅行家，他在 12 世纪下半叶遍游黎凡特和中东地区，寻找失落的犹太部族，穿越整个中东，甚至到了也门。第二位是意第绪语和希伯来语作家门德勒·默歇尔·斯弗里姆创造的。便雅悯第二是个出发去圣地的滑稽的、堂吉诃德式的憨子。我认为，你是个诗人，就必须忘记自己是诗人——真正的诗人并不引人注意他是诗人这个事实。诗人之所以是诗人是由于写诗，而不是自吹为诗人。

问：尽管你的写作题材严肃，但你是一个极善于反讽的诗人。反讽在你的诗中如何协调？

答：反讽是我的诗的不可或缺的部分。对我来说，反讽是一种清洁剂。我从我父亲那里继承了幽默和反讽的天分。他总是把幽默和反讽用作净化周围世界的一种手段。反讽是聚焦、散光、再聚焦的一种方法——总是试图看另一面。这就是我观察、思考、感受和生活的方式——聚焦，再聚焦，把不同的、变换的透视角度并置在一起。

问：你读诗读得多吗？

答：我大多数读的是诗，很多诗，时不时地也读长篇或短篇小说。我年轻的时候更多是读小说。我还读报纸和杂志。以色列有些报纸相当好，有优秀的文化和政治评论栏目。

问：你读批评理论吗？哲学呢？神学呢？

答：不，我从来不读。我不会告诫年轻作者不要读理论，但我从不觉得我拿它有什么大用途。

问：你的作品被翻译到无数语言中——尤其是英语中。你对你作品的译作怎么看？

答：我对所有译作都泰然处之，真的。我四度访问美国教写作，应邀在美国各地朗诵作品。朗诵的时候我读英语译文，但我总是有意至少再朗读其中两三首的希伯来语原文。有趣的是，我所读的译诗离我而去，不再属于我自己。我朗诵的时候有时会感到一种惊讶，好像在听录音机播放我的声音——起初你不知道那是否你的声音。有时诗作完全分离，变成了一首英语诗，我听起来像一首独立自在的英语诗，好像是别人写的似的。我不是常常哀叹自己的诗在翻译中丢失了什么的那种人。首先，如果我相信诗要是被翻译，就会丢失太多东西的话，我就不会让人翻译它了。我认为诗人说诗是不可译的有点儿虚伪。诗当然可译——只不过不是全都可译。但是，我的译者精挑细选了那些可以译得最好的诗作。我写有押韵的格律诗，深植于希伯来语复杂的层次中，还没有被翻译。如果有什么东西在翻译中丢失，那就让它丢失吧。但所得也多。

问：你常常被归入"爱情诗人"一类……

答：是的。或"耶路撒冷诗人"。我厌恶这个。"爱情诗人"——好像我在爱情方面有什么特长似的，这使我听起来像个皮条客！把我自己归为诗人一类的想法让我觉得讨厌——我的现实涉及我周围和内心那么多的东西。可是人们——学校教师、新闻记者——喜欢归类，因为对他们来说，这样做容易得多。以色列有位作家阿哈龙·阿佩尔菲尔德，他在美国也很有名，就被贴上了"大屠杀作家"的标签。假如他写以集体农庄为场景的爱情故事，就没有人要读——他被习惯认为只能写大屠杀题材。假如我写的一首诗或一首诗的一部分是关于大屠杀的，我就会被告知，我是个爱情诗人或耶路撒冷诗人，我不应该写不在我领域之内的题材——你被造成了一种推销员，不可以卖别的企业的商品。当伍迪·艾伦拍一部不是喜剧的电影，一部悲剧题材的电影时，他就被人嘲笑——他就应该总是滑稽搞笑才对。然而，我是一个如此意义上的爱情诗人：我的诗中有一种强烈的"他人"感，与蒙塔莱的不无相似之处。一种对他人，常常是对另一个人，一个女人的意识，使我得以以更其另外的、不同的方式——别的感知、观看的触角——了解现实。像这样，我也就看到和感到得更多。

问：你是否认为自己是一个诗艺革新者？

答：我把自己视为诗人。我总是敏锐地意识到形式，以及形式如何与表达相联系。我总是有意识要把我的语言打开——在一个它准备被打开的历史时刻——深入其巨大的表现潜力中去。我想，我几乎从一开始写诗起就是后现代的。我用过多种形式写诗。我永远对四行诗体感兴趣，这种诗体曾经流行于中古希伯来语和阿拉伯语诗歌中。我主要是从撒母耳·哈拿基德那里学会这种体式的，他是摩尔人统治时期西班牙的一位拉比兼诗人，他用一种非常凝练的有律诗行和复杂精致的韵式。我用韵，也用十四行诗体。实际上，如果我是对的话，用意大利语以外语言模仿彼特拉克写作的第一首十四行诗是用希伯来语写的，是彼特拉克的朋友，一位用意大利语写作的犹太诗人写的。我也用自由体写过——当然，"圣经"里的诗就是用开放形式写的。我也用过英国和德国诗体、分节体式、十四行体，但我从不把这些形式强加于我的语言——相反，我把它们移植入希伯来语，使之与犹太和阿拉伯形式混合起来。我喜欢混用不同的诗歌技巧和形式。一位现代或后现代作曲家可以抓住巴赫赋格曲的核心，把它打开，扩展它；我所做的则是把爵士乐式语言和技巧放进古典体式，并置不同的、有时彼此竞争的语言和形式。我通常在刚开始写一首诗时就感觉到了它将有的形状、形式——甚至先于找到意象或特定的词语。我几乎是视觉地感到形式，就好像一尊雕塑——我能摸到它。然后我在形式中填入我的题材——出自我的题材的整个世界。

（原载《外国文学动态》1993 年第 9 期，收入本书时有增改）

以色列诗歌的历程

傅 浩

以色列诗歌在 1948 年 5 月 14 日以前是不存在的，甚至连这一概念都是不可思议的。所谓"以色列诗歌"主要是指以色列建国以来的现代希伯来语诗歌创作，尽管以色列国内还有少量的英语和阿拉伯语诗歌创作，国外（如美国等地）也有少量的希伯来语和意第绪语诗歌创作。当然，历史是连续的。以以色列独立日为界线划分以色列诗歌和广义的现代希伯来语诗歌只是为了方便起见，虽说这一历史事件无疑对以色列作家的心理有重大影响。

要理解以色列诗歌，必须对希伯来语言和诗歌的历史有所了解。

希伯来语言的源流

希伯来语属闪含语系闪语族。属于闪米特人的古希伯来部族源于古巴比伦（今美索不达米亚地区）北部，其原始语言可能是一种古阿卡德语（巴比伦语或亚兰语）。自约公元前 17 世纪被犹太人奉为始祖的亚伯拉罕来到上帝赐予的"应许之地"迦南（即今以色列国所在地；亚伯拉罕之孙雅各号称"以色列"，义为"与上帝角力者"，故其地又称"以色列之地"，其民又称"以色列人"，犹太人则为其中一支）以后，其语言受到当地其他民族的语言——迦南语（腓尼基语）、亚摩利语、乌加里特语以及不属于闪语族的赫梯语——的影响。在雅各的子孙滞留埃及为奴的约 400

年间，他们的语言又受到古埃及语的影响。所以，希伯来语被认为是一种混合语言。

公元前586～公元313年间，希伯来人先后被巴比伦人、波斯人、希腊人和罗马人征服，希伯来语不可避免地受到这些征服者的语言不同程度的渗透。不过，外来词汇一般只用于世俗生活；在宗教生活中则仍主要用"圣经"词汇。其后，希伯来人被放逐流散到世界各地，渐以犹太人名世；希伯来语又吸收了阿拉伯语、土耳其语、西班牙语、法语、意大利语、德语、俄语、波兰语等词汇。渐渐地，流散各国的犹太人大都采用了当地语言，例如德国等地犹太人所用的意第绪语是德语中的一种方言，西班牙等地犹太人所用的拉迪诺语是西班牙语中的一种方言，只不过它们都用希伯来语字母拼写罢了。而说希伯来语的犹太人越来越少，终至仅有极少数宗教学者掌握，且仅在宗教活动中使用这种古老的"圣经"语言。但是，有人认为，希伯来语并非如拉丁语一样，是一种死了的语言，因为能听懂希伯来语的犹太人远比能听懂拉丁语的非犹太人多。而且，有传说表明，一直存在有少数说希伯来语的犹太社团。公元9世纪时，但部族的埃尔达声称他找到了古以色列"失落的部族"。他的故事震惊了地中海沿岸的所有犹太人。为了证明所言不虚，他坚称这些部族只说希伯来语，并自称除希伯来语之外不说别的语言。1524年，假装救世主的大卫·鲁贝尼从阿拉伯来到意大利，同样自称只说希伯来语。显然，二者都曾找到了一些说希伯来语的听众，否则他们的话就无人能懂。

到了18世纪欧洲启蒙运动时期，希伯来语开始从虔敬派的民间希伯来语吸取新鲜血液。19世纪末，俄国犹太人大规模移民，回归故土"巴勒斯坦"（系古罗马征服者所更改的地名）。劳工们出于日常需要而采用希伯来语，从此这种"神圣"语言开始世俗化了。关于他们学习希伯来语的开端，有一段有趣的轶事：劳工们要求他们的领袖约瑟·哈伊姆·布伦纳教他们希伯来语，但他们就是学不会。于是，有人建议他用希伯来语写一首猥亵的色情诗，这样就容易学了。布伦纳起初大惊，而后又想，为了普及希伯来语这崇高的理想，为什么不呢？他果然写了一首十分下流的诗；小伙子们则给它配上俄罗斯曲调。他们兴致勃勃地学唱这首新歌，就这样掌握了第一批数十个希伯来语单词。

随着犹太复国主义运动的开始，复兴希伯来语的目的从日常实用转向民族理想。1906 年，世界犹太复国主义者大会宣布希伯来语为犹太人的"国语"。其实，一方面，早在启蒙运动时期，一些有识之士就开始有意识地利用希伯来语作宣传，以增强犹太民族的凝聚力。但是在另一方面，为了生存下去，他们觉得有必要学习希伯来语所不具备的任何世俗知识，使希伯来语现代化。他们与来自犹太人内部（他们被指责背弃宗教而追求邪说）和外部（各国语言文化对犹太人的同化）的重重阻力进行着不懈的斗争，终于 1890 年在以利以谢·本－犹大的领导下，希伯来语言委员会 ① 成立。1910 年，本－犹大独力编纂的 17 卷本《古今希伯来语大词典》② 头几卷开始问世。这一不朽之作直到 1959 年才由其遗孀和儿子续编完成。

如今，希伯来语已成为一种丰富的活生生的语言。其词汇量从"圣经"时代的 8000 词增至现在的 120000 词。占以色列 500 万人口 82％ 的犹太人都以希伯来语为第一语言。以色列政府还于 1953 年成立了希伯来语言研究院，专门指导和规范国语的发展。

---

①　　即"Hebrew Language Committee"。

②　　即英语习称的"Ben-Yehuda Dictionary"。

希伯来语诗歌的发展

　　犹太人深具宗教精神，且多罹苦难，故在古代，他们所歌所写的一切大都与其宗教和历史有关，几乎没有什么纯文学可言。即便有，也不许进入正统典籍，很难流传下来。著名的《所罗门之歌》(即《雅歌》)就是经过长期激烈争议后才被尴尬地收入"圣经"的，但其中的男欢女爱被曲解成了犹太人对锡安山的宗教感情的讽喻。无论如何，成书于公元前13～公元2世纪的"圣经"保存了最古老的希伯来语文学。尽管在它之前和同时都有其他希伯来语文献存在，但至今都已失传了。现存最早的一首希伯来语诗是《创世记》第4章第23~24节的《拉麦之歌》：

　　　　亚大和洗拉，听我讲话。

　　　　呵，拉麦的妻子，听我说：

　　　　有一人伤我，我杀了他；

　　　　还杀了个孩子，他打了我。

　　　　若杀该隐，遭报七倍，

　　　　拉麦报仇，七十七倍。[①]

"以眼还眼，以牙还牙"的犹太性格盖可溯源于此。

　　在随后的1000年间，不再发现有《雅歌》一类的世俗诗歌传世。这并非意味着绝对不存在这类诗歌的创作，而可能是由于受

[①]　"和合本"将《拉麦之歌》译为："亚大、洗拉，听我的声音；/拉麦的妻子，细听我的话语：/壮年人伤我，我把他杀了；/少年人损我，我把他害了。/若杀该隐，遭报七倍，/杀拉麦，必遭报七十七倍。"

宗教势力的压抑而未能流传下来。流传下来的是作者姓名大都亡佚了的大量宗教诗，其形式有悔罪诗、哀歌和祈祷诗，其技巧基本上不出"圣经"诗歌技巧的范围。

公元 8 世纪初，信奉伊斯兰教的北非柏柏尔人入侵西班牙，解放了在那里受西哥特人奴役的犹太人。希伯来文化不仅因此复兴起来，而且开始同化吸收新征服者的文化精华。不久西班牙犹太人就开始用阿拉伯语交谈和写作论文了。唯有宗教诗的性质要求其内容必须用希伯来语写作，但其标题往往是阿拉伯语的。而且，犹太诗人还模仿阿拉伯诗人歌颂西班牙城市的技巧来赞美锡安山。西班牙成了希伯来文化的中心；公元 1000~1200 年被称为希伯来语诗歌的"黄金时代"。那里涌现了一大批希伯来语诗人，其中最著名的是犹大·哈－列维（1075~1141）。他不仅写宗教诗，而且写世俗诗，甚至写爱情诗。

其后，西班牙被基督徒征服，随之而来的是对犹太人施行的迫害、强迫改宗和驱逐。希伯来文化的繁荣中止，中心转移到文艺复兴时期的意大利、法国的普罗旺斯和巴勒斯坦的塞勒菲特。这些地方的诗人和神秘主义者同样保持着希伯来文学艺术的生命火种。就这样，一代代苦难深重的犹太人薪火相传，走过黑暗的中世纪，迎来启蒙时代的曙光。

18 世纪后期，西欧的犹太人初次获得了公民权。这促使他们急于与周围世界同化，以便结束中世纪式的贫民窟生活。他们认识到，要克服犹太人的隔离主义生活方式，让外界接受他们，就必须借助于理性和知识。于是，他们从对"圣经"诠释的执着转向对科学和世俗文学的研究。希伯来语言又一次复兴，尽管是出于实用目的。希伯来文学也开始从意大利扩展到德国、荷兰、奥地利、俄国等地。1750 年，出现了第一本希伯来语杂志。不过，启蒙文学大都是充满乐观主义的宣传品，艺术性低劣，也少有作者至今仍为人所熟知。但是，启蒙运动为希伯来语的真正复活打下了基础，为现代希伯来文学的产生创造了条件。

现代希伯来语诗歌暨文学始自俄国犹太诗人哈伊姆·纳赫曼·比亚利克（1873~1934）。1892 年，他发表了《致一只鸟》一诗，立即受到犹太读众的欢迎，不久就赢得了"民族诗人"的称号。比亚利克的作品反映了他对犹太民族复兴运动的热忱，既有再现犹太历史的长篇史诗，又有描写爱情和自然风光的纯抒情诗。在坚持传统体式和典雅句式的同时，他还努力摆脱"圣经"语言的巨大影响，创造出一种接近正在萌生的希伯来口语的新诗歌用语。同时的重要诗人还有扫罗·车尔尼霍夫斯基（1875~1943）。他既写抒情诗又写戏剧史诗、歌谣和寓言，试图通过在作品中注入一种自尊精神和对自然与美的高度意识来矫治犹太世界。他的语言风格接近犹太教法典文体。这两位诗人代表着希伯来语诗歌从传统到现代的过渡。在 20 世纪初，他们响应犹太复国主义的号召，先后移居巴勒斯坦地区，"去建设它且被它所建设"。故他们被视为巴勒斯坦而非欧洲犹太诗人。

第二代诗人的主要代表有亚伯拉罕·史隆斯基（1900~1973）、拿单·阿尔特曼（1910~1970）、利亚·戈尔德贝格（1911~1970）和乌里·兹维·格林贝格（1896~1981）等。他们活跃于以色列独立前和建国初期。

史隆斯基对诗歌语言进行实验创新，并运用丰富的意象歌颂铺路、涸泽、造屋、定居的开拓者们。阿尔特曼的作品贴近现实，具有明显的评论时事的特点，反映了犹太聚居区各个发展时期的风貌。其语言丰富，体式、语调、韵律、意象和比喻复杂多样。戈尔德贝格创作风格较为保守，但她的作品以细腻的笔触描写城市、自然和寻求爱情、联系及注意的人类，拓宽了抒情的幅度。格林贝格的作品则充满愤怒和绝望，主要运用狂暴刚烈的意象和文体处理民族主义运动和反犹大屠杀所造成的身心创伤等题材。这些诗人首次把口语节奏引进希伯来语诗歌；他们还复活古词尾，创造新词语，给古老的文学语言注入了新鲜的生气。

由于移民主要来自俄国，这一时期的希伯来语诗歌主要受俄国象征主义和未来主义影响，在技巧上则倾向于古典结构和整齐韵式的旋律性。许多作品都被配以乐曲，成为民间文化的一部分。它们反映了诗人们出生国的风物景致和他们对新国家的新鲜观感，以及来自"那里"的记忆和在"这里"扎根的愿望；表达着——如利亚·戈尔德贝格所写——"两个祖国的痛苦"。

以色列诗歌的特点

大致地，如果说现代希伯来语文学始于巴勒斯坦地区的犹太移民诗人，那么以色列诗歌就可以说始于在这一地区土生土长（或幼年即移居此地）的"本土"作家。他们属于第三代，因在以色列建国前后进入成年，参加过独立战争，故通常被称为"独立战争一代"或"解放一代"。其中重要诗人有耶胡达·阿米亥（1924~2000）、拿单·扎赫（1930~2020）和大卫·阿维丹（1934~1995）等。这一代大多数以希伯来语为母语的战后新诗人的思想感情与他们的前辈截然不同，他们倾向于降低声调，退避集体经验，对现实作自由观察，采用自由诗体以及从以普希金、席勒等欧洲古典主义和浪漫主义作家为主要偶像转向接受现代英美诗歌影响。他们宣告了观念性诗歌的终结以及与战前古典结构和整齐韵式传统的决裂，真正完成了希伯来语诗歌的现代化。

　　耶胡达·阿米亥写诗几乎是出于本能，他轻理论而重常识，极少空泛地处理民族、宗教、政治、理想等大题材，而总是聚焦于个人日常生活经验，从中提炼具有普遍意义的朴素哲理。他的最主要的题材是爱情。英国大诗人特德·休斯评论说："几乎他所有的诗作都是披着这样或那样伪装的爱情诗……在以战争、政治和宗教的词语写他最隐私的爱情苦痛的同时，他不可避免地要以他最隐私的爱情苦痛的词语写战争、政治和宗教。"在技巧方面，他显示了营造悖论和不寻常意象的天才和嗜好。一如他的用语兼容希伯来文言和当代白话，他的意象则并置当代事物和传统典故，从而造成联想和反讽效果。阿米亥的作品深受以色列读者的喜爱；据说年轻人去服兵役必带两样东西，一是随身行李，一是阿米亥诗集。他也是以色列诗人中作品被译成外文最多的一位，在国际享有盛誉，被公认为最著名的以色列诗人和"20世纪主要国际诗人之一"。

　　尽管阿米亥拥有众多模仿者，但是他却谦抑恬退，与文学圈保持着距离。而在1950年代反传统运动中叱咤风云的主将应是拿单·扎赫。扎赫不仅在创作实践中接受欧美现代主义的影响，追求一种实验性的开放诗风，而且还通过办刊物、写评论来向流行的史隆斯基－阿尔特曼式的朦胧滥情、程式化、概念化、多用"圣经"典故的诗风宣战。他认为阿尔特曼们的诗执着于形式结构，而无任何逻辑意义可言。当然，这种论断不无偏激，但其用意即在于矫枉过正，为一种全新的诗风开道。扎赫的诗几乎不用象征和典故，而多营造一系列戏剧性场景或事件来表现情感和心理经验，其主题涉及生命的无常、死亡的困扰、人情的冷暖、世态的炎凉等，情调悲观。但他的语调却充满机智、诙谐、讽刺、调侃；措辞用语主要来自当代口语，偶尔也用文言词语表示强调。

大卫·阿维丹则完全是个偶像破坏者。他受同时代欧美各种最新潮的现代主义，如法国超现实主义、德国表现主义、美国"垮掉的一代"的影响，自称"犹太无业游民"，为探索诗歌表现的可能性而无所不用其极地进行"艺术"实验。他夸口在以色列创下了若干个"第一"：第一个利用电脑写诗；第一个摄制黄色电影；第一个在致幻剂作用下写作等。他把诗视为一种权力，用以抨击社会习俗和中产阶级价值观念和生活方式，鼓吹以个人的"主动"体系攻击正常生活的"强迫势力"。他的诗愤世嫉俗，离经叛道，表达个人中心主义。技巧以自由联想为主，洋洋洒洒，不拘一格，不守成规。其作品可以说代表着一种具有反叛性格的先锋时尚。

以上三位诗人都从 1950 年代，即以色列建国后不久开始发表作品，笔耕不辍，在以色列诗坛占据着领袖地位，对年轻诗人们产生着巨大的影响。他们的创作实践为以色列诗歌的发展提供了新的路标。其后的年轻诗人们更是各辟蹊径，乐于从各种文化汲取营养，发展更具个性的诗风。当代的以色列诗坛像西方国家诗坛一样，呈现多样的形态。不过，无论他们的艺术观念变得多么世俗化、西方化，以色列诗人们总不忘同时把自己的根须扎入传统文化和集体经验的沉积层中，不忘自己的犹太人身份。

正所谓"国家不幸诗家幸"，以色列诗人可以说得天独厚：民族苦难和个人不幸的历史就像圣城耶路撒冷层层叠积的遗址废墟，有待于发掘、考证、展出和重建。他们无需也无暇像发达国家生活优裕平静的诗人们那样闭门造车、无病呻吟，而只需如实写出所见、所闻、所思、所为。然而，他们也因此时时处于冲突之中。一方面，也许是由于苦难太多，他们感到厌倦了，想转过脸去看看别的东西；另一方面，对痛苦念念不忘的集体无意识仍旧要求他们为社会负责，为民众代言。一方面，为了艺术，他们反对前人的理想主义宣传，追求个性的自由发展；另一方面，传统的宗教、民族和伦理观念仍旧要求文以载道，为集体服务。以色列诗人就因对纳粹反犹大屠杀题材关注不够而受到批评。总之，以色列诗人虽然远比他们的前辈享有更多的个性自由，但是在一定程度上仍面临着社会义务与个人表现孰先孰后、孰轻孰重的矛盾选择。这主要表现为以下几个方面的矛盾：宗教与自我、民族主义与世界主义、家庭纽带与浪漫爱情等。

　　在以色列，每个人从小学起每天都受到宗教的熏陶。但是，为了生存，国家必须允许分别宗教与世俗生活。因此二者的冲突几乎无处不在。甚至今天仍有正统派人士用石头袭击在安息日行驶的公共汽车。对于诗人，这种冲突则多表现在心理和信念上。一方面，他怀疑上帝的存在；另一方面，在时时发生暴力死亡的国家里，他又需要相信灵魂的不朽。这就难怪在以色列诗歌里仍有祷告的味道，只不过怀疑多于虔诚。拿单·扎赫就把上帝比作一个坐在街边的人，注视着毫不留意其存在的过路人。耶胡达·阿米亥在《上帝的命运》一诗中的观察则更具理趣：

　　　　上帝的命运
　　　　如今即
　　　　树木、岩石、太阳和月亮的命运。
　　　　这些他们已不再崇拜，
　　　　一旦他们开始信仰上帝。

　　　　但祂是被强留与我们共处的，
　　　　一如树木，一如岩石

太阳、月亮和星星。

对于以色列人来说，爱国热情与宗教热情是不可分的。犹太复国主义便是这二者的混合产物。因此，诗人还处于来自外界和内心的另外两股压力之间：一方面，他应该保持民族传统，推动国家事业；另一方面，他想要在世界的大框架内表达自我的艺术真实。他知道只有后者能保证其作品的艺术和传世价值。20 世纪初"基布兹"（集体农庄）诗人的爱国诗和时事诗不久就不再被人提起。甚至情调乐观的作品也很快过时。而在一个为生存斗争的国家里，需要有勇气才写得出的社会批评之作也会变成反面宣传。以色列诗人还被指责不处理以色列—阿拉伯冲突题材。一如对待反犹大屠杀的态度，他们大多保持着沉默。因为作为个中人，如果他们为以色列作宣传，那就意味着出卖自己的艺术尊严。公众舆论的压力使写作自由受到了局限。然而，参加过独立战争的诗人们并非完全一语不发，只不过他们处理这类题材的态度很谨慎，往往对事件、时间、地点不作具体交代。例如，阿米亥的一首无题诗《时间 20》开头写道：

炸弹的直径是三十厘米；
其有效杀伤范围
直径约七米；
在这范围内四死十一伤。
在他们周围，一个更大的痛苦
和时间的圈子里，散布着
两家医院和一处公墓。

诗人进而推而广之：死者中有来自海外的游客；痛苦的圈子扩大到千里之遥，乃至整个世界；而遗孤的哭声上达上帝，痛苦在时空里没了边际。具体的事件变成了象征，从而使诗作上升到反对一切暴力的人道主义高度。

犹太人家庭观念很强，大概是父系氏族文化传统使然。他们的上帝就是神格化的父亲形象。以色列诗人写父子关系的作品较多，而且其中表现的对父亲的感情往往是爱怨参半的（这种情结盖源于雅各之不受宠和以撒之被其父作为牺牲献祭上帝）；这与古代诗人对上帝的感情相似，故这类作品似可以被看作中古祷告诗的世俗化产物。描写婚姻生活的诗相当罕见，而关于单相思或失恋等苦涩爱情的作品却像在任何文学中一样常见。此外，还有不少作品抒写男性朋友之间的兄弟情谊，这与我国的传统相似，但在现代西方却有被解读为同性恋的危险。

在如此多互相对立的作用力的推拉压迫之下，诗人的自我似乎无所适从，因而为了寻找出路，又几乎无所不为。但是最终，他要忠实于自己的艺术良心。表面看来，以色列诗人较之他们的前辈，更进一步地从民族和社会的大潮流向个人经验的小孤岛退缩，但实质上，他们正是试图借此超越观念的束缚和文化的界限，而向普遍人性的大海中复归。

1995 年 3 月

（原载《外国文学》2001 年第 5 期，收入本书时有改动）

耶路撒冷之忆

傅　浩

> 从很远处我们早已看见那海那山，
>
> 但经过很久才得以到达它们身边。

这是 1994 年 1 月的某一天，在耶胡达·阿米亥夫妇陪同下前往死海的途中，我有感而诌的两句诗。

我对阿米亥可以说是久仰其名了。1986 年，我在北京大学图书馆偶然借到一本薄薄的英文诗集，题为《阿门》，耶胡达·阿米亥著，由牛津大学出版社于 1978 年重印出版，封面上还印着"由作者与特德·休斯合译自希伯来文，特德·休斯作序"。我以前从未接触过当代希伯来语诗歌，仅知休斯乃当代英国大诗人，所以出于好奇才借阅该书。但捧读之下立时便被其中平易而瑰奇的诗篇所深深吸引，仿佛置身于一片从未到过却又似曾相识的幽美风景之中。继而忍不住动手翻译了其中部分篇什。

此后我开始留心有关耶胡达·阿米亥的资料。也是偶然地，我在美国权威诗学刊物《美国诗歌评论》所列的顾问名单上再次发现了他的名字。1990 年夏，《外国文学》（双月刊）决定于翌年第 1 期发表拙译阿米亥诗 15 首。于是我试着给诗人写了一封信，请求他允许我发表译诗。不久，我收到了回信，阿米亥慷慨地免费给了我在中国译介发表他作品的完全许可。

从此我们之间书信频传。他寄赠给我他的诗集，我则寄给他我的英文诗习作，请他指教。他对拙作的赞赏使我既高兴又惶愧。

他说："深深地喜爱你的诗。我觉得你糅合现代与传统的方式很奇妙，比此时此地我们这个世纪末的任何东西都更有表现力。我要试着把它们译成希伯来文。"他还把它们给去耶路撒冷讲学的美国犹太诗人、汉学家舒衡哲教授看，并请她对照原文校阅发表在《外国文学》上的拙译。舒教授对我的诗及译作都给予了很高的评价，并特地在回美国途经北京逗留期间访问了我。在她的鼓励和启发下，我于 1991 年 10 月在同仁医院的病床上开始正式选译阿米亥诗集。

耶胡达·阿米亥 1924 年生于德国维尔茨堡一犹太教正统派家庭；1936 年移居巴勒斯坦地区；第二次世界大战期间志愿参加英军巴勒斯坦团犹太支队，在北非对德作战；1948 年参加以色列独立战争；战后在希伯来大学求学，定居耶路撒冷。他用希伯来语写作，有时自己动手把作品译成英文。出版有 10 多种诗集，每种的销售量在只有 300 万人阅读希伯来语的以色列竟高达五位数，可见其受欢迎的程度。据说以色列士兵上前线时必带两种东西：一是行李，一是阿米亥诗集。此外，他还写有 2 部长篇小说、1 部短篇小说集、1 部剧作集和 3 本儿童文学作品。至今他的作品已被译入 36 种语言（中文是第 22 种），在国际上享有盛誉。他本人则被公认为当代以色列最重要的诗人和"20 世纪主要国际诗人之一"。

1993 年 3 月 3 日，来自文学界、学术界、外交界、新闻界、出版界的 100 多位中外人士聚集在北京建国饭店舞厅，庆祝我国第一本以色列诗人作品选集《耶路撒冷之歌：耶胡达·阿米亥诗选》的出版。作为该书的编译者，我荣幸地与专程从耶路撒冷前来的耶胡达·阿米亥及招待会主人、时任以色列驻华大使苏赋特先生一起站在演讲台上致辞。首先大使先生表示祝贺，然后由我介绍阿米亥及翻译经过，并赠书给他。我在书中的题词是："给我的朋友耶胡达·阿米亥，纪念我们在此书中的相遇"。最后阿米亥发表了热情洋溢的感想，他特意提到某汉学家对拙译之准确给予的肯定。值得一提的是，诗集出版后，我接到许多诗歌爱好者的信函和电话。他们异口同声地称赞说，该书是他们近年来读到的最好的外国诗选集。我总是回答说，是阿米亥的诗写得好。不过，回想起来，我翻译的过程也是若有神助，极为顺利和愉快。不久，《珠海特区报》《作家报》等报刊上出现了诗人和外国文学专家撰写的不乏溢美之词的书评。

那是我们第一次见面，但我们一见如故。我以私交身份陪同阿米亥夫妇游览了长城、故宫、天坛等名胜。耶胡达在游览期间不时掏出笔来，在小纸头上记下些什么。这让我想起了勤奋的李贺。此次会面，我们很少谈诗，但耶胡达主动对我说过两句关于诗的话，似意在指点我，给我留下了深刻印象。他说："诗应像科学一样精确。一般人常说'很好'，'非常好'，而诗人只说'好'。"记得在临别之际，耶胡达意味深长地说："我爱你！我早就认识你，甚至在你出世之前。"时过不到一年，我们又在耶路撒冷见面了。可见我们缘分不浅。这次我是应希伯来语文学翻译研究所之邀，参加 1994 年 1 月 2~8 日在耶路撒冷举行的国际希伯来语文学翻译家会议的。而耶胡达·阿米亥也是应邀与会的作家之一。

会议由以色列外交部和科学艺术部赞助，希伯来语文学翻译研究所主办。来自中国、以色列、美国、日本、英国、瑞典、荷兰、埃及、爱沙尼亚等 18 个国家的 40 位希伯来语文学翻译家参加了会议。中国代表除我之外，还有南京大学的徐新和新华社的高秋福二位先生。以色列外交部部长西蒙·佩雷斯和科学艺术部文艺司司长约西·弗罗斯特出席了开幕式并致辞。佩雷斯在讲话中特别强调了中华和犹太文化的相似之处，中译本"耶胡达·阿米亥诗选"则是他提及的唯一译著。会议期间，以色列电视台和最大的希伯来文报纸《最新消息》（1月7日）播放和刊登了有关会议的报道以及对我和其他部分译者的专访。电视台编导还特别安排了一组由阿米亥朗读希伯来语原诗，我和来自不同国家的几位阿米亥译者朗读各自译诗的镜头。

《最新消息》同时还刊登了耶胡达·阿米亥从英文翻译的我的两首诗《空缺》和《俯仰》。几天后我到阿米亥家中做客时，他告诉我有许多，尤其是青年读者打电话给报社，表示非常喜欢那两首诗。我听了自然有些受宠若惊，因为它们也许算得是最早译入希伯来语的中国当代诗作了吧。对于我来说，更有意义的是，它们是由耶胡达翻译的。

会议结束，与新结识的各国朋友一一道别后，我在耶路撒冷又多盘桓了几日，与高秋福等同游了耶利哥、希伯伦、伯利恒、诱惑山等圣地。耶胡达则带我游览了耶路撒冷老城、死海等地。我仿佛跟随着他走入了他的诗篇，体验着其中简朴而深邃的意蕴，观赏着其中古老而新鲜的景象。我讶异于这片土地的贫瘠，不禁由然敬佩在这片土地上创造着奇迹的坚忍、智慧、警醒、美丽的人们。我频频举起相机，向他们表示赞美和爱意：

> 她们的微笑是最好的纪念品，
> 在这古老而神圣的土地上常新。

今年9月22日，耶胡达离我们而去了。第一个通知我这噩耗的是在耶路撒冷结识的日本学者村田靖子教授。她也一直在翻译阿米亥。我随即给阿米亥夫人哈拿发去了唁函。我在信中称：有以色列作家曾问及我对阿米亥的印象，我用一个英文单词回答说：
"像父亲一样。"犹太人和中国人一样，以父子为至亲。最后，我
真诚地用了一个中国的套话作结："他将永远活在我们心里。"

　　沙隆，阿米亥！沙隆，耶路撒冷！

2000 年 11 月 3 日

（原载《外国文学动态》2000 年第 6 期，收入本书时有改动）

诗二首

傅　浩

翻　译

致耶胡达·阿米亥

仿佛从一扇陌生的窗口
偷窥人家的隐私
强抑着狂跳的惊喜和得意
而不敢声张叫别人都来看
否则将会遭众人妒恨责打
因为有时揭露真实
也被认为有罪

我正在翻译一位犹太诗人的作品
我渐已明白
有些东西是不可迻译的　比如痛苦
或者说　译了而不能给别人看
或者说　别人看了而不允许发表

一位已故的英国诗人曾说
真正的好诗只能一个人悄悄品味
若有不速之客来访时
得赶紧藏在坐垫底下

我只好搁下删选之笔
把偷来的秘密留给自己
而我自己的大部分思绪
也深藏在大脑的密室里
无法译出

文字是危险品　搬动时必须小心
我们的文字比你们的更方正①
在印刷厂里更容易被捆扎得齐整
像炸药包

1991

（原载《笠诗双月刊》1992 年第 2 期）

诗应像科学一样精确

这是诗人耶胡达·阿米亥亲口告诉我的秘诀。

1993 年 3 月，阿米亥夫妇来北京。
我陪他们游长城和十三陵。
在定陵地宫里，我指着石刻的皇后宝座介绍说：

---

① 希伯来文字母略呈方形。耶胡达·阿米亥《国民思想》有诗云：
"方形的字母想紧密地待在一起，/ 每个字母是一间锁闭的房屋，/
待在那里，把你自己锁在里边，/ 睡在里面，永远。"

"This is the Queen's throne."
"The Empress's,"耶胡达纠正我。

将近一年后，我去耶路撒冷。
阿米亥夫妇陪我游死海。
车过犹大荒漠，看到路边山坡上有一只大角羊，
哈拿对我说："Look，deer."
"Goat,"耶胡达纠正她。

"诗应像科学一样精确。
一般人爱说'很好'，'非常好'，'非常非常好'，
而诗人只说'好'"，耶胡达·阿米亥如是说。
对，我（不说"对极了"）心想，翻译也应如此！

2018

（原载《作品》2018年第6期上半月刊）

图书在版编目（CIP）数据

耶胡达·阿米亥诗集：全三卷：百年诞辰纪念增订
版 /（以）耶胡达·阿米亥著；傅浩译. -- 北京：社
会科学文献出版社，2024.9
　　ISBN 978-7-5228-3545-7

Ⅰ.①耶…　Ⅱ.①耶…②傅…　Ⅲ.①诗集－以色列
－现代　Ⅳ.①I382.25

中国国家版本馆CIP数据核字（2024）第080067号

耶胡达·阿米亥诗集（全三卷）（百年诞辰纪念增订版）

著　　者 / ［以色列］耶胡达·阿米亥（יהודה עמיחי）
译　　者 / 傅　浩

出 版 人 / 冀祥德
责任编辑 / 陈旭泽
责任印制 / 王京美

出　　版 / 社会科学文献出版社·联合出版中心（010）59367282
　　　　　　地址：北京市北三环中路甲29号院华龙大厦　邮编：100029
　　　　　　网址：www.ssap.com.cn
发　　行 / 社会科学文献出版社（010）59367028
印　　装 / 南京爱德印刷有限公司

规　　格 / 开　本：889mm×1194mm 1/32
　　　　　　印　张：45.75　插　页：0.875　字　数：1121千字
版　　次 / 2024年9月第1版　2024年9月第1次印刷
书　　号 / ISBN 978-7-5228-3545-7
著作权合同
登 记 号 / 图字01-2023-5541号
定　　价 / 398.00 元（全三卷）

读者服务电话：4008918866